Dr. Alejandro Lajtonyi-Gruber

Im Land der Copihues

Ein Ungar in Chile | 1947 – 1972

In Memoriam Elisabeth

Es sollte eine Widmung werden, nun ist es ein Wort zum Gedächtnis. Du hast mir viel geholfen und zahlreiche Daten geliefert, die für das Entstehen dieses Buches von Wichtigkeit waren. Dafür gebühren dir mein tiefempfundener Dank und meine Anerkennung.

In unseren Herzen lebst du weiter, liebe Lissy.
Auch dieses Buch wird dein Andenken wachhalten.

Chiles Nationalblume: der Copihue

(kolorierte Zeichnung Hiltraude Vogel, Osorno 1943, im Besitz des Autors)

R. A. Philippi beschreibt den Copihue in seinem Buch „Elementos de Botánica“, Santiago 1869, S. 149 wie folgt:

„**Lapagaria rosea R. et P., el Copigue**, planta enredadera, comun en los bosques i matorrales desde el río Maule hasta Llanquihue, célebre por sus hermosas flores, que tienen las 6 hojuelas iguales, tres de ellas provistas en su base de un nectario en forma de hoyuelo. Los frutos, llamados pepinos, algo dulces, se comen, i la raíz se usa a veces en lugar de la zarzaparrilla. “

*(Auf Deutsch: „**Lapagaria rosea R. et P., der Copigue**, Schlingpflanze, überall in den Wäldern und Gestrüppen zwischen dem Maule Fluß und Llanquihue zu finden, berühmt wegen seinen schönen Blüten, die sechs gleiche Blättchen haben, drei hiervon in ihrer Basis mit einem Nektarium ausgestattet, das die Form einer kleinen Grube hat. Die Früchte, Gurken genannt, sind etwas süßlich und essbar, und die Wurzel wird manchmal anstelle Sarsaparille (Blutreinigungstee) verwendet.“)*

Lauca NP
Arica
Volcan Isluga
BOLIVIA
Iquique
Calama
San Pedro de Atacama
Antofagasta
Paso de Jama
Atacama
Salta
Cachi
Cafayate
Copiapó
La Serena
Aconcagua
6959m
Valparaiso
Mendoza
Santiago de Chile
Buenos Aires
CHILE
ARGENTINA
Concepción
Temuco
San Martín de los Andes
Lake District
Petrohue
Puerto Montt
Bariloche
Chiloé
Pacific Ocean
Patagonia
Atlantic Ocean
Coihaique
Balmaceda
Puerto Tranquillo
Lago General Carrera
Cochrane
Villa O'Higgins
Los Glaciares NP
Chaltén
Lago Argentino
Calafate
Torres del Paine NP
Rio Gallegos
Puerto Natales
Magellan Strait
Punta Arenas
Tierra del Fuego
Tierra del Fuego NP
Ushuaia
Cape Hoorn

Prolog

Kapitel I

Kapitel II

Kapitel III

Kapitel IV

Kapitel V

Kapitel VI

Kapitel VII

Kapitel VIII

Epilog

Die Weihnacht des Jahres 1935 –
De Agostini, mein Wegweiser

Schon immer habe ich mir ein Buch über das Feuerland gewünscht; meinen Eltern war dies bekannt und sie überraschten mich mit einem Prachtband der Ungarischen Geographischen Gesellschaft. Es war ein Werk des italienischen Forschers und Autors Alberto María De Agostini mit dem Titel „10 Jahre im Feuerland".

Damals besuchte ich die fünfte Klasse des St. Norbert-Gymnasiums zu Steinamanger (Szombathely, Westungarn) unter der Leitung des Prämonstratenser Ordens und befand mich im fünfzehnten Lebensjahr.

Das Buch habe ich genossen. Ich erinnere mich noch gut an die fesselnden Geschichten, die vielen Schwarz-Weiß-Aufnahmen und die von De Agostini eigenhändig gefertigte Landkarte des Feuerlandes.

Unzählige Inseln, groß und klein, viele, viele Fjorde: eine Bilderbuchlandschaft.

Habe mir gleich eine Insel ausgesucht, weiß nicht mehr genau, welche. War es die Isla Darwin oder die Isla Thompson... hier versagt die Erinnerung.

Wer hätte damals voraussehen können, dass ich genau zwölf Jahre danach, kurz vor Weihnachten 1947, selbst in Chile landen würde, als staatenloser Emigrant und ohne konkrete Vorstellungen meine Zukunft betreffend. Das Buch von De Agostini war und ist für mich eine Art überirdisches Zeichen, ein Wegweiser, der sich erst später als solcher entpuppte.

Das Gedenken an den großen Forscher Alberto M. de Agostini ist in Chile bis heute lebendig erhalten geblieben: Ein großer Nationalpark in Feuerland trägt seinen Namen: Er liegt auf einer ausgedehnten Fläche der südöstlichen Seite des Feuerlandes, schließt unzählige Inseln, Halbinseln, Fjorde, Buchten, Kanäle etc. dieses Riesenareals ein und beginnt im Nordwesten mit der Insel Capitán Aracena (diese liegt südlich von Kap Froward, das der südlichste Punkt des südamerikanischen Kontinentalterritoriums ist) und umfasst in südöstlicher Richtung die ganze Inselwelt, einschließlich des größten Teils der Insel Hoste und vor allem die Kordillere Darwin. Dazu gehört auch der von De Agostini im dritten Anlauf, während der Expedition von 1956/57, bezwungene Monte Sarmiento (2404 m). Damals war er bereits 64 Jahre alt!

Nach ihm wurde auch der Südturm der gewaltigen Granitsäulen im Nationalpark Torres del Paine benannt, eine weitere Ehrung des Priesters des Salesianer Ordens, den man liebevoll „Padre Alberto“ nannte und der mit seinen kartographischen und fotografischen Werken so bedeutend zur Erkundung des Feuerlandes und Patagoniens beitrug.

Schließlich soll noch erwähnt werden, dass er u.a. auch den nach ihm benannten De Agostini-Fjord entdeckt hat (6. Februar 1913). Zu Ehren des Italieners, der Magallanes 1520 auf seiner Entdeckungsreise der Meeresstraße begleitete, taufte man diesen Fjord zunächst Pigafetta-Fjord. Fünf Monate später erhielt er jedoch von den Offizieren des Rekognoszierungsschiffes „Porvenir“ der chilenischen Marine den Namen De Agostini-Fjord und dabei blieb es dann.

Für mich ist Alberto De Agostini, obwohl italienischer Abstammung, der erste Chilene, den ich, wenn auch nur indirekt, kennengelernt habe; er hat mir seinerzeit ein Zeichen gegeben, das ich damals noch nicht verstand.

Mein „Schicksalsbuch“ ist in den Wirren des Zweiten Weltkrieges untergegangen; es befand sich seinerzeit in der ausgebombten Wohnung meiner Eltern im ersten Bezirk von Buda, wo Anfang 1945 die heftigsten Kämpfe tobten.

Uns, meinen Eltern und mir, gelang es damals, kurz vor der Einkreisung der Hauptstadt nach Sopron (im äußersten Westen Ungarns liegend) zu gelangen und uns somit aus der Schusslinie zu entfernen.

Ich hätte ja nie gedacht, dass ich dieses „Schicksalsbuch“, allerdings in der deutschen Version, noch einmal in die Hand bekomme. Es war im Juni 2009, kurz vor meinem 88. Geburtstag, als mich meine Tochter Irene hiermit überraschte: Es gelang ihr, natürlich via Onlinehandel, ein gut erhaltenes Antiquariatsexemplar zu bekommen. Es ist, nach der ursprünglichen Herausgabe Ende der 20er Jahre, im VEB F. A. BROCKHAUS VERLAG, Leipzig, im Jahre 1953 erschienen und enthält außer den unzähligen, hervorragenden Fotos des Autors auch eine von ihm aufgrund seiner Vermessungen in den Jahren 1910 - 1918 und 1922 - 1923 entworfene, heute schon historische Landkarte: ein echtes Juwel!

Kapitel I

Warum ausgerechnet Chile?

Die Zwischenstation Wallisellen und die 30 Tage auf hoher See zwischen Genua und Valparaíso

Die Antwort auf diese Frage ist ganz simpel: weil Chile einer der ersten Staaten der Erde war, der den im Nachkriegsdeutschland zusammengepferchten ausländischen Flüchtlingen eine Bleibe - sprich: neue Heimat - bot.

Als ich hiervon erfuhr - ich war damals Student an der evangelischen theologischen Fakultät der Universität Tübingen - schrieb ich sofort an das Nächstliegende chilenische Generalkonsulat nach Zürich und bat um nähere Informationen.

Meine Anfrage datierte vom 23. Juli 1946 und die Antwort des Adressaten **Raúl Elgueta Arenas** wurde bereits am 7. August 1946 abgesandt. Nach Klärung einiger noch offener Fragen erhielt ich dann mit Schreiben vom 9. Januar 1947 die Visumszusage.

Natürlich gab es im nach hinein noch eine ganze Menge von Schwierigkeiten, die nach und nach gelöst werden konnten.

Zunächst musste ich die Ausreisegenehmigung der Alliierten einholen und dies war deshalb schwierig, weil im Alliierten Kontrollrat in Berlin auch ein sowjetischer Vertreter saß und dieser grundsätzlich „njet“ sagte...

Also musste ich die Franzosen bezirzen und diese haben mir schließlich in Baden-Baden einen Passersatz gegeben, der den schönen langen Namen „Titre de voyage tenant lieu passeport pour apatrides et personnes de nationalité indeterminé“ hatte. Dieses Dokument trug die Nr. 03566 und wurde vom Bureau des permis militaires du Gouvernement Militaire de la Zone Française d’Occupation en Allemagne ausgestellt. Es beinhaltete die Erlaubnis, für drei Wochen in die Schweiz zu reisen, um danach in die französische Zone zurückzukehren (Permis militaire de sortie 4180/ SUR/CIR/C).

Durch diesen Trick haben die Franzosen den langwierigen und letztendlich unsicheren Umweg nach Berlin (zum Kontrollrat) vermieden.

Dass dies alles so glattlief, habe ich in erster Linie meiner rumänisch-deutschen Freundin **Dr. med. Emilia Sossna** zu verdanken, die als Sekretärin des Militärgouverneurs in Tübingen meine dort laufende Sache in Schwung brachte.

Eines Abends, als ich sie in ihrer Tübinger Wohnung in der Gartenstraße besuchte, sagte sie zu mir:

„Alexander, Alexander, du bist wie Zucker!“
woraufhin ich fragte: „So süß?“

„Nein“, antwortete sie, „so raffiniert...“
Immerhin: Emmy war eine meiner NOTHELFERinnen...

Die Schweizer haben dann in das erwähnte Reisedokument ihr kurzfristiges Visum gestempelt, so dass ich schließlich am 14. Oktober 1947 bei Basel einreisen konnte.

Es war schon ein merkwürdiger Tag. Im ärmlichen deutschen Zug gab es außer mir nur noch einige wenige Passagiere und wir trudelten langsam bis Basel-Reichsbahnhof. Dort mussten alle aussteigen, zur Kontrolle. Als Erster „begutachtete“ mich ein französischer Soldat, verlangte meinen Passersatz und versah ihn mit einem Ausreisestempel. Als Nächster kam ein deutscher Zollbeamter, der mich höflich fragte, ob ich etwas zum Verzollen hätte. Hatte ich nicht.

Schließlich erschien ein Schweizer, ein echter Riese, und bat mich, mein Gepäck (Holzkoffer) zu öffnen. Er griff hinein und erwischte einen in Papier eingewickelten harten Gegenstand. Als er das Papier entfernt hatte, hatte er ein Hufeisen in seiner Hand (dieses fand ich im Herbst 1945 vor dem Geburtshaus von Uhland in der Tübinger Neckarhalde und es wurde zu meinem „Glücksbringer“).

Der Riese schmunzelte nur und schickte mich zur ärztlichen Kontrolle. Den Arzt sah ich gar nicht, nur seine Sekretärin, die mir - ohne jegliche Untersuchung - ein ärztliches Attest überreichte. Damit war ich „fertig“.

Ich ging in aller Seelenruhe in die nahe gelegene Toilette, schloss mich in einer Kabine ein und holte aus meinem Hosenbund einen dort eingenähten 5-Franken-Geldschein heraus: Mehr Devisen hatte ich nicht.

So konnte ich dann die Straßenbahn benützen und fuhr bis zum schweizerischen Bundesbahnhof, wo ich meine Sachen in einem Schließfach deponierte, und mich umsah, um das Reisebüro Cook ausfindig zu machen. Zum Glück war das Cook-Büro vis-à-vis vom Bahnhof und dort fragte ich den Angestellten, ob für mich seitens der IRO (= International Refugee Organisation) in Genf irgendeine Nachricht vorläge. Jawohl, IRO hat mich nicht im Stich gelassen und Cook hatte die Anweisung, mir ein Gratisticket für die Bahnstrecke Basel - Zürich zu überreichen.

Bereits um 11 Uhr vormittags traf ich in Zürich ein, wo ich mein Gepäck wieder einmal im Schließfach aufbewahrte, um instruktionsgemäß die Jensch-Straße Nr. 6 ausfindig zu machen, wo die Schweizerische Zentralstelle für Flüchtlingshilfe residierte. Dort wurde ich von einer freundlichen (und hübschen) Schweizerin empfangen - Hanny Weber hieß die Dame -, die aus einer Mitteilung der IRO-Genf von meiner Existenz unterrichtet war.

Frl. Weber gab mir sofort 20 Franken als Taschengeld für 10 Tage und bat mich, nachmittags um 17 Uhr wiederzukommen, damit sie mir dann sagen könnte, wo man mich während der Zeit in der Schweiz unterbringen würde.

Offensichtlich schien alles bestens organisiert gewesen zu sein.

Als ich dann zurückkam, unterrichtete mich Frl. Weber, dass ich für die Zeit meines Schweizer Aufenthaltes im Flüchtlingslager Wallisellen (10 km von Zürich entfernt) wohnen würde.

Eine Stunde später war ich schon dort und meldete mich beim Leiter des „Schul- und Werkstättenlagers“, Herrn Alfons Rietmann, der mich freundlich empfing, und mich gleich in die „Gaststättenbaracke“ begleitete, wo ich das Abendbrot verzehrte. Nach dem Abendessen zeigte man mir das Zimmer in einer der Wohnbaracken, wo ich mich dann einrichten durfte. Ich hatte Glück: Mein Zimmergenosse war der 18-jährige Jürgen Langhans, ein sog. „Rückwanderer“ und ein sehr angenehmer, gut erzogener junger Mann.

Unter „Rückwanderer“ verstand man einen Auslandsschweizer, der nach dem Krieg in sein Heimatland Schweiz zurückkam. Jürgen war eigentlich Deutscher und sein Vater war im Krieg irgendwo bei Charkow gefallen; seine Großeltern mütterlicherseits waren dagegen Schweizer, so dass seine Mutter nach dem Krieg mit ihren drei Kindern in die Schweiz kommen durfte.

Unsere Baracke trug den Namen „Schweizerbaracke“, wo nur Junggesellen untergebracht wurden, daneben stand die sog. „Frauenbaracke“, wo meist ältere Frauen mit oder ohne Ehemann wohnten und noch eine dritte, die ich „Hoffmann-Baracke“ taufte, denn da „residierte“ u.a. das Ehepaar Hoffmann, er ein Rückwanderer und seine Frau eine waschechte Berlinerin, schon betagte Leute, fast zwergenhaft von Wuchs.

Das Lager in Wallisellen beherbergte ein Sammelsurium von Leuten diverser Nationalitäten und Berufe. Außer der Gruppe der Rückwanderer wohnten hier ehemalige deutsche Kriegsgefangene, auch Deserteure verschiedener Herkunft, Flüchtlinge und schließlich einige junge Schweizer, die „Zahlgäste“ waren; ich gehörte eigentlich der letzten Kategorie an, zumal für mich die IRO bezahlte.

Trotzdem hat mich die Lagerleitung gebeten, die „Kost abzuarbeiten“ d. h. eine Tätigkeit für das Lager zu leisten. So wurde ich Toilettenreiniger, auch Kloputzer genannt...

Mein Arbeitsbereich umfasste drei Baracken, wo ich die Flure, die Waschräume und die WCs säubern musste. Diese

Tätigkeit erforderte vier Stunden, von 8 bis 12 Uhr. Manchmal sollte ich auch mit einem kleinen Wägelchen zur FAG (Fleischwaren A.G.) marschieren, um dort Fleischwaren abzuholen oder zum Migros-Laden, um dort diverse Esswaren, Putzmittel etc. in Empfang zu nehmen.

Die Arbeit war nicht anstrengend, um 10 Uhr herum legte ich eine kleine Pause ein, um mich dem „Znüni" zu widmen (Znüni= das Neun-Uhr-Essen, eine kleine Zwischenmahlzeit): Kakao oder Kaffee, Weißbrot mit Wurst oder Sardinen. Ein wahrer Luxus.

Mit dem „Comité International pour les Refugiés" mit Sitz in Genf ging die Sache reibungslos. Ich korrespondierte und telefonierte mit dem zuständigen Herrn des Comités, **William Frey**, der sich sehr kooperativ zeigte und mir alles Notwendige besorgte: Sie bezahlten die Überreise ab Genua, bis Valparaíso via Panamakanal und gaben mir auch noch ein Taschengeld, allerdings nur in Höhe von zehn US-Dollar. Immerhin. Die dritte Klasse, Schlafsaal, kostete bis Valparaíso 375,- US$. Es war für mich eine Freude, Herrn Frey am 27. Oktober persönlich kennengelernt zu haben: Er kam aus Genf angereist und wir trafen uns im Flüchtlingsheim, Schlösslistr. 28. Wegen seiner aktiven Hilfsbereitschaft ist er zu einem meiner wichtigsten NOTHELFER avanciert.

Es war eine aufregende Zeit, die immer ein wichtiger Teil meines Erinnerungsvermögens bleiben wird. Nun, zurück zum Zeitabschnitt „Wallisellen".

Nach dem Mittagessen konnte ich so in die Großstadt Zürich fahren (mit der Straßenbahn), um den Nachmittag dort zu verbringen. Es reichte schon ein Spaziergang auf der Bahnhofstraße mit den Uhrengeschäften; die wunderbaren Schaufenster mit ihren Dekorationen fesselten mich.

Zum Abschluss eines solchen Ausflugs genehmigte ich mir ein Stündchen in dem nahe gelegenen Kaffeehaus Kappeler

(Torgasse 3), verzehrte dort einige Köstlichkeiten: Ich begann mit einem Becher Eisschokolade mit Schlagsahne, dann kamen zwei bis drei Butterkipferln, diesen folgten diverse Patisserieprodukte („Petits Fours“ auch „Mignons“ genannt) und dann beendete ich die Schlemmereiorgie mit einem Gläschen Portwein. Himmlische Momente, die man nie vergisst... Was so ein ausgehungerter Flüchtling alles verzehren kann...

Wie ich die ganze Fahrerei nach Zürich, die Visumskosten etc. finanzierte?

Nun, ich bekam von den Schweizern ja eine Art Taschengeld, das mir üppig reichte.

Die Mutter und die beiden Geschwister meines Zimmergenossen Jürgen Langhans wohnten in Luzern, so dass ich eines Sonntags (26. Oktober) mit dem Zug dorthin fuhr, da ich ja die Schweiz kaum kannte. Jürgen war mein Reiseführer und ich hatte die Gelegenheit, diese wunderschöne Stadt mit ihren Sehenswürdigkeiten, darunter den Gletschergarten mit dem anschließenden Gletschermuseum und dem Spiegellabyrinth, das Löwendenkmal (das 1821 nach einem Modell von Thorwaldsen geschaffene Denkmal erinnert an den Heldentod der Schweizergarde Ludwigs XVI. beim Sturm auf die Tuilerien am 10. August 1792), dann natürlich das Wahrzeichen Luzerns, die Kapellbrücke, die 1333 erbaut wurde und mit 147 Bildern aus dem 17. Jahrhundert zur Geschichte der Stadt und ihrer Heiligen Leodegar und Mauritius geschmückt ist.

Die Kapellbrücke ist übrigens einige Jahre später größtenteils abgebrannt, wurde dann aber mit der schweizerischen Gründlichkeit restauriert und steht heute in ihrem alten Glanz bereit, die Touristen aus aller Welt zu entzücken.

Der berühmte Berg Pilatus (2129 m) hat sich leider hinter dicken, dunklen Wolken versteckt, ein Jammer. Dafür konnte sich der wunderschöne Vierwaldstättersee nicht verbergen und ich genoss diesen Ausflug in vollen Zügen.

Im Lager habe ich den deutschen Hans Lühring kennengelernt, dessen Tagesaufgabe das Kartoffelschälen in der Küche war und der ebenfalls nach Chile reisen wollte. Der Küchenchef war eigentlich der alte „Onkel Schelli", dessen korrekter Name Robert Schöllingen war; er war Österreicher aus Wien und als Jude hat er sicherlich eine Menge durchgemacht.

Lühring war damals etwa 45 Jahre alt, ein viel gereister Mann, der an die 20 Jahre in Australien und Hongkong verbrachte, fließend Englisch sprach und auf der Überfahrt zu unserem Lehrmeister avancierte. Sprüche, Zitate, Verse sprudelten nur so aus seinem Sprachorgan und wir lernten so manches von ihm.

Inzwischen gelang es mir, den französischen Passersatz gegen einen internationalen Flüchtlingspass einzutauschen und Herr Elgueta konnte dann endlich das chilenische Visum „unterbringen"; kurz danach bekam ich auch das italienische Transitvisum, zumal ich nach Genua musste, um dort die Seereise nach Chile antreten zu können.

Am 9. November, es war ein Sonntag, brannte die Hoffmann-Baracke vollständig nieder. Gott sei Dank ist dabei niemand umgekommen, die meisten „Klamotten" der dort Wohnenden wurden sichergestellt. Die armen alten Hoffmanns habe ich sehr bedauert, die Frau suchte noch tagelang irgend etwas in den verkohlten Überresten. Es hätte noch gefehlt, dass das Feuer auch auf unsere Baracke überspringt und unsere Habseligkeiten zerstört hätte.

Nachdem der Brand gelöscht worden war und keine Gefahr für die Nachbarbaracken drohte, fuhr ich schnell nach Zürich, wo ich bei der Familie Hulfeld zum Mittagessen eingeladen war. Walter kannte ich schon von früher, der Vater hatte eine Maßschneiderei in Zürich. Den Nachtisch und den Kaffee erwischte ich noch so eben, danach nahm mich Walter in das städtische Schauspielhaus mit, wo wir Figaros Hochzeit erlebten. Ein wenig Kultur muss ja sein.

Eine Woche vor dem Beginn des großen Abenteuers, am 16. November 1947, verließ ich Wallisellen, um nach Italien zu fahren. Am Hauptbahnhof Zürich wurde ich von Herrn Rietmann, dem Lagerchef, verabschiedet; auch Walter Hulfeld kam und mein Zimmergenosse Jürgen Langhans, der bis zur Abfahrt dort blieb und danach noch einige Meter parallel zum Zug mitlief. Es ist schon ein Jammer, dass wir den Kontakt verloren und nie wieder voneinander gehört haben. Er muss inzwischen auch schon die 80 überschritten haben, so nichts dazwischenkam.

Ich verließ die Schweiz über Ventimiglia und kam - in Begleitung von Lühring - in Genua an. Wir haben uns im Hafenviertel eine Billigpension ausgesucht, wo wir schlafen und verköstigt werden konnten. Die Herberge hieß „Albergo Torinese", Inhaber waren die Fratelli Rampone und die Adresse lautete Via Antonio Gramsci 291-293. Ein malerisches Hotelchen, vollgestopft mit alten Möbelstücken des 19. JH, relativ sauber, mit guter Küche. Einen Tag gab es eine „Minestrone alla Genovese" eine köstliche Gemüsesuppe mit reichlich Teigware und rotem Wein dazu. Am nächsten Tag folgten dann die „Makkaroni alla Bolognese", dann wieder Minestrone und so weiter im Wechselspiel. Wir waren satt und zufrieden, da es geschmeckt hatte. Wir zahlten 2000 Lire pro Tag und Person, wobei man damals für einen Dollar 550 Lire zahlen musste.

Unser Zimmerchen war klein, aber reichte aus, um dort in Ruhe schlafen zu können. Die Betten waren aus Metall (Eisen und Kupfer) und hatten an der oberen Seite je zwei Messingknöpfe als Zierde...

Die Wand über den Betten war mit kleinen Engelchen bemalt, die in alle Richtungen Amorpfeile schossen, kitschig, aber lustig. Sicherlich war dies ein Hinweis dafür, dass die

Betten des Öfteren auch von Liebespaaren benutzt wurden, daher ihre Instabilität und Wackeligkeit.

Am 21. Dezember 1947 kam der Autor mit der Motonave „Sebastiano Caboto" in Valparaíso an.

Während der Woche in Genua haben wir uns nicht nur im Hafenviertel herumgetrieben, sondern besichtigten auch die Stadt, die zwar während der Endphase des Krieges des Öfteren bombardiert worden war, doch standen alle sehenswerten Palazzi und Kirchen. Beeindruckt waren wir vom Monumento dei Cadutti und vor allem vom berühmten Campo Santo in Staglieno, einem Friedhof, der eigentlich auch als Museum von wunderschönen Marmordenkmälern betrachtet werden könnte. Denkmäler aus weißem Carrara-Marmor, eines prächtiger als das andere. Das Einzige, was störte, war der viele Schmutz und Müll auf den Straßen und dies in Ober-Italien!

Unsere Stadt- und Hafenbesichtigung von fünf Tagen ging langsam zu Ende.

Endlich war es soweit. Wir fuhren am 22. November 1947 los. Unser Schiff war die „Motonave Sebastiano Caboto“ der Societá di Navigazione ITALIA; es war die Jungfernfahrt des damals nagelneuen Schiffes (9.000 BRT).

An dieser Stelle möchte ich noch ein paar Zeilen Herrn **Raúl Elgueta Arenas**, dem damaligen chilenischen Generalkonsul, widmen. Er war der erste Chilene, den ich persönlich kennenlernen durfte, und er machte einen sehr positiven Eindruck auf mich: höflich, freundlich, zuvorkommend. Ein echter „caballero“. Für seinen Zuspruch und seine Hilfsbereitschaft, für seine guten Ratschläge bin ich dankbar; auch er war mein NOTHELFER in kritischen Zeiten.

Nun, zurück zu unserem Schiff „Caboto“. Es war eigentlich ein Frachtschiff mit einigen Kabinen für Reisende, diente damals allerdings ausschließlich dem Transport von Passagieren. Die eigentlichen Frachträume wurden deswegen zu Massenschlafräumen umfunktioniert und dort standen sie, die zweistöckigen Betten, nebeneinander in Reih und Glied.

Die Passagiere - ausschließlich Auswanderer - kamen aus vielen Ländern und nachdem sie die gefährlichen Kriegsjahre mit List und Tücke überstanden hatten, wollten sie das immer noch gefährliche Europa - der Konflikt zwischen Ost und West hatte sich bereits abgezeichnet - so schnell wie möglich verlassen.

Chile schien, am Ende der Welt, hierfür geradezu das idealste Land zu sein.

Mein Bett befand sich in dem „Camerone Cinque“ und trug die Nr. 93. Ich lag im unteren Bett.
Der erste Vormittag im Golf von Lyon war die reinste Katastrophe, den meisten Passagieren ging es schlecht und zum Frühstück erschienen die wenigsten: genau richtig für Hans

Lühring, dem - dem alten Seelöwen - so eine kleine Schaukelei nichts antat. Er saß also allein am Frühstückstisch, jede Menge von Brötchen und Marmelade, eine Anzahl von Kaffeekannen usw. zu seiner exklusiven Verfügung.

Ansonsten waren die weiteren Abschnitte der Reise, Atlantik, Karibisches Meer und Pazifik, ruhig, mit mäßigem Wellengang, nur im vorletzten Teil, vor der peruanischen Küste, wurde es etwas unruhig, aber diesmal ohne Konsequenzen.

Immerhin waren es 30 Tage auf hoher See.

An Bord habe ich natürlich eine Reihe von Bekanntschaften gemacht, sympathische und interessante Leute, die meisten von ihnen haben auch Chile als Reiseziel gehabt.

Namentlich möchte ich folgende Mitreisende erwähnen: Hans Otto Sonderegger aus Zürich, damals 22 Jahre jung, der die Welt kennenlernen wollte und eigentlich kein Risiko einging, weil er den (auch finanziellen) Rückhalt seiner Familie hatte. Mit ihm verbrachte ich die ersten Jahre in Santiago, dazwischen haben wir auch zusammen ein Appartement gemietet und mit ihm war das „Mitwohnen" komplikationsfrei. Anfangs wollte er Lab (cuajo; ein Ferment) herstellen, das man aus Kälbermägen gewinnt, und so trieb er sich in den Schlachthöfen herum, bis er es satt hatte, da der dortige Pöbel ihn „ankotzte". Später, nachdem er eine chilenische Zahnärztin geheiratet hatte, zog er nach Temuco und gründete (außer einer Familie) ein Fotogeschäft, das jahrelang gut ging. Heute ist er ein wackerer Achtziger, wohnt auf dem Lande in der Nähe von Temuco und ich bin froh, mit ihm wieder Verbindung zu haben.

Zu meinen Caboto-Bekannten gehörte auch das ungarische Ehepaar Feri und Pökö Cantor (eigentlich Kántor), die aus Oberungarn (heute die Slowakei) stammten; er war Filmemacher. Sie reisten mit tschechoslowakischem Reisepass und zuletzt leitete er die Dolmetscherabteilung der US-Botschaft in Prag.

Während ihres Santiago-Aufenthaltes (circa zwei Jahre) waren wir engbefreundet, dann wanderten sie aber in die USA aus, wo er für Columbia Pictures arbeitete. Anlässlich meiner Hochzeit haben sie noch gratuliert, danach war Silentium. Später erfuhr ich, dass sich das Paar hatte scheiden lassen, was mich sehr betrübte, da sie immer den Anschein von sehr glücklichen Eheleuten erweckten.

Auch Marianne Schmidt möchte ich hier erwähnen, eine sehr feine deutsche Dame, damals 45, perfekt in französisch und englisch, der ich eigentlich meine erste Anstellung verdankte. Hierüber mehr im Kapitel II.2. Später kehrte sie nach Deutschland zurück (Bonn - Bad Godes-berg) und wir waren eine Zeitlang noch in brieflichem Kontakt.

Auch mein „Schlafraumgenosse", der 18-jährige Pole jüdischen Glaubens, Türkel Witold, hat hier einen „Ehrenplatz" verdient; er war sehr intelligent und liebenswürdig und wir haben uns immer wieder länger unterhalten. Er fuhr in Begleitung seiner Eltern und einer jüngeren Schwester mit dem Reiseziel Quito in Ecuador.

Leider ist auch hier der Kontaktfaden gerissen.

Im oberen Bett der Nr. 93 lag Ludwig Birkman, ein junger Jude aus Rumänien, mit dem ich gut auskam; wir saßen auch im Essraum nebeneinander.

Ganz in meiner Nähe war das Bett von Tiberius Diamantenstein-Blumenzweig, ein Jude aus Bukarest, der übrigens perfekt Ungarisch sprach. Neben ihm schlief sein Schwiegervater, der alte „Tati" und die kleine Enkelin Helga (ein Jahr alt), die erstaunlicherweise „brav" war, fast nie weinte und wenn sie mal anfing zu nörgeln, hielt ihr der Großvater ein „Wundertüchlein" (aus Seide) vor die Nase und dann blieb die Kleine still. Komischerweise wurde sie von ihren männlichen Verwandten betreut und nicht von ihrer Mutter, die in der Abteilung der Frauen, die auf der Vorderseite (Proa) des Schiffes war, schlief, während die Männer im hinteren Teil (Popa) untergebracht waren.

Dies, nämlich der Name „Popa“ (kommt vom lateinischen Puppis = Achterdeck) passte auch insofern, weil in der hintersten Großkabine fünf bis sechs katholische Priester wohnten, die man in der Ostkirche Popen nennt.

Übrigens: Im unteren Teil des Schiffes waren insgesamt 400 Flüchtlinge zusammengedrängt, wogegen oben die Einzelkabinen 100 „vornehmere“ Passagiere beherbergten. Diese Kabinen trugen die Bezeichnung „Classe unica“.

Die Verpflegung war gut. Italienische Küche mit vielen Teigwaren, dickflüssige Suppen, Rotwein.

Für jeden Tag gab es eine extra Menükarte. Am 4. Dezember 1947 enthielt sie Folgendes:

Frühstück	*Caffé, Latte, Bistecche, Marmelatta, Pane.*
Mittagessen	*Pastina in brodo (Fleischbrühe mit Nudeln), Risotto alla Finanziera, Petto di vitello farcito freddo alla Genovese (kalte Kalbsbrust), Insalata, Barbabietole (rote Rüben), Fagioni (grüne Bohnen), Patate, Frutta, Caffè, Vino rosso.*
Abendbrot	*Mortadella, Olive verdi, Varianti all´ aceto, Fidelini in consummè, Consumato Coltivatore con pastina, Pollo di coltura allo spiedo, Insalata di stagione, Torta Caboto, Vino Marsala, Fruta, Caffè, Vino rosso.*

Klingt gar nicht schlecht für ein Volk im Unterdeck...

Die Fahrt über das Mittelmeer war - abgesehen vom Seegang im Golf de Lyon am 23. November zwischen 8:00 und 13:00 Uhr - schön. Bereits am 25. November hielten wir bei Cádiz an und wir durften das Schiff verlassen. Vormittags spazierte ich mit Hans Lühring in der Altstadt herum und wir kamen mit einem alten Pforzheimer, Alfons Sifferle, ins Gespräch, der bereits seit 30 Jahren dort lebte und eine Kneipe betrieb. Wir unterhielten uns mit ihm in einem kleinen Café am malerischen Meeresufer und kehrten dann zum Mittagessen zum Schiff zurück. Nachmittags unternahmen wir einen längeren Spaziergang auf der Uferpromenade, umsäumt von herrlichen Palmen, bis wir dann bis zur Kathedrale gelangten, wo wir uns mit Frl. Schmidt und Hans Sonderegger trafen. Mit ihnen erklommen wir den mächtigen Kirchturm, nicht etwa Treppen steigend, sondern auf einem regelrechten hartlehmigen Ringweg, der im Turminneren serpentinmäßig in die Höhe führte.

Von oben genossen wir ein Panorama erster Güte und konnten erst jetzt feststellen, dass die maurisch-iberische Stadt Cádiz eigentlich auf einer Insel liegt und nur durch einen schmalen, aufgeschütteten Weg mit dem Festland verbunden ist.

Übrigens: Cádiz gefiel uns auch deshalb, weil die Stadt sauber war, kein Vergleich mit dem etwas verkommenen Genua.

Abends um 20:00 Uhr ging es dann weiter. Der folgende Tag war ruhig, man sah nirgendwo irgendein Anzeichen vom Festland oder von irgendwelchen Inseln...

Am 27. November erreichten wir den Hafen von Las Palmas auf Gran Canaria.

Da die Aufenthaltsdauer begrenzt war, haben nur wenige der Passagiere das Schiff verlassen. Wir amüsierten uns dennoch, zumal die zum Schiff geeilten Händler ein riesiges Spektakel machten. Amüsant war der Wortwechsel zwischen den Händlern und einigen italienischen Passagieren, die Zigaretten kaufen wollten. Für eine Stange Lucky Strike verlangte ein

Händler zwei Dollar, der italienische Interessent bot dagegen nur einen Dollar an. Natürlich kam es deshalb nicht zum Geschäft, sondern zu gegenseitigen Beschimpfungen. Während die Italiener Franco angriffen, antworteten die Kanarier in etwa: „Franco ist gut. Und was habt ihr mit eurem Mussolini gemacht, eine Schande..."

Um 23:00 Uhr ging dann die Reise los, zum offenen Meer.

Am 28. November (Freitag) sah man noch die letzten Zipfel der Kanaren, wahrscheinlich die der Insel Palma. Zwischen dem 29. November und dem 3. Dezember glitten wir auf ruhiger See immer weiter in Richtung Westsüdwest, der Himmel war intensiv blau, die Hitze kaum erträglich. Wollte des Öfteren duschen, doch meistens waren die Badezimmer besetzt.

Am 4. Dezember (Donnerstag), genau um 17:45 Uhr erblickten wir vom Bug aus das erste Mal Land: Es war eine Spitze der Insel Santa Lucía (südlich von Martinique liegend). Dort in der Nähe, in Trois-Ilets, ist am 23. Juni 1763 die spätere französische Kaiserin Joséphine geboren.

Wie die Leute von Kolumbus im Jahre 1492 schrien auch wir: „Land, Land!"

Ich erinnerte mich in diesem Moment an das Theaterstück „Kolumbus" des Erzherzogs Josef Franz (aus der ungarischen Linie des Hauses Habsburg), aber auch an das Miniaturstück des Schiffes „Santa María" und an dessen stolzen Inhaber, meinen guten Freund aus den Tübinger Zeiten, Elemér von Bogáthy.

Abends um 20:30 Uhr passierten wir die Insel und verließen somit den Atlantik, um die Gewässer der Karibik kennenzulernen.

Am nächsten Tag fuhren wir weiter in Richtung Südwesten, also Venezuelas Küsten anpeilend.

In den frühen Morgenstunden kamen wir im Hafen von La Guaira an. Für viele Passagiere war dieser der Zielhafen, darunter auch für den sympathischen Italiener Gian Luigi Iodice, der mein Tischnachbar im Speisesaal war. Um 10:00 Uhr fuhr ich dann in Begleitung von Hans Lühring in die Hauptstadt, nach Caracas, die etwa 35 km entfernt auf einer Höhe von 1000 m liegt. Die Fahrt auf dem Serpentinenweg, der immer wieder Panoramablicke ermöglichte, dauerte 1 Stunde 20 Minuten. Der erste Eindruck - wir befanden uns in den Randvierteln der Stadt - war niederschmetternd.

Diese Außenbezirke sahen wie die Proletarierslums einer soeben von Luftangriffen zerbombten Stadt aus.

Allmählich näherten wir uns dem Stadtzentrum und die Eindrücke wechselten vom Negativen zum Positiven über.

Den Taxichauffeur baten wir, uns bis zur Plaza Rafael Urdaneta zu bringen, dort stiegen wir aus und zahlten (pro Fahrgast) je einen Dollar (!). Nach einem kurzen Aufenthalt dort nahmen wir ein anderes Taxi, das uns bis zur Avenida Lima beförderte: Dort in der Nähe wohnte der Ingenieur Esteban Füves, dessen Vater - Rechtsanwalt in Györ, Ungarn - und mein Vater Bekannte waren.

Wir hatten Glück, da Esteban (ich sagte zu ihm „Pista", eine Koseform von Stefan) soeben vom Mittagessen zurückkam. Er empfing uns sehr freundlich und brachte uns in ein nettes kleines Restaurant der Umgebung, dessen Inhaberin eine Wiener Jüdin war. Pista kam im Juni 1947 aus Belgien nach Caracas und bekam auch sofort einen Posten. Momentan war er im Ministerio de Obras Públicas angestellt, sehr gut dotiert.

Wir blieben bis etwa 16:00 Uhr zusammen und erzählten uns gegenseitig unsere Histörchen seit dem Kriegsende. Der Abschied tat echt weh, da wir uns in dieser kurzen Zeit so richtig angefreundet hatten.

Esteban Füves schickte mir später einen Zeitungsausschnitt, der auch die Abbildung seiner Promotion an der Universität zu Caracas beinhaltete, die Karriere ging steil nach oben...

Caracas befand sich in jener Zeit in einer Periode des ständigen Wachstums.

1940 zählte die Stadt nur 150.000 Einwohner, jetzt (1947) waren es schon über eine halbe Million. Das Klima der Hauptstadt war angenehm, da sie auf einer Anhöhe liegt und daher nicht unter der tropischen Hitze leidet wie andere, weite Landesteile dieses ölreichen Staates.

Am 7. Dezember, Sonntagmorgen, 6:25 Uhr fuhr unser „Caboto“ weiter und erreichte bereits nachmittags um 16:15 Uhr die Insel Curaçao.

Es war eine triumphale Einfahrt: Die beiden Teile der großen Brücke, die die Erdzungen der Bucht verbanden, öffneten sich auf Anhieb und unser Schiff konnte zum Ankerplatz fahren.

Es ist eine Naturbucht idealen Ausmaßes, an Schönheit nicht zu überbieten.

Rechts von uns lag die Stadt wie eine zauberhafte Kulisse, bestehend aus einer langen Kette von kleinen Häusern holländischen Stils, wunderschöne Villen, herrliche Schaufensterreihen diverser Geschäftshäuser und alles sauber, noch sauberer geht es gar nicht. Und die Bevölkerung: gut gekleidete, freundliche und zufriedene Schwarze, die niederländisch sprachen.

Ich stieg aus und machte in Begleitung des jungen Ehepaares Schelechow (sie waren auch „Klienten“ des Herrn Frey in Genf) einen kleinen Rundgang.

Nachts verließen wir Curaçao, um Richtung Panamakanal weiterzufahren.

Die Kanalzone erreichten wir am 9. Dezember, abends um 20:00 Uhr. Das Hafenviertel, das Cristóbal heißt, ist Teil der US-Zone, wogegen die Stadt, die den Namen Colón trägt, zur Republik Panama gehört.

Am 10. Dezember - Geburtstag meines Vaters (1893) und meines Opas mütterlicherseits (1848) - sind wir mit Hans Lühring ausgestiegen und wanderten von Cristóbal nach Colón. Die letztgenannte Stadt hat auch eine schwarze, spanisch sprechende Bevölkerung, doch ist sie - im Vergleich zu Curaçao - schmutzig und verwahrlost. Man sah eine ganze Reihe von Geschäften, dazwischen Wirtshäuser und Bordelle, sonst keine besonderen Sehenswürdigkeiten. Um die Zeit zu vertreiben, schlug Hans vor, den Geistlichen der methodistischen Kirche zu besuchen, da wir schon vor dieser standen. Wir hatten Glück: Der Pfarrer war ein Nordamerikaner, jung, vermählt mit einer gut ernährten Frau und einem rosafarbenen Baby. Sehr freundliche Leute, die uns mit Feingebäck und eiskalter Limonade verwöhnten. Hans sprach und sprach, sein Englisch war ja perfekt und ich hörte zu, verstand einiges, nur konnte ich mich an der Konversation nicht beteiligen. Aber an die Limonade erinnere ich mich noch gut, sie schmeckte nach mehr und tat uns bei der tropischen Hitze gut.

Am darauffolgenden Tag, dem 11. Dezember - Geburtstag unserer Tochter Elisabeth (1956) - begann unser „Caboto" mit seinen Manövern, den mit gigantischen Schleusen bestückten Kanal zu bezwingen, also die Überfahrt zum Stillen Ozean in verschiedenen Etappen sicherzustellen.

Zunächst wurde unser Schiff in drei Stufen gehoben, indem wir am Ende dieses Manöverteils 25 m über dem Meeresniveau standen, um somit zunächst in einen Binnensee (Süßwasser) gleiten zu können. Am Ende der Überquerung dieses Sees wurde das Schiff dann in ähnlicher Weise, in drei Etappen, wieder auf das Anfangsniveau hinuntergelassen und somit war erneut der Höhenunterschied von 25 m ausgeglichen.

Anlässlich der Überquerung des Süßwassersees konnte man üppige grüne Tropenwälder bewundern, im Kontrast zum blauen Wasser und dem ebenfalls tiefblauen Himmel. Am Seeufer sah man dann und wann einige faule Krokodile, die sich von den Schiffsgeräuschen nicht stören ließen.

Nachmittags um 13:45 Uhr erreichten wir den Stillen Ozean. Unser „Caboto" nahm jetzt die Richtung nach Süden und erreichte um 14:30 Uhr des 12. Dezember den kolumbianischen Hafen Buenaventura. Dort stieg eine neapolitanische Familie - der Vater mit seinen fünf Töchtern - aus und unten warteten vier Gebrüder, die bereits vor einem Jahr nach Kolumbien ausgewandert waren.

Eine Szene, die Einem gezwungenermaßen Tränen in die Augen lockt, wobei man daran denkt, dass es einmal passieren könnte, in ähnlicher Weise einen Verwandten in Chile zu empfangen. Der Besuch, den ich darauffolgend Buenaventura „abstattete" lohnte sich eigentlich gar nicht. Es war ein verkommenes Nest mit einigen wenigen Häuserreihen, Sehenswürdigkeiten: null.

In den Abendstunden, so etwa 17:30 Uhr, fuhr unser „Caboto" weiter gen Süden.

Am 13. Dezember nachmittags überquerten wir den Äquator. Eine übliche „Taufe" fand nicht statt, zumal man diese bereits im Atlantik erledigte, damit auch die Passagiere, die nur bis La Guaira fuhren, daran teilnehmen konnten.

Am Abend organisierte unser Bekanntenkreis eine Fete zu Ehren von Frau Gerlach, die tags darauf bei der Insel Puna ausstieg. Das Schiff wollte nur wegen weniger Passagiere nicht weiter ins Innere Ecuadors, bis zum Hafen Guayaquil fahren. In Puna stieg auch die Familie meines Freundes Türkel Witold aus.

In den Mittagsstunden ging es dann weiter. Es zeigten sich Wolken am sonst tiefblauen Himmel und es wurde merklich kühler, obwohl wir uns noch in der Äquatorzone befanden.

Die Fahrt wurde fortgesetzt und wir kamen dann am 16. Dezember morgens um 8:30 Uhr in El Callao, dem Hafen der Hauptstadt Perus, Lima an.

Nach dem Mittagessen stiegen wir - eine kleine Gruppe mit Lühring, Frl. Schmidt, Hans Otto Sonderegger, Diamantenstein mit seiner Frau und eine schweizerische Krankenschwester - aus, um Lima kennenzulernen.

Wir waren schon dabei, Taxen zu besteigen, als ein Zollbeamter auftauchte und uns aufforderte, ihm ins Zollgebäude zu folgen. Dort fand dann eine Leibesvisitation statt und bei Hans O. Sonderegger fand er vier nagelneue Armbanduhren.

Daraufhin wurde er verhaftet und wir, die „Restlichen" durften in die Stadt fahren.

Als Erstes haben wir die Gesandtschaft der Schweiz angerufen und den Fall geschildert. Woraufhin - wie wir es später von „Juanito" Sonderegger persönlich erfuhren - drei Gesandtschaftsfunktionäre nach El Callao rasten, die Zollbeamten beschimpften und unseren Freund freibekamen.

Währenddessen hatte sich unsere kleine Gruppe vorgenommen, das Wesentliche von Lima, also das Stadtzentrum, zu besichtigen, vor allem die Kathedrale, wo einer der größten Verbrecher aller Zeiten, der berüchtigte Pizarro, liegt, der allerdings von den Peruanern als Nationalheld geehrt wird.

Was uns in Lima auffiel, war die Tatsache, dass die Leute größtenteils Indianer waren, ob es sich nun um uniformierte Polizisten oder Zivilpersonen handelte. Eine eventuelle Mischung mit Weißen war kaum festzustellen. Das Indianerblut setzte sich durch.

Nach dieser kurzen und natürlich oberflächlichen Besichtigung Limas eilten wir schon wieder nach El Callao, wo unser „Caboto" dann um 18:15 Uhr weiterfuhr.

Das Endziel rückte näher und ich bekam langsam Respekt: Die sorglosen dreißig Tage gingen zu Ende und ein neues Kapitel meines Lebens wurde langsam sichtbar. Ein Kapitel voller Rätsel und Ungewissheiten.

Wie gerne wäre ich auf dem Schiff geblieben und weitergefahren, meinetwegen bis Tahiti oder Neuseeland oder gar Australien, je weiter, desto besser.

Nur um Zeit zu gewinnen und den Realitäten des Lebens zu entrinnen.

Am 17. Dezember setzte unser Schiff seine Fahrt fort, entlang einer langen, trostlos kahlen Küste und die See wurde langsam unruhig, wobei wir uns an den Golf de Lyon erinnerten. Gottlob kam es aber nicht soweit.

Am 18. Dezember, morgens um 8:30 Uhr erreichten wir den nördlichsten Hafen Chiles, Arica. Dort gab es offensichtlich (noch) keine Möglichkeit, bis zum eigentlichen Hafen vorzudringen, da es keine geeigneten Hafeneinrichtungen gab. Vielleicht waren aber nur die Anlegeplätze vollbesetzt.

So mussten diejenigen Passagiere, deren Reiseziel Bolivien war, auf Motorboote umsteigen, die sie dann zum Festland brachten.

In Arica stieg ein chilenischer „Kommissar“ zu uns, der die Reisepapiere überprüfte. Mittags um 13:00 Uhr konnte unser „Caboto“ dann weiterfahren.

Am 19. und 20. Dezember setzten wir unsere Fahrt fort und ergötzten uns an den Spielereien der Wale, die ganze Fontänen von Wasser in die Luft schossen und sich offensichtlich amüsierten.

Und dann kam der letzte Reisetag. Nix Tahiti, nix Australien, Chile war die Endstation.

Um 8:30 Uhr hielten wir im Hafen von Valparaíso.

Kapitel II

Meine 25 Jahre in Chile

Erste Eindrücke in der neuen Heimat

Als ich am 21. Dezember 1947 - an einem Sonntagmorgen - um 8:30 Uhr im Hafen von Valparaíso zum ersten Mal chilenischen Boden betrat, empfing uns ein sehr freundlicher Chilene, der damals noch sehr junge **Jorge Guastavino**, der in Vertretung der Y.M.C.A. kam. Hans Lühring, mein Bekannter aus dem Flüchtlingslager von Wallisellen, hatte diesen Empfang eingefädelt, da er zur erwähnten Organisation Verbindungen hatte. Guastavino brachte uns - mich und den jungen Schweizer Hans Otto Sonderegger, den Lühring ebenfalls „betreut" hat - „nach Hause", zu seinem Häuschen, auf einem der Hügel Valparaísos gelegen, und sagte uns schlicht und ergreifend:

„Da meine Frau und Tochter zurzeit bei den Schwiegereltern in Buenos Aires weilen, wohne ich eigentlich jetzt bei meinen Eltern in Viña del Mar, so dass mein Haus Ihnen zur Verfügung steht: mi casa es su casa..."

Typisch für die chilenische Gastfreundschaft: bitte, treten Sie ein, das Haus steht Ihnen zur Verfügung, der Kühlschrank ist gefüllt, bitte, bedienen Sie sich, mi casa es su casa, mein Haus ist Ihr Haus... J. Guastavino war somit mein zweiter chilenischer NOTHELFER.

So ein Glück kann man nur selten haben: Als Kind des europäischen Sommers (21. Juni) und hier just am ersten Sommertag der südlichen Erdhälfte eingetroffen, schenkt mir das Schicksal eine, wenn auch nur provisorische Bleibe und nimmt mir, wenn auch nur für einige Tage, die Sorgen der Ungewissheit. Am Weihnachtstag wurden wir sogar zum Mittagessen ins Elternhaus in Viña del Mar eingeladen. Die Hausleute waren sehr liebenswürdig und verwöhnten uns. Die ganze Familie war anwesend: Vater Guastavino mit seiner Frau aus zweiter Ehe, drei Kinder aus der ersten und drei aus der zweiten Ehe. Die Erstgenannten waren dunkelhaarig, die aus der zweiten Ehe rotblond, der Letzte war ein „Albino". Dieser, der Luis hieß und den man Lucho nannte, machte später eine politische Karriere: Er war Abgeordneter der zweiten Kammer des Parlaments und gehörte zur kommunistischen Fraktion.

Das Mittagessen verlief gemütlich, obwohl die Kommunikation angesichts unserer spärlichen Sprachkenntnisse schwierig war. Am Ende wollten sie einen Trinkspruch auf Deutsch hören und Otto Sonderegger, frech wie er war, fing an zu deklamieren: „Auf dem Teiche schwamm ´ne Leiche"... (die nachfolgenden Sätze dieses „Trinkspruches" werden aus Gründen des Anstandes nicht gedruckt.)

Zum Glück sprachen die Hausleute nicht deutsch, so dass der Skandal unterblieb.

Allerdings baten sie danach den „Don Alejandro" (das war ich), den Trinkspruch zu übersetzen. Ich befand mich in der Klemme und stotterte letztlich etwas über „Salud" und „Felicidad"... und alle waren zufrieden.

Als Erstes nahmen wir uns vor, den erforderlichen „Papierkram" zu erledigen, sprich, uns in das chilenische Personenregister einzutragen und somit das „Sinequanon" jeglicher Tätigkeit auf chilenischem Boden, nämlich den Personalausweis für Ausländer zu bekommen. Einen Ausweis mit Foto und Fingerabdruck (vom rechten Daumen). Übrigens musste man auf einer Kartei von sämtlichen Fingern den entsprechenden Abdruck machen lassen, eine Prozedur, die in der heutigen Zeit der terroristischen Bedrohung in Deutschland auf so viel Widerstand stößt. Damit der Leser es weiß: es tut nicht weh...

Im Büro des „Registro Civil e Identificación" haben wir etwas Neues gelernt: plötzlich bekamen wir einen neuen Namen.

Und so fing es an: Man fragte uns nach dem Familiennamen des Vaters und der Mutter und nach dem Vornamen. Da ihnen mein ungarischer Vorname Sándor (= Alexander) zu kompliziert war, fragten sie, ob ich mit Alejandro einverstanden wäre. Aber klar. Ich hieß - und heiße noch immer - also Lajtonyi Gruber, Alejandro. In Chile - und in allen lateinamerikanischen Ländern, wie auch in Spanien und Portugal - trägt man beide Familiennamen und den Vornamen von der Geburt an bis zum Tode. Das gilt auch für die Frauen, die ihren ursprünglichen Namen durch eine Eheschließung nicht verlieren. Wenn z. B. María González Martinez den Pedro Perez Vargas heiratet, wird sie nur inoffiziell zur „Señora de Perez", da ihr ursprünglicher Name weiterhin unverändert gültig bleibt, natürlich auch in ihren Ausweispapieren. Wenn also beide verreisen, haben sie keineswegs gleichlautende Familiennamen in ihren Pässen und früher hätte der Herr an der Hotelrezeption heimlich geschmunzelt, da er vermuten konnte, dass Herr Direktor Perez mit seiner Sekretärin Maria González ein gemütliches Wochenende zu verbringen gedachte. (Heutzutage ist dies sowieso ohne Bedeutung, da sich die ethisch-moralischen Vorstellungen verändert haben.)

Das chilenische (also auch lateinamerikanische, spanische und portugiesische) NAMENSRECHT birgt in sich große Vorteile. Die rasche Identifikation der gesuchten Person ist bedeutend leichter als bei uns, zumal man in Deutschland im Normalfall nur einen Familiennamen trägt.

Beispiel:

Sie suchen einen Michael Schmitz im Telefonbuch von Köln. Sie wissen ja, der ganz alte Schmitz wurde wegen seiner Untauglichkeit im Dreißigjährigen Krieg vom Wehrdienst freigestellt und konnte deshalb anderweitig tätig werden...

Also, Sie suchen den erwähnten Michael Schmitz, und siehe, im Telefonbuch von Köln gibt es von denen 30 oder 50... Also, wie finden Sie den „Richtigen"?

Zwangsweise müssen Sie alle Nummern nacheinander anrufen. Vielleicht haben Sie dann Glück und finden ihn schon nach dem zehnten Anruf...

Hieße aber der gesuchte Michael Schmitz auch noch Müller (= Muttername), wäre die Sucherei ein Kinderspiel, weil es von diesem im Regelfall nur einen gäbe. Vorschlag an den Gesetzgeber in Deutschland:

Übernehmen Sie das iberische (also auch ibero-amerikanische) Namensrecht und beenden Sie somit die chaotische Situation, die sicherlich allerhand Kopfschmerzen verursacht.

Und wenn man schon bei den Gepflogenheiten der Namensgebung gelandet ist, darf ich dem Leser noch schnell zwei Schmankerln präsentieren, die ich in Chile genießen durfte.

Als ich in den 60er Jahren als Verwalter einer Weizenmühle in Río Negro, Süd-Chile, tätig war, hatte ich eine Kundin, die mir Jahr für Jahr ihren Weizen ablieferte. Die Dame hatte einen recht kuriosen Vornamen, sie hieß Cuadragésima (= die Vierzigste). Wie kam sie dazu?

Nun, eine heilige Cuadragésima oder Quadragésima gibt es nicht, wohl aber dient diese Bezeichnung im Kirchenkalender für die 40-tägige Fastenzeit von Aschermittwoch bis Ostern. Vielleicht hat der Erzeuger der Dame bei deren Geburt im Kirchenkalender herumgestöbert und diesen Begriff für den Namen einer Heiligen gehalten, wer soll es heute wissen?

Was die Vornamen betrifft, ist Chile das Land der unbegrenzten Möglichkeiten.

Früher, als der Staat und die Kirche noch nicht getrennt waren, haben die Pfarrer schon darauf geachtet, dass das Neugeborene den Namen eines (einer) Heiligen bekommt. Dies ist jetzt, wegen der Zuständigkeit des Standesamtes, nicht mehr der Fall. Fantasienamen jeder Art, die möglicherweise mit einem Kinohelden oder einer Heldin zusammenhängen, kommen immer wieder zum Vorschein.

Eine andere Geschichte ist noch interessanter.

Ebenfalls während meiner damaligen Tätigkeit als Mühlenadministrator musste ich bei irgendeiner Gelegenheit die Geburtsurkunden meiner Leute zwecks Überprüfung einsammeln. Und siehe da, bei einem der Mühlenarbeiter entdeckte ich in dessen Urkunde folgende Kuriosität:

Familienname des Vaters	Navarino
Familienname der Mutter	---
Vorname:	Luis

Folglich hatte Luis Navarino keine Mutter.
Das gibt es. Allerdings nur in der griechischen Mythologie.
Wie war es mit Zeus? Ja, der Gottvater hatte mal Kopfschmerzen. Und siehe, plötzlich gebar er einen Sohn oder war es eine Tochter? Müsste noch geprüft werden. (*Den Familiennamen habe ich geändert.*)

Meine erste Anstellung in der „Hostería Santa Lucía"

Wir verbrachten eine Woche in Valparaíso und fuhren danach nach Santiago, vor allem, weil wir der Ansicht waren, dass man in der Hauptstadt eher eine passende Stellung bekäme.

Unsere erste Pension befand sich in der Umgebung des Hauptbahnhofes, in einer Gegend also, die in ziemlicher Entfernung vom Zentrum lag und auch nicht anziehend war. Nach einigen Tagen dort sind wir in die Stadtmitte umgezogen.

Hier, in der Calle Miraflores, studierten wir die Stellenanzeigen des bis heute größten Tagesblattes „El Mercurio", das damals viele Seiten umfasste - wir befanden uns in einer günstigen Konjunkturphase und die Wirtschaft boomte.

Ich hatte weiterhin Glück und musste mich gar nicht sehr lange bemühen, denn es geschah inzwischen ein kleines Wunder und schon konnte ich meine erste Stellung als Kassierer in einem Luxusrestaurant in der Calle Santa Lucía Nr. 284 - nur ein paar Straßenecken von der Pension entfernt gelegen - antreten.

Hierzu kam es wie folgt:

Meine Caboto-Reisegefährtin Marianne Schmidt, meines Wissens gelernte Fremdsprachensekretärin (Englisch, Französisch), damals etwa 45, ledig, hatte diese Stellung kurz vorher bekommen, schaffte aber den damit verbundenen Stress offensichtlich nicht.

Beginn der Tätigkeit zwar erst 12:00 Uhr mittags, Dauer des ersten Arbeitsabschnittes etwa vier 4 Stunden, dann konnte man nach Hause gehen. Der zweite Abschnitt begann dann um 19:00 Uhr und dauerte bis in die ersten Morgenstunden des darauffolgenden Tages. Abhängig war man vom letzten Gast, der noch gemütlich seinen Drink ausschlürfen wollte. Manchmal war es dann drei Uhr morgens und wenn man Glück hatte, eher.

Also, Frau Schmidt verkraftete diesen Stress nicht und erwähnte der Restaurantbesitzerin meine Wenigkeit. Dieser Wink hatte dann als Folge den prompten Besuch ihres Bruders, Oscar Beregi jun., auch „Ossi“ genannt, der mich persönlich „begutachtete“ und offensichtlich o.k. fand.

Eigentümer des Restaurants „Hostería Santa Lucía“ waren meine Landsleute. Es handelte sich um die Familien Beregi und von Pataky. Chef der Familie war der alte Herr Oscar Beregi, seinerzeit einer der bekanntesten und markantesten Schauspieler Mitteleuropas. Sein Königreich war das königl. ung. Nationaltheater in Budapest, aber auch das Wiener Burgtheater und Reinhardts Deutsches Theater in Berlin. Damals war er schon weit über siebzig, aber noch immer „fesch“ und attraktiv.

Das Gebäude Calle Santa Lucía 284

Ich habe viele Stunden mit ihm - privat - verbracht, da er damals an seinen Memoiren arbeitete und mir einiges direkt in die Schreibmaschine diktierte.

Ein Mann von einer außerordentlichen Intelligenz, mit Esprit und einem untadeligen Erinnerungsvermögen. Er war äußerst intelligent, witzig und äußerst einfallsreich...

Nie werde ich den Abend vergessen, als ein mit den Beregi befreundetes Ehepaar aus einem Nachbarland - der Ehemann war ehemals Staatsminister, die Ehefrau viel jünger und bildhübsch - zum letzten Mal zum Abendessen kam. Sie waren eine ganze Woche schon in Santiago, speisten aber tagtäglich in der Hostería, natürlich als Gäste. Nach diesem „letzten Abendmahl" verabschiedeten sie sich, große Szenerie vor meiner Nase (die Kasse stand in der Empfangshalle), Umarmungen, Küsse und als sie dann endlich gingen, wandte sich der große Mime mir zu und zitierte das bekannte Gedicht von Endre Ady:

„Én a halál rokona vagyok.
Szeretem a tünö szerelmet,
szeretem megcsókolni azt
Aki elmegy."

*„Ich bin mit dem Tode verwandt
und liebe die flüchtigen Liebschaften,
zu gerne küsse ich
die in die Ferne rücken."*

Und dabei schmunzelte er schelmisch...

Als ich seinen Privatauftrag erledigte, fragte er mich, was er mir schulde. Ich antwortete ihm, dass ich mich sehr freuen würde, wenn er mir sein Porträt mit Signatur schenken würde.

Nach einigen Tagen brachte er mir das Bild, das ihn in einer Rolle als Kardinal zeigte, und schrieb darunter:

Oscar Beregi in der Rolle eines Kardinals

„Unserem lieben Sohn Sanyika, der meine mit Wolken behangenen Minuten mit Sonnenlicht bestrahlt und der würdig ist, den ehrenvollen Namen ‚Mensch' zu führen, Santiago, 1949. Beregi Oszkár."

Die Restaurantbesitzerin war seine Tochter Lea, ganz offiziell „María Verónica Beregi de De Pataky“, wobei das doppelte „de De“ keineswegs ein Tippfehler ist, sondern schlicht und einfach sagen will, sie sei die Frau von einem von Pataky, also eines adeligen Ehemannes.

Die Familie Beregi war jüdischen Ursprungs und hieß früher Berger. Und wenn ich mich nicht irre, ließ sich „Lea“ (so hieß die Frau Jakobs) später taufen und erhielt in der Taufe den Doppelnamen María Verónica.

Frau von Pataky war zwar eine korpulente, aber trotzdem sehr attraktive Frau, die das gute Essen und Trinken nicht verschmähte. Sie war sehr elegant und umhüllt von einer angenehmen Duftwolke.

Ihr Mann war der in den 30er Jahren weltbekannte Tenor, Kammersänger Koloman von Pataky (Pataky Kálmán), der in den besten Häusern sang, in den Opernhäusern von Budapest, Wien, Buenos Aires (Teatro Colón) etc. Da sich die Jahreszeiten auf der Nord- und Südhalbkugel ständig abwechseln, hatte er viel zu tun und flog im europäischen Sommer in den argentinischen Winter, hin und her.

Damals, Ende der 40er Jahre, befand sich seine einst so berühmte Stimme in einer Phase des Abklingens. Der Grund hierfür war irgendeine Krankheit, die seine Stimmbänder angriff, so dass er sein altes, sehr hohes Niveau nicht mehr erreichen konnte, und dies trotz der vielen Übungen, die er tagtäglich wiederholte.

Irgendwann im Laufe des Jahres 1949 fuhr er noch einmal nach Buenos Aires, wo er anlässlich eines von Furtwängler dirigierten Konzertes singen sollte, doch war sein Auftritt offensichtlich nicht mehr so erfolgreich.

Zur Familie gehörte noch Oscar Beregi jun., damals etwa 30, der sich als Manager (Einkäufer und „Generalinspektor“) betätigte.

Die Familie Beregi-von Pataky hatte natürlich viele Beziehungen zu den Spitzenkünstlern der ganzen Welt. Wenn einer von ihnen in Santiago weilte (Gastspiel etc.), kam er/sie selbstverständlich zum Mittag- oder Abendessen in die Hostería.

So habe ich damals den jungen Yehudi Menuhin gesehen, auch Herbert von Karajan mit Frau, Sergiu Chelibidache, den Pianisten Walter Gieseking und andere Berühmtheiten. Es war für mich eine aufregende Zeit.

Frau von Pataky bestimmte Tag für Tag die Ausgestaltung der Speisekarte, die Menüfolge. Wenn der Oberkellner, ein Franzose, abwesend war, beriet sie sich mit meiner Wenigkeit, da ich ja inzwischen allerhand dazugelernt hatte.

Eines Tages war es wieder soweit und wir überlegten, wie wir das Dessert des Abendmenüs „taufen“ sollten. Üblicherweise war es eine Obstschale mit Eis und Schokoladensauce, also fast immer dasselbe.

Wir überlegten und zerbrachen uns den Kopf, dann sagte sie plötzlich: „Ist ja egal, schreiben Sie Copa Bili!“

Copa, auf französisch Coupe, also Schale, und Bili ist der ungarische Name für das Nachtgeschirr.

Eine Kopie der damaligen Speisekarte findet der Leser in diesem Kapitelteil.

Frau von Pataky war eine einfallsreiche und schlagfertige Frau und vertraute mir auch schon wegen unserer gemeinsamen Muttersprache.

Sie telefonierte in meiner Anwesenheit, natürlich auf Spanisch, mit den Damen der dortigen Gesellschaft und war dann honigsüß und plätscherte lustig vor sich hin. Eines Tages war eine Dame „dran“, die sie nicht ausstehen konnte, dies aber natürlich nicht zeigen durfte. Sie plauderten und plauderten und alles lief bestens und recht manierlich. Dann legte sie den Hörer ab und sagte schlicht und ergreifend: „Dögölj meg!“ - auf Ungarisch: krepiere!

Für mich war es eine lehrreiche Zeit, in der ich nicht nur fließend Spanisch lernte, sondern auch vieles mehr, was meine Kenntnisse über Land und Leute bereicherte.

Es gab eine Gruppe von Kellnern und Kellnerinnen, die von dem Oberkellner geleitet wurde. Die Kellnerinnen trugen eine Art ungarischer Volkstracht, reichlich bestickte Blusen und Schürzen, sogar ein Kopfschmuck zierte ihr Haar. Alle waren recht nett zu mir, anfangs erlaubten sie sich den einen oder anderen Spaß mit dem Neuling, dem Gringo, aber dies flaute allmählich ab und sie respektierten mich.

Eines Tages brachten sie mir als Vorspeise eine ganze, schöne, reife Avocado (die man in Chile „palta" nennt) und beobachteten mich, was ich mit diesem komischen Ding wohl anfange. Natürlich hatte ich keine blasse Ahnung und sie klärten mich dann lachend auf... (Interieur-Aufnahmen über die Ausgestaltung der Räumlichkeiten und des damals eingeweihten Wintergartens findet der Leser in diesem Teilabschnitt).

Der Eingangsbereich der Hostería

Der Tellerschmuck: ungarische Volkskunst.

Der Wintergarten: das Wandgemälde „Dorfhochzeit"

Wintergarten: Der Essbereich

In der Hostería Santa Lucía lernte ich meinen - nach Elgueta und Guastavino - dritten chilenischen „NOTHELFER“ kennen: einen Stammgast, der fast jeden Samstagabend erschien und immer mit großem Hallo begrüßt wurde. Es war der Staatssekretär im Innenministerium während der Präsidentschaft von Gabriel González Videla, Don **Héctor Grez Oyarzún**.

Frau von Pataky stellte mich ihm eines Abends vor und fügte hinzu, ich hätte ein Problem, das er sicherlich lösen könnte. So kamen wir ins Gespräch und ich erläuterte ihm, mein Bruder sei vor einigen Monaten aus dem kommunistischen Ungarn „getürmt“, befinde sich zurzeit in Österreich (in der amerikanischen Zone) und wolle natürlich gerne nach Chile, zu mir, kommen.

Bereits mit Schreiben vom 12. Februar 1949 informierte mich der Staatssekretär, man habe das Einreisevisum für meinen Bruder dem zuständigen Vertreter Chiles in Österreich zugesandt. Der Brief endete mit folgendem Zusatz:

„Si aun existiera alguna dificultad con respecto a la entrada de este familiar suyo, estoy a su entera disposición. Le saluda atte. su amigo y S. S."

Auf Deutsch: Bestünde noch irgendein Problem bezüglich der Einreise Ihres Angehörigen, stehe ich zu Ihren Diensten. Es grüßt Sie hochachtungsvoll Ihr Freund und ergebener...

Und es waren keineswegs leere Worte, es war die Zusicherung eines „amigo", der mir - und erst recht meinem Bruder - in der Not geholfen hat.

Auch vom Staatssekretär Grez, in Begleitung von Frau von Pataky, wurde seinerzeit, anlässlich der Einweihung des Wintergartens, eine Aufnahme gemacht, die sich ebenfalls in diesem Kapitelabschnitt befindet.

Einweihung des Wintergartens:
der zweite von links ist Oscar Beregi jun., in der Mitte sieht man den Staatssekretär Héctor Grez Oyarzún und die Chefin des Hauses Frau Verónica von Pataky.

Durch die spontane Hilfsbereitschaft dreier Chilenen - Elgueta, Guastavino und Grez - konnte ich (und auch mein Bruder Julio) in Chile endgültig Fuß fassen.

Die lehrreiche Zeit in der Hostería ging dann jäh zu Ende. In der Nacht des zweiten Nationalfeiertages, also am 19. September 1949, brannte das Restaurant ab und somit verlor ich meinen ersten Posten in Chile.

Die Familie Beregi von Pataky ist danach nach Cuba gezogen (damals war noch Fulgencio Batista am Ruder) und von dort später in die USA. Dort hatten sie viele Bekannte aus dem Kreise der vorher emigrierten Schauspieler und Regisseure.

Die abgebrannte Ruine der Hostería sah traurig aus. Noch trauriger war, dass ein alter Däne, der dort als „Aufpasser“ wohnte, mitverbrannte.

Für die Boulevardpresse war dieses Ereignis natürlich willkommen, sie spekulierte und vermutete Brandstiftung dahinter. Die Titelseiten der Boulevardzeitungen übertrafen sich mit ihren haarsträubenden Formulierungen. Ein Titel lautete: „Gebratener Hausmeister: das letzte Schmankerl der Hostería Santa Lucía“.

(Im Original: „Mayordomo asado, el último plato de la Hostería Santa Lucía“ - geschmackloser geht es gar nicht...)

Die damalige (1947-1949) Speisekarte der Hostería Santa Lucía

Entradas

- Hors d'Oevre variés 38.—
- Caviar Romanoff
- **Paté hígado de ganso** 24.—
- Atún c/papa mayonesa 26.—
- Corvina c/mayonesa 24.—
- Sardinas al aceite 24.—
- Huevo ruso 16.—
- Huevo a la Peruana 18.—
- Jamón crudo o cocido con ensaladas 24.—
- **Jamón Dubarry** 26.—
- Cornet de Jamón 24.—
- Palta reina o natural 28.—
- Salpicón de ave 34.—
- Roastbeef frío c/garnitura 30.—
- Filete Tártara 30.—
- Fiambre surtido especial 35.—
- Ternera fría con ensalada 24.—
- Cenfolla c/mayonesa 65.—
- Lengua ajamonada 28.—
- Arenque Bismarck 20.—
- Rollmops 22.—

Sopas

- Crema Soubise 20.—
- Crema de espárragos 24.—
- Crema de tomates 22.—
- Crema jardinera 15.—
- Crema Champignon 22.—
- Consommé de ave 12.—
- Consommé c/huevo 16.—
- Consommé Alianza 26.—
- Jugo de carne doble 32.—
- Dieta de ave (¼) 36.—
- Caldo Voronoff 32.—
- Caldo de gallo 42.—
- Cazuela de ave (¼) 36.—

Mariscos Y PESCADOS

- Locos c/mayonesa o salsa verde 20.—
- Locos a la Milanesa c/salsa tártara 34.—
- Locos al curry 28.—
- Locos a la Húngara 28.—
- Congrio Bonne Femme 38.—
- Congrio Meunier 32.—
- Congrio Mornay 36.—
- Corvina c/salsa holandesa 38.—
- Corvina a la Americana 38.—
- Corvina Cleopatra 40.—

Especialidades

Las especialidades de la casa están impresas en letras más gruesas.

TODO PEDIDO FUERA DE ESTA LISTA SE COBRARÁ EXTRA

Cubierto 3.-

Vorspeisen

Rožnìži	48.—
Šašlik Karsky	50.—
Chuleta de chancho apanada	30.—
Lomo de chancho	34.—
Lomo de chancho ahumado	36.—
Bocado campestre	42.—
Roastbeef a la inglesa	34.—
Seso a la mantequilla negra	28.—
Seso a la Romana	30.—
Riñones al Jerez o a la brocheta	28.—
Hígado a la Inglesa	28.—
Hígado al Danubio	26.—
Mutton Chops	32.—
Gulasch de filete	28.—
Gulasch de ternera a la crema	26.—
Asado Bandolero a lo spiedo (2 pers.)	88.—
Parrillada Transylvania	45.—
Cotelette de veau en Papilotte	42.—
Escalopa Vienesa	30.—
Escalopa natural	30.—
Escalopa Cavour	45.—
Escalopa Praga	42.—
Escalopa Holstein	40.—
Escalopa Marlene	40.—
Escalopa Parisienne	38.—

Filete Queen Mary	56.—
Filete a la parrilla	36.—
Filete Grisette	46.—
Filete Mignon	44.—
Filete Chorrillana	42.—
Filete Bordalesa	40.—
Filete Financiera	50.—
Filete Chanteclair	42.—
Lomo a la parrilla	34.—
Bistek Vienés	36.—
Rumpsteak equitadora	38.—
Chateaubriand Rey Eduardo	56.—
Chateaubriand Mariscal	60.—
Casinosteak	52.—
Beef Stroganoff	60.—
Porterhoussteak (2 personas) (45 min. p. l. m.)	120.—
Entrecote Santa Lucía	58.—
Entrecote Gitano	58.—
Tournedos Robin Hood	50.—
Tournedos Rossini	50.—
Tournedos Tres Mosqueteros	58.—
Salchicha Polaca c/chucrut	32.—
Longaniza c/puré picante	28.—

Hauptgerichte

Ensaladas

Porotos verdes .... 20.—
Lechuga, Berros, Betarraga .... 9.—
Apio, Pepino ruso .... 12.—
Surtida .... 12.—
Ensalada rusa .... 20.—
Ensalada Waldorf .... 24.—
Ensalada Chef .... 25.—
Apio con palta .... 24.—

LEGUMBRES Y PASTAS

Porotos verdes saltados .... 20.—
Coliflor al gratin .... 20 —
Arvejitas a la Francesa .... 24.—
Espárragos Parmesana .... 32 —
Plato vegetariano c/huevo .... 30 —
Espinaca a la crema .... 16 —
Arroz a la Cubana .... 28 —
Arroz a la Valenciana: 2 personas 30 min. .... 88 —
Tallarines Bontoux .... 38 —
Tallarines a la Parmesana .... 18 —

Aves

HUEVOS Y TORTILLAS

Huevos a la Opera .... 36.—
Huevos a la Baltimore .... 26.—
Huevos a la Cocotte .... 35 —
Huevos Poché Frou-Frou .... 34.—
Huevos Poché Lorrain .... 24.—
Seso c/huevo .... 26.—
Tortilla Archiduque .... 38 —
Tortilla Clamart .... 24 —
Tortilla c/jamón .... 26 —
Tortilla de tomate o verdura .... 24 —

Tortilla c/espárrago .... 32 —
Tortilla a la Española .... 30 —
Roulade Parisienne .... 32 —

Pollo a la Húngara .... 48 —
Pollo al horno c/garnitura .... 48 —
Pollo a la Vienesa .... 45 —
Pollo grano Nido .... 58 —
Suprema Maryland .... 48 —
Pollo al champignon .... 58.—
Pollo con espárragos .... 56 —

Postres

Strudel de manzana .... 25.—
Strudel de manzana c/crema .... 30.—
Kuchen de frutas .... 16.—
Torta Sacher c/crema .... 20.—
Torta Panamá .... 20.—
Kasha Gurieff (2 pers.) .... 70.—
Omelette Surprise (2 pers.) .... 56 —
Suflé Victoria (2 pers.) .... 50.—
Crepe Suzette .... 45.—
Crepe de Chine .... 45.—
Cerises Flambleés .... 45.—
Sabayon .... 28.—
Panqueque c/miel .... 18.—
Panqueque Celestino .... 22.—
Aconcagua Cup .... 30.—

Copa Saint Denise .... 30 —
Copa Africana .... 26 —
Parfait Praliné .... 28 —
Crema de chocolate .... 28 —
Plátano Split .... 28 —
Ensueño de Frutillas .... 30 —
Torta helada Sta. Lucía .... 25 —
Helados varios .... 16 —
Peach Melba .... 26 —
Pera "Belle Helene" .... 26.—
Compotas surtidas .... 18 —
Papaya al jugo .... 22 —
Castaña c/crema .... 24 —
Castaña c/crema Lúcuma .... 32 —
Crema de Lúcuma .... 30.—

Plátanos .... Peras .... Menzanas .... Naranjas ....

Quesos varios, 16.- Queso húngaro, 18.- Café, 4.- Café Turco, 10.- Café Vienés, 14.-

Salate

WHISKY  FOUR ROSES

APERITIVOS

Old Fashioned **Whisky Sour**
Manhattan **High Ball**

Cocktail Lloyd George
Pisco sour
Gin sour
Rhon sour
Rhonrieo sour
Cognac sour
Silver Gin Fizz
Cocktail Primavera

Cocktail Santa Lucia
Martini
Vermouth Cinzano
Vermouth Martini
Bitter a la Francesa
Side Car
White Lady
Bitter Batido

Gin Cocktail
Alexander
Cuba Libre
Gin tonic
Vaina en Jerez
Vaina en Oporto
Vaina en Cognac

WHISKY ESCOCES LEGITIMO

Casablanca:
Pomard
Monte Alto Riesling
Monte Alto Borgoña
Santernes

Concha y Toro:
Santa Emiliana
Especial tinto
Especial blanco
Gran Vino tinto
Gran Vino blanco

Santa Rita:
Rhin
Banquete tinto
Banquete blanco
Reservado tinto
Reservado blanco

Macul:
Gran Vino tinto
Gran Vino blanco

Tarapacá ex-Zavala:
Borgoña
Chablis

La Rosa:
Cabernet
Reservado

Ochagavia:
Borgoña

Tocornal:
Fond de Cave

Carmen:
Rhin
Margaux

Santa Carolina:
* * * blanco
* * * tinto

Santa Rosa del Peral:
Planella

VINOS DE LA CASA

1/4 Jarro	$ 8.—
1/2 „	$ 15.—
1/1 „	$ 20.—
Litro	$ 28.—

CHAMPAGNE
DEMI-SEC BRUTO ROSÉ

COGNAC FRANCES
MARTELL CHABANEAU COURVOISIER

BAJATIVOS VARIOS

Aperitivs

Mein zweiter Posten im Restaurant „Danubio Azul“

Kaum waren zwölf Stunden nach dem verheerenden Feuer vergangen, hatte ich schon Arbeit, diesmal als Kassierer im renommierten Restaurant „Die blaue Donau“, nur einige Straßenecken vom niedergebrannten Gebäude entfernt gelegen. Der Inhaber Pablo Freiwirth Schack stammte aus Wien und warf rechtzeitig vor den Nazis geflüchtet.

Der Zufall wollte es, dass er kurz vorher seinen bisherigen Kassierer verloren hatte und als er dann vom Brand der Konkurrenz erfuhr, ließ er mich holen. Natürlich nahm ich das Angebot an und arbeitete mich ganz schnell ein.

Auch im „Danubio Azul“ gab es Kellnerinnen unter dem Oberkommando eines Oberkellners und ich kam mit dem Personal gut aus. Ich sprach ja schon fließend Spanisch und hatte sowieso keine Eingewöhnungsprobleme.

Eines Tages - es war der Pfingstsonntag 1950 oder 51 - kam eine der Kellnerinnen zur Kasse und ich fragte sie, ob sie eigentlich wisse, was für einen Sonntag wir hätten. Nein, antwortete sie, wieso? Na ja, erwiderte ich, weil es eben ein spezieller Sonntag sei, Pfingsten, auf Spanisch Pentecostés.

Pentecostés, fragte sie, was ist das?

Nun, ich erzählte ihr in kurzen Sätzen die biblische Geschichte von den Aposteln, die nach Christi Himmelfahrt zusammensaßen, und plötzlich erschien der Heilige Geist, der sich in Form von Feuerzünglein auf den Köpfen der Apostel niederließ.

Die Kellnerin machte große Augen und murmelte dann still vor sich hin, der Gringo ist verrückt geworden...

Dazu Folgendes:

Chile ist ein vorwiegend katholisches Land, in dem der Marienkult dominiert, man könnte es als „Regnum Marianum“ bezeichnen.

Obwohl die Kirche und der Staat schon seit etlichen Jahrzehnten getrennt sind, ist die Prädominanz der katholischen

Kirche gegenüber den anderen christlichen Konfessionen ein Fakt.

Schon bei der Durchsicht der Liste der offiziellen Feiertage fällt es auf, dass z. B. der 15. August (Mariä Himmelfahrt) und auch der 8. Dezember (Mariä Empfängnis) aufgenommen sind, nicht aber Christi Himmelfahrt.

Der Marienkult und seine intensive Weiterbetreibung hängen ganz offensichtlich mit der Urreligion der Indianer zusammen, die ja die „Pachamama“ (Gott Mutter) verehrten und bei der Christianisierung einen Ersatz dafür suchten.

Wer hierüber Näheres wissen möchte, sollte das exzellente Buch von Pablo Huneeus (El Intimo Femenino. Estudios sobre la Mujer) lesen, Seiten 22 - 41, Untertitel: Als Gott noch eine Frau war.

Die Anbetung der Maria hat also in Chile eine fundamentale Bedeutung, alles andere - wie hier Pfingsten - ist von nur sekundärer Wichtigkeit. Das Kirchenvolk ist nur auf die Muttergottes fixiert.

Nun, zurück zur „Blauen Donau“.

Pablo Freiwirth, verheiratet mit einer katholischen Uruguayerin, brachte jeden Tag auch seine alte Mutter ins Geschäft. Rosa Freiwirth geb. Schack war eine zierliche, liebe Altwienerin und erzählte immer wieder von der Ringstraße, wo ihre Familie in besseren Zeiten ein Kaffeehaus betrieb. Da sie nur deutsch sprach und ihr Sohn beschäftigt war, kam sie immer zu mir, zur Kasse, und stand da stundenlang und erzählte und erzählte.

Ihre einzige Pflicht war die Zubereitung - jeden Mittwoch - des berühmten Apfelstrudels. Da stand sie im kleinen Büroraum, wo ein entsprechender Tisch vorhanden war, und zog den Teig aus und schimpfte wegen der schlechten Qualität des chilenischen Mehls.

„Ja in Wien, da hatten wir ausgezeichnete Mehlsorten, die Bearbeitung war leicht und es entstanden keine Löcher wie hier in Santiago... Dieses Mehl hier reißt ständig, es bilden sich Riesenlöcher, wie soll ich dies hinkriegen?!"

Nun, es gelang ihr trotzdem und dann war sie zufrieden, brummte jedoch weiter, natürlich nur bei mir, an der Kasse.

Uns verband eine gegenseitige Zuneigung, sie hat mich bei der Arbeit nie gestört und war schon damit zufrieden, dass sie dort sein konnte.

Erzählt wurde natürlich viel von den „alten guten Zeiten" und geschimpft auf den Hitler, der alles vermasselt hat.

Sie hatte einen leicht singenden jüdischen Jargon, den ich mir mit der Zeit auch aneignete.

Eines Tages sagte sie zu mir:

„Sie sind ja schon, wie einer von unseren Leut!"

Worauf ich antwortete:

„Na, dazu fehlt aber noch eine Kleinigkeit!"

Worauf sie, schelmisch:

„Sie Schweinskerl!"

Die V.I.P.s im Danubio Azul

Obwohl Pablo Freiwirth weder Künstler noch Schauspieler war, kamen auch zu ihm viele Prominente. Die gute österreichische Küche zog die Klientel an. Zu den Gästen zählten vor allem die Österreicher, für die unser Restaurant ein Stück Heimat war. Natürlich waren es vor allem die Mitglieder der österreichischen Botschaft. Der Kanzler der Botschaft, W. G., war der fleißigste Gast und im Laufe der Zeit wurden wir gute Freunde. Er heiratete später die Tochter des brasilianischen Botschafters und zog nach Brasilien.

Ein immer wiederkehrender Gast war Ernst Rüdiger Fürst von Starhemberg, ehemaliger Heimwehrführer und Vizekanzler in der austrofaschistischen Zeit, der damals in Viña del Mar wohnte und kurz vorher seine Frau, die Burgtheaterschauspielerin Nora Gregor, verloren hatte.

Auch der Pianist Wilhelm Backhaus (gest. 1969) kam vorbei und just war Herr Freiwirth an jenem Tage abwesend. Da der Oberkellner kein Deutsch sprach, rief man mich zu ihm. Er war sehr freundlich und sagte:

„Ich möchte eigentlich nur was ganz Einfaches. Hätten Sie eine Bohnensuppe?"

Natürlich hatten wir sie und Herr Backhaus war zufrieden...

Auch Hans Moser kam, sehr anspruchsvoll und nörglerisch, entsprechend seinem Ruf.

Aber auch die Wiener Sängerknaben waren bei uns, heute schon alle gute 70er... die Zeit ist nicht aufzuhalten.

Von den chilenischen Gästen erinnere ich mich noch gut an den Komponisten Nicanor Molinares, sein Glatzkopf war ähnlich wie der von Pablo Neruda.

Familie Freiwirth:
von links Frau Bacigalupi (Uruguay),
die Schwester von Frau Freiwirth,
das Ehepaar Freiwirth und
Frau Rosa Schack verw. Freiwirth

Das wohl größte Ereignis war das Abendessen, das der damalige Generalsekretär der UNO, der Norweger Trygwe Lie (gest. 1968) gab. Schon Tage zuvor lieferte die UNO-Vertretung eine Menge von Leckerbissen und die teuersten Getränke und alles lief bestens. Das Allerbeste war aber, dass die UNO die nicht verzehrten Köstlichkeiten, darunter etliche Flaschen französischen Champagner Veuve Cliquot und Cognac Hennessy einfach dort ließ, sehr zum Vergnügen von Herrn Freiwirth, der mit dieser Geste gar nicht rechnete. Er sagte mir:

„Was die mir hier gelassen haben, ist mehr wert als die ganze Zeche, die ich ihnen in Rechnung gestellt habe..."

Es war interessant zu beobachten, wie die Kellnerinnen die Gäste der verschiedenen Nationen einschätzten bzw. bewerteten. Die Österreicher - die sie „Gulasch" nannten - mochten sie nicht, eben weil sie nur einfache Gerichte (wie Gulasch) verlangten und dazu eine „Panimávida" = Mineralwasser. Und sie gaben auch keine Trinkgelder.

Beliebt waren dagegen die Chilenen, da sie teure Speisen und Getränke orderten und auch mit den Trinkgeldern locker umgingen. Sie waren eben „angeberisch"...

Besonders liebten sie die „Türken", also die Chilenen arabischen Ursprungs, die noch angeberischer waren als ihre anderen Landsleute. Einer dieser „türkischen" Gäste fing schon gleich an der Garderobe an, Gelder zu verteilen, noch bevor er in den Speiseraum trat...

Also: Die Chilenen (einschließlich derer arabischen Ursprungs) waren doppelt beliebt, zumal sie durch den teuren Konsum hohe Prozentsätze (= legales Trinkgeld, das ganz offiziell in der Rechnung erschien) produzierten und weil sie außerdem noch freiwillige Trinkgelder verteilten.

Beliebt waren auch die Nordamerikaner, weil sie viel konsumierten (vor allem waren die Rechnungen wegen der Getränke, sprich: Whisky, hoch), obwohl sie keine Trinkgelder gaben.

Don Pablo Freiwirth am Lenkrad seines Autos vor dem Restaurant ***Danubio Azul*** *in der Calle Merced Nr. 560*

Meine Freunde, die ungarischen Priester Szólás und Magyar

Pater Ambrus (Ambrosius) Szólás war in den fünfziger Jahren der Priester und Betreuer der ungarischen katholischen Gemeinde in Santiago.

Allgemein beliebt und geschätzt, betreute er auch die Nichtkatholiken aus den Reihen der ungarischen Einwanderer und war so auch mit mir befreundet.

Als ich Santiago verließ, um nach Osorno umzusiedeln, schenkte er mir ein selbst zusammengebasteltes „Gnadenbild" - ein ganz und gar einzigartiges Selbstporträt des Franziskaners.

Der Text lautet:

„Wahrhaffthig gethreues Bildnüs vom wunderthätigen Gnaden-byld des Diener Gottes aus dem Minderen Orden des heyligen Franzisci, namentlich fr Ambrosyi, so welches in Santiago unter devoten Seuffzer von denen andächtigen Christen angerufen werde: besondere Hylfe erweiset in Liebesschwermuth ohne Hoffnung, sowie denen armen Imbezyllen das ist: Geistschwachen. O devoter Sünder: lass drey fromme Seufzer inbrunstigst fahren und rufe laut: O wunderthätig Gnadenbyld gross; denen Juden zum Trutz, denen Christen zum Schutz hylff uns!"

(Ein Teil des letzten Satzes, der die Juden betrifft, ist nicht etwa als ein Hinweis zu verstehen, dass Pater Szólás Antisemit gewesen wäre, vielmehr soll er die mittelalterliche Einstellung der Kirche charakterisieren. Es ist ja leider ein Fakt, dass die christlichen Kirchen, einschließlich der protestantischen, jahrhundertelang an der Kollektivschuld der Juden wegen der Kreuzigung Christi festhielten.)

Der zweite Priester, diesmal ein Steyler Pater (Verbum Divinum), der József Magyar hieß, ist mir in Osorno begegnet. Damals wurde noch die Hauptkirche „San Mateo“ von diesem Orden verwaltet; später zogen sich die Patres nach Santiago zurück, wo sie auch ein Gymnasium betrieben, und überließen das Feld in Osorno den Jesuiten.

Pater József Magyar hat sich gefreut, in Osorno ungarische Flüchtlinge anzutreffen, wobei ihn nicht störte, dass wir, die Lajtonyi-Brüder, Protestanten waren.

Pater József Magyar, Societas Verbi Divini
Osorno, Ostern 1952

Manch gesellige Stunde habe ich mit ihm verbracht und einmal brachte ich ihn sogar zum Pfarrer der deutschen evangelischen Kirchengemeinde, Karl Steybe.

Bei einem Gläschen Rotwein fanden die beiden Kirchenleute viel Gemeinsames und es war ein sehr erfreulicher, reichlich begossener Abend.

Pater Magyar erzählte mir die eine oder andere Einzelheit aus dem gemeinsamen Leben der Ordensbrüder und ich werde nie vergessen, wie er dieses manchmal sehr schwere Zusammenleben in knappen Worten schilderte. Obwohl man auch in der lateinischen Sprache ein Hauptwort nicht steigern kann, tat er dies, indem er folgendes Kunststück zustande brachte:

Homo homini lupus =
Der Mensch ist dem anderen gegenüber wie der Wolf

Sacerdos sacerdoti lupior =
Ein Pfarrer ist dem anderen gegenüber wölfer

Monachus monacho lupissimus =
Ein Mönch ist dem anderen gegenüber am wölfesten

Leider wurde unser „Jóska“ bald wieder nach Santiago versetzt und wir hörten wenig später, dass er anlässlich eines Ungarnbesuches infolge eines Pkw-Unfalles sein Leben verlor (etwa 1954) - R. I. P.

Das Gnadenbild des Paters Szólás

Als ich noch in der Hostería Santa Lucia tätig war - Juni 1949 - kam mein Bruder Gyula (Julio) nach Chile.

Ich erwähnte schon die große Hilfe, die ich vom Staatssekretär im Innenministerium in dieser Einwanderungssache erhielt; ohne diese Hilfe wäre es schwierig gewesen, die Einreise zu bewerkstelligen.

Am 18. Juni 1949 kam Julio mit der Motonave „Marco Polo" in Valparaíso an

Mein Bruder floh im Oktober 1948 aus dem kommunistischen Ungarn über Sopron in die sowjetische Zone Österreichs (damals war der Stacheldrahtzaun noch nicht errichtet worden) und dann in die amerikanische Zone (Salzburg), wo er endlich aufatmen konnte. Juni 1949 ist er in Valparaíso eingetroffen und wohnte zunächst bei mir in einem Gebäude an der Plaza Bello in Santiago.

Als Tierarzt hatte er bessere Berufschancen als ich mit meinen in Chile unnützen akademischen Titeln (Dr. juris und Dr. rerum politicarum).

Er kam nach Osorno, wo er in einer landwirtschaftlichen Genossenschaft angestellt wurde. Anfangs durfte er nur als Tierimpfer arbeiten, dann aber erwarb er den offiziellen akademischen Titel eines Veterinärs an der staatlichen Universidad de Chile in Santiago. Hierfür musste er nicht etwa seine Fachprüfungen wiederholen, sondern einen Schnellkursus als Abiturient in den Fächern chilenische Geschichte und Geographie absolvieren.

Auch bei ihm zahlten sich seine Lateinkenntnisse aus, da ja die sog. „termini technici“ an der tierärztlichen Fakultät zu Budapest lateinisch und so mit den spanischen Fachausdrücken fast gleichlautend waren.

Osorno ist die Hauptstadt der gleichnamigen Provinz, das Zentrum einer großen landwirtschaftlichen Zone (Weizenmühlen, Milcherzeugnisse usw.), zu deren Entwicklung die deutschen Einwanderer (ab circa 1850) und deren Nachkommen einen großen Beitrag geleistet haben. Aber auch in der Verwaltung der Stadt und der Provinz finden wir immer wieder Persönlichkeiten deutscher Abstammung; so hießen z. B. in den 50er und 60er Jahren die Intendanten der Provinz (in direkter Nachfolge): Alberto Fuchslocher Thater (während der Regierung von Gabriel González Videla), Bruno Schilling Schencke (während der Regierung von Carlos Ibáñez del Campo) und Arnoldo Scholz Cornelius (während der Regierung von Jorge Alessandri Rodriguez).

Es gab (und es gibt noch immer) dort eine große Deutsche Schule, eine private Lehranstalt, die bereits 1854 gegründet wurde und 2004 ihr 150-jähriges Jubiläum feiern konnte.

Hierüber ausführlich im Kapitel III.2 unter dem Titel „Die deutschen Einwanderer“.

Die Provinz Osorno ist ein Teil des sog. „kleinen Südens“, der eigentlich mit der „Zona Sur“ (= Südzone) identisch ist. Man benützt diese Ausdrucksweise eigentlich nur, um dieses Gebiet von der Australzone zu unterscheiden, zumal einige die Letztgenannte auch als den „großen Süden“ bezeichnen.

Im Übrigen wird über die geographischen Beschaffenheiten Chiles im Kapitel VII ausführlich berichtet.

Mein dritter Posten in Chile als Geschäftsführer der Deutschen Schule zu Osorno

Die damals 100-jährige Deutsche Schule suchte einen Geschäftsführer und mein Bruder - der inzwischen zu einflussreichen Landwirten gute Kontakte hatte - besorgte mir diesen Posten. Manus manum lavat.

So kam ich am 1. März 1952 - also zum Beginn des neuen Schuljahres - zur Deutschen Schule.

Ich habe dort während meiner über 3-jährigen Tätigkeit sehr vieles kennengelernt, vor allem die Organisation der Osorniner deutschstämmigen Gemeinschaft, die sich auf drei Pfeiler stützte:

Deutsche Schule (Instituto Alemán), Deutsche (evangelische) Kirche und Deutscher Verein (Club Alemán). Drei Bollwerke der deutschen Sprache und Tradition.

Zum besseren Verständnis: Es gab keine deutsche katholische Kirche, zumal die Universalkirche keine Abspaltung - also keine Extraorganisation für irgendwelche Minderheiten - duldete.

Die Folge war, dass die katholischen deutschen Einwanderer ihre Kinder meistens in Ordensschulen unterbrachten und diese ihre Deutschkenntnisse in Windeseile verloren...

Der Leiter der Schule war damals Dr. Friedrich Zajadacz, der wegen des Krieges in Osorno blieb und erst nach der Jahrhundertfeier heimkehrte. Ein Norddeutscher (Kieler), also reserviert und etwas kühl, ein großer Verehrer Goethes. Ich habe ein gutes Verhältnis zu ihm aufgebaut, wir verstanden uns ausgezeichnet.

Als Gegner des Naziregimes hatte er es nicht immer leicht in Osorno, wo sich die meisten freuten, wenn Hitler - anfangs - große Erfolge verbuchen konnte.

Der Gemeindepfarrer war damals Karl Steybe, ein Württemberger, dessen Frau Crescenzia die Seele des Kirchenvolkes war. Während des Krieges war er eine Zeitlang zusammen mit anderen deutschen Staatsbürgern interniert, doch durfte er später wieder nach Osorno zurückkehren und blieb dann auch weiterhin in seinem Amt. Das Verhältnis zwischen Schulleiter und Pfarrer war nicht das allerbeste, dies wegen der patriotischen - wenn man will: nationalistischen - Gesinnung des Pfarrers, der in den Kriegsjahren seine Sympathien für die Heimat natürlich nicht verheimlichte, und dies um so mehr, weil zwei seiner Söhne von der Wehrmacht eingezogen wurden.

Dr. Zajadacz war demgegenüber ein bekennender Antinazi und ließ sich von der Euphorie vieler Landsleute nicht beeindrucken.

Ich habe beide Persönlichkeiten erlebt und gemocht, beide hatten große Verdienste zu verbuchen. Während der Amtszeit von Pfarrer Steybe wurde ein Altersheim errichtet und das neue Kirchengebäude fertiggestellt. Der Gekreuzigte am Altar, ein Werk des Bildhauers Peter Horn (aus Bayern), ist und bleibt für mich der schönste aus Holz geschnitzte Christus.

(Es wäre noch zu vermerken, dass Pfarrer Steybe, der bereits 1953 - nach etwa 20 Jahren in Chile - in seine Heimat zurückgekehrt ist, um in Württemberg ein Pfarramt zu übernehmen, 1960 - nach dem verheerenden Erdbeben - nach Chile zurückkam und in Puerto Montt das dort verwaiste Pfarramt übernahm und weitere vier Jahre in Chile verbrachte. Ein Zeichen seiner Liebe für seine - auch - deutschsprachigen Schäflein in Süd Chile.)

Der dritte Pfeiler - der Deutsche Verein - fördert auch heutzutage in allen Zentren, wo es noch traditionsbewusste „Deutschstämmige“ gibt, den Zusammenhalt, die Geselligkeit und den Erhalt alter Sitten und Gewohnheiten. Ob nun in Santiago (wo er Club Manquehue heißt), in Valparaíso, in Concepción, Temuco, Valdivia, La Unión, Osorno, Frutillar, Llanquihue, Puerto Varas oder Puerto Montt, alle sind noch vorhanden, einige auch als Hotels oder zumindest mit ihren Restaurants, wo man deftige deutsche Gerichte auf der Speisekarte vorfindet. Eisbein mit Sauerkraut darf nicht darunter fehlen.

Überhaupt ist das deutsche Ambiente in diesen Vereinen und ihren Lokalen erhalten geblieben.

Im Vereinszimmer des Deutschen Vereins zu La Unión z. B. hing damals, in den sechziger Jahren, das bekannte Bild von Friedrich dem Großen nach der Schlacht von Kolin und im Bücherregal fand man Meyers Conversationslexikon aus dem Jahre 1898. Und natürlich zierte den Eingang des Festsaales des Vereins der Reichsadler mit der Krone.

Es konnte auch vorkommen, dass abends, wenn einige Vereinsmitglieder zusammensaßen und ihr Bierchen genossen, plötzlich jemand auch das alte Lied vom Kaiser Wilhelm sang, den sie zurückhaben wollten. Natürlich den mit dem langen Bart...

(Übrigens: am 7. Dezember 2009 fing man an, das alte Holzgebäude des Deutschen Vereins zu La Unión abzureißen. Dort soll ein vierstöckiges Gebäude entstehen, hauptsächlich ein Hotel. La Unión ist doch jetzt Provinzhauptstadt geworden...)

Während der ersten Jahre in Osorno, als ich noch Junggeselle war, wohnte ich in Familienpensionen, zuerst - zusammen mit meinem Bruder - bei Frau Guillermina Hinostroza Schulz verheiratete Sangüesa und nach Ablauf des ersten Jahres bei Frau

Helma Schweikart verw. Seeger. Beide Häuser befanden sich in der Straße Conrado Amthauer.

In dieser Zeitperiode (November 1951 bis Juli 1955) machte ich eine Reihe von Bekanntschaften und aus diesen wuchsen allmählich auch feste Freundschaften, die dann noch lange Jahre währten und mein Leben bereicherten.

In der Pension Sangüesa wohnten auch José Eitler, den man „Pepe" nannte, und der spanische Republikaner Severino Suárez (Vega Nosti Fernández Augas Fuentes Corrientes): Die in Klammern aufgezählten Familiennamen wurden nicht etwa spaßeshalber erfunden, sie waren seine richtigen „apellidos" väterlicher- und mütterlicherseits, in aufsteigender Linie korrekt aufgezählt.

Severino war schon ein lustiger Bursche, seinen Humor hatte er aus Asturien importiert. In Osorno handelte er mit Lederwaren und später, als er nach Santiago zog, betrieb er eine kleine Buchhandlung bzw. einen Schreibwarenladen. Letztendlich, bereits in diesem Jahrhundert, zog es ihn doch nach Hause, in die alte Heimat.

„Pepe" Eitler war abstammungsgemäß Schweizer, sein Vater übersiedelte irgendwann nach Ungarn, wo er als Käsefachmann einen guten Posten erhielt. Dort ist auch unser „Pepe" geboren, so dass er perfekt Ungarisch sprach.

In Osorno hatte er, ebenfalls als Fachmann in der Milchbearbeitungsbranche, eine leitende Position in der CALO (= Compañia Agrícola Lechera de Osorno) und als Junggeselle wechselte er des Öfteren seine Pension, bis er dann Luisa Mohr Lausen heiratete. Es war eine sehr gute Ehe, leider blieben sie ohne Kinder.

Kurz nach Vollendung seines 88. Lebensjahres verstarb unser „Pepe" urplötzlich, als er zusammen mit Luisa am Frühstückstisch saß. Ein gnädiger Tod, den man sich auch selbst wünschen würde...

Eine solide Freundschaft verband (und verbindet mich noch immer) mit einem der neu angekommenen Lehrer aus der

Bundesrepublik, nämlich mit dem Tübinger Bruno Schneck, den wir spaßeshalber „Caracol" tauften. Bruno wohnte auch in der Pension Seeger und wir unternahmen einiges zusammen. Der Deutschen Schule zugehörend, er als Lehrer und ich als Geschäftsführer, wurden wir des Öfteren von Eltern diverser Schüler am Wochenende aufs Land eingeladen, so z. B. zu Max Möller-Holtkamp (damals noch mit Hedi Schilling verheiratet) nach Rio Blanco, zu Helmuth und Roswitha Eggers nach Moncopulli, aber auch zu Ernst und Elena Trenkmann nach San Carlos, die noch gar nicht ahnten, dass ich eines Tages ihr Schwiegersohn werden sollte.

Bruno war (und ist noch immer) ein fröhlicher und unternehmungslustiger Mann und jetzt natürlich ein rüstiger Achtziger, der zusammen mit seiner Frau Christa in seiner Heimatstadt Tübingen lebt. Dort war er auch lange Jahre im Schuldienst, nachdem er Ende der fünfziger Jahre nach Deutschland zurückkehrte. Das große Erdbeben von 1960 hat er nicht mehr miterlebt. Seine Karriere beendete er in Tübingen als Schulrektor und genießt seitdem das Leben in aller Gemütlichkeit, ist nach wie vor sportlich und mit der Natur verbunden. In seiner Freizeit widmet er sich seinem Hobby, der Holzschnitzerei.

In Osorno war Bruno nicht nur Lehrer, er leitete auch den Schülerchor und war außerdem Organist der evangelischen Kirche. Auch als wir uns mit Marlene kirchlich trauen ließen, saß er an der Orgel und spielte das alte Kirchenlied: „Jesus, geh´ voran auf der Lebensbahn und wir wollen nicht verweilen, Dir getreulich nachzueilen. Führ uns an der Hand bis ins Vaterland."

Sonntags saß ich des Öfteren neben ihm, in der Nähe der Orgel. Als Pfarrer Steybe seinen Abschiedsgottesdienst hielt, war die Kirche voll besetzt und fast alle wollten am Abendmahl teilnehmen. Die beiden vollen Weinkannen leerten sich schnell und als die Pfarrersfrau dies bemerkte, eilte sie in die Sakristei und kehrte mit zwei Flaschen Rotwein zurück. Dem

Pfarrer gefiel dies gar nicht und er machte ihr ein Zeichen, sie sollte die Flaschen zurückbringen und die leeren Kannen holen, um sie dann in der Sakristei aufzufüllen.

Als wir mit Bruno dieses ganze Hin und Her beobachteten, sagte er zu mir:

„Jetzt fehlt nur, dass sie den Eierlikör bringt ..."

Manchmal habe ich auch meinen Bruder begleitet, wenn er zu diesem oder jenem Landwirt fuhr, um dort seine Untersuchungen durchzuführen. So kam ich z. B. auch zu den Fundos von Hellmuth Schilling Buschmann, dem späteren deutschen Honorarkonsul in Osorno, nämlich zum Fundo „El Rodeo" in der Nähe von Purranque, verwaltet von Ullrich Brandt, und zum Fundo „Casa Quemada", verwaltet von Klaus Dabis. Bei Familie Dabis war ich verschiedene Male, ein sehr gastfreundliches Haus, geleitet von der tüchtigen Hausfrau Lissy. Ihre beiden Söhne Jürgen und Dieter trugen zur Harmonie dieser netten deutsch-chilenischen Familie bei. Und wie es das Schicksal will, ist heute der ältere Bruder in Deutschland und der jüngere in Kanada.

In der Pension Seeger waren auch immer wieder Schüler der Höheren Landwirtschaftlichen Schule „Adolfo Matthei" untergebracht, so habe ich etliche von ihnen kennengelernt, Enrique Morstadt und Victor Tamm aus Victoria, Roland Raby und Walmar Westermeyer aus der Gegend von Los Angeles.

Später kamen noch Peter Schmidt (aus Punta Arenas) und Alberto (Ticho) Krahmer (Chahuilco) hinzu; mit dem Letztgenannten und seinen Eltern verband uns eine innige Freundschaft. Die Krahmers betrieben eine mustergültige Milch- und Landwirtschaft mit einem wunderschönen Wohnhaus, unweit von der Panamericana, etwa 20 km südlich von Osorno gelegen.

Die Brüder Julio und Alejandro Lajtonyi –
am 24. November 1951
(auf dem Fundo „El Rodeo“ von Hellmuth Schilling in Cruzero, 20 km entfernt von Purranque, Richtung Küste)

Als wir später mit meiner Frau dort zu Besuch waren, fingen uns die beiden Söhne Alberto und Ricardo vor dem Kuhstall ab und sagten uns:

„Geht nicht ins Haus, dort sind zweitausend Jahre versammelt...“ (Tante Inés hatte wieder einmal einen Kaffeeklatsch mit ihren Freundinnen).

Da mein Bruder auch in der Landwirtschaftlichen Schule lehrte (Anatomie), kannte ich auch eine Reihe der dortigen Lehrer, z. B. den Rektor Ernst Fresenius, den Veterinär Guillermo („Memo“) Sotomayor und Leo Rüffelmacher (den die Schüler Rifle Mauser nannten), vor allen aber unseren späteren guten Freund Joachim Ruge, der mit Frau Ismenia und den drei Jungs auf einer „Chacra“ (= kleiner landwirtschaftlicher Betrieb) auf der Route nach Las Quemas wohnte. Wir waren zusammen mit Pepe Eitler sehr oft dort eingeladen und spielten Canasta. Deshalb nannten wir auch ihren Wohnsitz „Chacra La Canasta“ - der richtige Name war Chacra Las Canteras...

Sehr gut erinnere ich mich auch an die Einladungen zum Brunch bei Ruges und vor allem an die famose Sauce Cumberland (Preiselbeersauce), eine Kreation von Ismenia geb. Renner.

Der Kontakt mit Ruges riss nicht ab. Auch sie landeten letzten Endes in Deutschland, so dass die freundschaftlichen Beziehungen weiterliefen. Oft trafen wir uns auch auf Tenerife, einem bevorzugten Ferienziel beider Ehepaare.

Eine schwere Krankheit raffte zunächst Joachim ins Jenseits, dann folgte ihm ein paar Jahre später auch Ismenia, die zuletzt in einem Seniorenheim in Neustadt an der Weinstraße lebte. Zwei der Söhne, Hans Jürgen und Klaus, leben in Chile, der dritte - Peter - wird ihnen in Kürze folgen.

Peter Ruge, damals (1954?) sieben oder acht Jahre „alt“, wurde mal von seiner Klassenlehrerin Frau Overbeck ertappt, als er - statt zuzuhören - mit einer weißen Kugel spielte. Sie nahm ihm die Kugel ab und fragte, was das eigentlich wäre. „Eine Mottenkugel“, antwortete Peter, woraufhin Frau Overbeck ihre Schüler über den Zweck einer solchen Kugel belehrte und dann Peter fragte:

„Woher hast du denn diese Kugel?“
und Peterchen antwortete:
„Aus dem Urinbecken.“

Abschiedsessen im alten Deutschen Verein von Osorno (Calle M. A. Matta) im Jahre 1953 anlässlich des Studiumabschlusses eines Jahrgangs der Höheren Landwirtschaftlichen Schule „Adolfo Matthei" zu Osorno (auch „Ochsenschule" genannt)

Sitzend (von links nach rechts) die Mitglieder des Lehrkörpers: Dr. med. vet. Guillermo Sotomayor („Memo" genannt), José Eitler, Joachim Ruge, Rektor Ernst Fresenius, Leo Rüffelmacher („Rifle Mauser" genannt) und der Student Rolf Grob.

Stehend (von links nach rechts) der Student Enrique Schacht von Maltzahn, Heriberto („Tito") Buschmann, die Studenten Keller, Karl Osterloh, Roland Raby, der Autor, die Studenten Rolf Koenekamp, Carlos Anwandter, Ottmar Weil und Riegel.

Vermählung und „Vermehlung“

Am Himmelfahrtstag 1954 - es war der 27. Mai - lernte ich meine Frau Marlene kennen: Es war und ist die große Liebe meines Lebens und wir sind jetzt schon mehr als ein halbes Jahrhundert zusammen. In guten und in schlechten Tagen, ob gesund oder krank, wir haben das einmal gegebene Versprechen nicht gebrochen.

Meine Frau ist gebürtige Osorninerin, ihr Vater, ein stämmiger Ostpreuße, war 1929 nach Chile gekommen; ihre Mutter ist hessischer Abstammung, bereits die dritte Generation in Chile.

Mein Schwiegervater meinte, ich hätte als Geschäftsführer der Deutschen Schule keine Aufstiegsmöglichkeiten und riet mir, zur Industrie hinüberzuwechseln.

Ich befolgte seinen Rat und kündigte - wenn auch nicht leichten Herzens - meine bisherige Stellung und bekam einen Angestelltenposten bei der dortigen Mühlenfirma Cía. Molinera Schott S. A.

Es war ein doppelter Wechsel für mich und ich habe ihn nie bereut. Jungvermählte pflegt man mit Reis zu „bestreuen“, bei uns war es nicht Reis, sondern Mehl...

Immerhin, in meinem neuen Leben ergaben sich wesentliche Veränderungen in positivem Sinne. Ich war verheiratet, hatte eine sichere Anstellung und wurde eingebürgert. Welch ein Unterschied im Vergleich zu dem Zeitpunkt meiner Ankunft in Chile: damals noch alleinstehend, ohne jeglichen Kontakt, ohne konkrete Zukunftsperspektiven, staatenlos und mit spärlichen Sprachkenntnissen.

Die Einbürgerungsurkunde, unterschrieben vom damaligen Innenminister Santiago Wilson, wurde mir vom Intendanten der Provinz, Bruno Schilling Schencke, überreicht. Er war zugleich Mitglied des Vorstandes der Deutschen Schule, also waren wir gut bekannt. Als ich dann heiratete, war er auch mein Trauzeuge.

In Osorno wurden auch unsere beiden Töchter geboren, Elisabeth Gertrud (1956) und Irene Mónica (1958).

Ein spezieller Dank geht an dieser Stelle an die Großmutter meiner Frau, Liesel Eggers geb. Günther, aus Bergshausen (heute Fuldabrück) in Hessen. Sie war seit 1936 verwitwet, trug ständig schwarze Kleider und wohnte in dem geräumigen Haus in der Calle Matta; Ecke García Hurtado, vis-à-vis der Nonnenschule.

Es entstand in den zwanziger Jahren, Architekt war der Schweizer Hermann Meyer. Von Efeu berankt, stabil gebaut, beherbergte es nicht nur die Oma mit ihrem Personal (Köchin und Dienstmädchen), sondern auch die vielen Gäste, die immer wieder eintrafen.

Als dann die Enkelkinder heranwuchsen, wohnten sie bei der Oma und von dort aus konnten sie in die Schule gehen. Die Eltern blieben auf dem Lande, um sich ihrem Beruf als Landwirte zu widmen.

So war auch meine Frau, als die erste Enkelin, bei Oma gelandet und hatte zwölf Jahre bei und mit ihr gewohnt. Nur in den großen Ferien (Dezember bis einschließlich Februar) konnten die Kinder dann zu ihren Eltern auf das Landgut fahren und die Freiheit genießen.

Ansonsten gab es wenig Möglichkeit, zum elterlichen „Fundo" zu fahren, zumal die Straßenverhältnisse damals noch sehr schlecht waren. Im regenreichen Winter war es unmöglich, dorthin zu gelangen, weil die Wege nicht befestigt waren und die Fahrzeuge im Schlamm steckengeblieben wären.

Ich habe in dieser Osorniner Zeit viele Leute kennengelernt. Dies gilt vor allem für den Zeitraum meiner schulischen Tätigkeit, zumal die Schülerzahl etwa 650 betrug; die meisten hiervon deutsch-stämmige Kinder, deren Väter in der Mehrzahl Landwirte waren. Diese kamen nicht nur aus der Provinz Osorno, sondern auch aus der südlicher liegenden Provinz Llanquihue, wo es zwar auch deutsche Schulen gab, doch nur für die sog. „unteren“ Klassen. Wer also das Ziel hatte, die Reifeprüfung abzulegen, also die akademische Zulassung, die man damals „bachillerato“ nannte, musste sich beim Erreichen einer gewissen Altersgrenze nach Osorno umschulen lassen. So hatten wir viele Schüler, deren Eltern in der Gegend von Frutillar, Puerto Varas, Puerto Octay oder Puerto Montt wohnten; sie wurden im Internat der Schule untergebracht oder auch in Privatpensionen.

So wurde ich mit all den für Südchile typischen Familiennamen bekannt, die in der ganzen Südregion seit 150 Jahren vorhanden sind.

Einige hiervon waren und sind bis heute die Namen von berühmten Familienclans, man könnte auch von Dynastien sprechen. Legendäre Namen wie z. B. Schilling, Hott, Stolzenbach, Mohr, Buschmann, Hess, Matthei, Ide, Aubel für Osorno, Winckler, Klocker, Werner, Richter für Frutillar, oder auch Kusch und Kuschel, dann die Nicklitscheck in Puerto Varas, die Gebauer in El Volcán, die Konrad in Puerto Fonck oder Puerto Klocker und unzählige mehr.

Die Schüler führten natürlich ihre beiden „apellidos“ und hieraus ergab sich die familiäre Bindung des Betreffenden; also leicht herauszufinden, wer aus welchen Familien stammte und wer mit wem verwandt war.

Durch meine Heirat bin ich höchstpersönlich ein „Anverwandter“ einer dort beheimateten Familie geworden und auch dieser Umstand bereicherte meine Kenntnisse über die große deutschstämmige Gemeinschaft im „kleinen“ Süden Chiles.

Wir haben in Osorno als frisch vermähltes Ehepaar viereinhalb Jahre lang gewohnt, zunächst im Hause einer Tante meiner Frau, Marianne verw. Lange, die für eine Übergangszeit zu ihrer Mutter (Oma Liesel) zog. Ein großzügiges Angebot, das wir natürlich gerne annahmen. Danach, als Tante Marianne heiratete, haben wir die Rollen getauscht: Sie zog wieder in ihr Haus ein und wir wurden von der Oma aufgenommen und wohnten dort bei ihr im zweiten Stock. Es war ja nur eine Interimslösung, bis wir dann endlich eine passende Mietswohnung an der Plazuela Yungay fanden, im Gebäude von Dr. Julio Llorente. Nach der Geburt unserer ersten Tochter bezogen wir im selben Llorente-Haus eine größere Wohnung und dann kam auch nach zwei Jahren unsere zweite Tochter zur Welt.

Die Osorniner Zeit endete dann zum 31. Dezember 1959 und im neuen Jahr richteten wir uns dann in Río Negro, im Hause des Mühlenverwalters, ein.

Während der soeben beschriebenen Osorniner Periode entstanden verschiedene freundschaftliche Beziehungen, die wir in den folgenden Jahren weiter pflegten und die größtenteils bis heute bestehen.

Erwähnen möchte ich in erster Linie die Freundschaft mit unseren „Compadres“ Enrique Ide Soriano und Frau Adriana Valenzuela Rudloff de Ide. Als frisch vermähltes Paar wohnten sie zunächst zur Miete in der Población Matthei, dann zogen sie in das riesengroße alte Haus der Familie, auf einer Anhöhe von Rahue liegend, um und wohnen dort bis dato. Enrique und Adriana sind treue und liebe Freunde und wir sind froh, mit ihnen auch weiterhin einen intensiven Kontakt pflegen zu können. Adriana war in derselben Schulklasse wie meine Frau, also kennen sie sich seit 70 Jahren!

Eine ähnliche Geschichte ist die mit Jorge Chodowiecki Wagner und Frau Elisabeth geb. Schaeffer Schilling. Sie verwalteten das väterliche Gut (in der Nähe vom heutigen Osorniner Flugplatz gelegen), welches sie dann „für ein Butterbrot“ verkauften, nachdem sie - während der Allende-Zeit - vom Gesindel der Umgebung bedroht und bedrängt wurden. Sie zogen dann zusammen mit Elisabeths Eltern Max und Annchen Schaeffer geb. Schilling nach Tenerife, kurz nach unserem „Auswandern“, im Juni 1972. Die betagten Eltern starben kurz hintereinander und der Ehemann trennte sich später von Elisabeth, die weiterhin auf Tenerife wohnt. Ihre älteste Tochter,

Anita, ist unser Patenkind. Die Freundschaft mit Elisabeth besteht ungebrochen und solide. Sie hat vieles durchmachen müssen und hätte ein besseres Schicksal verdient. Zum Osorniner Freundeskreis gehörte auch das Ehepaar Zoltán Sokorai Erdélyi und Frau Silvia Schilling von Bischhoffshausen. Zoltán war gebürtiger Ungar und ein alter Freund von Pepe Eitler; sie waren schon in Ungarn miteinander befreundet. Die „Sokorais“ wohnten auf dem Lande, von Rio Bueno ausgehend in Richtung Ranco-See, wo Silvia von ihrem Vater Enrique Schilling Schencke einen sehr schönen Fundo erbte, den dann Zoltán erfolgreich bewirtschaftete. Leider ist Freund Zoltán nach langen Jahren einer heimtückischen Krankheit verstorben, aber mit Silvia halten wir auch weiterhin einen sehr liebevollen Kontakt.

Schließlich, aber nicht zuletzt, gehörte zum damaligen Freundeskreis auch das Ehepaar Noel Monje und Frau Olga Mohr Lausen (die Schwester von Luisa Mohr verw. Eitler). Unsere „Monjes“ sind treue und ausgesprochen mitfühlende Freunde, die uns anläßlich ihrer Europa-Reisen in Deutschland besuchten, sowohl in Bochum als auch in Herdecke und in Troisdorf am Rotter See. Sie haben inzwischen ihren Landsitz verkauft und wohnen in ihrem Appartement in Osorno.

Noel verfügt über einen unglaublichen „trockenen Humor“, eine Gabe, die nur wenige Menschen haben. Einmal schrieb er uns einen längeren Brief und „entschuldigte“ sich am Ende mit einem Satz, den ich als „einmalig“ einstufe. Er schrieb damals: „Bueno, perdonen la extensión de esta carta, pero no tuve tiempo para hacerla más corta...“ *(= Also, verzeiht mir bitte den Umfang dieses Briefes, aber ich hatte keine Zeit, um ihn kürzer zu gestalten.)*

Mit all den aufgeführten Ehepaaren verbrachten wir viele, viele Stunden der fröhlichen Geselligkeit, die unsere Vergangenheit bereichern und die wir nicht missen möchten. All den Erwähnten schulden wir aufrichtigen Dank für die vielen Aufmerksamkeiten, mit denen sie uns immer wieder verwöhnt haben.

Der Autor mit seiner erstgeborenen Tochter Elisabeth, Mai 1958

Die „komplette Familie“ in Río Negro, September 1960

Nach einer viereinhalbjährigen Tätigkeit in der Mühlenfirma in Osorno bot man mir den Posten des Mühlenverwalters in der zweiten Mühle der Gesellschaft in Río Negro an. Ich schlug zu und kam somit samt Familie in die benannte kleine Ortschaft, südlich von Osorno gelegen.

Es war im Januar 1960 und wir bezogen das dort stehende Verwalterhaus, hatten einen schönen Garten und ich durfte auch das zur Mühle gehörende landwirtschaftliche Gelände benutzen. Wir hatten dort zehn Milchkühe, die ich von meinem Vorgänger übernommen hatte, und dies bedeutete für uns eine zusätzliche Einnahmequelle.

Alles schien „in bester Butter" zu sein.

Und dann kam das große Jahrhundert-Erdbeben.

Da ich unsere Schreckenserlebnisse kurz nach dem Erdbeben schriftlich festgehalten habe, kann ich den damaligen Bericht ohne größere Änderungen hier verwenden.

Am Sonnabend, den 21. Mai, morgens um 6:00 Uhr kam das erste Anzeichen, ein sekundenlanges mildes Beben, das wir noch im Bett erlebten. Daraufhin gab es einen Kurzschluss in unserem Haus zu Río Negro und der Strom fiel aus. Wir maßen der Sache keine große Wichtigkeit zu, solch kleine Beben gibt es oft in Chile.

Es war der Nationalfeiertag und außerdem der Geburtstag meines Schwiegervaters und wir hatten vor, zu seinem Landgut San Carlos zu fahren, um dort das Wochenende zu verbringen. Traditionsgemäß gab es an diesem Tag dort Schweineschlachten, ausgeführt von einem Schlachtermeister.

Vor der Abfahrt behob ich noch den Kurzschluss in unserem Hause mit Hilfe einer neuen Sicherung und um 9:00 Uhr fuhren wir mit dem Chevrolet Pick-up der Firma, der uns zur Verfügung stand, los. Auch ein Mühlenarbeiter, Ernesto Hernández, dessen Eltern auf dem Nachbarlandgut von San

Carlos lebten, fuhr mit uns: Er wollte die Feiertage bei seinen Eltern verbringen.

Wir nahmen den Weg über Chahuilco (ca. 22 km von Río Negro entfernt) und machten noch auf dem Landgut eines Onkels meiner Frau halt, denn seine Frau wollte uns noch Murta-Pflanzen mitgeben. *(Die Murta ist ein einheimischer Strauch, gehört zur Familie der Myrten und aus ihren Beeren kocht man eine vorzüglich schmeckende Marmelade).* Tante Anni Eggers geb. Gantz erzählte uns bei dieser Gelegenheit, dass das morgendliche Beben hauptsächlich Concepción betraf - also eine Region, die 500 km nördlich von uns lag -, viele Häuser sollen eingestürzt sein und circa 100 Tote wären zu beklagen, laut Radionachrichten.

Wir fuhren weiter und trafen eine halbe Stunde später in San Carlos ein. Mein Bruder mit Familie war inzwischen auch angekommen und der extra von Osorno angereiste Metzgermeister befand sich inmitten seiner Arbeit.

Dem Geburtstagskind gratulierten wir, alles war ruhig und harmonisch, doch während des Mittagessens bebte es erneut, diesmal stärker und länger. Mein Bruder hatte ein mobiles Radio bei sich und so erfuhren wir, dass das Epizentrum erneut in Concepción gewesen sei.

Am Sonntagmorgen, den 22. Mai, gab es um 7:00 Uhr wieder ein leichtes Beben.

An diesem Tag hatte meine Frau Geburtstag. Es gab ein schönes Mittagessen mit Schweinebraten und danach hatte sich fast die ganze Familie - mit Ausnahme von mir und meiner jüngeren Schwägerin Mónica, damals noch Schülerin - zum Mittagschlaf gelegt. Die „Siesta" war im Hause meiner Schwiegereltern eine „heilige" Institution...

Ich ging spazieren und saß anschließend im Wohnzimmer. Kurz vor 15:00 Uhr trafen Lutz R. und Eduardo E., zwei Schulkameraden meiner Schwägerin, die per Motorrad kamen, ein. Während sich die drei jungen Leute unterhielten, las ich eine Zeitschrift. Nach einer Weile, kurz nach 15:00 Uhr, gab es einen starken Erdruck mit darauffolgendem Beben, das etwa 30 Sekunden lang dauerte. Ich stand auf und stellte mich unter den großen Türrahmen zwischen dem Wohn- und Esszimmer. Wir dachten uns noch immer nichts Besonderes dabei.

Kurz danach fuhr unser Onkel Herbert Reccius Matthei mit seiner Frau Marianne und Tochter Heidi auf den Hof, um den Geburtstag meiner Frau mitzufeiern.

Ich eilte also in den oberen Stock, wo im hinteren Schlafzimmer meine Frau und unsere Kinder lagen, trat ins Zimmer und stellte fest, dass alle drei wach waren und sich gerade anschickten aufzustehen. Wir wechselten ein paar Worte, dann brach die Hölle los.

Lautes Grollen, alles wackelte und krachte und man hatte das Gefühl, Wände, Zimmerdecke und überhaupt alles käme jetzt auf uns herunter. Meine Frau packte unsere dreieinhalb Jahre alte Tochter Elisabeth auf den Arm und versuchte den Türrahmen zu erreichen, fiel aber da selbst auf den Boden. Ich hatte die kleinere, Irene, anderthalb Jahre alt, auf dem Arm, beschützte ihr Köpfchen mit der Hand, es wollte kein Ende nehmen. Ich dachte, dies wäre unser Lebensende, und schließlich raffte ich mich auf und gelangte mit ein paar taumelnden Schritten zu meiner Frau.

Vom Türrahmen aus sah ich, dass auch meine Schwiegermutter mit dem Enkel Stefan im Arm auf dem Fußboden ihres Schlafzimmers saß, unter dem Türrahmen. Mein Bruder Julio mit Frau Rosmarie und Töchterchen Verónica unter einem weiteren Türrahmen.

Es bebte und krachte, tobte und ächzte weiter. Einen Augenblick der Beruhigung nutzten wir, um zur Treppe zu laufen, wieder zurück zur Tür und wieder zur Treppe.

Irgendwie, irgendwann landeten wir alle unten auf dem Hof, meine Frau im Unterkleid und barfuß. Als letzter kam der Hausherr, er hatte am Bettrand gesessen und kam nicht hoch.

Ein Glück, dass wir nicht eher aus dem Haus gerannt waren, da ringsherum im Hof dicke Zementbrocken lagen, die vom großen Schornstein abgebrochen waren.

Als Erstes fuhren wir unsere Autos aus dem Hof, hinaus ins Freie und brachten die vier kleinen Kinder in Onkel Herberts Auto.

Das große Beben - es dauerte 3 Min. und 10 Sek. - beruhigte sich endlich. Es schien eine Ewigkeit zu dauern.

Es folgten dann immer wieder unregelmäßige Stöße, den ganzen Nachmittag und die darauffolgende Nacht kamen sie immer wieder, immer wieder.

Das Erdbeben verursachte einen unglaublichen Schaden im Haus und ringsherum, zum Glück hatten wir kein Menschenopfer zu beklagen. Lediglich Lutz R., der durchs Wohnzimmerfenster gesprungen war, verletzte seine Hand durch die Glassplitter.

Es gab natürlich keinen Strom und auch kein fließendes Wasser. Nachrichten aus der Außenwelt erreichten uns über meines Bruders Batterietaschenradio.

Das Elternhaus meiner Frau stand nun vor uns, der große Schornstein in Trümmern, ringsherum Tausende von Glasscherben. Innen sah es aus, als hätten wir die Vandalen als Besucher gehabt. Vor der Anrichte im Esszimmer lag das gesamte Porzellangeschirr in Scherben, so auch Gläser, Kristall usw.

Wir wollten ja am schön gedeckten Tisch Geburtstag feiern...

In der Küche und der Speisekammer lagen Steingut, Flaschen, Töpfe, Milch, Torten wild durcheinander.

In der Waschküche lagen auf dem Fußboden sämtliche geplatzten Würste, die der fleißige Schlachter fein säuberlich auf Stangen gehängt hatte. Würste von drei fetten Schweinen - je Haushalt ein Schwein, wie üblich.

Natürlich waren auch die Bilder von den Wänden gefallen, die Bücher aus den Regalen, das Klavier hatte sich selbstständig gemacht und stand jetzt direkt vor dem Kamin, gute zwei Meter vom ursprünglichen Platz entfernt.

Fenster samt Rahmen lagen um das Haus, Toiletten und Waschbecken in Trümmern, der große Kühlschrank verrutscht und der große, schwere, dreiteilige Wäsche- und Kleiderschrank der Hausfrau stand plötzlich mitten in ihrem Schlafzimmer.

Das Wirtschaftsgebäude - einstöckig - stand beinahe unbeschädigt da, allerdings war auch hier der Schornstein stark beschädigt, seine Betonbrocken waren auf den dort in der Nähe stehenden Kleinlaster gefallen, der jämmerlich aussah.

Der Silo-Turm stand da wie der Turm von Pisa, in seiner Nähe hatte sich die Erde auf einer Länge von etwa 30 m gespalten. Der Damm am künstlichen Stausee unterhalb des Hauses war in einer Breite von 50 m eingebrochen und das gestaute Wasser abgeflossen.

Somit war das Landgut von der Außenwelt abgeschnitten, da der Weg zur öffentlichen Verkehrsstraße entlang dieses Dammes führte.

Erst eine ganze Weile nach dem großen Beben und während die Nachbeben andauerten, trauten wir uns ins Haus zu gehen. Wir brauchten Matratzen, Decken, Kissen für die kommende Nacht und dachten ursprünglich, diese im Wirtschaftgebäude verbringen zu können. Schließlich hielt uns die Angst hiervon ab und wir stiegen in unsere Fahrzeuge, die uns mehr Sicherheit boten.

So saß ich mit meiner Frau - die Töchter auf dem Schoß - die ganze Nacht in der Kabine des Chevrolet-Kleinlasters und hinter uns, unter dem Deckgestell, lag Rosmarie, die Frau meines Bruders, mit ihren beiden Kindern. Mein Bruder saß derweil in der Kabine eines anderen Pkws, um die neuesten Nachrichten aus der „Außenwelt" zu erfahren.

So erfuhren wir von einem fürchterlichen Seebeben, das die gesamte Küste von Concepción bis zur Insel Chiloé (600 bis

700 km) heimgesucht hatte und insbesondere die Häfen von Lebu, Corral, Pucatrihue, Maullín und Ancud traf.

Zuerst zog sich das Meer zurück, dann aber kam es mit 15 bis 20 Meter hohen Wellen zurückgebraust und nahm alles mit, ob Häuser, Menschen, Tiere. Ein Tsunami.

Nur diejenigen, die die Gefahr rechtzeitig begriffen und auf die Hügel flüchteten, so vorhanden, konnten sich retten. Ganz besonders hatte die Stadt Valdivia gelitten, da auf sandigem Boden gebaut; 40% ihrer Häuser konnten dem langen Rütteln nicht standhalten. Auch das große Krankenhaus zusammengestürzt...

Am Morgen des 23. Mai verabschiedete ich mich von den Meinigen und ging zu Fuß durch Wiesen und Felder, um als Erstes zum Nachbarn und Verwandten Carlos Cornelius zu gelangen, dessen Haus und Landgut etwa 5 km (Luftlinie) von San Carlos entfernt war.

Unterwegs sah ich das eingestürzte neue Landhaus von Edgar und Rosemarie Schlegel auf dem Nachbar-Fundo „Tres Esteros". Es sollte ein schönes, im Alpenstil erbautes Haus werden und stand kurz vor der Fertigstellung.

Bei Carlos Cornelius angelangt sah ich den dortigen Schaden, ähnlich dem von San Carlos. Ich hatte Glück, der Hausherr kam eben angefahren und nahm mich dann nach Río Negro mit.

Unterwegs war die Straße teilweise aufgerissen und überall sah man umgefallene Zäune und umgekippte Telefon- und Strommasten.

In Río Negro angekommen sah ich die traurige Verwüstung, die ich mir nicht einmal im Traume hätte vorstellen können. Es ergaben sich hierbei auch urkomische Situationen.

Die Hauptstraße, unglücklicherweise auf einem Bergrücken erbaut, war kahl und leer. Sämtliche Holzhäuser der

Hauptstraße, ob rechts oder links gelegen, waren einfach in die Senke hinuntergerutscht.

Einer der Hausbesitzer, der zur Zeit des Bebens in seiner Badewanne saß, fand sich plötzlich im Bach, der ursprünglich hinter seinem auf abschüssigem Terrain gebauten Haus, tief unten im Tal, dahinplätscherte...

Die neuen Gebäude des Rathauses und des Gouverneuramtes, obwohl aus Stahlbeton konstruiert, lagen vollständig in Trümmern.

Als ich all dies sah, war ich aufs Schlimmste vorbereitet, was die Mühle und unser Wohnhaus betraf.

Carlos fuhr mit mir weiter und als Erstes sah ich dann den großen hölzernen Weizenspeicher, der etwa 400 m vom Mühlenkomplex entfernt lag. Er war auch dort geblieben, allerdings völlig zerstört und unter dem eingestürzten Dachgestühl etwa 5.000 Doppelzentner Weizen (lose, also nicht eingesackt). Und dann kam schon das Nächste: ein weiterer Speicher mit 12.000 Doppelzentnern Weizen ebenfalls vollständig zusammengestürzt.

Ringsherum nur loser Weizen, auf den Brettern, den Betonteilen, im Gras.

Nebenan ein sehr stabiler Betonspeicher (zum Glück schon leer), ebenfalls zerstört. Weitere Silos hatten gefährliche Risse. Das Bürogebäude, der Mehlspeicher und das eigentliche Mühlengebäude mit den Maschinenräumen blieben fast intakt, dagegen wiesen die Maschinen, die während des Bebens hin- und her gerutscht waren, größere Schäden auf, deren Reparatur einen Monat beanspruchte.

Den gesamten brachliegenden Weizen konnte man nur teilweise retten, da die Regenperiode bevorstand, und die Ratten waren in Scharen angerückt.

Merkwürdigerweise blieb das Wohnhaus ziemlich heil, erst nach einem Jahr stellte sich heraus, dass der Schornstein Risse bekam und eines Tages beinahe einen Brand auslöste. Die Tapeten waren natürlich zerfetzt, eine Lampe zerschellte am

Boden, desgleichen meine schönen Bierkrügel mit Ausnahme zweier, die zufällig die schönsten waren. Das tägliche Essgeschirr war kaputt, ebenso die Weckgläser mit den eingemachten Tomaten, Säften und Marmeladen.

Unser Radio wart zwar vom Schränkchen heruntergesegelt, funktionierte jedoch trotzdem. In der Anrichte, deren Türen verschlossen waren, ging lediglich ein Sektglas kaputt, ein Erbstück der Omama Liesel.

Unsere Anrichte stand - welch Glück! - in Ost-West-Richtung. Die Erdstöße bewegten sich ebenfalls in diese Richtung. Wir bemerkten dies schon in der ersten Nacht vom 22. auf den 23. Mai. Unsere Fahrzeuge standen nebeneinander in Nord-Süd-Richtung und sie wackelten dermaßen, dass wir befürchten mussten, sie könnten plötzlich umkippen. Wir stellten sie also alle in Ost-West-Richtung und sie bewegten sich nur nach vorne und nach hinten.

Die Anrichte meines Bruders, der in Osorno wohnte, das gleiche Fabrikat und Modell, wie die unsrige, wurde von der Wucht des Bebens aufgebrochen und etwa die Hälfte des Inhalts an Porzellan und Kristall fiel heraus und zerbrach. Diese Anrichte stand in Nord-Süd-Richtung.

Die zahlreichen Nachbeben dauerten eine ganze Weile, wurden dann nach dem 1. Juli seltener. Nachts wachten wir immer wieder auf, wenn es anfing. Die Innentüren des Hauses blieben stets offen, nur die Haustür war zu, aber nicht abgeschlossen. Sie klapperte dann und die Fenster klirrten, die Wasserleitung polterte und der Hund jaulte.

Das Erdbeben war derart heftig, dass die Erde sich erst nach einigen Monaten beruhigen konnte, bis die unterirdischen Massen ihren zunächst endgültigen Platz fanden.

Während der „schwarzen Feiertage" vom 21. und 22. Mai 1960 erreichte das Beben die Grade 8 bis 9,5 der nach oben offenen Richterskala. Die Nachbeben waren auch sehr stark, einige von ihnen erreichten die Stärke 6 bis 7 Grad. Jedenfalls stark genug, um bereits lädierte Gebäude einstürzen zu lassen.

Immerhin haben wir dieses größte Erdbeben des 20. Jahrhunderts überlebt.

In diesem Zusammenhang nur noch folgendes:

Ich war damals erst seit knapp 13 Jahren in Chile, mir ist aber erst 1960 so richtig bewusst geworden, dass ich mich in einem Land befinde, das zu den gefährdetsten Erdbebengebieten der Welt gehört.

Die Bombenangriffe der Alliierten, die ich 1944 in Budapest miterlebte, waren im Vergleich mit dem Erdbeben des 22. Mai 1960 eine Bagatelle. Das Gefühl des „hoffnungslosen Ausgeliefertseins" habe ich erst 1960 kennengelernt.

Hierüber schreibt Sándor Márai in einem seiner Bücher Folgendes:

„Jemand, der von Berufs wegen Gewohnheiten und Verhalten der Menschen in von Erdbeben heimgesuchten Gebieten studiert, hat gesagt, sie hätten dort - in Neapel, in Sizilien, in Japan und Persien, auf den Aleuten - nichts für eine sitzende Lebensweise übrig. Sie setzen sich und stehen sofort wieder auf, gehen ein paar Schritte hin und her. In ihrem Nervensystem wirkt immer noch das Grauen als bedingter Reflex, ausgelöst von Erdbeben, von der völligen Schutzlosigkeit, vom hoffnungslosen Ausgeliefertsein. Sie können nicht einfach dasitzen, weil sie fürchten, sie müssten im nächsten Augenblick aufspringen und ins Freie laufen, weil die Decke auf sie herabstürzt oder die Erde sich unter ihnen öffnet."

(S. Márai: „Land, Land", Piper Verlag GmbH, München, August 2001, S. 132.)

Die Mühle von Río Negro wurde vom Erdbeben dermaßen beschädigt, dass sich die Eigentümer überlegten, ob sie den Betrieb überhaupt wiederaufnehmen sollten. Für mich und meine Familie wäre es natürlich schlimm gewesen, eine sich anbahnende Karriere abbrechen zu müssen und erneut umzusiedeln.

Die Entscheidung fiel dann doch zugunsten des Wiederaufbaus. Aber auch so stand eine harte Zeit vor uns. Der Winter - die monatelange Regenperiode - hatte begonnen und schon auch deswegen mussten die dringendsten Aufräumungs- und Rettungsarbeiten eingeleitet werden. Vor allem musste der überall herumliegende Weizen eingesammelt, d. h. eingesackt, und unter Dach gebracht werden. Das große Festmahl der Ratten wurde dadurch keineswegs unterbrochen, da sie zu den Behelfsbaracken auch weiterhin Zutritt hatten. Dann musste überprüft werden, ob und welches der noch stehenden Gebäude zu retten war, um dann die entsprechenden, dringendsten Sanierungsmaßnahmen durchführen zu können.

Das eigentliche Mühlengebäude mit den Maschinen und dem Trockner musste als Erstes in Angriff genommen werden, um es vor dem drohenden Auseinanderbrechen zu schützen, und es dauerte eine ganze Weile, bis der Betrieb wiederaufgenommen werden konnte. Immerhin musste der ganze inzwischen eingesackte Weizen nach und nach getrocknet werden, um ihn bearbeitungsfähig zu machen.

Schließlich konnten wir diese harten Monate hinter uns lassen und der nächsten Ernteperiode (Februar/März 1961) einigermaßen gerüstet entgegensehen. In den darauffolgenden Jahren schaffte ich noch sieben Ernten und die damit verbundene anstrengende Mehrbelastung gesundheitlich gut.

In der Erntezeit stand ich morgens um 4:00 Uhr auf und spätestens um 5:00 Uhr saß ich im Büro, um die Proben der am Vortage eingelieferten Weizenpartien zu analysieren, um dann die Abzüge wegen Feuchtigkeit und anderer Qualitätsmängel zu bestimmen. Ab 6:00 Uhr trafen dann die neuen Fuhren ein und es bildeten sich bald lange Lkw-Schlangen, bis dann die Mühle anfing, die ersten Lieferanten abzufertigen. Von Montag bis Sonnabend war durchgehender Hochbetrieb; manchmal gab es auch Ausnahmen an Sonntagen, besonders bei den Landwirten, die Stammkunden oder Großlieferanten waren. Es war unmöglich, solche Kunden abzuweisen, sonst hätte man sie verloren. Einige von ihnen waren manchmal leider sehr aggressiv.

Trotz meines guten Willens war es nicht immer leicht, die Kundschaft so zu bedienen, dass sie auch zufriedengestellt werden konnte. In den sieben Jahren in Río Negro gab es immer wieder auch „verregnete Ernten“, die mir viel Kummer und Ärger bereiteten. Einerseits konnte man nur so viel Weizen annehmen, wie der Trockner noch eben schaffte, andererseits waren die Kunden oft aufsässig und widerspenstig, wenn man versuchte, die Abnahme an besonders kritischen Tagen zu verweigern. Besonders schlimm war die Ernteperiode des Jahres 1966, zumal es jeden Tag regnete, manchmal in Strömen. Ich saß in der Zwickmühle in dieser immer bedrohlicher werdenden Situation. Die Kundschaft, die langjährige und treue, drängelte, damit ich den angelieferten feuchten Weizen annehme, andererseits waren die Aufnahmekapazitäten ausgeschöpft.

Unser Trockner arbeitete Tag und Nacht, schaffte es aber nicht mehr, die großen Mengen aufzunehmen. Letztlich war dann auch das Produkt, unser Mehl, nicht mehr einwandfrei.

Dazu kam dann logischerweise der Rückgang der Mehlverkäufe, so dass wir das feuchte Mehl in den Lagerhallen stapeln mussten, bis dann alles vollgepackt war.

Ich war in dieser Situation ziemlich verzweifelt und auch deprimiert, obwohl ich ein reines Gewissen hatte: Nie zuvor in meinem ganzen Leben hatte ich mich so abgestrampelt und so verbissen meine ganze Kraft eingesetzt, um die Lage in den Griff zu bekommen.

Natürlich war auch meine Direktion verstimmt, obwohl man mir persönlich keine Vorwürfe machte. Auch sie wusste, dass die Ursachen in der Naturgewalt lagen und dass die außerordentlichen Witterungsverhältnisse die ganze Misere heraufbeschworen. Die Ernte 1967 wickelte sich in normalen Bahnen ab, wenig Regen und deshalb auch wenig feuchter Weizen. Der Trockner war gar nicht ausgelastet.

Aufgrund der Ereignisse des Erntejahres 1966 wurde bei mir der Gedanke des Wechselns immer konkreter.

Ich hörte mich inzwischen um, ob ich irgendwo in der Branche einen passenden Posten bekommen könnte und hatte auch eine gewisse Möglichkeit im Auge.

Die Sache reifte und wurde allmählich akut. Ich sollte nach La Unión ziehen, um dort - auf mittlere Sicht - den Posten des Geschäftsführers der Mühlenfirma Sociedad Industrial Teófilo Grob zu übernehmen. Dieser Wechsel bedeutete für mich die Realisierung einer Aufstiegsmöglichkeit, die mir bei der bisherigen Firma versperrt war.

Nun, zu Río Negro abschließend noch Folgendes:

Trotz der nicht ganz einfachen Schlussphase möchten ich und auch meine Familie die sieben Jahre in Río Negro nicht aus unserem Leben streichen.

Sie beinhalten ja nicht nur die Mühlentätigkeit, sondern auch unser Privatleben und dieses war einfach schön.

Es waren die Jahre, in denen unsere Töchter heranwuchsen, in Osorno eingeschult wurden und wir den einen oder anderen verwandtschaftlichen oder freundschaftlichen Kontakt aufgenommen und vertieft haben.

Das Wohnhaus - mit Garten und Spargelbeet - war großräumig. Ein dienstbares Wesen erleichterte uns die Hausarbeit und den landwirtschaftlichen Teil, Milchproduktion, bewältigten wir mit der Hilfe eines Stallburschen (Melker), der

Cantalicio Velásquez hieß und eigentlich recht ordentlich war. Nur an den Nationalfeiertagen (18./19. September) lief die Sache nicht ganz richtig, die armen Kühe wurden bereits um 2:00 Uhr morgens gemolken - da war Alkohol im Spiel...

Wir hatten 10 bis 12 Kühe, immer wieder kalbte eine von ihnen und der Erzeuger der Kälber war immer ein „ausgeliehener" Stier des Nachbarn, der Lucho Laborde hieß und nicht mit Henri Laborde de Monpezat verwandt war...

Als wir nach Río Negro umzogen, war ich nicht so kapitalkräftig, um die Milchkühe meines Vorgängers zu übernehmen; da half mir aber mein Schwiegervater aus der Patsche, indem er mir das Geld zur Verfügung stellte. Unser „Deal" lautete so, dass ich die Milch behalten durfte und er dafür die Kälber bekam. So ging es dann reibungslos einige Jahre, bis ich meine Schuld tilgen konnte und die Kühe unser Eigentum wurden.

Die ursprünglichen Kühe - eine seltene Rasse, deren Name ich heute nicht mehr weiß - wurden peu-à-peu verkauft und durch Kühe der schwarz-weißen Rasse ersetzt.

Zum Elternhaus war es nicht weit, meine Schwiegereltern wohnten die meiste Zeit, besonders in den Sommermonaten, in dem 1939 konstruierten Wohnhaus, in dem wir auch das Erdbeben erlebten.

Das Landgut „San Carlos" befand sich nur 12 km von uns entfernt, allerdings auf dem Sommerwege über Chapaco; im Winter war die letzte Teilstrecke unbefahrbar, da es sich um einen Erdweg (noch schlimmer: Lehmweg) ohne Schotterauflage handelte, der dann vom vielen Regen so richtig seifenartig wurde. Nicht einmal ein Geländewagen schaffte die Durchfahrt. Also mussten wir im Winter die Strecke über Chahuilco nehmen, die dann allerdings länger (22 km) war.

Es passierte schon, mehr als einmal, dass wir es trotzdem wagten, auch noch im späten Herbst oder im Frühjahr den Sommerweg zu benützen, aber dann konnten wir es nur dank zweier Ochsen schaffen, den seifigen Trakt zu bewältigen.

Der „Fundo“ (Hacienda) San Carlos war ursprünglich 800 ha groß, wurde dann während Allende enteignet und nach dessen Sturz konnte meine inzwischen verwitwete Schwiegermutter gegen den Fiskus klagen und ihr wurden letztendlich knapp 300 ha zurückerstattet. Das Landgut liegt in der Gegend zwischen Los Parrones und Huilma, in Richtung Küstenkordillere. Dort gibt es noch heute wild herumstreunende Pumas, die vor allem gerne die Schafe „reißen“. Um sie zu erwischen, ließ mein Schwiegervater Fallen bauen, große Erdgruben, die man mit Ästen und Laub zudeckte, die einzige Art, die Pumas zu fangen. Wir fuhren an den Wochenenden, besonders im Sommer, häufig dorthin; unsere Töchter blieben manchmal auch längere Zeit bei den Großeltern.

In der Gegend wohnten auch diverse Verwandte meiner Frau, z. B. die im Erdbebenbericht erwähnte Familie Cornelius (in Chapaco) oder die Familie Hubach (in Riachuelo) und Steffens (daselbst).

Damals lebte noch der Doyen der Familie Hubach, Don Fernando, ein Cousin bzw. Onkel meiner Schwiegermutter, seit Jahren verwitwet.

Kurz vor seinem Ableben machte „Onkel Nando“ noch eine große Weltreise, die ihn auch nach Asien und Afrika führte. Eines Tages kam sein Sohn zu mir ins Büro und sagte, ganz aufgeregt:

„Stell Dir vor, ich bekam ein Telegramm von meinem Vater, in dem er seine baldige Ankunft anzeigt. Aber die Formulierung gefällt mir nicht. Er sagt darin, ‚wir kommen‘ demnächst an. Jetzt weiß ich nicht, meint er damit, er hätte unterwegs geheiratet oder meint er vielleicht ‚ich und meine aufgesammelten Viren und Bazillen‘...“

Die Zeit von 1960 bis 1967 fiel in die Regierungszeit der Präsidenten Jorge Alessandri Rodriguez (1958-1964) und Eduardo Frei Montalva (1964-1970); Gouverneur des „Departamento“

Río Negro (ein Unterbezirk der Provinz Osorno) war während Alessandri der Landwirt Alberto Schwalm Glos, unser Kunde, und der Bürgermeister von Río Negro hieß Oscar Alt Winter, der Eisenwarenhändler war, beide deutscher Abstammung.

„Don" Alberto Schwalm kam immer wieder zu mir, ich mochte seine freundliche und joviale Art. Eines Tages kam er ganz begeistert an und erzählte, sein Arzt habe ihm zur Morgenstunde ein Gläschen Whisky verordnet und seitdem sei sein Blutdruck in Ordnung.

Dann erzählte er eines Tages eine heitere Geschichte, die ich bis zum heutigen Tag nicht vergessen konnte:

„Stellen Sie sich vor, Don Alejandro, was uns gestern abends passierte! Sie wissen vielleicht, dass der alte Besitzer der kleinen Mühle von Chifín gestorben ist und wir - der Bürgermeister und ich - wollten dem Verblichenen die letzte Ehre erweisen und gingen daher ins Trauerhaus, wo er aufgebahrt war. Jeder von uns hat natürlich einen Kranz mitgebracht. Als wir dann an der Türschwelle waren, sagte ein kleiner Junge - ein Enkelkind des Müllers -, der dort herumstand, so beim Vorbeigehen: ‚Cada huevón con su corona ...' " *(milde übersetzt ins Deutsche: jeder Eiermann mit seinem Kranz)*

Der Ausdruck „huevón" ist in Chile auch heute noch vielleicht das im Alltagsgespräch der Männer meistverwendete Wort, nicht nur ein simples Schimpfwort, sondern eher ein allgemeines Aggregat, das man einfach so und ohne Hintergedanken vor sich hin „sprudelt".

Statt „si" (ja) sagt man „si, huevón". Oder z. B. mitten im Gespräch: „Qué te parece, huevón, voy a casarme próximamente... " *(auf Deutsch: Na, was sagst du, Eiermann, demnächst gedenke ich zu heiraten ...)*

Beleidigender ist schon „huevón de mierda" (Scheißeiermann), obwohl das Wort „mierda" manchmal auch liebevoll klingen kann.

So deklamiert man an den Nationalfeiertagen (21. Mai und 18:/19. September), natürlich schon etwas alkoholisiert: „Viva Chile mierda!“ oder etwas abgeschwächt:

„Viva Chile mi her (-mosa patria)!“, also auf Deutsch: Es lebe Chile, mein schönes Heimatland.

Fazit: In Chile kann man auch vulgäre Schimpfwörter in zärtlicher Form, fast liebevoll benützen ... Leute, die das Wort „mierda“ nicht aussprechen wollen, sagen auch stattdessen „miércoles“, was eigentlich Mittwoch bedeutet.

Trotz der vielen Arbeit und der Ärgernisse gab es in Río Negro - auch während der Arbeit - heitere Minuten, lustige Gespräche mit der Kundschaft und vieles mehr. Beispiele:

Wir hatten einen guten Kunden, der allerdings nicht Mehl kaufte, sondern das Nebenprodukt Kleie (afrecho, auch afrechillo genannt). Dieser Mann, Don Edgardo Wunderlich, hatte nämlich einen Schweinemastbetrieb. Eines Tages wurde er bei der Stadtratwahl als Kandidat aufgestellt. Die Leute schmunzelten und jemand sagte dann: „Si, pues, si los chanchos tuvieran derecho a voto, Don Edgardo saldría con la primera mayoría“ *(= hätten die Schweine Stimmrecht, würde Don Edgardo haushoch gewinnen...).*

Lustig war auch das sich stets wiederholende Spiel zwischen dem Landwirt, der seinen Weizen wiegen ließ und danach den Leuten sagte, er wolle sich zum Abschluss selbst wiegen lassen. Die Mühlenarbeiter fragten dann: „Cómo quiere que lo pesemos ¿con o sin saco?“ *(= Wie wollen Sie sich wiegen lassen, mit oder ohne Sack?)*

Während unseres siebenjährigen Aufenthaltes in Río Negro gab es allerdings eine Zäsur, die sich dann in Wohlgefallen aufgelöst hatte.

Wären nämlich die Präsidentschaftswahlen im September 1964 so ausgefallen, wie wir es befürchtet haben, also mit dem Sieg des marxistischen Kandidaten Allende, wären wir ins

Exil marschiert. Alles war bereits vorbereitet, sogar die separaten Reisepässe für unsere Töchter (acht und sechs Jahre alt).

Damals waren die bürgerlichen Parteien (also die liberalkonservative Rechtspartei und die Christdemokraten, mehr nach links orientiert) noch so klug und einigten sich auf den gemeinsamen Kandidaten Eduardo Frei Montalva, der schließlich auch mit einer bequemen Mehrheit gewählt wurde. 1970 waren die Rechte und die chilenische CDU zerstritten und jeder der Blöcke hatte seinen eigenen Kandidaten.

Schon der alte Römer wusste:
inter duos litigantes tertius gaudet
(wenn zwei sich streiten, lacht immer der Dritte).

Und der lachende Dritte bei der Wahl 1970 war die marxistische Volksfront.

Jetzt ist es aber an der Zeit, etwas über das politische Chile zu sagen.

„Meine" Präsidenten

Ich war immer ein „Homo politicus" und promovierte sogar in Staatswissenschaften. Das ist jedoch nicht identisch mit der Zugehörigkeit zu irgendeiner politischen Partei, auch nicht in Chile.

Aber ich verfolgte stets mit Interesse das nationale und internationale Geschehen und hatte immer eine gute Antenne, um die eine oder andere Nachricht zu empfangen und auszuwerten.

So erfuhr ich noch in Deutschland, kurz vor meiner Abfahrt nach Chile (November 1947), dass der chilenische Präsident seine kommunistischen Kabinettsmitglieder entlassen hatte und die KP Chiles verbot. Diese Nachricht war für mich - den Flüchtling aus einem von den Sowjets besetzten Land - eine sehr positive Botschaft.

- *Gabriel González Videla (1946 - 1952)*

Er war mein erster Präsident. Seine Regierung hat mir das Einreisevisum erteilt und sein Staatssekretär im Innenministerium, Héctor Grez Oyarzún, half mir bei der Beschaffung des Einreisevisums für meinen Bruder. Also bin ich beiden zu großem Dank verpflichtet.

Es ist richtig, dass Gabriel González Videla mithilfe der Kommunisten zum Präsidenten gewählt wurde, es ist aber auch richtig, dass diese dann den Versuch unternommen haben, ihn zu stürzen. Der Präsident handelte dann aber ganz entschieden, entfernte die kommunistischen Minister aus seinem Kabinett und verbot sogar die KP. Die wichtigsten Köpfe wurden verhaftet, interniert oder verließen das Land auf dem Fluchtwege.

So auch der kommunistische Senator und spätere (1971) Literaturnobelpreisträger Pablo Neruda, dem es gelang, über die Berge des kleinen Südens nach Argentinien und dann nach Frankreich zu fliehen. Es ist daher nicht erstaunlich, dass Neruda in seinen Memoiren den Präsidenten beschimpft und ihm eine ganze Reihe von „Ehrentiteln" verteilt: Seiltänzer, Versammlungsakrobat, Schwächling, Giftechse, Conga-Tänzer, niederträchtiger Blutsauger, Jämmerling. Diese Auswahl dürfte genügen.

Objektiv beurteilt war González Videla zwar nicht der größte aller Präsidenten Chiles, aber ihm muss man eine Reihe von Errungenschaften zuordnen, die Chile vorwärtsbrachten. Unter seiner Regierung wurde das Wahlrecht der Frauen erweitert, die Industrialisierung des Landes erfuhr kräftige Impulse und dasselbe gilt auch für die Elektrifizierung. Er hat gleichzeitig staatliche und halbstaatliche Institutionen ins Leben gerufen, deren Ziel der wirtschaftliche Aufschwung und die Verbesserung des Lebensstandards für die Bevölkerung war. Seine Heimatstadt La Serena verdankt ihm vieles, vor allem die Durchführung eines von ihm geförderten Stadtplanes. Die im neokolonialen Stil errichteten Wohn- und Amtsgebäude haben das Stadtbild verschönert und zu einer touristischen Sehenswürdigkeit erhoben. Eine gewisse Ähnlichkeit mit dem kalifornischen Kolonialstil ist auffallend.

- *Carlos Ibáñez del Campo (1952 - 1958)*

Mein zweiter Präsident war der populäre ehemalige General und frühere Staatspräsident Ibáñez, unter dessen Amtszeit mir die chilenische Staatsbürgerschaft verliehen wurde. Auch ihm bin ich deshalb zu Dank verpflichtet.

Da Ibáñez bereits in den kritischen Jahren 1927 - 1931 das Land regierte und somit genügend Erfahrungen sammelte, wurde er 1952 vor allem deswegen gewählt, weil man hoffte, er würde es schaffen, eine parteiübergreifende, nationale Regierung zu bilden. Sein Symbol war der Besen, zumal man in ihm den „Saubermann" wähnte, der den ganzen Filz und die Korruption aufräumen würde. Seine Wahlkampagne benützte nationalistische Slogans.

Leider wurden die Erwartungen des Volkes nicht erfüllt, obwohl er den besten Willen zeigte, das Land auf den richtigen Weg zu bringen. Immerhin wurde während seiner Amtszeit das schwierige Problem der Wohnsiedlungen angepackt und die Staatsbank gegründet.

Die allgemeine Enttäuschung der Bevölkerung war aber zum Ende seiner Regierungsperiode deutlich spürbar.

Damals erzählte man folgenden Witz:

Jemand sagt, wusstest du, dass Ibáñez ein Inca ist?

Der andere: Wieso?

Na ja, er ist eben Inca... incapaz *(= unfähig)*

- *Jorge Alessandri Rodríguez (1958 - 1964)*

Alessandri, Sohn des zweimaligen Präsidenten Arturo Alessandri Palma (1920 - 1925 und 1932 - 1938) hat als Unabhängiger kandidiert, wurde allerdings von der Nationalen Partei (Zusammenschluss der Liberalen und Konservativen) unterstützt. Da er im Parlament keine eigene Mehrheit besaß, musste er zwangsweise einen Weg der Verständigung mit anderen Parteien suchen: Er war der perfekte „Unterhändler-Präsident".

Trotz dieser nicht immer einfachen Lage konnte sich Alessandri in vielen Fällen durchsetzen.

Vor allem war sein Verdienst, eine vernünftige Währungsreform durchzuführen, indem er mit dem „Escudo" (= 1000 frühere Pesos) die Inflation zunächst stoppte (1 Escudo gleich 1 Dollar), diesen Kurs jedoch aufgrund der Machenschaften der Opposition nicht halten konnte.

Ihm ist auch eine vernünftige Siedlungspolitik zuzuschreiben: Vielen Tausenden von bedürftigen Menschen wurden gut konstruierte Wohnhäuser übergeben.

Im Volksmund hieß er der „Paleta" (ursprünglich für Maurer), durch diesen Namen wollte man zum Ausdruck bringen, dass er „in Ordnung" war: „Paleteado" nennt man in Chile diejenigen Menschen, die wertvolle Eigenschaften besitzen. Und so war auch Alessandri: integer, unbescholten, ehrlich, also ein Charaktermensch erster Güte.

Er war mein dritter Präsident und ich habe - bei meinem ersten Wahlgang in Chile, als frischgebackener Staatsbürger des Landes - meinen Wahlzettel bei seinem Namen angekreuzt.

- *Eduardo Frei Montalva (1964 - 1970)*

Auch dieser Präsident konnte meine Stimme verbuchen: Er war ja der gemeinsame Kandidat der rechtsgerichteten Nationalpartei und der Christdemokraten.

Dank dieser leider nur für den Wahlvorgang geltenden Koalition erhielt diese 61,3% und der Gegenkandidat Allende bloß 38,7%.

Frei beging den großen Fehler, die Unterstützung der Nationalen Partei bei seiner Wahl ignoriert zu haben, wogegen er in der Regierungsarbeit nur sein eigenes Parteiprogramm - nämlich das christdemokratische Modell - umzusetzen bestrebt war...

Während seiner Regierung wurde eine großangelegte Landreform in Angriff genommen; es wurden an die 1400 Latifundien (insgesamt etwa 3,5 Millionen ha) größtenteils nach dem genossenschaftlichen Prinzip aufgeteilt.

Unter Freis Regierung wurden auch die meistens in den Händen von nordamerikanischen Firmen befindlichen Kupferminen zu 51% verstaatlicht und den bisherigen Eigentümern entsprechende – ausgehandelte – Entschädigungssummen bezahlt.

Sein Regierungsmodell taufte man „revolución en libertad“ (Revolution in Freiheit) als die Alternative zur von dem linken Bündnis Unidad Popular angestrebte marxistische Revolution.

Außer der oben erwähnten Maßnahmen hat auch er die von seinen Vorgängern ins Leben gerufenen Siedlungsprojekte vorangetrieben, genossenschaftliche Einrichtungen, wie z. B. Nachbarschaftsvereinigungen und spezielle Zentren für die bedürftigen Mütter, ins Leben gerufen.

Trotz seiner guten Vorsätze wurden die letzten Jahre seiner Regierungszeit durch eine ganze Reihe von Gesetzesverstößen, wie illegale Streiks, Landbesetzungen, Überfälle bewaffneter Banden usw., überschattet.

Ein bitteres Schicksal für einen Präsidenten, der im Grunde nur das Wohl seines Volkes angestrebt hatte, um dann am Ende dem Mann die Regierung überlassen zu müssen, den er 1964 noch schärfstens bekämpfte.

- <u>*Salvador Allende Gossens (1970 - 1973)*</u>

Dieser marxistische Präsident muss ordnungshalber hier aufgeführt werden, obwohl er gar nicht mehr zu „meinen" Präsidenten zählte.

Nicht etwa deswegen, weil ich bei der Wahl vom 4. September 1970 nicht ihm, sondern dem Kandidaten Alessandri meine Stimme gegeben habe.

Er selbst deklarierte während einer Massenkundgebung im Nationalstadion Anfang Februar 1971 wortwörtlich:

„Ich bin nicht der Präsident aller Chilenen, sondern der Volksfront." *(vgl. Parlamentserklärung vom 22. August 1973 A 10a; auch bei Puelma, S. 46 u. Anmerkung 35 auf S. 109)* Und ferner:

„Ich bin zuerst Marxist, dann erst Präsident."

(Auch diese Aussagen machte Allende bei der oben erwähnten Massenkundgebung seiner Anhänger im Nationalstadion Anfang Februar 1971, Puelma, Anmerkung 35 auf S. 109)

Mit anderen Worten hat Allende alle, die nicht seiner Volksfront angehörten, einfach ausgegrenzt. Immerhin waren dies beinahe 2/3 der Bevölkerung, zumal Allende bei der Wahl lediglich 36,2% erzielte (Alessandri 35% und der Christdemokrat Tomic 27%). Und in der Abgeordnetenkammer hatte er 1970 lediglich 57 Sitze, die Opposition dagegen 93. Im Senat saßen 1970 nur 16 „Allendisten" gegenüber 32 Senatoren der Opposition.

Bei den Parlamentserneuerungswahlen von März 1973 konnte die Volksfront Gewinne erzielen (43% der Stimmen gegenüber 57% der Opposition; in der Abgeordnetenkammer hatte die Volksfront 63 Sitze gegenüber 87 der Opposition, im Senat 19 gegenüber 30 der Opposition). Fakt ist immerhin, dass Allende niemals die absolute Mehrheit erreichen konnte. *(Puelma, S. 108, Anmerkung 33)*

Trotzdem fühlte sich Allendes Volksfrontbündnis als der Sieger und das offizielle Organ der KP „El Siglo" kündigte das Wahlergebnis am 6. März 1973 wie folgt an: das Volk 43% und „los momios" *(die Mumien, Schimpfwort für die Reaktionäre)* 54,7%. Nur die eigenen Anhänger waren für Allende und seine Genossen das Volk, alles andere das Un-Volk oder Anti-Volk.

So wurden wir: ich, meine Frau und Familie als Un-Volk eingestuft und hierauf können wir auch noch heute stolz sein.

Übrigens konnten wir nicht verstehen, weshalb seinem Tode eine weltweite internationale Demonstrationskampagne zur Heroisierung seiner Person und seiner Ideologie folgte und diese teilweise noch immer andauert. Hier fehlt doch eine ganze Menge von Aufklärung und Richtigstellung.

In einem Interview, das der ehemalige Präsident Eduardo Frei Montalva dem Journalisten Luis Calvo *(ABC Madrid)* gegeben hat, heißt es wörtlich:

„Warum idealisiert man in Europa, wo man Salvador Allende gar nicht kannte und wo man nicht auf dem Laufenden ist, was unsere Dramen betrifft - und es sind viele Dramen -, einen so frivolen Mann, eher frivol in politischer als in moralischer Hinsicht, wie Allende?"

(Siehe „Las mejores entrevistas de los últimos 25 años" in der Zeitschrift „Qué pasa", Jahresausgabe 1996)

Um die ganze traurige Angelegenheit zum Abschluss zu bringen, möchte ich hier lediglich auf die Erklärung der chilenischen Abgeordnetenkammer vom 22. August 1973 („Illegalitätserklärung") hinweisen, welche die Verfehlungen, Gesetzesbrüche und Verfassungsbrüche der Allende-Regierung schön säuberlich auflistet.
(Mario Puelma, Chile 1970 - 1973, Anmerkung 4, S. 145-153)

Zum Abschluss nur noch zwei Bemerkungen:

Das Märchen von der Ermordung Allendes durch das Militär konnte relativ schnell aufgeklärt werden: sein Leibarzt Dr. Patricio Guijón Klein, der den Präsidenten bis zuletzt begleitete und beim Eindringen des Militärs in den Regierungspalast an der Seite der Leiche Allendes stand, bezeugte den Selbstmord. *(Puelma, S. 127, Anmerkung 88)*

Trotzdem wollte die internationale Presse diese authentische Version einfach nicht akzeptieren und erzählte noch jahrelang die Geschichte von der Ermordung des Präsidenten. *(So steht es z. B. im rororo-Taschenbuch „Mit dem Kopf hier - mit dem Herzen in Chile" aus dem Jahre 1983, S. 25.)*

Erst nachdem die vom Präsidenten Patricio Aylwin 1990 eingesetzte Kommission („Comisión Nacional de Verdad y Reconciliación", auch „Informe Rettig" genannt) die Aussage des Dr. Guijón als Beweis endgültig anerkannte, verstummten die verleumderischen Behauptungen der marxistisch orientierten oder der von ihnen beeinflussten Medien *(Hermógenes Pérez de Arce: « Europa vs. Pinochet », 2. Ausgabe, Dezember 1998, S. 19).*

Dann soll hier noch festgehalten werden, dass an dem Tedeum in der Kathedrale von Santiago anlässlich des Nationalfeiertages 18./19. September 1973 - also knapp nach der Militärintervention - alle drei Ex-Präsidenten der Republik, González Videla, Alessandri Rodríguez und Frei Montalva, teilnahmen. Te Deum laudamos: Großer Gott, wir loben dich...

Im Übrigen hatte ich zu keinem der erwähnten Präsidenten persönliche Beziehungen, gesehen habe ich - aus der Ferne - die Präsidenten Gabriel González Videla, Carlos Ibáñez und Jorge Alessandri.

Allerdings gab es später einen persönlichen Kontakt mit einem früheren provisorischen Staatsoberhaupt - einem „Interimspräsidenten" -, den ich, während der Ausübung meiner Tätigkeit als Geschäftsführer der führenden Mühlenindustrie in La Unión kennenlernte: Er war als „Launioner" Landwirt Stammkunde unserer Firma. Es handelt sich um...

- *Alfredo Duhalde Vásquez (1946)*

der nach dem Tode des Präsidenten Juan Antonio Ríos Morales (1942 - 1946) das höchste Amt der Republik ausübte. Dieses Mandat muss und darf der Vizepräsident Chiles so lange ausüben, bis der neue Präsident vom Volk gewählt wird. Mit anderen Worten hat Duhalde dann - noch im Todesjahr des Präsidenten Ríos - sein Interimsamt dem neu gewählten Präsidenten Gabriel González Videla abgegeben.

Don Alfredo Duhalde kam jährlich einmal zu mir, nämlich zur Abrechnung des von ihm gelieferten Weizens. Diese „Liquidationen" sind ohne Komplikationen abgelaufen, zumal man ihm - dem Stammkunden und ehemaligen Staatsoberhaupt - sowieso keine Abzüge machte.

Also waren diese von geschäftlichen Dingen unbelasteten Besuche immer interessant und meist belustigend. Der alte Herr erzählte mit Vorliebe von seinen Reisen nach Frankreich - Reiseziel war immer die Riviera - und von den unzähligen Koffern, die er und seine Frau mitschleppen mussten, an die zwanzig und mehr. Natürlich gab es dann immer hilfreiche Menschen, die sich um das Gepäck kümmerten, und obendrein hat er stets auch einen Sohn oder den Schwiegersohn mitgenommen, die sich dann um das „Kofferzählen" etc. kümmerten.

Don Alfredo Duhalde war ein liebenswürdiger Herr, ein echter „Caballero" und ich erfuhr mit Trauer von seinem Tod am 10. April 1985.

Der Abschied von Río Negro fiel uns nicht leicht. Er war mit einer ganzen Palette von Schritten verbunden, die wir ausführen und auf die Reihe bringen mussten.

Zunächst mussten wir „selbständig" werden, d. h. ein Fahrzeug kaufen, da wir ja bislang immer ein Firmenfahrzeug zur Verfügung hatten. Also fuhren wir nach Puerto Montt, wo es eine Ford-Vertretung gab, und kauften uns einen Pick-up, Ford 100, knallrot, den wir „Susanna" tauften. Hierbei handelte es sich um einen Kleinlaster für 500 kg, eine geschlossene Kabine vorne und die hintere Tragfläche frei. Die Kabine war groß und bequem, natürlich für zwei Erwachsene mit zwei heranwachsenden Töchtern etwas zu eng, doch die Kinder konnten bei gutem Wetter auch hinten sitzen.

So, nach der Sicherstellung unserer Mobilität, kam das ganze Problem des Umzuges und der Wohnungssuche in La Unión, wo ich inzwischen bei einer dortigen großen Mühlenfirma - Sociedad Industrial Teófilo Grob - eine gute, zukunftsorientierte Stellung bekam.

Auch dieses Problem konnten wir - dank der dort alteingesessenen Familie Gantz - kurzfristig lösen und bezogen eine Stadtwohnung in einem Mietsgebäude im Zentrum von La Unión, in unmittelbarer Nähe der Plaza (Hauptplatz).

Dazu kam noch die Umschulung der Kinder, die bislang die Osorniner Deutsche Schule besuchten. Zum Glück gab es auch in La Unión eine private Deutsche Schule, wo wir sie dann unterbringen konnten.

Meine Anfangsstellung galt nur als ein Provisorium, später sollte ich den Posten des damals schon krebskranken, langjährigen und verdienstvollen Geschäftsführers Hans Fischer übernehmen.

Ich erinnere mich noch genau an das Vorstellungsgespräch bei Herrn Fischer, der wissen wollte, warum ich eigentlich von der bisherigen Firma wegging. Daraufhin schilderte ich die

Gründe und er schmunzelte, als er den Kommentar abgab: „War das auch alles?"

Nach dem im Tod des Herrn Fischer im Oktober 1967 wurde ich am 25. November 1967 zu seinem Nachfolger als „Gerente" ernannt, ein schweres Erbe. Einerseits wurde ich vom Anfang an mit den Maßstäben meines großen Vorgängers gemessen, andererseits war die finanzielle Situation der Firma in einer kritischen Phase: Man war deshalb den Banken ausgeliefert.

Nie in meinem ganzen Leben habe ich mich durch so viele schlaflose Nächte durchquälen müssen und ich werde auch niemals meinen Canossa-Gang nach Osorno vergessen, wo ich zu unserer Hausbank - Banco Osorno y La Unión - gehen musste und vom Direktorium zur Schnecke gemacht wurde.

Dazu kam noch der Großbrand im Oktober 1967, der das große Speichergebäude samt Reinigungsanlage und anliegenden Baulichkeiten zerstört hatte.

Der dort gelagerte Weizen gehörte nur teilweise der Firma, der Löwenanteil war Eigentum der halbstaatlichen ECA (Empresa de Comercio Agrícola) und es entbrannte ein heftiger Streit zwischen der Firma Grob und der ECA, da diese sich mit der tatsächlichen Situation im Moment des Brandes nicht zufriedengeben wollte und hartnäckig den Standpunkt vertrat, dass ihr Weizenanteil eben nicht mitverbrannte und anderswo gelagert war. Es dauerte Monate, lange und aufregende Monate, bis sich die ECA beruhigte und die Firma aufatmen konnte. Auch dies strapazierte arg meine Nerven und beeinträchtigte noch zusätzlich meine Nachtruhe.

Die neuen Silos der Sociedad Industrial Teófilo Grob S. A. La Unión, November 1971

Die darauffolgende Periode (bis Anfang 1971) war die der Stabilisierung der Finanzen und des Wiederaufbaus.

Anstelle der ehemaligen niedergebrannten Lager entstanden neue Konstruktionen: eine moderne Metallsiloanlage, eine Reinigungsanlage mit den aus Deutschland importierten Maschinen und ein neuer Mehlspeicher, siehe Aufnahmen in diesem Kapitelteil.

Aber unser Aufenthalt in La Unión war nicht allein von meinen Sorgen und Problemen bestimmt. Rückblickend können wir eine positive Bilanz ziehen. Meine Frau spricht noch heute von den „glücklichsten fünf Jahren unseres Lebens".

Neben der beruflichen Tätigkeit engagierte ich mich auch anderweitig als Mitglied in den Vorständen des Deutschen Vereins und der Deutschen Schule von La Unión - bei der letztgenannten Institution auch als deren Vorsitzender - lernte ich etliche „deutschstämmige" Bürger der Stadt und der Umgebung kennen...

Aber auch zu den alteingesessenen, iberochilenischen Familien hatte ich gute Kontakte aufgebaut. Erwähnen darf ich hier den langjährigen Bürgermeister und späteren Abgeordneten und Senator Enrique Larre Asenjo und seine Frau Elena geb. Buschmann, die uns sehr nahe standen.

Freundschaftliche und quasiverwandtschaftliche Kontakte pflegten wir vor allem zur oben bereits erwähnten Familie Gantz; die Gebrüder Ernst und Willy betrieben eine Eisenwarenhandlung an der Plaza und Willy war außerdem der Hauptmanager der Kohle produzierenden Firma „Catamutún".

Mein berufliches Verhältnis zu dem Vorsitzenden des Direktoriums der Firma, Teófilo Grob Werner, war stets freundschaftlich und ungetrübt. Dies war auch so im privaten Bereich: meine Frau und ich waren des Öfteren bei Teófilo und Nori Grob in ihrem grandiosen Wohnhaus eingeladen. Viele fröhliche Stunden verbrachten wir mit ihnen und ihren Gästen, die unsere Erinnerungen an die unvergesslichen Jahre in La Unión bereichern.

Eine sehr solide und dauerhafte Freundschaft entstand auch mit dem Ehepaar Lilo und Richard Preisler. Letztgenannter war vier jahrelang mein Stellvertreter in der Firma Grob, danach ging er in den Ruhestand. Sein Hobby, die Geschichte von La Unión, beschäftigte ihn Jahre lang und so erschien dann auch sein Buch über die Stadtgeschichte; er setzte sich tatkräftig auch für die deutschsprachigen Institutionen, Schule und Verein, ein und „erntete" für diese Tätigkeit die „Karl Anwandter Medaille", die höchste Auszeichnung des DCB (Deutsch-Chilenischer Bund). Für seinen Einsatz für die städtischen Belange wurde er zum Ehrenbürger ernannt.

Der Vorstand der Mühlenfirma Grob im November 1971
Von links nach rechts:
Enrique Larre Duhalde, Manuel Casanueva Ramírez,
Teófilo Grob Werner, Ernesto Gantz Mann,
René Camino G. und der
Geschäftsführer Alejandro Lajtonyi Gruber.

Last, not least, möchte ich hier noch eine spezielle Freundschaft erwähnen, die in La Unión entstanden ist: die mit dem Ehepaar Joschka und Ági Schaeffer. Als ich bereits auf dem „Geschäftsführerstuhl" meines Arbeitszimmers saß, kam eines vormittags ein älterer Herr hinein und begrüßte mich mit „Jó napot kívánok!" = Guten Tag! Es war Joschka, damals Verwalter eines der Fundos von Teófilo Grob. So haben wir uns kennengelernt, ihn und seine liebenswürdige, lebhafte Frau Ági, und es entstand eine innige Beziehung zwischen uns. Ausschlaggebend war vielleicht auch die Tatsache, dass Schaeffers in der Bácska (heute Vojwodina) geboren sind, also waren sie Donauschwaben, quasi Nachbarn meiner Familie mütterlicherseits, die Bánáter Schwaben waren. Ich konnte mich mit ihnen auch auf Ungarisch unterhalten und wir fühlten uns schon auch deswegen irgendwie als „Seelenverwandte".

Ági hatte herrlich duftende, wunderschöne Rosen vor ihrem Verwalterhaus und sie „machte das beste Eis, das es jemals gab" (unsere Töchter haben dies ausdrücklich bestätigt).

Leider starb dann Joschka nach längerem Leiden am 12. März 1970 und wurde im deutschen Gottesacker von La Unión begraben; später überführte man den Sarg nach Córdoba (Argentinien), wo damals seine ältere Tochter und Familie wohnten. Mit der jüngeren Tochter Lia und ihrem Mann Hans Georg Trier verbindet uns eine herzliche Freundschaft.

Meine Frau betätigte sich in ihrem „Damenkränzchen", also bei den Zusammenkünften der Damen der deutschstämmigen Gesellschaft, die während des ganzen Kalenderjahres bastelten, strickten oder stickten, um dann zu Weihnachten irgendeine wohltätige Institution mit dem Erlös ihrer Produkte zu überraschen.

Mit dem Aufsichtsrat der Firma Grob arbeitete ich sehr gut zusammen. Außer dem Vorsitzenden Teófilo Grob Werner - der einer der Hauptaktionäre war - gehörten dem Rat die Herren J. Manuel Casanueva Ramírez, Enrique Larre Duhalde (der Vater des Bürgermeisters), Ernesto Gantz Mann und René Camino G. an, alle ehrenwerte und verdienstvolle Männer der Stadt und des Landes.

Während vier Jahren (1968 - 1972) habe ich auch dem Vorstand der Vereinigung der Mühlenbesitzer des Südens angehört und so auch viele Kollegen aus der Branche kennengelernt. Erwähnen sollte ich hier den ersten Vorsitzenden Herrn Robert Kunstmann L., dessen Familie in Valdivia eine bedeutende Mühlenindustrie betrieb. Zu all den Mitgliedern des erwähnten Vorstandes habe ich gute Beziehungen entwickelt.

Inzwischen konnten wir uns auch ein Eigenheim leisten und zu diesem Zwecke kauften wir das Einfamilienhaus in der Philippi-Straße 618, das uns der mit uns befreundeter Arzt Dr.

F. B., verkaufte, weil er und seine Frau nach dem Norden gezogen waren. Es war ein schöner Augenblick, ein eigenes Haus zu besitzen und zu beziehen. Auch unsere Töchter waren selig, zumal wir ganz in der Nähe der Deutschen Schule wohnten und weil ihnen der Großvater ein kleines Blockhaus schenkte - ein Puppenhaus -, das seinen Platz in unserem Garten fand.

Ganz am Anfang, als wir dort einzogen, hatten wir ein seltsames Geräusch gehört, als wir uns im Schlafzimmer zur Ruhe legten. Es hörte sich an, als ob es irgendwo brennen oder zischen würde. Wir machten uns nichts hieraus, und dies viele, viele Monate. Und dann wussten wir Bescheid.

Wir hatten Kaffeebesuch aus Chahuilco, unsere alten Freunde Alberto Krahmer Tauscheck und Frau Inés geb. Stolzenbach, und plötzlich kam unsere Hausangestellte, die in der Küche den Kaffee zubereitete, und sagte zu uns: „Verzeihung, aber eben ist von der Decke der Küche ein Käfer auf den Herd gefallen..."

Nun, wir schauten uns den Käfer an und es war ein Holzkäfer. Ergebnis: Wir waren gezwungen, eine ganze Reihe von Balken und Brettern auszutauschen, die oberhalb der Küche und unterhalb des Schlafzimmers eingebaut waren. Überall war der Holzwurm am Werke und wenn man ein Stück Holz von den alten Balken in die Hand nahm, hörte man das „Brennen und Zischen", das wir seinerzeit nicht einordnen konnten. Eine schöne Bescherung.

Alles wäre so gemütlich und sorgenfrei weitergegangen, wenn die Präsidentenwahl vom 4. September 1970 in „unserem Sinne" verlaufen wäre. Aber unser Kandidat Alessandri erhielt nur 35%, wogegen der von der Volksfront - Salvador Allende Gossens - 36,2% und der Kandidat der Christdemokraten 27% erzielte.

Laut Verfassung war jetzt der Kongress (also beide Kammern) am Zuge, er musste einen der beiden Kandidaten zum Präsidenten küren, der die meisten Stimmen bekam. Nach einem großen Hickhack und nachdem die Democracia Cristiana

Allende gezwungen hatte, eine entsprechend formulierte Garantieerklärung zu unterschreiben, stimmten die Christdemokraten in der Sitzung für Allende und wählten ihn somit mit zum Präsidenten Chiles.

Hierzu ein Zitat aus dem Buch „Allende und der europäische Sozialismus" von Prof. Lothar Bossle, Ordinarius für Soziologie an der Universität Würzburg, S. 73:

„Was die Beweggründe Allendes waren, die Verfassungsgarantien vor seiner Wahl zum Präsidenten Chiles zu unterzeichnen und sich anschließend nicht daran zu halten, wurde mit einem typisch totalitären Zynismus offensichtlich, als Allende, ein halbes Jahr nach Antritt seiner Präsidentenschaft, in einem Interview mit dem Guerillatheoretiker und Che-Guevara-Mitarbeiter Regis Débray... erklärte, es habe sich für ihn um eine ‚taktische Notwendigkeit' gehandelt und ‚die Hauptsache war damals, die Macht in die Hand zu bekommen'. Dieses enthüllende Interview, das jede demokratische Stilisierung der politischen Absichten Allendes unmöglich macht, wurde am 16. Mai 1971 in dem sozialistischen Wochenblatt Punto Final veröffentlicht."

Weitere Kommentare zu diesem Thema erübrigen sich.

Für uns waren es Monate des Bangens und Zitterns, zumal wir - das bürgerliche UnVolk - ganz genau wussten, was uns von Allendes Regime erwartete.

Allende ist es gelungen, das Land in wenigen Monaten in eine der schlimmsten Wirtschaftskrisen zu stürzen.

Chile, einst Selbstversorger und weitgehend Exporteur, importierte jetzt u.a. Rindfleisch aus Argentinien, Schweinefleisch aus China, Hähnchen aus Belgien, Milch aus der Bundesrepublik, Butter aus der Sowjetunion, Weizen aus den USA, Nudeln aus der DDR, Kartoffeln aus Polen. Man bedenke:

Chile, das Ursprungsland der Kartoffel, importierte sie jetzt plötzlich aus Polen!

Für diese Nahrungsmittel musste die Regierung Allendes weit mehr bezahlen als für die preisgebundenen Landesprodukte, die vielfach unter dem Kostenpreis verkauft werden mussten oder über den Schwarzmarkt an den Konsumenten gelangten.

Sand war plötzlich teurer als Zement. Ein Sack Zement (42 kg) war rund 30 % billiger als eine Schachtel Zigaretten.

Die Arbeiter hatten viel Geld in der Hand, konnten hierfür aber kaum etwas kaufen. Die Läden waren leer, die „Schlangen“ der anstehenden Kunden immer länger.

Der Dollar schoss in die Höhe. Touristen, ausländische Geschäftsleute, in Devisen bezahlte Funktionäre der in Chile tätigen internationalen Organisationen konnten sich natürlich freuen: Für sie war Chile plötzlich ein Einkaufsparadies. Ein Paar Schuhe kostete umgerechnet weniger als DM 2,-

Wir - meine Frau und ich - machten uns keine Illusionen. Da meine Vorgeschichte - antikommunistischer Flüchtling - bekannt war, hätte mir bei der Verwirklichung des von Allende geplanten marxistischen Staats das Schlimmste passieren können, nämlich die physische „Eliminierung“.

Nachdem mein Schwiegervater im Mai 1971 Selbstmord begangen hatte - nicht nur wegen seiner unheilbaren Krankheit, sondern auch wegen seiner Verzweiflung, man werde sein Lebenswerk zerstören -, wurde bei uns der Gedanke der Auswanderung immer akuter. Nach einem kurzen Deutschlandbesuch im Juli 1971 und aufgrund der sich stets verschlechternden Situation im Lande, fassten wir schweren Herzens den Entschluss, Chile spätestens Anfang 1972 zu verlassen. Ohne die sofortige Zustimmung und tatkräftige Unterstützung meiner Frau, die dadurch ihr Heimat- und Geburtsland verlieren würde, hätte ich meine Entscheidung nicht in die Tat umsetzen können.

Wir waren nicht die Einzigen, die sich für den Exodus entschieden. Wir waren nur ein Teilchen von vielen Zehntausenden Chilenen und in Chile seit Jahrzehnten, wenn nicht Generationen niedergelassenen Ausländern, die zu den produktivsten Kräften in Handel und Wirtschaft gehörten und Wesentliches zum Aufstieg des Landes beigetragen hatten.

„Die Statistik besagt, dass Chile während der Jahre marxistischer Regierung allein an Angehörigen freier Berufe wie Ärzte, Ingenieure, Chemiker, Techniker aller Art über 15.000 verlor.

Die Gesamtzahl der - oft in bittere Not geratenen - Auswanderer wird auf annähernd 200.000 geschätzt, ein Flüchtlingsstrom, von dem die Weltöffentlichkeit, im Gegensatz zu den Chileflüchtlingen nach dem Zusammenbruch des marxistischen Volksfrontregimes, so gut wie keine Notiz nahm." *(Puelma, S. 24)*

Unsere Entscheidung wurde überwiegend mit Verständnis zur Kenntnis genommen. Nur ein Bekannter sagte mir in Osorno beim Vorbeigehen:

„Die Ratten verlassen das sinkende Schiff!"

Oh ja, es war eine schwere Entscheidung und wir haben sie durchgezogen.

Haus und Auto und Überflüssiges wurden zum Schleuderpreis verkauft, bei der Veräußerung des Hauses tröstete mich der Holzwurm, zumal ich mir nicht sicher war, ob wir ihn ganz „vertrieben" hatten...

Dann kamen die Wochen der Vorbereitungen und der Abschiedsveranstaltungen.

Was mich vor allem mit Stolz erfüllte, war das Abschiedsessen, das mir die Arbeiterschaft - darunter etliche Marxisten und linksgerichtete Christdemokraten - zu Ehren gab. Eingeladen waren auch der Vorstandsvorsitzende und andere „Bürgerliche" und während des Abends überreichten mir diese einfachen Arbeiter eine Ehrenurkunde (siehe die entsprechenden Aufnahmen in diesem Kapitelteil).

Aufbewahrt habe ich auch das Schreiben, das mir der stellvertretende Vorsitzende des Aufsichtsrates der Firma Grob, J. Manuel Casanueva Ramírez (ehemaliger Landwirtschafts-minister in der Regierung Alessandri) anlässlich meines Ausscheidens zusandte und in dem u. a. Folgendes steht:

„Ihre Nachricht habe ich mit Schmerz empfangen. Trotz allem verstehe und rechtfertige ich Ihre Entscheidung."

Er wusste, wovon er sprach.

Der Abschied von Chile war von Schmerz und Trauer erfüllt. Unsere Töchter - damals 15 und 13 Jahre alt - rebellierten zwar nicht, doch man sah ihnen an, wie schwer es ihnen fiel, die Heimat, die gewohnte Umgebung, ihre Oma und die anderen Verwandten, auch die Freunde, verlassen zu müssen. Sie waren schon alt genug, um unsere Beweggründe zu verstehen.

Wir fuhren am 15. März 1972 per Autobus nach Argentinien. Die heute bereits asphaltierte Straße läuft von Osorno über Puyehue nach San Carlos de Bariloche am Nahuelhuapi-See, wo wir als erste Station unserer langen Reise zwei Tage verbrachten. Am Wegrand - noch in der Nähe von Osorno - standen Elisabeth Chodowiecki und ihre Mutter, Frau Annchen Schäffer geb. Schilling, und winkten uns zu: Das war das letzte „Adíos" von Chile. Kurz danach mussten auch sie das Land verlassen und landeten schließlich auf Teneriffa.

Abschiedsessen der Arbeiterschaft der Mühle Grob zu Ehren des scheidenden Geschäftsführers am 03.03.1972

*Erste Reihe, von links nach rechts:
Helmut Frenz, Erwin Koller, Lilo de Preisler, Teófilo Grob, Marlene de Lajtonyi, Alejandro Lajtonyi, Nori de Grob, Ricardo Preisler, Silvia de Koller und 26 Mühlenarbeiter*

Überreichung der Ehrenurkunde durch den Vorsitzenden des Syndikats der Mühlenfirma, Wilfredo Asenjo.

El Sindicato de la Sociedad Industrial "Teofilo Grob" de la ciudad de La Unión, como testimonio de un sincero reconocimiento de gratitud a su Gerente Don

Alejandro Laztonyi G.

dedican el presente pergamino como un recuerdo con motivo de alejarse de esta ciudad.-

Formulamos votos por su ventura personal, y ya en otras tierras, siempre encuentre dicha y felicidad junto a su respetada familia.-

La Unión Marzo 4 de 1979.-

GILBERTO DIAZ M.
SECRETARIO

WILFREDO ASENJO D.
PRESIDENTE

OSVALDO LOPEGUIA A.
TESORERO

OCTAVIO HUERTA S.
1er DIRECTOR

EDUARDO SOTO M.
2° DIRECTOR

Die Ehrenurkunde

Kapitel III

Die Bevölkerung Chiles

Allgemeines

Im Spiegel-Almanach 2002 steht über die Bevölkerung Chiles Folgendes:

15,4 Mio. Einwohner, davon 70% Mestizen, 15% europäischer Herkunft, 3% Indianer.

Im Battenberg-Buch „Flaggen, Wappen, Hymnen" aus dem Jahre 1987 ist die Bevölkerungszahl noch mit 12,2 Mio. angegeben, davon 60% Mestizen, 30% Weiße, 3% Indianer.

Das würde einen Bevölkerungszuwachs von 3,2 Mio. in 15 Jahren bedeuten, also 26,3%. Immerhin.

Anfang des 19. Jahrhunderts soll sich die Bevölkerung des Landes (laut Gáldames) noch so zusammengesetzt haben:

20.000	in Europa geborene Spanier
150.000	in Chile geborene Spanier (Kreolen)
320.000	Mestizen
10.000	Schwarze und Ausländer *nicht spanischer Herkunft*
100.000	freie Araukaner-Indianer in der Region „Frontera" (heute Provinz Cautin)
600.000	

(Diese Daten beziehen sich allerdings nur auf das Teilgebiet zwischen dem 26. und 39. südlichen Breitengrad, also etwa zwischen Chañaral und Pitrufquén. Das letztgenannte Städtchen liegt südlich von Temuco.)

Im heutigen Chile existiert neben den Ur- und Alteinwohnern (Indios, Mestizen und Iberochilenen) eine ganze Palette von ausländischen Gruppen, Bürger der ersten, zweiten und dritten Generation, die ihre Identität trotz Einbürgerung noch immer nicht aufgegeben haben, d. h., sie bewahren auch weiterhin ihre ursprüngliche Sprache und ihre Traditionen.

Zu erwähnen wären als eine der bedeutendsten Gemeinschaften die der Araber (Libanesen, Syrer und Palästinenser, alle christlicher Konfession), die man im Lande als „turcos" (Türken) bezeichnet, zumal ihre Vorfahren - vor dem Ersten Weltkrieg - mit türkischem Reisepass einreisten. Das Ottomanische Reich umfasste bekanntlich vor 1914 auch die entsprechenden Heimatländer im Nahen Osten.

Es sind florierende, meist reiche Gemeinschaften, die ihr Vermögen vor allem in der Textil- und Schuhindustrie, aber auch in anderen Bereichen, wie z. B. im Warenhandel, erwarben, ihre eigenen Sport- und Kulturvereine weiterführen und dem Wirtschaftswachstum Chiles auf die Sprünge verhalfen.

Ähnliche Gemeinschaften mit den von ihnen unterhaltenen Einrichtungen bilden die aus Europa eingewanderten Juden, Deutsche, Franzosen, Engländer, Spanier (republikanische Flüchtlinge) und die Kroaten (meist Dalmatiner). Andere Nationalitäten spielen keine große Rolle.

Die Journalistin Eliana Simon hat in der großen Tageszeitung „El Mercurio", Ausgabe vom 3. Juni 1957, die Einwanderer der verschiedenen Nationalitäten wie folgt „eingeordnet": „Wer Teigwaren für Suppen anbietet, kommt aus Genua. Wer Strickwolle, Nähzeug oder Kämme verkauft, kommt aus dem Heiligen Land. Wer Butter und Käse fabriziert, kommt aus der Schweiz. Wer eine Eisenwarenhandlung (Nägel, Farben, Werkzeuge) hat, kommt aus Bilbao. Der Brotbäcker war in Galizien beheimatet. Der Tuchhändler stammt aus dem Libanon. Der Rindviehzucht betreibt, ist Deutscher. Der Schafe züchtet ist Schotte. Und schließlich trägt der Hausbesitzer, wo ich wohne, einen christlichen Familiennamen, hat jedoch eine Nase, die auf den Nahen Orient hindeutet.“ (Den kompletten Artikel von Eliana Simon mit dem Titel „Woher kommen die Chilenen?“ findet der Leser im Anschluss, im Originaltext und in der deutschen Übersetzung.)

Im Nachbarland Argentinien kamen die Einwanderer auch aus vielen Staaten des alten Kontinents und des Nahen Ostens. Unter ihnen war die größte Gruppe die der Italiener; das zweitgrößte Kontingent war das der spanischen Flüchtlinge, aber auch viele Slawen, Deutsche und Franzosen kamen ins Land. Im Buch „Argentine“ von Pierre Kaflon (S. 53) erscheint ein „Rezept, wie man einen durchschnittlichen Argentinier fabriziert“, eine heitere, ironische Betrachtungsweise der Entstehungsgeschichte des argentinischen Menschentypen.

Das Rezept lautet wie folgt:

Vor allem benötigt man einen großen Eisenkessel und darunter ein schönes, prasselndes Feuerchen. Nun, zu den Zutaten: Man nehme (und lege in den Kessel nach und nach, schichtweise)

- *eine Indianerin mit breiten Hüften*
- *zwei spanische Reiter*
- *drei Gauchos gemischten Blutes (Mestizen)*
- *einen englischen Reisenden*
- *einen halben baskischen Schafhirten*
- *und eine Prise eines schwarzen Sklaven*

All dies während dreier Jahrhunderte bei kleinem Feuer köcheln lassen. Kurz vor dem Anrichten schnell noch beimischen:

- *fünf italienische Bauern (vom Süden)*
- *einen polnischen (oder deutschen oder russischen) Juden*
- *einen galicischen Krämer*
- *einen drei viertel libanesischen Händler*
- *und schließlich eine ganze französische Prostituierte.*

Jetzt ruhen lassen während 50 Jahren. Danach aus dem Kessel holen, in Form gießen und als Letztes - nicht vergessen! - die Haare stylen (mit Brillantine, soweit zur Hand).

Naturgemäß sind die Einwanderer tüchtig und strebsam, da sie ja auch keine andere Wahl haben, um sich behaupten zu können.

Da sie nun arbeitsam sind, ernten sie auch die Früchte ihrer Arbeit, erwerben Grundstücke, bauen ihre Häuser und kaufen ihre Autos.

Die Chilenen beobachten dies und staunen. Manchmal - besonders in Krisenzeiten - sind sie dann auch eifersüchtig und neidisch. Liegt in der Natur der Sache.

Interessant war in dieser Hinsicht ein Gespräch, das ich 1970 in Punta Arenas (Patagonien) mit dem Geschäftsführer einer dortigen Bank führte: Sie hieß damals noch Banco Chileno-Yugoeslavo.

Mein Gesprächspartner erzählte mir von den Saisonarbeitern, die jeden Sommer von der großen Insel Chiloé nach Punta Arenas kommen, ihr Extrageld verdienen und danach heimkehren.

Nun, 1960 konnten sie ihre Heimreise nicht antreten, da das große Erdbeben vom 22. Mai, welches auch Chiloé betraf, ihre Rückkehr vereitelte. Diese „Chiloten“ sind also in Punta Arenas hängengeblieben und seither vegetieren sie in ihren Elendssiedlungen dahin.

Nun, diese armen Leute betrachten verständlicherweise neidisch die schönen Häuser und Autos der Nachkommen der damaligen Einwanderer aus Dalmatien und anderen Teilen Kroatiens.

Und der Bankier fragte mich dann:

- Was glauben Sie denn, wie diese Chiloten uns nennen?
- Keine Ahnung! antwortete ich.
- Austríacos de mierda! (Scheiss-Österreicher).
- Wieso austríacos? wollte ich wissen.
- Na, weil unsere Großväter vor 1914 mit österreichischen Reisepässen eintrafen und als solche registriert wurden.

Daraufhin tröstete ich ihn:

- Wissen Sie, wie man uns in der Region von Valdivia und Osorno nennt? Alemanes de mierda. Scheissdeutsche...

Fazit: Man muss die Sachen nicht zu ernst nehmen. Spaß muss sein...

Hierzu passt auch der Witz, wonach es in Chile drei Sorten von Deutschen gibt:

- Los alemanes de Alemania
  (also die eingewanderten Deutschen erster Generation)
- Los alemanes de Valdivia
- Los alemanes de mierda

Und wenn wir schon bei den Witzen gelandet sind, erinnere ich mich an das lustige Abendgespräch im Hotel Cabo de Hornos (Punta Arenas) aus dem Jahre 1970. Ich war damals geschäftlich dort, in Begleitung eines Herrn, des Geschäftsführers einer Firma von Puerto Montt, die das Mehl von uns bezog.

Dieser Herr C. sagte mir am letzten Abend ganz aufgeregt, er habe etwas Wichtiges vergessen: Seine Frau habe ihm aufgetragen, unbedingt geraspelte Kokosnüsse mitzubringen. Diese Köstlichkeit gab es damals - in der Allende-Zeit - in Chile nicht, ausgenommen die Freihäfen, zu denen auch Punta Arenas zählte.

Also sagte die Frau des Herrn C.: „Oye, Alfonso, no te olvides traerme coco rallado, pues si lo olvidarías, te rallo los cocos“ (auf Deutsch: „Hör zu, Alfonso, vergiss nicht, mir Kokosraspel mitzubringen, sonst rasple ich dir die Kokosnüsse...“)

Im Zusammenhang mit der Ausländerfrage in Chile darf ich nur ganz kurz bemerken, dass ich persönlich nie Hass oder Feindseligkeit wegen meines „Gringo“-Aussehens erleben musste.

Die Europäer, vor allem die Deutschstämmigen oder die Engländer, meist blond- oder rothaarig, fallen eben auf, auch wenn sie die Nachkommen europäischer Vorfahren der dritten Generation sind. Sie fallen auf und werden nie als „chilenos de pura cepa“ (reinrassige Chilenen) akzeptiert. Auch dann nicht, wenn sie gar nicht mehr die Sprache ihrer Vorfahren beherrschen und genauso gut und akzentfrei chilenisch fluchen können wie die „Einheimischen“.

Andererseits werden die Neuangekommenen wegen ihrer fehlerhaften Sprachkenntnisse keineswegs ausgelacht oder verspottet. Im Gegenteil: Man honoriert ihre Radebrecherei mit einem wohlwollenden und anerkennenden Lächeln.

Als wir - der ebenfalls Caboto-Reisende Hans Sonderegger und ich - in unserer ersten Pension in Santiago der Wirtin sagen wollten, wir kämen abends zurück, gebrauchten wir statt „volver“ (zurückkehren) das Wort „revolver“, in der Annahme, dass wir mit dem „re“ die Rückkehr bekräftigen würden.

Nur heißt „revolver“ im Spanischen nicht nur die bekannte Kurzwaffe, sondern auch das „Durcheinanderbringen“ oder „Durchwühlen“.

Die Wirtin verstand uns trotzdem und lächelte wohlwollend...

Da uns diese erste Pension nicht zusagte, zogen wir nach 2 bis 3 Tagen in das Stadtzentrum um, in die Calle Miraflores (zwischen Merced und Monjitas) in eine sog. „casa residencial“ (Pension mit Vollverpflegung).

Das Essen verzehrten wir im Zimmer und die Bedienung - eine kleine, dickliche Person - hieß Tránsito. „Komplett“ hieß sie Tránsito del Carmen, also auf gut Deutsch „Himmelfahrt der Muttergottes“, da der Name Carmen im spanischen Wortgebrauch mit Maria gleichgesetzt wird. Andere Frauen heißen z. B. einfach Asunción, komplett Asunción de la Virgen Maria, also ebenfalls Mariä Himmelfahrt (Gedenktag: 15. August). Unsere Bedienung hieß also Tránsito und mein Freund Sonderegger konnte sich diesen komischen Namen nicht merken und sagte zu ihr konsequent „Señora Transatlántico“, womit sich die Erwähnte abfinden musste.

¿De dónde vienen los Chilenos?

(Por Eliana Simon en „El Mercurio“, 3 de junio de 1957)

Una teoría dice que llegaron de Polinesia. Desgraciadamente la „Tahiti Nui“ se deshizo tratando de probarla y en último término no se sabe si demostró esta teoría o su recíproca.

Otra teoría dice que los chilenos llegaron del Perú por el desierto de Atacama. Según otros, los chilenos entraron de Argentina por el Valle del Cautín.

Personalmente tengo una hipótesis. Mejor dicho dos hipótesis, según el grupo de chilenos que se trate.

El grupo de chilenos que trabajan ha venido de todas partes. El que vende menestras ha venido de Génova. El que vende lana de tejer, hilos y peinetas ha venido de Tierra Santa. El que hace mantequilla y quesos ha venido de Suiza. El que tiene almacén de clavos, pinturas y herramientas, ha venido de Bilbao. El que hace el pan, es originario de Galicia. El que vende los tocuyos, es del Líbano. Los ganaderos son alemanes. Los ovejeros son escoceses. Por último, el dueño de la casa en que vivo, tiene un apellido cristiano, pero una nariz del Medio Oriente.

El grupo de chilenos que vive a expensas de los que trabajan, constituye la „ciudadanía" o sea el chileno propiamente tal.

Este grupo hace las elecciones y sale elegido. Aplica los impuestos, los percibe y los gasta. Si gasta más de lo que percibe... imprime billetes. Como al imprimir demasiado, los precios suben, entonces, lleno de santa indignación, dedica sus mejores energías al rebajarle los precios al grupo que produce.

Este chileno genuino nace en la vida social de los periódicos, se educa gratis a costa del Estado y luego se instala en alguna de sus reparticiones. Su ocupación consiste principalmente en funciones de control, de vigilancia, de defensa nacional y representación del país en el exterior.

Nunca ha producido ni un papa, pero está dispuesto a contribuir con proyectos para „planificar la economía nacional". Aparte de controlar, planificar y discutir, su mayor afán es conseguir leyes sociales y aumentos de sueldo.

Este tipo de chileno tiene dos futuros. Si es coronado por el éxito, se convierte en „distinguido funcionario", ligeramente pomposo y lleno de dignidad. Si el éxito no le sonríe, entonces se convierte en cuidador de parcelas, inspector, dama de Compañía, mayordomo en edificio de departamentos, bodeguero o cualquier cosa que consista en contemplar el trabajo de los demás.

En ambos casos el chileno jubila a los 30 años de servicios. Después de eso se dedica a la carrera de corredor de propiedades o a comprar y vender autos.

Como los jubilados no se mueren nunca, resulta que hay más chilenos jubilados que chilenos en servicio activo. Lo que no deja de ser una ventaja, porque, por lo menos, el jubilado es un ser inofensivo. Recibe su pensión, pero no molesta. Tampoco ocasiona gastos mayores, como sucede con los funcionarios en servicio activo que „tienen iniciativa".

Ni la historia, ni la antropología pueden decir de dónde ha venido el chileno típico, pues no existe otro pueblo en el mundo en que los nativos nunca trabajen y vivan a expensas de los extranjeros. En algunas partes de Oceanía y Africa se los comen, pero aquí los torturamos toda la vida por medio del tratamiento que llaman Sistema Tributario, Código del Trabajo y Control de Precios.

El problema científico que presenta el origen del chileno, consiste, pues, en buscar en el mundo y a través de la historia, un pueblo que haya logrado vivir sin trabajar y en seguida jubilar. La única teoría posible, entonces, es la de que el primer chileno fué un emigrado del paraíso terrenal, en una fecha anterior a la maldición del pecado original.

Auf Deutsch:

Woher kommen die Chilenen?

Einer Theorie zufolge sind sie aus Polynesien gekommen. Leider kenterte aber das Floß „Tahiti-Nui", als es diese Annahme beweisen wollte, so dass man letzten Endes nicht weiß, ob man dadurch dieser Theorie oder der ihr widersprechenden Glaubens schenken darf.

Gemäß einer weiteren Theorie sind die Chilenen aus Peru gekommen, nachdem sie die Atacama-Wüste durchquert haben.

Andere sind dagegen der Auffassung, dass die Chilenen aus Argentinien kommend über das Tal von Cautín eingedrungen sind.

Ich persönlich habe meine eigene Hypothese, genauer gesagt zwei Hypothesen, je nach der Gruppe von Chilenen, die in Frage kommen.

Die Gruppe von Chilenen, die arbeiten, kam aus allen Ecken der Welt. Der Teigwaren für Suppen anbietet, kommt aus Genua. Der Strickwolle, Nähzeug und Kämme verkauft, kommt aus dem Heiligen Land. Der Butter und Käse herstellt, kommt aus der Schweiz. Der eine Eisenwarenhandlung (Nägel, Farben, Werkzeuge) betreibt, kommt aus Bilbao. Der Brotbäcker stammt aus Galizien. Der Tuchhändler hat im Libanon seine Vorfahren.

Der Rindviehzucht betreibt, ist Deutscher. Die Schafzüchter sind Schotten. Und schließlich führt zwar der Hausbesitzer, wo ich wohne, einen christlichen Namen, hat dagegen eine Nase, die auf den Nahen Orient hindeutet.

Die andere Gruppe von Chilenen, die nämlich auf Kosten derer lebt, die arbeiten, bildet das „Staatsbürgertum", d. h. das Chilenentum im eigentlichen Sinne des Wortes.

Diese Gruppe organisiert die Wahlen und gewinnt sie auch.

Sie setzt die Steuern fest, kassiert und verausgabt sie. Wenn sie mehr ausgibt, als sie einnahm... druckt sie mehr Banknoten.

Wenn dann wegen der übermäßigen Geldvermehrung die Preise steigen, ergreift sie ein heiliger Zorn und sie beginnt nun voller Energie die Preise der Produkte herabzusetzen, die von den anderen hergestellt worden sind.

Dieser typische Chilene wird auf der Gesellschaftsseite der Tageblätter geboren, erhält eine unentgeltliche, d. h. vom Staat finanzierte Erziehung und danach installiert er sich in irgendeinem Sektor des staatlichen Apparates. Seine

Beschäftigung besteht hauptsächlich aus irgendeiner Funktion, die mit der Kontrolle, mit der Überaufsicht, mit der Landesverteidigung oder mit der Vertretung des Staates im Ausland zu tun hat.

Er hat sein Leben lang keine einzige Kartoffel produziert, ist aber bereit, mit seinen Ideen zur Lenkung der Nationalökonomie beizutragen.

Abgesehen vom Kontrollieren, Planen und Diskutieren, ist er außerordentlich bestrebt, die soziale Gesetzgebung zu fördern und Gehaltserhöhungen zu erzielen. Diese Sorte von Chilenen hat zwei Zukunftsaussichten. Wenn er mit Erfolg gekrönt wird, verwandelt er sich in einen „respektablen Funktionär", leicht pompös und würdevoll im Auftreten. Wird er/sie dagegen nicht vom Glück bestrahlt, so wird er/sie zum Grundstücksaufseher, Inspektor, zur Gesellschaftsdame, zum Hausmeister in einem Appartementgebäude, Magazinverwalter oder irgend etwas, eine Tätigkeit also, bei dessen Ausübung man lediglich zusehen muss, wie die anderen arbeiten...

In beiden Fällen tritt der Chilene nach 30 Jahren Dienstausübung in den Ruhestand. Danach beschäftigt er sich als Grundstücksmakler oder mit dem Kauf und Verkauf von Pkws.

Da nun aber die Rentner nie sterben, ergibt sich die Situation, dass es mehr chilenische Rentner als Berufstätige gibt. Auf alle Fälle ist dieser Zustand als vorteilhaft zu bezeichnen, zumal die pensionierten Leute unschädlich sind. Sie erhalten monatlich ihre Rentenbezüge und belästigen dafür niemanden. Sie verursachen auch keine größeren Ausgaben, im Vergleich zu den noch aktiven Funktionären, die ihre „Initiativen" entwickeln.

Weder die Geschichte noch die Anthropologie kann uns darüber Auskunft geben, woher der typische Chilene kommt, denn es existiert kein anderes Volk auf unserem Planet, bei dem die Einheimischen nie arbeiten und auf Kosten der Ausländer leben.

In einigen Regionen Ozeaniens und Afrikas verspeist man sie, aber hier quälen wir sie ihr Leben lang unter Anwendung einer speziellen Behandlung, die je nach ihrer Art „Steuersystem“, „Arbeitsgesetzgebung“ oder „Preiskontrolle“ heißt.

Das wissenschaftliche Problem, das sich aus der Frage nach der Herkunft der Chilenen ergibt, besteht also darin, dass man in der Welt und in der Geschichte der Völker bislang ergebnislos nach einem Volke geforscht hat, dem es gelungen sei zu existieren, ohne dabei arbeiten zu müssen und gleich danach in Rente zu gehen.

Die einzig mögliche Theorie wäre demnach die, welche meint, dass der erste Chilene ein Emigrant war, der das irdische Paradies noch vor der Verdammung der Ursünde verließ.

Volksmund - die Fundgrube von geistreichen Sprüchen und genialen Einfällen

Der Chilene benützt im Tagesgespräch eine ganze Palette von Ausdrücken, Variationen und geistesblitzartigen Sprüchen, die von einem wachen Geist, von Humor und Fantasie zeugen.

Die ungewöhnliche Begabung, bei irgendeinem Thema ein spezielles, dazu passendes Bild aus dem Hut zu zaubern, die unglaubliche Begabung, gewisse Wörter mit Dingen zu assoziieren, die haargenau zueinander passen - dies ist wahrhaftig ein Unicum, welches man anderenorts nicht findet.

Ein Beispiel hierzu ist das Wort geizig, auf chilenisch „apretado“, d. h. ursprünglich „zusammengepreßt“ - das Charakteristikum eines Menschen, der an seinem Eigentum festhält.

Da erzählt der Clown im Zirkus, er hatte einen Onkel, der war so „apretado“ und hielt seine Geldmünzen so fest in der Hand, dass sogar O´Higgins die Zunge ausstreckte (die meisten chilenischen Münzen zeigen auf der Vorderseite den Befreier des Landes, den General Bernardo O´Higgins).

Nachdem dann eines Tages andere Münzen in den Umlauf kamen, die statt O´Higgins den Kondor (Wappentier Chiles) zeigten, musste der Clown seine Geschichte geringfügig abändern, indem er dann sagte *„sí, pues, mi tío era tan, pero tan apretado, que cuando apretó un peso, llegó a cagar el cóndor"*, in dezentem Deutsch in etwa: „Mein Onkel war dermaßen geizig, dass er - wenn er eine Pesomünze mit der Hand festhielt - sogar den Kondor zum Abführen nötigte..."

Hierzu gehört auch der Volksspruch:

„Apretado como poto de mula en tiempos de tábanos", auf Deutsch:

Geizig (zusammengekniffen) wie der Hintern des Maultieres in der Jahreszeit der Mückenschwärme.

Und schließlich kannte ich einen schwerreichen Gutsbesitzer, den man für geizig hielt und der eines Tages an der Prostata operiert werden musste.

Damals sollen seine Inquilinos (Landarbeiter) kommentiert haben:

„Nuestro patrón es tan apretado, que ahora no quiere soltar ni la meada..."

Auf Deutsch: „Unser Herr ist dermaßen geizig, dass er jetzt nicht einmal seinen eigenen Urin loslassen will..."

Somit habe ich die Interpretationsmöglichkeiten des Wortes *apretado*= geizig beinahe ausgeschöpft.

Auch der chilenische Witz profitiert von der erwähnten Begabung des Volkes, die Bilder einer unerschöpflichen Fantasie mit passenden assoziierten Worten zu kombinieren. Und der Chilene ist auch fähig, sich selbst lächerlich zu machen.

Stets erinnere ich mich an die Anekdote, die man in Osorno von einem früheren Bürgermeister (O.R.) erzählte. Kleinwüchsig, spritzig, einfallsreich, wie er war, kommentierte er eines Tages: „Ja, als ich geboren wurde - ich war schon damals hässlich -, brachte mich meine Mutter zum Pfarrer, um mich taufen zu lassen. Der Priester begutachtete mich und sagte dann nach einer Weile zu meiner Mutter: Gute Frau, ich mach Ihnen einen Vorschlag. Nehmen Sie diese Kreatur mit nach Hause und bringen Sie sie mir nach einer Woche wieder, es sei denn, sie finge an zu bellen..."

In diese Kategorie der übertrieben spitzfindigen, manchmal etwas bösartigen Witze gehört auch der, den man über eine frühere First Lady erzählte, die - wie der oben. erwähnte Bürgermeister - ebenfalls hässlich war.

Da kommentierte das Volk - und alle lachten dabei -, na, warum ist die Dame so unansehnlich? Und die Antwort lautete hierauf: weil sich die Hebamme vertan hat; sie warf die Neugeborene versehentlich weg und legte dafür die Plazenta ins Bettchen...

Bei den chilenischen Witzen werden natürlich auch die Deutschen auf die Schippe genommen. Die bekanntesten deutschen Witzfiguren sind „Don Otto" und „Don Federico" (Fritz), die natürlich einen Tiroler Hut tragen und einen Dackel haben, den das Volk in Chile „perrito pilsener" nennt.

Als irgendwann der Padre (Pfarrer) Ruiz Tagle in Osorno weilte, um dort einen Ableger der von ihm gegründeten Wohltätigkeitsinstitution „Mi Casa" einzuweihen, erzählte er während des üblichen Cocktails (Pisco Sour usw.) folgenden Witz:

Don Otto hatte eine Bärin und die gebar ein Junges. Nun wusste aber Don Otto nicht, ob es ein kleiner Bär oder eine kleine Bärin ist und bat daher seinen Freund, Don Federico, der Tierarzt war, um Rat.

Don Federico sagte darauf: Schau, Otto, das kannst du ganz leicht feststellen. Du legst das Tierchen auf einem weiß gedeckten Tisch auf den Rücken. Dann kitzelst du sein Bäuchlein und wenn er sich dabei wohl fühlt, ist es ein Bär und wenn sie sich wohl fühlt, ist sie eine Bärin.

Die typische chilenische Witzfigur ist allerdings der „Roto" oder „Rotito" (da man in Chile die Gewohnheit hat, die Hauptwörter zu verniedlichen bzw. zu verkleinern).

Der chilenische Roto ist eigentlich eine Figur des niederen Volkes, das man auch „populacho" nennt *(auf Deutsch:*

Pöbel), eine armselige, schlecht gekleidete Person, die allerdings „hell" ist, einfallsreich und witzig.

Eines Tages, als eine schon etwas ältere Nordamerikanerin in Santiago weilte und im Zentrum die Schaufenster begutachtete, merkte sie plötzlich, dass sie ihre Armbanduhr im Hotel hatte liegenlassen, und fragte einen neben ihr stehenden Roto, wieviel Uhr es überhaupt sei. Da sie kein Spanisch sprach, fragte sie auf englisch:

„Have you time, Sir?" Der Rotito verstand es natürlich nicht, woraufhin die Dame den Versuch machte, den Satz zu übersetzen:

„¿Tiene Ud. tiempo?" - wörtlich also „Haben Sie Zeit?" - woraufhin der Roto antwortete: „Tiempo tengo, pero me faltan las ganas..." *(Zeit hätte ich schon, aber mir fehlt es an Lust...)*

Urkomisch ist auch die Geschichte des Rotos, der im Zentrum Santiagos auf der Ahumada dahinschlenderte. Plötzlich merkte er, dass eine vor ihm gehende junge Dame, elegant mit ihren hohen Hacken, bei jedem Schritt ein kleines Lüftchen von sich gab. Der Roto holte sie daraufhin ein, ließ einen festen Kracher los und fragte die junge Dame: „Señorita ¿tendría para cambio?" *(Fräulein, könnten Sie mir bitte wechseln?)*

Typisch chilenisch ist auch die Sprachgewohnheit, die Hauptwörter zu verkleinern.

Im September 1967, als wir in Santiago waren, um dort einen alten Studienkameraden und seine frisch vermählte Frau zu begrüßen, haben wir sie zum Mittagessen ins Hotel Astoria eingeladen. Zum Apéritif baten wir den Oberkellner, uns einen Pisco sour zu kredenzen. Woraufhin der Ober fragte:

„¿Crecidito?" Er meinte damit eigentlich einen doppelten. Wörtlich übersetzt: einen „Gewachsenchen" (= also einen verkleinerten Gewachsenen). Unser Gast horchte auf und sagte, es ist ja erstaunlich, die Chilenen verkleinern alles, auch wenn es größer sein soll, wird es sofort verkleinert ...

Die Chilenen haben auch die Gewohnheit, die Schuld von sich abzuwälzen und verwenden hierfür geistreiche Formulierungen. Wenn z. B. ein Chilene den Zug verpasst (natürlich aus eigener Schuld), sagt er: „Me dejó el tren" *(= Der Zug hat mich sitzen lassen),* also ist nicht er, sondern der Zug schuld.

Die chilenischen Ess- und Trinkgewohnheiten

Mitte des 19. Jahrhunderts war eine Speisenfolge nur dann als komplett zu betrachten, wenn sie folgende Reihenfolge aufwies:

- Aperitif
- Vorspeise
- Suppe
- Fischgericht
- Fleischgericht
- Nachtisch
- Bajativo
  (Verdauungsschnaps oder ein Gläschen Palmenhonig)
- Cafecito oder agüita
  (Espresso oder Kräutertee)

Alle Gerichte natürlich reichlich garniert, z. B. mit Pommes duchess, Reis, Gemüse und Salate und während des „Abarbeitens" der Speisefolge fließen reichlich die entsprechenden Weine, rote, weiße oder rosé.

Zum „aperitivo" muss gesagt werden, dass dieser vor dem Essen in der Bar oder am Tisch eingenommen wird, verbunden mit den dazugehörenden „Happen", z. B. Oliven od. Käse.

Überhaupt ist der Aperitiv in Chile eine Zeremonie, die lange dauert und einfach genossen wird. Schön sitzend und plaudernd, kein „Standesamt" wie hier in Deutschland, wo man meistens ein Glas Sekt oder Orangensaft bekommt und dabei brav stehen muss.

Der Hauptaperitif ist der famose „pisco sour", dessen Hauptbestandteile der pisco (Traubenschnaps, mit dem Grappa verwandt, oder „Zinn 40", der aus den Regalen schon seit Jahren verschwunden ist) und Limonensaft sind.

Dem Leser wird jetzt gleich die entsprechende Rezeptur verabreicht: Außer dem „pisco sour" werden auch die Rezepte für die Cocktails, „vaina", „pichuncho", „bitter batido" und „clavo oxidado" bekannt gemacht.

Wenn ein Tourist nach Chile kommt, sollte er im Voraus wissen, was ihn erwartet...

<u>Pisco sour</u> *3 Gläser Pisco (vom 32- oder 35-prozentigen)*
1 Glas frisch gepresster Limonensaft
10 bis 12 TL Zucker (oder Zuckersirup)
1 TL ungeschlagenes Eiweiß
1 Tropfen Bitter

Alle diese Zutaten werden zusammen mit gestoßenem Eis in einen Shaker gegeben und tüchtig gemixt. Den Pisco sour serviert man in einem Glas mit Zuckerrand (feuchtes Glas kurz in Zucker stippen).

<u>Vaina</u> *2 Gläser Portwein (oder süßer Sherry,*
Malaga-Wein oder ein anderer Süßwein)
1 ganzes Ei
Zucker nach Belieben

Im Mixer oder mit dem Schneeschläger kräftig vermischen und die fertigen Cocktails mit Zimt bestreuen.

<u>Pichuncho</u> *1 Glas Vermouth*
2 Gläser Pisco
(falls milder gewünscht, umgekehrt:
2 Vermouth, 1 Pisco)

In einem Mixglas vermischen, mit dem Schneebesen vorsichtig verrühren. Das fertige Glas mit einer Zitronenscheibe dekorieren.

Bitter batido *3/4 Glas Bitter*
1/4 Glas Kakao- (Schokoladen-) Likör
Eis
Zucker, falls gewünscht

Variante: *1 Glas Bitter*
1 Glas Kakao- (Schokoladen-) Likör
1 Glas Cinzano oder Martini rosso
Eis
Zucker nach Belieben

Die Zutaten werden im Mixer vermischt, bitte mittlere Geschwindigkeit einstellen.

Clavo oxidado („verrosteter Nagel")
1 Glas Scotch-Whisky
1 Glas Dramboui
Eis nach Belieben

(Als „Glas" wird eine Messeinheit verstanden, also kommt es nicht darauf an, ob es sich z. B. um ein Weiß- oder Rotweinglas handelt.)

Und wenn wir schon von den Getränken sprechen, können wir gleich über die Weine Chiles reden. Diese - vom Vulkanboden profitierenden - Weine waren schon immer gut, zum Exportschlager wurden sie in den 80er und 90er Jahren des 20. Jahrhunderts. Heute werden sie von allen Weinkennern gepriesen und müssen sich nicht mehr hinter den erlesensten Weinen verstecken. Sie befinden sich auf dem gleichen Niveau wie die Weine Kaliforniens, Australiens oder Südafrikas, also durchaus konkurrenzfähig mit den besten Weinen Spaniens oder Frankreichs.

Interessant ist der Vergleich zwischen einer Weinkarte aus dem Jahre 1948 und die einer von 1998, also 50 Jahre später. Hierzu verwenden wir die Speise- und Weinkarte der Hosteria Santa Lucia von Santiago (1948, im Kapitel II.2.) und die des renommierten Restaurants von Viña del Mar, des Ristorante San Marco (1998). Wir finden in beiden die Weine der alteingesessenen Weinkellereien Concha y Toro, Santa Emiliana, Santa Rita, Cousiño Macul, Tarapacá ex-Zavala, Carmen und Santa Carolina, immerhin sieben Marken. Seit 1948 hat sich in Chile auch im Weinsektor vieles getan. Unternehmensgründungen, Einstieg ausländischer Investoren (z. B. Rothschild bei Viña Dos Vascos), Import von den modernsten Einrichtungen usw. Ein florierendes Geschäft mit verdient gutem Namen.

Was nun die chilenische Küche betrifft, muss sich auch diese nicht irgendwo verkriechen.

Da unsererseits keine Absicht besteht, hier etwa ein kleines Kochbuch zu präsentieren, beschränken wir uns nur auf einige typische und empfehlenswerte Gerichte.

Als Vorgericht darf die klassische „1/2 Palta mit Langostinos“, also eine halbe Avocado mit Krabben (mit Mayonnaise oder Sauce américaine und Salatgarnierung) nicht vergessen werden. Als Vorspeise eignen sich in Chile vor allem die diversen Meeresfrüchte: Dem Leser darf ich hier „Machas à la Parmesana“ oder „Erizos con salsa verde“ vorschlagen, nur um zwei von vielen zu erwähnen.

Fischgerichte als Hauptgang sind „en masse“ vorhanden. Hier kann man z. B. „Congrio frito con puré de papas y ensalada apio con palta“ empfehlen, ein exzellenter panierter Fisch mit Kartoffelpüree und Avocado-Stangensellerie-Salat. Dem Congrio (Kongeraal) hat übrigens P. Neruda eine Ode gewidmet.

Lecker sind auch die diversen Suppen von Fisch oder Meeresfrüchten, wie z. B. „Caldillo de Congrio“ oder „Caldillo de Mariscos“, reine Köstlichkeiten.

Unter Fleisch (carne) versteht man in Argentinien nur Rindfleisch, alle anderen Sorten wie Schweine- oder Putenfleisch gelten nicht als Fleisch. So weit geht man in Chile nicht und man isst auch gerne ein paniertes Schweinskotelett („chuleta de chancho apanado“), doch auch in Chile wird RINDFLEISCH (carne de vacuno) einfach groß geschrieben. Hier empfehlen sich die „Parilladas“ also die gegrillten Fleischgerichte, vor allem aber der famose „Asado al palo“ d. h. der Spießbraten, Rind oder Lamm, beide köstlich. Dazu schlicht Salzkartoffeln und der chilenische Salat, bestehend aus Zwiebelringen und Tomatenscheiben.

Nicht zu verachten wäre natürlich auch der „Filete a lo pobre“ also das Rindsfilet nach „Arme-Leute-Art“ d. h. mit einem draufgesetzten Spiegelei; sollte man gleich zwei Spiegeleier dazu haben, muss man „Filete montado“ verlangen, übersetzt „berittenes Filet“ (alles Weitere überlassen wir der Fantasie des Lesers).

Zur chilenischen Speisekarte gehören vor allem die Empanadas, also gefüllte Teigtaschen, in ihren beiden Varianten (fritiert oder gebacken) zu empfehlen. Die Füllung besteht aus kleingeschnittenem, gut gewürztem Rindfleisch oder Käse oder auch aus Meeresfrüchten, chacun a son goût.

Zum Schluss die Beschreibung des klassischen Curanto.

Die älteste Form des Garens kennt man überall in der Welt: Man gräbt ein Loch in die Erde, legt es mit erhitzten Steinen aus und schichtet darüber alles, was gekocht werden soll. Dann wartet man einige Stunden und fertig ist der Eintopf.

Auf der großen Insel Chiloé hat diese Form der Essenszubereitung ein besonderes Raffinement erreicht: Ganz ohne Komplikationen verbinden die „Chiloten“ miteinander Speck, Kartoffelklöße, fettstrotzende Würste, zartfleischige

Muscheln, Hähnchenteile, denn in den Curanto wandert alles, was die Insel zu bieten hat.

In Restaurants erhält man ihn freilich auch; die Buden des Fischmarktes von Angelmó (Puerto Montt) servieren eine köstliche Variante des kräftigen Gerichtes, doch gekocht wird in der „Olla“ (Kochtopf) und nicht im „Ollo“ (im Erdloch). Der Vorteil hier besteht darin, dass die kräftige Flüssigkeit nicht verlorengeht im Vergleich mit dem Curanto im Erdaushub, wo die Flüssigkeit versickert.

Übrigens gibt es in Chile auch eine ganze Reihe von Bierbrauereien, deren Produkte guter Qualität sind. Wer also keinen Wein mag, kann sich ein gutes Pilsener bestellen und auch einen Klaren (meist Pisco) als Begleitung. Diese Kombination heißt dann „vaca parida“ (= gekalbte Kuh), das große Bier und der kleine Schnaps. Also: Prosit und guten Appetit, Salud y buen provecho, Chile erwartet Sie mit all den beschriebenen Köstlichkeiten, Chile le espera.

Die deutschen Einwanderer

Das unabhängige Chile stand nur teilweise unter der Kontrolle der Zentralregierung in Santiago. Weite Teile des Landes waren entweder unerforscht oder befanden sich in der Gewalt der Mapuches.

Bereits in der ersten Phase des neuen Staatswesens beschäftigte man sich in den Regierungskreisen mit dem Gedanken, aus Europa ausreisewillige Leute nach Chile bringen zu lassen, natürlich keine Spanier, bei denen die Gefahr bestand, das Land erneut unter die Oberhoheit Madrids zurückzuholen bzw. hierbei den noch im Lande lebenden Royalisten behilflich zu sein.

Bereits 1812 hat José Miguel Carrera einen Emissär nach London geschickt, und zwar mit dem Auftrag, herauszufinden, ob es auswanderungswillige Bauern, Handwerker, Techniker etc. gäbe, irischen Ursprungs und katholischen Glaubens, damit die großen entvölkerten Gebiete besiedelt werden. Dabei dachte man an 500 Familien, für die ein Gebiet von etwa 28.000 „Cuadras“ zwischen den Flüssen Biobío und Imperial reserviert werden sollte (da eine Cuadra 1,5633802 Hektar entspricht, haben wir es hier mit einer Gesamtfläche von 43.774,65 ha zu tun).

Dieses Projekt war ein totgeborenes Kind, ganz abgesehen davon, dass die angesprochene Fläche am Rande des Mapuchegebietes lag, also in einer äußerst gefährdeten Zone.

Ein weiteres Projekt eines Engländers (oder Iren) namens Andrew Dow, der gleich 10.000 katholische Einwanderer für die Australregion vorgesehen hat, lief ebenfalls ins Leere.

Wie es dann bereits vor 1850 zur Einreise der ersten deutschen Auswanderer kam, ist eine etwas komplizierte Angelegenheit.

Die Auswanderung der über 10 Millionen deutschsprachigen Europäer, die ihre Heimat (also eines der deutschen Länder, auch Österreich-Ungarn und Russland) zwischen 1820 und 1914 verließen, verlief in verschiedene Richtungen: Die meisten von ihnen gingen in die Vereinigten Staaten, auch nach Kanada und der Rest nach Südamerika.

Im Buch von Jean-Pierre Blancpain mit dem Titel „Los Alemanes en Chile (1816 - 1945)“, S. 66, lesen wir darüber Folgendes:

„Der Geograph Ratzel schätzt die Zahl der Deutschen, die 1848 in die USA auswanderten, auf 50.000, im Jahr 1850 waren es schon dreimal so viel und 1854, im stärksten Auswanderungsjahr, sogar fünfmal so viel.

Was Brasilien betrifft, so schätzt man für die gesamte Periode 250.000, von denen 20.000 bereits vor 1880 dort waren. Argentinien nahm insgesamt 100.000 deutsche Einwanderer auf.

Im Handbuch des Deutschtums im Ausland liest man, dass es 1913 noch insgesamt 11 Millionen deutschstämmige Leute in ganz Amerika gab, die die deutsche Sprache beherrschten, hiervon 9 Millionen in den USA, 700.000 in Brasilien, 200.000 in Kanada, 150.000 in Argentinien und 30.000 in Chile.

Allein die Kolonie in Llanquihue hat zwischen 1848 und 1874 eine Anzahl von deutschsprachigen Einwanderern, die zwischen 4.250 und 8.000 variiert, aufgenommen, wobei es sich um äußerste Zahlen handelt; wogegen die Zone von Valdivia nicht mehr als 1.000 Einwanderer aufnahm."

Blancpain stellt fest, dass die weiteren Recherchen des Deutsch-Chilenischen Bundes über die Anzahl der in Chile ansässigen deutschsprachigen Bürger, von denen die meisten bereits die 3. Generation (oder mehr) repräsentierten, in den Jahren 1916 - 17 präzise 25.322 Personen ausmachten. Andere, wie Christoph Martin, sprechen 1921 von 20.000 „Deutsch-Chilenen", Rohrbach und Wilhelm Mann geben 1926 - 27 etwa 15.000 Chilenen deutschen Ursprungs an, zuzüglich weiterer 8.000 hier installierte „Reichsdeutsche", also insgesamt 23.000.

Blancpain bemerkt in diesem Zusammenhang, dass es sich hierbei eigentlich um eine relativ niedrige Einwandererzahl handelt und dass demgegenüber das „spezifische Gewicht" des deutschen Beitrags bei der Vervollständigung und Entwicklung Chiles erstaunlich größer ist. „In Chile zählt man die Deutschen nicht, man wiegt sie", sagt man diesbezüglich, und dies mit Recht.

Und Blancpain fügt hierzu (S. 68):

„1914 sind sie (die Deutschen) nicht die führende Kolonie ausländischen Ursprungs, was ihre Anzahl betrifft; aber sie sind führend, weil sie solidarisch sind, und dies trotz der Verschiedenartigkeit ihres Ursprungs, ihrer Ankunftszeit und der vorgefundenen Konditionen, und so kommt es, dass sie wegen ihrer Errungenschaften, ihres Gewichtes in lokaler und nationaler Hinsicht mit keiner anderen ausländischen Kolonie zu vergleichen sind."

Wie kam es überhaupt zur Einwanderung der deutschen Immigranten nach Chile?

Dies ist eine Frage, die engstens mit der Persönlichkeit des Bernhard Eunom Philippi verbunden ist. Dieser unternehmungslustige und einfallsreiche Mann, in manchen Gebieten ein echter Autodidakt, hat mit seiner Idee, das Umfeld des von ihm selbst wiederentdeckten großen Llanquihue-Sees mit deutschen Kolonisten zu besiedeln, den Anstoß gegeben und es ist ein Jammer, dass er selbst das von ihm in Gang gesetzte Werk in seiner unglaublichen Dimension nicht mehr miterleben durfte.

Die Geschichte der deutschen Einwanderung nach Chile wäre nur unvollständig, wenn man gleichzeitig die Lebensgeschichte Philippis unterschlagen würde.

Nun, die wichtigsten biographischen Daten:

1811 am 19. September in Charlottenburg geboren als Sohn eines Westfalen, der den Feldzug in Frankreich 1814 - 15 mitmachte, und einer Hannoveranerin, war er der Bruder des drei Jahre älteren Rudolph Amandus Philippi, eines Forschers und Professors auf dem Gebiet der Naturkunde, der auch in Chile landete und dort über 50 Jahre lang tätig war, wobei sich seine Lehrtätigkeit u. a. an der Universität von Santiago abspielte.

1818 - 1822 absolvierte Bernhard Eunom zusammen mit seinem Bruder seine ersten Schuljahre im Pestalozzi-Institut in Yverdon in der Schweiz.

Während Rudolph Amandus Pflanzen studierte und seine Zeit in der Bibliothek des Instituts verbrachte, war sein Bruder Bernhard Eunom mehr für das Praktische als für klassische Studien veranlagt, besuchte später eine Realschule in Berlin, um sich danach der Erlernung der See- und Schifffahrtskunde zu widmen.

1830 - 1832 machte er als Leichtmatrose auf dem preußischen Seehandelsschiff „Prinzessin Louise" eine Weltumsegelung mit und betrat während dieser Reise - am 21. Januar 1831 - in Valparaíso zum ersten Mal chilenischen Boden. Dann ging es weiter nach Arica und nach einem kurzen Landausflug nach Tacna fuhr das Schiff über die Sandwichinseln, China, Indien und Südafrika nach Hamburg zurück.

1832 wieder in Deutschland, ließ er sich als Seekadett ausbilden und erwarb das Steuermannspatent.

1837 kam er wieder mit der „Prinzessin Louise" nach Chile, diesmal als Begleiter des Naturwissenschaftlers Dr. Segeth, den er schon während seiner ersten Reise auf demselben Schiff kennenlernte. Diese Bekanntschaft war insofern für Philippis Zukunft von Wichtigkeit, da er durch Segeth sich von nun an für die Geographie und die Naturkunde interessierte und sich von der Marine verabschiedete.

Die Zusammenarbeit mit Dr. Segeth war nicht von langer Dauer, Philippi hatte den Eindruck, ausgenutzt zu werden, und machte sich selbständig.

Nach einem kurzen Aufenthalt in Peru, wo ihm das Klima nicht gut bekam, kehrte er nach Chile zurück und kaufte in Chiloé ein ziemlich marodes Schiff, um eine Seetour in der benachbarten Seeregion zu machen: So lernte er den Chonos-Archipel kennen, natürlich auch die große Insel Chiloé und fuhr auch die ganze Küste des heutigen Golfo de Corcovado ab.

Während dieses ersten Bekanntwerdens mit Chiloé und Südchile überhaupt erwachte in ihm die begeisternde Idee, bei der Regierung die Erlaubnis zu erlangen, diese fast menschenleeren Gegenden im Südteil der chilenischen Republik mit deutschen Einwanderern zu kolonisieren (Zitat aus der Festschrift „100 Jahre deutsche Siedlung in der Provinz Llanquihue“, Verlag Condor, 1952, S. 15).

1840 (im Frühjahr) kehrte er mit einer reichen Sammlung von naturhistorischen Gegenständen sowie auch von Land- und Seekarten nach Deutschland zurück. Im August des gleichen Jahres wurde in der Gesellschaft für Erdkunde zu Berlin ein Auszug seines Reisetagebuches verlesen.

Die Anziehungskraft, die Südchile auf ihn ausübte, ließ ihn nicht mehr ruhen.

Schon 1841, am 26. Juni, landete er nach einer erstaunlich kurzen Überfahrt von nur 79 Tagen, erneut in Valparaíso. Schon am 6. September kam er zum ersten Mal nach Valdivia und begann dort mit seiner Arbeit, der Erkundung des bislang unerforschten Areals um und östlich von Valdivia.

Über seine Entdeckungen, vor allem über die Lage der großen subandinen Gewässer, über den Verlauf der Abflüsse dieser Seen und das Durcheinander in der einheimischen Namensgebung informierte er die Gesellschaft für Erdkunde zu Berlin.

Eine weitere Information nach Berlin, die bereits 1842, im Februar, weitergegeben wurde, bezog sich auf den von ihm wiederentdeckten Llanquihue-See, den die Einheimischen Purahila, Huenauca oder auch Quetrupepata nannten; sie ist die älteste Zeugenaussage über diesen See, der zehn Jahre später zum Zentrum der deutschen Einwanderungswelle wurde.

Philippi war, stets mit dem Gedanken der Kolonisation vor Augen, bemüht, für sein nächstes Vorhaben - die Wiederentdeckung des Llanquihue-Sees - das Interesse und die Unterstützung der lokalen Behörden zu erlangen.

Der richtige Mann, den er dann auch kontaktierte, war der Intendant von Chiloé, Domingo Espiñeira, der ihm das für die beabsichtigte Erkundungsreise erforderliche Personal, Ausrüstung und Proviant zur Verfügung stellte, und das Abenteuer kam somit ins Rollen.

Er gelangte mit seinen Begleitern bis zur Bucht von Melipulli (was „vier Hügel" bedeutet). Dort befand sich ein Ort, Callenel, wo heute Puerto Montt liegt. Die Reise begann am 27. Januar 1842 und nach zwei Tagen mühseliger Arbeit unter sehr schwierigen Verhältnissen bekam Philippi von einer kleinen Lichtung aus den herrlichen See zu Gesicht. Es war an einem Sonnabend, dem 29. Januar 1842, und dieser Tag gilt als der Tag der Wiederentdeckung des Llanquihue-Sees.

Im Nachhinein unternahm Philippi eine weitere Reise von Ancud nach Osorno und zurück, wobei er sich an die Strecke des alten „Camino real" hielt. Es folgte eine weitere Reise von Maullín nach Osorno im März 1842 und darauffolgend weitere Aufenthalte am Llanquihue-See 1843 und 1845, die ihm ermöglichten, bereits 1846 die erste gültige Landkarte der Region zu entwerfen.

In all dieser Zeit ließ ihn die Idee der Kolonisation nicht mehr los. Bereits 1846 erscheint in Deutschland seine Propagandaschrift mit dem Titel „Über die Vorteile, welche das südliche Chile für deutsche Auswanderer bietet" als Nachtrag zu seiner detaillierten Arbeit über „Die deutsche Emigration und Kolonisation". Zur selben Zeit erreichte Philippi auch die Unterstützung des Intendanten von Valdivia, des Poeten Salvador Sanfuentes, der ebenfalls für die Erforschung des Valdivianer Innengebietes gewonnen wurde.

Beide, Sanfuentes und Philippi, unternahmen eine Erkundung bis zum Rand des Ranco-Sees (Januar 1846) und kehrten von dort mit dem Boot auf dem Wasserwege des Río Bueno nach Valdivia zurück.

1843 (Mai) geschah ein Ereignis, das Philippi vom eingeschlagenen Weg und von der Idee der Kolonisation ablenkte, indem er sich bereit erklärte, die Expedition nach Magallanes mitzumachen. Damals war Philippi bereits chilenischer Staatsbürger und er wurde danach von seinem Freund, dem Staatspräsidenten Manuel Bulnes (1841 - 1851) zum Ingenieur-Major (Sargento mayor de Ingenieros) ernannt. Ziel der Expedition war, die Magallanes-Zone, die man jahrhundertelang sträflich vernachlässigt hatte, in das chilenische Hoheitsgebiet zu integrieren. Man baute zu diesem Zweck in Ancud einen Schoner, der als Kriegsschiff zur Besitznahme der Magallanesstraße dienen sollte.

Der Intendant von Chiloé, Domingo Espiñeira, bat Philippi ausdrücklich, auf der bevorstehenden Reise die Interessen Chiles wahrzunehmen, und er bat ihn auch, einen ausführlichen Bericht über die Möglichkeiten einer Kolonisierung in den Gebieten der Wasserstraße auszuarbeiten.

Der voll ausgerüstete Schoner „Ancud" lief am 22. Mai 1843 von Ancud aus. Der Kapitän des Schiffes, der in Bristol geborene John Williams (in Chile Juan Guillermos genannt), war mit Philippi persönlich befreundet. Ziel der Expedition war der berüchtigte Hafen „Puerto de Hambre", wo zur Regierungszeit von König Felipe II. die von ihm verordnete Expedition kläglich scheiterte. Die damals (1583) vom Expeditionsleiter Pedro Sarmiento de Gamboa auf der Halbinsel Brunswick gegründeten Siedlungen „Rey Don Felipe" und „Nombre de Jesús" verfielen und die dort verbliebenen Spanier verhungerten mangels Unterstützung aus Spanien.

Was letztendlich übrigblieb, war der Name „Puerto de Hambre", ein seit damals gefürchteter und gemiedener Ort. Seit 1587 wagte sich niemand dorthin.

Auf der Reise zum Chonos-Archipel geriet der Schoner „Ancud" in einen starken Sturm, eines von den zwei Rettungsbooten ging verloren. In Puerto Americano, auf einer kleinen Insel des Archipels, wurde ein Ersatzboot gebaut und an dem Schoner wurden auch Reparaturarbeiten vorgenommen, so dass er vom 12. Juni bis zum 3. Juli in diesem Hafen festlag.

Auf der Weiterfahrt begegnete der Schoner den englischen Walfischfängern „Enterprise“ und „Betzey“. Der Kapitän des Letztgenannten verfügte über einige für damalige Zeiten hervorragende Karten der ganzen Inselgegend, die 1834 - 1835 die englischen Forscher King und Fitzroy zusammen mit Darwin aufgenommen haben. Philippi gelang es, die Erlaubnis des Kapitäns Perkins zu erhalten, diese Karten abzuzeichnen.

Am 28. Juli erlitt dann der „Ancud“ bei einem sehr starken Sturm auf der Fahrt um die Halbinsel Taitao Steuerbruch und konnte mit Müh und Not wieder in Puerto Americano vor Anker gehen (2. August).

Da ohne Ersatzteile die Reparatur nicht möglich war und so die Fahrt nicht fortgesetzt werden konnte, musste Philippi am nächsten Tag mit einem Ruderboot (!) auf offener, stürmischer See den Versuch unternehmen, die Insel Chiloé zu erreichen, da Ersatzteile nur in Ancud vorhanden waren. Nur unter größten Anstrengungen erreichten Philippi und seine Begleiter den Hafen von Dalcahue auf Chiloé; von dort aus wanderte er über Land die restlichen 60 km bis Ancud. Schon am nächsten Tage reiste Philippi mit den notwendigen Ersatzteilen zurück und erreichte dann am 26. August den Schoner. Nach der Fertigstellung der Reparaturarbeiten konnte der „Ancud“ die Reise fortsetzen, so dass der chilenische Schoner am 21. September in der oben erwähnten „Hungerbucht“ (Puerto de Hambre) ankam. Der Zufall wollte es nun, dass sich dort bereits das französische Kriegsschiff „Phaéton“ aufhielt; ob dessen Kapitän Louis Maissin tatsächlich den Auftrag hatte, die Magallanesstraße für Frankreich in Besitz zu nehmen, ist umstritten (Blancpain verneint es, siehe S. 45, dagegen behauptet es Emil Held in der zitierten Festschrift, siehe S. 20).

Wie es auch sei: Nachdem Philippi bereits anlässlich des Steuerbruchs bei Taitao eingesprungen war und die ganzen Strapazen nach Ancud und zurück auf sich nahm, war er jetzt - in dieser höchst delikaten Situation und angesichts eines sich anbahnenden Konflikts zwischen Frankreich und Chile -

wieder der Mann der Stunde. Philippi war der Einzige, der Französisch sprach und letztlich Maissin überzeugen konnte, sich zurückzuziehen. Bei einer Kampfhandlung hätte Chile die schlechteren Karten gehabt.

Über diese patriotische Tat äußerte später Diego Barros Arana, dass Philippi sich durch seine Dienste die höchsten Ehren der Nation verdient habe.

Unter Anleitung von Philippi wurde anschließend in Puerto de Hambre ein Fort gebaut, das am 30. Oktober zu Ehren des Präsidenten der Republik „Fort Bulnes“ getauft wurde.

Bevor die Rückfahrt am 15. November angetreten wurde, hatte man eine kleine Besatzung im Fort zurückgelassen. Vorher hatte Philippi noch die ganze Magallanesstraße bis zum Atlantik abgefahren, um über diese Gegend der Regierung Bericht erstatten zu können. Am 5. Dezember war dann der „Ancud“ wieder in seinem Heimathafen.

Am 13. Dezember bekamen Philippi und Kapitän Williams die Weisung des Intendanten Espiñeira, sich nach Santiago zu begeben, um dort persönlich bei der Regierung über die Besitznahme der Wasserstraße zu berichten.

1844, am 14. Januar, wurde Philippi in Anerkennung seiner Verdienste zum Capitán de Ingenieros ernannt und gleichzeitig zum „Jefe y director de la colonia de Magallanes“ (in der Wortwahl von E. Held „Gobernador y comandante de armas de Magallanes“, siehe S. 20 der „Festschrift“).

Für Philippi bedeutete diese Ernennung eher eine Art von Atempause; seine Gedanken und Überlegungen galten weiterhin der Kolonisation von Valdivia und Llanquihue.

Philippi bat daher die Regierung - konsequent, wie er war -, ihn von seinen neuen Aufgaben zu entbinden, und es gelang ihm, einen vorläufigen Ruhestand zu erwirken (28. März) und später sogar eine sog. „absolute Lizenz“ (23. Mai).

Noch im Februar, als er in Santiago weilte, präsentierte er sein neues Projekt, das er mit dem Titel „Maullín“ versah.

Auch dieses Projekt bezog sich auf sein Thema „Kolonisation von Llanquihue“ und sah vor, den Maullín-Fluss schiffbar zu machen, eine Aufgabe, deren Ausführung er persönlich zu übernehmen gedachte, und bot hierfür sogar seine persönliche Haftung an. Als Gegenleistung verlangte er für sich eine Regierungskonzession für die Besiedlung der südlichen Uferbereiche des Llanquihue-Sees. Dieses Projekt „Maullín“ wurde jedoch regierungsseits abgelehnt.

Philippi ließ sich durch diesen Rückschlag nicht entmutigen und fing an, die von ihm vorgesehene Kolonisation privatwirtschaftlich vorzubereiten, indem er kapitalkräftige Firmen und Einzelpersonen überzeugen und für sein Projekt zu gewinnen versuchte.

1845 hat Philippi in Valparaíso die dortigen deutschen Handelsunternehmen besucht, um bei ihnen für seine Kolonisationsprojekte zu werben.

Interessiert haben sich vor allem Franz Kindermann, der bei der Firma Huth, Grüning und Cie. tätig war, und auch Ferdinand Flindt, Geschäftsführer der Firma Canciani u. Söhne und Honorarkonsul von Preußen.

Alles begann mit dem Erwerb, durch Flindt und Philippi, einer Landfläche von 1.000 Cuadras (also 1.563 ha) in Santo Tomás, entlang des Flusses Río Bueno gelegen. Der „Fundo“ (= Hacienda) erhielt den Namen Bella Vista, da er in einer landschaftlich sehr schönen Umgebung lag. Dort sollten die ersten Siedler unterkommen.

Gleichzeitig beauftragte Philippi seinen Bruder Rudolph Amandus, der damals noch in Kassel wohnte, mit der Werbung für Interessenten, die bereit wären, nach Chile auszuwandern, allerdings nur Landwirte und Handwerker.

Er selbst widmete sich der Vorbereitung und Ausarbeitung der Siedlungspläne und bei dieser Arbeit half ihm Wilhelm

Flick, der sich seit 1840 in Valdivia befand und gute Kontakte zum Intendanten Sanfuentes pflegte.

1845, am 15. Juli, unterrichtete der Letztgenannte die Zentralregierung über den großen Wert der von Philippi ausgearbeiteten Siedlungs- und Aufteilungspläne, wonach dann Philippi diese Unterlagen der Regierung unterbreitete. Dieses detaillierte und glänzend ausgearbeitete Projekt erzielte den erwarteten Effekt: Präsident Bulnes zeigte sich tief beeindruckt und war von Philippis Arbeit positiv angetan.

1846, am 6. April, wurde Philippi erneut zum Kapitän des Ingenieurkorps ernannt und am 18. April bat man ihn, nach Valdivia zu reisen, um die Forts von Corral zu besichtigen und über deren Zustand zu berichten.

Bereits am 15. Juni überreichte Philippi seinen detaillierten Bericht, wodurch er sein bisheriges Renommee bei Präsident Bulnes erst recht steigern konnte.

1847, am 19. Februar, wurde Philippi zum „Sargento Mayor de Ingenieros“ und zum „Edecán Honorario del Presidente de la República“ (= Flügeladjutant e. H. des Präsidenten der Republik) ernannt, zweifelsohne eine große Auszeichnung. Am 16. Juni desselben Jahres erhöhte man seinen Rang zum „Sargento Mayor Efectivo“.

In den Regierungskreisen setzte sich allmählich das Interesse durch, die riesigen unbewohnten Flächen des Südens endlich zu besiedeln und nicht brachliegen zu lassen.

Als Grundlage hierfür diente das Gesetz vom 18. November 1845 über die Besiedlung eines brachliegenden Terrains von zunächst 6.000 „Cuadras“, ein Modellgesetz, das später auch in der Region der „Frontera“ und anderswo angewendet werden konnte.

1847 erwarb inzwischen Kindermann zusammen mit seinem Schwiegervater Johann Renous von den eingeborenen Indianerhäuptlingen in den sog. „Llanos de Osorno“ (Flachland) ein enormes Landgebiet von mehr als 15.000 km², und zwar im Auftrage der sog. Einwanderergesellschaft von Stuttgart, die auf Kindermanns Initiative hin gegründet wurde.

Den Angaben von Ricardo Preisler folgend (in seinem Buch „La Unión von 1792 bis 2007“, S. 10) handelte es sich um eine Fläche von 40.000 Cuadras in der Provinz Valdivia und eine weitere Fläche ähnlicher Dimension in der angrenzenden Provinz Chiloé.

Diese Transaktion wurde von der chilenischen Regierung nicht anerkannt, da sie unter verdächtigen, betrügerischen Umständen zustande kam: Wahrscheinlich war Alkohol im Spiele. Die Unterschriften (eher nur die Fingerabdrücke) der vermeintlichen Grundstückseigentümer, also der dort ansässigen Indianer, wurden vermeintlich erschlichen.

Hiervon erfuhr allerdings Kindermann erst viel später, nachdem er in Deutschland hinreichend Interessenten fand und diese dann persönlich nach Chile begleitete. Hierüber wird noch im Nachhinein detailliert berichtet.

1848, am 27. Juli, war es dann so weit: Philippi erhielt den offiziellen Auftrag, nach Deutschland zu reisen, um dort seine Kolonisationswerbung einzuleiten. Sein offizieller Titel lautete: „Kolonisationsagent für Deutschland“. Kaum in Deutschland eingetroffen, ließ Philippi einen Prospekt zum Verteilen drucken, wo alles Wissenswerte aufgelistet war: so z. B. die Vorzüge, die die Kolonisten, die sich für Llanquihue verpflichten, genießen werden (Art. 2, 3 und 4), die Verpflichtungen, die sie dafür eingehen müssen (Art. 5), die Art und Weise ihrer Unterbringung (Art. 8). Der Artikel 7 stellt klar, dass es Philippi sein wird, der die ersten Schritte der Kolonie leitet. Als Beilage zu diesen Instruktionen war eine Landkarte der Südenregion beigefügt, die er persönlich 1846 anfertigte und später, im Jahre 1851, legte er auch noch ein Extrablatt mit dem Titel „Nachrichten über die Provinz Valdivia“ zu, aus dem man entnehmen konnte, dass man in Chile eines mit Sicherheit vorfinden wird, und das ist der Überfluss an Arbeit, jede Menge von Beschäftigungsmöglichkeiten.

In den Jahren bevor Philippi nach Deutschland gefahren war, gelang es ihm, auf privatem Wege Kolonisten nach Chile zu bringen.

Die Vermittlung bei den Anwerbungen dieser Siedler hat Philippis älterer Bruder Rudolph Amandus übernommen, der bereits im Jahre 1846 einen Transport von neun Handwerkerfamilien zusammenstellen und von Hamburg aus abreisen lassen konnte.

Diese neun Familien, die am 25. August 1846 auf dem Segler „Catalina" in Corral einliefen, bildeten die erste geschlossene deutsche Siedlungsgruppe, die in Chile ansässig wurde.

Es ist daher angebracht, die Namen dieser Leute auch in dieser Abhandlung festzuhalten, zumal ihre Nachfahren in Chile leben und dort voll integriert sind:

- Aubel, Georg, geb. 1819 in Rotenburg an der Fulda (Hessen), mit seiner Frau Elisabeth Crass, geb. 1823.
- Bachmann, Johann, Zimmermann, mit Frau und den Kindern Marta, Atan, Netta, Wilhelm, Nikolaus und Berta.
- Hollstein, Lorenz, Möbeltischler, mit seiner Frau Christine geb. Grebe und dem Sohn Friedrich; ein weiterer Sohn, Georg, ist bereits in Chile geboren.
- Henckel, Bernhard, geb. 1813, Schuhmacher, kam mit seiner Frau Martha geb. Georgi und der Tochter Gertrud. Diese heiratete später Albert Thater.
- Ide, Johannes, geb. 1802 in Rotenburg an der Fulda, kam mit seiner Frau Catharine Herwig, die unterwegs auf dem Segler verstarb, und mit seinen Kindern Wilhelm, Luise, Martin, Friedrich. (In zweiter Ehe heiratete er später Luise Schulz, geb. 1819.)

- Jaeger, Joseph, Gärtner kam mit seiner Frau und den Kindern Anton, Michael, Elise und Stephan.
- Kraemer, Heinrich, Pastor, kam mit seiner Frau Marie Mueller und den Kindern Margareta, Franzisca, Friedrich, Luise, Elcha und Filomena.
- Kramm, Heinrich, Gärtner, ledig, heiratete später in Chile Juana Salgado.
- Ruch, Nikolaus, Schmied, geb. 1818, kam mit seiner Frau und der einjährigen Tochter Johanna.

  (Diese Liste wurde der historischen Dokumentation von Emilio Held Winkler entnommen, die den Titel „Documentos sobre la Colonización del Sur de Chile" trägt und 1970 in Santiago erschien.)

Was diese Auswanderer unterwegs nach Chile durchgemacht haben, wird in einem Brief des Lorenz Hollstein vom 20. Mai 1847 an seine Verwandten in Deutschland wie folgt geschildert:

„Unter Südamerika wurden die Winde sehr schlecht, viel Sturm, jedoch ging es ziemlich, bis wir Cap Horn erreicht hatten, hier hatten wir einen sehr starken Sturm auszuhalten, der trieb uns auf 60 Grad südlicher Breite hinab.

Der Sturm wurde so heftig, dass er ein an das Schiff befestigtes Boot abriss; zwei Segel gingen verloren, einige Taue, ein Stück vom Geländer des Schiffes, und die Kälte! Denkt Euch die Kälte: die Sonne stand 24 Grad von der Linie im Norden, wir 60 Grad im Süden, also die Sonne von uns entfernt 84 Grad. Das Schiff war nahe am Einfrieren. Aber ist die Not am größten, ist Gott am nächsten; es begünstigte uns ein guter Südwind und riss uns aus der nahen Gefahr. Der Sturm hatte uns bis dahin zurückgetrieben, wo wir vor dreizehn Tagen gewesen waren, wir erreichten Cap Horn zum zweiten Male und fuhren glücklich vorüber. Noch hatten wir einige Stürme auszuhalten, sahen doch den 20. August Land, es war Chile! Den 25. erreichten wir den Hafen von Valdivia, die Anker wurden geworfen und unsere Seefahrt war beendet..."

(Entnommen dem Buch „Bilanz der Tat" von G. Ostermai, S. 11 bzw. „Condor" IX/13.)

Die in der obigen Liste erscheinenden Familiennamen sind dem Autor zum größten Teil bekannt, kein Wunder, weil die meisten der Immigranten nicht in Valdivia verblieben, sondern sich in La Unión und Osorno niederließen. Wer kennt nicht - auch heute noch - die Familien Aubel oder Ide in Osorno? Der „jetzige" Jorge (= Georg) Aubel Eggers besitzt eine Weizenmühle und Enrique Ide Soriano ist (wie seine Ahnen) Landwirt von Beruf. Der Letztgenannte und seine Frau Adriana Valenzuela Rudloff waren im Jahre 2001 zum ersten Mal in Deutschland, besuchten auch uns (wir sind ihre „Compadres" = Gevatter, in Chile die Paten eines Kindes) und als sie bei uns logierten, erzählten sie begeistert von ihrem Abstecher nach Rotenburg a.d. Fulda, die Heimatstadt ihrer Vorfahren. Es dauerte also über 155 Jahre, bis der Repräsentant der 5. Generation die Geburtsstadt des nach Chile ausgewanderten ersten Ide, Johannes, kennenlernen konnte.

Natürlich spricht Enrique im Alltagsleben Spanisch, er versteht aber auch Deutsch und besuchte die Deutsche Schule zu Osorno.

Nun, zurück zur Hauptgeschichte:

Die von R. A. Philippi angeworbenen Passagiere, die mit der Brigg „Catalina" kamen, wurden zunächst auf dem Landgut „Bellavista" bei La Unión untergebracht, blieben jedoch nur kurze Zeit dort und ließen sich, die meisten von ihnen, in Osorno nieder.

1852, im April, als Philippi auf Anordnung der Regierung nach Chile zurückkehrte, überreichte er ein detailliertes Memorandum im Außenministerium, worin er vor allem über die

Schwierigkeiten und die vielseitigen Probleme und auch über die vielen Gegner berichtete, die ihm das Leben schwer machten.

Er berichtete u. a. über die Gegenpropaganda, die ihm z. B. die privaten „Kolonisationsgesellschaften" bereiteten, aber auch über die feindselige Haltung der verschiedenen deutschen Konsularbehörden in Chile, für die die Auswanderung ihrer Landsleute ein Dorn im Auge war. Umgekehrt waren auch die chilenischen Auslandsstellen in Deutschland wenig kooperativ, wenn nicht behindernd. In seiner Auseinandersetzung mit dem Minister des Inneren Antonio Varas brachte Philippi schriftliche Beweise dafür, dass die katholischen Bischöfe von Fulda, Paderborn und Münster ihre Glaubensgenossen daran gehindert hatten, auszuwandern.

Diese Tatsache bewegte dann die chilenische Regierung, von ihrer ursprünglichen Forderung, die Einwanderer müssten katholischer Konfession sein, abzurücken. Dazu kommt noch, dass die deutschen Länder, in denen die meisten Auswanderungswillige zu Hause waren (Preußen etc.) mehrheitlich protestantisch waren.

Konsequenterweise hat daher die chilenische Regierung die Einschränkungen, die die Religionszugehörigkeit betrafen, aufgehoben, sodass dann auch protestantische Immigranten willkommen waren.

Außerdem wurde Philippi nach seiner Rückkehr mit der Tatsache konfrontiert, dass sein Posten als Kolonisationsleiter bereits seit einem Jahr an Vicente Pérez Rosales vergeben worden war und dass er als Gouverneur nach Magallanes geschickt werde. Blancpain stellt in diesem Zusammenhang die berechtigte Frage: Handelte es sich hierbei um Exil, Ehrenbezeigung oder einfach um die berüchtigte Vergeltung von Chile („Pago de Chile")? Diese Ausdrucksweise hat sich in der chilenisch-spanischen Sprache schon seit Langem beheimatet: Zu spüren bekam es vor allem der „Libertador" O´Higgins, der für seine großartigen Leistungen mit dem Exil bezahlen musste.

Noch vor seiner Rückkehr nach Santiago wurde Philippi von seinem Gönner, dem Präsidenten Bulnes, am 15. September 1851 (drei Tage vor dessen Amtsniederlegung) zum Ingenieuroberstleutnant (Teniente Coronel de Ingenieros) ernannt.

Nach dem Amtsantritt von Manuel Montt (1851 - 1861) wehten andere Winde. Besonders seitens des Ministers Antonio Varas musste Philippi harte Kritik einstecken. Daraufhin arbeitete Philippi ein minuziöses und sehr detailliert aufgestelltes Exposé aus, in dem er die ganze Bandbreite seiner Tätigkeit während des Deutschlandaufenthaltes einleuchtend schilderte, seine dort getroffenen Dispositionen begründete und sich gegen die seitens der Regierungsstellen erhobenen Beanstandungen vehement wehrte.

Die Regierung lenkte daraufhin ein und beglich sämtliche ausstehenden Zahlungen, die Philippis Auslagen in Deutschland betrafen, beglichen.

Doch seinem Wunsch, die Kolonisation von Llanquihue lenken zu dürfen, wurde nicht entsprochen. Dafür wurde sein Auftrag, als Gouverneur von Magallanes die dortigen Aufgaben zu übernehmen, erneut bestätigt.

Als dann Philippi auf dem Kriegsschiff „Infatigable" der Marine nach Süden fuhr, konnte er bei einem Zwischenstopp in Valdivia am 21. Juni 1852 seinen Bruder Rudolph Amandus begrüßen, der seit Anfang des Jahres als Lehrer der dortigen höheren Regierungsschule tätig war. R. A. Philippi war am 4. Dezember 1851 zusammen mit dem Forscher Dr. Karl Ochsenius in Chile eingetroffen.

In der „Festschrift" aus dem Jahre 1952 lesen wir hierüber noch Folgendes:

„Bernhard Philippi berichtete seinem Bruder von dem neuen unerwarteten Auftrag, wodurch er verhindert sei, die bevor-

stehende Ankunft der vier Kolonistenschiffe aus Deutschland in Valdivia zu erwarten. Er hoffte dabei immer noch, bald zurückkehren und die Leitung der Kolonisation am See übernehmen zu können. Auf der Weiterreise legte Bernhard Philippi noch in Ancud an, und während er dort weilte, fuhr die ‚Australia', das erste Schiff der von ihm angeworbenen Kolonisten, dort vorbei. Am 13. August fuhr er nach Magallanes weiter, wo er am 18. August ankam."

(In dem Buch „Documentos sobre la Colonización del Sur de Chile" von Emilio Held, S. 18, gibt es über die „Australia" folgende Einzelheiten:

Abfahrt in Hamburg am 3. April 1852, Ankunft in Valdivia am 1. August 1852, Kapitän: J. Meyer, mit 197 Passagieren, davon 85 Männer, 35 Frauen und 77 Kinder. In der Namensliste finden wir u.a. Conrado Amthauer aus Borken (Hessen), Johann F. Fuchslocher aus Esslingen (Württemberg), Joseph Gebauer aus Wuenschelburg (Schlesien), Ferdinand und Wilhelm Hess aus Kassel, Wilhelm Heufemann aus Potsdam, Louis und Otto Robert aus Ziegenhain (Hessen), Heinrich und Nikolaus Saelzer aus Kassel und Heinrich Werkmeister aus Rotenburg a.d. Fulda, alles bekannte Familiennamen, die in den heutigen Telefonbüchern von Osorno, La Unión und Valdivia erscheinen.)

Bei seiner Ankunft in Magallanes sah Philippi viele Veränderungen, die seit 1843, als er zuletzt dort war, eingetreten waren. Das von Philippi gegründete Fort Bulnes war nicht mehr besetzt, nachdem es vorher eine Zeitlang als Strafkolonie gedient hatte. Dafür wurde 1849 an einer günstigeren Stelle die Stadt Punta Arenas gegründet, die jetzige Hauptstadt der XII. Region.

Philippis Hauptaufgabe war, die unter der Gewaltherrschaft des Verschwörers Miguel José Cambiasso erfolgten Zerstörungen zu beseitigen, die dort verbliebenen Bürger zu beruhigen und den Frieden mit den Eingeborenen wiederherzustellen. Zum besseren Verständnis: Dieser Unmensch von Cambiasso ließ am 21. Dezember 1851 den Gouverneur Benjamín Muñoz Gamero und viele Bewohner der Stadt ermorden und wurde für diese Taten hingerichtet.

Aber unter den Patagoniern hatte diese Metzelei eine bleibende Unruhe hervorgerufen und gerade um diese Situation zu besänftigen, musste sich Philippi als Allererstes von all den auf ihn wartenden Aufgaben eben mit dieser Schieflage der Dinge beschäftigen.

Bernhard Philippi war ein Mann, der viele Talente besaß, darunter auch das, wie man mit Menschen umgehen sollte. Er war sicherlich davon überzeugt, auch diese üble Situation bewältigen zu können. Leider irrte er sich diesmal.

Die Eingeborenen luden ihn zu einem Friedensgespräch ein, das im Inneren des Landes, in der Gegend von „Cabeza de Mar“ (etwa 110 km von Punta Arenas entfernt) stattfinden sollte. Es war eine hinterlistige Falle: Philippi und auch sein Begleiter, der Capataz Villa, wurden in ihren Zelten überfallen und ermordet. Als Todestag ist der 1. oder der 2. November 1852 anzunehmen.

Dieses Kapitel über das Leben und Werk des Bernhard Eunom Philippi ist nur eine bescheidene Skizze über die Träume und Taten eines außergewöhnlich talentierten Mannes, der im wahrsten Sinne des Wortes ein Genie war.

Armando Braun Menendez fand in seinem Buch mit dem Titel „Fuerte Bulnes“ die passenden Worte, um die Persönlichkeit des B. E. Philippi zu beschreiben:

„Philippi war durch die Vielfalt seiner Kenntnisse und Fähigkeiten einer jener Menschen, die eben alles wussten: ein Mann der Wissenschaft, Soldat, Handelsschiffskapitän, Feldmesser, Kaufmann, Forscher, Zeichner, Sammler auf dem Gebiet der Naturwissenschaften, Kolonisator und bewandert in anderen Berufen.“

Dazu kommen seine Sprachkenntnisse und als persönliche Eigenschaft, wie oben bereits erwähnt, sein Talent, mit Menschen umzugehen, sie zu überzeugen und sie auch für seine Ideen zu gewinnen.

Der gewaltsame Tod, dem er zum Opfer fiel, war ein herber Verlust für Chile, ein Land, das er liebte und für das er sich stets energisch einsetzte.

Mit dem Tode Philippis ist aber seine Idee - die Kolonisation, vor allem der Region des Llanquihue-Sees - keineswegs gestorben.

Nachdem Philippi 1848 im Regierungsauftrag nach Deutschland gereist war, um dort auswanderungswilligen und für Chile in Frage kommenden Emigranten Angebote zu machen, die einzelnen Gruppen zusammenzuführen, die Ausreise zu organisieren etc., sah sich die Regierung genötigt, an seiner Stelle einen anderen Kolonisationsagenten zu ernennen. Dies geschah dann, wie üblich, mittels eines Obersten Dekrets am 10. Oktober 1850. Die Auswahl für diesen Posten war glücklich, da die Persönlichkeit, die man hierfür erkor, Vicente Pérez Rosales, ein außerordentlich genehmer Mensch war, durchaus fähig, die ihm aufgetragenen Aufgaben zu lösen.

Pérez Rosales traf bereits am 12. November 1850 in Valdivia ein und war über den miserablen Zustand der Ortschaft unangenehm überrascht.

Der Zufall wollte, dass am nächsten Tag das Auswanderungsschiff „Hermann“ mit insgesamt 82 Auswanderern eintraf, darunter der von den Deutsch-Chilenen immer wieder hervorgehobene Carl Anwandter.

Pérez Rosales fuhr umgehend nach Corral, um diese Immigranten zu begrüßen.

Dabei konnte er mit Genugtuung feststellen, dass es sich um Leute handelte, die „in Ordnung“ waren, gebildet, beruflich einwandfrei und auch teilweise vermögend.

Ihr Wortführer bat Pérez Rosales um eine Unterredung, da sie diverse Fragen hatten, die sie gerne beantwortet bekommen wollten. Diese Unterredung fand dann am 17. November abends statt.

Diese Immigranten baten um Auskünfte, die durchaus wichtig waren, um ihren Landsleuten daheim und den dort vorhandenen Auswanderungsgesellschaften objektive Informationen geben zu können.

Pérez Rosales empfing von den Ankömmlingen einen Fragebogen, den er dann entsprechend der ihm regierungsseits gegebenen Instruktionen beantworten konnte.

In seinem Buch „Recuerdos del pasado", S. 368 - 369, erscheint der Text dieser Fragen wie folgt:

- Welche Schritte muss der Einwanderer unternehmen, um die chilenische Staatsbürgerschaft zu erlangen?

- Wieviel Zeit muss vorher verstreichen, um diese Schritte einleiten zu können?

- Wird der Eingebürgerte ein Stimmrecht bei Wahlen haben?

- Sollte es zwischen den Eingewanderten Dissidenten (Protestanten) geben, würde man sie zwingen, die Religion ihrer Väter aufzugeben?

- Dürfen die Protestanten untereinander heiraten?

- Welche behördlichen Schritte müssten getan werden, damit eine solche Ehe gültig und legal sei?

- Ob die Kinder aus den Ehen zwischen Protestanten nach den Vorschriften der katholischen Kirche getauft werden müssen?

- Was müsste man unternehmen, damit die Legitimität solcher Kinder gesichert sei, sollte kein Taufzwang laut katholischem Ritus existieren?

- Sollte in den Kolonien die Gründung von Gemeinden zweckmäßig sein, bestünde dann die Möglichkeit, dass einer der Einwanderer den Posten des Richters (Gemeindevorstehers) erhielte?

- Könnten sich die Einwanderer in die zivilen Wachmannschaften anwerben lassen?

- Wenn es um die Konstruktion von Gemeindewegen ginge, vorausgesetzt natürlich das öffentliche Interesse, dürften die Einwanderer dabei mit der Unterstützung der Regierung rechnen?

- Ob die Verträge und Vereinbarungen, die die Einwanderer noch in Deutschland geschlossen haben, um sie in Chile zu erfüllen, hier gültig sind?

- Was nun die fiskalischen Grundstücke betrifft, was für Minimal- oder Maximalpreise müsste man für sie bezahlen?

- Sollten die Einwanderer Grundstücke von Privatpersonen erwerben, müsste man hierbei eine sog. „alcabala" bezahlen?

- Wie viele Cuadras dürfen die Kolonisten vom Fiskus erwerben?

- Ob man hierbei bar bezahlen muss?

- Wenn sie (die Erwerber) nicht innerhalb der vereinbarten

Frist bezahlen würden, könnten sie bei der Entrichtung der üblichen Zinsen mit Fristverlängerungen rechnen?

- Ob die Regierung verbindlich zusichern könnte, für 1.000 Familien Grundstücke zu reservieren?

Wenn man all diese Fragen untersucht, reduzieren sie sich auf vier fundamentale Anliegen: 1) nach dem Verlust der bisherigen Staatsangehörigkeit so schnell wie möglich die neue zu erwerben; 2) ihre bisherige Religion behalten zu dürfen; 3) die Gründung einer Familie innerhalb der legalen Vorschriften und 4) so bald wie möglich Eigentümer eines Grundbesitzes zu werden.

Nachdem Pérez Rosales den neu Angekommenen, die von ihnen erwarteten positiven Antworten gab, erhob sich der „Profesor Don Carlos Anwandter“ und sagte, sichtlich bewegt, Folgendes:

„Wir werden ebenso ehrliche und arbeitsame Chilenen sein, wie nur der Beste von ihnen es zu sein vermag. In die Reihen unserer neuen Landsleute eingetreten, werden wir unser Adoptiv-Vaterland gegen jeden fremden Angriff mit der Entschlossenheit und Tatkraft des Mannes zu verteidigen wissen, der sein Vaterland, seine Familie und seine Interessen verteidigt.“

Carl Anwandter, einer der 51 Männer, die mit dem Einwandererschiff „Hermann“ eintrafen, ist 1801 in Calau, Luckenwalde geboren. Sein Beruf war Apotheker, aber er betätigte sich auch in der Gemeinde- und Landespolitik, war Bürgermeister und Abgeordneter im preußischen Landtag.

Aber auch die übrigen Schicksalsgenossen, die mit ihm kamen, hatten ordentliche Berufe und waren keineswegs unvermögend. Die meisten brachten ihre Ersparnisse mit und waren durchaus in der Lage, Grundbesitz zu erwerben.

Pérez Rosales befand sich in der Zwickmühle. Er war ja erst seit einigen Tagen in Valdivia und hatte auch keine ausgearbeiteten Verteilungspläne in der Tasche, so musste er halt improvisieren. Zum Glück bot der alte Benjamín Viel, Oberkommandierender der Streitkräfte der Provinz und alter Soldat noch unter Napoleon I., die von ihm erst kürzlich erworbene Insel Teja (oder Valenzuela) den Eingetroffenen zum Verkauf an.

Diese Insel, heute Wohngebiet, Sitz der Universidad Austral und auch der Deutschen Schule „Karl Anwandter", hat eine Länge von 4.820 m und eine Breite bis 1.800 m.

Viel übertrug die Insel der Stadtverwaltung und diese bot die einzelnen Parzellen den Einwanderern gegen Bezahlung von moderaten Grundstückspreisen an.

Somit war die erste Sorge von Pérez Rosales glücklicherweise vom Tisch.

Nun aber begann erst die Sache problematisch zu werden, da am 7. Dezember 1850 schon ein weiteres Schiff einlief, das den schönen Namen „Susanne" trug und 84 Immigranten brachte. Dies waren die Leute, die Kindermann angeworben hatte und denen man entsprechende Grundstücke zusicherte.

Groß war die Enttäuschung und Verzweiflung, als sich herausstellte, dass der chilenische Staat inzwischen die von Kindermann und Co. abgeschlossenen Grundstückverträge über riesige Flächen wegen Betruges für null und nichtig erklärt hatte.

Pérez Rosales stand vor dem großen Problem, diese Leute irgendwo zu etablieren. Da in Valdivia selbst keine weiteren Unterkünfte vorhanden waren, musste man viele der Einwanderer in den alten, feuchten und unsauberen Kasematten der alten spanischen Festung in Corral unterbringen.

Ein weiteres Problem war, dass es in der Umgebung von Valdivia nur wenig landwirtschaftlich brauchbare Grundstücke gab und man so letztendlich auf die benachbarten und mehr im Süden liegenden Gebiete ausweichen musste:

Los Llanos (La Unión), Osorno und vor allem auch die Umgebung des Llanquihue-Sees waren ab nun gefragt.

Auch wenn Valdivia den scheinbaren Vorteil hatte, über ein ausgezeichnetes Netz von Wasserwegen zu verfügen (Las Cruces und Calle Calle), das für eine Kolonisation wichtig war, existierte die Fruchtbarkeit der dortigen Grundstücksflächen eher in der Fantasie der Leute. Dem Kataster des Jahres 1875 folgend gab es in der Umgebung von Valdivia ca. 9.000 km^2 an Urwald, eine ähnliche Fläche an unebenen und unfruchtbaren Geländen, 1.500 km^2 an Moor und Sumpf und lediglich 4.000 km^2 an fruchtbarem Land.

Daraus ersieht man, dass Valdivia niemals das Zentrum eines landwirtschaftlichen Gebietes werden konnte, vielmehr ein Industriezentrum und dies ist auch später so eingetreten.

Nach dem „kindermannschen“ Schiff „Susanna“ sind nacheinander die von Philippi angeheuerten Segelschiffe eingetroffen: am 8. Januar 1851 das Schiff „Alfred“ mit 45 Passagieren, am 6. Februar 1851 das Schiff „Sankt Pauli“ mit 46 Einwanderern, dann folgte das Schiff „Emmy“ mit weiteren 44 Reisenden, am 10. Oktober 1851 kam das Schiff „Victoria“ mit 49 Immigranten, am 4. Dezember 1851 das Schiff „Bonito“ und am 4. Dezember 1851 das Segelschiff „Hermann“ mit 43 Passagieren.

Also hatte Pérez Rosales eine Menge zu tun, um all diese Leute unterzubringen.

Aber er musste sich ja auch um die Kolonisation am Llanquihue-See kümmern.

Er ging immer wieder für einige Tage dorthin, verbrachte dann einen ganzen Sommer (von November 1853 bis März 1854) dort.

Inzwischen trafen immer wieder Gruppen von Kolonisten ein, einige vom Norden über Osorno und den Rahue-Fluss entlang, die meisten aber direkt vom neuen Hafen Melipulli, wo seit 1852 die Einwanderungsschiffe direkt vor Anker gehen konnten und nicht mehr bis Corral hinauffahren, mussten.

Die Neuankömmlinge installierten sich nach und nach auf den ihnen zugeteilten, kaum skizzierten „Chacras" (= kleine Farm) oder auch auf noch sumpfigen Geländen, die noch entwässert werden mussten. Immerhin, sie waren da und Pérez Rosales stand ihnen bei und half, wo er nur konnte.

Die Leute mochten den Kolonisationsagenten und nannten ihn „Papá Rosales": er war der große Freund und Beschützer, der sie gegen die Angriffe der neidischen alteingesessenen Familien von Valdivia verteidigte oder gegen bestimmte Angestellte der Staatsverwaltung, die den Neuankömmlingen gegenüber Schwarzmalerei und Pessimismus zu verbreiten versuchten.

Und dann kam auch der feierliche Tag, die Umbenennung der bisherigen Ortschaft Melipulli, der man, wie es sich gehörte, durch Regierungsdekret vom 12. Februar 1853, den Namen Puerto Montt gab.

Die Zeremonie wurde von Pérez Rosales geleitet und es kam ein Priester aus Ancud, um die heilige Messe zu lesen.

Danach erhob sich die versammelte Menschenmenge - die meist protestantischen Immigranten - und sang zur Verblüffung der anwesenden Ibero-Chilenen das Kirchenlied:

„Hier liegt vor Deiner Majestät im Staub die Sünderschar."
Es waren bewegte Momente (siehe Blancpain, S. 91).

Nach Ankunft der Einwanderer blieben nur wenige in Puerto Montt, die meisten von ihnen zogen weiter zum Llanquihue-See.

Trotzdem wuchs auch Puerto Montt zusehends: 1860 hatte das Städtchen bereits 150 Häuser und 600 Einwohner und 1870 konnte man dort 135 deutsch-stämmige Familien zählen.

Die Kolonie Llanquihue war eine geschlossene, isolierte Gemeinschaft, aber sie blieben nicht unter sich: Ihrer Installation folgte eine massive Migration dorthin seitens der Ibero-Chilenen, so dass in den sogenannten „deutschen Provinzen“ nie mehr als 5,5% der Bevölkerung deutscher Abstammung war.

Nach den Angaben eines offiziellen Berichtes der dortigen Behörde (Intendant von Llanquihue) wohnten auf dem Gebiet der ehemaligen Kolonie im Jahre 1864 insgesamt 13.023 Personen, von denen der Anteil der „in anderen Provinzen Chiles Geborenen“ 90% ausmachte.

Schon von Anfang an bildeten die Ankömmlinge dort nicht etwa eine geographische Enklave, sondern Teile eines abstammungsmäßig gemischten Territoriums, vergleichbar mit dem Deutschtum im Baltikum (= Meinung von Hettner, wohl auch richtig).

Woher kamen all diese deutschsprachigen Immigranten?

Zunächst Folgendes: Nach Abschluss der Immigrationsperiode, also etwa 1875, registrierte Karl Martin, Arzt in Llanquihue, insgesamt 4.256 Untertanen deutschen Ursprungs zwischen Valdivia und Puerto Montt. Die Gesamtzahl für Chile erreichte damals etwa 8.600, zumal viele von ihnen, wohl die meisten Handwerker, viele aber auch Angestellte in Industrien, im Handel und auch bei Import-Export-Firmen vor allem in Valparaíso tätig waren.

Die ersten Immigranten, zwischen 1846 und 1860, kamen aus Hessen und Brandenburg. Die Schwaben (Württemberger) kamen in zwei Zeitabschnitten: von November 1850 bis Dezember 1852 und zwischen 1855 und 1857.

Handwerker und Landwirte aus der Oberen Lausitz kamen in zwei Gruppen, im November 1850 und November 1852, beide mit dem Segelschiff Susanna.

In den Jahren 1856 und 1857 kamen Auswanderungsgruppen, gemischt, aus Hessen, Württemberg, Brandenburg und Schlesien. Letztlich, zwischen Januar 1862 und Februar 1864, kamen katholische Gruppen, vornehmlich aus Westfalen. Nach sechs Jahren, 1870, folgten ihnen Sudetendeutsche, etwa hundert Familien aus dem „Braunauerländchen", also aus dem Grenzgebiet zwischen Böhmen und Schlesien.

Die Auswanderungswilligen stammten demzufolge aus ganz Deutschland (ausgenommen Bayern) und es geht dabei immer wieder um dieselben Ortschaften, die dann auf den Listen der Segelschiffe in Erscheinung treten. Zum Beispiel kamen aus Rotenburg an der Fulda etwa 200 Auswanderer, verteilt auf 18 Segelschiffe; die Mehrzahl der eingetroffenen Hessen kam aus 5 oder 6 Ortschaften aus der Nähe von Kassel; die Schwaben kamen aus vier Ortschaften im Neckargebiet; aus der Herrschaft von Buckow kamen 8 Familien, die 50 Personen umfassten; die 450 Schlesier kamen aus nur 5 Ortschaften.

Die Zillertaler aus Oberschlesien kamen in drei Transporten in den Jahren 1856 – 1857: Es war ihre zweite Emigration. Es lohnt sich, diese Geschichte festzuhalten.

Als 1837 der Fürstbischof von Salzburg die Protestanten aus Tirol vertrieb, gab ihnen der preußische König Friedrich III. auf Ansuchen der Gräfin von Reden Grund und Boden. Diese 400 Bauern gründeten sodann neben Erdmannsdorf ihre Gemeinde Zillertal. Die geraniengeschmückten Balkone der Zillertaler Gebirgshäuser gaben dem Ort sein Gepräge, auch heute finden sich noch viele ihrer Häuser. Freilich wurden nicht alle Tiroler hier heimisch: 1856 wanderte ein Teil von ihnen nach Chile weiter, wo sie am Llanquihue-See eine Tochtersiedlung gründeten. Dort kündet auf dem Friedhof im Ort

Los Bajos der Grabstein der Teresa Klocker geb. Hechenleitner vom weiten Wanderweg der Zillertaler:

„Als Kind in Tirolens Bergesluft, als Jungfrau in Schlesiens Blütenduft, unter Kindern und Enkeln am stillen See, fand sie Ruh am Rande Llanquihue."

Hier darf der Autor eine kleine Familiengeschichte einfügen, die die Herkunft seines Schwiegervaters Ernst Trenkmann näher beleuchtet. Er kam 1929 mit einem Viehtransport nach Chile, heiratete dann 1932 Elena Eggers Günther und verwaltete bis 1971 den „Fundo" seiner Frau.

Ernst Trenkmann war Ostpreuße, doch findet man im Stammbaum seiner Mutter eine Magdalene Zachlehner (dreifache Urgroßmutter), geb. 1760/65, Tochter des Johann Zachlehner, der 1725 im Salzburgischen geboren wurde und mit knapp sieben Jahren mit den Eltern nach Ostpreußen kam. Dort starb er im Jahre 1823 im Alter von 98 Jahren.

Der Vater dieses Johann Zachlehner, etwa 1700 auch im Salzburgischen geboren, wurde samt Familie und vielen anderen Landsleuten 1732 vom damaligen Erzbischof von Salzburg des Landes verwiesen, da sie Protestanten waren. So kamen sie nach Ostpreußen, wo er letztlich zusammen mit einem Bruder einen Bauernhof in Kamanten (Kirchspiel Kussen, Kreis Pillkallen) erwarb.

(Ob diese Zachlehner ursprünglich auch Zillertaler waren, entzieht sich meiner Kenntnis; wie es auch sei, auch sie waren, wie die Zillertaler von Llanquihue, die Opfer eines Salzburger Erzbischofs und wurden ebenfalls vom König von Preußen aufgenommen. Auch bei Trenkmanns über Zachlehner war es ein langer Weg: von Salzburg nach Ostpreußen und letztlich dann bei einem der Nachkommen bis nach Chile.)

Was nun die weiteren Immigranten und deren Herkunft betrifft, sollte man hier noch die aus Westfalen erwähnen, die, allesamt katholisch, zwischen Januar 1862 und März 1864 auswanderten und alle aus etwa 10 Dörfern aus der Gegend von Soest und Münster stammten.

Schließlich trafen, zwischen Februar 1872 und August 1875 etwa 400 Österreicher aus Braunau ein, die mit den Segelschiffen Wandrahm, San Francisco, Ceres und Etienne kamen und anschließend mit den Dampfschiffen Luxor und Kosmos.

Diese Braunauer fanden ihren Siedlungsort im heutigen Nueva Braunau, etwas entfernt vom Llanquihue-See, wo bereits alle Ufergebiete besetzt waren.

Was nun die berufliche Ausrichtung der Einwanderer betrifft, so finden wir unter ihnen Fachleute und Freiberufler, so z. B. Ingenieure, Gutsverwalter, Handwerker, Kaufleute usw. Es kamen aber auch Spezialisten aller Art, z. B. Weber, Böttcher, Schreiner, Gerber, Holzfäller, Sattler etc.

Einige Leute, die in Deutschland höhere Ausbildung und entsprechend auch höhere Berufe hatten, erlernten noch daheim irgendein Handwerk, um sicherzugehen. Blancpain erwähnt in diesem Zusammenhang als Beispiel Gideon Schwarzenberg, dessen Aussage: „Hay que partir armado“ (= Man muss sich rüsten, bevor man loszieht) goldrichtig war. Er, Schwarzenberg, war daheim Handelsverwalter und erlernte vor der Emigration den Beruf des Zimmermanns und des Schmieds; einer seiner Brüder, der Chemiker war, bildete sich als Böttcher aus.

Aus der Familiengeschichte meiner Frau geht hervor, dass ihr Urgroßvater, Heinrich Eggers (* 1831 in Bergshausen bei Kassel), der im Oktober 1854 als Passagier des Segelschiffes „Grasbrock“ in Corral eintraf, zuletzt in Ellershausen (nordwestlich von Dransfeld-Hessen) ansässig war. Er war - wie sein Vater Johann Georg Heinrich Eggers - Förster von Beruf, erlernte jedoch vor der Auswanderung das Kunstschmiedehandwerk. Als er dann in Chile ankam, arbeitete er zunächst in der Landwirtschaft. Sein erster Arbeitgeber war Gustav von Bischhoffshausen, der auch mit der „Grasbrock“ ankam und kurz daraufhin das Gut „El Roble“ bei Trumao kaufte. Im Oktober 1855 verließ dann Heinrich Eggers seine landwirtschaftliche Stellung und ging nach Osorno, wo er seinen handwerklichen Beruf als Kunstschmied ausüben konnte; sein dortiger Arbeitgeber war der Schmied Aubel.

Auch aus diesem Exempel sieht man, dass die Einwanderer nicht zimperlich und wählerisch waren: Die Hauptsache war, dass sie Arbeit fanden.

Richtig sagt Blancpain hierüber:

„En esto puede apreciarse lo que los separa de cierta tradición hispánica, menospreciadora del trabajo práctico.“ *(=Hieraus kann man erkennen, was sie von einer bestimmten spanischen Tradition unterscheidet, die die praktische Arbeit, also die mit den Händen, geringschätzt).*

(Bemerkung: Im wertvollen Buch von Held mit dem Titel „Documentos sobre la Colonización del Sur de Chile“, S. 70, hat sich ein kleiner Fehler eingeschlichen:

Unter den dort aufgeführten Passagieren, die mit dem Segelschiff „Grasbrock“ im Oktober 1854 in Corral eintrafen, erscheint ein Eggeling, Heinrich, von Elckershausen-Hessen: Es sollte Eggers, Heinrich, von Ellershausen-Hessen heißen.)

Ergänzend muss man noch feststellen, dass einige Auswanderer zunächst allein kamen, um die Situation an Ort und Stelle kennenzulernen. Dann folgten ihnen erst ihre Familien nach oder wenn sie noch ledig waren, heirateten sie kurz nach ihrem Eintreffen. Dies trifft vor allem auf die Landwirte zu: In der Landwirtschaft braucht man mehrere Hände.

Pérez Rosales sagt es kurz und bündig: Der Ledige ist kein Kolonist.

Und da man eben viele Hände brauchte, um die Anfangsschwierigkeiten meistern zu können, hatten die Familien viele Kinder. Die Zillertaler, die mit dem Segelschiff „Iserbrock“ 1860 eintrafen, hatten im Durchschnitt sechs Kinder pro Ehepaar; die aus Schlesien und aus dem Sudetenland noch mehr.

Die Familien von Michael Hitschfeld, von Anton Rainau und von Heinrich Wittwer hatten je neun Kinder und bereits in Chile eingetroffen, haben die Ehepaare ihre Kinderschar sogar verdoppelt, um über genug Arbeitskräfte zu verfügen, zumal das ihnen zugeteilte Gelände als Erstes vom Gestrüpp und vom Unterholz befreit werden musste.

An Bord der Schiffe „San Francisco“ (1873), „Ceres“ (1874) und „Etienne“ (1875) befanden sich 10 Matzner, 15 Hofmann, 17 Teuber, 19 Hausdorf, 20 Weisser, 21 Opitz und 21 Hitschfeld.

Blancpain gab sich die Mühe, das Durchschnittsalter all dieser Familienväter zu berechnen: weniger als 38 Jahre und die ersten Kolonisten von Nueva Braunau waren meist jünger als 30 Jahre.

Es waren also junge und tatkräftige Leute, die die Hauptmasse der Kolonisten ausmachte und dieser Faktor - gesund und kräftig - garantierte allein schon den Aufschwung und die Erfolge der kommenden Jahre.

Was nun die Geldmittel betrifft, über die die Immigranten verfügten, gab es natürlich Unterschiede. Es gab zwischen ihnen einige Bürgerliche, die ihr ganzes Gut und Haben mitbrachten, einschließlich Bibliotheken und Kollektionen (!), andere wiederum, wie z. B. die aus Brandenburg und Schlesien, (einschließlich der Zillertaler), waren arm und hatten wenige Rücklagen. Sie versuchten dann im Laufe der Anfangszeit ihr bescheidenes Kapital zu vergrößern, denn alle wollten - zusätzlich - angrenzende Grundstücke erwerben. 100 Thaler reichten aus, um so ein zusätzliches Terrain zu bekommen, für 3 bis 5 Pesos pro Cuadra in der Gegend von Valdivia, natürlich mehr - 10 bis 12 Pesos - für die Grundstücke auf der Ebene von Osorno gelegen.

So haben sie dann die staatlichen Beihilfen mit eigenen Geldern aufgestockt, um Vieh und Materialien zu kaufen oder ihre Hilfsarbeiter zu entlohnen, so sie sich solche überhaupt leisten konnten.

Die bürgerlichen, kapitalkräftigen Einwanderer hatten es natürlich von Anfang an leichter. Die notariellen Unterlagen der damaligen Zeit dienen als Beweis hierfür.

Constantin Mohr kaufte gleich drei Weideländer, für die er 2500 Pesos zahlte; weitere 10.000 Pesos verborgte er an diverse Landsleute. Karl Hoffmann erwarb, gleich nach seinem Eintreffen, ein Wohnhaus und eine Brennerei und bezahlte hierfür 5.100 Pesos in bar.

Aber auch Karl Anwandter kam nicht nach Chile, um sich hier zu bereichern, er war schon wohlhabend und hat - wie Mohr - an die 27 Immigranten Anleihen in Höhe von insgesamt 10.000 Pesos gewährt.

Andere, wie Eduard Winkler und Johann Fehlandt, vermachten ihren Kindern und Patenkindern mehr als 30.000 Pesos, ein klares Indiz ihres Reichtums.

Interessant und bezeichnend für ihre nostalgischen Gefühle ist auch die Tatsache, dass die Immigranten anlässlich des deutsch-französischen Krieges (1870 - 71) freiwillig insgesamt mehr als 70.000 Pesos sammelten!

Und die einzelnen „Wellen" der Ankömmlinge mehrten sich. Ricardo Preisler zählt in seinem Buch über die Geschichte von La Unión alle Familien auf, die zwischen November 1850 bis Oktober 1863 dort eintrafen: Es waren die Familien Auras, Kindermann, Schmidt und Strobel, dann die Israel, Neumann, Siegle, Weideliner, Hoffmann, Rettig und Schmutzer, gefolgt von den Schulz, Decher und Schöbitz, im Jahre 1851 die Boettcher, Martin und Seitz, gefolgt von den Foitzick, Heinsohn, Herrguth und Erdmann Schmidt; im November desselben Jahres dann die Wagner, Schwaner, Knabe und im Dezember Dr. Rudolph Amandus Philippi (1808 - 1904).

(Philippis Familie kam erst 1854 in Valparaíso an und das Ehepaar mit seinen vier Kindern übersiedelte erst 1856 auf das Landgut San Juan in der Nähe von La Unión.)

1852 kamen weitere Familien nach La Unión, es waren die Amthauer, Eisele, Freude, Fuchslocher, Gebauer, Mautz, Heufemann, Robert, Sandrock, Bentz, Brucker, Fritz, Grob, Höhmann, Hutt, Keim Lau, Arend, Schwencke und Stolzenbach. 1853 folgten die Metzger, Günther, Levy, Herzberg und Stückrath. 1854 kamen die Zwanzger, Westermeyer und von Stillfried.

1857 folgten die Boettcher (mit 7 Kindern), die Mell, Momberg, Vogt und Czischke, 1859 die Strippel und Westermann und schließlich 1863 Hugo Meyer.

Diese Familiennamen - die allermeisten - findet man heute nur teils in La Unión, andere zogen nach Osorno oder noch weiter nach Llanquihue. Aber nur der eine oder andere Name ist im Laufe der Zeit verlorengegangen.

Zweifelsohne verdankt die Stadt La Unión ihren Aufschwung den etwa 25 Handwerkerfamilien, die sich dort niedergelassen hatten.

Aber noch vor den Ankömmlingen „in Wellen", also vor 1850, gab es zwei Deutsche, die sich in La Unión niedergelassen haben und die seinerzeit mit dem allerersten Segelschiff, der Brigg „Catalina" am 25. August 1846 in Corral eintrafen: Es waren Joseph Jaeger mit Frau und vier Kindern und der ledige Heinrich Kramm, der später in La Unión Juana Salgado heiratete.

Die zahlreichen Nachkommen von Joseph Jaeger, die sich heute Yaeger schreiben, sind teilweise noch immer in La Unión oder anderswo in Chile und auch in Deutschland.

Was nun Valdivia betrifft, so gab es dort 1852 nur 13 deutsche Familien, aber 1865 bereits mehr als 200. 1882 lebten mindestens 56% von ihnen aus ihrer Betätigung in der Industrie, im Vergleich dazu waren es nur 2% bei den dort ansässigen Ibero-Chilenen.

Für Osorno bedeutete die Ankunft der „blonden Männer“ - so Blancpain - „Gärstoff, Bluttransfusion, wiederbelebende Injektionen“.

„Vater“ Aubel und seine Freunde Ide, Ruch und Hollstein, alle aus Rotenburg a.d. Fulda, verließen das Landstück Bellavista bei La Unión und waren die Ersten, die in Osorno eintrafen. Andere folgten ihnen und verwandelten die Calle Mackenna in Rotenburger Straße: die Familien Schüler, Hott, Hübner, Kutscher, Mohr und Klix u.a. und danach die Crème der bürgerlichen deutsch-chilenischen Gesellschaft der Stadt, angeführt von Johann Fuchslocher, Friedrich Hubenthal, Gideon Schwarzenberg, Eduard Buschmann, die Wiederhold, Kraushaar, Stolzenbach, Matthei, Hübner und Karl Herbeck, der erste Lehrer der örtlichen Deutschen Schule, gegründet bereits 1854.

Damals, also im Gründungsjahr der Schule, wohnten in Osorno insgesamt 981 Bürger, davon 555 Männer und 426 Frauen. Der Anteil der zugewanderten Deutschen betrug etwa 10%: insgesamt 97 Personen, die 15 Familien zugehörten. Dies ergibt sich aus einer 1854 durchgeführten Volkszählung, die im Buch von Rosmarie Thomsen Binder, S. 10, erwähnt wird.

In der Nähe der sich bildenden Stadtbevölkerung befanden sich die relativ wenigen gelernten Landwirte, die Keim, die Schwalm und die Schilling, die Hunderte von Cuadras Land preiswert erwarben.

Diese Deutschen von Osorno haben sich die besten Ländereien gesichert, und dies erst recht, wenn man die Schwierigkeiten betrachtet, die gleichzeitig die Kolonisten am Ufer des Llanquihue-Sees überwinden mussten.

Die deutschen Immigranten hatten das große Glück, in ein freiheitliches und tolerantes Land eingewandert zu sein, wo man sie nicht stören, geschweige sie zwingen wollte, sich schnell und voll zu integrieren. So konnten sie ihre Sprache und ihre Traditionen behalten und pflegen und sie taten es auch mit Hilfe ihrer Institutionen, die sie allmählich ins Leben riefen.

Bereits die alten Römer kannten den Spruch: „Tres faciunt collegium", bei den Deutschen hieß es dann: „Wenn drei Deutsche zusammenkommen, bilden sie einen Verein und wenn es dann vier sind, entsteht ein Männergesangverein", und erst danach kommt die deutsche Schule und die deutsche Kirche und natürlich auch die deutsche Feuerwehrkompanie.

Diese Reihenfolge wurde auch bei den deutschen Einwanderern befolgt: Als Erstes wurde der Verein (Club Alemán) gegründet. In Valparaíso gab es seit 1837 einen „Deutschen Verein", der bereits in seinen Satzungen die Gründung und Erhaltung einer deutschen Schule an erster Stelle nannte und erst danach dachte man, „wenn möglich", an eine „deutsche Kirche".

In Santiago war der „Deutsche Verein" 1845 gegründet worden. Die deutsche Schule konnte aber erst 1866 ihren Betrieb aufnehmen und es vergingen weitere zwanzig Jahre, bis dann 1886 die dortige „Deutsche Kirche" unter Vorsitz von Rudolph Amandus Philippi gegründet werden konnte.

Der Letztgenannte schrieb auch den Vorsitzenden des Deutschen Vereins in Osorno, Carl Schmidt, an und gab somit den Anstoß zur Entstehung der ersten lutherischen Kirchengemeinde in Chile. Eine Bürgerversammlung der Osorniner deutschstämmigen Einwanderer beschloss am 23. März 1863 die Gründung einer evangelischen Gemeinde.

(Am Ende dieses Kapitelteils über die deutschen Einwanderer bringe ich einen Artikel mit dem Titel „Zur Einweihung der neuen evangelischen Kirche zu Osorno, am 18. Oktober 1953", der vom Autor stammt und damals im Gemeindeblatt der Deutschen Evangelischen Chile-Synode „Unsere Kirche" im Oktober 1953 erschien. Dort findet der Leser interessante Details über die Osorniner Kirchengeschichte.)

Was die Reihenfolge bei der Gründung der Institutionen betrifft, bildet Osorno eine löbliche Ausnahme: die Schule zuerst 1854, dann der Verein im August 1862 - zuerst die Bildung, dann das Vergnügen -, und zuletzt 1863 die Kirchengemeinde. In Valdivia kam bereits 1853 der Verein, die Schule erst fünf Jahre später.

R. A. Philippi war es auch, der bereits 1858 in einem Brief an den Kaufmann Friedrich Oelckers die Notwendigkeit eines Pfarrers für Puerto Montt unterstrich; der provisorische Kirchenvorstand wurde aber erst am 31. Oktober 1863 gegründet, also quasi parallel zu Osorno.

Es entstand dann auch - für einige Jahre - eine Art von Dualismus zwischen den Kirchengemeinden von Osorno und Puerto Montt, indem sie einen gemeinsamen Pfarrer hatten, der die beiden Gemeinden abwechselnd bediente.

Auf den folgenden Seiten werden wir uns eingehend mit den zwei wichtigsten Institutionen befassen: mit dem deutschsprachigen Schulwesen und mit der deutschsprachigen (evangelischen) Kirche, die als die Träger der Sprache und der altherkömmlichen Tradition galten.

Als **Bollwerk ihrer Sprache**, die sie beibehalten durften und auch wollten, galt die „**Deutsche Schule**", eine Lehranstalt privaten Charakters, die durch Spenden der Gemeinschaft erhalten werden konnte. Später gewährte auch der Staat Zuschüsse diverser Höhe, da Chile den Nutzen dieser Privatschulen früh erkannte.

Ziel der Einrichtung war, die deutsche Sprache nicht untergehen zu lassen und den Kindern - als Minimum - das Lesen und Schreiben auf Deutsch und später auch auf Spanisch zu ermöglichen.

Die erste Deutsche Schule, die in Chile entstand, war die der Stadt **Osorno**.

Nur die im Jahre 1843 in Buenos Aires gegründete Deutsche Gemeindeschule war älter; diese existiert allerdings nicht mehr, so dass Osorno sich auch damit rühmen kann, die älteste Deutsche Schule in ganz Südamerika zu besitzen.

Valdivia, damals die Hauptstadt der Provinz gleichen Namens, war ein fürchterlich verwahrlostes Nest, wie dies schon Pérez Rosales empfand, als er dort ankam: „Llegamos a Valdivia. Santo Dios!, si el fundador de aquel pueblo, por arte diabólico o encanto, me hubiese acompañado en este viaje, de seguro que habría vuelto atrás lanzando excomuniones contra la incuria de sus descuidados bichoznos“, heisst es in seinem Buch „Recuerdos del Pasado“ (S. 357).

Auf Deutsch: „Wir sind in Valdivia angelangt. Heiliger Gott!, wenn mich auf meiner Reise der Gründer dieser Stadt infolge einer teuflischen List oder Verzauberung begleitet hätte, wäre er umgedreht, um Verwünschungen wegen der Sorglosigkeit seiner nachlässigen Bürger auszustoßen.“

(Bemerkung: Ich habe das von Pérez Rosales verwendete Wort „bichoznos“ (= Parasiten) absichtlich nicht wortwörtlich übersetzt: Er meinte ja die Bürger der Stadt Valdivia.)

Weiter liest man bei Pérez Rosales (S. 358): „Todo lo que es obra de la naturaleza aquí es tan grande, tan importante y tan hermoso, cuanto mezquina, desgrenada y antipática es la obra del hombre“ (auf Deutsch: „Alles, was als Werk der Natur gilt, ist hier so groß, so bedeutend und so schön, wogegen das Werk des Menschen nur schäbig, zerwühlt und widerwertig sei“).

Wenn schon Valdivia so schäbig aussah, wie mochte es da erst in dem fernab von jedem Verkehr liegenden Städtchen Osorno ausgesehen haben!

Kurz vor der Mitte des neunzehnten Jahrhunderts kamen die ersten deutschen Einwanderer in diesen verlorenen Winkel der Welt. Sie brachten neues Leben in den verschlafenen Ort.

Bei Victor Sánchez Aguilera („El Pasado de Osorno, la Gran Ciudad del Porvenir“, Imprenta Cervantes, Osorno, 1948) lesen wir (s. 151 ff.) u.a.:

„Am 4. Juli 1845 übernahm die Führung der Provinz Valdivia Salvador Sanfuentes, der - nachdem er alle Ortschaften, die seiner Verwaltung unterlagen, besucht hatte - der Regierung interessante Memoranda zukommen ließ. Nach seiner Aussage offenbarte Osorno einen traurigen Aspekt der Trostlosigkeit...

Die wichtigsten Gebäude, die Kirche und das Rathaus, blieben seit dem Erdbeben von 1837 zerstört... Es gab kein Wachpersonal, keine Nachtwächter, kein Straßenreinigungssystem. Die Ruhe in der Stadt wurde nur wegen des friedfertigen Charakters seiner Bürger gewährleistet.“

Osorno in der ersten Hälfte des erwähnten Jahrhunderts also: ein kärglich dahinlebendes Nest, wo sich gar nichts tat.

Im dritten Teil seines Buches mit dem Untertitel „El despertar 1850 - 1900“ (das Erwachen 1850 - 1900) führt Sánchez - der übrigens chilenische Geschichte in der Deutschen Schule lehrte - Folgendes aus:

„Das Eintreffen der blonden Leute bedeutete für Osorno, als ob man einem anämischen Körper eine Injektion verabreicht hätte: neue Ideen, neue Methoden, eine neue Kraftanstrengung.“

In der Festschrift „100 Jahre Deutsche Schule Osorno 1854 - 1954“, redigiert vom Schulleiter Dr. Friedrich Zajadacz (* 20.07.1899 † 13.06.1983), lesen wir diesbezüglich weiter:

„Kaum hatten die Deutschen in der neuen Umwelt Fuß gefasst, trachteten sie danach, sich in der gleichen Weise einzurichten, wie sie es von der alten Heimat her gewohnt waren. So gründeten sie am 26. Januar 1854 die Deutsche Schule.

Als einklassige Dorfschule trat sie ins Leben. Für den Unterricht wurde ein Zimmer in einem Privathaus gemietet. Es war ein bescheidener Anfang, mit dem man sich noch viele Jahre begnügen musste. Erst im zweiten Jahrzehnt wurde sie zu einer vierklassigen Schule ausgebaut. Die Erwerbung eines eigenen Schulhauses war die Voraussetzung für die Umgestaltung des Unterrichts. Damit setzte eine Entwicklung ein, an der der Aufstieg des städtischen Gemeinwesens abzulesen war. Die Entwicklung der Stadt verlief parallel zum wirtschaftlichen Anstieg der Stadt. Aus der einklassigen Kolonistenschule wurde im Laufe der Jahre eine höhere Schule, die ihre Schüler vom Kindergarten bis zur Reifeprüfung führt, wie aus dem dahinvegetierenden Landflecken in der gleichen Zeit der wirtschaftliche Mittelpunkt eines weiten Gebietes und die Hauptstadt der gleichnamigen Provinz geworden ist. So darf man wohl mit Fug und Recht heute von der Deutschen Schule zu Osorno als von einem Wahrzeichen der Stadt sprechen."

Der „Gedenkschrift zur 75. Jahrfeier der Deutschen Schule in Osorno 1854 - 1929", verfasst vom damaligen Direktor Otto Urban, entnehmen wir folgende Daten:

Schülerzahl: Im Eröffnungsjahr 1854 gab es in der einklassigen Schule schätzungsweise 30 bis 40 Kinder; erst seit dem Jahre 1865 ist aus den Schulakten die genaue Kinderzahl ersichtlich. So gab es 1865 bereits 90 Kinder, 1875 waren es schon 148, im Jahre 1885 sank die Zahl auf 125, im Jahre 1895 waren es bereits 202, dann 1905 schon 263, im Jahre 1915 nur 255 und schließlich im Jahre 1928 stieg die Zahl auf 334. Die Tendenz also: steigend.

Als dann die Schule 1954 ihr 100-jähriges Bestehen feierte, gab es allein im Kindergarten 30 Jungen und 29 Mädchen, insgesamt also 59 Kinder. Dazu kamen die Parallelklassen 1a mit 33, die 1b mit 33, die 2a mit 38, die 2b mit 39, die 3a mit 34, die 3b mit 35, die 4a mit 34, die 4b mit 36, die 5a mit 31, die 5b mit 33, die 6a mit 23, die 6b mit 34, die 6c mit 37, die 7a mit 30, die 7b mit 21, die Klasse 8 mit 28, die Klasse 9 mit 36, die Klasse 10 mit 14, die Klasse 11 mit 9 und die Frauenschule mit 15 Schülern bzw. Schülerinnen. Insgesamt also: 652 Jungen und Mädchen.

Die Schule wuchs und gedieh. Nachdem der Unterricht anfangs in privaten Häusern erfolgte, konnte der Schulverein bereits 1865 ein eigenes Grundstück an der Plaza de Armas (damals Calle Letelier) erwerben und dort das erste Schulgebäude mit bescheidenen drei Klassenzimmern errichten. 1868 wurde daneben die erste evangelische Kirche errichtet. 1872 ersetzte man das erste Schulgebäude durch ein größeres Haus (mit Türmchen), dann wurde 1898 hinter dem Schulgebäude ein zusätzliches Haus mit weiteren Klassenzimmern gebaut und nachdem 1902 die Kirche zur Calle Matta verlegt worden war, konnte man neben dem Schulgebäude 1904 eine Turnhalle bauen. 1913 erhielt die Kirche einen Turm und 1919 wurde das Schulgebäude erweitert.

1920 kaufte die Schule von Gustavo Schmidt ein weiteres Terrain an der Calle Matta, wo dann 1924 ein zusätzliches Schulgebäude mit sechs Klassenzimmern errichtet wurde.

1932 erwarb dann der Schulverein ein großes Grundstück an der Ecke der Straßen O´Higgins und Los Carrera, um dort ein neues Schulgebäude zu bauen, da die Flickschusterei an der Plaza und Calle Matta als unsinnig erschien.

Endlich, am 18. März 1935, kam es zur Einweihung des neuen Schulgebäudes, wo dann die damals 447 Schüler und Schülerinnen bequem untergebracht werden konnten.

1937 entstand im sog. Schmidtschen Haus in der Calle Matta ein Schülerheim, um die von auswärts kommenden Kinder unterzubringen. Die südlich von Osorno liegenden kleineren deutschen Schulen hatten nur Unterstufen, so dass diese Kinder in Osorno weiterstudieren konnten.

1941 wurde dann das Internat in das Haus „Schencke", an der Ecke O´Higgins mit Baquedano, verlegt.

1946 wurde die neue Turnhalle (auf dem Schulterrain) eingeweiht; darüber errichtete man eine Werkstatt für den Werkunterricht. 1949 folgte die Einweihung des neuen Kindergartens, im Nordteil des Schulterrains gelegen.

1950 wurden die Kontakte zwischen der Schule und Deutschland wiederaufgenommen und dies bedeutete auch die Rückkehr verschiedener Lehrer in die neu entstandene Bundesrepublik; sonst hätten diese Lehrer, die wegen des Krieges in Chile geblieben waren, ihre Pensionsansprüche verloren. Anstelle der alten kam nun eine Reihe von neuen Lehrern nach Osorno.

1954, im Jahre der 100-Jahr-Feier, wurde das Schulgebäude nach Norden hin erweitert, wo dann weitere vier Klassen und die Bibliothek untergebracht werden konnten. Das bisherige Internatsgebäude (eine Holzkonstruktion) wurde wegen des Schulanbaus abgerissen und das Internat in ein Haus an der Calle Baquedano verlegt.

Die Deutsche Schule zu Osorno 1953
vor der Erweiterung - Luftaufnahme (unbekannt)

Der Vorstand der Deutschen Schule zu Osorno (1954)

Stehend:
Arturo Mohr Lausen,
Fernando Schott Scheuch,
Dr. Friedrich Zajadacz (Direktor),
Federico E. Matthei Schwarzenberg

Sitzend:
Bruno Schilling Schencke (Kassenwart),
Arnoldo Scholz Cornelius (Vorsitzender),
Fritz Kapell Kruel (Schriftführer)

1959 fuhren die ersten Schüler nach Antillanca, wo - in der Nähe der Skipisten - die Schule eine Schutzhütte bauen ließ, die den Namen „Otto Urban Baude" erhielt; die offizielle Einweihung erfolgte 1962.

Inzwischen hatte der Schulverein ein geeignetes, großes Grundstück nördlich der Stadt, auf der Anhöhe Pilauco erworben und dort wurde 1961 mit der Errichtung eines neuen Internatsgebäudes begonnen. Darin konnten dann 113 Internatsschüler untergebracht werden.

1966 erwarb man das ehemalige Wohnhaus von der Erbengemeinschaft Walter Schott in der Calle Baquedano Nr. 1020, um dort die erste und zweite Vorschulklasse unterzubringen.

Damals begann auch die Erziehungsreform, so dass man seit 1966 die erste sog. „Humanitätsklasse" fortan als 7. Basisklasse benannte.

1976 wurde das ehemalige Schott´sche Haus in der Baquedano Nr. 1020 in eine Turnhalle umgebaut.

1978 begann man mit der Konstruktion eines Sportkomplexes auf der Anhöhe von Pilauco.

1982 wurde ein weiterer Anbau auf dem Schulterrain errichtet, um dort die Vorschulklassen unterbringen zu können. Gleichzeitig wurde im Gebäude Baquedano Nr. 1020 ein Vorkindergarten eingerichtet.

1983 wurde das neue Sportstadion Pilauco eingeweiht und man veranstaltete zu diesem Anlass einen ersten Athletikwettbewerb.

1992 wurde in Pilauco ein neues Gebäude für den Kindergarten und Vorkindergarten mit den entsprechenden Klassenzimmern und eine Turnhalle errichtet.

1993 wurde der erste von der Schweiz subventionierte Lehrer in den Lehrkörper integriert.

1995 wurde auf dem Schulterrain, der zwischen dem Schulgebäude 1935 und dem Vorschulklassengebäude 1982 brachliegende Grundstücksteil bebaut, um dort weitere Klassenzimmer unterbringen zu können.

2001 baute man eine neue Turnhalle im Anschluss zur bereits auf dem Schulterrain bestehenden älteren Halle.

2004 - im Jahre des 150-jährigen Bestehens der Deutschen Schule zu Osorno konnte man mit berechtigtem Stolz feststellen, dass aus der kleinen Kolonistenschule ohne eigenes Gebäude, mit etwa 20 bis 25 Schülern, die ausschließlich Deutsch sprachen, eine große bikulturelle und dreisprachige (spanisch, deutsch und englisch) Institution heranwuchs, die über ausreichende und große Räumlichkeiten verfügt, zur Zeit 961 Schüler hat, verteilt in 43 Kursen (angefangen mit dem sog. „Vorkindergarten" bis hinauf zur Klasse IV. Mittelstufe), begleitet von 96 Lehrern. Auf diese großartige Entwicklung kann man stolz und zufrieden sein.

Ich habe den Werdegang dieser ersten deutschen Privatschule in Chile und darüber hinaus in ganz Südamerika deshalb so detailliert geschildert, weil ich aufgrund dieses Exempels die mühevolle und uneigennützige Arbeit verschiedener Generationen auf dem Sektor Bildung und Erhaltung der deutschen Sprache und Kultur dem Leser verständlich machen wollte.

Bemerken möchte ich schliesslich noch, dass die D.S.O. vier Generationen unserer Familie das erforderliche Allgemeinwissen beigebracht hat: angefangen von Fernando Eggers Becker (jüngster Sohn des Einwanderers Heinrich Eggers) als Urgroßvater unserer Kinder, gefolgt von Elena Eggers Günther (Großmutter), dann von Marlene Trenkmannn Eggers (Mutter) und Elisabeth und Irene Lajtonyi Trenkmann (unsere Kinder). Bezeichnend ist die Tatsache, dass eine unserer Töchter bis zu ihrem unerwarteten Tode in Chile (Valdivia) lebte und arbeitete, wogegen die andere nach wie vor in Deutschland (Bonn) tätig ist. Dies, nämlich die Zerrissenheit, ist nun einmal das Los der Zweistaatler.

Schulleitung und Lehrerkollegium der hundertjährigen Schule in Osorno (1954)

Unterste Reihe (sitzend): Marianne Overbeck, Gertrud Zander, Dr. Friedrich Zajadacz, Brunhilde Fuchslocher, Delia Herrera, Nelly García.

Dahinter (sitzend): Felicitas Schoch, Victoria G. de Caballero, Margarete Angelbeck, Erna Sattler, Gisela Thiel, Margot Schmelzeisen, Gertraude Hertel, Melita Rudolph, Silvia Schulz.

Folgende Reihe (stehend): Wilhelm Vogel, Gerhard Funk, Max Lasar, Siegfried Erber, Kurt Pfizenmaier, Arturo Bustamante, Victor Sánchez Aguilera, Francisca Boxleitner, Margot Bossel.

Hinterste Reihe (stehend): Bruno Schneck, Dr. Berndhard von der Linden, Dr. Alejandro Lajtonyi, Evaldo Mutizábal, Paul Brücker, Dr. Emilio Feres (Schularzt), Ulf Overbeck.

(Es fehlten: Alfred Gasch, Armando Díaz, Lidia de Valck, Erika Sadu und Dr. Marga Lau.)

Aber was die deutschsprachigen Schulen Chiles betrifft, geht es nicht allein um Osorno. An deutschen Schulen mangelt es in Chile wahrhaftig nicht: In Valparaíso (Viña del Mar), Santiago, Concepción, Temuco, Villarrica, Valdivia, La Unión, Frutillar und Puerto Varas gibt es weitere, hiervon die größten in Santiago und Viña del Mar, die auch weiterhin direkte Unterstützung finanzieller Art aus der Bundesrepublik erhalten und zusätzlich auch noch immer von der Entsendung deutscher Lehrer profitieren. Dies ist leider bei den kleineren Schulen des Südens nicht mehr der Fall.

Ich möchte hier noch gerne einiges über die deutschen Schulen in Valdivia und auch La Unión berichten, um das Bild vollständiger zu gestalten.
Mit Valdivia ist es insofern etwas delikat, weil die dortige Schule vier Jahre später als die in Osorno gegründet wurde (1858) und deshalb die Osorniner wenigstens in einer Sache führend sind. Das ist auch gut so, damit die Bäume in Valdivia nicht bis zum Himmel wachsen.

Die Rivalität der beiden Städte ist ja von jeher bekannt, man kann sie mit der zwischen Köln und Düsseldorf vergleichen. Es ist ja auch keine todernste Angelegenheit, meistens schmunzelt man darüber.

In jüngster Zeit gelang es den Valdivianern, sich von der X. Region, in der sie „nur" eine (die nördlichste) Provinz darstellten, loszureißen und eine eigene Region zu bilden (Nr. XIV „de los Ríos"). Darauf können sie auch stolz sein.

Nun zur **Deutschen Schule Karl Anwandter, Valdivia**:

Sie wurde am 1. Oktober 1858 als dritte deutsche Schule nach Osorno und Valparaíso (1857) gegründet.

Nachdem verschiedene Gruppen von Einwanderern in der neuen Heimat einigermaßen Fuß gefasst hatten, und so auch diese in Valdivia sesshaft wurden, entstand an verschiedenen Orten der Wunsch nach Gründung von Schulen, in denen ihre

Kinder als Bürger des Landes erzogen werden und den Unterricht in deutscher Sprache erhalten sollten.

Zu den treibenden Kräften bei diesem Bestreben gehörte in Valdivia der ehemalige preußische Politiker und Bürgermeister von Kalau, Karl Anwandter, der Mann, der als erster Leiter der Schule beinahe zwanzig Jahre lang diese durch alle Fährnisse hindurchgesteuert hat und dessen Namen sie heute trägt.

Ähnlich wie in Osorno begann die Deutsche Schule zu Valdivia mit 76 Kindern als zweiklassige Gemeindeschule in einem gemieteten Haus.

Im ersten Beschluss des Schulvorstandes heißt es: „Unser eifrigstes Bemühen soll es sein, unseren Kindern die moralische und geistige Überlegenheit zu erhalten, damit sie so dem Lande nützen."

Es wurde immer schwieriger, für die sich schnell vergrößernde Schule ein passendes Mietslokal zu finden, also überlegte man den Ankauf eines geeigneten Grundstücks. 1864 war es soweit und Karl Anwandter setzte sich durch, indem man dann schließlich das von ihm bevorzugte Grundstück in der Calle Picarte erwarb, Kaufpreis: 564,07 Pesos einschließlich die Alcabala und sonstige Gerichtskosten. 1882 wurde dann ein angrenzendes weiteres Grundstück erworben, wonach man anfing, die Bauarbeiten durchzuführen. Endlich konnte dann im März 1865 die Schule fertiggestellt werden: Immerhin gab es damals schon 213 Schüler. Auch die Anzahl der Lehrer wuchs ständig an: 1866/67 gab es bereits fünf Lehrkräfte.

Anwandter, der neben seinen vielen anderen, teilweise beruflichen und ehrenamtlichen Beschäftigungen auch noch in der Schule unterrichtete und deren Direktor er war, hat sich 1876 entschlossen, seine schulischen Ämter niederzulegen, und man verpflichtete Hermann Balde aus Deutschland, der von 1876 bis 1909 die Schule leitete. Begleitet wurde H. Balde anfangs von sechs weiteren Lehrern.

Und so ging es immer weiter: Neu- und Anbauten am Schulgelände, immer mehr Schüler und dementsprechend auch immer mehr Lehrer.

Erwähnen sollte man noch die folgenden Schulleiter:

- Hans Frey (1913 - 1929)
- Bernhard Gade (1929 - 1932)
- Dr. Willy Wirth (1933 - 1937)
- Hermann Sewing (1938 - 1952)

und danach - auch anlässlich des 100-jährigen Jubiläums der Schule - Herbert Kluge. Während seiner Amtszeit konnte man bereits eine Schülerzahl von 725 verzeichnen.

1958 geschah auch der Umzug in das auf der Insel Teja (auf dem alten Anwandterbesitz) erbaute neue Schulgebäude, wodurch dann die neue Etappe in der Schulgeschichte in einem neuen, modernen Rahmen beginnen konnte.

Zu diesem Bericht über die Schule zu Valdivia gehört allerdings eine - wenn auch zusammengefasste - Schilderung des Gründers der Schule, Karl Anwandter.

Carl August Wilhelm Anwandter ist am 1. April 1801 in Luckenwalde geboren und starb am 10. Juli 1889 in Valdivia. Er stammte aus einer alten Familie, die sich in Deutschland bis zum Jahre 1521 zurückverfolgen lässt und von der man weiß, dass sie aus Polen kam. 1648 verlor der Generalpostmeister von Wander seine sämtlichen Güter und musste die Pfalz verlassen, weil er, überzeugter Calvinist, nicht katholisch werden wollte. Zwei Jahrhunderte später, im März 1848, weigerte sich Richard Anwandter, als Soldat auf die Berliner Bevölkerung zu schießen, obgleich auf Gehorsamsverweigerung Todesstrafe stand. Dass dann das Todesurteil an ihm nicht vollstreckt wurde, verdankte er der Hilfe von Freunden, die ihm die Flucht nach Amerika ermöglichten.

Und warum verließ Karl Anwandter sein Heimatland? Sicherlich nicht äußere Not hatte ihn, den hochangesehenen Bürger der Stadt Kalau und Besitzer einer gut gehenden Apotheke, gezwungen, mit 49 Jahren dazu gebracht, in das ferne Chile auszuwandern. Es steckte mehr dahinter.

Anwandter stand im Kampf um die sich bildenden Lebensformen nicht abseits.

Er hörte den Ruf der Zeit und war bereit, diesem zu folgen. Er ließ sich 1847 als Vertreter der Mark Brandenburg von der demokratischen Reformpartei in den Preußischen Landtag und 1848 in die Preußische Nationalversammlung wählen und nahm das Amt des Bürgermeisters in Kalau an, aber er musste zu der Überzeugung gekommen sein, dass alle Mühen vergeblich seien und das absolutistische Regierungssystem nicht zu kippen sei.

So reifte in ihm der Entschluss, diesem Land, das ihn nicht annimmt, den Rücken zu kehren und fern der Heimat ein neues Leben zu beginnen. Dabei war ihm bewusst, dass er sich nicht nur äußerlich, sondern auch innerlich dem neuen Lande verbinden musste. Anwandter hatte nicht vor, Deutschland nach Chile zu verpflanzen, er wollte Chilene werden und mit ihm auch seine Kinder und Kindeskinder. Das geistige Erbe, das er aus der alten Heimat mitbrachte, wollte er in den Dienst dieses Landes Chile stellen, zu dessen Nutzen.

Über den von ihm ausgearbeiteten Fragebogen, den er im Namen der Einwanderer Pérez Rosales vorlegte, haben wir schon berichtet und auch über den von ihm formulierten Eid: „Wir werden ebenso ehrliche und arbeitsame Chilenen sein, wie nur der Beste von ihnen es zu sein vermag...“

Durch seine unermüdliche Tätigkeit wurde er zum unumstrittenen Führer der Valdivianer Kolonisten. In nur drei Jahren beherrschte er die spanische Sprache so weit, dass er an der Staatsuniversität zu Santiago sein „Examen teórico y práctico de Farmacia Química“ ablegen konnte und er zum

„Profesor de dicha ciencia para que pueda ejercerla en toda la República“ ernannt wurde.

Daneben bestellte er seinen Acker, gründete eine Brauerei, deren Produktion sich bereits 1855 auf 100.000 Liter belief, außerdem noch eine Seifen- u. Parfümerie-Fabrik.

Ehrenamtlich war er der Motor zur Gründung eines Deutschen Vereins, eines Gesangvereins, einer Bibliothek, einer Unterstützungskasse und einer freiwilligen Feuerwehr, die unter dem Namen „1.a Compañía de Bomberos Germania“ nach wie vor existiert.

Außerdem schuf er den Deutschen Friedhof, besorgte 37 Jahre hindurch den Wetterbeobachtungsdienst, legte einen kleinen botanischen Garten an, ein bedeutendes Herbarium und eine fast vollständige Sammlung von chilenischen Mineralien und Tieren.

Sein größtes Werk und sein „Lieblingskind“ war und blieb die Deutsche Schule.

Mit seinem Tode am 10. Juli 1889 endete das Leben eines außergewöhnlichen Mannes, der nicht nur seinen Schicksalsgenossen, den damaligen Erstankömmlingen, nutzte, sondern ganz Valdivia und seiner neuen Heimat Chile. *(Diese Lebensdaten Anwandters wurden dem Beitrag von Lotte Baerent in der Festschrift 1958 entnommen, S. 27 - 30)*

Hier soll, wie oben bereits angedeutet, auch die Kurzgeschichte der **Deutschen Schule zu La Unión** ihren Platz erhalten.

Am 1. August 1860 taten sich 19 Familienväter zusammen, um eine Gründungsakte zu unterzeichnen, in der sie sich verpflichteten, als Mindestbeitrag monatlich 50 Centavos für die Erhaltung der Schule zu spenden.

So entstand die viertälteste Deutsche Schule in Chile: Die erste war die von Osorno 1854, die zweite die von Valparaíso 1857, die dritte die von Valdivia 1858 und die vierte eben die von La Unión 1860, immerhin ein Ehrenplatz in der Reihenfolge.

Vorsitzender des ersten Schulvorstandes war Federico Grob und die Lehrertätigkeit übte ab dem 1. September 1860 der Hutmacher Erdmann in seinem Privathaus aus. Sechs Mädchen und vier Knaben waren die ersten Schüler und die Eltern hatten den Wunsch geäußert, dass die Kinder auch die spanische Sprache erlernen.

Das erste Schulgebäude befand sich an der Nordseite der Plaza. Es war ein kleines, schindelgedecktes Holzhäuschen. Ein Raum diente dem Lehrer, seiner Frau und dem Töchterchen als Wohnung, der andere war Klassenraum, in dem drei Tische und Bänke und die Wandtafel standen. Auch vier Wandkarten und ein Zirkel zählten schon zum ersten Inventar, das zur Veranschaulichung des Unterrichts für die vier Knaben und sechs Mädchen vorhanden war.

Immerhin ein Anfang, wenn auch noch sehr bescheiden.

Nach fast zweijähriger Tätigkeit wurde der erste Lehrer der Deutschen Schule auf dem neugeschaffenen Totenhof der Deutschen Gemeinschaft zur letzten Ruhe gebettet.

Im März 1863 trat Georg von Schaeffer, als erster seminaristisch ausgebildeter Lehrer in den Dienst der jungen Schule. Neue Anmeldungen veranlassten ihn, in zwei Schichten zu unterrichten, die größeren Schüler drei Stunden, die kleineren zwei Stunden täglich.

Am 24. Februar 1864 gab sich der Schulverein seine offiziellen Statuten. Gleichzeitig verlegte der Lehrer den Unterricht in sein eigenes Haus und später in die ehemalige Schmiede des Moritz Günther, der inzwischen den Vorsitz des Vereins von F. Grob übernommen hatte.

Übrigens: In der Liste der 19 „Gründungsväter“ erscheint auch Dr. Rudolf Amandus Philippi, der seine Fäden landesweit, von Santiago bis Puerto Montt, zog, um seine Landsleute zu Neugründungen (sei es Kirche oder Schule oder Verein) zu bewegen.

Kurz danach reifte schon die Idee, ein richtiges Schulhaus zu bauen, dies auch in Anbetracht der zunehmenden Schülerzahl.

Als die „Evangelische Kirchengemeinde von La Unión“ am 18. Januar 1866 gegründet wurde, schenkte ihr Konrad Amthauer am gleichen Tag ein Grundstück, allerdings mit der Auflage, dass die Kirche ihr Eigentum mit der Schule teilen möge, wodurch dann die Errichtung eines Schulgebäudes auf diesem Terrain möglich wurde. Schnell bildete sich die Baukommission, zu der u.a. auch Dr. Rudolf Amandus Philippi gehörte, und man veranstaltete eine Sammlung, die 462 Pesos einbrachte, schon einen großen Teil des vom Plan vorgesehenen Gesamtwertes von 650 Pesos. Der fehlende Rest wurde dann durch ein Darlehen abgedeckt. Die Schulgemeinde hatte nun ihr eigenes Gebäude, so dass für die ständig wachsende Schülerzahl geeignete Räumlichkeiten vorhanden waren. Als dann die Schülerzahl auf 45 anwuchs (1874), veranlasste der Schulvorstand den Anbau eines weiteren Klassenzimmers und die Anstellung eines weiteren Lehrers.

Nach elf Jahren fruchtbarer Arbeit ging der Lehrer von Schaeffer nach Valdivia und seinen Posten in La Unión bekam Theodor Foitzick, ein sprachbegabter Autodidakt. Als zweiten Lehrer engagierte man für fünf Jahre den Augsburger Friedrich Maetschl und danach Johann Jürgen Frey.

Der Unterricht in der Schule zu La Unión lief gut und es wurde auch Spanisch gelehrt, so dass es nicht nur für die Mitglieder der deutschen Gemeinschaft attraktiv wurde, ihre Kinder in die deutsche Schule zu schicken. Da immer mehr Anfragen in diesem Sinne kamen, fasste der Schulvorstand 1876 einen Beschluss, der an den anderen Deutschen Schulen Chiles erst viel später kam: Es sollten auch Kinder ohne Deutschkenntnisse in die Schule aufgenommen werden.

1886 übernahm Otto Kirch die Schulleitung und ein Jahr später traf der Lehrer Ludolf Schlie ein. Beide Lehrer machten gute Arbeit und trugen zum Wachstum der Schule bei: 1893 wurde bereits die Einrichtung einer dritten Klasse erforderlich. Die Schülerzahl schwankte zwischen 90 (1890) und 110 (1899).

Langsam reifte der Gedanke eines Neubaus, erst recht, als Fritz Philippi das leere Grundstück neben dem bisherigen Schulgebäude dem Schulverein verkaufte.

Es dauerte nicht lange und das neue Schulgebäude entstand, dank der vom Vorstand vorgenommenen Finanzierung, indem man 100 Aktien zu je 50 Pesos drucken ließ und auch um einen Regierungszuschuss bat. Wenn auch mit Verspätung, steuerte der Staat 5.000 Pesos bei, so dass die neue Schule bereits am 30. September 1900 eingeweiht werden konnte.

Am 6. Dezember 1904 starb Dr. Rudolf Amandus Philippi im hohen Alter von 96 Jahren in Santiago: ein herber Verlust für die ganze deutschstämmige Gemeinschaft des Landes und insbesondere für die Deutsche Schule von La Unión, die ihm so viel zu verdanken hatte.

1905 war insofern ein wichtiges Jahr in der Schulgeschichte, weil man damals den ersten spanischsprachigen Lehrer anstellte, er hieß Mauricio Echeñique.

Und schon kommen wir zum Jubiläumsjahr 1910: 100 Jahre Unabhängigkeit Chiles und 50 Jahre Deutsche Schule zu La Unión mit 120 Schülern!

Es würde den Rahmen dieses Buches sprengen, wenn man jetzt alle Einzelheiten vortragen würde, die in den folgenden 50 Jahren in Zusammenhang mit der weiteren Entwicklung der Schule vorgekommen sind.

Natürlich haben die Ereignisse des Ersten und Zweiten Weltkrieges auch im Schulgeschehen ihre Spuren hinterlassen mit all ihren nachteiligen Folgen.

Nach einer jahrelangen Stabilität, die die Schülerzahl gekennzeichnet hatte, sank die Schülerzahl 1957 auf 65, erholte sich dann aber bis 1959 allmählich und erreichte wieder die Zahl 108. In diesem Jahr wurde eine 7. Klasse eingerichtet

(Primer Año de Humanidades), um die Schüler länger an der Schule zu behalten und eine „Abwanderung“ in die großen Deutschen Schulen von Valdivia und Osorno zu verhindern.

Während der Zeit, als Fritz Schmohl der Vorstandsvorsitzende und Günter Ostermai der Schulleiter war, bekam die Schule - dank der positiven Beurteilung vieler deutscher Besucher - vom Auswärtigen Amt in Bonn die Zusicherung, bei dem geplanten Bauvorhaben eines modernen Schulgebäudes behilflich zu sein. Das 60 Jahre alte Holzhaus hätte aufwendig repariert werden müssen, so dass es vernünftiger schien, eine definitive Lösung zu suchen. Der Architekt Westermeyer aus Valdivia hatte inzwischen die Pläne ausgearbeitet, so dass das Vorhaben allmählich konkrete Formen zeigte. Die Zusage des Auswärtigen Amtes trug das Datum vom 22. Januar 1960, also das Jahr des hundertjährigen Bestehens der Schule.

Die 100-Jahr-Feier wurde auf Mai vorverlegt und seine Wichtigkeit wurde dadurch unterstrichen, dass der Deutsch-Chilenische Bund seine Jahreshauptversammlung nach La Unión verlegte und so die verschiedenen Akte der Feierstunden dort geplant waren.

Am Samstag, den 21. Mai, ereignete sich in den frühen Morgenstunden ein starkes Beben und später, in der Hauptversammlung in der Aula der Schule, erfuhr man Einzelheiten, die sich auf die Umgebung von Concepción bezogen und auf einen starken „Terremoto“ hinwiesen. Natürlich waren einige der Gäste, die aus derselben Gegend kamen, stark beunruhigt.

Am nächsten Tag fand eine weitere Feier statt, die mit einer Ehrung der Opfer von Concepción begann, und danach fand eine Festrede statt, die Claus v. Plate hielt und in der er das Leben und Schaffen von Dr. Rudolf Amandus Philippi ehrte, dessen Namen die Deutsche Schule von La Unión von nun an tragen sollte. Am Ende der Feier wurde der Name Philippis unter den Buchstaben „Deutsche Schule“ sichtbar und das Philippi-Denkmal wurde mit Blumen geschmückt.

(Der Obelisk wurde ursprünglich im Fundo Bellavista von Dr. Philippi in Erinnerung an seinen Bruder Bernardo Eunom errichtet, wurde dann 1954 in den Schulhof versetzt und befindet sich heute im Vorgarten der Schule.)

Kurz darauf, um 15:15 Uhr setzte das Jahrhunderterdbeben ein (Richterskala 9,5!) und das Philippi-Denkmal lag zerbrochen auf dem Schulhof.

Nachdem das große Beben überstanden war, ging das Leben weiter und der Schulneubau wurde erst recht in Angriff genommen.

Die Bundesrepublik hat ganze DM 1.000.000,- zur Verfügung gestellt, so dass die Bauarbeiten beginnen konnten. Die erste Etappe begann an der Ecke der Straßen Ramírez und Letelier. Auf 652 m^2 wurden vier Klassenräume und der Kindergarten untergebracht: Dieser Bauabschnitt wurde bereits 1961 eingeweiht.

Der damalige Vorstand unter der Führung von Fritz Schmohl, unterstützt von Ricardo Preisler als Kassierer, Arno Neef als Schriftführer und den Beisitzern Guillermo Gantz Mann, Luis Robert, Erwin Koller und Hans Hoppe hatte eine Herkulesarbeit geleistet und die Sache energisch vorangetrieben.

Der zweite Bauabschnitt von 1.788 m^2 wurde dann 1963 fertiggestellt. Es ging hierbei um den Mitteltrakt mit der Aula. Die dritte Etappe, der parallel zur Straße Philippi liegende Trakt mitsamt der Turnhalle und einer Gesamtfläche von 557m^2 wurde 1964 seiner Bestimmung übergeben. Zur Einweihung kam auch der damalige deutsche Botschafter in Chile, Dr. Hans Strack.

Im Jahre 1969, als Direktor Ostermai durch Hans Braun abgelöst wurde, kam eine weitere Unterstützung seitens der Bundesrepublik in Höhe der genannten Summe von einer Million DM, um auf der gegenüberliegenden Straßenseite ein Internat für 100 Kinder zu bauen.

Im Jahre 1970, als Heinz Jürgen Märker die Schulleitung übernahm, wurde der erste Bauabschnitt des Internats fertiggestellt: auf einer Gesamtfläche von 1.872 m² wurden dort die Schlafräume untergebracht.

Als der neue Botschafter Dr. Lahn die Schule 1972 besuchte, war bereits die zweite Etappe des Internats abgeschlossen. Es handelte sich hierbei um den Mitteltrakt von 1071 m², in dem die Küche und die Essräume ihren Platz fanden. Offiziell wurde das Internat 1972 eingeweiht; 1973 erreichte es die Höchstbesetzung von 85 Kindern.

1975 traf man eine wichtige Entscheidung: Man wollte die Schule nicht mehr in den Grenzen einer Grundschule (bis zur 8. Klasse) halten und man bot zum ersten Mal eine 9. Klasse an, und zwar für die Schüler, die 1978 als erste Generation ihre gesamte Schullaufbahn an der Deutschen Schule zu La Unión abschließen sollten.

Der Nachfolger von Herrn Märker wurde Jorge Böhm, ehemals Schulleiter in Victoria, der bereits seit 1957 als Spanischlehrer in La Unión arbeitete. Seine Frau Harriet leitete das Internat. Es war eine gedeihliche Zusammenarbeit zum Wohle der Schule. 1976 zählte die Schule 240 Schüler vom Kindergarten bis zur 10. Klasse.

Allmählich setzte eine Entwicklung ein, die den Vorstand entsprechend den Tatsachen zu handeln veranlasste. Während im Hauptgebäude der Schule immer mehr Platz fehlte, blieben im Internat immer mehr Räumlichkeiten unbesetzt. Die veränderten Lebensbedingungen brachten es mit sich: Für die Eltern wurde es preiswerter, ihre Kinder tagtäglich im eigenen Wagen zur Schule zu bringen und sie abends abzuholen, als das teure Internatsgeld zu bezahlen.

Schließlich fasste man 1981 den Entschluss, das Internat zu schließen, weil es sich nicht mehr finanzieren ließ; gleichzeitig beschloss man, die Vorschulklassen ins bisherige Internatsgebäude zu verlegen.

Einer Initiative des Elternbeirates folgend und mit der Absicht, mehr Schüler für weniger Schulgeld an die Schule zu binden, beschloss der Schulvorstand, die staatliche Subvention zu beantragen. Das Schuljahr 1982 begann die Schule also als subventionierte Institution, wodurch es möglich wurde, sich mehr der Gemeinschaft zu öffnen und so auch die Schülerzahl zu erhöhen.

Als Frau Frederica von Edelsberg im März 1983 die Schulleitung übernahm, begann man mit dem Ausbau des Schulbetriebs mit einer Kinderkrippe („Nivel Medio") für Dreijährige und mit dem Vorkindergarten. 1986 musste sogar ein Parallelkindergarten eingeführt werden, so groß war der Andrang.

Nachdem seit der Aufnahme der staatlichen Subvention drei Jahre vergangen waren, die Schülerzahl auf 330 anstieg und die der Lehrer auf 26, zog man eine Zwischenbilanz und musste dabei feststellen, dass zwar die Schülerzahl anwuchs, gleichzeitig aber Leistungs- und Disziplinschwierigkeiten auftraten, die bis dahin unbekannt waren. Als dann 1987 ein Gesetz verabschiedet wurde, das die Subventionsschulen dazu zwang, 35% der freiwilligen Quoten der Eltern an den Staat abzugeben, war der Moment gekommen, auf die Subvention künftig zu verzichten, wobei man die Gefahr, dadurch weniger Schüler zu haben, in Kauf nehmen musste.

Wie erwartet hatte die Schule dann 1988 ca. 80 Schüler weniger als zuvor.

In Bezug auf den Deutschunterricht war eine Entwicklung eingetreten, die diesem immer schwieriger machte, besonders ab dem Moment, als aus Deutschland keine Lehrer mehr an die Schule kamen. Dies geschah, als Frau von Edelsberg die Schulleitung übernahm, also ab 1983, so dass man auf Fachkräfte zurückgreifen musste, die in Chile ausgebildet wurden (im Humboldt-Seminar).

Dies war aber keineswegs eine Spezialsituation, die nur La Unión betraf, zumal man auch mit den anderen Deutschen Schulen des Landes ähnlich verfuhr, mit Ausnahme von den großen Schulen in Santiago und Valparaíso (Viña del Mar). Wieso man so entschied, bleibt ein Rätsel der damaligen Kohl-Regierung in Bonn im Zuständigkeitsbereich des Entwicklungsministeriums. Ob man hier an der richtigen Stelle gespart hatte, will der Autor nicht weiter kommentieren.

1995 wurden die 135 Jahre der Schule gebührend gefeiert. Die Schule zählte damals 384 Schüler vom „Nivel medio" (3-jährige Kleinkinder) bis zur 12. Klasse, die von 29 Lehrern unterrichtet wurden.

(All diese Daten wurden der Festschrift „Colegio Alemán - Deutsche Schule R. A. Philippi 1860 - 1995" entnommen.)

Fünfzehn Jahre später (Dezember 2009) gab es immerhin noch 352 Schüler, einschließlich der Kleinkinder des „Nivel Medio" (2-Jährige), des Vorkindergartens (3-Jährige) und des Kindergartens (4-Jährige); dazu kamen acht Klassen der Grundschule und vier der Mittelschule.

Die Hilfe der Bundesrepublik (Entsendung von Lehrkräften oder Geldzuschüsse) existiert weiterhin nicht mehr.

Der Beitrag über die Deutsche Schule zu La Unión wäre unvollständig, erwähnte man nicht die während all der Jahre ununterbrochen wirkenden Persönlichkeiten, die - als Mitglieder der nach und nach wechselnden Schulvorstände - viel Zeit und Mühe für das Gedeihen der Anstalt opferten, einige hiervon über Jahrzehnte hinaus. In der Festschrift von Günter Ostermai anlässlich der 100-Jahr-Feier (1960) erscheint eine Übersicht über die Tätigkeitsdauer im Vorstand der Schule zu La Unión in den ersten 100 Jahren ihrer Existenz. Dort werden 68 Namen aufgeführt, Persönlichkeiten, die sich insgesamt 522 Jahre für die schulischen Belange in La Unión eingesetzt haben.

Wenn man diese Liste und auch die Aufstellung in der Festschrift des Jahres 1995 überprüft, fallen vor allem die Namen eines Richard Siegle (28 Jahre im Vorstand!), eines Guillermo Gantz Senior (23 Jahre), Hermann Hutt (32 Jahre) oder Franz

Stückrath (28 Jahre) auf oder die verschiedenen Mitglieder der Familie Grob und der Familie Gantz, die immer wieder einsprangen, wenn es erforderlich war. Besondere Erwähnung verdienen vor allem Guillermo (Willi) Gantz Mann und Richard Preisler Junginger, der lange, lange Jahre jenes mit vielen Mühen verbundene Amt des Kassierers bekleidete.

Aber auch in dem aktuellen Vorstand erscheinen die Namen Gantz und Grob, nämlich Eduardo Gantz als Vorsitzender und Joaquín Grob als Beisitzer.

Die Schule in La Unión hatte das Glück, in den 150 Jahren ihrer Existenz von Persönlichkeiten geleitet worden zu sein, die neben ihren Berufen immer Zeit fanden, die schulischen Interessen zu vertreten und die Tradition der Zweisprachigkeit zu verteidigen.

Nach dem Abschnitt „Schule" sollten wir uns jetzt mit den **deutschsprachigen evang. Kirchengemeinden in Chile** befassen. Zwischen ihnen gab es bis zum Jahre 1893 keine Verbindung juristischer Art und es existierten faktisch, wenn überhaupt, nur lose Kontakte von Gemeinde zu Gemeinde. Eine Ausnahme bildete nur die Kooperation der Gemeinden von Osorno und Puerto Montt, die wir bereits erwähnt haben.

Wenn man die Gründungsdaten als Ausgangspunkt nimmt, so müssen wir als die ersten Kirchengemeinden die von Osorno und Puerto Montt, beide 1863 gegründet, erwähnen. Dann kommen La Unión (1866) und Valparaíso (1867 - Neugründung 1889), Valdivia (1885) und Santiago (1886). Ihnen folgen die Kirchengemeinden am Llanquihue-See, vor allem die von Frutillar (1894), Temuco (1900) und Victoria (1902). Erst danach folgen Los Angeles (1903), Concepción (1904) und Contulmo (1908). Der Vollständigkeit halber müsste man auch die Kirchengemeinde von Ancud auf Chiloé erwähnen, die 1908 gegründet, aber 1910 bereits aufgelöst wurde.

Interessanterweise soll noch hinzugefügt werden, dass man 1907 auch in San Carlos de Bariloche (Südargentinien) eine deutsch-evangelische Kirchengemeinde ins Leben rief, die sogar bis 1927 zur Chilesynode gehörte.

Man sollte nicht verschweigen, dass für die meisten „Deutschchilenen" evangelischer Konfession die Schule wichtiger war als die Kirche. Wir lesen im Buch von Karl F. Appl mit dem Titel „Die Geschichte der evangelischen Kirchen in Chile", Erlanger Verlag für Mission und Ökumene, 2006, aus einer Rede zum einhundertjährigen Bestehen der Kirchengemeinde von Valparaíso (1967):

„... bei so schlechten Zeiten konnte man sich nicht auch noch einen Pfarrer leisten, so kam man zusammen, 1879, und löste die Kirchengemeinde wieder auf. Irgend jemand muss dann die Menschen erinnert haben, dass sich ein Pfarrer bei Hochzeiten und Beerdigungen immer sehr gut macht. So spricht man dann noch einmal mit Dr. Fiedler und er sagt zu, neben seinem Direktorberuf für gelegentliche Amtshandlungen als Geistlicher tätig zu sein, da man allgemein der Ansicht war, eines Geistlichen nur für Casualfälle zu bedürfen..."

(Das Zitat stammt übrigens von Hans Junge, der 1973 unter dem Titel „Auf dem Wege. Eine kurzgefasste Chronik 1863 - 1973" eine kirchengeschichtliche Arbeit schrieb.)

Die vom Festredner gemeinten „Casualfälle" sind die drei wichtigsten Stationen im Leben eines irdischen Menschenkinds, nämlich die Geburt, die Verehelichung und der Tod, und dazu wollte man doch die entsprechenden Zeremonien der Taufe, der Einsegnung, der Trauung und schließlich der Beerdigung nicht vermissen.

1893 trat anlässlich der Einweihung der Kirche in Valdivia erstmals eine Konferenz der Pfarrer und evangelischen Lehrer zusammen. 1895 gab es eine weitere Konferenz in Puerto Montt und erst 1900, auf der dritten Konferenz in Valdivia, kam es zur Gründung eines „Vereins zur Förderung deutsch-evangelischer Bestrebungen in Chile".

Dieser Verein war allerdings nicht lebensfähig und bereits 1903 gab es einen Eklat, indem nur drei Gemeindepfarrer - bei Abwesenheit von fünf Pfarrern des Südens - einen Beschluss fassten, wonach die deutschen Kirchenregierungen und der Gustav-Adolf-Verein bei Gewährung von Geldern dies über die „Konferenz" (gemeint war der Verein) tun sollten.

Die Reaktion der fünf Pfarrer des Südens blieb nicht aus: Sie wollten daraufhin eine eigene Konferenz gründen und teilten dies auch dem Evangelischen Oberkirchenrat in Berlin (EOK) mit.

Berlin wollte eine solche Spaltung nicht einfach hinnehmen und sandte Oberpfarrer Friedrich Boit zur Visitation der Gemeinden nach Chile.

Boit leistete gute Arbeit und erreichte das Zusammentreffen der Vertreter aller Gemeinden, die im Januar 1906 in Valdivia die Gründung einer Synode beschlossen. Zwar kam dann diese „Synode" in den nächsten 30 Jahren an die zwanzigmal zusammen, ihre Beschlüsse wurden jedoch je nach Interessenlage der einzelnen Gemeinden distanziert oder doch zustimmend aufgenommen.

Diese eher noch immer nicht gefestigte Situation änderte sich 1937 auf der Synode in Frutillar. Im Zuge der Zusammenlegungen und Gleichschaltungen in Deutschland gab es auch in Chile in der evangelischen Kirche Bestrebungen einer strafferen Führung und Ausrichtung der Kirche, so lesen wir es bei Appl, S. 150.

In Frutillar setzte sich diese Richtung durch und Pfarrer Friedrich Karle (Santiago) wurde zum Leiter der deutsch-evangelischen Kirche bestimmt. Er stand einer Kirche vor, dessen Ordnung vom Kirchlichen Außenamt in Berlin ausgearbeitet wurde und deren Reglement mit den Worten begann:

„Die Deutsche Evangelische Kirche in Chile besteht aus den deutschen evangelischen Gemeinden, die der Deutschen Ev. Kirche (DEK) angeschlossen sind."

Dieser Beschluss bedeutete die absolute Abhängigkeit der chilenischen Gemeinden von der DEK, deren Arbeit weitgehend den nationalsozialistischen Machthabern ausgeliefert war.

Informationen über die Existenz der Bekennenden Kirche erreichten die chilenischen Gemeinden nicht, der Informationsfluss über die Zeitschrift „Deutsch-Evangelisch in Chile" war eindeutig gelenkt und manipuliert.

„Bei den deutschen Auslandsgemeinden erreichte die Identifikation von Sprache, Volkstum und Evangelium in den dreißiger Jahren einen absoluten Höhepunkt. Das war für den kirchlichen Auftrag besonders gefährlich, weil deutsches Volkstum auch noch von der nationalsozialistischen Ideologie her interpretiert wurde, so dass die Gemeinden nicht selten national-sozialistische Propagandazentren glichen. Es fehlt nicht an Beispielen, dass die Pastoren selbst Parteimitglieder und Kirchenvorsteher gleichzeitig Vorstandsmitglieder der Ortsgruppe der NSDAP waren." *(gem. Hans Jürgen Prien: Die Geschichte des Christentums in Lateinamerika, S. 751, auch bei Appl, S. 151).*

Es gab also seit 1937 eine Deutsche Evangelische Kirche in Chile, die unter diesem Namen bis in die sechziger Jahre des vergangenen Jahrhunderts auftrat.

Unter dem Vorsitz von Pfarrer Karle, dem Leiter der Chile-Synode, gewann die Deutsche Evangelische Kirche in Chile ihre Gestalt: eine deutsche Kirche, die auf ihr deutsches Volkselement in der Sprache und in ihrem diakonischen Einsatz Kirchenwachstum außerhalb der deutschen Reihen war für Karle kein Thema und eine etwaige Missionstätigkeit lehnte er strikt ab.

So konnte diese Kirche bis in die siebziger Jahre immer nur innerhalb ihres deutschen Umfeldes wachsen. Man wollte unter sich bleiben und vor 1960 gab es kaum Interesse, Gottesdienste in spanischer Sprache zu feiern.

„Für die Kirchenmitgliedschaft war nicht die lutherische Konfession entscheidend, sondern man musste ‚deutsch' sein, um zur Kirche zu gehören", so der lutherische Theologe Eugenio Araya: „La Validez de Lutero hoy en América Latina", S. 31.

Erst im Oktober 1959 wurde auf der Synode der Deutschen Evangelischen Kirche in Chile eine Namensänderung beschlossen, die zweifelsohne als Öffnung aus dem selbst errichteten Ghetto zu verstehen war. Der offizielle Name lautete ab nun: „Iglesia Evangélica Luterana en Chile (IELCH)".

Man öffnete sich den Menschen auch außerhalb des deutschen Umfeldes, arbeitete mit den lutherischen Kirchen in den USA zusammen und schloss sich dem Lutherischen Weltbund an.

Es dauerte an die 110 Jahre, bis sich diese bisher „rein deutsche" Kirche enttabuisierte und sich auch den Menschen spanischer Sprache zuwandte. Es war ja auch höchste Zeit, da während der dahingeflossenen Jahre viele „Mischehen" geschlossen worden waren, bei denen also nur einer der Ehepartner Deutsch verstand; andererseits war es auch so, dass die Sprösslinge dieser Ehen sehr oft lutherisch getauft und auch so erzogen wurden.

Die bisher deutsche Kirche konnte ihre „Parallelaufgabe", nämlich neben der religiösen Erziehung auch noch die Förderung und Beibehaltung der deutschen Sprache, nur mit Ach und Krach erfüllen: Die deutsche Sprache befand sich im ständigen Abwärtstrend. Und dies, obwohl die Sprachförderung in erster Linie Aufgabe der deutschen Schulen war, aber auch diese konnten kein Wunder zustande bringen.

Wenn es auch hieß, innerhalb der Schule wird nur deutsch gesprochen, schon im Schulhof - in den Pausen - wurde diese Vorgabe nicht befolgt.

Aber auch innerhalb der deutschsprachigen Familien, bei denen die Kinder mit den Eltern deutsch sprachen, wurde es immer schwieriger, diese Regel zu befolgen: Kaum waren die Kinder „draußen", schalteten sie auf Spanisch um, eine Sprache, die ihnen leichter fiel.

Das sprachliche Problem, der Umgang mit den nur spanisch sprechenden Lutheranern, wurde immer komplizierter, da die von der EKD aus der Bundesrepublik entsandten Pfarrer nur sehr schlecht - wenn überhaupt - Spanisch sprachen und mangels einer theologischen Fakultät auch kein eigener Nachwuchs zu erwarten war.

Immerhin, ab 1962 - als nämlich Pfarrer Kadisfalvy offiziell Gottesdienste in spanischer Sprache anbot - wurde der erste Schritt in die neue Richtung getan, obwohl die Gemeindemitglieder dieses Novum anfangs ablehnten. Kadisfalvy durfte allerdings diese Gottesdienste nicht im Kirchengebäude der Lutherischen Kirche in Santiago abhalten, sondern im Gebäude der Union Church.

Erst zwei Jahre später vollbrachte der neu gewählte Probst Pfr. Friedrich Tute das Wunder: Der von ihm vorgeschlagene Weg der Zweisprachigkeit der Kirche und ihre bessere Integration in die chilenische Gesellschaft, verbunden mit aktiver Sozialarbeit, wurde von der Synodalversammlung positiv aufgenommen.

Dies bedeutete aber zugleich auch den Anfang einer lutherischen Missionsarbeit auch unter den katholischen Chilenen, eine radikale Umkehr der bisherigen Isolation, die sicherlich mit Argwohn und Besorgnis seitens der katholischen Kirche aufgenommen wurde.

Zwar kamen die Pfarrer weiterhin aus Deutschland, nur konnte man bei ihnen eine gewisse Änderung in ihrer Einstellung zur Kirche und zum Deutschtum wahrnehmen.

Einer von ihnen, Helmut Frenz, der 1965 nach Concepción kam, begann mit der Sozialarbeit im spanischsprechenden Umfeld und suchte auch den Kontakt mit anderen Kirchen, wie z. B. mit der methodistischen Kirche. Er förderte auch aktiv die sog. „Laienpredigt", da die territoriale Größe seiner Gemeinde seine Präsenz nicht überall erlaubte. Die Sozialarbeit der Kirche wurde immer größer, bis hin zur Einrichtung von Kindergärten in Armenvierteln.

„Auf der Synode von Valdivia 1970 wurde Helmut Frenz zum Probst der IELCH gewählt. Von dem Moment an machten er und andere Pfarrer sich bewusst daran, die drei babylonischen Mauern, welche die Kirche im Ghetto hielten (die sprachliche, die kulturelle und die gesellschaftliche), niederzureißen und die bewusste Identifikation der Gemeindemitglieder mit Volk und Land zu fördern" - so Appl, S. 155 - 56 und weiter:

„Auf einer außerordentlichen Synode 1974 wurde einmal mehr unterstrichen, dass die IELCH eine Kirche sei, die für alle Chileninnen und Chilenen offen ist, ökumenisch orientiert, ohne dabei ihren Ursprung und ihre Tradition zu negieren."

Dies war schon in der Zeit nach dem Militärputsch vom 11. September 1973 und Frenz und seine Kollegen haben sich damals offen zur Mitarbeit im Comité de Cooperación para la Paz y la Reconciliación bereit erklärt, einer Organisation, die sich für die politisch Verfolgten einsetzte.

Die immer mehr nach links orientierte Einstellung von Frenz und seiner Mitstreiter kam bei einem großen Teil der Gemeindemitglieder nicht gut an, vor allem wurden sie misstrauisch, als Frenz und einige seiner Pfarrerkollegen anfingen, sich um die politischen Gefangenen des Pinochet-Regimes zu kümmern und dieses Engagement mit dem Evangelium begründeten.

Unrichtig ist, wenn Appl in diesem Zusammenhang behauptet, dass ein großer Teil der Gemeindemitglieder zur obersten Mittelschicht der Großgrundbesitzer und Unternehmer gehörte, wobei die Mehrheit der großen Landbesitzer klare Befürworter des Putsches waren.

Richtig ist vielmehr, dass sämtliche Mitglieder der diversen Kirchengemeinden zur Mittelschicht gehörten, einschließlich derjenigen, die Appl zur „obersten Mittelschicht" zählt; die

Letztgenannten machten aber nur einen Bruchteil der Gemeindemitglieder aus.

Dazu kommt noch, dass der Ausdruck „oberste Mittelschicht“ etwas zu schwammig ist, denn wo sind die Grenzen zwischen den „obersten“, den „mittelgroßen“ und den „niedrigen“ Mittelschichtlern?

Es steht allerdings fest, dass der Mittelstand Chiles (und nicht nur die deutschstämmigen Mittelständler) ein überzeugter Gegner des marxistischen Präsidenten Allende war, und natürlich waren dann alle froh, als das Militär dieses System beendete. Es dürfte genügen, um diese Tatsache zu unterstreichen, wenn wir auch hier die Feststellung des ehemaligen Präsidenten Eduardo Frei Montalva zitieren: „Los militares han salvado a Chile y a todos nosotros.“ (Hierüber mehr im historischen Teil des Buches, Kapitel VI.)

Die linksorientierte Haltung von Frenz und Kollegen führte zu unerträglichen Spannungen innerhalb der IELCH und so kam es dann am 21. Juni 1975 zur Spaltung. Frenz nahm dies bewusst in Kauf, denn er wusste vom Anfang seiner Tätigkeit an, dass seine „Schäflein“ ausnahmslos zum Mittelstand gehörten.

Durch die Spaltung schrumpfte die IELCH zu einem kleinen Häuflein zusammen, denn die Mehrheit der Gemeinden schloss sich dem neuen Kirchenbund ILCH = Iglesia Luterana en Chile an und dazu brauchte man tatsächlich keine „Drahtzieher“.

Die Leute waren es einfach satt, das Kokettieren von Frenz und Co. mit den Marxisten mitzumachen.

Die Situation der lutherischen Kirchen in Chile hat sich seither organisatorisch nicht geändert; in den letzten Jahren bahnte sich allerdings - wenn auch zögerlich - eine bescheidene Zusammenarbeit zwischen beiden Kirchen an.

Nach diesem Schlusswort des kirchengeschichtlichen Teils des Kapitels III. 2 und da wir zuletzt vom Mittelstand sprachen, stellt sich die Frage, welchen Nutzen die deutschen Einwanderer für Chile brachten?

Die Antwort ist: Dank der deutschen Einwanderung hat sich das alte soziale Gefüge Chiles insofern verändert, als sich zwischen der Oberschicht (Großgrundbesitzer) und der Unterschicht (Landarbeiter) eine Mittelschicht etabliert hat, die Grundvoraussetzung für ein gesundes Staatswesen.

Blancpain spricht in diesem Zusammenhang von einer „Aristokratie der Geschäftsleute und Grundbesitzer“, die im Chile des 19. Jahrhunderts das Sagen hatte und vom System der Landarbeiterschaft (inquilinaje) als die untere Schicht, diese ergänzt durch die Hilfsarbeiter (peonaje) und die „Umherschweifenden“ (errancia), siehe S. 29.

Prof. Dr. W. Drascher (Tübingen) hat in seinem Beitrag zur Festschrift der Deutschen Schule zu Valdivia anlässlich ihres 100-jährigen Bestehens die sozialökonomische Problematik Chiles um die Mitte des XIX. Jahrhunderts vortrefflich analysiert und wir können hier - ohne Ergänzungen oder Berichtigungen - den entsprechenden Teil seines Beitrages einfach zitieren:

„Um die Mitte des vorigen Jahrhunderts 1850 - ... gab es in Chile nur zwei Stände. Da waren die Großgrundbesitzer, eine maßgebende Aristokratie, die in der Bewirtschaftung ihrer großen Fundos und in der Leitung des Staatswesensihre eigentliche Aufgabe sahen - einerseits, und die große Masse der Inquilinos, der Landarbeiter, die mehr oder weniger im Dienste dieser Führungsschicht das Land bestellten, andererseits.

Zwar gab es daneben eine Anzahl von Minenbesitzern, Kaufleuten, Gewerbetreibenden; aber sie waren wenig zahlreich und spielten im sozialen Leben keine besondere Rolle. Die damals noch fast völlige Abschließung des ‚Último rincón del mundo‘ und der damit zusammenhängende sehr geringe Außenhandel des an Mineralien und Cerealien reichen Landes wiesen diesen Berufen nur sehr bescheidene Wirkungsmög-

lichkeiten zu. Eine Schicht aber fehlte völlig: der Mittelstand, der sich in Europa seit dem Abklingen der Feudalzeit zu einem maßgebenden Träger der Staatsbildung und Wirtschaftsordnung entwickelt hatte und von dem der Historiker Fr. Dahlmann sagen konnte: ‚Ein weitverbreiteter, stets an Gleichartigkeit wachsender Mittelstand bildet den Kern des Volkes.'

Hier war eine Lücke im Sozialaufbau Chiles vorhanden, die ausgefüllt werden musste. Als nach der Erringung der Unabhängigkeit des Landes am Ende der napoleonischen Kriege die bisher verschlossenen Tore sich auch Nichtspaniern weit öffneten, waren es vielfach Einwanderer aus den Mittelschichten, die in den neuen Erdteil strömten. Aber auch diejenigen, die einfacheren Ständen entstammten, schwebte die Erreichung einer bürgerlichen, mittelständischen Lebenshaltung für sich und ihre Nachkommen als Ideal vor. Sie übernahmen die Aufgabe, die chilenische Wirtschaft so zu entwickeln, dass sie Anschluss an die Weltwirtschaft finden konnte.

Da hierfür der Seeweg unerlässlich war, entstanden zunächst in den nördlichen Hafenstädten größere deutsche Gemeinden meist hanseatischer Herkunft; die wichtigste in Valparaíso. Hier überwog eindeutig der Kaufmann.

Aber je besser der Absatz chilenischer Erzeugnisse wurde, desto größeren Wert musste die Regierung darauf legen, mit Hilfe geeigneter Einwanderer die jungfräulichen und fruchtbaren Südgebiete zu erschließen und ertragreich zu machen.

Mit demselben Weitblick, mit dem die Hamburger im Norden die sich in Chile bietenden Handelsaussichten erkannten, haben die Chilenen selbst, Männer wie Pérez Rosales und andere, die sich im Süden bietenden Zukunftshoffnungen richtig eingeschätzt. So ist es kein Zufall, dass sich die Deutschen für beide Notwendigkeiten zur Verfügung stellten: im Süden rodeten in schwerster, unermüdlicher Arbeit die Kolonisten den Urwald und machten aus seinem Boden eine blühende Kulturlandschaft, und im Norden im- und exportierten die Kaufleute die benötigten Rohstoffe und Lebensmittel. Es hat daher tiefe

Bedeutung, dass die Deutschen Schulen in Valparaíso (1957) und Valdivia (1958) fast gleichzeitig ihr hundertjähriges Bestehen feiern.

Die Schulgründungen sind von jeher ein besonderes Anliegen des Bürgerstandes und der Mittelschichten gewesen, da sie den Wert einer Jugendbildung auch für das berufliche Fortkommen immer vor Augen gehabt haben.

Der Kolonist im Süden wurde allmählich zum selbständigen, wohlhabenden Grundbesitzer, der Einwanderer im Norden zum Großkaufmann, der Chile an den Weltverkehr anschloss. Beide aber waren typische Vertreter des Mittelstandes, der Chile damals fehlte. Sie schoben sich als willkommene Ergänzung des Sozialgefüges in eine vorhandene Lücke. Da sie ein Vakuum ausfüllten, so kollidierten sie nicht mit den Interessen der vorhandenen beiden Stände, sondern bildeten eine sehr willkommene Ergänzung, so dass Reibungsmöglichkeiten fehlten und damit eine gute Zusammenarbeit mit den Einwanderern gesichert war.

Diese Mittelstandsbildung ist soziologisch das Wichtigste, was die Deutschen zur Formung des chilenischen Volkes beigetragen haben. Denn in späteren Zeiten verbreiterte sich seine Geltung dadurch, dass mit zunehmendem Wohlstand des Landes auch ein chilenischer Mittelstand aus freien Berufen, Beamten, Angestellten usw. heranwuchs, der immer mehr mit den Nachkommen der Einwanderer zu einer Einheit verschmolz."

Ein gesunder und immer wachsender Mittelstand, der im Laufe der Zeit die aus dem Arbeiterstande nach oben drängenden Schichten in sich aufnimmt, beugt dadurch gewaltsamen Auseinandersetzungen vor und wird so zum Garanten des sozialen Friedens.

Hieraus erkennt man die außerordentliche Wichtigkeit des Mittelstandes und seine historische Rolle, die er auch in Chile gespielt hat. Den deutschen Einwanderern gebührt dabei die Anerkennung ihrer neuen Heimat.

Zur Ergänzung des kirchengeschichtlichen Abschnitts dieses Kapitelteils bringe ich jetzt in vollem Wortlaut meinen Artikel vom Oktober 1953 mit dem Titel

Zur Einweihung der neuen evang. Kirche zu Osorno,
am 18. Oktober 1953 erschienen im Gemeindeblatt
der Deutschen Evangelischen Chile-Synode:

Die erste Epoche in der Geschichte der Deutschen Evangelischen Kirchengemeinde zu Osorno ist nun zu Ende. Eigentlich wurde sie bereits durch den letzten Gottesdienst in der alten Holzkirche am 4. Januar 1953 abgeschlossen. Diese fast hundertjährige Periode fing am 22. März 1863 mit der Konstituierung der Kirchengemeinde, also vor genau 90 Jahren, an.

Osornos deutschstämmige Gemeinschaft kann heute zwei bedeutende ‚Primizien' vorweisen, deren Bedeutung nicht allein auf Chile beschränkt ist, sondern auf ganz Südamerika: Sie besitzt eine 100-jährige Schule, die älteste deutsche Schule unseres Subkontinents, und ihre nun zur Einweihung kommende Kirche, die legitime Erbin des ersten lutherischen Gotteshauses an der Westküste Amerikas.

Im historischen Protokoll des als Gründungstag geltenden 22. März 1863 ist das Streben der deutschen Einwanderer klar niedergelegt: Sie sprechen vom persönlichen Bedürfnis nach dem göttlichen Wort und Sakrament und bezeichnen die Errichtung einer Kirche als eine dringende Notwendigkeit ‚zur Erhaltung der deutschen Sprache und Sitten sowie des protestantischen Glaubens in dem heranwachsenden Geschlechte'. Die Kirche soll „nach innen einen vereinigenden Mittelpunkt, nach außen eine sichere Bürgschaft für sittliche und fest geordnete Zustände gewähren".

Eine feste Burg soll die zu errichtende Kirche werden, eine Zuflucht zur Erquickung der müden Seelen. Die im Grundstein

versenkte Urkunde brachte den Wunsch der Osorniner besonders klar zum Ausdruck: „Wir erbauen diese Kirche, die erste unserer Sprache und unseres Glaubens an dieser Küste der neuen Welt, dass sie uns Schutz und Schirm, ein Vaterhaus im fremden Lande werde; dass wir unter ihrem Dache, in gemeinsamer Erhebung unserer Herzen zu Gott, uns das Kleinod unserer Sprache, unserer Sitte und unseres Glaubens wahren."

Zwei Jahre nach der offiziellen Gründung der Kirchengemeinde, am 6. April 1865, traf in Puerto Montt der aus Deutschland bestellte erste Pfarrer, Pastor Tysska, ein. Die vereinigte Schul- und Kirchengemeinde hatte inzwischen ein Grundstück mit Haus an der Plaza erworben, doch wurde der Gedanke, dieses Gebäude gleichzeitig als Schule und Kirche einzurichten, bald aufgegeben und man überließ das Haus allein der Schule, wobei für die Kirche ein neues Gebäude geplant wurde. Am 19. Oktober 1865 traf dann Pfarrer Tysska in Osorno ein und hielt am 22. Oktober, also vor 88 Jahren, im Schulhaus den ersten evangelischen Gottesdienst in Osorno. Einige Monate später, am 15. Januar 1866, wurde in feierlicher Weise der Grundstein zum Gotteshaus gelegt. Infolge der Stiftungen der Osorniner, wozu noch die Spenden der an der Westküste zerstreuten deutschen Einwanderer und die Unterstützung aus der alten Heimat kamen, war es möglich, dass am ersten Weihnachtsfest des Jahres 1868 die Kirche vom neuen Pfarrer Franz Renz, der als Nachfolger des inzwischen nach Deutschland zurückgekehrten Pastors Tysska nach Osorno kam, eingeweiht werden konnte.

Einen Turm wagte man der Kirche nicht zu geben, sondern errichtete ihn später auf dem danebenstehenden Schulgebäude, um Uhr und Glocke anbringen zu können.

Pfarrer Renz, der inzwischen auch den Posten des Leiters der deutschen Schule übernahm, blieb in seinem Amt bis 1879, um dann nach Deutschland zurückzukehren. Sein Nachfolger war Pfarrer Daniel Weil; seine segensreiche Tätigkeit erstreckte sich auf 23 Jahre, von 1881 bis 1904.

Die Organisation der Kirchengemeinde war bereits am 24. April 1866, in den ersten Statuten, niedergelegt; diese ursprünglichen Satzungen wurden dann später umgeändert bzw. am 6. Oktober 1878 durch neue ersetzt. Die rechtliche Lage der Gemeinde wurde aber erst durch das Regierungsdekret vom 28. August 1883 endgültig befestigt, indem sie die sog. „personería jurídica" erhielt.

Die im Jahre 1868 erbaute Holzkirche von 16 x 12 m Grundfläche wurde 1902 auf Beschluss der Generalversammlung vom 10. September 1902 von ihrem ursprünglichen Standort an der Plaza auf den Platz geschoben, wo sie noch vor Kurzem stand. Die Hebung und Bewegung der Kirche beanspruchte mehrere Wochen und war im März 1903 erfolgreich zu Ende geführt. Damit war auch die genaue Vermögenstrennung zwischen Schule und Kirche ermöglicht.

Inzwischen war die von Gemeindemitgliedern gestiftete, von der Firma Walker (Ludwigsburg) hergestellte pneumatische Orgel angekommen; sie konnte zu Weihnachten 1905 in Gebrauch genommen werden. Zur selben Zeit traf auch der vierte Pfarrer Osornos, Hermann Kock, ein. Unter seiner Amtstätigkeit wurden weitere Fortschritte erzielt: Es konnte 1909 der Gemeindesaal eingeweiht und die Diakonissenstation eingerichtet werden. Durch die Tätigkeit und die unermüdlichen Bemühungen des Pfarrers Kock bekam die Kirche anlässlich des 50-jährigen Gemeindejubiläums einen 27 m hohen Turm und ein Geläute aus der Bochumer Gußstahl-Fabrik bestehend aus drei Glocken.

Während des Ersten Weltkrieges sammelte die Kirchengemeinde bedeutende Summen für das Rote Kreuz, die Kriegerwitwen und Waisen.

Der Plan eines Schwesternheimes mit Spital konnte wegen verschiedener Schwierigkeiten nicht ausgeführt werden. Dagegen wurde Anfang 1930 das neue Pfarrhaus fertiggestellt, das der Verdienst des damaligen Vorsitzenden Hermann Scholz war. Im selben Jahr feierte Pfarrer Kock sein 25-jähriges

Amtsjubiläum. Bald darauf, im April 1933, verabschiedete sich der alte Seelsorger von seiner Gemeinde und kehrte samt Familie in die Heimat zurück.

Sechs Monate später, am chilenischen Nationalfeiertag des Jahres 1933 trafen dann der neue, nunmehr fünfte Pfarrer, Karl Steybe, und Familie in Osorno ein.

Allmählich setzte sich der Gedanke eines Kirchenbaues durch. Man sah es immer mehr ein, dass die alte, in ihrer Stabilität ziemlich geschwächte Holzkirche durch ein modernes, geräumiges Gotteshaus ersetzt werden müsse. Wenn bei starkem Kirchenbesuch - etwa bei der Konfirmationsfeier - die alten Holztreppen unter der Überlastung krachten und vor allem, wenn beim Glockengeläute die ganze Kirche wie bei einem Erdbeben zitterte und wankte, war die Dringlichkeit dieses Planes besonders augenfällig.

Zum 75. Jubiläum der Kirchengemeinde (1938) stand diese Frage bereits beschlussreif und der für dieses Jahr gewählte Vorstand, mit Hugo Schilling an der Spitze, begleitet von den Herren Alfred Lohrmann, Alberto Hott, Max Schäffer und Karl Diettrich, wurde mit weiteren drei Beiräten, den Herren Hermann Scholz, Karl Albrecht und Julius Matthei, erweitert. Der Zweck dieser Erweiterung war eben die Vorbereitung und Planung eines Neubaus.

Der Zweite Weltkrieg hat natürlich diese Pläne zurückgedrängt und den ganzen Rhythmus der Vorbereitungen weithin lahmgelegt.

Zunächst gelang es, mit der Deutschen Schule in Verhandlungen zu kommen und einen Grundstückstausch vorzunehmen: Die Schule überließ den Platz nördlich des Pfarrhauses der Kirche, dafür erhielt die Schule als Tauschstück das Gelände, worauf noch vor Kurzem die alte Kirche stand.

Kaum war aber der Krieg mit allen seinen Erregungen zu Ende, beauftragte man die Architekten Carlos Buschmann, Fritz Freitag, Eugen Freitag und Santiago Roi mit der Ausarbeitung von Vorentwürfen für die neue Kirche. Nach längeren

Beratungen wurde dann ein von Herrn Eugen Freitag ausgearbeiteter Plan angenommen und man erteilte den beiden Herren Freitag und Carlos Buschmann einen gemeinsamen Bauauftrag.

Die Grundsteinlegung der neuen Kirche ist in Anwesenheit von Herrn Propst Marczynski aus Buenos Aires am 11. April 1948 erfolgt. Die Bauarbeit begann erst am 10. Dezember 1948. Ein halbes Jahr später stand der Turm schon fertig und am 13. Mai 1950 wurden die drei Glocken aus dem alten Holzturm zum neuen Turm überführt. Kurz danach ertönten wieder die den Osorninern so sehr vertrauten Glocken. Darauffolgend, am 6. August 1950, konnte dann auch das Richtfest im Rahmen eines großen Gemeindefestes abgehalten werden.

Die Aufsicht beim Rohbau übernahm Herr Ernst Herbach. Später wurden die Herren Hermann Cornelius und Francisco Stein, beide aus dem Kirchenvorstand, mit den mit dem Kirchbau zusammenhängenden Sonderaufgaben nebst Baukontrolle beauftragt und sie führten ihre Aufgabe bis zum Abschluss der Arbeiten in aufopfernder Weise durch.

Die durch den Bau entstandenen hunderterlei Einzelaufgaben, die Überbrückung der finanziellen Probleme, die Lösung vieler Fragen mannigfaltiger Natur konnten nur durch das harmonische Zusammenwirken des Vorstandes erledigt werden. Dieser Vorstand, den seit 1946 ununterbrochen Herr Arnold Scholz präsidiert und dem heute die Herren Martin Weigert, Harald Thomsen, Francisco Stein, Hermann Cornelius, Emilio Sommer, Edgardo Morawitz, Alberto Hott und Max Schäffer angehören, hat das ihm von der Kirchengemeinde geschenkte Vertrauen nicht nur bewiesen, sondern eine alle Erwartungen übertreffende Leistung vollbracht.

Die deutschstämmige Gemeinschaft der Stadt hat bei den wiederholten Sammlungen echte christliche Opferbereitschaft gezeigt. Allein die Sammlungen der vergangenen 15 Monate haben mehr als 3 Millionen Pesos eingebracht.

Dabei muss man vor allem die Sammelaktion von Herrn Wilhelm Hott hervorheben, die einen Ertrag von ungefähr 1.400.000 Pesos aufwies. Einen ähnlichen Erfolg hatte die vom Herrn Pfarrer Steybe eingeleitete Sammlung für die Beschaffung der neuen Orgel: In kürzester Zeit kam der Betrag von 1.100.000 Pesos zusammen, womit dieses Prachtinstrument ganz und gar finanziert werden konnte.

Die Konfirmanden hatten zwei Aktionen durchgeführt: Die erste brachte 227.000 Pesos ein und wurde zur Bezahlung des Kirchengestühls verwendet; die zweite, neulich beendete Sammlung brachte 170.000 Pesos für die Einrichtung des Konfirmandensaales.

Bei der Lösung der immer wieder aufgetauchten Bau- und Einrichtungsfragen hat aber selbstverständlich unser Pfarrer gewichtig mitgewirkt. Herr Pfarrer Steybe war überall dabei, wo man eine Schwierigkeit beseitigen, ein Problem bemeistern musste. Mithilfe fand er in seiner Frau, die, auch in ihrer Eigenschaft als Vorsitzende des Frauenvereins, mit ihren Damen für Teppiche, Paramente und Altarausstattung sorgte. Es ist eine schmerzliche Tatsache, dass dieses vorbildliche Pfarrerehepaar nun, nach so vielen zähen Kämpfen um die Verwirklichung ihrer Ziele, die Gemeinde verlassen und nach Deutschland zurückkehren wird.

Die neue evangelische Kirche von Osorno, 1953
(Aufnahme: Willy Mittak)

Dem geschichtlichen Rückblick weiterfolgend gelangen wir schon in das laufende Jahr hinein. Am 4. Januar 1953 nahm die Kirchengemeinde von ihrer alten Holzkirche Abschied. Bald darauf wurde mit dem Abbruch begonnen. Nach Freiwerden des Kirchengeländes hatte man am 11. März den Grundstein der alten Kirche ausgegraben und geöffnet. Desgleichen wurde am darauffolgenden Tag der Grundstein des Turmes geöffnet und die zum Vorschein gekommenen Urkunden kamen vorläufig in die Registratur, bis sie, wie vorgesehen, in geeigneter Weise in den Räumlichkeiten der neuen Kirche zugänglich gemacht werden können. Der Deckel des Grundsteins, in dem der historische Stempel der ersten Gemeindezeit, als Osorno und Puerto Montt durch den gemeinsamen Pfarrer eine Art Personalunion bildeten, in Sandstein eingemeißelt ist, soll ebenfalls im sogenannten „Ehrenhof" angebracht werden.

Aus dem Material der alten Kirche ist inzwischen die Friedhofskapelle entstanden, ein für Trauerfeiern und Aufbahrung würdiger Ort. Im Turm der Kapelle findet die erste Glocke der Gemeinde, die so lange der alten Schule gedient hat, ihre sinn- und stiftungsgemäße Verwendung im Dienst der Kirchengemeinde. Die Friedhofskapelle wurde am 29. Juni feierlich eingeweiht, dank der raschen Arbeit des damit beauftragten Architekten, Herrn Hermann Meyer. Dieses hübsche Holzkirchlein, das bis zur Einweihung der neuen Kirche für die Sonntagsgottesdienste verwendet wurde, gilt als Träger der Kontinuität und als Bewahrer der Tradition. Sie ist nicht nur mit den alten Holzbalken der ältesten Deutschen Evangelischen Kirche an der Westküste Amerikas erbaut worden, sondern auch der alte Altar, die Kanzel, die vertrauten Altarbilder und noch so manches erhielten wieder ihren Ehrenplatz in ihr. Sie bildet in der Tat eine glückliche Kombination moderner Kirchenbaukunst einerseits und der Wahrung der Tradition anderseits.

Schließlich soll noch über die Eigenschaften und die Ausstattung der neuen Kirche gesprochen werden.

Das Kirchenschiff ist 12m (bei der Empore 14m) breit und hat eine Länge von 24m. Dieses große Schiff wird aber vom göttlichen Kapitän völlig beherrscht: vom Holzkruzifixus des Altars. Es ist das Meisterwerk des großen, in Osorno lebenden deutschen Meisters Peter Horn. Aber auch alle Steinmetzarbeiten der Kirche stammen aus seiner Künstlerhand; so die Einfassungen der Tore und Fassaden, all dies handgehauener Kordillerengranit. Der Kruzifixus ist eine Stiftung der Frau Maria Elena Aubel geb. Eggers.

Die Pläne für die Kanzel, den Altar und den Tauftisch, das schmiedeeiserne Kreuz oberhalb des Portals und die Orgelbrüstung stammen aus eines anderen Künstlers Hand, aus der des Studienrats Willi Vogel, der ebenfalls die Flachschnitzereien der mit altkirchlichen Symbolen verzierten Bänke ausführte.

Die handgeschmiedeten Beleuchtungskörper, das schmiedeeiserne Kreuz oberhalb des Haupteinganges und das große Kupferkreuz des Turmes sind Werke des Herrn Guillermo Karle.

Die Tischlerarbeiten wurden unter der Leitung von Herrn Rodolfo Daetz in dessen Möbelfabrik in Corte Alto hergestellt. Das gesamte Kirchengestühl und die von Herrn Vogel entworfenen Einrichtungsstücke wie Altar, Kanzel, Tauftisch, dann aber auch das Hauptportal, die Emporen-Brüstung und die Decke im Arkadengang kamen alle aus der Tischlerei des Herrn Daetz. Die übrigen Türen und die Fenster sind vom Tischlermeister Julio Stückrath, die Ausstattung des Gemeindesaals vom Tischlermeister Jorge Stückrath hergestellt.

Die handgewebten Teppiche besorgte der Frauenverein aus der Handweberei Ludwig in Puerto Montt. Von den Paramenten stammt eines aus der Paramenten-Werkstätte in Stuttgart, zwei andere wurden aus den alten umgearbeitet und von Frau Emma Springmüller bestickt.

Die aus Deutschland importierte große elektrische Orgel kommt aus der Orgelfabrik August Laukhuff aus Weikersheim, Württemberg. Sie enthält 2 Manuale und 23 Register mit über

2000 Pfeifen. Sie ist besonders geeignet, die Erfordernisse des evangelischen Gottesdienstes zu erfüllen, da sie vorzugsweise für das Spielen der Werke der alten Meister und für den deutschen Choral gebaut worden ist. Die Aufstellung der Orgel erfolgt durch den niederländischen Orgelbauspezialisten Herrn Willem van Lankeren, in dessen Hand auch die Leitung des Kirchenkonzertes anlässlich der Einweihung der Kirche sein wird.

Als absichtlich einzige Stiftung aus Deutschland brachte der Pfarrer seinerzeit ein Taufgerät und die Altarbibel, Traditionsgabe des Gustav-Adolf-Werks.

Außer dem Kirchenschiff verfügt das Gotteshaus noch über andere sechs Räumlichkeiten: über einen Konfirmandensaal, der auch als Gemeindesaal benützt wird, dann über einen Sitzungssaal, über ein Arbeitszimmer für den Pastor, im Turm liegend; dann gibt es noch eine Sakristei, einen Paramenten-Raum, beide neben dem Chor und schließlich ein Registratur-Zimmer über der Sakristei.

Mit Stolz und Demut steht heute Osornos evangelische Kirchengemeinde vor dem lange ersehnten Kirchweihtag. Mit freudigem Stolz wegen des Geleisteten und mit hingabevoller Demut wegen dieses Gotteswunders, dieses gewissen Zeichens, dass nämlich Gott es mit uns gut meint. Denn trotz aller Anstrengung hätte die Gemeinde ohne Gottes Hilfe nichts erreichen können. Durch Gottes Gnade konnte es nur so weit kommen, allein durch Gnade.

Chiles offene Wunde: die Mapuches

In der präkolumbianischen Zeit, also, bevor die spanischen Invasoren in Chile eindrangen, war Chile von einer ganzen Reihe von indianischen Stämmen bewohnt, die miteinander nur in losem Kontakt standen und untereinander nur entfernt verwandt waren.

Changos: Im hohen Norden Chiles, also zwischen Arica und Huasco, im Gebiet der Provinzen Tarapacá, Antofagasta und Atacama (I. bis III. Region und natürlich in der 2008 geschaffenen Region XV = Arica), hielten sich diese Nomadenstämme, meist in Küstennähe auf und jagten Seehunde und Walfische; ihre Aufenthaltsorte waren die heutigen Häfen bzw. Küstenortschaften Tocopilla, Cobija, Paposo und Taltal, alle in der Provinz Antofagasta. Sie fischten aber auch mit Angelhaken und Köder und tauschten die getrockneten Fische gegen Coca und Quinoamehl im Handel mit den im Landesinneren wohnenden anderen Stämmen aus.

Atacameños: Diese Stämme lebten im Landesinneren der heutigen Provinz Antofagasta (II. Region) zwischen der Ortschaft Chiuchiu und der Salpeterwüste von Atacama. Sie sind dort bereits vor 11.000 Jahren, von der Hochebene (Altiplano) kommend, eingetroffen. Zunächst waren sie Jäger und haben dann in einem sehr langen Prozess gelernt, Tiere zu zähmen und Landwirtschaft zu betreiben. Ihre Glanzzeit fiel in die Jahre 900 bis 1100 n. Chr.

Diaguitas: Es sind Stämme, die etwa 900 n. Chr., von der anderen Andenseite (heute Argentinien) kommend, sich in der Region zwischen Copiapó und dem Fluss Choapa (südlich von Illapel) in den heutigen Provinzen Atacama und Coquimbo (III. und IV. Region) niederließen. Sie beschäftigten sich mit Landwirtschaft und Töpferei, besonders berühmt war ihre Keramik. Sehr geschickt waren sie außerdem in der Metallbearbeitung (Bronze, Silber und Gold).

Picunches: Dem Namen nach hießen sie „Menschen des Nordens“ und sind abstammungsmäßig keine Mapuches, sondern das Resultat eines Völkergemisches, das sich im Laufe der Jahrhunderte, wenn nicht Jahrtausende geformt hat. Diese Stämme bewohnten das ausgedehnte Gebiet zwischen

Copiapó (Provinz Atacama) und dem Biobío-Fluss (Provinz Concepción), also von der II. bis zur VIII. Region.

Mapuches, auch als Araukaner bekannt: sind wohl die Stämme, die in Chile das Sagen hatten. Der Name kommt von Mapu = Erde und Che = Mensch, also die Menschen der Erde. Ihre Sprache heißt Mapudungun, die Sprache der Erde.

Sie kamen ursprünglich aus dem heutigen Argentinien und haben zunächst die Zone zwischen den Flüssen Biobío und Toltén besetzt und haben somit einen „Keil“ zwischen den bereits in Chile ansässigen anderen Stämmen getrieben; später Süden (bis zu den Inseln Guaitecas, südlich von Chiloé), also ein riesiges Areal zwischen dem 30. und 44. südlichen Breitengrad (IV. bis X. Region).

Sie überfluteten das Land nach und nach. Einer dieser Volksstämme, die Moluches, waren eindeutig Guaranís, also Verwandte der Indianer von Paraguay.

Man hatte sie in drei Bevölkerungsgruppen eingeteilt: die sog. „Costeros“, die sich mit Fischfang und dem Einsammeln von Cochayuyo beschäftigten und in der Küstenregion lebten; dann die „Lafunches“ im Landesinneren, die Landwirtschaft und Viehzucht betrieben, und schließlich die „Pehuenches“, die jagten und außerdem Früchte einsammelten (Pehuén und Piñón de Araucaria) und an beiden Abhängen der Anden wohnten, also auch im heutigen Argentinien.

Huilliches, auch Beliches oder Veliches genannt: Der Name kommt von Huilli = Süden und Che = Mensch, also die Menschen des Südens. Gehören zusammen mit den Picunches zu dem Stamm der sog. „Promaucaes“ und wurden von diesen durch das Eindringen der Mapuches getrennt. Sie bewohnen bis heute die Region zwischen dem Fluss Toltén und der Insel Chiloé (IX. und X. Region und die neugeschaffene Region XIV „de los Ríos“ = ehemalige Provinz Valdivia).

Puelches (von „pu-el" = östlich und „che" = Mensch), also „Ostmenschen": Sie wohnten von Lonquimay nach Süden, und zwar an beiden Seiten der Anden. Dieser Stamm gehörte nicht zu den Mapuches, möglicherweise waren sie mit den patagonischen Tehuelches verwandt.

Chonos: Dieser Stamm, der seit längerer Zeit als ausgestorben gilt, besiedelte die Guaitecas- und Chonos-Inseln und war möglicherweise mit den Völkern des Feuerlandes - also mit den Alakalufes und Yaghanes, mit Ausnahme der Onas - verwandt. Die Patagonien- und Feuerland-Indianer werden wir gleich im Anschluss nach diesem Kapitel behandeln.

In seinem berühmten Buch „Chile o una loca geografía" veröffentlichte Benjamín Subercaseaux im Anhang II ein von ihm und Prof. Oliver Schneider ausgearbeitetes Schema betreffend die Frühgeschichte Chiles. In dieser Zusammenstellung erscheinen insgesamt 31 verschiedene indianische Volksstämme, die sich mit den oben aufgezählten Stämmen in etwa decken.

Bevor die ersten Spanier Chile betraten - 1536 unter der Führung von Diego de Almagro -, gab es eine allererste Berührung mit dem chilenischen Boden, als nämlich Hernando de Magallanes 1520 die später von ihm benannte Meeresenge entdeckte und somit den Durchgang vom Atlantischen zum Stillen Ozean. Es war der 1. November 1520 und deshalb taufte Magallanes die Seestraße „Todos los Santos" (Allerheiligen) getauft.

Aber 66 Jahre vor der spanischen Invasion erlitt Chile eine andere, nämlich die der Quechua-Indianer, die aus Peru kommend zunächst Nordchile und später weitere Zonen bis nach Süden, einschließlich der Provinz Maule, besetzten.

Somit „schluckten“ sie die I. bis VII. Region Chiles innerhalb kürzester Zeit.

Die Quechuas - ihre Kaiser waren die Inkas - beherrschten ein großes Imperium: Ihnen gehörten die heutigen Staatsgebiete von Peru, Bolivien, Ecuador und weite Teile von Argentinien, dazu kamen also ab 1470 auch große Zonen Chiles.

Die Quechuas waren ein fortgeschrittenes Volk: Sie bauten große Städte und lange, mit Steinen ausgelegte Straßen - wie einst die Römer -, und obwohl sie Analphabeten waren, konnten sie dennoch kalkulieren, große Gebäude errichten und waren auch künstlerisch sehr begabt.

Die Invasionstruppen in Chile wurden vom Kaiser Túpac Yupanqui angeführt und seine Soldaten kamen zunächst bis zum Tal des Aconcagua-Flusses, nördlich vom heutigen Santiago gelegen. Einige von ihnen haben sich dort sesshaft gemacht, zumal die Bodenbeschaffenheit sehr geeignet für die Landwirtschaft war.

Später versuchte der Sohn Yupanquis, der neue Kaiser Huaina Cápac, weitere Gebiete südlich des Aconcagua-Flusses zu erobern, stieß jedoch auf den entschlossenen und erbitterten Widerstand der dort lebenden Mapuches, die ihn zwangen, seine Truppen bis zum Nordufer des Maule-Flusses zurückzuziehen.

Die bereits vor der Quechua-Invasion in Chile ansässigen Völker haben allerdings von den Eindringlingen viel gelernt: die bessere Nutzung der Böden, Berieselungskanäle zu bauen, aber auch die Lamas, Vicuñas und Alpacas zu Haustieren zu züchten.

Chiles zweite Invasion - nämlich die der Spanier ab 1536 - verlief natürlich auch nicht ohne Blutvergießen. Die Mapuches leisteten auch diesen Fremden erbitterten Widerstand und dieser zog sich über drei Jahrhunderte hin. 1818 brachte zwar die Unabhängigkeit des Landes, aber die territoriale Integrität des heutigen Staatsgebietes wurde erst 1881 sichergestellt, als nämlich der letzte Aufstand der Mapuches in Blut erstickt wurde.

Bis dahin waren die heutigen Provinzen Arauco, Bío-Bío, Malleco und Cautín - also große Teile der heutigen VIII. und IX. Region - fest in der Hand der Mapuche-Indianer, so dass inmitten des chilenischen Staatsgebietes, südlich der Städte Concepción und Chillán, eine regelrechte Grenze verlief, die man bis heute „La Frontera" nennt.

Das von der chilenischen Regierung kontrollierte Staatsgebiet war also unterbrochen und die Regierungsgewalt konnte nur südlich des Mapuche-Territoriums, also ab der heutigen Provinz Valdivia, ausgeübt werden.

Als dann der Pazifik-Krieg zwischen Chile einerseits und Bolivien und Peru andererseits ausbrach - 14. Februar 1879 -, konnte Chile nicht seine ganze Militärmacht einsetzen: 1/3 der Truppen blieb im Lande, um die Grenze am Mapuche-Territorium zu überwachen.

Die Mapuches wollten die für sie als günstig erscheinende Situation ausnützen und fingen an, klammheimlich ein Heer aufzustellen, und schlugen dann 1881 los. Zunächst griffen sie Traiguén an, wo sie aber scheiterten und ihr Glück dann bei Lebuelmán und Los Sauces versuchten, auch hier wurde der Ansturm von 1.500 Mapuche-Kämpfern abgewiesen. Ein endgültiger Sieg der Regierungstruppen war dies aber noch lange nicht.

Die Mapuches reorganisierten sich und wollten diesmal Malleco unter ihre Kontrolle bringen: Als sie den Fluss überqueren wollten, wurden sie von den Verteidigern angegriffen und besiegt.

Ende 1881 kam es dann zur zweiten Rebellion der Mapuches. Auf verschiedene Stoßtruppen verteilt, griffen sie zu gleicher Zeit Nielol, Temuco, Lumaco und Cholchol an. Sie wurden von zwei Heerescorps unter dem Kommando des Obersten Urrutia zurückgeschlagen und hart bestraft.

Der Präsident der Republik, Santa María, erteilte daraufhin den Befehl zur Besetzung des ganzen Mapuche-Gebietes. Es war eine sehr schwierige Expedition.

Fast drei Jahrhunderte sind seit der Zerstörung der von den Spaniern erbauten Stadt Villarrica vergangen. Seither wurde die ganze Zone der Natur überlassen, die bis dahin kultivierten Böden wuchsen zu und es bildete sich ein regelrechter, undurchdringlicher Urwald.

Nur mühselig kamen die Expeditionstruppen weiter, jeder Schritt musste frei gemacht, mit der Axt und dem Buschmesser mussten die Bäume und das dichte Buschwerk weggeräumt werden. Es war ein heller Sommertag - der 3. Dezember 1882 -, als dann die Belohnung kam: Plötzlich erblickten die Soldaten den wunderschönen, beschneiten Vulkan Villarrica und auch die Ruinen der zerstörten Stadt gleichen Namens wurden wiedergefunden. Die Mapuches griffen die Expeditionstruppen nicht mehr an und das ganze Gebiet - die Zone der Seenplatte - konnte dem Staatsterritorium angegliedert werden.

Übrigens: Über den Mapuche-Aufstand 1881 wird auch im Kapitel VI ausführlich berichtet, zumal dieses Ereignis ein Teil der Geschichte Chiles ist. (Die Wiederholungen, die nicht zu vermeiden waren, bitte ich zu entschuldigen.)

Seither sind weitere 130 Jahre vergangen. Die Mapuches haben ihre Schmach noch immer nicht überwunden. Groll, Hass und Distanzierung den „anderen" gegenüber sind im Laufe der Zeit keineswegs verschwunden.

Im lesenswerten Buch von Mayo Calvo über die Geheimnisse und Traditionen der Mapuches (siehe S. 25) steht u.a.:

„Die junge Generation der Mapuches hat kein Verlangen, die Gewohnheiten ihrer Vorgänger zu erben, trotzdem ist sie fatalistisch. So wird man auch verstehen, wenn einige sich an den Drahtzäunen erhängen, wenn irgend etwas, was sie sich gewünscht haben, nicht in Erfüllung ging.

Viele junge Paare sind in die Städte gezogen und man behauptet, allein in Santiago befänden sich z. Z. 100.000 Mapuches, eine wahrhaftige Kolonie, die ihr zurückversetztes dörfliches Dasein für ein Leben mit Armut und Schäbigkeit eingetauscht hat.

Und wie es die ‚Alten' zu sagen pflegen, sind sie sehr stolz ihrer Rasse zuzugehören und vermeiden es, wenn es nur irgendwie geht, sich mit den ‚Chilenen' zu vermischen. Sie leben in unmittelbarer Nachbarschaft und kennen sich nicht, vor allem ist diese zurückweisende Haltung noch stärker bei den Alten ausgeprägt, zumal bei ihnen das Leiden vorangegangener Generationen noch latent ist. So haben sie es mir wortwörtlich gesagt.

Señora, wenn ein wilder Indianer irgendeine Roheit begeht, ist dies noch zu verstehen, aber nicht, wenn es ein Spanier tut, der zivilisiert ist.

In ihrer Ausdrucksweise wird auch weiterhin das Wort ‚huinca' für einen Fremden verwendet, was mit Gauner gleichbedeutend ist und sie gebrauchen dieses Wort nach wie vor als Beleidigung oder als ein Zeichen abgrundtiefer Verachtung." Die Wunden der Mapuches sind noch lange nicht geheilt.

Sie haben eben sehr vieles verloren: die Freiheit im alten Sinne des Wortes, vor allem auch viel Grund und Boden.

Die Agrarreformen der Präsidenten Frei Montalva und Allende Gossens haben bei vielen von ihnen falsche Hoffnungen geweckt. Sie dachten, jetzt werden sie die Ländereien ihrer Väter und Vorväter zurückbekommen. Viel Land wurde ihnen durch Tricks und hinterlistige Manipulationen genommen; sicherlich wurden sie nicht nur ausnahmsweise betrunken gemacht, damit sie dann beim Notar den Übereignungsvertrag unterschreiben oder, in den meisten Fällen, ihren Daumendruck auf das Dokument setzen.

Was ist dann passiert? Im Zuge der oft widerrechtlich ergangenen Enteignungsverfahren haben auch viele „Indios", die früher bei ihren „weißen" Patrones gedient haben, das eine oder andere Stück Land erhalten, mit einer Fläche von 100 ha und mehr. Aber sie hatten nicht die notwendige Maschinerie, auch nicht das erforderliche Kapital, um vorwärtszukommen. So blieb auch den meisten nur die Alternative, das Land zu veräußern, nicht selten dem früheren Eigentümer. Ein trauriger Circulus vitiosus.

In den 90er Jahren des vergangenen Jahrhunderts gab es dann auch - vornehmlich in der Provinz Cautín - Unruhen, in die die dort ansässigen Mapuches verwickelt waren. Sie wollten ihre alten Zechen bezahlen, plünderten, zündelten und wurden auch handgreiflich, so dass die Gendarmerie eingreifen musste. Ziel waren vornehmlich die großen Holzausbeutungsfirmen, die große Waldgebiete besaßen und die dortigen Bestände einheimischer Baumarten „abholzen" wollten. Allmählich hat sich die Lage dann beruhigt.

Die Regierungen der neunziger Jahre haben dann einen Spezialfonds eingerichtet, um mit diesen Geldern die Ländereien der Holzfirmen aufzukaufen und diese Terrains unter den Mapuches aufzuteilen. Ein Tropfen auf den heißen Stein. Die Unruhe unter den Mapuches schwelt weiter.

Die ausgerotteten Ureinwohner des Feuerlandes und Südpatagoniens

Von diesen Indianerstämmen wusste man nur andeutungsweise. Es waren sehr spärliche Hinweise, aber keineswegs präzise Daten; Informationen, die den alten Aufzeichnungen der Schiffstagebücher entnommen wurden.

Juan Ladrillero beschreibt schon 1558 das Leben der Eingeborenen, die damals in den westlichen Kanälen der Magellanstraße ein karges, erbärmliches Leben führten. Diese Indianer - die Alakalufes - waren ein Fischervolk, Nomaden, die praktisch nur auf dem Wasser und aus dem Wasser lebten und niemals irgendwo sesshaft wurden.

Ladrillero drang dann auch nach Osten, bis zur ersten Verengung (primera Angostura) der Magellanstraße vor und dort erlebte er ein ganz anderes Indianervolk, das er „wegen ihrer riesigen Gestalt und ihres hohen Intellekts bewunderte und weit höher einschätzte als die Indianer der westlichen Kanäle" (siehe De Agostini, Zehn Jahre im Feuerland, S. 238). Diese Leute waren die Patagonier, die man später als Tehuelches identifizierte.

Der nächste Seefahrer, der um 1580 in der Region war und als Pedro Sarmiento de Gamboa in die Geschichte einging, informierte als Erster über die Ona-Indianer, die er an der Nordküste der feuerländischen Hauptinsel entdeckte.

Er beschrieb sie als stattliche Menschen, die erstaunlich groß und kräftig waren.

So gab er auch der Bucht, wo er ihnen zuerst begegnete, den Namen „Bahía Gente Grande", ein Name, der die Jahrhunderte überlebte und auf den heutigen Landkarten unverändert erscheint.

Neunzig Jahre später (1670) berichtete John Narborough in seinem Schiffstagebuch über die erbärmliche, bedauernswerte Lage der Eingeborenen des Feuerlandes und der angrenzenden Region.

Ein Jahrhundert später schrieb der französische Seefahrer Antoine de Bougainville, der 1765 bis 1769 in der Region verweilte, seine Betrachtungen und Erfahrungen mit den Bewohnern der großen Feuerlandinsel, die er allerdings nur in der Uferregion antraf. Bougainville gründete seinerzeit auf den „Malouinen" (= Falkland-Inseln, von den Argentiniern „Las Malvinas" genannt) eine französische Kolonie und diese musste er u.a. auch mit Holz versorgen, das er sich aus der Inselwelt des Feuerlandes holte.

Es gab auch noch weitere Seefahrer, die meisten Engländer, die im 18. Jahrhundert an Ort und Stelle ihre Beobachtungen niederschrieben und die dortigen Naturmenschen für die bedauernswertesten Menschen der Welt hielten, dies wegen ihrer Nacktheit in einer rauhen Klimazone und wegen ihrer Bedürfnislosigkeit.

Die zutreffendsten Beobachtungen sammelte über die längs der Magellanstraße lebenden Indianer die Expedition der spanischen Fregatte „Santa María de la Cabeza“ unter dem Befehl von Antonio de Córdoba (1785 bis 1789). Der Bericht dieser Expedition beschreibt die Sitten und Gebräuche der Kanalindianer; dagegen fehlen entsprechende Hinweise bezüglich des Volkstums und besonders der Sprache.

Der englische Forscher Fitzroy, der 1831 bis 1836 dort verweilte, war vielleicht der Erste, der sich mit der Unterschiedlichkeit der einzelnen Stämme, was ihre Sprachen, Sitten und Gebräuche betrifft, auseinandersetzte. Fitzroy ordnete die Eingeborenen in vier Stämme ein, und zwar nach ihren eigenen Namen in Tekehnika, Alikhulip, Ön und Pescheräh. Diese Namensskala hat sich nicht durchgesetzt, allerdings erkennt man die Ähnlichkeit mit dem heute gültigen Stammesnamen Tehuelchen, Alakalufes, Onas, wobei es sich bei den Pescheräh um einen Teil der Alakalufen handeln soll.

Nach Fitzroy sollen die Pescheräh ein Zweig der Eingeborenen sein, die in den westlichen Kanälen Patagoniens lebten, von der Magellanstraße bis zum Kap Tres Montes. Er teilt sie in drei Gruppen ein, in die eigentlichen Pescheräh, die Huemul und die Tschonos (Chonos). Die Pescheräh hätten den mittleren Teil der Magellanstraße bewohnt, die Huemul die Otway- und Skiring-Bucht und die Tschonos die weiter nördlich gelegenen Kanäle bis zum Kap Tres Montes.

Diese historische, heute obsolete Aufteilung hat keine Gültigkeit mehr: All diese Stämme zählen zu den fast ausgestorbenen Alakalufes.

De Agostini hat damals, in den 10er und 20er Jahren des XX. Jahrhunderts, die noch dort lebenden Ureinwohner des

Feuerlandes kennengelernt und mit ihnen zusammen gelebt. Er hat sich mit ihnen - hauptsächlich mit den Onas - befreundet und diese Freundschaft war gegenseitig.

Über die verschiedenen Indianerstämme des Feuerlandes und der angrenzenden patagonischen Region schrieb Prof. Dr. Otto Bürger in seinem Standardwerk „Chile als Land der Verheißung und Erfüllung für deutsche Auswanderer“ (Leipzig, 1920) wie folgt:

„Es sind die Alakalufes im westlichen Gebiet der Magellanstraße, deren Schmuckketten aus Schneckenhäusern und Bootsmodelle man in Punta Arenas kaufen kann. Die ebenfalls in Booten fischenden und jagenden Yaghanes im südlichen Feuerland und die nomadisierenden, nur von der Jagd lebenden Onas im nördlichen. Diese wurden von den Salesianern, die Yaghanes von britischen Missionaren christianisiert. Schließlich mögen noch die patagonischen Tehuelchen Erwähnung finden, obwohl sie hauptsächlich argentinisches Gebiet bewohnen. Alle diese Stämme zählen nur noch nach Hunderten.“

Leider half ihnen die Christianisierung nichts. Heute gelten die erwähnten Stämme als ausgestorben.

Aber sehen wir uns diese traurige Geschichte näher an. Zunächst Folgendes:

Beide Indianerstämme, die wir zuerst erwähnten, also die Alakalufes und die Yaghanes, scheinen mit den Tschonos-Indianern (Chonos) verwandt gewesen zu sein; diese bevölkerten die Inselwelt südlich von Chiloé, die man heute noch als Chonos-Archipel kennt. Die Tschonos galten seit 1870 als ausgestorben, mit Ausnahme von wenigen, die sich im 18. Jahrhundert in Chiloé niederließen und von den Jesuiten zum Christentum bekehrt wurden.

Nun die Einzelheiten:

Die Alakalufes (Kawéskar). Sie waren Nomaden und vor allem Seeleute, die ständig unterwegs waren und dabei die Inseln und Kanäle zwischen dem Golfo de Penas (im Norden) und der Magellanstraße (im Süden) durchstreiften.

Ihren Unterhalt besorgten sie, indem sie Seehunde und Robben jagten, aber auch das Ausbeuten von Meeresfrüchten und der Fischfang trugen dazu bei, ihre „Speisekarte" zu ergänzen. Sie lebten in einer Zone extremer klimatischer Bedingungen, mit Regenmengen von über 4.000 Millimeter pro Jahr, die durch die orkanartigen Stürme und die eisigen Gletschergewässer besonders erschwert wurden.

Heute (2008) leben noch einige wenige aus diesem Stamm in Puerto Edén, von wo aus sie die umliegenden Inseln umsegeln. Ihre praktisch vollzogene Ausrottung ist u.a. auf die zivilisatorischen Krankheiten und die Zuwendung zum Alkohol zurückzuführen; sowohl Krankheiten als auch der Alkohol waren „Mitbringsel" der Robbenjäger und Walfänger während deren Präsenz in der Inselwelt der Alakalufes, die bis zur Hälfte des 19. Jahrhunderts andauerte.

Die Yaghanes (Yamanas) waren ebenfalls Seeleute und Nomaden, die in der Zone des Beagle-Kanals lebten und sich zwischen Kap Hoorn (im Süden) und der Insel Clarence (nach Westen) bewegten. In der letztgenannten Region hatten sie gelegentlichen Kontakt mit dem Volk der Alakalufes. Im Jahre 1876 hat sich in Ushuaia (Argentinien) eine anglikanische Mission etabliert, später siedelte sie auf die chilenische Seite nach Navarino um und arbeitete dort während 70 Jahren für das Überleben und die Christianisierung dieses Volkes.

Das letztendlich eingetretene Aussterben des Stammes ist diversen Epidemien, den eingeschleppten Geschlechtskrankheiten und dem Alkohol zuzuschreiben, auch hier ein „Geschenk" der weißen Robbenjäger und Walfänger und, etwas später, dem dort ausgebrochenen „Goldfieber", das zahlreiche Abenteurer anlockte (1893).

Die Alakalufes und die Yaghanes waren miteinander verwandt. Kleinwüchsig, die Schultern und der Oberleib gut entwickelt, im Gegensatz zu den sehr dünnen krummen Beinen, die dem Körper beim Gehen eine plump-schaukelnde Bewegung verliehen. Dies betrifft vor allem die Yaghanes, die durch die Notwendigkeit, fast ununterbrochen zusammengekauert in Kanus zu leben, und die geringe Übung im Laufen die natürlichen Konsequenzen dieser Lebensweise bezahlen mussten: Die unteren Körperteile waren auffallend zurückgeblieben und missgestaltet, während Brust und Arme durch das Rudern erstarkten.

Bei den Alakalufes war es anders: Sie waren nicht nur Seeleute, sondern auch Landjäger und auf ihrer Speisekarte erschienen nicht nur Fische und Meerestiere, sondern auch Guanakofleisch. Durch das häufige Wandern waren ihr Unterleib und ihre Füße viel besser entwickelt.

Die Frau wurde bei diesen Indianern als Sklavin behandelt und sie trug auch die ganze Last und Mühe des Fischfangs und des Sammelns der Weichtiere. Sie musste bis an die Hüften ins Wasser gehen und die Riffe nach Schaltieren und Miesmuscheln absuchen, die als Leckerbissen galten.

Die Frauen waren auch geübte Schwimmerinnen und hielten sich oft lange Zeit in dem eisigen Wasser der Kanäle auf, gegen das sie fast unempfindlich waren.

Die Männer dagegen konnten nicht schwimmen, was bei Menschen, die ihr ganzes Leben auf dem Meer verbringen, kaum zu glauben ist.

Auch um die Führung der Kanus hatten sich die Frauen zu kümmern. Sie ruderten, im Boote niedergehockt, mit kleinen Schaufeln, während die Ehemänner meist der Ruhe am Feuer pflegten, das auf einer dünnen Erd- und Sandschicht stets inmitten der Kanus unterhalten wurde.

Die Onas (Selk´nam) waren Landjäger, die auf der Pampa des Feuerlandes lebten. Eingetroffen sind sie dort in der Endphase der letzten Eisperiode vor 10.000 Jahren, als die große Insel des Feuerlandes noch mit dem Kontinent - bei der heutigen ersten und zweiten Verengung der Magellanstraße - verbunden war.

Ihre Gewohnheiten waren ähnlich wie die der Tehuelches (Aónikenk), aber angepasst der strengen Witterung der Region. Sie trieben Handel mit dem Volk der Yaghanes, den Bewohnern des Beagle-Kanals, die sie in der Gegend von Ushuaia kontaktierten, wo die Bergkette der Kordillere zum Meer abfällt. Auch dieses Volk erlitt eine tragische und gewalttätige Ausrottung. Kurz davor bewohnten die steppenartige Pampa des Feuerlandes noch ca 4.000 Angehörige dieses Volkes, die Zone also, die vom atlantischen Eingang der Magellanstraße bis zum Vorgebirge der Kordillere von Darwin (als Südgrenze) reicht, wo das dichte Waldgestrüpp und danach die undurchdringlichen, dichten Magellanwälder beginnen.

Die Onas waren Nomadenstämme von kräftiger Statur und großem Wuchs, geschickt in der Handhabung der Schleuder, des Bogens und der Pfeile, womit sie Guanakos und Vögel fingen. Sie verteidigten entschlossen ihr Territorium gegen irgendwelche Eindringlinge und wehrten beinahe 50 Jahre lang erfolgreich die Versuche Fremder ab, ihr Heimatland zu betreten.

1881 haben sich Chile und Argentinien hinsichtlich der Grenzziehung auf der Feuerlandinsel geeinigt. Diese Territorien waren vorher unbekannt und erst die Expedition von Ramón Serrano 1879 ergab, dass dieser Landstrich unter Umständen sehr geeignet für die Rinderzucht sein könnte. Ein Jahr später, 1880, entdeckte Jorge Porter die Bucht von Porvenir und fand im Gebirge Boquerón Gold.

Seit 1882 tauchten daraufhin Hunderte von Bergleuten und Abenteurern aus Amerika und Europa dort auf und Anfang des neuen Jahrhunderts, also ab 1900, etablierte sich auch der industriell gelenkte Bergbau. Die eingesetzten Bagger beuteten dann den ganzen Rest des Goldes intensiv aus und 1909 war der ganze Spuk vorbei. Die angrenzenden

Ländereien wurden inzwischen von den niedergelassenen Viehgesellschaften in Besitz genommen.

Die einheimischen Onas wurden nach und nach zurückgedrängt und schließlich wurden sie auf dem Altar der Habgier und Rücksichtslosigkeit geopfert. Anfangs hatten sie - nichts ahnend - noch Spaß, zumal das Jagen von Schafen leichter war als das von Guanakos, doch mussten sie bald begreifen, dass die Viehzüchter keinen Spaß kannten. Das Volk der Selk´nam wurde unerbittlich gejagt und bekämpft: Die Großgrundbesitzer beauftragten bezahlte Killer, die ihr „Entgelt" für je ein abgetrenntes Ohrenpaar erhielten.

De Agostini hat in seinem „Zehn Jahre im Feuerland", S. 242 - 243, den tragischen Grund der Ausrottung der Onas wie folgt formuliert:

„Das ganze Vergehen des Indianers bestand darin, dass er nicht zwischen Guanako und Schaf hatte unterscheiden können; er hielt eben jedes Tier für jagdfrei, das sich auf seinem Grund und Boden befand."

Pater José Fagnano, ein Salesianer, der 1888 nach Punta Arenas kam, erhielt die Konzession über die Insel Dawson, in der Meeresenge gelegen, und gründete dort eine Zufluchtsstätte, wo es ihm gelang, etwa 1.000 Onas aufzunehmen, die ihm die Landbesitzer zugesandten; 1893 richtete er ein ähnliches Reduit in der Nähe von Rio Grande, Argentinien, ein, wo er eine ebenfalls größere Anzahl von Ureinwohnern unterbrachte.

Allerdings, wenn auch die Freiheit allgemein geschätzt wird, für diese Nomaden war sie eine absolute Notwendigkeit: Viele von ihnen starben an Krankheiten und fehlender Anpassungsfähigkeit, an unerfülltem Freiheitsdrang.

Die Salesianermission auf der Insel Dawson schloss 1912 ihre Pforten und 1920 zählte der Anthropologe Martin Gusinde nur noch 276 überlebende Selk´nam, der größte Teil hiervon in der Estancia Viamonte, deren Eigentümer die Gebrüder Bridges waren. Heute erinnert an sie lediglich ein Gedenkstein „zu Ehren des unbekannten Ona“ im Friedhof von Punta Arenas.

Die Tehuelches (Aónikenk) waren Nomaden und Landjäger von großer Statur.

Der Legende nach haben ihre Fußstapfen den Namen der Zone Patagonien verliehen (pata= Fuß).

Ihr Wandergebiet befand sich entlang der östlichen Hänge der Anden (also in Argentinien), wo es üppige Wiesen für ihr Vieh gab. Sie „grasten“ dieses große und lange Randgebiet der Kordillere in nördlicher Richtung bis zur heutigen Stadt San Carlos de Bariloche (argentinische Schweiz) ab.

Im 18. Jahrhundert gelang es ihnen, die Wildpferde der Pampa zu zähmen, und so errangen sie eine größere Mobilität mit der Folge, dass sie ihr Wandergebiet beträchtlich vergrößern konnten, indem sie entlang der ostwärts fließenden Flüsse bis zum Atlantik gelangten.

Gejagt haben sie Guanakos und Nandus (Straußvögel); verkauft haben sie ihr Fell bzw. die Federn an die erst vor Kurzem dort angesiedelten weißen Kolonisten.

Die großen Güter für die Rinderzucht, die auch hier ab 1900 eingerichtet wurden, haben ihrem freien Herumtreiben einen Riegel vorgeschoben. Der Verlust des freien Nomadentums, die bisher unbekannten, von Fremden eingeschleppten Krankheiten und die Folgen des Verlustes ihrer kulturellen Wurzeln haben auch dieses Volk stark reduzieren und quasi aussterben lassen.

Der urige Wortschatz der Chilenen – Los chilenismos

Die Chilenen gehören zur spanischsprechenden Völkerfamilie, der Sprachengruppe also, die im Laufe der Zeit zur meistgesprochenen indogermanischen Sprache der Welt avanciert ist, indem sie die Weltsprache Nr. 1 - also die englische - hinter sich ließ.

Bei einer so bedeutenden, Kontinente umfassenden Sprache ist es durchaus verständlich, wenn sich eine so große lebendige Sprache auseinanderentwickelt hat, mit der Folge, dass z. B. ein in Patagonien lebender Chilene oder Argentinier seine Sprachgenossen auf Puerto Rico oder Tenerife nicht immer ganz versteht, da er einige der von diesen verwendeten Wörter oder Ausdrucksweisen nicht kennt.

Allerdings ist die spanische Universalsprache mitnichten in territorial zerrissene Mundarten auseinandergebrochen, vielmehr behielt sie ihren breiten und überall verstandenen Grundstock und bereicherte diesen mit Lehnwörtern, die sie von den jeweiligen anders sprechenden Nachbarn geliehen hat. Diese Nachbarn waren nicht nur die von den spanischen Eroberern besiegten Urvölker (z. B. Indianer oder Guanchen), sondern auch andere Ethnien, mit denen sie in Berührung kamen.

Zudem ist eine Bereicherung bzw. Weiterentwicklung der lebendigen, regional gesprochenen Sprachvariante dadurch entstanden, dass man schon bestehenden Wörtern „andere" Inhalte verlieh, wobei in den meisten Fällen die ursprünglichen Bedeutungen parallel weiterexistieren.

Dazu kommt noch, dass dieser „Austausch" der Wörter und Begriffe in der heutigen globalisierten Welt erst recht intensiv und üblich geworden ist, wobei die Landes- oder sogar Kontinentalgrenzen schonungslos überschritten werden. Versuche einiger Regierungen - z. B. der von Frankreich - dieser Entwicklung Einhalt zu gebieten, werden nicht fruchten.

Die Aufnahme bzw. Verwendung von Fremdwörtern geschieht in rasantem Tempo und man muss mit diesem Phänomen leben, ob es einem gefällt oder nicht.

Nach diesen allgemeingültigen Feststellungen wenden wir uns nun den Besonderheiten der in Chile gesprochenen spanischen Sprache zu.

In Chile wird nicht das reine „Hochkastilisch", also die von der Real Academia de la Lengua Española abgesegnete „offizielle" Sprache gesprochen, sondern ein Jargon, der vielleicht mit dem Slang der Nordamerikaner (in Bezug auf das sog. „Queens English") zu vergleichen wäre.

Im täglichen Umgang benützt man in Chile eine ganze Reihe von Ausdrücken, die gewissen Assoziationen oder Fantasievorstellungen entspringen. So spricht man z. B. von der „dolorosa", wobei man die zu bezahlende Rechnung meint, also den schmerzlichen Akt, der durch das Loswerden des eigenen Geldes vollzogen wird.

Ein anderes Beispiel: Man bezeichnet den Mann, der einen Schlag auf ein Auge verpasst bekommt, also einen Bluterguss am Auge hat, als jemanden, der mit einer erloschenen Laterne herumstolziert (= anda con un farol apagado).

Den geistig Schwachen bezeichnet man als jemanden, der aus dem Bett fiel (= caído del catre), wobei ähnliche Umschreibungen auch in anderen Sprachen vorkommen. So pflegt man im Ungarischen von dieser Sorte von Menschen zu sagen: „köbölcsöben ringatták", d. h., man hat sie im Säuglingsalter in einer Steinwiege geschaukelt.

Und so gibt es eine ganze Reihe von Umschreibungen, deren Zweck es ist, das eigentlich korrekte Wort durch harmlosere, erheiternde Wörter zu ersetzen, die den kriminellen Hintergrund ins Lächerliche ziehen bzw. kaschieren. So sagt man z. B. anstatt „bestechen" (also: sobornar) „einölen" (aceitar).

Für den üblen Trick, jemandem zu schaden und seine Existenz zu gefährden, gebraucht man den Ausdruck „aserrucharle el piso", womit man sagen möchte, dass man dem Opfer unter seinen Füßen den Fußboden zersägt.

Unter „malicia" (= üble, hinterlistige Tat) versteht man auch die alkoholische Bereicherung eines ansonsten harmlosen Getränkes.

So könnte man eine große Reihe der in Chile üblichen Wortspiele und typischen Deutungen aufzählen.

Jacobo Grass hat sich die große Mühe gemacht, 1035 verschiedene Wörter zusammenzutragen, wobei diese Zahl mit Sicherheit nur die untere Grenze einer grenzenlosen, stets wachsenden Menge ist.

Der chilenische Jargon wird aber nicht nur durch die genannten Besonderheiten gekennzeichnet, sondern vor allem durch die **Anwendung und Integrierung von Leihwörtern**, die das chilenische Spanisch im Laufe der letzten Jahrhunderte bereichert haben.

So übernahm man u.a. auch deutsche, italienische, englische usw. Wörter, die entweder unberührt oder eben leicht verändert den chilenischen Wortschatz bereicherten.

Beispiele hierfür:

- *Kindergarten* wird auch in Chile exakt so geschrieben und sinngemäß verwendet. Da das Wort etwas zu lang ist, sagt man auch schon mal einfach Kinder, z. B.: „voy al kinder para buscar los chicos" (= ich gehe in den Kindergarten, um meine Kleinen abzuholen).

- *Kuchen*: ein Wort, das die nach Chile eingewanderten Deutschen „importiert" haben. Man sollte sich nicht wundern, wenn man - vor allem in der breiten Zone zwischen Temuco und Puerto Montt - unterwegs ist und am Straßenrand eine Tafel mit diesem Wort vorfindet: in der Nähe des Schildes befindet sich eine Kaffeestube rustikalen Stils, geleitet von einer deutschstämmigen Hausfrau.

- *Pifiar*: eine etwas abgeänderte Form von pfeifen, auspfeifen, wobei das korrekte spanische Wort „silbar" wäre.

- *Lumpen* für Pack, Gesindel, wobei das korrekte spanische Wort chusma oder canalla wäre.

- *Ñoquis* für Nockerl (Teigware),
könnte auch vom italienischen „gnocchi" kommen

- *Panqueque* für Pfannkuchen,
kommt vom englischen „pancake"

- *Luquear* für gucken,
kommt vom englischen „to look"

- *Mina* für Frau,
kommt vom portugiesischen „menina", junges Mädchen.

- *Tincar* für vermuten,
stammt vom englischen „think"

Interessant sind auch die **Bezeichnungen, die die Chilenen für ihre Nachbarn** oder **die in Chile lebenden Ausländer** (der ersten Generation) benützen. So nennt man z. B. die Nordamerikaner und die Engländer „yanquis" (auch andere Ausländer, die blond und blauäugig sind, werden so genannt), die Franzosen nennt man „gabachos", die Spanier „coños", die Italiener „bachichas" (das Wort stammt vom genovesischen: baciccia), die Bolivianer „cuicos", die Peruaner „cholos" (wobei dieses Wort im amerikanischen Spanisch für einen Mischling zwischen einem Weißen und einer Indianerin verwendet wird) und schließlich die Argentinier „cuyanos".

Dagegen nennen die Peruaner und die Argentinier ihre chilenischen Nachbarn „rotos", eine Bezeichnung, die historische Gründe hat, siehe Kapitel VI „Wie entstand Chile und wie ging es weiter?". In Chile versteht man unter diesem Wort einen Proletarier spezieller Prägung.

Wenn man 25 Jahre in einem Land verbringt, gewöhnt man sich an die dortigen Ausdrücke und Bezeichnungen und bereichert seinen eigenen Wortschatz mit diesen.

Wenn man sich dann in einem anderen spanischsprachigen Staat aufhält, merkt man erst, dass man Wörter verwendet, die dort entweder gar nicht bekannt sind oder eine andere Bedeutung haben.

Nie werde ich unseren Aufenthalt auf dem Flughafengelände von Las Palmas (Gran Canaria) vergessen, wo wir auf den Anschlussflug nach Tenerife warteten, und dies während unseres großen Abenteuers im März 1972 (Umzug nach Europa). Wir hielten uns in einer Cafeteria auf und unsere Mädels wollten eine Coca-Cola trinken. Der Kellner brachte die Getränke, jedoch ohne den Strohhalm dazu. Als dann unsere Töchter diesen reklamierten und nach der „bombilla" fragten, verstand sie der Kellner nicht, da man in Spanien darunter Glühbirne versteht. Für den Strohhalm verwendet man das Wort (auch in Chile bekannt) „paja" (Strohhalm). In den Río-de-la-Plata-Ländern versteht man unter „bombilla" das Trinkröhrchen für Mate, in Chile das Trinkröhrchen überhaupt.

Es würde den Rahmen dieses Buches sprengen, wenn ich nun die von J. Grass publizierten mehr als eintausend chilenischen Eigentümlichkeiten wiedergeben würde, doch sollten an dieser Stelle einige von ihnen - beispielhaft - erwähnt werden.

Aus dem **Bereich „Familie und menschliche Beziehungen"** wären zu nennen:

Patrona für Hausfrau, Gattin; *Patrón* für Arbeitgeber, Chef; *Cabros* für Kinder (eigentlich Ziegen); *Pelusas* für arme Kinder; *Guagua* für Baby (in Mexiko und Kuba versteht man darunter einen Autobus); *Chancleta* für kleines Mädchen; *Pololo* oder *Pinche* für Liebhaber, *pololear* für flirten, dagegen versteht man in Chile über *pololitos* kleinere Gelegenheitsarbeiten.

Aus dem **Bereich „Eigenschaften und Aussehen“** erwähne ich

Chascón für ungekämmt (mit zerzausten Haaren). Diesbezüglich eine kleine persönliche Geschichte: Eines Tages, noch in Río Negro (1960 - 67), plauderte ich mit meinem Freund Rolf Derpsch, damals Verwalter auf dem Landgut von Enrique Geisse. Rolf war dabei, den von seinem Patrón gebrachten Weizen abzuladen, und ich fragte ihn, wie es seiner Schwester gehe. Rolf sagte mir daraufhin, ja, der ginge es gut mit ihrer „Talco-Frisur“ (talco = Puder). Ich fragte, wieso Talco-Frisur, was solle dies heißen. Woraufhin Rolf: „Tal como te levantaste...“ = wie Du eben aufgestanden bist, d. h. mit zerzausten Haaren. Ein typisch chilenisches Wortspiel also. Unter chato verstand man ursprünglich eine Person von kleinem Wuchs, später dehnte sich der Begriff auf eine Person überhaupt aus. So sagt man z. B.: es un buen chato, d. h., er ist ein guter Mensch. Das Wort guapo gilt für einen „hübschen jungen Mann“, in Chile auch für einen tapferen Mann. Unter pituco versteht man einen Mann, der sich einbildet, etwas Besseres zu sein. Als fome bezeichnet man jemanden, der nicht gut ankommt, weil er dummes, langweiliges Zeug von sich gibt, fregado ist dagegen ein Mann, der mit seinem Gehabe lästig und ärgerlich ist, also der einen „anödet“, im korrekten Spanisch benutzt man hierfür das Wort „fastidioso“.

Guatón ist ein Mann mit einem „Bierbauch“; das Wort guata kommt vom Araukanischen und bedeutet Bauch, auf gut Spanisch „panza“. Mit chicha fresca bezeichnet man jemanden, der ungehemmt und heiter auftritt, und buena percha nennt man eine Person, die gut aussieht („percha“ heißt im Übrigen Kleiderbügel).

Besonders drollig ist die Bezeichnung puente roto (kaputte Brücke) für einen Mann, der wegen seiner Überheblichkeit nicht gut ankommt. Weshalb „kaputte Brücke"? Die Begründung ist einfach: „porque nadie lo pasa" (wörtlich übersetzt: weil sie niemand beschreitet). Dazu muss man aber auch wissen, dass das Wort pasa nicht nur mit ‚beschreiten' übersetzt werden kann, sondern auch mit ‚ertragen'. Und so könnte man noch etliche Begriffe aus diesem persönlichen Bereich zufügen, allerdings deuten die dargebotenen Beispiele schon allein auf den unglaublichen Reichtum dieser chilenischen Extravaganzen hin.

Auch im **finanziellen Bereich** gibt es zahllose Wörter, die man nur in Chile kennt und benützt. So bedeutet z. B. das Wort luca 1.000 Pesos, 100 lucas wären demzufolge 100.000 Pesos usw. Mit dem Wort chaucha bezeichnete man in den 50er Jahren die 20-Centavos-Münze; da es heutzutage (wegen der Geldentwertung) keine Centavos-Münzen mehr gibt, blieb das ursprüngliche Wort nur in der Bezeichnung chauchero (= Kleingeldbörse erhalten, aber auch dieses Wort wird allmählich durch das Wort monedero verdrängt. Unter tucada versteht man den Lohn oder das Gehalt (eigentlich korrekterweise auch sueldo genannt) und wenn man una buena tucada sagt, versteht man darunter eine größere Menge Geldes. Für das Wort Geldscheine (billetes) pflegt man auch billullos zu verwenden und unter sencillo versteht man in Chile das Kleingeld (im korrekten Spanisch gilt das Wort für einfach, schlicht).

Wenn man in Chile von jemandem sagt, dass dieser kein Geld hat, pflegt man „anda planchado" oder „anda pato" zu sagen (das Wort „plancha" bedeutet im Übrigen „Bügeleisen" und „planchar" heißt bügeln; in Chile benützt man dieses Wort auch, wenn sich jemand blamiert).

Wenn jemand sein ganzes Geld verliert oder verschwendet, benützt man in Chile das Wort „farrear", worunter man im amerikanischen Spanisch auch „ausgiebig feiern“ oder „blaumachen“ versteht.

Aber schon beim Wort Geld sieht man den Unterschied: Korrekt wäre hierfür dinero, man sagt aber in Chile lieber dafür plata (= Silber).

Nun schauen wir uns den **militärischen Bereich** an.

Im amerikanischen Spanisch, also auch in Chile, pflegt man milico statt militar (Soldat) zu sagen. Unter pelado (kahlköpfig) versteht man den Rekruten, dessen Haare kurzgeschnitten wurden. Dagegen sagt man paco, wenn man von einem Gendarmen (Carabinero) spricht (Paco ist im Übrigen das Kosewort von Francisco). Rondin nennt man den Soldaten, der nachts patrouilliert (kommt von ronda = Streife).

Was nun den **Verkehrsbereich** betrifft, so findet man auch hier diverse, nur in Chile übliche Bezeichnungen. So versteht man unter micro einen Autobus, unter liebre (Hase) einen Kleintransporter, unter camioneta einen Kleinlaster („Pickup“), unter cacharro einen ausgedienten, minderwertigen Pkw (man nennt diesen auch burra = Eselin). Unter taco versteht man einen Verkehrsstau (in Spanien: atasco). Ergänzend hierzu: Im amerikanischen Spanisch wird unter taco auch der Schuhabsatz verstanden. Hinzuzufügen wäre noch das Wort burrito (= kleiner Esel), womit man einen Rollator meint.

Aus dem **Bereich des allgemeinen Umgangs** wären zu erwähnen:

Pelambre ist für tratschen, schlecht über jemanden sprechen.

Copucha bedeutet, Klatsch, Lügen und „Enten“ zu verbreiten. Unter garabato versteht man Beschimpfung oder Schmähung, auch wenn jemand Unsinn redet. Das Wort bolsear verwendet man, wenn sich jemand auf Kosten eines Dritten verköstigt. Das Wort *engañito* bedeutet eine kleine Aufmerksamkeit, ein bescheidenes Geschenk (kommt vom Wort engaño = Betrug). Den Ausdruck *hocicón* benützt man, wenn man von jemandem spricht, der viel und unnützes Zeug redet (kommt von hocico = Schnauze).

Unter einer *gauchada* versteht man einen Gefallen, der hilfreich ist.

Das Wort *picarse* wird angewendet, wenn sich jemand beleidigt fühlt. Der Ausdruck pisar el *palito* bedeutet, dass jemand in die Falle gelockt wird. Wenn man jemanden als siutico bezeichnet, dann handelt es sich um eine affektierte Person, die sich einbildet, etwas Besseres zu sein (im korrekten Spanisch sagt man hierfür cursi).

Mit dem Wort sapo wird jemand bezeichnet, der schlau, verschlagen und hinterlistig ist (das korrekte spanische Wort hierfür wäre astuto).

Aus dem **Bereich der Getränke** gibt es eine ganze Reihe von Besonderheiten, vielleicht deswegen, weil Chile ein Weinland ist und man deshalb gerne trinkt.

Ein Getränk heißt in Chile trago (eigentlich: Schluck im korrekten Spanisch). Heißes Wasser ohne Zutaten nennt man agüita de perra (= Hundegesöff), agüita dagegen ist ein Kräutertee, sehr beliebt, und wird meist nach dem Essen getrunken; dazu verwendet man die bekanntesten einheimischen Kräuter, wie z. B. cedrón oder boldo, auch die Minze (menta) ist gefragt.

Obwohl Chile ein Weinland ist, trinken die Chilenen auch Bier (cerveza), dessen Qualität sehr gut ist, und dies dank deutscher Bierbrauer, die sich in Chile als renommierte Fachmänner erwiesen haben.

Nun kehren wir aber zurück zum Wein. Chile ist das einzige Land der Welt, wo man keine Rebläuse vorfindet: Chile ist nämlich durch die Anden, die Wüsten und das Meer praktisch isoliert. Die idealen Anbauvoraussetzungen, die Schulung ausländischer Experten, die Bodenverhältnisse (vulkanischer Boden), die langen Stunden der Sonnenbestrahlung und schließlich die Berieselung haben Chile letztendlich zu einem Weinexportland gemacht, das sich nicht verstecken muss: zusammen mit Kalifornien, Australien, Neuseeland und Südafrika gewinnt Chile immer mehr Ansehen und schneidet einen ansehnlichen Teil des Weinexportkuchens ab.

Frankreich, Spanien und Italien werden durch diese Konkurrenten hart bedrängt.

Nun kommen wir zu den chilenischen Extravaganzen, die sich auf das Trinken alkoholischer Getränke beziehen. Cabezón nennt man einen hochprozentigen Wein, der leicht betrunken macht. Betrunken heißt cocido, auch curado oder cufifo (auf Hochkastilisch ebrio). Sich zu betrinken, heißt in Chile cañonearse (man kennt natürlich und benützt auch das korrekte Wort „emborracharse“). Statt borracho (betrunken) sagt man auch huachaca. Das Wort chicha de manzana bedeutet Apfelmost (hochkastilisch cidra), wird gerne im „kleinen Süden“ getrunken. Dormir la mona heißt „den Rausch ausschlafen“.

Was nun den **Bereich der Ernährung** betrifft, so haben wir im Kapitel III (Die Bevölkerung Chiles, Allgemeines, Untertitel „Die chilenischen Ess- und Trinkgewohnheiten“) einiges erzählt. Als Ergänzung hierzu werden wir hier noch einige Spezialausdrücke erwähnen, um das Bild komplett zu machen. Typisch chilenische Gerichte, die vor allem von den unteren Volksschichten gerne gegessen werden, sind folgende: pancutra = Fleischbrühe mit Streifen aus geknetetem und klein geschnittenem Teig; guatitas = Gericht von Innereien und Kutteln; charquicán = sonnengetrocknetes Rindfleisch mit kleingehackten Zwiebeln und Ají; humita = Maispastete, gekocht in siedendem Wasser, gewürzt und mit Maisblättern umfasst; pino = gehacktes und gewürztes Rindfleisch, als Füllung der Teigtaschen (empanadas) oder Pfannkuchen.

Unter once(s) versteht man eine Zwischenmahlzeit, die vielleicht unserem Vesperbrot (hochkastilisch: merienda) entspricht. In der Zeit nach der Eroberung (also im 16. Jahrhundert und danach) haben die Spanier in Chile um diese Zeit herum ein Schnäpschen getrunken, aguardiente (= Feuerwasser) genannt, ein Wort aus elf Buchstaben zusammengesetzt und - laut Saga - da die Spanier zu faul waren, so ein langes Wort zu deklamieren, haben sie einfach elf = once gesagt. Mit der Zeit hat sich das Schnapstrinken dann durch die Brotzeit ersetzen lassen.

Interessant ist auch das Wort malón, worunter man ursprünglich einen überraschenden Angriff der Indianer verstand. Danach, als die Mapuchen bezwungen wurden, übernahm dieses Wort das zivilisierte Volk und versteht unter malón den überraschenden Besuch von Freunden, die die Zutaten (Getränke und Gerichte) mitbringen, um die Hausfrau zu entlasten.

Aus dem **Bereich des Strafrechtes** bzw. **der Strafverfolgung** gibt es natürlich eine ganze Menge von chilenischen Abweichungen und Sonderlingen, die von der Real Academia noch nicht anerkannt wurden. So sagt man ratero statt ladrón (Dieb, Gauner), capacha statt prisión (Gefängnis), lanza statt carterista (Taschendieb), chorear statt robar (stehlen), tira statt detective, loro (eigentlich Papagei), der bei einem Diebstahl die Rolle des Aufpassers übernimmt, während seine Komplizen die Tat ausüben, fondearse statt ocultarse für sich verstecken, rosca statt pendencia für Streitigkeit oder Krach machen, statt boche sagt man auch rosca, hacer leso statt engañar für betrügen, aforrar statt pegar für schlagen, atrincar statt acosar für bedrängen, nötigen, chopazo statt puñetazo für Faustschlag, cuento del tío für Irreführen durch erfundene Geschichten, sapear statt atisbar für erspähen, echar al saco statt concluir un negocio mediante engaño= für jemanden beim Abschluss eines Geschäftes betrügen, chorear statt robar für stehlen etc.

Schließlich möchte ich einige **typisch chilenische Redewendungen des Alltags** präsentieren, die man kennenlernen muss, um den Redepartner zu verstehen.

Hierzu folgender Hinweis: An erster Stelle bringen wir den chilenischen „Sonderling", danach folgen das korrekte hochkastilische Wort und letztlich die deutsche Übersetzung.

- **Al tiro** — *inmediatamente* — sofort
- **Achuntar** — *acertar* — das Richtige erraten
- **Cachar** — *comprender* — verstehen
  Wie oft hörte ich die Frage: ¿cachai, hombre?
  Mensch, hast du mich verstanden? Hast Du es begriffen?
- **Clotear** — *fracasar* — versagen, zugrunde gehen
- **Choro, chori** — *estupendo, magnífico* — großartig
- **Chorearse** — *aburrirse* — sich langweilen
- **Chorrera** — *abundancia* — Menge, Haufen
  z. B. „la gente pobre tiene una chorrera de hijos"
  (die armen Leute haben eine Menge Kinder)
- **Chueco** — *oblicuo, torcido* — schief, aber auch falsch
  Man hört immer wieder sagen:
  „este tipo es bien chueco" (dieser Typ ist sehr falsch)
- **Chuparse** — *no ser capaz de cumplir* — sich vor einer Aufgabe drücken
  man sagt auch correrse oder achaplinarse
- **Dar boleto** — *rechazar* — abweisen *z. B. einen Heiratsantrag*
- **Dar julepe** — *asustarse* — erschrecken
- **Darse vuelta la chaqueta** — *wörtlich das Jackett umdrehen, sinngemäß:* — Sinneswandel, z. B. in eine andere Partei eintreten
- **Dejar la crema / dejar la escoba** — *convertrir en un fracaso* — ein Desaster verursachen
- **Dejar plantado** — *no acudir a una cita* — jemanden „sitzen lassen"
- **De pelicula** — *digno de verse* — erstklassig, sehenswert
- **Descueve** — *sensacional* — Sensationell, begeistert.

  Man sagt auch: descoronte
  Wird immer wieder benützt, wenn man sich für etwas

Devolver la mano	*corresponder un favor con otro*	eine Gefälligkeit erwidern (manus manum lavat)
Donde el diablo perdió el poncho	*muy lejos*	sehr weit, in der Ferne (wörtlich: wo der Teufel seinen „Poncho“ verloren hat)
Embarrarla	*cometer un desacierto*	einen Fehler machen, etwas kaputt machen
Estar frito	*estar fracasado*	aufgeschmissen sein, erledigt (am Ende) sein
Estar para el gato	*no servir para nada*	zu nichts taugen
Estar sonado	*estar embromado*	erledigt sein
Irse a las pailas	*fracasar*	versagen, misslingen
Joder	*molestar*	belästigen
Las huinchas	*de ninguna manera*	keineswegs
Lesera	*tontería*	Blödsinn
Listo para la foto	*a punto de morirse, de ser liquidado*	sich kurz vor dem Tode zu befinden
Macanudo	*excelente*	ausgezeichnet
Macanear	*hacer travesuras*	Unfug treiben
Meter la pata	*cometer una imprudencia*	eine Dummheit begehen
Pagar el pato	*sufrir las consecuencias*	die Konsequenzen tragen
Patudo	*desvergonzado*	unverschämt
Pisar el palito	*caer en una trampa*	in eine Falle treten
Ponerse el parche antes de la herida	*adelantarse demasiado a los hechos*	voreilig sein
Por si las moscas	*por si acaso*	sicher ist sicher
Por un pelo	*por muy poco*	eben noch, um ein Haar
¿Qué hubo?	*¿Cómo está?*	Eine Grußformel: wie geht es?
Refaloso	*resbaladizo*	rutschig

· **Remezón**	*sacudida violenta de la tierra*	ein leichtes Erdbeben
(die Reihenfolge ist: remezón, temblor, terremoto)		
· **Tirarse un carril**	*tratar de encontrar una solución en una situación difícil*	in einer schwierigen Lage etwas unternehmen, dass vielleicht doch gelingt
· **Tomar el pelo**	*burlarse*	sich über jemanden lustig machen
· **Vayase a la punta del cerro**	*vayase al diablo*	scheren Sie sich zum Teufel!
· **Viejo verde**	*persona de avanzada edad que se imagina estar en condiciones de hacer conquistas amorosas*	alter „Fuchs", der sich nach „frischem Fleisch" sehnt…

Diese Aufzählung war nur eine Kostprobe aus der reichhaltigen chilenischen Küche der Sprüche und Ausdrücke, die für sich früher oder später die Legitimation der Real Academia de la Lengua Española erhoffen.

Kapitel IV

Seismologie

Warum bebt es in Chile?

Chile liegt am Pazifik, also am Stillen Ozean. Nun ist aber dieses Weltmeer weder friedfertig noch still. Es hat seinen Namen wahrhaftig nicht verdient. Manchmal ist dort die Hölle los.

Seitdem die Erdplattentheorie allgemein akzeptiert wurde, wissen wir, dass die äußere Schale der Erde mit einer Dicke von ungefähr 100 km Sprünge hat, wie eine riesige Eierschale. Mehr noch: Die Erdkruste ist in verschiedene Teile, größere und kleinere, zerbrochen - ihre Zahl schwankt zwischen 12 bis 20. Diese Teilstücke der Schale nennt man Platten und sie bedecken den ganzen Planeten, ob nun sichtbar oder verborgen unter dem Wasserspiegel der Ozeane.

Der Stille Ozean liegt größtenteils auf der Pazifischen Platte, deren Grenzen wie folgt verlaufen: die kalifornische Küste bis Alaska bei Yakutat, dann quer über den Pazifik bis Kamtschatka und von dort nach Süden, wo dann der Plattenrand irgendwo vor Australien nach Nordosten abbiegt, um dann Südkalifornien zu erreichen.

Die Japaner leben also an dem einen Rand des Feuerringes, der die Pazifikplatte bildet. Die japanischen Inseln beben über tausendmal im Jahr. Tokio allein wurde in den letzten 2000 Jahren im Durchschnitt einmal in jedem Jahrhundert zerstört und dann wieder aufgebaut. 1923 z. B. wurden in Tokio und Yokohama 143.000 Menschen getötet. Viele starben in den fünf oder sechs Minuten, die das Erdbeben dauerte, in ihren zusammenbrechenden Häusern, andere kamen in den großen Wellen um, den Tsunamis, die bald darauf das Land überschwemmten.

Südöstlich von der Pazifischen Platte befindet sich ein zweiter Feuerring, die sog. Nazca-Platte, deren Ostgrenze die gesamte südamerikanische Küste bildet, also auch die chilenische Küste, die allein über 4000 km lang ist.

Da diese großen Erdplatten nicht im Planeten verankert sind, sondern umhertreiben, berühren sie sich und reiben aneinander. Manchmal stoßen sie auch zusammen und so entstehen Erdbeben.

Die Pazifik-Platte driftet nach Westen, die Nazca-Platte dagegen nach Osten: ein friedliches Miteinander also, was diese beiden Platten betrifft.

Nun steht aber der Nazca-Platte die südamerikanische Kontinentalplatte gegenüber mit der Folge, dass die Nazca-Platte bemüht ist, sich unter die Kontinentalplatte zu schieben. Wo sich zwei Platten reiben und die eine sich unter die andere schieben möchte, spricht man von einer Subduktionszone.

Die Plattenverschiebung wird in der Fachsprache als Plattentektonik bezeichnet, Bezug nehmend auf das griechische Wort tekton, also bauen.

Die Plattentektonik erklärt die meisten Vulkanausbrüche und Erdbeben unseres Planeten.

Die Platten selbst bestehen aus einer dünnen Erdkruste auf einem dicken Brocken der dichten, stabilen Gesteinshülle. Die 12 bis 20 Platten unseres Planeten bilden eine feste Schicht, die Lithosphäre genannt wird (griechisch lithos, Stein), und sie treiben auf einer weicheren, tieferen Hülle, die Asthenosphäre genannt wird (griechisch asthenes, schwach). Diese ist nicht etwa eine verschmolzene Masse, sondern irgendwie weich; die Geologen vergleichen diese weiche Masse mit dem Dichtungskitt.

Im Falle Chiles ist die Ursache der vielen Naturkatastrophen - Erdbeben, Vulkaneruptionen - die Subduktion, also das „Hinunterziehen“. Die Nazca-Platte bewegt sich von links nach rechts. Die rechts (östlich) von ihr liegende südamerikanische

Kontinentalplatte versperrt ihr den Weg. Also schiebt sich die Nazca-Platte unter die Kontinentalplatte in die heiße Tiefe der Erde. Dort schmilzt der untergeschobene Teil der Nazca-Platte. Die Subduktion einer so großen Erdmasse verursacht Erdbeben. Lange geschmolzene Ströme steigen von der vergrabenen Platte an die Oberfläche und eruptieren aus Vulkanen.

So ist zu erklären, dass gleichzeitig mit dem großen Beben 1960 in der Zone zwischen Concepción und Chiloé gleich vier Vulkane der Region ausbrachen, es waren die Vulkane Llaima, Villarrica, Carrán und Calbuco.

Das gleichzeitig ausgelöste Seebeben - Tsunami - hat den ganzen Pazifik überquert und kam bis Neuseeland und Japan, wo ein ganzer Hafen zerstört wurde.

Chile hat in der Tat eine verrückte Geographie. Das ständige Aneinanderreiben der Nazca- und der kontinentalen Platten erzeugt nicht nur an die 500 Beben im Jahr (die meisten hiervon kaum vernehmbar), es verursacht auch die meisten Vulkanausbrüche, meist nur bei jenen Kegeln, die als „aktiv" eingestuft sind, und hiervon allein gibt es mindestens 120 im Lande.

(Im Kapitel V ist dem Teil „Allgemeines" eine Liste der gefährlichen Vulkane Chiles beigefügt; die entsprechenden Daten stammen aus Unterlagen des Instituto Geográfico Militar. Diese Liste enthält die Einzelheiten von insgesamt 116 Vulkanen, die zwischen den 16. bis 47. südlichen Breitengraden liegen. Allerdings muss man hinzufügen, dass eine genaue Gesamtzahl dieser Vulkane schon auch deswegen nicht genau zu ermitteln ist, weil man etliche davon als „Berge" (= Cerro) führt, obwohl sie eigentlich echte schlafende Vulkane sind, die jederzeit aktiv werden könnten).

Der unmittelbare Zusammenhang zwischen den Plattenverschiebungen und den Vulkanausbrüchen ist ganz offensichtlich: Die Hunderter aktiver Vulkane der ganzen Pazifik-Zone und die Linie der klassischen Erdbebengebiete dieser

Zone stimmt nämlich haargenau überein. So ergeben sich die Umrisse der Pazifik-Platte und auch die der benachbarten Nazca-Platte. Diese Linien, die schließlich je einen Kreis bilden, sind die äußeren Konturen des jeweiligen Feuerringes.

Nach einer Information der Geodätischen Abteilung der Fakultät für Physik und Mathematik der Universidad de Chile, zusammengestellt vom Seismologen Sergio Barrientos, gab es zwischen dem 8. Februar 1570 und dem 3. März 1985 insgesamt 78 Großbeben in Chile, die allesamt mindestens Grad 7 der nach oben offenen Richterskala erreichten, davon 22 sogar Grad 8 und mehr. (Diese Zusammenstellung findet der Leser am Ende dieses Textteiles.)

Japan und Chile haben dieselben Probleme.

Japan steht auf einer Klippe, die über 6000 Meter tief ist und als „japanischer Graben" bekannt ist.

Chile steht ebenfalls auf einer Klippe, die vor der Nordküste als „Atacama-Graben" bekannt ist und bis 8066 Meter tief ist; südlich davon befindet sich das „chilenische Becken", das an manchen Stellen Tiefen von über 5000 Metern erreicht.

Diese Gräben, an denen die Platten abzusinken beginnen, werden ebenfalls Subduktionszonen genannt (siehe oben).

Durch das heftige Verschlucken von Gestein werden große Energiemengen freigesetzt und durch das Abrutschen der Plattenränder entsteht Reibung, die häufig Erdbeben verursacht.

Im Falle Chiles kommt noch gravierend hinzu, dass das Land zwischen der Hochkordillere (der chilenische Vulkan Ojos del Salado ist 6893 Meter hoch) und der abrupt absinkenden Küste einen relativ schmalen Streifen bildet, so dass wir es mit einem Gesamtgefälle von 15 km zu tun haben!

Chile mit seiner in der Tat verrückten Geographie ist ein dreifach gefährdetes Land, und dies durch das bedrohliche Ostwärtsdriften der Nazca-Platte, ferner durch das

Riesengefälle zwischen dem Andenmassiv und den beiden Tiefseegräben und schließlich durch die massive Präsenz der als „aktiv" eingestuften Vulkane, die dann, miteinander verbunden, immer wieder verheerende Katastrophen auslösen.

Zusammenstellung der großen Erdbeben in Chile in historischer Zeit (1570 - 1985): Es sind insgesamt 78 Großbeben in fünf Jahrhunderten

(ausgearbeitet vom Seismologen Sergio Barrientos, Departamento de Geodesia de la Facultad de Ciencias Físicas y Matemáticas de la Universidad de Chile, und veröffentlicht in der Zeitschrift Ercilla, Nr. 2.589, 13. - 19. März 1985)

Zeitpunkt	Epizentrum	*Intensität in Graden der Richterskala*	*Tsunamis*
08.02.1570	Concepción	*8 - 8,5*	
17.03.1575	Santiago	*7 - 7,5*	
16.12.1575	Valdivia	*8,5*	*ja*
24.11.1604	Arica	*8,3 - 8,5*	*ja*
16.09.1615	Arica	*7,5*	
15.03.1657	Concepción	*8*	*ja*
10.03.1681	Arica	*7 - 7,5*	
12.07.1687	San Felipe	*7 - 7,5*	
22.08.1715	Arica	*7,5*	
08.07.1730	Santiago - Valparaíso	*8,7*	*ja*
24.12.1737	Valdivia - Castro	*7,5 - 8*	
25.05.1751	Concepción	*8,5*	*ja*
30.03.1796	Copiapó	*7,5 - 8*	*ja*
11.04.1819	Copiapó	*8,2 - 8,5*	*ja*
19.11.1822	Valparaíso	*8,5*	

26.09.1829	Valparaíso	*7*	*ja*
20.02.1835	Concepción	*8 - 8,3*	*ja*
07.11.1837	Valdivia - Ancud	*8*	*ja*
08.10.1847	Illapel	*7 - 7,5*	*ja*
06.12.1850	Valle del Maipo	*7 - 7,5*	
02.04.1851	Casablanca	*7 - 7,3*	
05.10.1859	Copiapó	*7,5 - 7,7*	*ja*
13.08.1868	Arica	*8,5*	*ja*
24.08.1869	Pisagua	*7 - 7,7*	*ja*
05.10.1871	Iquique	*7 - 7,5*	*ja*
09.05.1877	Pisagua	*8 - 8,5*	*ja*
02.02.1879	Estrecho de Magallanes	*7 - 7,5*	
15.08.1880	Illapel - Petorca	*7,5 - 8*	
16.08.1906	Valparaíso	*8,4*	
08.06.1909	Chañaral - Copiapó	*7,6*	
02.09.1909	Chañaral - Vallenar	*7,6*	
15.09.1911	Pozo Almonte - Iquique	*7,3*	
29.01.1914	Talca	*7,6*	
14.02.1917	Copiapó	*7*	
27.07.1917	Copiapó	*7*	
20.05.1918	Coquimbo	*7,9*	
04.12.1918	Copiapó	*7,7*	
01.03.1919	Chiloé	*7,2*	
02.03.1919	Chiloé	*7*	
10.12.1920	Cautín	*7,4*	
07.11.1922	Copiapó	*7*	
10.11.1922	Atacama	*8,4*	*ja*
04.05.1923	Atacama	*7*	
15.05.1925	Chañaral	*7,1*	
21.11.1927	Aisén	*7,1*	
20.11.1928	Antofagasta	*7,1*	
01.12.1928	Talca	*8,3*	
19.10.1929	Antofagasta	*7,5*	
18.03.1931	Illapel	*7,1*	
23.02.1933	Iquique	*7,6*	

01.03.1934	Concepción	*7,1*	
13.07.1936	Taltal	*7,3*	
24.01.1939	Chillán	*8,3*	
18.04.1939	Copiapó	*7,4*	
29.06.1942	San Felipe	*7*	
06.04.1943	Combarbalá	*8,3*	
13.09.1945	Rancagua	*7,1*	
02.08.1946	Copiapó	*7,9*	
11.05.1948	Angol	*7,3*	
19.04.1949	Arica	*7,3*	
25.04.1949	Punta Arenas	*7,3*	
17.12.1949	Antofagasta	*7,5*	
09.12.1950	Chillán	*8,3*	
06.05.1953	Calama	*7,6*	
12.04.1955	Coquimbo	*7,1*	
17.12.1956	Taltal	*7*	
21.05.1960	Concepción	*7*	
22.05.1960	Valdivia	*7,3*	*ja*
28.03.1965	La Ligua	*8,7*	*ja*
28.12.1966	Taltal	*7,5*	
21.12.1967	Tocopilla	*7,8*	
17.06.1971	Chañaral	*7*	
08.07.1971	Los Vilos	*7*	
10.05.1975	Isla Mocha - Concepción	*7,7*	
19.11.1976	Pozo Almonte	*7,3*	
17.01.1977	El Salvador	*7,2*	
03.03.1985	Algarrobo	*7,4*	

Hinzu kommt noch 10 Jahre später:

30.07.1995	Antofagasta	*7,8*	

Schließlich das Großbeben des Jubiläumsjahres:

27.02.2010	Concepción	*8,8*	*ja*

Hinweis: Die Angaben in der Liste bezüglich der Erdbeben von Concepción/Valdivia vom 21./22.05.1960 sind offensichtlich nicht richtig. Laut „El Mercurio" vom 02.08.95 erreichten sie die Rekordmarke 8,9 der Richterskala, außerdem lösten sie auch einen verheerenden Tsunami aus.

Bezüglich des Erdbebens vom 22. Mai 1960 spricht man von einem außergewöhnlichen Phänomen, wodurch die größte seismische Naturkraft des 20. Jahrhunderts ausgelöst worden ist.

Auflistung der zehn größten Erdbeben seit 1900

Land	Jahr	Stärke	Tote
CHILE	1960	9,5	1.655
ALASKA	1964	9,2	125
SUMATRA	2004	9,1	227.898
KAMTSCHATKA	1952	9,0	-
CHILE	2010	8,8	min. 350
KOLUMBIEN			
ECUADOR	1906	8,8	1.000
ALASKA	1965	8,7	-
SUMATRA	2005	8,6	1.313
ALASKA	1957	8,6	-
INDIEN	1900	8,6	1.526

(Die Angaben sind aus dem ZDF-Text v. 28.02.2010 entnommen worden. Auffallend ist die neue Einstufung der Stärke des chilenischen Erdbebens vom 21./22. Mai 1960: 9,5 der Richterskala!)

Die großen Erdbeben vom 16. Dezember 1575 und vom 22. Mai 1960 und die von ihnen verursachten Katastrophen in der Zone des Riñihue-Sees: eine der kuriosesten Wiederholungen in der chilenischen Erdbebenkunde

Seit 1960 erscheint im Wörterbuch der spanischen Sprache ein neuer Begriff, der aus dem Namen des Riñihue-Sees hergeleitet wird: der sogenannte „Riñihuazo". Er ist nur schwer zu übersetzen, ich würde für „Donnerschlag des Riñihue-Sees" plädieren (man denke vielleicht an „cabezazo" = Kopfstoß, „puñetazo" = Faustschlag; also immer, wenn man dem Hauptverb ein „azo" zufügt, ist Gewalt im Spiel).

Der Riñihue-See gehört zu einer Gruppe von sieben Seen, die sich im selben hydrografischen Becken befinden und miteinander durch Flüsse (eigentlich zur Entwässerung dienende Naturkanäle) verbunden sind.

Der kleine See Pellaifa gibt seine Gewässer an den viel größeren Calafquén weiter, dieser wiederum führt seine über den Fluss Pullinque in den südlicher liegenden Panguipulli-See weiter.

Andererseits geschieht die Entwässerung des in Argentinien liegenden Sees Lacar über den Fluss Huahum zum chilenischen Pirihueico-See, dieser wiederum leitet seine Gewässer über den Fluss Fuy - der unterwegs noch einen zusätzlichen Wasserschub vom Neltume-See erhält - zum oben erwähnten Panguipulli-See weiter.

Schließlich gibt der Panguipulli seine angesammelten Gewässer über den Fluss Enco an den Riñihue-See weiter und von dort fließt die ganze Wassermenge über die Wasserstraße, die von den Flüssen San Pedro, Calle-Calle und Valdivia gebildet wird, zwischen Niebla und Corral in den Stillen Ozean.

Diese große Seenplatte - also die Gruppe der sieben Seen - befindet sich in der X. Region Chiles, zwischen dem 39. und 40. südlichen Breitengrad, mit Ausnahme des Lacar-Sees, der

- wie bereits erwähnt - zu Argentinien gehört und etwas südlich vom 40. Breitengrad liegt (in der Nähe der Stadt San Martin de los Andes).

Während des großen Erdbebens vom 22. Mai 1960 sind u.a. auch ganze Berge zusammengebrochen und haben weite Teile der dortigen Wälder unter sich begraben.

Der gefährlichste Zusammenbruch ereignete sich am Fluss San Pedro, nur wenige Kilometer von seiner „Geburtsstelle" entfernt, wo er also den Wasserzufluss des Riñihue-Sees empfängt. Dort stürzte ein ganzes Bergmassiv in den Fluss und bildete dadurch eine gigantische Erdbarriere, mit anderen Worten einen natürlichen Staudamm, der den Weiterfluss der angesammelten Gewässer der sieben Seen verhinderte.

Aufgrund dieser dramatischen Situation stieg das Wasserniveau des Riñihue-Sees 35 cm pro Tag, verbunden mit der ständig steigenden Gefahr, dass durch einen unkontrollierten Bruch der Wasserstauung die angrenzenden Täler, einschließlich die Stadt Valdivia, in Mitleidenschaft gezogen werden könnten.

Mitten im Winter brachte man schwerste Geräte dorthin und man unternahm alles, um schließlich einen kontrol-lierten Ablauf der erwarteten großen Wassermengen zu ermöglichen. Eine große Leistung der dort eingesetzten Kräfte, Ingenieure und anderer Fachleute, auch des Militärs, führte letztlich zum Erfolg.

Nach zwei Monaten intensivster Anstrengungen - während derer man auch bei den anderen Seen Entwässerungskanäle und Staudämme errichtete, um das Wasserniveau des Riñihue-Sees zu verringern - wagte man sich, den in die Geschichte des Landes eingegangenen „Riñihuazo" in Gang zu setzen und die angesammelten Wassermengen peu-à-peu durchzulassen.

Die ersten kontrollierten Wassermengen erreichten zwischen dem 24. und 25. Juli 1960 die Stadt Valdivia und richteten dort nicht mehr die anfangs erwarteten und befürchteten ganz großen Schäden an.

Natürlich gab es auch so viele Schäden zu beklagen. Die in Flussnähe liegenden Stadtteile wurden überflutet, aber die dort wohnenden Leute waren darauf vorbereitet und konnten wenigstens ihre Habseligkeiten rechtzeitig in Sicherheit bringen.

Der damals sehr bekannte und geschätzte Journalist und Berichterstatter Luis Hernández Parker schrieb über die damalige dramatische Situation eine ausführliche Reportage, die wir gleich nach diesem Kapitelteil in der ursprünglichen spanischen Fassung und in der deutschen Übersetzung bringen.

Nun zum Zusammenhang der im Titel dieses Kapitels erwähnten zwei großen Erdbeben, deren fatale Folgen verblüffend ähnlich waren.

Hierzu zitiere ich aus dem Buch von Walterio Meyer Rusca „Diccionario Geográfico Etimológico Indígena de las Provincias de Valdivia, Osorno y Llanquihue“, 1955, S. 133 - 136 eine Beschreibung des Augenzeugen Pedro Marino de Lobera über das Erdbeben des Jahres 1575, der in seinem Bericht „Crónicas del reino de Chile“ u.a. Folgendes ausführt:

„Ende desselben Jahres 1575, am 16. Dezember, ereignete sich Folgendes:

Die Erde fing an, mit großem Krachen und Getöse zu beben, und das Beben wurde immer gewaltiger und verursachte große Schäden, Dächer, Ziegelsteine und Wände wurden niedergerissen; die Leute waren entsetzt und sprachlos, diese außergewöhnlichen Ereignisse miterleben zu müssen... die Gebäude sind zusammengefallen... die Leute konnten nicht aufrecht stehen bleiben... Dazu kam noch, während die Erde eine Viertelstunde bebte, dass sich der wasserreiche Fluss plötzlich teilte, und während ein Teil des Wassers in Richtung des Meeres weiterfloss, wandte sich der andere Teil rückwärts, wobei das Wasserbett dort frei wurde, und man sah die Steine des Flussbodens frei liegen.

Außerdem hat das Meer seine Grenzen und Ufer verlassen und sein Wasser rannte mit Windeseile in die angrenzenden Gebiete, als ob ein Strom von größter Wucht dort fließen würde.

Bei dieser Gelegenheit ist ein hoher Berg zusammengebrochen, der etwa 14 Meilen (1 spanische Legua= 5,57 km) entfernt von der Stadt (Valdivia) war und in den großen Fluss Valdivia stürzte, an der Stelle, wo er aus dem tiefen See Reniagua (heute: Riñihue) entspringt, und zwar dergestalt, dass dadurch sein Flussbett gesperrt wurde und kein Tropfen Wasser durchsickern konnte, so dass der Flussverlauf austrocknete ... Und die große Masse des in den Fluss gestürzten Berges hat die Entwässerung des Sees mehr als vier Monate aufgehalten, während sich das Wasser des Sees immer mehr türmte, bis dann der Damm aufplatzte und all die Schäden verursachte, die beschrieben. Dies geschah Ende April 1576, als die Sperre zusammenbrach und die Gewässer des Reniagua-Sees sich tosend den Weg frei machten. Alles in der Umgebung wurde überschwemmt, es blieb nichts, auch die umliegenden Häuser sind mitgerissen worden.

Was nun die Stadt Valdivia betrifft, so gäbe es viel zu erzählen.

In der Stadt befand sich bei dieser Gelegenheit der Kapitän Pedro de Lobera (der Verfasser des Berichtes) und dieser befahl den Leuten, die ihre Häuser in den unteren Teilen der Stadt hatten, nach oben zu ziehen, was auch befolgt wurde. Viele Indianer, die versucht haben, schwimmend die Berge zu erreichen, starben inmitten des Flusses, verstrickt zwischen den Ästen der mitschwimmenden Bäume... Andere sah man auf den Dächern der Häuser, die von der Furie des Flusses in Richtung des Meeres getrieben worden sind... Schließlich fing das Wasser nach drei Tagen an abzunehmen, ungefähr 1.200 Indianer sind gestorben und eine große Zahl von Rindvieh, abgesehen von der Zerstörung von Häusern, Gärten und Feldern..."

Fazit: Der Ablauf, die Stärke und die Zerstörungen der hier verglichenen Erdbebenkatastrophen der Jahre 1575 und 1960 sind verblüffend ähnlich; unterschiedlich ist lediglich der Ablauf des Dramas am Riñihue-See, zumal man 1575 noch keine technischen Möglichkeiten hatte, die angesammelten Wassermassen kontrolliert ablaufen zu lassen. *(Übrigens kann man den Originalbericht des Augenzeugen Pedro Marino de Lobera auch im Buch „Secretos y Tradiciones Mapuches" von Mayo Calvo auf S. 165 ff nachlesen.)*

Der „Riñihuazo" - das Epos des Riñihue-Sees
(Ein Beitrag des Journalisten Luis Hernández Parker)

La primera vez que Pierre Lehmann, de la CORFO, y Reinaldo Haernecker, de ENDESA, conocieron las proporciones que tomaría la erupción acuática, se quedaron helados. El Riñihue es un lago goloso que se alimenta de otros inmensos lagos de esa vasta hoya hidrográfica que ni siquiera respeta la frontera con Argentina, pues le quita aguas también al lago Lácar.

Cuando su nivel aumenta en un metro, significa que tiene 200 millones de metros cúbicos más; los que debe vaciar en el San Pedro y Calle-Calle, y de allí al río Valdivia. Como el tercer cerro tiene una altura de 24 metros, significa que 4.800 millones de metros cúbicos pasarán en una horripilante avalancha hacia el mar, arrastrando inmensos árboles, puentes de Malihue y Antilhue, y los dos puentes de Valdivia. Todo esto descendería como una tromba levantando en vilo las casas, aserraderos, haciendas e industrias que bordean estos ríos y la casi totalidad del radio urbano quedaría anegado y en parte llevado al mar. Esta vez fue explicable el discreto silencio sobre las consecuencias de un rebase de cuatro mil 800 millones de metros cúbicos.

Habría ser enloquecer a una población que ya probó amargos frutos de un terremoto y de un maremoto y que vibra al escape de los temblores, con casas destruídas, sin agua, luz, ni servicios de alcantarillado. Porque esa es la vida del valdiviano y de la cual no escapan ni los pasajeros del hotel Pedro de Valdivia ni los oficiales del regimiento „Caupolicán".

El sismo igualó a las clases sociales.

La primera vez que con Carlos Jorquera viajamos en un jeep al Riñihue (97 kilómetros por caminos serpenteados: seis horas ida y vuelta), a nuestro paso por Los Lagos, Pellelhue, Pishuinco, sus moradores nos detenían para formularnos preguntas llenas de angustia.

¿Vienen del Riñihue? ¿Y cómo está eso? ¿Cuándo bajará el torrente?

Nos contaban, además, que la mitad de la población vivía en los cerros a la cruel intemperie del frío. En las noches en que la lluvia abre una pauta y levanta la cortina del cielo, el espectáculo de cientos de fogatas, en las colinas, lejos del río, habría sido hermoso si no se supiera que cada fogata era como un SOS desesperado. Cuando la camioneta de la radio de la Universidad de Concepción bajó el viernes del Riñihue con el fin de conversar con la gente de Los Lagos (bajos), nos encontramos con un escenario de Grand Guignol: nadie en las casas. Eran las 9 de la noche.

Las viviendas estában con sus puertas abiertas como invitando al peregrino a pasar y recibir hospedaje. Pero se sabía por qué ventanas y puertas estaban abiertas de par en par: se esperaba al implacable huésped no invitado : el agua. Debía encontrarlo todo fácil; ningún obstáculo; desocupados los sótanos, y sin leña la leñera para que su paso fuera menos destructor.

- *¿Dónde está la gente? - preguntaron los muchachos de la Universidad de Concepción a dos carabineros que hacían ronda con el corazón apretado.*

- *En los cerros. Allá donde se ven arder las fogatas.*

La inundación de Valdivia atrajo como un imán despavorido a los periodistas de todo el mundo. Desde Nueva York, Paris, Buenos Aires, Río de Janeiro, se anunciaron camarógrafos de los noticiarios de cine y televisión. Los diarios, revistas y agencias noticiosas de Santiago destacaban a sus reporteros gráficos y cronistas.

El regimiento « Caupolicán », los comedores de « La Protectora », y la hospitalaria casa de Raúl Mera Mera, en Picarte, recibieron a los colegas, algunos de los cuales se « largaron » desde el « Bosco » de Santiago, directamente a Valdivia, y buscaron todos los caminos y medios para subir al Riñihue. Se encontraron con cerros desplomados y un lago que no mostrara su terrible energía.

La segunda vez que llegaron Ercilla y Radio Minería, en helicóptero, se divisó hasta la grácil figura de un velero que, aprovechando la crecida del lago en le tarde plácida, había llegado hasta el primer taco. Alli se mecía con el viento y la ondulación quieta del agua como una invitación al turismo y al descanso. Pero no es turismo el que está haciendo. Recordé entonces, a tantos seres amigos que me habían dicho que alguna vez vendrían a descansar a Los Lagos.

Al rememorar sus rostros y sus nombres; al recordar otras visitas gratas a estas regiones, me alegré de que no estuvieran aquí, junto a esta furia sosegada. Pero me sentí también orgulloso de ser chileno y periodista, porque tenía la oportunidad de divulgar lo que el técnico, el soldado y el obrero de mi patria estaba realizando. La lucha contra el lago une inteligencia con la constancia y el sacrificio; el cálculo apresurado y febril del ingeniero, del fotógrafo, del especialista en suelos y del mecánico; desde la acción de la FACH hasta el humilde obrero que duerme a la intemperie y que ni siquiera pueden cantar cuando se asoma la cara grande de la luna. Sólo hay tiempo para combatir y el combate consiste, en síntesis, en lo siguiente:

Si se hubiera dejado que las aguas crecieran sin control, el nivel del Riñihue habría llegado a la cima del tercer taco; a 24 metros de altura, o sea, 4 mil 800 millones de metros cúbicos se habrían abalanzado hacia el mar sin respetar nada.

En las crecidas normales del invierno el rebase del Riñihue es de 400 metros cúbicos por segundo; el rebase anormal, de no intervenir el hombre para abrirle un canal en la garganta asfixiada, habría sido de 3 mil metros cúbicos por segundo al principio y luego de cantidades imposibles de calcular al disolverse el tercer taco.

El rebase se habría realizado en cinco horas. En cinco horas se habrían vaciado 4.800 millones de metros cúbicos, es decir, la inundación casi total de Valdivia y la destrucción de los pueblos ribereños.

La epopeya del Riñihue consiste en impedir esta erupción violenta del « volcán » Riñihue, para lo cual se realizan dos obras simultáneas: se le abren canales en su desagüe del San Pedro, y se tapan las bocas por donde se alimenta el lago.

Mientras 27 tractores bulldozer trabajan en el tercer taco que contiene las aguas para romper ladera que baje la cima de 24 a 15 metros (lo que significa que se deben vaciar 3 mil millones de metros cúbicos), al mismo tiempo se tapan los accesos en el río Enco que entrega las aguas del Panguipulli, y obras similares se realizan en el Calafquén y en el río Llanquihue que conduce las aguas de los lagos Neltume y Pirihueico. Al mismo tiempo, en el Enco se lanzaron hasta hoy (lunes) 35 mil sacos de cemento para «tapiarlo» y tres bombarderos de Cerro Moreno, de Antofagasta, al mando del capitán de bandada Silva, se preparan para dinamitar un roquerío en el San

Pedro, para construir una represa que ayude a contener las aguas del Riñihue.

En aquellos recodos angostos del San Pedro también se pondrán cargas de dinamita o se bombardearán desde el aire. Enormes rastrillos están listos para enderezar los árboles que se crucen en el río y que hagan tacos.

Aquí en Valdivia y en las riberas, la población sabe cuándo debe evacuar, 24 horas después de la señal de alarma, y que no será antes del 23 (julio de 1960), según me lo dijo desde Santiago, Humberto Díaz Contreras, gerente de la CORFO. Toda esta gigantesca obra del hombre, contra el Riñihue, no se realiza para que se cante o se obtenga un premio en literatura. Se quiere y se tiene la certeza de que el rebase será controlado. No será enloquecido ni vertiginoso como lo desea el agua, sino con cierta pausa dominada. Así esperan los técnicos que el desagüe se verifique a razón de mil doscientos metros cúbicos por segundo, y que el lago evacuará su exceso en un mínimo de 48 horas y hasta de cinco días con buena suerte. Las medidas se tomaron y sólo falta esperar, navegando en la zozobra.

Die deutsche Übersetzung dieses Beitrages lautet:

Als Pierre Lehmann von der CORFO (staatliche Körperschaft zur Belebung der Wirtschaft) und Reinaldo Haernecker von der ENDESA (Nationale Elektrizitätsgesellschaft) zum ersten Mal von den Ausmaßen erfuhren, die der Wasserdurchbruch verursachen könnte, blieben sie wie versteinert.

Der Riñihue ist ein gefräßiger See, der sich von anderen sehr großen Seen - die sich alle im selben hydrografischen Becken befinden - ernährt und der nicht einmal die Grenze zu Argentinien respektiert, zumal er auch die Gewässer des Lacar-Sees vereinnahmt.

Steigt das Niveau seiner Gewässer nur um einen Meter über das Normale, bedeutet dies, dass er dadurch zusätzliche

200 Millionen Kubikmeter Wasser beherbergt; diese Wassermengen gibt er dann weiter an die Flüsse San Pedro und Calle-Calle und schließlich an den Valdivia- Fluß, der sie dann dem Meer abgibt.

Da der „dritte Berg“ (gemeint ist die während des Erdbebens in den San Pedro hineingestürzte dritte und letzte Erdmasse) 24 Meter hoch ist, würden im schlimmsten Fall 4.800 Millionen Kubikmeter mit grauenhafter Geschwindigkeit dem Meer entgegenbrausen, unterwegs enorm große Baumstämme mit sich reißen, die Brücken von Malihue und Antilhue zerstören, ebenso die beiden Brücken von Valdivia.

Diese Furie würde wie eine Wasserhose weiterrasen, die Häuser, Sägewerke, Landgüter und Industrieanlagen, die am Ufer der genannten Flüsse liegen, einfach hochheben und schließlich wäre dann auch das gesamte Stadtgebiet (von Valdivia) unter Wasser und seine Konstruktionen teilweise bis zum offenen Meer mitgezerrt.

Diesmal war das diskrete Schweigen hinsichtlich der Konsequenzen eines unkontrollierten Durchrasens von 4.800 Millionen Kubikmeter Wassers durchaus verständlich.

Es hätte die Bevölkerung, die bereits die bitteren Früchte des Erd- und Seebebens gekostet hatte, nur noch verrückter gemacht, eine Bevölkerung, die förmlich vibriert, um den Erschütterungen zu entkommen, mit ihren zerstörten Häusern, weder Trinkwasser noch Beleuchtung und ohne die Abwasserkanäle benützen zu können. Denn so sieht es im Alltag des Valdivianers aus und dieser Situation können sich weder die Gäste des Hotels Pedro de Valdivia noch die Offiziere des Regiments „Caupolicán“ entziehen.

Das Erdbeben hat die sozialen Unebenheiten beseitigt.

Als wir zum ersten Mal mit Carlos Jorquera mit einem Jeep zum Riñihue-See fuhren (97 km kurvenreicher Strecken: 6 Stunden hin und zurück), wobei wir die Ortschaften Los Lagos, Pellelhue, Pishuinco passieren mussten, haben uns die dortigen Einwohner aufgehalten, um uns ihre beklemmenden Fragen zu stellen.

Kommen Sie vom Riñihue-See? Und wie sieht es dort aus? Wann wird die Flut hinunterrasen?

Sie erzählten uns nebenbei, dass die Hälfte der dortigen Bevölkerung auf die Berge flüchtete, ausgesetzt der bitterkalten Witterung, unter freiem Himmel.

In den Nächten, in den der Regen eine Pause einlegt und den Wolkenvorhang zur Seite schiebt, wäre der Anblick von Hunderten von Lagerfeuern auf den Bergen, weit vom Fluss, unter normalen Verhältnissen wunderschön, wenn man nicht wüsste, dass jedes einzelne Lagerfeuer einem verzweifelten Hilfeschrei entspricht.

Als der Kleinlaster des Rundfunksenders der Universität von Concepción am Freitag vom Riñihue-See herunterkam und man mit den Leuten von Los Lagos sprechen wollte, fand man dort eine Szenerie von Grand Guignol: niemand zu Hause. Es war 21:00 Uhr.

Die Behausungen hatten ihre Türen weit offen, als ob sie den Wanderer hereinbitten und ihm Unterkunft anbieten würden. Aber man wusste, weshalb Türen und Fenster offen standen: Man erwartete den unerbittlichen und nicht eingeladenen Gast: das Wasser. Es soll alles leicht vorfinden, keine Hindernisse; die Kellerräume leergefegt und die Holzkammer ohne Brennholz, damit sein Durchgang weniger zerstörerisch sei.

Wo sind die Leute?, fragten die Jungs der Universität von Concepción die zwei Gendarmen, die dort beklemmten Herzens ihre Streifen absolvierten.

Auf den Bergen, antworteten sie, dort, wo Sie die Lagerfeuer sehen.

Die erwartete Überflutung von Valdivia hat die Journalisten der ganzen Welt wie ein entsetzter Magnet angezogen. Von New York, Paris, Buenos Aires, Rio de Janeiro haben sich Kameramänner der Nachrichtensender, Kino und Fernsehen angemeldet. Die Zeitungen, Zeitschriften und Nachrichtenagenturen von Santiago haben ihre Sonderberichterstatter geschickt.

Das Regiment „Caupolicán", die Esszimmer der Gaststätte „La Protectora", das gastfreundliche Haus von Raúl Mera Mera in der Straße Picarte usw. haben die Kollegen aufgenommen, darunter einige, die, direkt von Santiago („el Bosco") angereist, umgehend nach Riñihue weiterwollten. Dort standen sie vor den zusammengestürzten Bergen und vor einem See, der seine furchtbare Energie nicht zur Schau brachte.

Das zweite Mal, als die Leute der Zeitschrift „Ercilla" und des Rundfunksenders „Minería" per Hubschrauber dort oben herumkreisten, entdeckten sie sogar die zarten Konturen eines Segelbootes, das - das gestiegene Wasserniveau des Sees ausnützend - in den ruhigen Spätnachmittagsstunden bis zum ersten Stau vorpirschte.

Dort schaukelte es bei sanfter Brise und ruhigem Wellengang, als ob es zum Tourismus und zur Erholung einladen würde. Aber es ist kein Tourismus, den man hier praktiziert.

In jenen Augenblicken erinnerte ich mich an so viele liebe Freunde, die mir immer wieder sagten, dass sie eines Tages zu gerne nach Los Lagos kommen würden, um sich dort auszuruhen.

Als sie und ihre Namen in meinem Gedächtnis auftauchten, als ich mich auch an andere nette Besucher in dieser Zone erinnerte, war ich froh, dass sie jetzt nicht hier waren, in der Nähe dieser jetzt noch ruhig gehaltenen Furie. Aber gleichzeitig war ich auch stolz, Chilene und Journalist zu sein, zumal ich so Gelegenheit hatte zu erfahren, was der Techniker, der Soldat und der Arbeiter meiner Heimat hier zustande brachten.

Der Kampf mit dem See vereinigt die Intelligenz mit der Ausdauer und der Opferbereitschaft; die hastigen und fieberhaften Berechnungen des Ingenieurs, des Fotografen, des Spezialisten in Bodenbeschaffenheit und des Mechanikers;

angefangen von den Flügen der chilenischen Luftwaffe bis hin zum einfachen Arbeiter, der unter dem freien Himmel schlafen muss und die nicht einmal singen können, wenn sich das große Gesicht des Mondes zeigt. Zeit gibt es lediglich für das Weiterkämpfen und dieser Kampf besteht, zusammenfassend, aus folgenden Elementen:

-- Hätte man es zugelassen, dass die Gewässer unkontrolliert anschwellen, wäre das Niveau des Riñihue bis zur Höhe des dritten Dammes (24 Meter) und darüber hinaus gewachsen, mit anderen Worten, es wären 4. 800 Millionen Kubikmeter bis zum Meer durchgebraust, ohne irgendwas zu schonen.

-- Der normale Zuwachs an Wassermengen des Riñihue während der Wintermonate ist 400 Kubikmeter pro Sekunde; der durch die vom Erdbeben verursachte Stauung entstandene abnorme Anstieg - wenn der Mensch nicht eingreifen würde, indem er einen Kanal in die sonst erstickende Kehle bohrt - käme auf 3.000 Kubikmeter pro Sekunde im Anfangsstadium und nachher auf Mengen, die unkalkulierbar wären, nachdem sich der dritte Stau aufgelöst haben sollte.

-- Der Anstieg der frei gewordenen angestauten Gewässer würde sich bei den in Frage kommenden Flüssen San Pedro, Calle-Calle und Valdivia innerhalb von 5 Stunden abspielen. In diesem geringen Zeitraum käme es zur Entleerung der gesamten angesammelten Menge von insgesamt 4. 800 Millionen Kubikmeter Wasser, was wiederum die Überschwemmung des gesamten Stadtgebietes von Valdivia und die Zerstörung der ufernahen Ortschaften bedeuten würde.

-- Die Heldentat von Riñihue bezweckt, den gewaltigen Ausbruch des „Vulkans Riñihue“ zu verhindern; um dies zu erreichen, werden gleichzeitig zwei verschiedene Arbeiten ausgeführt: Dort, wo der San-Pedro-Fluss durch das Erdbeben gestaut wurde, werden Abflusskanäle gebaut und dort, wo der Riñihue-See die Gewässer der anderen Seen empfängt, werden diese Zugänge gesperrt.

-- Während 27 Bulldozer an dem dritten (und letzten) Damm des San-Pedro-Flusses bemüht sind, den Bergabhang von 24 auf 15 Meter zu reduzieren, um so zu erreichen, dass 3.000 Millionen Kubikmeter Wasser entleert werden, werden gleichzeitig die Zuflüsse des Enco-Flusses durch die Zuschüttung von Erdmassen blockiert, so dass vom Panguipulli-See keine weiteren Wasserabgaben möglich sind. Ähnliche Arbeiten werden am Calafquén-See ausgeführt und auch beim Llanquihue-Fluss, der die Gewässer der Seen Neltume und Pirihueico heranführt. Andererseits wurden bis heute, Montag, 3.500 Säcke Zement in den Enco-Fluss geworfen, um ihn somit zuzumauern und schließlich bereiten sich drei Bombenflugzeuge der Fliegerbasis von Cerro Moreno (Antofagasta) unter der Befehlsgewalt des Kapitäns Silva vor, eine Felsenwand am San-Pedro-Fluss in die Luft zu sprengen, mit dem Ziel, dort einen Staudamm zu errichten, um die Gewässer des Riñihue-Sees aufzuhalten.

-- Auch in den engen Biegungen der Berggegend am San-Pedro-Fluss werden Dynamitladungen untergebracht oder werden auch dort die Bomber eingesetzt.

Schließlich sind enorme Harken einsatzbereit, deren Aufgabe das Zurechtbiegen der Bäume ist, die den ungehinderten Weiterfluss der Gewässer blockieren könnten.

Hier in Valdivia und in den Ortschaften der Ufergegend wissen die Leute, wann sie mit der Evakuierung beginnen müssen, nämlich 24 Stunden nach dem Alarmsignal, und dies wird mit Sicherheit nicht vor dem 23. (Juli 1960) passieren, wie es mir der Geschäftsführer der CORFO, Humberto Díaz Contreras, zusicherte.

Dieses gigantische Menschenwerk gegen den Riñihue wird nicht etwa wegen eines Lobliedes ausgeführt oder für den Erhalt eines Literaturpreises. Man möchte und man ist auch davon überzeugt, dass der Abfluss der Gewässer kontrolliert geschehen wird. Es wird kein verrücktes oder schwindelerregendes Ereignis werden, wie es sich das Wasser wünscht. Es wird sich unterwerfen lassen und man wird es zwingen, Pausen einzusetzen.

Die Erwartung der Techniker ist, dass die Entleerung des Sees auf der Basis von 1.200 Kubikmeter/Sekunde vor sich gehen wird und dass der See sein überschüssiges Wasser innerhalb von 48 Stunden (als Minimum) und bis zu 5 Tage (wenn alles gut läuft) abgeben wird.

Die Maßnahmen hat man ergriffen und jetzt heißt es abzuwarten und gezielt fortfahren.

Kapitel V

Vulkanismus

Allgemeines

Unter Vulkanismus versteht man eine zusammenfassende Beschreibung für vulkanische Tätigkeiten der verschiedensten Art.

Der Vulkan ist an und für sich eine gewisse Stelle der Erdoberfläche, an der aus dem Erdinneren gefördertes Magma zutage tritt. Ursache der Vulkanausbrüche sind Magmenansammlungen in der Erdrinde (10 bis 20 km Tiefe) und der dadurch erzeugte enorme Druck, der zur Explosion führt.

Das aus dem Griechischen stammende Wort Magma bedeutet einen Gesteinsschmelzfluss im Erdinneren. Es hat eine Temperatur um oder über 1000 Grad Celsius. Das Magma steigt durch einen Schlot auf, der sich nach oben zu dem trichterförmigen Krater öffnet. Das von einem Vulkan geförderte Material besteht aus flüssiger Lava, aus vulkanischen Lockermassen (Aschen, Schlacken, Lapili) und Gasen.

Die Form und der Bau der Vulkane werden durch die Art der geförderten Massen bestimmt. So unterscheidet man zwischen vier großen Kategorien von Vulkanen,

die allerdings auch nur Sammelbegriffe sind:

1. In diese Kategorie gehören die Schild-Vulkane mit flachen Böschungen, die durch reine Lavaergüsse gebildet worden sind (Beispiel: der 4169 m hohe tätige Vulkan auf Hawaii, der Mauna Loa); zähflüssige Lava erzeugt die sog. Quell- od. Staukuppen (z. B. das Siebengebirge); erstarrte Lavapfropfen werden zu Stoßkuppen aufgepresst (z. B. der Montagne Pelée, ein 1397 m hoher tätiger Vulkan auf

Martinique, der 1902 ausbrach und die Stadt Saint-Pierre mit rund 40.000 Einwohnern vernichtete); eine Sonderform bilden die Spalten-Vulkane, bei denen Lava aus Spalten aufdringt und sich flächenhaft ausbreitet (z. B. auf Island).

2. Reine Lockermassen bilden einen nach außen flach abfallenden Aufschüttungskegel.
3. Bei der gemischten Förderung von Lava und Lockermassen entstehen Schicht- oder Strato-Vulkane.
4. Gaseruptionen erzeugen Maare.

Über die zuletzt genannten Maare lesen wir in dem DuMont-Reiseführer „Die Eifel" von W. Pippke und I. Pallhuber, S. 132, Folgendes:

„Das Charakteristikum des quartären Vulkanismus in der Eifel... aber sind die Maare, jene runden, teils mit Wasser gefüllten Kessel, die die Ausbruchsstellen der letzten Vulkane Mitteleuropas markieren. Die Maarvulkane förderten... kaum noch Aschen, Schlacken und Lava, sie brachen als gewaltige Eruptionen glühender Gase durch das Deckgestein, das, durch die Ausbrüche zertrümmert, ausgeschleudert wurde oder in großen Schollen einbrach. Die etwa 45 Eifelmaare gelten in den geologischen Lehrbüchern der ganzen Welt als Musterexemplare dieses Vulkantyps in allen seinen Spielarten. Diese Maare - besonders wenn sie sich mit Wasser gefüllt haben, ein Vorgang, der mit ihrer vulkanischen Entstehung nichts zu tun hat - sind jedoch nicht nur in der naturwissenschaftlichen Fachwelt zu Berühmtheit gelangt. Die stillen, unbewegten Seen in der Weite des Kraterrunds haben bis heute ihre Betrachter zutiefst beeindruckt..."

Mit den letzten Ausbrüchen der Maarvulkane vor nur 10000 Jahren entstand eine der jüngsten Vulkanlandschaften Europas.

In Chile gibt es keine Maare, dafür aber eine große Anzahl von Vulkanen, die entweder zur Kategorie der Schild-Vulkane oder der Schicht- oder Strato-Vulkane gehören, je nachdem, ob sie durch reine Lavaergüsse oder durch die gemischte Förderung von Lava und Lockermassen entstanden sind.

Subercaseaux spricht von 140 Vulkanen zwischen dem nördlichsten (Guallatiri) und dem südlichsten Vulkan Burney in der Australzone.

Ich habe aus den mir zur Verfügung stehenden Unterlagen des Instituto Geográfico Militar die wichtigsten - also gefährlichsten, noch immer aktiven oder schlafenden - Vulkane aufgelistet; der Leser findet sie gleich im Anschluss an diesen allgemeinen Teil. Diese Vulkane befinden sich zwischen dem 16. und 47. südlichen Breitengrad und werden vom Vulkan Tacora (5980 m) angeführt. Der von Subercaseaux erwähnte Guallatiri-Vulkan liegt an der siebenten Stelle.

Außer den klassischen Vulkaneruptionen gibt es eine ganze Reihe von Phänomenen vulkanischen Ursprungs, die ihr Unwesen in den verschiedensten Regionen der Erde treiben und die Schaulustigen anlocken.

So kennt man z. B. die Fumarole, worunter man Gas- aushauchungen von Vulkanen versteht, die sich vor allem in Alaska oder Island befinden (Tal der zehntausend Dämpfe).

Spektakulärer sind die Geysire, heiße Quellen, die ihr Wasser periodisch oder in unregelmäßigen Abständen ausstoßen. Geysire findet man in jungvulkanischen Gebieten, z. B. Island, im Yellowstone-Nationalpark, Neuseeland und auch in Chile.

Berühmt ist der „Geiser del Tatio“, der sich im Norden Chiles, östlich von Calama und nördlich von San Pedro de Atacama, nahe an der Grenze zu Bolivien befindet. Es handelt sich dabei um ein geothermisches Gebiet, umzingelt von einer hohen Gebirgswand, wo immer nur zum Tagesanbruch eine Reihe von gewaltigen Wasserdampffontänen zutage tritt. Diese einzelnen, kochendheißen Wasserlöcher sind von mineralhaltigen Salzablagerungen umsäumt. Die Farbenpracht des Bodens und des Himmels hebt sich zwischen den Dampfschwaden durch die ersten Sonnenstrahlen des frühen Morgen besonders spektakulär hervor. Der Betrachtende muss angesichts dieses einmaligen Phänomens zwangsweise in sich gehen, um so viel Naturschönheit sprachlos entgegenzunehmen.

Chile liegt am südöstlichen Rand des großen pazifischen Feuerzirkels und muss sich mit dieser geographischen Lage abfinden.

Immerhin gibt es auch andere pazifische Anrainerstaaten, die noch ungünstiger liegen, wie z. B. Japan.

Der Feuerkranz der Vulkane beginnt im Norden bei den Aleuten und findet seine Fortsetzung in Alaska, dann in den westlichen Küstengebieten Kanadas und der Vereinigten Staaten (Rocky Mountains = die Hauptkette der nordamerikanischen Kordilleren, die Höhen bis zu 4.395 m erreichen), dann folgt in Mexiko die Sierra Madre Occidental und mehr im Süden die zentralamerikanische Kordillere und schließlich die enorme Bergkette der Anden im pazifischen Raum Südamerikas bis einschließlich des Feuerlandgebirges.

Der Feuerzirkel wird dann durch das südpazifische Meer unterbrochen, um danach seine Fortsetzung in Neuseeland, Papua-Neuguinea, auf den Philippinen, in Japan und Kamtschatka wiederzufinden.

Natürlich sind auch die zentralen großen Wasserflächen durch die vulkanischen Tätigkeiten der tief im Stillen Ozean liegenden Feuerkegel immer wieder aufgewirbelt, zumal die zahlreichen kleinen und größeren Inseln des Pazifiks nicht nur durch Korallenaufbau entstanden sind, sondern auch durch den noch immer aktiven Vulkanismus, siehe Hawaii.

Der pazifische Feuerring wird auch als „pazifischer Feuergürtel" bezeichnet; eigentlich müsste man von einem feurigen Hufeisen sprechen, da der Ring im Süden unterbrochen wird.

90% der Erdbeben weltweit ereignen sich innerhalb des pazifischen Feuergürtels.

Fast 90% der aktiven Vulkane befinden sich am Rande des Gürtels, dessen Umfang etwa 40.000 km beträgt.

Hier sollte auch das Phänomen Tsunami näher erläutert werden.

Die Tsunamis sind Riesenwellen, die dann entstehen, wenn Erdbeben oder Vulkanausbrüche den Meeresboden erschüttern.

Im Gegensatz zu normalen Wellen, bei denen nur das Wasser an der Meeresoberfläche wogt, geraten bei einem Tsunami auch die tieferen Meeresschichten in Bewegung. Auf hoher See ist diese Welle gewöhnlich nicht höher als 2 bis 3 m, in flachen Küstengewässern und engen Buchten läuft sie dann aber zu Höhen bis zu 40 m auf. Die Tsunamis breiten sich mit bis zu 900 km pro Stunde aus und können so binnen kurzer Zeit ganze Ozeane durchqueren.

Deshalb wurden z. B. beim chilenischen Erdbeben vom 27. Februar 2010 Warnungen an sämtliche Anrainerstaaten erteilt, einschließlich natürlich auch an die pazifischen Inselgruppen wie Hawaii, Bora-Bora und Tahiti. Vorbereitungen zur totalen Evakuierung wurden sogar auf der Osterinsel in Gang gesetzt. Ein Glück, dass dieser Tsunami relativ glimpflich verlief.

Im chilenischen Küstenbereich nördlich und südlich von Concepción hat er allerdings große Schäden verursacht.

Die aktiven und schlafenden Vulkane Chiles
(Auswahl)
(16. bis 47. südlicher Breitengrad)

1.	TACORA	5988m
2.	NEVADOS DEL PUTRE	5824m
3.	TAACAPA	5861m
4.	POMERAPE	6240m
	--- Grenze Bolivien	
5.	PARINACOTA	6330m
	--- Grenze Bolivien	
6.	ACOTANGO	6050m
	--- Grenze Bolivien	
7.	GUALLATIRI	6060m
8.	ARINTINCA	5590m
9.	ISLUGA	5530m
10.	PUCHULDIZA	4500m
11.	PIGA	5038m
	--- Grenze Bolivien	
12.	HUAILLAPUTUNCO	4934m
	--- Grenze Bolivien	
13.	IRRUPUTUNCU	5163m
	--- Grenze Bolivien	
14.	OLCA	5407m
	--- Grenze Bolivien	
15.	PAROMA	5728m
	--- Grenze Bolivien	
16.	MIÑO	5611m
17.	AUCANQUILCHA	6176m
18.	OLLAGÜE	5870m
	--- Grenze Bolivien	
19.	CERRO DEL AZUFE	5849m
20.	SAN PABLO	5334m
21.	SAN PEDRO	5974m
22.	PORUÑA	
23.	DOMO CHASCÓN	

24. DOMO CHAO 5169m
25. DOMO CHILLAHUITA 5350m
26. TATIO 5208m
27. CERROS DE TOCORPURI 5808m

    --- Grenze Bolivien
28. PUTANA 5890m

    --- Grenze Bolivien
29. CURINQUINCA
30. ESCALANTE
31. SAIRECABUR 5971m

    --- Grenze Bolivien
32. LICÁNCABUR 5916m

    --- Grenze Bolivien
33. JURIQUES 5704m

    --- Grenze Bolivien
34. CHASCÓN DE PURICO
35. NEGRO NORTE 5157m
36. ÁSPERO
37. ALITAR 5346m
38. POTOR
39. COLACHI 5631m
40. ACAMARACHI
41. LASCAR 5154m
42. AGUAS CALIENTES 5924m
43. LEJIA 5793m
44. CHILIQUES 5778m
45. CENIZAS
46. MISCANTI 5796m
47. LAGUNA ESCONDIDA
48. PUNTAS NEGRAS 5852m
49. CHINCHILLA
50. MINIQUES 5916m
51. TUYAJTO 5730m
52. TOLONCHA 4480m
53. NEGRO DE ARAS
54. PULAR 6325m

55. PAJONALES 5960m
56. SOCOMPA 6051m
--- Grenze Argentinien
57. LLULLAILLACO 6723m
58. ESCORIAL 5440m
59. LASTARRIA 5697m
--- Grenze Argentinien
60. CORDÓN DE AZUFRE
61. BAYO 5400m
62. SIERRA NEVADA 6127m
--- Grenze Argentinien
63. EL FRAILE 6040m
64. INCAHUASI 6610m
--- Grenze Argentinien
65. EL MUERTO 6470m
66. OJOS DEL SALADO 6893m
--- der höchste Vulkan Chiles
67. TIPAS 6600m
68. SOLO 6190m
69. TRES CRUCES 6330m
70. TUPANGATITO 5640m
71. PLANTAT 5740m
72. SAN JOSÉ 5880m
73. MAIPO 5290m
--- (Caldera del Diamante)
74. VENTISQUERO PALOMO 4850m
75. TINGUIRIRICA 4280m
76. FRAY CARLOS 4012m
77. PETEROA 3603m
78. DESCABEZADO CHICO 3230m
79. DESCABEZADO GRANDE 3953m
--- großer Ausbruch im Juni 1932
80. QUIZAPU 3250m
81. CALDERA LAGUNA *del Maule*
--- 2 Kegel
82. CALDERA VALVARACO 3535m

83.	SANTA GERTRUDIS	
84.	NEVADOS DE CHILLÁN	
	--- 4 Kegel	
▪	--- NEVADO	3212m
▪	--- NUEVO	3190m
▪	--- VIEJO	
▪	--- CHILLÁN	
85.	ANTUCO	2985m
86.	CALLAQUI	3100m
87.	COPAHUE	2979m
	--- Grenze Argentinien	
88.	TOLHUACA	2806m
89.	LONQUIMAY	2865m
	--- letzter Ausbruch 1989	
90.	LLAIMA	3125m
	--- Ausbrüche 1640, 1751, 1853, 1862, 1872, 1887,1903, 1917, 1922, 1930, 1941, 1957, 1960, 1964, 1974, 1994	
91.	CALDERA SOLLIPULLI	2240m
92.	VILLARRICA	2840m
	--- Ausbrüche 1552, 1640, 1806, 1860, 1869, 1874, 1883, 1893, 1908, 1910, 1920, 1948, 1950, 1963, 1972, 1984, 1985	
93.	QUETRUPILLAN	2360m
	--- Ausbruch 1640	
94.	LANIN	3807m
	--- Grenze Argentinien	
95.	MOCHO CHOSUENCO	2430m
	--- letzter Ausbruch 1864	
96.	CARRÁN	300m
	--- Ausbrüche 1955, 1960, 1980	
97.	PUYEHUE	2240m
	--- Ausbrüche 1735, 1781, 1921	
98.	CASABLANCA	1990m
99.	PUNTIAGUDO	2493m
100.	LA PICADA	1715m

101.	OSORNO *--- Ausbrüche 1719, 1778, 1790, 1834, 1850*	2652m
102.	CALBUCO *Ausbrüche 1837, 1893, 1900, 1909, 1912, 1917, 1929, 1960*	2015m
103.	YATE	2111m
104.	HORNOPIRÉN	1572m
105.	HUALIAQUE *(Volcán apagado)*	1670m
106.	HUEQUI *Sehr aktiv, Ausbrüche 1890, 1893, 1896, 1900, 1906, 1907, 1920*	1050m
107.	MICHINMAHUIDA *aktiv 1742, 1834, 1835*	2470m
108.	CHAITÉN *Großer Ausbruch 2008*	950m
109.	CORCOVADO	2300m
110.	CALDERA YANTELES	2042m
111.	CALDERA MELIMOYU	2400m
112.	VOLCANES DE PUYUHUAPI --- 8 kleine Kegel	
113.	CALDERA MENTOLAT *(auf der Insel Magdalena)*	1660m
114.	CAY	2200m
115.	MACA	2960m
116.	CALDERA HUDSON	1905m

Die Wiedergeburt des Vulkans Carrán
am 27. Juli 1955

Wie könnte ich den 27. Juli 1955 vergessen?

Präzise gesagt: den 27.07.1955, 22:30 Uhr.

Die Geburt eines neuen Vulkans hat sich mit einem gewaltigen Ruck angekündigt.

Wir - meine Zukünftige und ich - saßen mit Freunden bei meiner bis dato „Pensionsmutter" Helma Seeger geb. Schweikart in ihrem Hause, in der Calle Conrado Amthauer Nr. 818, Osorno, beim Abendessen, als sich dieser Ruck ereignete.

Na, irgendein Erdbeben, wie gewohnt, dachten wir.

Erst in den nächsten Tagen erfuhren wir die wahre Geschichte. Östlich vom Lago Ranco, also etwa 150 km nordöstlich von Osorno, wo wir uns befanden, ereignete sich ein Naturphänomen ungewöhnlicher Art: Eine bislang unbeachtete Wiese war plötzlich durch die Gewalt unterirdischer Kräfte in die Luft gesprengt worden: Der CARRÁN wurde geboren, Höhe: lächerliche 300 m *(siehe vorhergehende Liste der gefährlichen Vulkane Chiles, Nr. 96).*

Ingeborg K. Lindberg hat damals in der deutschsprachigen Wochenzeitung „Condor" - Anfang August 1955 - dieses Ereignis in ihrem Artikel „Ein Vulkan entsteht" festgehalten. Wir zitieren einen Teil ihres damaligen Berichtes wie folgt:

„Am 27. Juli 1955 bemerkt ein chilenischer Militärflieger, der sich auf einem Routineflug von Puerto Montt nach Temuco befindet, in der Gegend östlich des Ranco-Sees eine große Rauchwolke. Kurz danach bedecken sich die Fensterscheiben der Kabine seines Flugzeugs mit feiner grauer Asche und ein durchdringender Schwefelgeruch macht sich bemerkbar. In Temuco gelandet, erkundigt sich der Flieger (Comandante Roberto Parragué) telefonisch nach den eventuellen Ursachen des Phänomens in Río Bueno und Ranco, erhält jedoch die Antwort, dass man dort nichts bemerkt habe. Ob es doch nur ein Waldbrand war?

27. Juli, nachts 22:30 Uhr. Ein starker, lang anhaltender Erdstoß erschreckt die Bewohner der Provinzen Valdivia und Osorno. Ist es ein Erdbeben oder tritt ein Vulkan in Tätigkeit?

Am Morgen des 28. Juli erscheint die 'La Prensa' von Osorno noch ohne weitere Einzelheiten. Am Lago Ranco jedoch erwachen die Siedler schon in einer dichten Aschenwolke. Eine riesige Rauchsäule erhebt sich östlich des Sees in der Nähe des Dorfes Riñinahue mehrere tausend Meter hoch drohend in den hellen Morgenhimmel. Um 10:25 Uhr wird es finstere Nacht und weitere heftige Erderschütterungen mit Aschenregen bei absoluter Dunkelheit werden um 11:18 Uhr, 11:52 Uhr, 12:35 Uhr, 15:45 Uhr, 16:35 Uhr und 17:50 Uhr registriert.

Am Freitag, den 29. Juli, wird es überhaupt nicht hell. Dichter Aschenregen lässt kein Tageslicht durchscheinen und in panischem Schrecken flüchten die Bewohner. Truppenabteilungen der Regimenter 'Caupolicán' aus Valdivia und 'Arauco' aus Osorno nebst Polizeitruppen und ein Hubschrauber und einige Flugzeuge des Heeres und der privaten Fliegervereinigungen der Gegend eilen zu Hilfe und tun ihr Möglichstes, um die verängstigten Menschen aus der gefährdeten Zone fortzubringen. Sie werden zunächst nach Futrono ans Nordufer des Sees befördert.

Die absolute Dunkelheit erschwert den Rettungsdienst außerordentlich. Eine Gruppe von Siedlern, die in eiliger Flucht die ganz nahe am Krater gelegenen Hütten verlassen hat, verirrt sich im Finstern und kommt nach langem Herumirren vollkommen erschöpft beim Hilfsposten am Ufer des Sees in der Nähe von Llifén an.

Es ist inzwischen vom Flugzeug aus festgestellt worden, dass keiner der bekannten Vulkane in Tätigkeit getreten ist, sondern dass sich ein neuer Krater zwischen den Seen Maihue und Huishue im Tal des Nilahueflusses, am Fuß des Vulkans

Riñinahue gebildet hat. Dieser Vulkan war im Jahr 1907 zum letzten Mal in Tätigkeit gewesen und man hatte ihn seitdem nicht mehr als 'volcán' sondern als 'cerro' (=Berg) bezeichnet. Man dachte an keine Gefahr mehr; die kleineren Siedler betrieben Ackerbau und auf den großen Gütern entstanden Sägewerke und prächtige Weiden für Viehzucht im größeren Stil.

Immerhin hätte es ein Warnzeichen sein müssen, dass die Stelle, die heute der neue Krater einnimmt, schon jahrelang vollkommen steril war und dort fast immer kalte Gase mit ziemlichem Druck aus dem Boden aufstiegen. Daran hatte man sich mit der Zeit gewöhnt und es gibt Siedler, die noch nicht glauben können, dass ihr Stück Land und die Arbeit ihres Lebens für immer verloren ist.

Am Sonnabend und Sonntag, 30. und 31. Juli, bessert sich die Lage insofern, als der Wind dreht und die Asche nach der argentinischen Grenze und der Kordillere zuträgt.

Am 2. und 3. August beginnen neue, heftige Eruptionen und weiterer, dichter Aschenregen fällt. Die Tageszeitungen berichten eingehend von der Lage und bringen Luftaufnahmen, die einen ungefähren Begriff von den geradezu dantesken Ausmaßen dieser auch für Chile - Land der Vulkane - ungewöhnlichen Naturkatastrophe vermitteln.

Nachdem bereits in den ersten Tagen der Katastrophe die Ministerin für Ackerbau und öffentliche Bauten ihre Vertreter nach dem Lago Ranco geschickt hatte, um die zum Teil übertrieben geschilderten Folgen für die Landwirtschaft einzuschätzen, entsendet nun auch die geologische Abteilung der Corporación de Fomento (= Körperschaft für Entwicklung) eine Studienkommission, um die Ursachen und Tragweite des Ereignisses eingehend zu untersuchen, und zwar auf dem Landwege von Lago Ranco aus. Das schwere Gepäck mit der feldmäßigen Ausrüstung für mehrere Tage wird per Bahn nach La Unión geschickt, das Flugzeug der CORFO jedoch, ein Beachcraft-Bonanza, 'Corfito' genannt, kann wegen schlechter Wetterlage erst am 10. August südwärts fliegen. Die Kordillere liegt in dichten Wolken, in Osorno regnet es.

Der folgende Regentag wird dazu benützt, Daten und Beobachtungen der Bevölkerung und der Reporter einzuholen. Bemerkenswert ist, dass sogar bis Puerto Varas bei Nordwind beißender Schwefelgeruch wahrnehmbar war und ein leichter Aschenregen niederging. Bis Puerto Montt sah man die riesige pilzförmige Rauchsäule.

Nach heftigem Regen in der Nacht und Schneefällen in den Bergen klart es am 12. August auf und der Erkundungsflug mit den Teilnehmern der Expedition wird von Chamiza aus - dem Flugplatz von Puerto Montt - fortgesetzt. Die Kordillere ist von dichten Cumuluswolken verhüllt, aus denen nur die frisch verschneiten Spitzen der höchsten Gipfel mit ihren typischen Formen - Tronador, Puntiagudo, Osorno - herausragen.

Wir fliegen in über 3000 Meter Höhe bei einer Außentemperatur von 12 Grad unter null über den Llanquihue-, Rupanco- und Puyehuesee und finden gleich darauf über dem Rancosee eine Öffnung in der Wolkendecke, die sich immer mehr lichtet, so dass der ‚Corfito' in großen Spiralen abwärts gleitet. Die Fotoapparate sind in Betrieb. Jetzt ist Llifén und die große Halbinsel sichtbar, die wie eine Schutzwand zwischen diesem Dörfchen und der eigentlichen Vulkanzone um Cerro Riñihue liegt. Wir umfliegen die Halbinsel und sehen hinter dem Nilahuefluss eine leichte Rauchwolke aufsteigen. Unter uns eine trostlose Landschaft. Traurig stehen die verbrannten Bäume, wie mit klagender Gebärde ihre dürren Zweige aufreckend. Eine dichte Aschenschicht bedeckt Häuser, Gärten und Felder, kaum ragen die Zaunspitzen aus der dichten graubraunen Decke. Eine todestraurige Mondlandschaft, für immer unbewohnbar geworden.

Schmutziggrau bahnen sich größere und kleinere Rinnsale einen Weg durch diese Wüste.

Der Pilot lehnt es ab, auf näher als 400 Meter an den Krater heranzufliegen, da er mit unbekannten Luftströmungen und

Dämpfen über dem Vulkan rechnet. Wie recht er hatte, zeigt sich kurze Zeit danach, als das Flugzeug gerade in La Unión gelandet war: ein neuer Ausbruch, gefolgt von dichtem Aschenregen, eine gigantische Rauchwolke, von Blitzen durchzuckt! Was wäre aus dem Flugzeug geworden, wenn es gerade zu dieser Zeit den Krater überflogen hätte?"

Aus meiner Sicht darf ich noch hinzufügen, dass gleich nach dem Ausbruch die ganze Zone, einschließlich die Stadt Osorno, von einer gelb-grauen Staubschicht überzogen war.

Mit meiner Frau bin ich am 31. Juli 1955 für einige Tage nach San Carlos de Bariloche, Argentinien, gereist und wir haben von dort aus, immer wieder, die pilzförmige Rauchwolke des „neuen" Vulkans Carrán gesehen. Es dauerte noch eine ganze Weile, bis sich die Szenerie beruhigt hatte.

Irgendwie war es eine spezielle Bereicherung unserer Hochzeitsreise.

Die Wiedergeburt des Vulkans Chaitén

am 2. Mai 2008

Wenn ein beinahe vergessener Vulkan nach etwa 10.000 Jahren seinen Schlaf beendet, kann dies wohl in den meisten Fällen zu einer Katastrophe führen.

Andererseits ist ein solcher Fall ein eindeutiger Beweis dafür, dass über Chile eben wegen dieser schlafenden Riesen oder auch Zwerge ständig ein Damoklesschwert hängt, eine Gefahr, die jederzeit zur grausamen Wirklichkeit werden kann.

So haben wir den Ausbruch des Chaitén-Vulkans in jüngster Zeit als Beweis dafür, dass in der Vulkanologie zehntausend Jahre eine Kleinigkeit sind, wie ein Tag oder auch eine Stunde im Leben eines Menschen.

Der Chaitén, den man zuletzt nur als einen simplen „Berg" einstufte, hat dies offenbar als eine Beleidigung empfunden und wollte eben zeigen, wozu er fähig sei.

Oscar González-Ferrán hat in seinem Buch „Atlas de los volcánes de Chile" aus dem Jahre 1994 darauf hingewiesen, dass dieser Berg eigentlich ein Vulkan sei, und gab ihm den Namen der Stadt, die 10 km entfernt von ihm an der Küste liegt. Nordöstlich von dieser Stadt, in einer Entfernung von ca. 35 km liegt ein „echter" Vulkan, der Caldera de Michinmahuida heißt und dessen Höhe mit 2470 m angegeben wird, wogegen der Chaitén nur 950 m erreicht.

(Übrigens: „Caldera" nennt man einen großen Krater; der Name kommt vom spätlateinischen Wort „caldaria" = Kessel.)

Andererseits gibt es südwestlich von der Stadt Chaitén einen weiteren Vulkan, den Corcovado, dessen Höhe 2300 m beträgt.

Der Ausbruch des Chaitén am 2. Mai 2008, kurz nach Mitternacht, ist die erste historisch registrierte Eruption dieses Vulkans.

Das Smithsonian Institut (Global Volcanism Program) berechnete daraufhin, dass der Chaitén zum letzte Mal wohl im Jahre 7420 v. Chr. ausgebrochen sei, wobei man darauf hinwies, dass bei dieser Berechnung eine Fehlerquote von 75 Jahren hinzunehmen wäre. Rechnet man nun die bisherigen Jahre nach Christi Geburt hinzu, kommen wir locker auf insgesamt 9.400 Jahre!

Die Vulkanologen sind besonders deshalb besorgt, weil der Chaitén sich nahe dem geologischen Bruch Liquiñe-Ofqui befindet, derselbe, der auch das Erdbeben von Aisén 2007 verursachte und jetzt offensichtlich auch den Vulkan Puyehue (2240 m) „aktiviert". Seit etwa einem Jahr beobachtet man nämlich eine gewisse unterirdische Unruhe bei dem Letztgenannten.

Nun, zurück zum Ausbruch des bislang so friedlich schlafenden Chaitén-Vulkans.

Bereits in den Nachmittagsstunden des 30. April 2008 registrierte man in der Hafenstadt Chaitén eine Serie von Erdstößen niedriger oder auch mittlerer Intensität, wobei die Anwohner davon ausgingen, dass sich der Michinmahuida oder der Corcovado kurz vor einem Ausbruch befänden. Niemand vermutete den Berg Chaitén dahinter.

Kurz nach Mitternacht, also um 0:30 Uhr wurde die Stadtbevölkerung durch ein enormes Getöse, verbunden mit einer starken Erschütterung, geweckt und erst in den frühen Morgenstunden, als sich nämlich die Wolken vulkanischen Ursprungs allmählich auflösten, konnte man den Verursacher - den Vulkan Chaitén - lokalisieren.

Diese enormen, mit Vulkanasche trächtigen Wolken verbreiteten sich in einem Radius von 180 km und gelangten über die Grenze nach Argentinien, wo man - in der Provinz Chubut und vor allem in der Stadt Esquel - die Schulen, Flugplätze und andere Zentren geschlossen hatte, um Atmungsproblemen vorzubeugen.

Um Vergiftungen zu vermeiden, hatte man in Chaitén selbst die Trinkwasserzufuhr gekappt und Schutzmasken verteilt.

Gleichzeitig ergriff die chilenische Regierung die erforderlichen Maßnahmen, um die Bevölkerung aus dem Gebiet zu evakuieren. Hierfür wurden entsprechende Schiffe nach Chaitén geschickt und man begann, Teile der Bevölkerung nach Puerto Montt, Castro, Quellón und andere Ortschaften der Insel Chiloé zu transportieren. Andere Bewohner zogen es vor, ins Landesinnere zu fahren, soweit sie über Fahrzeuge verfügten und die Straßen noch befahrbar waren.

So gelangten viele Menschen noch rechtzeitig nach Palena, Futaleufú, Coyhaique und andere nach Argentinien.

Das chilenische Heer wurde gleichzeitig eingesetzt, um die Straßenverbindungen von der Aschenschicht zu befreien, wogegen die Luftverbindungen praktisch zum Erliegen kamen, war doch die Gefahr, die Asche könnte die Motoren der Flugzeuge und Hubschrauber beschädigen, ganz offensichtlich.

Als der Abend dieses 2. Mai herannahte, schien Chaitén eine Phantomstadt zu sein, zumal nur noch etwa 1.000 Menschen dort blieben, die am nächsten Tag weggebracht werden sollten.

Bis dahin war die Evakuierung noch auf freiwilliger Basis abgewickelt worden.

Am 3. Mai hat es auch geregnet und dadurch wurde ein Teil der Asche weggeschwemmt. Die vom Vulkan aufsteigenden Aschenwolken wurden in der Nacht durch eine Serie von Blitzen beleuchtet: ein gespenstisches Spektakel.

Am Sonntag, den 4. Mai verzog sich der Regen und man überlegte, ob ein weiteres Verlegen der Teile der noch dort gebliebenen Bevölkerung nach Futaleufú überhaupt noch einen Sinn hätte, zumal die dortige Gegend inzwischen mit einer Aschenschicht von 30 bis 40 cm überdeckt wurde, wodurch dann die Wege durch die gefährliche Mischung von Asche und Regen klebrig und rutschig wurden. Der Vulkan hat sich an diesem Sonntag wieder gemeldet, die Rauchsäulen vermehrten sich und auch das Beben wurde häufiger.

Am 5. Mai wurde dann auch ein Teil der Bevölkerung von Futaleufú evakuiert, die meisten Leute entschieden sich für Palena, wo die Gefahr geringer war und es auch wegen der Verpflegung keine Probleme gab.

Am 6. Mai begann eine neue Phase der vulkanischen Aktivität und man stellte fest, dass sich die zwei ursprünglichen Krateröffnungen vereinigten und dass diese neue Öffnung einen Durchmesser von 800 m hatte und hieraus stieg dann eine Aschenwolke in 10 km Höhe *(evtl. noch höher)* auf. Der Aschenregen beeinträchtigte dadurch das umliegende Gebiet in einem Radius von 20 km.

Daraufhin entschied man sich für die Zwangsevakuierung der Stadt Chaitén.

Um 17:00 Uhr dieses Tages wurden dann die dort stationierten Soldaten und Gendarmen (Carabineros) auf dem Seewege fortgeschafft. In Chaitén blieb nur noch eine Gruppe von etwa 70 Personen, darunter Journalisten, Personal des lokalen Senders, einige Soldaten und Zivilpersonen, die sich weigerten, ihr Eigentum zu verlassen.

Die Mitglieder der Behörde, die die zu ergreifenden Maßnahmen koordinierten, wurden auf die Insel Talcán (Inselgruppe Los Desertores) verlegt.

Andererseits gelangte die Aschenwolke bis zur atlantischen Küste Argentiniens, nach Viedma, und man ergriff die notwendigen Maßnahmen im ganzen Territorium, also für den südlichen Teil der argentinischen Provinz Río Negro: Man schloss die Schulen und verbot die öffentlichen Aktivitäten.

Da die Aschenwolke am folgenden Tag auch Buenos Aires erreichte, haben dort verschiedene Luftfahrtgesellschaften, wie z. B. American Airlines und United Airlines, ihre Flüge gestrichen, da sich die Aschenwolken auf einer Höhe von 3.500 m festhielten.

Die chilenische Regierung hat inzwischen die rechtlichen Voraussetzungen geschaffen, um die zwangsweise Evakuierung der Bevölkerung zu ermöglichen und hat dies durch ein Rechtsmittel erreicht, das man beim Berufungsgericht von Puerto Montt einreichte.

Dies geschah zur richtigen Stunde, da ein am 8. Mai erfolgter neuer Ausbruch des Vulkans die Situation nur noch erschwerte. Auch die darauffolgenden Tage war der Vulkan aktiv und am 12. Mai entdeckte das Vulkanologische Observatorium der Südanden (OVDAS) das Entstehen eines dritten Kraters des Vulkankegels Chaitén.

Darauffolgend hat die chilenische Regierung zunächst für 3 Monate die Stadt Chaitén schließen lassen, schon auch deshalb, weil inzwischen der neben dem Stadtgebiet fließende Río Blanco die Gespensterstadt auch noch überschwemmte.

Da Chaitén bislang auch als Provinzhauptstadt galt, wurde die entsprechende Behörde provisorisch nach Palena übersiedelt.

Man merke: Chaitén zählte als Gemeinde - nach Angaben des Nationalen Statistischen Instituts aus dem Jahre 2002 - insgesamt 7.182 Einwohner, davon 4.065 in der Stadt und der Rest in der ländlichen Umgebung.

Die Stadt mit ihren 1.224 Häusern wurde für immer aufgegeben. Man überlegte eine Stadtneugründung außerhalb des bisherigen gefährdeten Gebietes.

Nach intensiven Überlegungen und nachdem man die Gutachten zweier Universitäten eingeholt hatte (Katholische Universität von Santiago und Universität Austral von Valdivia), entschied die Regierung, dass man Chaitén an anderer Stelle wiederaufbauen würde, und wählte hierfür die Ortschaft Santa Bárbara (auch Fandango genannt), nördlich von Chaitén an der Küste gelegen.

Die Unruhe des Vulkans dauerte das ganze Jahr 2008 an.

Am 18. Februar 2009 gab es an der Südseite des Vulkans eine große Explosion und die dadurch entstandene neue Öffnung an der zwischenzeitlich infolge der Ablagerung von Lavaresten gewachsenen Staukuppe (vulkanischer „Dom" = schnell wachsende Erhöhungen) erreichte einen Durchmesser von mehr als 1 km; aus dieser neuen Öffnung entwichen große Mengen von Gas, Asche, Schlacken und andere vulkanische Lockermassen.

Diese - ein Material von etwa 30 Millionen Tonnen! - suchten ihren Weg nach unten und erreichten beinahe auch das Stadtgebiet von Chaitén, wo sie dann - etwa 4 km vom Stadtrand entfernt - zum Stehen kamen.

Und dies mit einer Geschwindigkeit von 200 km pro Stunde, wobei die Temperatur der heruntergerollten Massen bis zu 500° C betrug.

Die Frage, weshalb der Vulkan Chaitén eine Besonderheit darstelle, wird in einem Artikel der Tageszeitung „El Mercurio", Santiago, vom 31. Mai 2009 wie folgt erläutert:

Der Chaitén „produzierte" eine sog. „riolithische" Eruption (der Name kommt vermutlich aus dem lateinischen „rivus" (Fluss) und dem griechischen „lithos" (= Stein), also „flüssiger Stein".

Diese Art von Eruptionen besteht darin, dass der Vulkan Magma mit großer Konzentration von SiQ^2 (Siliciumdioxid) zutage fördert, wobei diese Sorte von Magma weder flüssig ist noch Gase ausstößt, sondern sich als äußerst zähflüssig erweist und sich dadurch in kürzester Zeit erhärtet. Folglich lagert sich diese hart gewordene Masse in der Nähe des Kegels. Ist es aber so, werden die folgenden Ausbrüche stets heftiger und gewaltiger, weil die angestauten Gase plötzlich explodieren.

Die Menge der ausgestoßenen Vulkanasche, die sich in der ganzen Umgebung ablagerte, ist einmalig in der Geschichte der Vulkanologie.

Während der ersten Tage nach der Eruption, also in der heftigsten Phase, wanderten die Aschenwolken nach Nordosten und erreichten sogar die Küste von Südafrika. Danach, als der Wind nach Norden drehte, kamen sie bis Valdivia in der Region de Los Ríos.

Da die vulkanische Aktivität des Chaitén schon längst ein ganzes Jahr andauert und mit einem schnellen, endgültigen Ende kaum zu rechnen ist, haben wir es mit einem Phänomen zu tun, das zum letzten Mal vor mehr als 100 Jahren registriert wurde.

(Die in diesem Artikel enthaltenen Daten stammen aus der spanischen Version der „Wikipedia, la enciclopedia libre" vom 3. Juli 2009, aus dem oben zitierten Artikel des „El Mercurio" vom 31. Mai 2009, ferner aus der Information von SERNAGEOMIN vom 25. Juni 2009.)

Kapitel VI

Kleiner Geschichtsunterricht: Wie entstand Chile und wie ging es weiter?

Der geographisch-politische Begriff „Chile“ hat eine atemberaubende Vorgeschichte. Das Territorium, das heute das Staatsgebiet Chiles bildet, war in der präkolumbianischen Zeit von verschiedenen Indianerstämmen besiedelt. Hierüber wurde bereits im Kapitel III. 3 - „Chiles offene Wunde: die Mapuches“ detailliert berichtet.

Viele Jahrhunderte des friedlichen Nebeneinanders wurden ab 1470 nachhaltig gestört, als nämlich die **Quechuas** (das Staatsvolk des Inkareiches) in das Territorium eindrangen und den nördlichen Teil des heutigen Staatsgebietes in Besitz nahmen. Es war nicht eine einfache militärische Invasion, sondern ein durchdachtes Projekt, sich dort mit ihren Quechua-Kolonien sesshaft zu machen. Unter anderem bauten sie Städte und ein Straßennetz, also eine richtige Infrastruktur, damit die Kolonisation reibungslos stattfinden konnte. Es waren solide Steinstraßen, wie die der Römer, deren Reste noch heute zu finden sind und als „Camino del Inca“ bezeichnet werden. Diese Herrschaft und Zugehörigkeit zum Inkareich ist erst durch das Eintreffen der Spanier beendet worden.

Es soll noch darauf hingewiesen werden, dass die unter dem Inka-Kaiser Túpac Yupanqui durchgeführte Invasion lediglich das Gebiet zwischen Arica und dem Aconcagua-Tal umfasste; der Versuch seines Sohnes Huaina Cápac, noch weiter nach Süden vorzudringen, scheiterte am Widerstand der dort lebenden Mapuche-Indianer, die sein Heer besiegten und die Quechua zwangen, sich bis zum Nordufer des Maule-Flusses zurückzuziehen. Inzwischen hatte sich allerdings etwas Historisches in Europa getan.

Der genuesische Seefahrer Christoph Columbus (Cristóbal Colón), geboren 1451, ist wuchs heran und widmete sich dem

Studium der antiken und neuzeitlichen nautischen Literatur. Dabei kam ihm ein Gedanke, der ihn nie mehr losließ. Da die Erde rund sei, müsse es möglich sein, Indien auf dem Seewege in westlicher Richtung zu erreichen. Um seinen Plan verwirklichen zu können, suchte er einen Sponsor und dachte dabei zunächst an Portugal; dort wies man ihn jedoch ab. Also reiste er nach Spanien und versuchte seit 1486 Königin Isabella I. von Kastilien und ihren Mann, König Fernando II. von Aragonien, für seine Pläne zu begeistern. Die Souveräne waren damals allerdings noch mit den Mauren beschäftigt, die sie von der iberischen Halbinsel verjagen wollten. Erst 1492 war es soweit: Man stellte Kolumbus drei Karavellen („Santa María", „Niña" und „Pinta") zur Verfügung.

In vier abenteuerlichen Reisen erforschte Kolumbus die Ostküste Amerikas und die vorgelagerten Inseln: 1492 die Bahamas, Kuba, Haiti, 1493 - 96 die Kleinen Antillen, Puerto Rico, Jamaika; 1498 - 1500 die Küste Südamerikas (Orinoco-Mündung) sowie Trinidad und 1502 - 04 die mittelamerikanische Küste (Honduras, Nicaragua, Costa Rica).

Eine Ironie des Schicksals: Kolumbus starb am 20. Mai 1506 in Valladolid im Glauben, von Westen her nach Indien gelangt zu sein (daher bis heute die Bezeichnung „Indianer" und „Westindische Inseln").

Der spanische Seefahrer Rodrigo de Bastidas hatte inzwischen - 1500/01 - die Küsten des Golfes von Darien in Mittelamerika entdeckt. An dieser Expedition nahm auch der Spanier Vasco Núñez de Balboa teil. Diesem gefiel es dort so gut, dass er 1510 dorthin zurückkehrte, eine Stadt gründete und zum Generalkapitän befördert wurde. Später heiratete er die Tochter eines Indianerhäuptlings und pflegte freundschaftliche Beziehungen zu den dortigen Ureinwohnern. Diese erzählten de Balboa von einem großen Meer im Westen und weckten somit erneut seinen Entdeckerdrang.

1513 durchquerte de Balboa mit 190 Spaniern und 600 einheimischen Trägern den mittelamerikanischen Urwald und erreichte nach 120 Tagen als erster Europäer die westliche Küste, sprich den Pazifik.

Die Ereignisse überschlugen sich förmlich. 1511 wurde von den Spaniern Kuba erobert; an diesem Feldzug unter dem Kommando von Diego de Velásquez nahm auch Hernando Cortés (* 1485 † 2. Dezember 1547) teil. Dieser wurde von Velásquez später mit der Erkundung der mittelamerikanischen Küste beauftragt. Anlässlich dieser Expedition landete Cortés auf dem Festland (Mexiko), gründete Vera Cruz als Stützpunkt und begann mit seinem berauschenden Siegeszug. Die Indianer, die weder Pferde noch Fahrzeuge kannten, auch kein Eisen oder Feuerwaffen, waren den Spaniern waffentechnisch unterlegen.

So zog Cortés bereits 1519 in die Aztekenhauptstadt Tenochtitlan ein, nahm König Montezuma II. gefangen und zwang ihn, sich der spanischen Krone zu unterwerfen.

Nach einem blutigen Zwischenspiel eroberte dann Cortés 1521 endgültig die weitgehend zerstörte Hauptstadt Tenochtitlan (heute: Mexico-City) und eroberte in kurzer Zeit das ganze Aztekenreich.

Inzwischen hatte sich Panama als ein wichtiger Hafen und Ausgangspunkt für weitere Expeditionen in Richtung Südamerika entwickelt. Seit 1520 trieb sich der Abenteurer Francisco Pizarro (* 1478 † 26. Juni 1541) in den Gewässern Mittelamerikas herum und nahm an mehreren Expeditionen teil. Etwa ab 1524 unternahm er in Begleitung seines Landsmannes Diego de Almagro eine Fahrt, von Panama aus startend, entlang der Westküste, südwärts, auf der Suche nach dem sagenhaften Goldland Peru und fand es in der Tat 1528. Daraufhin segelte er nach Spanien zurück und bat um eine Audienz bei dem spanischen König Carlos I. (= Kaiser Karl V.), den er überzeugen konnte. Juli 1529 wurde er vom König zum Statthalter und Generalkapitän von Peru ernannt.

Fast gleichzeitig zeichnete sich ein weiteres Ereignis ab, nämlich die erste „Berührung“ von Chile durch den in spanischem Dienst unterwegs gewesenen portugiesischen Seefahrer Fernão de Magalhães (auf Spanisch: Hernando de Magallanes). Dieser bot Kaiser Karl V. seine Dienste an und 1519 bei dem Monarchen Gehör fand, um seinen Plan, einen Westweg zu den Gewürzinseln zu suchen, zu realisieren. So brach dann Magellan am 20. September 1519 mit fünf Schiffen zur ersten Weltumsegelung auf. Entlang der brasilianischen Küste segelnd, also in südlicher Richtung, entdeckte er im Oktober 1520 die nach ihm benannte Magellan-Straße zwischen dem Festland und Feuerland, durchfuhr sie mit drei Schiffen und erreichte am 28. November 1520 den Stillen Ozean. Es war eine Durchfahrt, ohne irgendwo angelandet zu haben; immerhin fuhr er im heutigen Hoheitsgebiet Chiles vom Atlantik bis zum Pazifik und dann noch weiter.

Den Ruhm, als Entdecker Chiles in die Geschichte einzugehen, hat allerdings ein anderer Seefahrer erlangt, der zu Pizarros Gefolgschaft gehörende Diego de Almagro. Nachdem Pizarro vom König zum Statthalter von Peru ernannt worden (die Inkas wussten von ihrem „Glück" noch nichts), fuhr er mit drei Schiffen, 180 Männern und 37 Pferden los und eroberte zwischen 1531 und 1533 auf verbrecherische Weise das hochkultivierte Inka-Reich, indem er den 13. und letzten Inkakaiser Atahualpa gefangen und letztendlich hinrichten ließ, da sich der Kaiser weigerte, den Christengott und den spanischen König als Oberhoheiten anzuerkennen.

Das heimtückische Vorgehen der Spanier geschah Ende 1532, und zwar anlässlich der Begrüßungsfeierlichkeiten, die Atahualpa in seinem Palast in Cajamarca zu Ehren Pizarros und seiner Leute vorbereitet hatte. Da der Kaiser der Aufforderung zur Anerkennung der fremden Oberhoheit nicht nachkam, griff Pizarro die 4000 versammelten, friedfertigen und unbewaffneten Inkakrieger an und metzelte sie nieder. Von Atahualpa verlangte er als Lösegeld die Füllung seines Gefängnisses mit Juwelen und Edelmetallen. Obwohl diese Forderung erfüllt wurde, ließ Pizarro den Kaiser hinrichten (29.

August 1533 in Cajamarca), um somit das Inkareich seiner Führungsgewalt zu berauben.

Wie in Mexiko gelang es den Spaniern auch hier, ein blühendes Staatswesen zu zerstören, und dies einzig und allein wegen ihrer technischen Überlegenheit. Im Jahre 1533 gründete dann Pizarro die neue Residenz „Stadt der Könige", das heutige Lima.

Der oben genannte Kumpel von Pizarro, Diego de Almagro, wurde inzwischen auch ein reicher Mann; seine anfangs freundschaftlichen Beziehungen zu Pizarro verschlechterten sich zusehends. Schließlich entschied er sich, eine eigene Expedition nach Süden zu organisieren, und zog 1535 von Cuzco aus mit seinen etwa 500 Männern los. Sie wählten den Weg über die Anden in Richtung des heutigen Bolivien und litten wegen der Kälte viel. Einige der Teilnehmer erfroren sogar. Endlich erreichten sie das Tal von Copiapó und später das von Aconcagua. Kleinere Gruppen wagten sich noch mehr Richtung Süden vor, gelangten bis zum Fluss Maule und sogar bis Ñúble (bei Chillán).

Almagro, der damals schon etwa 60 Jahre alt war, sah inzwischen ein, dass ein Weitermachen unmöglich wäre, zumal seine Leute auf Biegen und Brechen umkehren wollten. Der Rückmarsch erfolgte durch die unwirtliche Atacama-Wüste, der reinste Horror. Als sie dann müde, zerlumpt und hungrig in Cuzco eintrafen, sagten die Leute dort:

„Hier kommen die Lumpen von Chile..."

Bis heute benützen die Peruaner dieses Wort „rotos" (lumpig, zerfetzt), wenn sie über die Chilenen abfällig sprechen...

Nach der misslungenen Expedition nach Chile - immerhin hatte man das Land, wenn auch nur in Teilen, kennengelernt - gab es dann doch noch einen tapferen Mann, der es wagte, die Südregion - das heutige Mittelchile - auszuforschen und sich dort anzusiedeln. Dieser hieß Pedro de Valdivia, war etwa 20 Jahre jünger als Almagro. Ein intelligenter, viel gereister

Mann, der für seine Dienste reich belohnt wurde. Aber sein Reichtum befriedigte ihn nicht, er wollte mehr: eine Expedition nach Chile organisieren und hierzu erlangte er die Erlaubnis von Pizarro.

1540 verließ Pedro de Valdivia mit einer kleinen Truppe von 10 Männern die Stadt Cuzco, dazu kamen noch einige Helfer (befreundete Indianer) und unterwegs wuchs die Mannschaft doch noch bis auf etwa 100 Leute.

Die Reise war von Anfang an ein Albtraum, denn sie führte über die Wüste von Atacama. Tagsüber brütende Hitze, nachts eisige Kälte. Sie gaben aber nicht auf und erreichten nach etwa 45 Tagen das grüne Tal von Copiapó. Und dies samt den mitgenommenen Pferden, Schweinen, Hühnern.

Nach einem kurzen Aufenthalt in Copiapó, wo sie sich ausruhen konnten, zogen sie weiter, wobei die Landschaft stets grüner und freundlicher wurde.

Nachdem sie den Fluss Aconcagua überquert hatten, kamen sie in ein weiteres Tal, das ihnen gefiel, und dort fasste Pedro de Valdivia den Beschluss, sich niederzulassen und eine Stadt zu gründen. Die Gegend war hübsch und es gab einen kleinen Hügel, den die Einheimischen Huelén nannten und die Spanier zum Cerro Santa Lucía umtauften. Es war der Tag der Stadtgründung, der 12. Februar 1541, und die neue Stadt hieß - nach dem Apostel Jakobus - Santiago. Sie sollte später zur Hauptstadt Chiles avancieren.

Inzwischen hatten sich in Peru zwischen Almagro und Pizarro Machtkämpfe ergeben. Zunächst tötete Pizarro 1538 seinen langjährigen Kumpanen Almagro, wurde dann von dessen Anhängern drei Jahre später umgebracht (26. Juni 1541 in Lima).

Als dann diese Nachrichten bis Santiago durchdrangen, bat der erst vor Kurzem gebildete Stadtrat (zwei Bürgermeister und sechs Ratsherren) Pedro de Valdivia, er sollte den Posten eines Gouverneurs übernehmen. Da dieser sich aus Gründen der Loyalität Pizarro gegenüber zunächst weigerte, den Vorschlag anzunehmen, sprach sich die Bevölkerung in einer offenen Sitzung einstimmig für die Wahl von Pedro de Valdivia aus:

Es war die erste demokratische Wahl in der Hauptstadt eines neu gegründeten Staatswesens.

Der Staatsgründer und erste Gouverneur Chiles machte sich nun unermüdlich an die Arbeit. Während sich die Bürger von Santiago mit dem Bau ihrer Häuser beschäftigten, begann Valdivia mit seinen Erkundungsreisen in der Umgebung. Im Mündungsgebiet des Flusses Aconcagua setzte er einige seiner Leute als Goldwäscher ein und fing bei Concón - an der Küste - mit dem Bau eines Schiffes an, damit er auch auf dem Seewege Peru erreichen konnte.

Vorher traf er mit dem Indianerhäuptling (Kazike) Michimalonco ein Abkommen, um ein friedliches Nebeneinander zwischen den Spaniern und den Ureinwohnern zu sichern, wobei die Indianer sogar ihre Hilfe anboten, sollte diese erforderlich sein. Der Pakt funktionierte jedoch nicht.

Die Mapuche-Indianer griffen eines Tages die bei Concón arbeitenden Spanier an, töteten dreizehn Männer und zündeten die noch nicht fertige Schiffskonstruktion an.

Als sich Valdivia mit einer Gruppe seiner Leute in der Flussgegend von Cachapoal befand, attackierten die unter dem Kommando von Michimalonco stehenden Indianer die sich im Aufbau befindliche Stadt Santiago am 11. September 1541.

Der Kampf dauerte den ganzen Tag, von frühmorgens bis zu den Abendstunden. Als die Lage unhaltbar wurde, schritt die einzige Frau der Kolonie, Inés de Suárez, - die Lebensgefährtin Valdivias - ein, indem sie sieben gefangenen Indianern das Haupt abschlagen und die blutigen Köpfe den Mapuche-Indianern zuwerfen ließ.

Dies beeindruckte Michimalonco und seine Leute derart, dass sie die Kampfhandlungen einstellten und sich zurückzogen.

(Über das Leben der Inés de Suárez und des Pedro de Valdivia berichtet ausgiebig die bekannte chilenische Schriftstellerin Isabel Allende in ihrem Buch mit dem Titel „Inés de mi alma“ = „Inés meines Herzens“, dort wird auch der grausame Tod des P. de Valdivia - sogar in zwei Fassungen - detailliert beschrieben. Ein Horror. Obwohl das Buch der Allende als „historischer Roman“ eingestuft werden muss, entspricht der Kern der Geschichte der historischen Wahrheit, die durch eine mühsame Untersuchung der diesbezüglichen Dokumente herausgefiltert werden konnte.)

1543 kam aus Peru ein Schiff nach Valparaíso, der idealen Hafenstadt Mittelchiles, mit ihrer von der Natur geschaffenen breiten, einladenden Bucht. Das Schiff brachte Proviant, bitter benötigte Kleidungsstücke und Lebensmittel.

Pedro de Valdivia war ein unermüdlicher, aktiver Mann.

Er, der Eroberer Chiles, wurde zum Städtegründer: Zunächst ließ er La Serena entstehen, ein idealer Platz zum Ausruhen als Zwischenstation bei einer langen Reise nach Peru. Er selbst ritt mit seiner Gefolgschaft nach Süden und erreichte den gewaltigen Strom Biobío. Dort gründete er die Stadt Concepción. Es war der 5. Oktober 1552.

Diese Unternehmungen waren keine Spaziergänge: Die Männer mussten sich durch dichte Urwälder kämpfen. Und überall lauerten die Mapuches.

Valdivia ließ sich nicht einschüchtern und drängte noch weiter in den unbekannten Süden.

Im selben Jahr entstanden nacheinander die Städte Imperial am Fluss Cautín (heute Carahue), dann Villarrica am See gleichen Namens und schließlich am 12. Februar die Stadt, die den Namen des Gründers trägt, Valdivia, am Ufer eines weiteren großen Stromes.

Bereits auf dem Rückweg nach Concepción ließ er drei militärische Stützpunkte (Forts) einrichten: Purén, Arauco und Tucapel.

Gleichzeitig organisierten die Mapuche-Indianer ihren Widerstand. Zu ihrem Oberkommandierenden ernannten sie Caupolicán, den sie „toqui“ nannten. Sein Adjutant hieß Lautaro, der früher als Stallbursche von P. de Valdivia die Gewohnheiten der Weißen ausgespäht hatte, auch ihre Kampfstrategie und den Umgang mit den Pferden.

1553 war es dann so weit: Die Mapuches überfielen das Fort Tucapel und die dort stationierten Spanier mussten sich in das Fort Purén zurückziehen, so gewaltig war der Ansturm der Indianer. Als Valdivia hiervon erfuhr, ritt er mit 50 Reitern los, um den eingeschlossenen Kameraden Hilfe zu leisten. Hierauf wartete nur Lautaro: Er ließ Valdivia und seine Leute in eine Falle tappen. Zu spät merkten die Spanier, dass sie in einen Hinterhalt gelockt wurden. Die Mapuches umringten sie und da sie eine enorme Mehrzahl darstellten, war das Ende der Schlacht voraussehbar.

Pedro de Valdivia, der Gründer Chiles, ließ dort sein Leben und mit ihm alle seine Mitstreiter.

Es ist schon seltsam: Alle drei Eroberer, Pizarro, Almagro und auch Valdivia sind nicht eines natürlichen Todes gestorben. Für diese Fälle gilt der Spruch, den man in Chile zu sagen pflegt: „Murieron en su ley“, auf Deutsch: Sie starben, wie sie lebten, nämlich gewalttätig.

Als die Leute erfuhren, dass Valdivia tot war, ergriff sie die Angst, von den Mapuches überfallen zu werden, und sie verließen die neu gegründeten Städte Villarrica und alle weiteren im Süden. Sogar Concepción erwartete den Angriff der Indianer.

Da erschien der treue Weggefährte von Valdivia, Francisco de Villagra, der soeben die Zone um die Bucht von Reloncaví - also die Umgebung der heutigen Regionalhauptstadt Puerto

Montt - überprüfte, um dort neue Siedlungen zu gründen. Villagra rüttelte die Leute auf und organisierte den Widerstand.

Er wartete allerdings nicht ab, dass die Mapuches sie überfielen, sondern ritt ihnen entgegen. Unterwegs, am steilen Abhang von Marihuenu („mari“ bedeutet sehr und „huenu“ ist hoch), tappte er dann samt Gefolge in eine Falle, die ihnen Lautaro bereitete, und man massakrierte sie bis auf wenig Überlebende, darunter auch Villagra. Es gelang diesen wenigen Spaniern, sich bis Concepción durchzuschlagen (1554).

Die Bewohner von Concepción waren der Überzeugung, dass es Villagra nicht gelingen würde, ihre Stadt zu retten, und fingen an, nach Santiago zu fliehen.

Villagra, der sie nicht aufhalten konnte, half ihnen und organisierte einen geordneten Rückzug; er war der Letzte, der die Stadt verließ.

Bald danach kam Lautaro mit seinen Leuten und zerstörte Concepción komplett. Im Rausche des Triumphes ging es dann weiter in Richtung Santiago und es gelang ihnen, den Fluss Maule zu überqueren, also die Linie zwischen den heutigen Städten Constitución und Talca.

Nun rechneten sie aber nicht mit den dort ansässigen Indianerstämmen, die Lautaro wegen einer früheren Zwistigkeit nicht wohlgesinnt waren. Diese wollten Rache und unterstützten die Spanier, indem sie Lautaro und seine Gefolgschaft zwangen, sich zurückzuziehen. In einer darauffolgenden Nacht überfielen sie dann die Lautaro-Gruppe, wobei sogar Lautaro selbst sein Leben verlor (1. April 1557).

Mit Lautaros Tod endete nicht die Angriffslust der Mapuches. Das Kommando hatten jetzt die anderen „toquis“, Caupolicán und Galvarino.

In der Schlacht von Lagunillas wurde Galvarino gefangengenommen und der neue Gouverneur von Chile, García Hurtado de Mendoza, ließ ihm wegen eines früheren Delikts beide Arme abschneiden, gewährte ihm allerdings danach die Freiheit (Oktober 1557).

Es dauerte nicht lange und Galvarino stachelte seine Landsleute wieder gegen die Spanier auf. Als er dann erneut gefangen wurde, richtete man ihn hin.

Caupolicán erreichte ein ähnliches Schicksal: Er wurde in der Nähe von Tucapel von einer spanischen Patrouille gefasst und getötet.

Nun waren die großen Protagonisten - Valdivia, Lautaro, Galvarino und Caupolicán - allesamt tot, aber der Kampf ging weiter. Noch weitere zweihundertzwanzig Jahre. Ein Widerstand, der ungewöhnlich lang dauerte, denkt man an Mexiko oder Peru, die innerhalb von zwei Jahren wie reife Früchte in die Hände der Spanier fielen.

Die Epoche der Kolonie – die 250 Jahre zwischen dem Tod von Valdivia und der Ausrufung der Unabhängigkeit Chiles

Das Territorium von Chile war ein Teil des Vizekönigreichs von Peru. Die Leiter des Verwaltungsgebietes Chiles waren also von Lima abhängig und hatten gleich drei Titel, entsprechend ihrem dreifachen Aufgabengebiet: Sie nannten sich vor allem Presidente (de la Real Audiencia), Gobernador und Capitán general.

Drei Funktionen in einer Person, schon außergewöhnlich und dies bedeutete Macht, Entscheidungsvollmacht.

Gebührend ihrem Rang wurden sie auch als „Alteza" (Hoheit) tituliert, eine Anrede, die eigentlich nur Personen königlichen Geblüts zustand, und sie verfügten auch über das königliche Siegel als Ausdruck ihrer Machtvollkommenheit.

Nun zu den Funktionen: Als Präsident des höchsten Gerichtes hatten sie das letzte Wort in Sachen der Judikatur, als Gouverneure waren sie die Chefs der Verwaltung und als Generalkapitäne waren sie die obersten Kommandeure der Streitkräfte. Ein starkes Bündel von Kompetenzen, die sie mit Takt und Klugheit ausüben mussten. Nicht alle waren hierzu geeignet, aber einige schon, die ihre Aufgaben mit Brillanz erledigten.

Nach wenigen Jahrzehnten der relativen Ruhe begann 1598 der große Aufstand der Mapuches und sie vertrieben die Spanier aus den neu besiedelten Gebieten, wodurch am Biobío-Fluss eine regelrechte befestigte Grenze entstand und die südlich davon gelegenen Städte und Siedlungen aufgegeben werden mussten.

Dies galt bis zur Bucht von Reloncaví.

Lediglich auf der großen Insel Chiloé hielt sich der Hafen von Castro, aber dieser wurde dafür im Jahre 1600 von holländischen Piraten (Baltasar de Cordes) überfallen und geplündert.

Spanien, die imperiale Großmacht, konnte natürlich diese Demütigungen nicht eingestehen und man versuchte auf verschiedenen Ebenen die verlorenen Gebiete wiederzugewinnen (1600 - 1655).

In der **Periode von 1612 bis 1626** - die man als „**Verteidigungskrieg**" betiteln könnte - wurde die Taktik „Zuckerbrot und Peitsche" angewandt.

Zunächst wurde die Institution „Encomienda" abgeschafft. Das Wort bedeutet vor allem „Auftrag" oder „Empfehlung", im heutigen lateinamerikanischen Spanisch versteht man darunter ein Postpaket.

Was nun die historische „Encomienda" betrifft, die man auch „Repartimiento" (= Verteilung) nannte, so verstand man darunter die Zuweisung einer Anzahl von Indianern an einen Spanier, für den sie arbeiten und den sie versorgen mussten, wofür er sie unterbringen, verköstigen, kleiden, entlohnen und im Christentum unterweisen lassen sollte; sie artete faktisch in eine Art Hörigkeit und hemmungslose Ausbeutung aus (siehe „Die alltägliche Conquista" - zwölf Briefe des Pedro de Valdivia, S. 149, Vervuert Verlag, 1995).

Die Könige Spaniens wollten nicht das in Spanien herrschende Gesellschaftssystem auch auf die Kolonien übertragen, weil sie dort keinen selbstbewussten und zu mächtigen Hochadel heranzüchten wollten. Sie setzten in den einzelnen Großgebieten, wie Mexiko und Peru, ihre Vizekönige ein und wiesen diese an, die ihnen loyalen und verdienstreichen Untertanen mit der Übertragung von Gold- oder Silberminen und dazu dann auch mit den dazu benötigten Encomiendas zu befriedigen, ohne diese Leute in den Adelsstand zu erheben.

Da nun aber dieses System in eine schamlose Ausbeutung ausuferte und den berechtigten Zorn der Indianer automatisch provozierte, verordnete man in der oben genannten Periode die Aufhebung der Encomiendas und ließ von nun an die Dienste der Indianer entlohnen, was natürlich nur ein Tropfen auf den heißen Stein war. Zugleich drangen die Missionare in die Indianergebiete ein und errichteten dort Kapellen und Missionsstationen. Daneben hatte man ein regelrechtes Heer aufgebaut, zur Überwachung und Absicherung der Grenze am Biobío-Fluss.

In der darauffolgenden **Periode von 1626 bis 1634**, die man als **„Entvölkerung des Landes“** bezeichnet, überschritt das Heer die Grenze, um dort Sklaven einzufangen, die es in der Mittelzone zum Verkauf anbot.

Angesichts dieser neuen Situation entvölkerten die Mapuches das Gebiet zwischen dem Biobío- und dem Toltén-Fluss (etwa bis zur Linie der heutigen Städte Teodoro Schmidt - Pitrufquén - Cunco) selbst und machten es dem Erdboden gleich, indem sie sich mehr nach Süden verlagert hatten. Als dann die „Sklavenfänger“, sprich das Heer, in diese verwüsteten Gebiete eindrang, wurden sie aus dem Hinterhalt angegriffen und niedergemetzelt.

Unter der Amtszeit des Gouverneurs Francisco Lazo de la Vega (1629 - 1639) wurde bei La Albarrada eine siegreiche Schlacht gefochten, dank derer es während einer längeren

Zeit Ruhe gab. In der darauffolgenden Amtszeit des Markgrafen von Baides (1639 - 1646) wurde vom Gouverneur vorgeschlagen, die Einrichtung von „Parlamenten“ einzuführen, also friedliche Diskussionen zwischen Spaniern und Mapuches, um eine Art Koexistenz zu fördern. Solche Parlamente fanden dann in Quilin 1641 und 1647 statt. Dies war in der Zeit **zwischen 1636 und 1655**, die man als die **Periode der Parlamente, der Missionare und der Diplomaten** bezeichnen könnte.

In dieser Zeit erfolgte allerdings auch die Neugründung der Stadt Valdivia (1645), die wegen der Piraterie der Holländer notwendig wurde, um das dortige Territorium gegen eindringende fremde Seeräuber zu schützen.

Zwei Jahre später - 1647 - suchte ein fürchterliches Erdbeben Santiago und die ganze Mittelzone heim und dort große Schäden verursachte.

Die miserable Amtsführung des Gouverneurs Antonio de Acuña y Cabrera (1650 - 1655) trug sicherlich dazu bei, der sowieso explosiven Situation zum Ausbruch zu verhelfen: Der große Mapuche-Aufstand des Jahres 1655 führte nicht nur zur Amtsenthebung, schlimmer war noch die Tatsache, dass durch den Aufstand alle bisherigen Bemühungen zur friedlichen Beilegung der Differenzen mit den Mapuches zunichtegemacht wurden.

In der darauffolgenden Zeit - über zweihundert Jahre - gab es keine weiteren Einfälle in das Mapuche-Gebiet. Lediglich durch ein allmählich fortschreitendes Vermischen von Spaniern und Mapuches („mestizaje“) konnten die Ureinwohner ethnisch und kulturell absorbiert werden. Ein sehr langsamer und mühsamer Prozess, der nur Teilerfolge erzielte.

Die oben erwähnte **Neugründung von Valdivia (1645)** wurde unmittelbar durch das Vizekönigtum von Peru angeordnet, und zwar angesichts der sich ständig wiederholenden Überfälle fremder Flotten (England, Holland, Frankreich). So entstanden die Forts von Corral, Niebla und Mancera, um die Küstenregion zu schützen. Der neu entdeckte Seeweg über den Umweg von Kap Hoorn ermöglichte nämlich diesen Mächten, Spanien auf der Pazifikseite anzugreifen. Erst 1740 überließ Lima die Kontrolle des Valdivianer Hafengebietes der „Capitanía General de Chile". Seit dieser Zeit hat sich auch das Hoheitsgebiet auf die angrenzende Zone ausgedehnt. Von jetzt an durften auch Privatpersonen landwirtschaftliche Flächen erwerben, es wurden Missionsstationen gegründet, man entdeckte und gründete das alte „Los Llanos" (frühere Stadtgründung, jetzt als **La Unión** bekannt) und in dieser Zeit erfolgte auch **die Neugründung von Osorno (1796)**. Als das Jahrhundert zu Ende ging, befanden sich schon breite Zonen der Region in der Hand von Spaniern und Kreolen (= Criollos, also schon in Chile geborene Abkömmlinge von spanischen Einwanderern).

Als die Republik ausgerufen wurde, hatte man in der Verfassung von 1822 als die südliche Staatsgrenze das Kap Hoorn genannt, obwohl südlich von Concepción lediglich die Zonen um Valdivia, Osorno und Castro (Chiloé) bevölkert waren, wobei der übrige Süden und das Australgebiet überhaupt nicht besiedelt wurden. Dies nur vorab.

Vom 16. bis zum 19. Jahrhundert wurde Chile von insgesamt 26 Gouverneuren („Presidentes de la Real Audiencia") regiert (abgesehen von den sog. Interimspräsidenten, die aus diversen Gründen einspringen mussten, weil der Titelträger außerstande war, die Geschäfte zu führen).

Hervorheben müsste man von den Gouverneuren, die gute Arbeit leisteten und vom Volk verehrt wurden, z. B. Gabriel Cano y Aponte (1717 - 33), der während seiner langen Amtszeit (16 Jahre!) viel dazu beigetrug, um das Land zu befrieden. In diesem Sinne hatte er angeordnet, alle Forts südlich des

Flusses Biobío aufzugeben bzw. diese durch neue zu ersetzen, die am Nordufer errichtet wurden. Dadurch konnten die Energien des Staates andernorts vernünftiger eingesetzt werden. Cano y Aponte vertrat die Interessen Chiles auch im kommerziellen Wettstreit zwischen Chile und dem Vizekönigtum von Peru energisch.

Die nach ihm folgenden Gouverneure brachten allmählich die Eigenschaften hervor, die die späteren Präsidenten der unabhängigen Republik Chile offenbarten: Regieren bedeutete ihnen nicht einfach eine gerechte Staatsführung auszuüben, sondern eine tatkräftige Aktivität zu entfalten, deren Ziel die Förderung des Wohlstandes und dadurch die Zufriedenstellung des Volkes war.

Diese Einstellung hatte allmählich dazu beigetragen, das Idealbild eines zeitgemäßen Gouverneurs (später Präsidenten) bzw. einer leistungsfähigen, tüchtigen und realisierenden Regierung entstehen zu lassen.

In diese Serie der zeitgemäßen und tüchtigen Präsidenten passt vor allem der Irländer Ambrosio O´Higgins (1788 - 1796), ein talentierter Mann, der in den Amtsperioden seiner Vorgänger viel Erfahrung sammeln konnte. Er verkörperte die ideale Verknüpfung des unternehmerischen Geistes mit einem außerordentlich geschickten politischen Instinkt, demzufolge es ihm gelang, ein Maximum an notwendigen Reformen gegenüber einem Minimum an Widerständen zu realisieren.

Er ließ Straßen bauen, Städte gründen, den Mapocho-Fluss neu eindämmen, und dies alles in einer relativ kurzen Amtsperiode von nur acht Jahren. Dazu ordnete er die Staatsverwaltung und machte sie effizienter. Alles in allem war Ambrosio O´Higgins vielleicht der hervorragendste Gouverneur des 18. Jahrhunderts und sicherlich einer der besten in der Geschichte Chiles.

Trotz seines hohen Alters erhob ihn der König nach Beendigung seiner Amtsperiode in Chile zum Vizekönig von Peru, eine Würde, die außer ihm nur drei andere Gouverneure erlangten.

Die Serie der unternehmenden Präsidenten beendete Luis Muñoz de Guzmán (1802 - 1808), der vorher der erste Mann in Quito war. Seine Regierungszeit war ebenfalls brillant und bedeutete einen aufsteigenden Kurs der Regierungstätigkeit am Anfang des neuen Jahrhunderts.

Muñoz de Guzmán vollendete all die öffentlichen Aufgaben, die seinerzeit von O´Higgins angestoßen worden waren. Zu erwähnen wären: die Vollendung der Eindämmung des Mapocho-Flusses, die Konstruktion einer Serie von Palästen, wie z. B. die der Casa de Moneda (heute Präsidentenpalais), des Palastes der Real Audiencia (Oberster Gerichtshof), des königlichen Zollamtes und des Konsulats.

Im letztgenannten Palais fand etwas später - 18. September 1810 - die historische öffentliche Sitzung des Stadtrates (Cabildo abierto) statt: Dies war die Geburtsstunde des unabhängigen Chile.

Unter seiner Amtszeit fing man schließlich mit dem Bau des Kanals San Carlos an und man konstruierte auch die Verbindungswege nach Buenos Aires und den Weg von Talca nach Concepción. Schließlich ist diesem Gouverneur auch der Ruhm für die Errichtung des Kanals von Maipo zuzuschreiben.

Das unabhängige Chile vom 18. September 1810 bis heute – 200 Jahre voller Ereignisse

Bei der Geburt des unabhängigen Chile und der anderen lateinamerikanischen Staaten spielte die Napoleon Bonaparte. eine wichtige Rolle, nämlich die der Hebamme bei der Geburt einer Reihe von neuen Staaten. Ohne seine Einmischung in die inneren Angelegenheiten Spaniens hätte sich der ganze Prozess wer weiß wie lange noch hinausgezögert.

Bezüglich der von Napoleon verhängten Kontinentalsperre, die sich gegen England richtete, kam es zwischen

Frankreich und Portugal zum Krieg, da sich die Portugiesen weigerten mitzumachen. Daraufhin besetzten die Franzosen Portugal (November 1807). Andererseits war Spanien mit Frankreich verbündet und Napoleon bat die Spanier, durch Spanien marschieren zu dürfen, um dem französischen Oberbefehlshaber Junot, der in Portugal in Bedrängnis geriet, behilflich zu sein.

Nachdem die Spanier eingewilligt hatten, marschierte der Schwager Napoleons, Murat, in Madrid ein (23. März 1808). Was allerdings dahintersteckte, war ein schmutziges Spiel: Napoleon wollte die herrschenden Bourbonen in Spanien verjagen, um dort seinen Bruder Joseph (damals noch König von Neapel) auf den iberischen Thron zu setzen.

Das zwischen dem König Carlos IV. und seinem Sohn, dem späteren Fernando VII. bestehende Zerwürfnis ausnutzend, lud er beide zu einem „Versöhnungsgespräch" nach Bayonne ein und erreichte in der Tat, dass Carlos IV. endgültig abdankte und Fernando VII. auf den Thron verzichtete. Dies war nur dadurch möglich, dass Napoleon aus Madrid von Murat die Nachricht erhielt, dort wäre am 2. Mai ein „Volksaufstand" ausgebrochen, den Fernando gegen seinen Vater angezettelt haben soll, und Murat hätte diesen Aufstand sofort niedergeschlagen und die Aufrührer standrechtlich erschießen lassen.

Mit dieser Nachricht eilte dann Napoleon zu den eingeladenen Mitgliedern der spanischen Königsfamilie und verweilte dort sieben Stunden lang, wobei er den fürchterlichen Krach zwischen Vater und Sohn mit ansehen und mit anhören konnte.

Aber lesen wir aus dem Tagebuch Napoleons das Wesentliche:

Schloss Marracq bei Bayonne, 5. Mai 1808, nachmittags

„Ich habe mein Ziel erreicht und Spanien ohne eine einzige Schlacht erobert! Vorhin hat Carlos IV. mir seine Krone abgetreten. Der Aufstand in Madrid war endlich ein triftiger Grund, um Fernando die Anerkennung als König zu verweigern...

Ich weigerte mich also, Fernando als König anzuerkennen, und stellte ihm ein Ultimatum für einen Abdankungstermin. Ich wusste, dass der Auftritt mit seinem Vater - eine abscheuliche Szene übrigens, wobei ich hoffe, dass mir derartiges erspart bleibt, sollte ich je einen Sohn haben - ihn so eingeschüchtert hatte, dass er die Krone an Carlos zurückgeben würde und ich wusste auch, dass dieser des Regierens überdrüssig ist. Meine Rechnung ging auf: Fernando dankte ab, Carlos erklärte, er wolle den Thron nicht mehr, denn er befürchte nur empörte Untertanen anzutreffen und bat mich, die Krone anzunehmen. Morgen wird diese harmonische Königsfamilie den Weg ins Exil antreten, wahrscheinlich nach Rom. Was für ein diplomatischer Erfolg!“

(Cornelia Wussowski, Die Familie Bonaparte,
Verlag Schneekluth, 1993)

Kurz danach beschloss Napoleon, seinen ältesten Bruder, José, - der seit einigen Jahren als König von Neapel fungierte - auf den Thron Spaniens zu setzen. Dabei dachte er, die Präsenz eines starken französischen Heereskontigents würde dafür garantieren, dass sich die Lage beruhige und konsolidiere.

Dies war eine Fehlkalkulation.

Das spanische Volk stand auf und wehrte sich mit allen Mitteln. Inzwischen hatten sich die Spanier organisiert und bildeten verschiedene Regierungskommissionen, die sie „Junta de Gobierno“ nannten: verschiedene, da die Franzosen die einzelnen Provinzen voneinander isolierten und somit das Entstehen einer Zentralorganisation verhinderten.

Diese Nachrichten erreichten auch die amerikanischen Besitzungen Spaniens, deren Bevölkerung sich ebenfalls weigerte, José Bonaparte als König anzuerkennen, und man leistete den Treueeid auf den jungen König Fernando VII.

Allerdings ergaben sich bald gravierende Komplikationen.

Zu jener Zeit war der Brigadegeneral Francisco Antonio García Carrasco der Gouverneur Chiles. Er reagierte allerdings über, als er von der Bildung von Regierungskommissionen (Juntas) in ganz Amerika hörte, und vermutete dahinter eine Verschwörung gegen die Krone. So ließ er auch in Santiago verschiedene Prominente arrestieren, da er davon ausging, sie wären auch Verräter. Da er sich aber irrte und der Druck, seinen Posten abzugeben, wuchs, blieb ihm nur der Rücktritt übrig.

Seine Stelle übernahm der von allen sehr respektierte alte Mateo de Toro y Zambrano (85).

Inzwischen hatten sich zwei Lager im Bürgertum gebildet: Das eine meinte, man müsste die Autorität des Regierungsrates (Consejo de Regencia) anerkennen, die anstelle des Königs das höchste Gremium Spaniens (und seiner Kolonien) war; das andere Lager meinte dagegen, da es keinen König gab, läge die Regierungsmacht in den Händen des Volkes. Die Letztgenannten haben sich dabei an die Botschaft erinnert, die der Consejo de Regencia seinerzeit an die Bewohner der Kolonien richtete und wo es hieß:

„Euer Schicksal hängt nicht mehr von den Ministern oder den Vizekönigen oder den Gouverneuren ab: Es befindet sich in euren Händen.“

In Chile (Santiago) war die Konfusion derart groß, dass Mateo de Toro y Zambrano die bedeutendsten Bürger der Stadt zu einer „offenen Stadtratssitzung“= **Cabildo Abierto** einlud, die am **18. September 1810** stattfand.

Die Sitzung begann um 9:00 Uhr morgens und an ihr nahmen etwa 350 Bürger teil, zusammen mit den Amtsinhabern und verschiedenen prominenten Pfarrern. Nachdem Mateo de Toro y Zambrano eingetroffen war, übergab er die Regierungsgewalt Chiles an das Volk.

In der darauffolgenden Diskussion kristallisierten sich zwei Meinungen heraus. Einige waren dafür, dass man auch weiterhin von dem Consejo de Regencia in Spanien abhängig sein sollte und andere wieder, dass man eine eigene, allein vom Volk abhängige Junta bilden müsste. Die Mehrheit vertrat diese zweite Meinung, sodass dann die Anwesenden abgestimmt haben und eine eigene Regierungsjunta bildeten. Zum Vorsitzenden wurde Toro y Zambrano gewählt und zu seinem Beisitzer der Bischof von Santiago, José Antonio Martínez de Aldunate.

Daraufhin haben die Gewählten gelobt, ihre Aufgaben erfüllen zu wollen und gleichzeitig leisteten sie den Treueeid auf den König Fernando VII.

Dies war der erste Schritt in Richtung Selbstverwaltung und deshalb ist der 18. September der Tag der Unabhängigkeit.

Wenige Monate darauf verstarb Toro y Zambrano und zum Nachfolger wurde ein Rechtsanwalt von Concepción, Juan Martínez de Rozas, gewählt, ein intelligenter Mann, dessen Ziel die vollständige Unabhängigkeit war. Um dies zu erreichen, schlug er vor, allgemeine Wahlen abzuhalten, damit dann die gewählten Abgeordneten („Diputados“) das erste Parlament (**Nationalkongress**) bilden sollten.

Am **4. Juli 1811** trat der neu gewählte Kongress zusammen. Eine Minderheit der Diputados trat für eine vollständige Loslösung von Spanien ein und man nannte diese fortan **Patriotas**, dagegen war die Mehrheit der Auffassung, man sollte die Treue der königlichen Autorität nicht verweigern und diese hießen im Volksmunde **Royalisten**.

Der Nationalkongress beschloß verschiedene Maßnahmen. Eine der wichtigsten war die Deklaration, wonach niemand, der in Chile geboren wurde, als Sklave gelten könne, auch wenn er (sie) von Sklaven abstamme.

Nach einem weiteren Beschluss übernahm der Nationalkongress die Regierungsvollmacht, die bislang bei der Junta lag.

Da erschienen plötzlich die drei Carrera-Brüder, von denen der 26-jährige **José Miguel Carrera Verdugo** vorher in Spanien gegen die französischen Invasoren kämpfte. Er und seine Brüder **Luis** und **Juan José** beabsichtigten, die Macht an sich zu reißen. Mit der Hilfe eines Teils des Heeres zwangen sie die Junta abzudanken und bildeten eine neue Junta unter der Präsidentschaft von José Miguel.

Mit militärischer Unterstützung haben sie dann auch den Nationalkongress einfach schließen lassen. Junge Hitzköpfe, die diktatorische Allüren hatten.

Nicht einmal die Opposition des rechtschaffenen Juan Martínez de Rozas störte sie: Man schickte diesen echten Demokraten ins Exil.

1812 erließ José Miguel Carrera ein sogenanntes „Verfassungsdekret“ (= Reglamento Constitucional), wonach sich Chile vom spanischen König loslöste und sich in eine unabhängige Republik verwandelte. Als Symbole dieser Republik ließ er ein Staatswappen und eine Nationalflagge mit den Streifen blau-weiß-gelb entwerfen.

Die Regierung Carreras verfügte auch über eine eigene Druckerei, in der die erste Zeitung des Landes mit dem Titel „Aurora de Chile“ gedruckt wurde, dessen erster Direktor Fray Camilo Henríquez war.

Diese Neuigkeiten drangen natürlich bis nach Lima, wo der Vizekönig Fernando de Abascal regierte und entschlossen war, Gegenmaßnahmen zu ergreifen. Er schickte den Brigadegeneral Antonio Pareja mit 50 speziell ausgebildeten Soldaten nach Chiloé, wo diese weitere Soldaten rekrutierten. Dann setzten sie nach Valdivia über, wo sie weitertrainiert wurden, um dann im Jahre **1813** in Talcahuano zu landen, ohne dass es den dortigen Patrioten gelungen wäre, sie aufzuhalten. Die Truppe von Pareja eroberte im Nachhinein die Städte Concepción und Chillán.

Angesichts dieser Situation unterbrach José Miguel Carrera seine Regierungsarbeit, um das Oberkommando des Heeres zu übernehmen. Gleichzeitig rief die Junta die Bevölkerung auf, sich gegen die royalistische Invasion zu wehren. Einer der jungen Leute, die dem Aufruf folgten, war **Bernardo O´Higgins Riquelme**, Sohn des früheren Vizekönigs von Peru, Ambrosio O´Higgins, der sein Landgut bei Chillán verließ, um für die Unabhängigkeit zu kämpfen.

Als dann die Royalisten sich anschickten, in Richtung Santiago zu marschieren, drangen die Patrioten gegen Süden, um sie aufzuhalten.

Der Bürgerkrieg brach aus. Es gab natürlich viele Tote und Verwundete beiderseits. Die meisten hiervon waren geborene Chilenen, aber unter den kämpfenden Spaniern gab es auch welche, die mit den Patrioten zusammen für die Unabhängigkeit fochten. Die Kontrahenten wurden bei den nun folgenden Kampfhandlungen abwechselnd von Glück oder Misserfolg begleitet. Zunächst, am **27. April 1813**, überraschte Carrera, der mit seinen Truppen den Fluss Maule überschritt, die Royalisten in ihrem Camp bei Yerbas Buenas und vertrieb sie von dort, woraufhin diese sich in Chillán einschlossen haben und dort überwintern wollten.

Ein Heeresteil der Patrioten unter dem Kommando von O´Higgins eroberte inzwischen Los Ángeles.

Nachdem der Brigadegeneral Pareja in Chillán verstorben war, übernahm dort der Hauptmann Juan Francisco Sánchez das Kommando über die Royalisten, die sich dort verschanzt hatten und gut gerüstet und mit Verpflegung versorgt waren.

Ein Versuch der Patrioten, sie zu überrumpeln, scheiterte. Als diese dann westlich von Chillán am Ufer des Flusses Itata campierten, wurden sie von den Royalisten überrascht und zerstreut. Carrera selbst konnte sich nur dadurch retten, dass er in den Fluss sprang und sich schwimmend entfernen konnte.

O´Higgins, der auch dabei war, begriff, dass der Feind sie aufreiben würde, und stellte sich vor seine wenigen Leute, indem er schrie:

„Folgt mir, Jungens! Entweder bleiben wir mit Würde am Leben, oder wir sterben ruhmreich! Die Tapferen folgen mir!"

Das war am **16. Oktober 1813**. Die Patrioten beherzigten die Worte von O´Higgins und erreichten schließlich, dass sich der Feind zurückzog.

Die Regierung meinte angesichts der Geschehnisse der jüngsten Zeit, dass für die Misserfolge Carrera verantwortlich sei, und löste ihn vom Oberkommando ab, indem sie gleichzeitig O´Higgins zum neuen Heereschef ernannte.

Allerdings verschlechterte sich dann die Situation eher.

Den Royalisten gelang es, die Gebrüder José Miguel und Luis Carrera zu schnappen, als diese unterwegs nach Santiago waren, und brachten sie nach Chillán (**Januar 1814**).

Kurz danach traf aus Lima der Brigadegeneral Gabino Gaínza mit einer starken, gut ausgerüsteten Truppe ein und landete an der Küste von Arauco.

Sie marschierten direkt nach Santiago, wohin auch O´Higgins mit seiner Truppe unterwegs war. O´Higgins gelang es, die Royalisten bei Quechereguas zu stellen und ihren Weitermarsch zu unterbinden. Es war kein großer Sieg, da die Feinde sehr stark und einsatzbereit blieben.

Überhaupt verschlechterte sich die Lage auf dem ganzen Kontinent eher.

In Amerika mussten sich die Patrioten allerorts zurückziehen, während in Spanien die Franzosen einen Hieb nach dem anderen bekamen. Sollte es also gelingen, Fernando VII. in Spanien wiedereinzusetzen, würde dies für die Unabhängigkeit Chiles und der anderen Nationen Amerikas fatale Auswirkungen haben.

Unter diesen Umständen war die patriotische Regierung in Chile bemüht, einen Waffenstillstand zu erreichen. Dies gelang auch, da die Gegenseite sich ebenfalls sammeln und für weitere Kämpfe vorbereiten wollte.

Die Royalisten hatten inzwischen die Gebrüder Carrera aus der Haft in Chillán entlassen, um so im Lager der Patrioten Zwietracht zu säen. Die Rechnung ging auf: Die Carreras eilten nach Santiago, wo sie angesichts der verzweifelten Lage die Truppen gegen O´Higgins aufwiegelten und letztlich die Macht über die Regierung übernahmen.

O´Higgins, der eigentlich gegen die Carreras vorgehen wollte, erfuhr inzwischen vom Eintreffen des Generals Manuel Osorio aus Lima, der bei Talcahuano mit einem mächtigen Armeekontingent gelandet war und sich anschickte, nach Santiago zu gelangen.

Angesichts dieser dramatischen Lage stellte sich O´Higgins den Carreras zur Verfügung und ließ sich samt seiner Truppe bei Rancagua verschanzen.

Der Übermacht der Royalisten gelang es, die Truppe von O´Higgins zu dezimieren, aber trotz der drohenden Niederlage wollte sich O´Higgins nicht ergeben. José Miguel Carrera, der mit einem Heereskorps unterwegs war, um die Eingekesselten zu befreien, kam zwar in die Nähe von Rancagua, griff dann aber in die Kämpfe nicht ein.

Nach den entscheidenden Tagen **1. und 2. Oktober 1814** entschied O´Higgins den Ausbruch aus dem Kessel, da er nicht aufgeben wollte. Nur einem Bruchteil seiner Truppe gelang es, sich den Weg durch den Feind zu bahnen und die Flucht zu ergreifen. Diese Schlacht ging in die Schulbücher Chiles als **das Desaster von Rancagua** ein.

Die schlimme Nachricht erreichte bald auch Santiago und die patriotischen Familien ergriffen die Flucht über die Kordillere nach Mendoza, Argentinien, wo sie liebevoll Aufnahme fanden.

Argentinien hatte sich inzwischen bereits befreit und der Gouverneur General José de San Martin half den Flüchtlingen, indem er ihnen Unterkunft und Arbeit gab.

San Martin wusste genau, was auf dem Spiel stand: Sollte es nämlich den Royalisten gelingen, Chile zu unterwerfen, würde eine ähnliche Gefahr auch Argentinien drohen. Demzufolge war er bereit, bei der Aufstellung eines chilenischen Befreiungskorps mitzuwirken, um die Besatzungstruppen unter General Mariano Osorio zu vertreiben.

Währenddessen etablierte sich in Santiago der General Mariano Osorio, jetzt in seiner Eigenschaft als Gouverneur von Chile.

Unter seiner Amtszeit hatte die Bevölkerung viel zu leiden, vor allem seitens einer Spezialeinheit, des Bataillons „Los Talaveros" unter der Führung des Hauptmanns Vicente San Bruno. Diese Leute terrorisierten die Bürger, verhafteten viele Unschuldige. Hierfür reichte eine anonyme Anzeige oder der Hinweis eines Spitzels. Die Ungerechtigkeiten waren dermaßen schockierend, dass viele, die eigentlich für die Royalisten Partei ergriffen, von jetzt an ihre Meinung änderten.

Der Widerstand der Bevölkerung wuchs und es bildeten sich kleine Gruppen, die den Spaniern Kopfschmerzen verursachten. Heute würde man sie als „Guerilleros" bezeichnen. Einer, der sich besonders aktiv in dieser Hinsicht hervortat, war der junge Rechtsanwalt Manuel Rodríguez.

Auch der letzte royalistische Gouverneur, der Feldmarschall Francisco Casimiro Marcó de Pont (1815 –17), änderte nichts an dieser unerträglichen Situation.

Unterdessen hatte sich in Argentinien die chilenische Befreiungsarmee aufgestellt und war ab Dezember 1816 bereit, sich in Marsch zu setzen.

Obwohl dort bereits der Sommer einzog, war die Überquerung der Anden, die gegenüber von Mendoza über 6000 Meter in den Himmel ragen, alles andere als einfach.

Die Spanier waren natürlich informiert, nur wussten sie nicht, durch welchen der dortigen Pässe der Einmarsch stattfinden würde. Die Befreiungsarmee hatte eine Mannschaftsgröße von etwa 4.000 Soldaten, die wegen der eisigen Kälte in den Bergen entsprechend gekleidet werden musste; dazu kam noch der Transport der schweren Waffen (Kanonen) und alles, was dazugehörte.

Die Patrioten waren wegen des Überraschungseffekts in der besseren Lage und positionierten sich in den Bergen von **Chacabuco**, um den Feind zu empfangen.

Die Royalisten unter der Führung des spanischen Brigadegenerals Rafael Maroto zählten 1.600 Soldaten.

Am **12. Februar 1817** griff Bernardo O´Higgins die Spanier an und trieb sie in die Flucht. Angesichts der Übermacht der Befreiungsarmee mussten sie sich zurückziehen.

Zwei Tage nach dieser ersten gewonnenen Schlacht zogen die Patrioten in Santiago ein, wo sie von der Bevölkerung mit enormer Begeisterung empfangen wurden. Man applaudierte insbesondere dem General José de San Martín, der das Zustandekommen der Befreiungsarmee organisiert hatte und als deren Oberbefehlshaber die Operationen leitete.

Als der Cabildo Abierto zusammentrat, wählte er, wie es zu erwarten war, den argentinischen General zum Gouverneur Chiles. San Martín bedankte sich sehr für diese Geste, meinte jedoch, dass Chile durch einen Chilenen regiert werden müsste.

In seiner zweiten Sitzung wählte dann der Cabildo Abierto **Bernardo O´Higgins** und gab ihm den Titel **Director Supremo**.

Nach dem Sieg bei Chacabuco verlagerte sich die feindliche Armee nach Süden, um sich zu reorganisieren. Sie bauten Talcahuano als Festung aus und boten den anrückenden Einheiten der Befreiungsarmee erbitterten Widerstand.

Da inzwischen aufgrund von Nachrichten aus Peru bekannt geworden war, dass die Spanier weitere Kontingente nach Chile gesandt hatten, musste man schnell reagieren.

O´Higgins und seine Leute beeilten sich, nach Santiago zu gelangen, um dort die Verteidigung Chiles vorzubereiten. Mit ihnen verließen die Gegend auch Tausende von Zivilpersonen, die samt Familie und ihren Gütern (Vieh, Lebensmittel etc.) in Richtung Santiago marschierten.

Nach dem Rückzug von O´Higgins und den Patrioten landete der schon bekannte General Mariano Osorio in Talcahuano.

O´Higgins, der den Feind in Talca erwartete, ließ in jenen Tagen eine Volksbefragung durchführen, um sich zu vergewissern, ob das Volk in der Tat für die Unabhängigkeit war. Das Resultat war erdrückend: Die enorme Mehrheit sprach sich für ein freies Chile aus.

Daraufhin ließ O´Higgins das Volk und die Amtsinhaber im Zentrum von Talca zusammentreten und die neue, auch noch heute gültige Nationalflagge hissen, um dann den feierlichen Eid abzulegen, die Unabhängigkeit Chiles mit ihrer Ehre, ihrem Leben und ihren Gütern zu verteidigen (**12. Februar 1818**).

Diesen Treueeid wiederholte man im Nachhinein vielerorts in Chile feierlich.

Zwei Tage vor der Feierstunde in Talca begann der General Osorio mit seinem Heer den Marsch von Concepción nach Santiago.

Inzwischen hatten sich die Heeresteile von San Martín und O´Higgins zusammengelegt, insgesamt 7000 Patrioten, und warteten auf den Feind bei Cancha Rayada. Osorio, der sich anschickte, die Patrioten anzugreifen, konnte nur mit einer Truppenstärke von 5000 Männern rechnen. Da er diesen Nachteil kannte, beschloss er, in der darauffolgenden Nacht anzugreifen. In der Nacht vom **19. März 1818** ging die Rechnung von Osorio auf: In der Dunkelheit verwechselten sich die

Patrioten und zogen sich in versprengten Gruppen zurück, wobei an die 300 Tote auf dem Schlachtfeld liegenblieben.

Die Nachricht vom tragischen Ausgang des Aufeinandertreffens der feindlichen Kräfte erzeugte in Santiago Entsetzen und schon dachte man erneut an die Flucht. Einige beherzte Bürger, vor allem Manuel Rodríguez, rüttelten das Volk wieder auf, indem sie riefen: „Noch haben wir unser Vaterland, Landsleute!“

In letzter Minute gelang es den Patrioten, sich zu reorganisieren und ein neues Kontingent von 5000 Soldaten aufzustellen, um den gegen Santiago marschierenden Osorio aufzuhalten.

Am **5. April 1818** fand die entscheidende **Schlacht bei Maipo** statt.

Bernardo O´Higgins, der bei Cancha Rayada eine Armverletzung erlitten hatte, konnte daran nicht teilnehmen.

Wie schon in Chacabuco führte auch diesmal San Martín die Patrioten an.

Beide Seiten kämpften wild und entschlossen. Allerdings zogen diesmal die Royalisten den Kürzeren und fingen an, sich allmählich nach Lo Espejo zurückzuziehen. San Martín war überzeugt, diesmal die Oberhand gewinnen zu könne und ließ an O´Higgins eine Botschaft zukommen: **„Das Vaterland ist frei!“**

O´Higgins hatte diese Nachricht nicht erhalten, da er es im Bett nicht aushielt, sich auf sein Pferd schwang und losritt. In Maipo trafen sich die beiden Führer und umarmten sich: Der Sieg war endgültig auf ihrer Seite.

Allerdings musste hierfür viel Blut fließen: 1.500 Royalisten (darunter viele gebürtige Chilenen) ließen ihr Leben dort und eine ähnlich hohe Zahl an Verwundeten gab es auch. Bei den Patrioten gab es an die 800 Gefallene und noch viel mehr an Verwundeten.

Die Schlacht bei Maipo traf die Royalisten tief, sie gaben jedoch nicht auf. Sie bauten Concepción zur Festung aus und leisteten dort noch einige Zeit Widerstand. Dann zogen sie sich nach Valdivia zurück, wo die Spanier seinerzeit drei Festungsanlagen bauten, und schanzten sich dort ein.

Erst nach zwei Jahren, im **Februar 1820**, mussten sie dann aufgeben, nachdem Thomas **Cochrane** sie überraschend überfallen hatte.

Dem Widerstand der Royalisten war allerdings noch immer nicht Einhalt geboten.

Es bildeten sich Guerrillas oder „montoneras", deren Anführer der in Chile geborene Vicente Benavides war, und diese Leute bereiteten den Bürgern noch lange durch ihre überraschenden, isolierten Angriffen viele Kopfschmerzen. Am längsten hielten sich die Royalisten auf der großen Insel Chiloé, wo der spanische Brigadegeneral Antonio de Quintanilla mit seiner kleinen Truppe eine zeitlang ausharren konnte; nach der Schlacht von Pudeto und Bellavista im **Januar 1826** konnte Chile aufatmen: Das ganze Territorium war befreit!

Chile war endlich frei und doch nicht einig. Es gab zu viele Meinungsverschiedenheiten und örtliche „Fürsten" (caudillos), die das Regieren der Zentralmacht erschwerten.

Erwähnen sollte man hier noch das Schicksal der **Gebrüder Carrera**. José Miguel reiste in die Vereinigten Staaten und es gelang ihm, ein Kriegsschiff zu erwerben, mit dem er den Feind „auf eigene Rechnung" bekämpfen wollte. In Argentinien ließ man ihn nicht nach Chile weiterreisen. Daraufhin ging er nach Montevideo.

Unterdessen schickten sich seine Brüder Juan José und Luis Carrera an, von Buenos Aires aus beginnend bis zu den Anden vorzustoßen, aber in Mendoza wurden sie verhaftet und bei einem Fluchtversuch am 8. April 1818 (also drei Tage nach dem Sieg bei Maipo) erschossen.

Die Nachricht erreichte bald auch Santiago, wo einige - darunter Manuel Rodríguez - die Schuld hierfür Bernardo O´Higgins zuschieben wollten.

Um seinen Protest auszudrücken, drang er in das Regierungsgebäude ein, wo man ihn verhaftete und nach Quillota schickte. Unterwegs, bei Tiltil, wurde Rodríguez von einem Offizier des Heeres erschossen, der behauptete, Rodríguez habe zu fliehen versucht.

José Miguel Carrera wollte den Tod seiner Brüder und seines Freundes rächen.

Da er nicht nach Chile gelangen konnte, organisierte er Guerrillas in Argentinien und mit diesen Leuten wütete er in der Pampa herum.

Wegen der von Carreras Leuten begangenen Delikte machte man ihn verantwortlich und verurteilte ihn zum Tode. verurteilt. Er wurde - wie seine Brüder - in Mendoza erschossen. Es war am 4. September 1821.

Bernardo O´Higgins hatte in seiner Eigenschaft als Director Supremo eine breite Handlungsvollmacht und er nützte diese auch zum Wohle Chiles aus. Sein Hauptaugenmerk galt dem Aufbau einer schlagkräftigen Flotte, weil er - wie auch San Martín - wusste, dass ohne diese Chile, aber auch die anderen befreiten Länder Lateinamerikas den Spaniern ausgeliefert wären.

In dem von Lukas illustrierten und Guillermo Blanco verfassten Geschichtslesebuch „Contando a Chile“ (Verlag Andrés Bello, Santiago, 1993) möge man die Seiten 80 und 85 aufschlagen: Dort wird die unglaubliche Geschichte des Entstehens der chilenischen Flotte dargestellt.

Die Flotte war auch schon deswegen von allerhöchster Priorität, weil man sie zum Transport der Heereskontingente benötigte, die auch Peru von der spanischen Herrschaft befreien sollten.

O´Higgins war dabei, als das „Geschwader der Befreiung“ (Escuadra Libertadora) den Hafen von Valparaíso verließ: es war der 20. August 1820.

Die Expedition erntete den gewünschten Erfolg: Nachdem die Soldaten etwas nördlich von Lima gelandet waren, marschierten sie in die Hauptstadt, ohne größeren Widerstand seitens der Spanier zu erfahren.

Der Oberbefehlshaber der Befreiungsarmee, General San Martín, erntete nun die Früchte seiner Anstrengungen. Als dann noch Simón Bolívar, der andere große Befreier Südamerikas, von Norden kommend dazustieß, war die Sache der Befreiung in sicheren Händen. Die Schlachten von Junín und Ayacucho besiegelten den endgültigen Sieg.

Trotz der erfreulichen Entwicklung an der Befreiungsfront traten in Chile Komplikationen auf, die sich vor allem für O´Higgins negativ auswirkten. Man warf ihm vor, zu viel Macht zu besitzen und sich als Diktator zu gebärden.

Die Zwietracht wuchs und es kam beinahe zum Bürgerkrieg, vor Allem nachdem der Intendant von Concepción, General Ramón Freire, sich erhoben hatte. Ähnliches passierte auch in Coquimbo und von beiden Städten aus marschierten die Aufständischen nach Santiago, um O´Higgins zu stürzen. Dazu kam es aber nicht, da man in Santiago die Angelegenheit „auf chilenische Art“ gelöst hatte.

Am **28. Januar 1823** tagte der Cabildo Abierto und hierzu lud man auch **O´Higgins** ein. Man trug ihm die gegen ihn gerichteten Anschuldigungen vor und es gelang ihnen, O´Higgins zu überzeugen: Er trat **von all seinen Ämtern zurück**.

Einige Leute schrien daraufhin: „Nein, nein! Wir haben nichts gegen O´Higgins. Es lebe der Vater des Vaterlandes!“

Guillermo Blanco beschrieb in seinem oben erwähnten Buch, S. 87, diesen historischen Moment wie folgt:

„Es ist einer der schönen Momente in der Geschichte Chiles. Ein Machthaber tritt ab und dieselben, die seinen Rücktritt forderten, bejubelten seine Großzügigkeit. Sie akzeptierten ihn nicht als Director Supremo, aber sie respektierten ihn als eine Person, die imstande war, sich der Macht zu entsagen, indem er das Allgemeinwohl vor Augen hatte."

Der Autor sieht dies anders: Die Leute waren falsch, forderten ohne Wenn und Aber seinen Rücktritt und als O´Higgins nachgab, applaudierten sie. Es war ein trauriger Moment in Chiles Geschichte.

O´Higgins war verbittert und enttäuscht und zog die Konsequenzen: Er ging ins Exil.

Heute, die geschichtliche Perspektive nutzend und in Kenntnis der Turbulenzen, die nach seinem Abgang auftraten, stellen wir fest: O´Higgins ist wahrlich der „Padre de la Patria": Sein Gesicht ist allen bekannt, denn die meisten Münzen zeigen sein Profil, er war und bleibt die Nummer eins in der Geschichte des Landes. Dass dann auch dem General San Martín dasselbe Los - der Dank des Vaterlandes - zuteil wurde, ist nur zu verstehen. Ihre Landsleute handelten aus Neid, Eifersucht und Habgier.

Der Abgang von O´Higgins bedeutete für Chile die Gefahr des Auseinanderbrechens, Instabilität, das Gezanke der örtlichen Fürsten (Caudillos) und die Anarchie. In den acht Jahren zwischen 1823 und 1831 gab es hintereinander dreizehn verschiedene Staatsoberhäupter:

1823 - 1826 General Ramón Freire Serrano, der noch den Titel eines Director Supremo trug. Dann gab es am 8. Juli 1826 eine Gesetzesänderung und von nun an nannte man den ersten Mann des Staates „Presidente de la República"

·	1826	Manuel Blanco Encalada
·	1826 - 1827	Agustín Eyzaguirre
·	1827	Ramón Freire Serrano
·	1827 - 1828	Francisco Antonio Pinto
·	1828	Carlos Rodríguez
·	1828 - 1829	Francisco Antonio Pinto
·	1829	Francisco Ramón Vicuña
·	1829	Francisco Antonio Pinto
·	1829	Francisco Ramón Vicuña
·	1830	Francisco Ruíz Tagle
·	1830 - 1831	José Tomás Ovalle
·	1831	Fernando Errázuriz

Ruhe und Ordnung kehrte erst ab 1831 ein, nachdem der folgende Präsident Joaquín Prieto Vial den begabten Diego Portales als Innenminister in sein Kabinett holte, der dann als seine primäre Aufgabe eine neue Verfassung schrieb (1833), in der die Vollmachten des Präsidenten der Republik festgehalten wurden. Diese waren noch breiter gefächert als die des damaligen ersten Mannes in der Zeit der Kolonie, des „Presidente - gobernador - capitán general", durchaus vergleichbar mit der Machtvollkommenheit des Königs. Der nunmehrige Präsident der Republik bestimmte nicht nur die Politik des Landes mithilfe seiner Minister, er war auch bevollmächtigt, die allgemeine Ordnung aufrechtzuerhalten und jeglichen Versuch einer Subversion zu unterdrücken.

Zu diesem Zweck konnte er sogar für eine gewisse Zeit die Gültigkeit der Verfassung außer Kraft setzen.

Mehr noch: Der Präsident war berechtigt, die Wahlen zu beeinflussen, indem er den Intendanten und Provinzgouverneuren die sogenannte „lista oficial" zukommen ließ, also die Aufstellung jener Persönlichkeiten, die entsprechend dem Wunsche des Präsidenten gewählt werden sollten und dann auch gewählt wurden. Somit verkörperte er nicht nur die

Exekutive, sondern beherrschte auch die Legislative, zumal die Mitglieder des Kongresses seine Vertrauensleute waren.

Immerhin sah die neue Verfassung auch die Einsetzung eines Staatsrates vor, der dem Präsidenten in wichtigen Angelegenheiten Ratschläge erteilen sollte.

In seinem Buch „El Presidente en la Historia de Chile" von Bernardino Bravo Lira (Editorial Universitaria, Santiago, 1986) werden die Staatsoberhäupter Chiles seit 1833 wie folgt klassifiziert:

1. El presidente gobernante (der regierende Präsident), von 1833 bis 1861;

2. El presidente condicionado (der abhängig gemachte Präsident); es ist die Zeit, in der die politischen Parteien auftreten und die Machtausübung des Staatsoberhauptes einschränken, von 1861 bis 1891;

3. El presidente neutral (der Präsident, der sich den politischen Parteien gegenüber neutral verhält). Es ist nicht mehr der Präsident, der die politischen Parteien in sein Kabinett bittet, sondern, im Gegenteil, es sind die politischen Parteien, die ihren Willen dem Präsidenten aufzwingen, von 1891 bis 1924;

4. El presidente negociador (der verhandelnde Präsident) - es war eine schwere Geburt: Es dauerte gute neun Jahre (1924 - 1933). bis es so weit war, dass anstelle der Formel des „parlamentarischen Präsidenten" „der verhandelnde Präsident" tritt, also ein Staatsoberhaupt, das die Fähigkeiten besaß, mit den politischen Parteien irgendeinen notwendigen Konsens zu finden, um das Land voranzubringen. Diese Epoche dauerte gute 40 Jahre (von 1933 bis 1973). Nun aber zurück in die Zeit von General José Joaquín Prieto

(1831 - 41) und seines begabten Ministers Diego Portales, dem es gelang, die Ordnung im Lande herzustellen und sich dann seinen Projekten zu widmen. Allerdings tauchten gleichzeitig schwarze Wolken am Horizont Chiles auf, Wolken, die von außen her stammten. Der bolivianische Diktator Andrés de Santa Cruz hatte sein Land mit Peru vereinigt und wollte es dem großen Inka-Reich nachmachen. Da dieses Inkareich damals bis zum Fluss Maule in Mittelchile reichte, gab es in Chile große Bedenken bezüglich der Fantasien des genannten Diktators. Diese hatten schon ihren guten Grund, zumal Santa Cruz dem erbitterten Feind von O´Higgins, General Ramón Freire, zwei peruanische Kriegsschiffe zur Verfügung stellte, damit dieser in Chile Unheil stifte. Der Plan lief aber schief und letztlich wurde Freire verhaftet und ins Exil geschickt.

Diego Portales war der Auffassung, dass eine solche Einmischung in die chilenischen Angelegenheiten nicht so einfach geduldet werden könne und sandte zwei Kriegsschiffe nach El Callao (Hafen von Lima), um die dort stationierte peruanische Flotte zu kapern, ein riskantes Unterfangen, das ihm allerdings gelang.

Dann forderte er den Diktator Santa Cruz auf, die Finger von Chile zu lassen und sich nicht mehr einzumischen. Santa Cruz blieb nichts anderes übrig, als einzuwilligen, gab jedoch seine geheimen Pläne nicht auf.

Portales bat daher den Kongress, der „Confederación Perú-Boliviana“ den Krieg zu erklären (**29. Dezember 1836**).

Als dann die Expeditionstruppen einsatzbereit waren, reiste Portales nach Valparaíso, um sie zu verabschieden. Unterwegs, in Quillota, hatte man zu seinen Ehren eine Militärparade abgehalten, die sich aber als eine Falle seiner Feinde erwies. Der Befehlshaber der Truppe, Oberst José Antonio Vidaurre, ließ Portales verhaften. Im Nachhinein wurde er von dem Hauptmann Santiago Florín, dessen Aufgabe es war, Portales zu bewachen, ermordet (6. Juni 1837).

Eine gute Nachricht für Santa Cruz, eine Katastrophe für Chile, allerdings mit der Konsequenz, dass sich die Chilenen jetzt erst recht zusammentaten und für den Krieg waren.

Der Oberkommandierende der chilenischen Streitkräfte, General Manuel Blanco Encalada (der vormalige erste Staatspräsident), landete mit seinen Truppen im Süden Perus gelandet und besetzte zunächst die Stadt Arequipa.

Santa Cruz, der über ein Heer von 5.000 Soldaten gegenüber den 3.000 Chilenen von Blanco Encalada verfügte, vermied eine Konfrontation und schlug vor, einen Waffenstillstand zu vereinbaren. Nach langwierigen Ver-handlungen wurde dieses Angebot angenommen (November 1837).

In Santiago war man mit dieser Wende der Dinge nicht einverstanden. Man übermittelte Santa Cruz die Botschaft, dass Chile den Waffenstillstand nicht akzeptiere, und organisierte ein schlagkräftigeres Heer von 5.000 Soldaten und mit besserer Ausrüstung. Das Oberkommando übernahm diesmal General Manuel Bulnes.

Das chilenische Expeditionsheer landete daraufhin in Ancón, in der Nähe von Lima.

Der peruanische General Orbegoso versuchte zwar die Chilenen bei Guías aufzuhalten, dies gelang ihm jedoch nicht und Bulnes konnte unbehindert in Lima einmarschieren. In dieser Situation konstituierte sich in Lima eine neue peruanische Regierung unter dem Vorsitz von Agustín Gamarra, der ein Gegner der Confederación war.

Der Diktator Santa Cruz ließ allerdings nicht locker: Er wollte die Entscheidung und lockte die Chilenen nach Norden, wo er sich bessere Chancen ausrechnete. Dort, am Ufer des Flusses Buin, kam es zum ersten Zusammenprall der beiden Heere, der für die Peruaner ungünstig ausfiel.

Santa Cruz reorganisierte seine Truppen und verschanzte sich - das für ihn günstige Terrain ausnützend - in der Gebirgsgegend des Pan de Azúcar.

Dort entfaltete sich die blutige **Schlacht von Yungay (20. Januar 1839**), die sich lange Stunden hinauszögerte und für beide Seiten sehr verlustreich war. Letztendlich siegte das chilenische Heer und beendete damit den Krieg gegen die peruanisch-bolivianische Konföderation.

Laut der Verfassung von 1833 betrug die Amtsperiode des Präsidenten 5 Jahre, er konnte sich jedoch für eine folgende Amtszeit wiederwählen lassen.

So regierten José Joaquín Prieto (1831 - 1841, Manuel Bulnes (1841 - 1851), Manuel Montt (1851 - 1861) und auch Joaquín Pérez (1861 - 1871) jeweils zehn Jahre.

In all diesen Jahren blieben die Uhren auch in Chile nicht stehen und man hatte mit den Errungenschaften der neuen Zeit Schritt gehalten.

Erwähnen müsste man hier den Unternehmer Guillermo Wheelwright, der, aus den USA kommend, viele Jahre in Chile verbrachte und sein neues Land vorwärtsbrachte. Ihm war die Wasser- und Gasinstallation in Valparaíso zu verdanken, aber auch das Erscheinen der ersten Dampfschiffe vor den staunenden Zuschauern im Hafen von Valparaíso (15. Oktober 1840).

Ein weiterer Nordamerikaner, Enrique Meiggs, war der Mann, dem man die Eisenbahnverbindung zwischen Santiago und Valparaíso zu verdanken hatte (1863). Gleichzeitig förderte man den weiteren Eisenbahnausbau auch in südlicher Richtung und verband somit die Hauptstadt zunächst mit Rancagua, dann mit San Fernando und viele Jahrzehnte später sogar mit Puerto Montt.

Es gab dann auch noch die Territorien, die nicht einmal mit der Eisenbahn zu erreichen waren: die unerforschten Gebiete in der Zone von Magallanes. Schon General Bulnes hat während seiner Präsidentschaft die ersten Schritte unternommen, um diese Gebiete zu erschließen und sie an Chile zu binden.

Es bestand nämlich die Gefahr, dass sich auch andere Mächte hierfür interessieren könnten, führte doch damals der einzige Seeweg von Europa zur Westküste Nordamerikas über den Magallanes-Kanal oder weiter südlich über Kap Hoorn.

Präsident Bulnes übertrug also dem Intendanten von Chiloé, Domingo Espiñeira, die Aufgabe, ein geeignetes Expeditionsschiff konstruieren zu lassen, um dieses dann mit der entsprechenden Mannschaft und gut ausgerüstet nach Magallanes zu schicken.

Mit diesem Schiff, dem „Ancud", fuhr dann der Kapitän Juan Williams gen Süden und landete zunächst an der Stelle, wo die Ruinen des berüchtigten Puerto del Hambre lagen, und dort ließ er die Nationalflagge hissen.

Dann fuhr er weiter und entschied sich für eine günstige Bucht, um dort eine Ortschaft zu gründen: Dies war die Geburtsstunde von Punta Arenas (1843).

Chile stand damals vor großen Aufgaben. Das Staatsterritorium war etwa in der Mitte zweigeteilt, zumal das Siedlungsgebiet der Mapuches (Araucanía) seit jeher nicht betretbar war, eine Situation, die zunächst noch nicht lösbar schien. Aber es gab noch weitere ausgedehnte Gebiete, die dringend zu besiedeln waren. Hierüber sprechen wir im Kapitel III.2, welches wir „Die deutschen Einwanderer" betitelt haben.

Dazwischen gab es auch noch einen Bürgerkrieg, den ein machthungriger General anzettelte. Er hieß José María de la Cruz und war bei der Präsidentenwahl von 1851 als Kandidat unterlegen. Sein Gegenkandidat Manuel Montt siegte haushoch.

Trotzdem entschloss sich de la Cruz, die Niederlage nicht zu akzeptieren, und organisierte ein Revolutionsheer, um nach Santiago zu marschieren. Der siegreiche Kandidat Montt beauftragte General Bulnes, die Revolution zu ersticken, und dies gelang ihm auch, obwohl die Schlacht am Fluss Loncomilla viele Opfer forderte. Danach musste sich Bulnes auch noch gegen die „nördlichen" Revolutionäre von La Serena wenden und auch diese konnten, wieder sehr verlustreich, ausgeschaltet werden. Zwei Parallelzivilkriege, die dem Land nur Leid und dem Fortschritt Bremsen bescherten.

Kaum waren acht Jahre vergangen, Jahre der relativen Ruhe, schon gab es eine ernste Affäre, die ebenfalls zu einem neuen Bruderkrieg führte (1859), wobei es sich wieder um Feinde des Präsidenten Montt handelte. Schließlich konnte auch dieser Bürgerkrieg zugunsten der Regierung zum Abschluss gebracht werden. Wieder floss Blut, wieder gab es Elend und Misere. Alles unnötig und schädlich für Chile.

La guerra del Pacífico - der Salpeterkrieg
(14. Februar 1879 - 10. Juli 1883)

Seit der Unabhängigkeit Perus bis 1878 hatte das heutige Nordchile einen beträchtlichen Aufschwung wegen der Entdeckung der Salpeterwüste und der Guanofelder erfahren. In den regenarmen Küstengebieten dieser Region hatte sich im Laufe der Jahrhunderte dieses aus Seevogelexkrementen bestehende Produkt in enormen Mengen angesammelt: Der Guano gilt als wertvoller Phosphatdünger und war schon damals neben dem Salpeter als Exportartikel sehr gefragt.

Die Ausbeutung dieses Reichtums sicherte den raschen Aufschwung der Zone: In der Pampa entstanden viele Minenzentren und auch die ersten Häfen an der Pazifikküste (Iquique, Pisagua), um das gewonnene Material ins Ausland befördern zu können.

Dieser Krieg zwischen Chile einerseits und Peru und Bolivien andererseits hatte also von vornherein und vor allem wirtschaftliche Gründe, gleichzeitig aber auch das Problem der Grenzziehung zwischen Bolivien und Chile.

Während Chile als Grenze den Breitengrad 23 Süd (also etwa die Höhe der Hafenstadt Mejillones) reklamierte, beharrte Bolivien am Breitengrad 25 Süd, so dass man letztendlich als Lösung die Grenzziehung am Breitengrad 24 Süd vereinbarte und dies dann in den Verträgen vom 10. August 1866 und 6. August 1874 endgültig festlegte.

Chile verlangte allerdings die Steuerbefreiung für die in der Zone zwischen den Breitengraden 23 und 24 Süd arbeitenden Chilenen und die dort tätigen, von Chilenen gegründeten Gesellschaften zwecks Ausbeutung der dort gefundenen Bodenschätze.

Es war ja auch so, dass z. B. in der Hafenstadt Antofagasta, die nördlich vom Breitengrad 24 Süd liegt und um 1870 gegründet wurde, 85% der Gesamtbevölkerung (ca 8.500 Bürger) Chilenen waren. Exakt 6.554 Chilenen und nur 1.226 Bolivianer.

Da nun aber Boliviens Diktator Hilarión Daza sich nicht an das Vereinbarte bzgl. der Steuerbefreiung hielt, entschied Chile einzugreifen: Am 14. Februar 1879 landeten chilenische Truppen in Antofagasta und nachfolgend wurden auch die Hafenstadt Mejillones, die Ortschaft Salinas und die Silbermine Caracoles besetzt, alle genannten Ortschaften südlich des Breitengrades 23 Süd liegend, den von nun an Chile als Staatsgrenze betrachtete.

Am 1. März 1879 erklärte daraufhin Bolivien Chile den Krieg und somit entbrannte die kriegerische Auseinandersetzung zwischen beiden Staaten. Am 20. und 21. März landeten chilenische Truppen in Cobija und Tocopilla an der Küste und landeinwärts gelang es ihnen, Calama zu besetzen, wo sie hier zum ersten Mal bolivianische Truppen antrafen. Am 8. April wurde San Pedro de Atacama besetzt und von dort aus erreichte man Puna: Alles in allem war somit das ganze Gebiet südlich des Breitengrades 23 Süd in chilenischer Hand.

Am 5. April 1879 erklärte Chile auch Peru den Krieg, da sich Peru weigerte, neutral zu bleiben.

Der Krieg breitete sich aus. Während es den Chilenen gelang, landeinwärts große Flächen zu besetzen, gestaltete sich der Seekrieg schon schwieriger, da die Peruaner über größere und schlagkräftigere Kriegsschiffe verfügten als die Chilenen.

Während das chilenische Geschwader sich in Richtung Norden, also Peru, bewegte, ließ es nur zwei ältere und kleinere Schiffe im Küstenbereich vor Iquique, deren Aufgabe die Überwachung des kommerziellen Schiffsverkehrs war, d. h., sie sollten die Ein- und Ausfuhr von Waren nach und von Iquique (damals peruanischer Hafen) unterbinden. Es waren die Schiffe „La Esmeralda“ und „Covadonga“ unter dem Kommando von Arturo Prat bzw. Carlos Condell.

In ihrer Nähe befanden sich die peruanischen Schlachtschiffe, der Panzerkreuzer „Huáscar“ und der Kreuzer „Independencia“ (2.000 Tonnen) unter dem Oberbefehl des Admirals Miguel Grau.

Es war zu erwarten, dass die chilenischen Schiffe, die aus Holz gebaute Korvette „Esmeralda“ und die „Covadonga“ (412 Tonnen) den peruanischen Riesen gegenüber keine Chancen hatten.

In der historischen Seeschlacht von Iquique wurde die „Esmeralda“ vom Kreuzer „Huáscar“ gesenkt, der heroische chilenische Kapitän Arturo Prat und die meisten seiner Besatzung getötet (21. Mai 1879); dagegen - welch ein Wunder! - ist es Carlos Condell, dem Kapitän des anderen, auch kleinen „Covadonga“ gelungen, den viel größeren „Independencia“ bei Punta Gruesa in niedrige Gewässer zu locken, wo der Kiel des Peruaners von den Felsen aufgeschlitzt wurde. Daraufhin ergaben sich die Peruaner.

Diese Teilniederlage entmutigte allerdings Admiral Grau nicht und er setzte seine Streifzüge entlang der Küste mit seinem schnellen „Huáscar“ fort. Dabei gelang es ihm, den chilenischen Heerestransporter „Rímac“ zu kapern, der mit 240 Soldaten, einer Anzahl von Pferden und geheimen Dokumenten unterwegs war.

Daraufhin bekam die chilenische Marine den Befehl, den Kreuzer „Huáscar“ zu kapern oder zu versenken, ein schwieriges Unterfangen, das schließlich doch gelang. Bei Punta Angamos, etwas nördlich von Antofagasta, beschädigten die Kanonenschüsse des chilenischen Panzerschiffes „Cochrane“ den Peruaner dermaßen schwer, dass es letztendlich dem ebenfalls eingreifenden chilenischen Kriegsschiff „Blanco“ gelang, den Rest der Aufgabe zu erledigen: Admiral Grau wurde während der Schlacht tödlich getroffen und die Besatzung des „Huáscar“ gab auf (8. Oktober 1879).

Somit war das peruanische Geschwader praktisch ausgeschaltet und das chilenische Heer konnte den so wichtigen Seeweg für ihre Truppenverlegungen störungsfrei benutzen.

Jetzt konnten die Landoperationen beginnen: Am 2. November 1879 landeten die chilenischen Truppen bei Pisagua und zwangen den Feind, sich zurückzuziehen.

Vier Tage später ist ein Reiterregiment der Chilenen unter dem Kommando von J. F. Vergara in die Salpeterfelder eingedrungen und hat dort, bei Pampa Germania, die Alliierten geschlagen.

Nach dem Sieg bei Pisagua sammelten sich die Chilenen in aller Ruhe und bereiteten sich vor, den nächsten Ansturm der peruanisch-bolivianischen Truppen abzuwehren. Zu diesem Zweck drangen sie zunächst bis Dolores - in der Pampa - vor und gruben sich bei Los Altos de San Francisco ein.

Inzwischen marschierten die Alliierten vom Süden her in diese Richtung und stießen dann bei den genannten Ortschaften mit den Chilenen zusammen.

In dieser Schlacht bei Dolores, am 19. November 1879, unterlagen jedoch die peruanisch-bolivianischen Truppen und zogen sich in die angrenzenden Berge zurück.

Die Hafenstadt Iquique war somit den Chilenen ausgeliefert, die dort am 24. November ohne Schwierigkeiten landen und die Stadt besetzen konnten.

Daraufhin gelang es einer chilenischen Vortruppe, die Pampa zu überqueren und in der Schlacht von Tarapacá am 27. November 1879 die alte Hauptstadt Tarapacá zu erobern.

In weniger als 30 Tagen wurde die gesamte Provinz Tarapacá besetzt und die chilenische Heeresleitung bereitete die nächsten Operationen vor: Einerseits sollte die peruanische Provinz Tacna erobert werden und auch der wichtige Flottenstützpunkt Arica.

Zwischen dem 25. Februar und dem 18. März 1880 konnten bei Ilo, nördlich von Tacna, an die 13.000 chilenische Soldaten landen. Sie mussten eine Strecke von etwa 100 km in der Wüste hinter sich bringen, bis sie sich mit den ersten feindlichen Verbänden konfrontierten, dann die Ortschaften Moquegua und Bellavista besetzten, bis es dann am 26. Mai 1880 zur großen Schlacht kam, und zwar an einer Stelle, die man heute Campo de la Alianza nennt.

Hier fand der Zusammenstoß der 13.500 Chilenen mit den 12.500 Bolivianern und Peruanern statt. Auch hier konnten die Chilenen die Oberhand behalten, nachdem sie an die 2.000 Soldaten durch Tod oder Verwundung verloren hatten, wobei der Verlust der Feinde 2.600 Soldaten ausmachte.

Somit war der Kampfabschnitt Tacna für Chile positiv verlaufen und man konnte sich nunmehr nach Arica wenden und diese Festung einschließlich den berühmten Felsblock „**el Morro de Arica**“ stürmen und besetzen.

Mit dieser historischen Kampfhandlung am **7. Juni 1880** ging die Operation Tarapacá zu Ende und Chile konnte zunächst aufatmen.

Nach der Schlacht bei Campo de la Alianza zogen sich die Bolivianer zurück und kehrten in ihre Heimat zurück. Die Peruaner gaben dagegen nicht so leicht auf und sammelten und rüsteten sich erneut, um sich zu verteidigen.

Angesichts der neu entstandenen Lage blieb der chilenischen Regierung unter der Präsidentschaft von Aníbal Pinto (1876 - 81) keine Alternative: Chile musste notgedrungen die Hauptstadt Perus, Lima, und die Hafenstadt El Callao ins Visier nehmen, um den Krieg zu beenden.

Der erste Zusammenprall zwischen den Chilenen und Peruanern erfolgte am **13. Januar 1881** bei der Ortschaft **Chorrillos**, wo sich ein mächtiger Heereskontingent unter dem persönlichen Kommando des peruanischen Diktators Nicolás de Piérola befand. Der Kampf zwischen den verfeindeten Truppen entbrannte und steigerte sich während des Tages, mit sehr verlustreichen Konsequenzen beiderseits.

Die Schlacht verlief letztendlich günstig für Chile, nachdem sich die geschlagenen Truppenteile von Piérola zurückgezogen hatten. Auf peruanischer Seite gab es an die 4.000 Gefallene, wogegen die Verluste der Chilenen mit etwa 800 Toten und 2.500 Verwundeten zu beziffern waren.

Zwei Tage später gab es, während sich die Kontrahenten über einen Waffenstillstand berieten, eine zweite - versehentliche! - Schlacht bei Miraflores: Während der Verhandlungen ging irgendwo ein Schuss los, woraufhin dies als Zeichen einer neuen Kampfhandlung gedeutet wurde, und schon ging es los, zum Glück wieder einmal mit einem erfolgreichen Ausgang für Chile.

Nach wenigen Tagen konnten dann die chilenischen Truppen in Lima und El Callao einmarschieren und man hätte meinen können, dass somit das ganze Kriegsgeschehen zu Ende wäre.

Ein Irrglaube, da sich die Peruaner als zäher erwiesen als vielleicht gedacht.

Die peruanischen Truppen zogen sich nun in die hinter Lima liegende Bergregion zurück und leisteten dort erbitterten Widerstand. Die Kriegshandlungen in den Bergen (in der sog. „Sierra“) zogen sich hin und die hieraus folgenden Strapazen setzten den chilenischen Soldaten arg zu. Sie drangen weit in den Norden Perus vor, mussten Urwaldregionen, große Wasserstraßen überqueren und litten auch noch wegen des tropischen Klimas.

Endlich kam es am 10. Juli 1883 zur Entscheidungsschlacht bei Huamachuco, in der 1.700 chilenische Soldaten unter dem Befehl von Alejandro Gorostiaga, 3.500 Peruanern, kommandiert von General Andrés Avelino Cáceres, gegenüberstanden. Das Kriegsglück stand auch diesmal den Chilenen zur Seite und Peru war gezwungen, sich mit dem Gedanken eines Friedensvertrages zu befreunden.

Durch diesen Vertrag fiel die Provinz Tarapacá an Chile. Etwas später erkannte sich auch Bolivien als unterlegene Partei an und überließ die gesamte Zone der Atacama-Wüste dem chilenischen Staat.

Die endgültige Grenzlinie zwischen Peru und Chile ist allerdings erst durch den Vertrag von 1929 festgelegt worden und man nennt sie „Línea de la Concordia“ *(= Grenze der Eintracht)*. Sie verläuft 10 km nördlich der Eisenbahnlinie nach Bolivien (Arica - La Paz), mit einer entsprechenden Ausbreitung nach Norden, damit der Vulkan und die Schwefelfelder von Tacora noch innerhalb des chilenischen Hoheitsgebiets verbleiben konnten.

Der Mapuche-Aufstand (1881)

Die Grenzregion La Frontera war das Siedlungsgebiet der Mapuche-Indianer, welches sie jahrhundertelang verteidigten und dadurch das chilenische Staatsgebiet auseinanderdividierten. Das Mapuche-Gebiet (auch Araucanía genannt) reichte vom Pazifischen Ozean bis zu den Hochanden, also bis zur argentinischen Grenze. Dies bedeutete, dass man - wenn man vom Norden Chiles in den Süden Chiles gelangen wollte - die indianische Sperrzone entweder auf dem Wasserweg oder über den umständlichen Umweg auf dem Land, nämlich über Argentinien, umreisen musste.

Eine unhaltbare Situation für Chile, also war man von jeher bemüht, hier eine Lösung zu finden. Eine friedliche Übereinkunft war nicht machbar, zumal die Mapuches all die Jahrhunderte stur geblieben waren.

Der Pazifik-Krieg weckte die Hoffnungen der Indianer, aus ihrem Käfig ausbrechen zu können, da sie dachten, die Chilenen würden auch die in ihrer Nähe stationierten Truppen abziehen, um sie den Peruanern und Bolivianern gegenüber einsetzen zu können.

Dies war aber nicht so: Chile ließ vorsichtshalber etwa ein Drittel der Truppen an der Grenze zu Araucanien, eine vernünftige Vorsichtsmaßnahme. Die Mapuches hatten sich nämlich insgeheim gerüstet und organisiert, um dann die Chilenen zu überfallen.

1881 begannen sie mit dem Überfall auf Traiguén, dann Lebuelmán und schließlich Los Sauces, aber jedes Mal scheiterten sie.

Da es sich um ein sehr zähes und rachsüchtiges Volk handelte, gaben sie nicht auf und versuchten diesmal nach Malleco einzudringen. Die Überquerung des Flußes gelang ihnen jedoch nicht und somit ist dann die erste Rebellion zusammengebrochen.

Daraufhin ließ die chilenische Regierung neue Befestigungen entlang der Grenze errichten.

Am Jahresende 1881 brach dann die zweite Revolte aus. Diesmal attackierten die Indianer nicht nach und nach, sondern in einer breitgefächerten Operation, die die Ortschaften Ñielol, Temuco, Lumaco und Cholchol als Angriffsziele umfasste.

Zwei Heereskörper des chilenischen Heeres unter dem Oberbefehl von Oberst Urrutia zwangen sie jedoch, sich zurückzuziehen, und der Präsident der Republik, Domingo Santa María, gab den Befehl aus, man möge das ganze Territorium besetzen, um den „Fremdkörper“ auszumerzen.

Es war eine schwierige und verlustreiche Operation. Beinahe drei Jahrhunderte waren seit der Zerstörung der Stadt Villarrica vergangen und seither war dort nichts passiert, so dass sich der Urwald ausbreiten konnte.

Um weiter ins Innere des Landes vorzudringen, mussten Urrutia und seine Männer mit Macheten die im Wege stehende Bäume und Sträucher wegschaffen. Jeder Schritt war schwierig, die Wälder, Flüsse, Schluchten und Berge hinderten oft tagelang den Weitermarsch. Aber es lohnte sich.

Am **3. Dezember 1882** erblickten ihre staunenden Augen vor sich den wunderschönen **Villarrica-See** und den Vulkan gleichen Namens. Auch die Ruinen der damals zerstörten Stadt kamen zum Vorschein, überwuchert von den Gewächsen des Urwaldes. Die Araukaner blieben diesmal ruhig und das Territorium konnte endlich dem Staatsgebiet angeschlossen werden.

Nachdem sowohl der Salpeter-Krieg als auch die Eroberung Araukaniens für Chile zum günstigen Abschluss gebracht werden konnten, hätte eigentlich eine ruhige Phase der Aufbauarbeit im Lande beginnen müssen. Dagegen gab es innenpolitische Schwierigkeiten.

Der amtsführende Präsident **Domingo Santa María** (1881 - 86), unter dessen Regierung beide Kriege gewonnen wurden, war ein autoritärer Mann. Er selbst beschrieb sich wie folgt:

„Man nannte mich einen Autoritären. Ich verstehe die Machtausübung als einen starken führenden Willen, der für die innere Ordnung und die Einhaltung der Pflichten seitens der Staatsbürger sorgt. Dieses Staatsbürgertum ist noch zu leichtfertig und es fehlt ihm das Selbstbewusstsein; daher ist es unerlässlich, es mit harten Maßnahmen zu lenken. Allerdings muss ich in diesem Zusammenhang feststellen, dass wir hier viel weiter sind als irgendein anderer Staat Amerikas.

Die Wahlurnen dem Pöbel und dem Gesindel zu überlassen, den ungesunden Leidenschaften der Parteien und auch noch mit dem allgemeinen Wahlrecht ausgestattet, dies wäre für den Regierenden purer Selbstmord und ich bin nicht bereit, wegen eines Hirngespinstes Selbstmord zu begehen... Man nannte mich auch den Einmischer. Das bin ich auch. Ich gehöre zur alten Schule und wenn ich die Einmischung praktiziere, ist es, weil ich mir ein effizientes, diszipliniertes Parlament wünsche, das die Bemühungen der Regierung, den allgemeinen Wohlstand zu fördern, unterstützt. Ich habe meine Erfahrungen und ich weiß auch, wohin ich gehe.

Ich erlaube nicht, dass gewisse Theoretiker das zerstören, was Portales, Bulnes, Montt und Errázuriz aufgebaut haben. Ich möchte nicht wie Pinto sein, dem der Charakter fehlte, sich gegen die Ungeheuerlichkeiten eines Parlamentes durchzusetzen, Barbareien, die ich am eigenen Leibe erleiden musste, als ich zu zwei Gelegenheiten das Ministeramt ausübte." (B. Bravo Lira, El Presidente en la Historia de Chile, Editorial Universitaria, Santiago 1986).

Santa María, ein intelligenter Präsident, der für den Fortschritt des Landes viel getan hat, war leider zu autoritär und versuchte seinen Willen auf Biegen und Brechen durchzusetzen. Dabei kam es auch zu Wahlfälschungen und ähnlichen Übergriffen, die die allgemeine Empörung und den Widerstand des Parlaments nur noch anheizten.

So verliefen auch die Präsidentschaftswahlen von 1885 in einem sehr gespannten Klima der Heftigkeit und Gewalt. Santa María ließ sich dadurch nicht stören und setzte die Wahl seines Kandidaten und Ministers José Manuel **Balmaceda** durch (1886 - 1891). Balmaceda war ein sehr fähiger und großzügiger Mann, der vieles zum weiteren Fortschritt Chiles beitrug. Während seiner Regierungszeit baute man neue Bahnlinien in einer Länge über 1.000 km, die wichtigen Brücken über die Flüsse Biobío, Laja und Ñuble und auch den großartigen

Viadukt von Malleco, damals den höchsten in ganz Südamerika.

Auch in puncto Wissenschaften und Erziehung passierte Bedeutendes: Man gründete die Universidad Católica und das Instituto Pedagógico und es wurden in allen Städten und vielen kleineren Ortschaften Schulen gebaut.

All dies bedeutete einen großen Fortschritt für Chile.

Im Gegensatz hierzu wurde die Anwendung von Gewalt in den öffentlichen Aktivitäten immer schlimmer und dies führte letztendlich zum

Bürgerkrieg von 1891

Chile war ein demokratisches Land und um zu vermeiden, dass sich ein diktatorisches Regime etablierte, wurde auch hier die Gewaltenteilung eingeführt. Neben der Exekutive (der Präsident, seine Minister, die Ämter usw.) gab es die Legislative (Parlament) und schließlich die richterliche Gewalt (Gerichte verschiedener Art).

Wichtig ist in einem solchen System, dass zwischen den verschiedenen Gewalten das Gleichgewicht gewahrt bleibt.

Auch in Chile gab es in der Vergangenheit, also vor Balmaceda, dann und wann Gleichgewichtsstörungen: Manchmal war der Präsident zu autoritär, andere Male hat sich das Parlament zu sehr in Sachen der Exekutive eingemischt.

Im Jahre 1890 - es waren eigentlich bereits die letzten Monate der Amtsperiode von Balmaceda - hatte sich die Lage derart zugespitzt, dass es scheinbar keinen Ausweg mehr gab: Weder der Präsident noch der Kongress wollten nachgeben.

Ende 1890 forderte das Parlament gewisse Garantien vom Präsidenten, der sich weigerte, diese abzugeben. Daraufhin sperrte sich das Parlament, indem es erklärte, dass man dann auch den Staatsetat von 1891 nicht bewilligen würde.

Dies wiederum bedeutete, dass die Regierung nicht in die Lage versetzt wurde, ab 1. Januar 1891 die Steuer einzutreiben, mit allen entsprechenden Konsequenzen. Man konnte z. B. dann auch nicht mehr die Gehälter der Beamten, der Polizei und des Heeres auszahlen.

In dieser verzwickten Situation erklärte Balmaceda am 5. Januar 1891, er werde ab sofort die für 1891 anfallenden Steuern auf der Basis der Steuereinnahmen des Jahres 1890 eintreiben: ein klarer Verfassungsbruch.

Der Kongress reagierte hierauf ganz scharf: Die Parlamentsmehrheit unterschrieb einen Beschluss, demzufolge der Präsident abgesetzt sei. Auch dies war ein Verfassungsbruch, diesmal seitens der Legislative.

Die weiteren Ereignisse ließen nicht lange auf sich warten: Am 7. Januar 1891 putschte das chilenische Geschwader unter dem Kommando des Admirals Jorge Montt, und zwar zugunsten des Parlaments. Die Kriegsschiffe liefen aus und ihr Ziel war, zu den Salpeterwüsten zu gelangen und sie zu besetzen, also ein Territorium, das zu den reichsten des Landes gehörte.

Nachdem das Geschwader bei Iquique, Pisagua, Dolores und Poso Almonte die Balmaceda unterstützenden Truppen zur Aufgabe gezwungen hatte, besetzte die Marine die Provinzen von Tarapacá und Antofagasta. Währenddessen hatte die Balmaceda-Regierung in Santiago hart durchgegriffen: Die Gegner wurden verhaftet, gefoltert und hingerichtet.

Das Heer pro-Balmaceda bestand anfangs aus einem Heereskorps von 5.000 Soldaten, dazu kamen noch schnell rekrutierte junge Männer ohne Kriegserfahrung.

Am 21. August 1891 landeten die Truppen pro-Parlament bei Quintero mit 9.000 Soldaten und am nächsten Tag begann bei Concón die Schlacht mit den dort stationierten Verteidigern der Regierung, die etwa 10.000 Soldaten ausmachten. In den Abendstunden fiel die Entscheidung: Die Rebellen siegten.

Diese marschierten weiter nach Valparaíso und am 28. August fand ein zweiter Kampf mit den Balmaceda-Anhängern statt, der blutig endete und wiederum den Sieg den Balmaceda-Gegnern bescherte.

Ein weiterer Kampf war aussichtslos. Daraufhin übergab Präsident Balmaceda seine Amtsgeschäfte einem Minister und bat um Asyl in der argentinischen Gesandtschaft. Dort wartete er bis zum 19. September 1891, also bis zum letzten Tag seiner offiziellen Amtsperiode, und beging dann Selbstmord.

Die Bilanz des Bürgerkrieges war traurig: einerseits an die 6.000 gefallene Soldaten und eine große Zahl an Verwundeten. Dazu kam die Verschwendung von großen Geldsummen, um das ganze Hin und Her zu finanzieren, aber das Schlimmste war sicherlich der verbliebene Hass der Kontrahenten und die furchtbaren Plünderungen in Valparaíso und Santiago, als diese Städte in die Hände der siegreichen Rebellen fielen.

1891 war ein tragisches Jahr in der Geschichte Chiles, vergleichbar nur mit den Ereignissen nach dem Militärputsch gegen Allende im September 1973, wobei sich Allende ebenfalls selbst tötete.

Danach begann ein neuer Abschnitt in der Geschichte Chiles.

Das siegreiche Parlament und seine Unterstützer schoben die Schuld den früheren Präsidenten der zweiten Hälfte des 19. Jahrhunderts zu, die - ihrer Meinung nach - durch die Machtkonzentration in einer Hand praktisch diktatorisch regieren konnten. Dieses System musste nun abgelöst werden, indem man das Parlament stärkte und die Macht des Präsidenten auf ein Minimum reduzierte. Diese Etappe, die man die des „neutralen Präsidenten" nennt, begann 1891 mit Jorge Montt (1891 - 1896) und endete mit Arturo Alessandri (1920 - 1924).

Diese „neutralen" Präsidenten hatten jeweils eine Amtszeit von vier Jahren und hatten nicht allzuviel zu „melden".

Das Verhältnis zwischen dem Präsidenten und den Parteien drehte sich um 180 Grad: Von nun an war es nicht mehr der Präsident, der die Parteien in das Kabinett berief, sondern umgekehrt. Die Parteien konnten jetzt ihren Willen dem Präsidenten oktroyieren und taten dies über die Parlamentsinstanzen.

Unter diesen Umständen hing die Dauer und die Zusammensetzung des Kabinetts von dem Willen der einzelnen Parteien bzw. der Parteikoalitionen ab.

Die zwei Waffen, über die der vorherige Präsident verfügte, nämlich die Beeinflussung der Parlamentswahlen und vor allem seine Präferenzen bei der Auswahl der diesbezüglichen Kandidaten und ebenso sein Einfluss bei der darauffolgenden Wahl des neuen Präsidenten wurden ihm genommen.

Von nun an hatten die Parteien, d. h. die Oligarchie ihrer Führer, das Sagen.

Die Rolle des neuen Präsidenten hatte nur noch Symbolcharakter, ohne die ihm bislang zugedachte Regierungsfunktion. Seine Aufgabe von nun an war nicht das Realisieren, sondern das Enthalten.

Charakteristisch war für diese Situation die sehr treffende Bemerkung von Präsident Germán Riesco (1901 - 1906): „Ich bin keine Gefahr, für niemanden."

Keiner der folgenden Präsidenten noch die öffentliche Meinung konnten sich mit dieser Lage der Dinge abfinden. Die Möglichkeit einer Änderung des Systems war nicht gegeben.

Dieses Bild des „neutralen Präsidenten" verkörperten die folgenden sechs Präsidenten. Der erste von ihnen war der Admiral Jorge Montt (1891 - 96) und die folgenden fünf: Federico Errázuriz Echaurren (1896 - 1901), Germán Riesco (1901 - 1906), Perdo Montt (1906 - 1910), Ramón Barros Luco (1910 - 1915) und Juan Luis Sanfuentes (1915 - 1920), alle waren Juristen.

Trotz der großen Einschränkungen konnte der eine oder der andere auch mal etwas Wichtiges zustande bringen, wie

z. B. Präsident Riesco, dessen Verdienst die Unterzeichnung des Paktes mit Argentinien (Mai 1902) und des Vertrages von Valparaíso zwischen Chile und Bolivien (1904) war.

Mit **Argentinien** gab es lange Jahre Schwierigkeiten wegen der Fixierung der Staatsgrenzen; der im Jahre 1881 unterschriebene Vertrag brachte nicht die erhofften Früchte. Es gab im Nachhinein viele Diskussionen zwischen beiden Ländern, die schon aufrüsteten und den Waffengang in Erwägung zogen. Doch letztendlich siegte die Vernunft und man einigte sich auf dem Weg der schiedsrichterlichen Schlichtung. So löste dann der nordamerikanische Schiedsrichter William Buchanan das Problem im Norden mit der Bezeichnung „la Puna de Atacama“, während ein Engländer, Thomas Holdich, das weitere Problem in Patagonien löste (1902).

Endgültig besiegelt wurden diese Entscheidungen durch den **Vertrag vom Mai 1902** mit Argentinien, der für die Zukunft bei irgendwelchen Grenzstreitigkeiten den Weg der schiedsrichterlichen Schlichtung vorschrieb. Außerdem verpflichteten sich beide Vertragsparteien, die weitere Aufrüstung ihrer Heere zu unterlassen, um die Gefahr eines Krieges für die Zukunft zu bannen.

Der zuletzt erwähnte Präsident Juan Luis Sanfuentes, Chef der liberal-demokratischen Partei (auch „Partido balmacedista“ genannt) hatte eigentlich keine Kontrahenten in der parlamentarischen Arena, aber dieses Privileg reichte nicht aus, um die sich anbahnende soziale Krise und die Probleme, die nach Beendigung des Ersten Weltkrieges auch Chile berührten, zu lösen. Trotz einiger neuer Gesetze, die das soziale Feld betrafen und von Sanfuentes in Gang gebracht wurden, gab es Unzufriedenheit und Streiks und Unruhe bei den Studenten, sogar auch in den Kasernen.

Inzwischen - nach **100 Jahren der Unabhängigkeit** - war Chile auch ein anderes, moderneres Land geworden. Bei den Jubiläumsfeierlichkeiten des Jahres 1910, bei denen auch viele Vertreter anderer Staaten erschienen, um Chile zu gratulieren, konnte man mit Stolz auf die Fortschritte hinweisen, die dem Land trotz der unsinnigen Bürgerkriege und trotz der Streitigkeiten zwischen Präsident und Parlament ein anderes, frisches Gesicht gaben.

Es entstanden immer mehr neue Industrien, der Salpeter ermöglichte die Schaffung Tausender neuer Arbeitsplätze; dazu kamen noch die großen Kupfer- und Braunkohlereserven, die ebenfalls viele neue Arbeitsplätze sicherten.

Die Eisenbahnlinien wuchsen und es kam der Augenblick, in dem die Städte Arica im Norden und Puerto Montt im Süden verbunden werden konnten. Dazu kam auch die sogenannte „transandinische" Linie zwischen Santiago und Buenos Aires:

Wer hätte dies vor einigen Jahrzehnten gedacht, nicht einmal geträumt hatte man von so einem rasanten Fortschritt. Auch die Städte sahen anders aus, die Straßen wurden asphaltiert und die Häuser wuchsen in die Höhe. In den Großstädten entstanden Lichtspieltheater und die Fernsprecheinrichtung erreichte sogar die südlichste Stadt im Magallanes-Gebiet, Punta Arenas. Und von hier aus starteten chilenische Schiffe, um in den eisigen Gewässern der Antarktis Wale zu fangen.

Nun aber zurück zum zuletzt erwähnten Präsidenten Sanfuentes, dessen Mandat 1920 ablief.

Nach ihm kam **Arturo Alessandri Palma** (1920 - 1924), der erste Präsident der Volksmassen, der den bisherigen Stil im Verlauf der Wahlvorgänge komplett umkrempelte. Noch lange nach ihm erinnerte man sich an das Lied, das die Massen bei ihren Versammlungen sangen: „Cielito lindo" (= hübscher kleiner Himmel), ein Lied, das seine Popularität wachsen ließ.

Alessandri war ein sympathischer, leidenschaftlicher, begeisterungsfähiger Mann, dem es gelang, seine Zuhörer in den Bann zu ziehen.

Das Volk erwartete von ihm die gewünschten Veränderungen, auch im sozialen Bereich. Einiges konnte er ändern, vieles musste er wegen der Obstruktion des Parlaments liegenlassen.

Alessandri sah darin das schlimmste Übel des Landes und wollte dagegen vorgehen. Bei den Parlamentswahlen siegten diejenigen Kandidaten für das Unter- und Oberhaus, die eine Änderung herbeiführen wollten, ganz im Sinne Alessandris. Trotzdem dauerte es dann Monate, bis irgendwelche Gesetzesvorschläge durch die Instanzen des Abgeordnetenhauses und des Senats durchlaufen konnten.

Dann griff das Militär ein und forderte vom Parlament die Beschleunigung und Approbation der Gesetzesinitiativen. Daraufhin klappte es plötzlich und die Initiativen wurden zu Gesetzen. Der Eingriff des Militärs - 5. September 1924 - missfiel jedoch Alessandri und er legte sein Mandat nieder.

Die Macht übernahm jetzt eine Militärjunta, die als Erstes das Parlament schließen ließ. Nach vier Monaten gab es einen zweiten Militärputsch und diese neuen Machthaber forderten Alessandri auf, zurückzukehren und sein Mandat ordnungsgemäß zu beenden. Sie baten ihn auch, eine Verfassungsänderung vorzubereiten, um die Übermacht des Parlaments zu beenden. Alessandri erklärte sich hierzu bereit.

Nachdem er sein altes Amt wieder übernommen hatte, ließ er umgehend die notwendige Verfassungsreform ausarbeiten, die vor allem vorsah, das notwendige Gleichgewicht zwischen dem Präsidenten und dem Parlament herzustellen. Zusätzlich wurden auch einige Aspekte der veralteten Verfassung von 1833 modernisiert. Als das Projekt fertig war, verlangte Alessandri eine Volksabstimmung und diese bestätigte die Reformen mit einer eindeutigen Mehrheit (1925).

So weit, so gut.

Jetzt musste ein neuer Präsident gewählt werden und dies heizte die Massen wieder an. Der Kriegsminister des Kabinetts Alessandri, Oberst **Carlos Ibáñez del Campo**, stellte sich als

Präsidentschaftskandidat auf, woraufhin Alessandri ihn bat, sein Ministeramt abzulegen, da die Kandidatur eines noch amtierenden Ministers mit der gleichzeitigen Amtsausübung unvereinbar war.

Ibáñez weigerte sich, woraufhin Alessandri sein Präsidentenamt an seinen Innenminister abgab. Ibáñez zog daraufhin seine Kandidatur zurück mit der Folge, dass schließlich Emiliano Figueroa gewählt wurde, ein vornehmer Herr, der das Idealbild des „neutralen Präsidenten“ verkörperte (1925 - 27). Dies war übrigens das erste Mal, dass der Präsident direkt vom Volk gewählt wurde.

Figueroa hatte große Schwierigkeiten in der Amtsausübung, woraufhin er abdankte, und es kam erneut zur Präsidentenwahl, wobei - kurioserweise - nur ein einziger Kandidat präsentiert wurde, der dann natürlich die Wahl auch gewann: Carlos Ibáñez del Campo (27. Mai 1927).

Als Erstes ließ dieser seine Macht durch Gesetzesänderungen ausweiten. Dann reorganisierte er die Staatsadministration und schuf eine zusätzliche, dem Militär gleichgestellte Institution, die „Carabineros“ (Gendarmen), die für die Einhaltung der inneren Ordnung verantwortlich waren. Eine Institution, die bis heute existiert und die während der Militärjunta ab 1973 gleichrangig mit den anderen drei Oberkommandierenden (Heer, Marine, Luftwaffe) im Gremium der obersten Führung Platz nahm.

Während der Regierung Ibáñez, die bald erste Anzeichen einer Diktatur erkennen ließ, wurden auch viele neue Straßen und Brücken gebaut. Die und auch andere Investitionen konnte er allerdings nur mit aus dem Ausland stammenden Anleihen finanzieren. Dazu kamen noch die ungünstigen Salpetergeschäfte, so dass Chile bald tief in der Schuldenfalle steckte, und dies erst recht wegen der Auswirkungen der Weltfinanzkrise.

Die wirtschaftlichen Probleme wuchsen, die Gehälter der Beamten konnten nicht ausbezahlt werden, Tausende von

Arbeitern verloren ihren Posten, die allge-meine Unzufriedenheit wurde immer größer. Als dann auch noch die Parlamentswahlen manipuliert wurden (indem sich Ibáñez mit den Parteien auf bestimmte Kandidaten für das Abgeordnetenhaus und den Senat einigte), war die Empörung groß. Letztendlich blieb Ibáñez nur die Möglichkeit, abzudanken, damit ein Blutvergießen vermieden werden konnte (26. Juli 1931).

Die darauffolgende Administration des nach dem Abgang von Ibáñez gewählten Juan Esteban Montero (1931 - 32) dauerte nur einige Monate, daraufhin folgte eine regelrechte Anarchie: Eine kurzlebige Regierung folgte der anderen, manche dauerten nur wenige Tage. Dazwischen (September 1931) gab es auch einen Putsch der Marine und darauf folgte der Militärputsch des Obersten Marmaduke Grove, den auch die Luftwaffe unterstützte, und die nun eingesetzte Militärjunta proklamierte die „Sozialistische Republik Chile", die allerdings nur 12 Tage dauerte.

Nachdem die Anarchie zu Ende war, kam es im Oktober 1932 zu ordentlichen Präsidentschaftswahlen, wobei Arturo Alessandri Palma gewann (1932-1938); er stand praktisch vor einem Scherbenhaufen. Mit ihm endete die Ära der schwachen, dem Parlament ausgelieferten Präsidenten und Alessandri einigte sich mit den Parteien, die sich auftuenden Probleme mittels Verhandlungen zu lösen. Somit verkörperte er den ersten von darauf folgenden sieben Präsidenten, die als „Presidente negociador" (= verhandelnder Präsident) in die Geschichte Chiles eingingen. So war es also mit dem Übergewicht des Parlaments zu Ende und die beiden Partner - die Exekutive und die Legislative - mussten miteinander verhandeln, d. h. Kompromisse schließen, um die Staatsgeschäfte voranzubringen.

Die Amtsperiode des Präsidenten wurde durch die Verfassungsreform von 1925 auf sechs Jahre festgelegt und der Erste, der dies auch voll zu Ende brachte, war eben Alessandri.

Dieser fing an, in verschiedenen Aufgabengebieten Reformen einzuführen. So schuf er z. B. das neue Gesetz der inneren Sicherheit („Ley de Seguridad Interior"), um die Ordnung herzustellen und zu garantieren.

Auch hinsichtlich des Wahlsystems wurden Fortschritte, d. h. Verbesserungen erzielt, vor allem versuchte man die Manipulationen durch Bestechung und andere Methoden auszumerzen. Es dauerte natürlich eine Ewigkeit, bis endlich auch die Frauen abstimmen konnten, auch die jungen Leute ab dem vollendeten 18. Lebensjahr, ebenso die Analphabeten und die Blinden.

Um die Wirtschaft auf Vordermann zu bringen, versuchte man mittels Gesetzesänderungen die Industrieproduktion zu steigern, den Salpeterfeldern von Tarapacá und Antofagasta neuen Aufschwung zu geben, wodurch Tausende von neuen Arbeitsplätzen entstanden.

Nach Alessandri wurde der Kandidat der Radikalen Partei, Pedro Aguirre Cerda, zum Präsidenten gewählt (1938 - 41), unter dessen Amtszeit die sogenannte „Corporación de Fomento" (= Entwicklungskörperschaft) ins Leben gerufen wurde, eine ausgezeichnete Idee, denn diese Institution hatte die Aufgabe, Pläne zur weiteren Industrialisierung des Landes zu studieren, neue Unternehmen zu gründen, der Land-wirtschaft behilflich zu sein und schließlich zur Gewinnung von Elektrizität die Wasserkraft auszunützen: ein Plan, der durch die großen Wasserreserven des Landes auch realisierbar erschien.

Nach dem unerwarteten Tod des Präsidenten wurde zu seinem Nachfolger wieder ein „Radikaler" gewählt, Juan Antonio Ríos Morales (1942 - 46), dessen Amtszeit durch Tod ebenfalls frühzeitig beendet wurde.

Was nun die nachfolgenden Präsidenten bis einschließlich Salvador Allende betrifft, so wurde von ihnen bereits im Kapitel II.10 ausführlich berichtet (also über die Zeit ab 1946 bis 1973). Über die Missstände während der Regierungszeit von

Allende kann man sich auch im selben Kapitel II.11 detailliert unterrichten lassen.

Was man noch über die Allende-Zeit sagen muss
oder: Die Chile-Ereignisse aus europäischer Sicht

Meine Familie und ich haben von der Regierungszeit Allendes nur eineinhalb Jahre miterlebt, aber es hat gereicht. Was danach passierte, kenne ich nur aus den vielen Nachrichten und Büchern, die mich erreichten.

Ich habe mir vorgenommen, objektiv zu bleiben und nur über Fakten zu berichten, die man nicht leugnen kann.

Hierzu zitiere ich die Aussagen zweier Präsidenten, die äußerst wichtig sind, um die Geschichte - und zwar die ganze Geschichte - besser verstehen zu können.

Der Vorgänger Allendes, Eduardo Frei Montalva, der „Patriarch" der chilenischen Christdemokraten, sagte in einem Interview, das er der Madrider Zeitung ABC gab, folgendes:

„Der Marxismus führte nach Chile, mit Wissen und Genehmigung von SalvadorAllende und möglicherweise auch von ihm angestiftet, eine Unzahl von Waffen aller Art ein und man verwahrte diese Arsenale in Privathäusern, Büros, Fabriken, Lagerhäusern. Die Weltöffentlichkeit weiß gar nicht, dass der chilenische Marxismus über Rüstungsgüter verfügte, die sowohl quantitativ als auch qualitativ die des Heeres übertrafen. Waffen aller Art für mehr als dreißigtausend Männer, wobei das chilenische Heer normalerweise diese Ziffer nicht überschreitet. Das Militär hat Chile gerettet und auch uns alle, deren Leben sicherlich nicht so wichtig ist wie die Existenz Chiles, aber es ging um das Leben von Menschen, und zwar von vielen und alle wurden definitiv bedroht."

(siehe Agentur UPI-Madrid, vom 11. Oktober 1973 und veröffentlicht im „El Mercurio“, Santiago, am 12. Oktober 1973, S. 35.)

Der spätere Präsident Chiles, Patricio Aylwin (1990 - 1994), der als Kandidat der sog. „Concertación de la Democracia“ (Allianz der Christdemokraten und der Sozialisten) die ersten freien Wahlen gewann und Pinochet ablöste, sagte in einem Interview, das er am 24. September 1973 der Agentur NC News Service in Washington gab, Folgendes:

„Die Wahrheit ist, dass die Aktion der Streitkräfte und des Korps der Carabineros nichts anderes als eine präventive Maßnahme war, die einem von Regierungsseite vorbereiteten Staatsstreich zuvorkam, einem Auto-Putsch mit der Hilfe von bewaffneten Milizen von enormer Schlagkraft, worüber die Regierung verfügte, und in Zusammenarbeit von mindestens zehntausend Ausländern, die sich in unserem Lande aufhielten und vorhatten bzw. vorbereitende Maßnahmen trafen, um die Installation einer kommunistischen Diktatur zu vollenden. Deswegen, als die Militärrevolte geschah und sich die militärische Regierungsjunta bildete, hätten wir, die Christdemokraten, nicht der Wahrheit entsprochen und uns inkonsequent verhalten, wenn wir nicht zugegeben hätten, dass die fundamentale Verantwortung für alles Geschehene dem Betreiben der Regierung der Volkseinheit zuzuschreiben war und dass die Streitkräfte dies (die Machtübernahme) gar nicht erstrebten, sondern dass sie sich patriotisch verhielten, in vollem Bewusstsein ihrer Verantwortung hinsichtlich der historischen Bestimmung Chiles, wobei wir ihnen vertrauen, dass sie ihre Zusicherung, nach der Herstellung der Normalität die Macht dem Volke zurückzugeben, einlösen werden, damit dieses dann seine Amtsträger entsprechend den Regeln der Demokratie durch Wahlen bestimmen kann.“

Des Weiteren sagte Alwyin in demselben Interview:

„Es wäre leicht, über andere, die sich im Kampf befinden, zu richten, während unsereiner bequem vor dem Schreibtisch sitzt. Ich verfüge nicht über die moralische Autorität, um beurteilen zu können, ob sie (das Militär) übertrieben handelten, da die Soldaten wahrlich viele Gefallene hatten und zu Gefechten gezwungen wurden. Ich kenne nicht die genauen Zahlen, aber ich denke schon, es gab mehr Tote als angegeben; doch gleichzeitig ist es für mich sonnenklar, dass die im Ausland verbreiteten Versionen furchtbar übertrieben sind. Wenn man erzählt, dass im Fluss Mapocho Tote herumtreiben. Wenn man von Hunderttausenden oder Zehntausenden von Getöteten und Verwundeten und Gefangengenommenen spricht, handelt es sich offenbar um maßlose Übertreibungen."

Wir waren damals, als sich die Lage in Chile zugespitzt hatte und schließlich die Machtübernahme seitens der Streitkräfte erfolgte, schon lange nicht mehr in Chile.

Nachdem wir Mitte März 1972 das Land - Geburts- und Heimatland meiner Frau und unserer Töchter und Adoptiv-Vaterland für mich - verlassen hatten, verbrachten wir noch einige Tage in Bariloche und danach eine Woche in Buenos Aires bei meinem slowenisch-argentinischen Cousin Zmagoslav Košir, um dann die große Reise nach Europa anzutreten. Wir haben die Reise in Etappen geplant, um unseren Töchtern den Schock der plötzlichen Änderung zu ersparen.

Wir flogen mit der Iberia zunächst nach Tenerife, um die dortigen Möglichkeiten zu prüfen. Eine liebe Freundin, die inzwischen leider schon verstorbene Rita Grob, die dort mit ihren Kindern Max und Annabelle wohnte, Keramikkreationen schuf und von deren Vertrieb lebte, bemühte sich sehr liebevoll, mir eine passende Anstellung zu verschaffen. Ich kam dann auch mit einer Foto- und Optikfirma in Santa Cruz ins

Gespräch und sie machten mir das Angebot, die Leitung der Filiale in Las Palmas (Gran Canaria) zu übernehmen.

Wir wollten allerdings zunächst nach Deutschland, wo ich bereits ein Jahr vorher die Fühler ausgestreckt hatte, und so flogen wir zunächst weiter nach Madrid, wo wir unglücklicherweise am Ostersamstag eintrafen. Wegen des Osterntourismus waren alle Hotels ausgebucht und dank eines freundlichen Taxichauffeurs, der eine Reihe von Hotels „abklapperte" und schließlich dann sagte, sollte man nichts finden, kommen Sie zu mir nach Hause, landeten wir schließlich in einem 5-Sterne-Hotel, etwa 10 Minuten vom Stadtzentrum entfernt gelegen. Es war das IFA Suite Hotel, Av. del Valle, 13, ein ausgezeichnetes Haus mit 135 Suites de luxe. Uns war es egal, wie luxuriös und teuer, wir waren todmüde.

Endlich konnten wir uns ausruhen, alles war perfekt, für die Kinder hatte man im Salon zwei Notbetten aufgestellt und wir konnten ins geräumige Badezimmer gehen, wo wir erstaunlicherweise auch einen Telefonanschluss hatten.

Nach wenigen Stunden tiefen Schlafes und einem reichhaltigen Frühstück ging es dann wieder mit einer Taxe weiter und wir baten den Chauffeur, zunächst eine kleine Runde im Zentrum von Madrid zu drehen, um einige Sehenswürdigkeiten betrachten zu können. Dann fuhren wir zum Flughafen, um zur Weiterreise nach Frankfurt/Main einzuchecken und - da es bis zur Abfahrt hinreichend Zeit gab - das Mittagessen einzunehmen. Wir bestellten Paella à la Valenciana und kaum hatten wir die ersten Happen probiert, da platzte urplötzlich das Coca-Cola-Glas von Elisabeth und alles war voll mit Glassplittern. Der dazugerufene Ober war nicht erstaunt und konnte sich die Sache gut vorstellen, dann sagte er, leider gebe es keine Paella mehr, dafür brachte er kalte Platten. Der Ober meinte noch, das Zerbersten „unseres" Colaglases sei keine einmalige Sache, da wegen des Luftdrucks durch die Flugzeuge die Gläser des Öfteren zerplatzen würden...

In Frankfurt wollten wir 2 bis 3 Tage verbringen und dort besorgte uns eine Cousine zweiten Grades von Marlene, Renate Krantz, eine Frühstückspension mit „indischem Klo“ (= Klosett am Ende des Ganges), wobei die Kosten hierfür höher waren als die des Madrider Hotels.

Von Frankfurt flogen wir dann weiter nach Hamburg, wo uns Marlenes Tante Grete (geb. Trenkmann) mit ihrer Tochter Helga erwartete, und wir haben dann die ersten Monate bei ihr gewohnt. Sie hatte in Wandsbek eine nette Zweizimmerwohnung und sagte uns: Ihr bleibt bei mir, meine Wände sind Gummiwände. Ich weiß gar nicht wie, aber wir hatten alle (5 Personen!) Platz ... Nun, wir haben es natürlich eilig gehabt, ich schielte nach einem passenden Posten und kaufte mir als Erstes eine tragbare (mechanische) Schreibmaschine, um meine Bewerbungen vorbereiten zu können. Erstaunlicherweise musste ich „nur“ etwa dreißig Anträge fabrizieren und dann funktionierte es.

Eine Rechtsschutzversicherung mit Sitz in München meldete sich und bat um ein Vorstellungsgespräch. Ich fuhr dann nach München - es war das Olympiajahr 1972! - und wurde vom Vorstandsvorsitzenden Dr. Ullrich höchstpersönlich empfangen.

Er war Sudetendeutscher, hatte an der Karls-Universität in Prag promoviert und sagte mir, wir beide gehören zur k. u. k. Monarchie... Dadurch war der Bann gebrochen und ich wurde eingestellt. Nach einer Einarbeitungszeit in München und Hamburg bekam ich schließlich die Leitung des Schadenbüros in Bochum und wir zogen dorthin. Die Kinder wurden in einer dortigen Realschule untergebracht und meine Frau bekam ab 1. Oktober in einer Bauingenieurfirma einen Arbeitsplatz, der im Laufe der Zeit (21 Jahre!) sehr positiv ausgebaut werden konnte. Vor meinem Arbeitsbeginn bei der Rechtsschutz-Union hatten wir noch etwas Zeit, um nach Ungarn zu fahren, um dort meine Eltern zu besuchen.

Sie wohnten damals in Györ (Raab an der Donau) und es gab ein außerordentlich emotionsreiches Wiedersehen nach 27 (!) Jahren und ein gegenseitiges Kennenlernen zwischen Opa Gyula und Oma Bözsi einerseits und meiner Frau und den Enkelkindern andererseits.

Im Laufe des Jahres 1972 hörten wir immer wieder Einzelheiten über die Geschehnisse in Chile und wir waren eigentlich überzeugt, dass es Allende schließlich gelingen würde, Chile in ein castro-kommunistisches Land umzukrempeln. Allein der dreiwöchige Besuch von Fidel Castro in Chile (November 1972) war ein Indiz dafür, dass Castro seinem Freund Allende die „Rezeptur" überreichte, wie er am sichersten das Land in das marxistische Lager einbinden könnte.

Dann erfuhren wir vom dreiwöchigen Streik der Transportunternehmer, der das Land lahmlegte und Allende in seiner Verzweiflung nötigte, die Vertreter der vier Waffengattungen mit dem Oberkommandierenden General Carlos Prats als Innenminister in das Kabinett aufzunehmen. Mit der Aufnahme der Militärs in die Regierung kehrte ein Gefühl der Sicherheit ins Land zurück. Puelma schreibt hierüber (S. 75):

„Die sechs Monate zivil-militärischer Regierung vom 2. November 1972 bis zum 27. März 1973 waren in der Tat die einzige Periode der Ära Allende, in der einigermaßen legal, ohne ‚Dringlichkeitsdekrete' (resquicios legales) und andere Mittel der Scheinlegalität oder der offenen Illegalität regiert wurde."

Da die am 4. März abgehaltenen Parlamentswahlen den Parteien der „Unidad Popular" zwar einen leichten Zugewinn, aber keineswegs die erhoffte Mehrheit in beiden Häusern des Parlaments brachten, entschied sich Allende nach langem Überlegen für die Entlassung der Militärminister und hoffte, den Weg zum Marxismus auch ohne deren Beisein beschreiten zu können.

Inzwischen waren alle Versuche der marxistischen Regierung, die Militärführung dazu zu bringen, ihre institutionelle Neutralität aufzugeben und sich mit dem politischen Programm des Sozialismus zu identifizieren, im Sande verlaufen und dasselbe galt auch für den darauffolgenden Versuch der Spaltung zwischen den „loyalen" (= dem „Volke" bedingungslos ergebenen) und den „illoyalen" (d. h. Faschisten, Reaktionäre, „Volksfeinde") Offizieren, die im Großen und Ganzen mit den höheren Offizieren identisch waren. Die hieraus entstandene „Demokratisierungskampagne" der linksextremen Soldatenkomitees, die plötzlich überall aus dem Boden sprossen, hatte zum Ziel, die Mannschaft gegen die Offiziere aufzuwiegeln.

Es ist also kein Wunder gewesen, dass sich angesichts dieser Entwicklung innerhalb des Offizierskorps der Streitkräfte eine wachsende Unruhe bemerkbar machte, die sich in einer Reihe von Zwischenfällen entlud.

Am 26. Juni 1973 wurden im Anschluss an eine Beschimpfungsszene, die sich auf einer Hauptstraße Santiagos zwischen einer Dame und dem in weiten Kreisen wegen seiner Appeasement-Haltung gegenüber der marxistischen Regierung unpopulären Oberkommandierenden des Heeres, General Carlos Prats, abgespielt hatte, eine Reihe von jüngeren Offizieren unter Arrest gestellt. Gleichzeitig wurde von der Regierung der Ausnahmezustand in der Provinz Santiago ausgerufen.

Drei Tage darauf versuchten einige Offiziere eines Panzerregiments mit Oberst Roberto Souper an der Spitze, in einer dilettantisch improvisierten Fahrt von fünf Panzerwagen die im Kriegsministerium gegenüber dem Präsidentenpalais, der „Moneda", in Haft gehaltenen Kameraden gewaltsam zu befreien: Sie richteten ihre Waffen demonstrativ auch auf das Regierungsgebäude.

Dieser in Chile als „Miniputsch" bezeichnete Streich war sicherlich nur als ein Temperamentsausbruch jüngerer Offiziere zu verstehen, doch wurde es für viele auch als ein Vorzeichen eines ernsthaft erwägten Putsches gegen das Allende-Regime angesehen.

Ich erinnere mich noch gut, dass wir die Nachricht von diesem „Miniputsch“ in Velden erfuhren, wo wir - am Wörther-See - unseren ersten Europa-Urlaub verbrachten. Auch wir deuteten dieses Ereignis als ein Warnzeichen und als einen ersten zaghaften Schritt in die von vielen ersehnte Richtung, nämlich als ein Signal dafür, dass das Militär schließlich doch eingreifen würde. Dass es hierzu am 22. August 1973 von der Abgeordnetenkammer einen regelrechten Freibrief bekommen würde, wussten wir noch nicht.

Die Nachricht über das Fernsehen, das uns am 11. September 1973 überraschte, zwang uns nachzudenken, ob wir unter diesen neuen Umständen uns doch noch entschließen könnten, nach Chile zurückzukehren, war ja das Gespenst einer marxistischen Diktatur weggefegt.

Unsere Entscheidung hatten wir schnell getroffen: keine Rückkehr.

Die Gründe hierfür waren mannigfaltiger Natur. Ich war damals bereits 52 Jahre alt und in diesem Alter fühlt man sich nicht mehr wie „ein Vögelchen, das von Ast zu Ast fliegen kann“. Wir hatten uns inzwischen eingelebt, sowohl meine Frau als auch ich befanden uns in einer festen Anstellung, die Kinder hatten die Umstellung in der Schule überwunden und wir wollten uns gewissen, mit einem neuen Umzug verbundenen Risiken und Kosten nicht mehr aussetzen. Wir blieben also in Deutschland, verfolgten aber auch weiterhin aufmerksam die weiteren Ereignisse in Chile.

Die Situation in Chile war noch lange nicht als gefestigt zu betrachten, Straßenkämpfe, Überfälle usw. ergaben sich immer wieder: Es herrschte Kriegsrecht und der Bürgerkrieg hielt an. Ein Beweis dafür, dass die „Linken“ ihr verstecktes Arsenal noch nicht verbraucht hatten.

Die Zeit der Militärregierung, die nicht enden wollte (1973 - 1990)

Der Chef der Militärjunta und Oberbefehlshaber des Heeres, Augusto Pinochet Ugarte, ist einerseits positiv zu beurteilen, da er und seine Mitstreiter Chile von der Gefahr, vom Marxismus einverleibt zu werden, befreit hatten. Dies ist das historische Verdienst der Militärs und daran kann man zwar rütteln, doch sollte man diese Tatsache letztendlich akzeptieren.

Merkwürdigerweise wurde dieser Fakt von der Presse des demokratischen Westens nicht so gesehen und man jammerte wegen der Absetzung (anfangs sprach man von der Ermordung) Allendes, des „ersten demokratisch gewählten sozialistischen Präsidenten".

Die Tatsachen wurden in Deutschland, auch von der seriösen Presse, entweder falsch gedeutet oder einfach wegen Unwissens verdreht. Wir waren so verärgert, dass wir das Abonnement einer regionalen Zeitung gekündigt haben und als ein Vertreter dieser Zeitung zu uns kam, fragte er unsere jüngere Tochter, die zu Hause war, weshalb die Eltern die Zeitung abbestellt hätten. Die Antwort war: „Weil die Zeitung lügt ...".

Der Westen hat damals - einige vielleicht bis heute - nicht begriffen, dass Allende zwar den demokratischen Regeln entsprechend (vom Parlament) gewählt wurde, dass er aber an abgegebenen Stimmen lediglich 36,2 % erhielt, also nur gut ein Drittel. Dass er vom Kongress dann doch noch zum Präsidenten gewählt wurde, lag daran, dass die Christdemokraten ihn zwangen, ein Verfassungsgarantieabkommen (Estatuto de Garantías Constitucionales) zu unterzeichnen, da sie ihm einfach nicht trauten.

Bei Bossle (S. 72) lesen wir in diesem Zusammenhang eine Gegenüberstellung des Verhaltens von Hitler und Allende, die beide die Unterstützung anderer brauchten, um ihr Ziel - die Machtergreifung - verwirklichen zu können; merkwürdigerweise handelte es sich in beiden Fällen um eine christlich orientierte Partei (Zentrum in Deutschland und DC in Chile):

„In Deutschland versprach Hitler im März 1933 dem damaligen Vorsitzenden der Zentrumspartei, Prälat Dr. Ludwig Kaas, in einem Brief das Versprechen zum Ausdruck zu bringen, das Ermächtigungsgesetz nicht missbräuchlich anzuwenden, falls er die Zustimmung des Zentrums zum Ermächtigungsgesetz erhalte. Und hier mag ein Unterschied zwischen Allende und Hitler liegen: Während Allende ein Verfassungsgarantieabkommen unterzeichnete, hat Hitler den versprochenen Brief nie geschrieben."

Hitler war also schlauer als Allende, der später ja offen zugab, dass er das Garantieabkommen nur aus taktischen Gründen unterzeichnet hatte, weil er auf Biegen und Brechen an die Macht wollte.

Zurück zu Pinochet und zur Militärjunta.

Sie verdienten die Anerkennung und nicht die Ablehnung des Westens, indem sie „Chile retteten", wie dies Frei ausdrücklich bestätigte. Und auch der Militäreinsatz, der längere Zeit anhielt, kann ihnen nicht als ein Negativum angekreidet werden, zumal sie nur so den immer wieder aufflammenden Angriffen der bewaffneten Extremisten Paroli bieten konnten.

Natürlich war zu erwarten, dass sich das Militär die notwendige Zeit nehmen wollte und nicht bereit war, sofort nach der Beruhigung der Lage die ersten Schritte zur Rückkehr zum parlamentarisch-demokratischen System einzuleiten. Hierfür musste die Sicherheitslage Chiles gefestigt werden und dies war gar nicht so einfach.

Auch von den Ereignissen in Spanien, wo der König nach dem Tode Francos das faschistische System Schritt für Schritt abbaute und den Weg zur Demokratie behutsam einleitete, ließen sich Pinochet und Co. offensichtlich nicht beeindrucken.

Pinochet war übrigens im November 1975 zur Beerdigung von Franco nach Madrid geflogen und hatte sich auch mit dem König unterhalten, aber dieser konnte ihm damals aus verständlichen Gründen seine Ideen des vorsichtigen Überganges zur Demokratie zwecks Nachahmung nicht offenbaren.

Das Militär, in Ausübung der Regierungsfunktionen, war allerdings gezwungen, die Kenntnis von Fachleuten in Anspruch zu nehmen, da es über die wichtigsten Dinge - wie man z. B. das von Allende zerstörte wirtschaftliche System entsprechend den modernen wissenschaftlichen Erkenntnissen neu gestalten sollte - nur wenig Ahnung hatte.

Schon in der Zeit des allendistischen Wirtschaftsministers Vuskovic, also bereits 1972, als die ersten Symptome des wirtschaftlichen Ruins offensichtlich wurden (also: Warenknappheit, zügellose Inflation, wirtschaftliche und soziale Zerrüttung, zudem noch gesteigerte marxistische Aktivität am Arbeitsplatz, in den Schulen und auf der Straße), machte sich vor allem die Marine Sorgen und kontaktierte ihren früheren Waffenkameraden Roberto Kelly, von dessen Beziehungen zu Wirtschaftswissenschaftlern sie Kenntnis hatte. So in etwa sagten sie ihm:

„Allende loszuwerden wäre kein großes Problem, wichtig wäre dagegen, eine vernünftige Regierung zu bilden, die in der Lage wäre, die wirtschaftlichen Probleme zu lösen."

Kelly nahm den Auftrag an und versprach seinen Exkameraden der Marine, einen entsprechenden Plan innerhalb von neunzig Tagen vorzulegen.

Besonders drei Persönlichkeiten, die sich in Wirtschaftsfragen gut auskannten, halfen Kelly dabei: Es waren Sergio Undurraga, Emilio Sanfuentes und Alvaro Bardón.

August 1972 war es dann so weit und ein sogenannter „alternativer ökonomischer Plan“, fähig, das Land aus dem von Allende verschuldeten Niedergang herauszureißen und diesen Plan dann dem Nachfolger Allendes (eventuell den Streitkräften) zur Verfügung zu stellen, befand sich in Bearbeitung, eine Art Diagnose und Richtschnur für das Vorgehen auf ökonomischer Ebene (siehe Arturo Fontaine Aldunate, „Los Economistas y el Presidente Pinochet“, Zig Zag, Juni 1988, S. 18 f).

An diesem Plan arbeiteten zehn Wirtschaftswissenschaftler, die eigentlich verschiedene Ideologien vertraten und verschiedene Interessen verfolgten. Vereint waren sie jedoch wegen der Sorge um die Zukunft ihres Vaterlandes, aber auch deshalb, weil alle an der Universität von Chicago lernten und somit dieselbe technologische Sprache verwendeten, ganz abgesehen davon, dass sie auch derselben Generation angehörten. Der Älteste von ihnen war Sergio de Castro (Jahrgang 1930), die Übrigen sind zwischen 1935 (Pablo Baraona) und 1944 (Juan Villarzú) geboren.

Es handelt sich um folgende zehn Wissenschaftler aus dem Bereich der marktwirtschaftlichen Lehre, die als „Chicago Boys“ in die Geschichte Chiles eingingen und denen Chile letztendlich den mühsam errungenen Aufschwung während der Militärära zu verdanken hatte:

- Alvaro Bardón
  Präsident der Zentralbank und Staatssekretär im Wirtschaftsministerium
- Juan Braun
  einer der Führungskräfte der „Gruppe Cruzat“
- Pablo Baraona
  späterer Präsident der Zentralbank und Wirtschaftsminister
- Manuel Cruzat
  Chef der Gruppe, die seinen Namen anführte
- Sergio de Castro
  Wirtschaftsminister und Finanzminister

- Andrés Sanfuentes
  Universitätsprofessor
- Emilio Sanfuentes
  Unternehmer
- Sergio Undurraga
  Geschäftsführer des Büros der CORFO = Corporación de Fomento Fabril in New York
- Juan Villarzú
  Direktor des Haushaltsplans
- José Luis Zabala
  Planungschef der Zentralbank, Bankfachmann und Unternehmer

Nachdem diese Zehnergruppe über den Generalplan einig geworden war, hatte man jedem Einzelnen einen bestimmen Bereich zwecks Ausarbeitung übergeben.

Die Arbeit hatte mehr Zeit in Anspruch genommen als ursprünglich gedacht. Die Marine ihrerseits machte Druck auf Kelly und auf Emilio Sanfuentes. Nach einer intensiven Lagebesprechung im Mai 1973 im Hotel San Martín in Viña del Mar einigten sich die Experten, wenn auch hierfür Kompromisse notwendig wurden.

Emilio Sanfuentes fasste das Erreichte auf fünf Seiten zusammen und übergab dieses Papier Kelly, der wiederum es dann dem Marineoberkommandierenden Troncoso weitergab. Daraufhin erhielt die Marine Seite für Seite des entstehenden endgültigen Textes, der vorher noch schnell von De Castro und Undurraga überprüft wurde.

Am 11. September 1973 arbeiteten die Fotokopierer des Verlags Lord Cochrane (dessen Präsident Hernán Cubillos der höchste Repräsentant von Augustín Edwards war und mit einigen der Ausarbeiter des Planes sehr gute Beziehungen hatte), ohne aufzuhören, um dieses voluminöse Dokument zu vervielfältigen, das man unter sich den „Ladrillo“ (= den Ziegelstein) nannte, dies auch schon wegen seines beträchtlichen Gewichts. Noch am Vormittag des 12. September 1973 hatten die verantwortlichen Generäle der Streitkräfte dieses Dokument auf ihrem Schreibtisch liegen.

Es ist schon erstaunlich, dass Pinochet und seine Leute Chile nicht in ein vom Staat gelenktes Wirtschaftssystem einbanden, sondern sich für den Weg der freien Marktwirtschaft entschieden.

Diese Wirtschaftspolitik hat sich dann, trotz einiger Rückschläge, allmählich durchgesetzt und daran wurde auch später, als Pinochet nichts mehr zu sagen hatte, nicht wesentlich geändert.

Dies ist das zweite historische Verdienst Pinochets und des Militärs, auch wenn man diese Tatsache vielerseits verdrängen möchte.

Fairerweise müssen hier aber auch die Schattenseiten der Militärregierung erwähnt werden. Abgesehen von den zahlreichen Menschenrechtsverletzungen, die niemand leugnen sollte, muss hier das lange Festhalten an der Macht gerügt werden.

Offensichtlich genoss Pinochet seine Machtposition und ließ 1980 durch eine Volksabstimmung eine neue Verfassung absegnen, die ihm zunächst weitere acht Jahre - nicht als Juntachef, sondern als Präsident der Republik - zusicherte. Dann kam es am 5. Oktober 1988 zu einer neuen Volksbefragung, die man „Ja- oder nein-Abstimmung“ nennen könnte, d. h., man konnte entweder mit „Ja“ das Verbleiben Pinochets bestätigen oder mit „Nein“ sich dagegen wenden.

Das Volk stimmte mit „Nein“, was wiederum bedeutete, dass es innerhalb von zwei Jahren zu regelrechten Präsidentschaftswahlen kommen musste. Bei diesen gewann dann nicht der Kandidat Pinochets (der Wirtschaftsexperte Büchi), sondern der der vereinten Opposition, der Christdemokrat Patricio Aylwin Azócar.

Dieses Bündnis zwischen den Christdemokraten und den ehemaligen Allende-Sozialisten, die sog. „Concertación“ stellte während der folgenden 20 Jahre die Präsidenten der Republik, und zwar:

- Patricio Aylwin Azócar 1990 – 1994
  Christdemokrat
- Eduardo Frei Ruiz-Tagle 1994 – 2000
  Christdemokrat
- Ricardo Lagos Escóbar 2000 – 2006
  Sozialist
- Michelle Bachelet Jeria 2006 – 2010
  Sozialistin

Pinochet behielt allerdings noch acht Jahre lang das Oberkommando des Heeres, weil er „seine Leute schützen“ wollte. Mit anderen Worten wollte er verhindern, dass gewisse Offiziere, die etwas auf dem Kerbholz hatten, in einem Gerichtsverfahren verurteilt werden.

Denn es wurde immer mehr erkennbar, dass einige übereifrige Offiziere an den illegalen Verhören und Folterungen - die natürlich von der internationalen Presse genüsslich veröffentlicht wurden - teilgenommen hatten. Man sprach von Tausenden Verschwundenen, die sich in nichts aufgelöst haben sollten und von allen möglichen Greueltaten, die der Geheimpolizei DINA unter der Leitung des mit Pinochet befreundeten Generals Manuel Contreras zugeschrieben wurden.

Besondere Aufmerksamkeit erregten die Morde, denen General Carlos Prats und Frau in Buenos Aires zum Opfer fielen, auch der Anschlag mit Todesfolge des ehemaligen Außenmisters von Allende, Orlando Letelier, der in Begleitung seiner nordamerikanischen Sekretärin in Washington starb.

Als die Journalistinnen Raquel Correa und Elizabeth Subercaseaux anlässlich ihres exklusiven Interviews vom 12. Juli

1989 Pinochet diesbezüglich befragten, wies er hinsichtlich der erwähnten Delikte jede Verantwortung zurück.

Als dann Pinochet von den Journalistinnen Einzelheiten über die Verschwundenen erhielt, die vom Vikariat der Solidarität der katholischen Kirche stammten und wonach es sich um 683 Personen handelte (1973= 245, 1974= 221, 1975= 76, 1976= 118, 1977= 23), antwortete er, dass er hiervon erst später erfuhr, dann aber sofort die Untersuchung der Fälle anordnete.

Interessant sind auch die Zahlen der Gefallenen (Getöteten) in all den Jahren der Pinochet-Ära, die eine von Präsident Aylwin eingesetzte Untersuchungskommission (allg. als „Informe Rettig“ bekannt) feststellte. Danach starben durch Gewalttaten in den 17 Jahren der Pinochet-Ära insgesamt 2279 Menschen:

1973 waren es 1.261 Personen, 1974 „nur noch“ 309, 1975 waren es 119, dann 1976 weitere 139, 1977 waren es 25, 1978 sank die Zahl der getöteten Personen auf 9, dann gab es 1979 weitere 13, 1980 insgesamt 15, 1981 zusätzliche 36, dann folgte das Jahr 1982 mit 8 Gefallenen, das Jahr 1983 mit 82, das Jahr 1984 mit 74, das Jahr 1985 mit 50, das Jahr 1986 mit ebenfalls 50, das Jahr 1987 mit 34, das Jahr 1988 mit 27, das Jahr 1989 mit 26 und schließlich das Jahr 1990 mit 2 (3) Gefallenen, das ergibt die oben angegebene Gesamtzahl von 2279 (2280).

Interessant ist auch die Untersuchung der Militanz dieser getöteten Personen, das heißt, zu welchen politischen Gruppierungen sie gehörten. Diese Untersuchung ergab folgende Daten:

Sozialistische Partei 405, M. I.R. 384, Kommunistische Partei 353, M.A.P.U. 14, F.P.M.R. (PC) 19, Radikale Partei 15, Christdemokraten 7, Christliche Linke 5, Nationale Partei 4, andere

Parteien 15, ohne Kenntnisse einer Militanz 1048, insgesamt also 2279 getötete Personen.

(Die entsprechenden Daten entnahm ich dem Buch „Europa vs. Pinochet“ von Hermógenes Pérez de Arce, S. 53 bzw.71).

Nun, die Jahre 1973 bis 1990 waren nicht nur die der blutigen Konfrontation, sondern auch die der wirtschaftlichen Stabilisierung, des Vorwärtskommens und des Aufbaus.

Nach einer jahrelangen Periode der mühsamen Erholung hatte sich die Wirtschaft des Landes erfreulich gefestigt, und dies dank der Wirtschaftsexperten, denen die Regierung Pinochet freie Hand ließ. Nach dem Chaos von 1973 übernahm die demokratische Regierung Aylwin im Jahre 1990 ein blühendes Chile.

Erwähnen sollte man hier auch die Erweiterung der Carretera Panamericana nach Süden, also die Fortsetzung von Puerto Montt (mit Unterbrechungen geographischer Notwendigkeit) bis Villa O´Higgins (Ruta 7), eine gigantische Arbeit, auch wenn es sich größtenteils nur um einen befestigten Schotterweg handelt.

Mit dem Bau dieser wichtigen Verbindungsstraße, die offiziell Camino Longitudinal Austral heißt, wurde bei Puerto Montt im Jahre 1976 begonnen. Der größte Teil dieser Bauarbeit - bis zur Stadt Cochrane - war bereits 1988 fertig, den Rest bis Villa O´Higgins hatte man 1999 zum Abschluss gebracht. Die Straße, die als „Ruta 7“ bezeichnet wird, hat eine Gesamtlänge von über 1.000 km und verbindet die unzähligen Ortschaften der Australzone miteinander. Ortschaften, die vorher als isoliert und verloren galten, sind nunmehr ohne größere Schwierigkeiten erreichbar und man hat durch diesen Ausbau auch die Übergangsmöglichkeiten nach Argentinien enorm verbessert.

Man kann die Schaffung dieser Route, die von dem CMT Cuerpo Militar del Trabajo durchgeführt wurde, auch als einen Pluspunkt der Militärregierung betrachten. Während der Bauarbeiten gab es mehrere Todesopfer, von Gefreiten bis Generälen, die ihr Leben für die Realisierung dieses einzigartigen Traumes auf der Strecke ließen.

Nach Ablauf der Amtsperiode der ersten Präsidentin Chiles, Michelle Bachelet, gab es in Chile einen Richtungswechsel: Anstelle des Kandidaten des Linksbündnisses (Eduardo Frei Ruiz-Tagle) siegte der Kandidat des Mitte-Rechts-Bündnisses Sebastián Piñera, der sein Amt am 11. März 2010 antrat. Kurz davor gab es das große Erdbeben vom 27. Februar 2010 im Großraum von Concepción und die Nachbeben (einige davon bis 6,8 der Richterskala) erfolgten auch nach der Vereidigung des neuen Staatsoberhauptes.

Wir hoffen alle, dass dies kein negatives Vorzeichen für die nun beginnende neue Regierungsära sein wird.

Kapitel VII

Chiles verrückte Geografie...

Aus der einmaligen geographischen Lage Chiles - lang und schmal, von Norden nach Süden - ergibt sich zwangsweise, dass das Land verschiedene Klimazonen hat, von der subtropischen bis zur arktischen, und es dementsprechend auch eingeteilt werden muss.

Chile kann man in bestimmter Hinsicht als eine große, längliche Insel betrachten, abgeschottet von der Umgebung. Im Norden wird Chile durch die Atacama-Wüste „beschützt“, nach dem Osten trennt das Land die Andenkette (Kordillere) vom bolivianischen und argentinischen Nachbarn, im Süden ist das Eismeer die Grenze und nach Westen der Stille Ozean. Also: im Osten eine Kette von Bergen vulkanischen Ursprungs, die bis 7.000 Meter aufragen, und nach Westen der durchaus nicht stille, sondern eher wütende Ozean, der Tiefen bis zu 7.000 Meter aufweist: ein Höhenunterschied von insgesamt 14 km!

Durch diese „Insellage“ hat Chile natürlich auch einige Vorteile, denkt man z. B. an die Weinreben, die dort - einzigartig in der Welt - keine Rebläuse (filoxera) kennen.

Die Einteilung des Landes in verschiedene (Klima-) Zonen ist nicht einheitlich; es gibt Leute, die von vier, und andere, die von fünf Zonen sprechen. Der Autor schließt sich der letztgenannten Meinung an und danach ergäbe sich folgendes Panorama:

	Norte Grande	***(der große Norden)***
	umfasst die Regionen:	
·	Arica y Parinacota	XV
·	Tarapacá	I
·	Antofagasta	II
·	Atacama	III
	Norte Chico	***(der kleine Norden)***
	umfasst die Region:	
·	Coquimbo	IV
	Zona Central	***(Zentralzone)***
	umfasst die Regionen:	
·	Valparaíso	V
·	Metropolitana	XIII
·	O´Higgins	VI
·	Maule	VII
	Zona Sur	***(Südzone)***
	umfasst die Regionen:	
·	Biobío	VIII
·	Araucanía	IX
·	De los Ríos	XIV
·	De los Lagos	X
	Zona Austral	***(Australzone)***
	umfasst die Region:	
·	Magallanes	XI und XII

*ohne die chilenische Antarktis,
die einen besonderen Status hat.*

Bemerken müsste man hierzu noch, dass es auch innerhalb der genannten Zonen etliche Unterschiede gibt, was z. B. die Tages- und Nachttemperaturen, Regenmengen etc. betrifft.

Chiles außerordentlich längliches und schmales Territorium, das sich über 38 Breitengrade ergießt (vom Grad 17,5 bis zum Grad 56), umfasst dementsprechend ein ganzes Sammelsurium von Landschaftsbildern und Klimazonen.

Das Staatsgebiet beginnt etwas nördlich von der Hafenstadt Arica und endet bei der Felseninsel Kap Hoorn, dieses letzte Stück des südamerikanischen Subkontinents, gebeutelt von den orkanartigen, eisigen Stürmen, nördlich der Antarktis gelegen. Wegen der unglaublichen Vielfalt, die man innerhalb des Staatsgebietes vorfindet, spricht Benjamín Subercaseaux in seinem wohl berühmtesten Buch über die „verrückte Geographie" seines Heimatlandes von den „Chiles", so wie man von den „Españas" spricht, nur dass es sich hier nicht historisch bedingte Unterschiede handelt, sondern von solchen geographischen und klimatischen Inhalts. So kommt der Schriftsteller schließlich zu der Feststellung, dass es so viele „Chiles" gibt wie Chilenen, die dieses enorme, so unterschiedliche Gebiet besiedeln.

Ein Poet wie er kann sich auch „poetische Einteilungen" erlauben: Seine sechs großen Regionen hat er wie folgt „getauft":

Das Land der stillen Morgenstunden

Hierbei handelt es sich um ein großes Gebiet von etwa 200.000 km², zwischen den südlichen Breitengraden 17,5 bis 27, also von der Hafenstadt Arica bis Copiapó, zwischen den Flüssen Lluta (im Norden) und Copiapó (im Süden) gelegen.

Dieses „poetische" Teilgebiet entspricht demnach in etwa dem Norte Grande.

Der größte Teil dieses Areals ist von der großen Wüste und dem Hochgebirge vereinnahmt.

Hier erreicht auch Chile die größte Breite des sonst so schmalen Staatsgebietes: zwischen der Hafenstadt Mejillones und dem verschneiten Hochgebirge an der Grenze zu Bolivien (Nevados de Poquis, 5745 m) sind es 325 km, wobei die Breite auf der Höhe von Illapel lediglich 100 km ausmacht.

Dieses nördlichste Teilgebiet Chiles kann wie folgt beschrieben werden:

Entlang der Küste befindet sich eine relativ niedrige **Bergkette (Cordillera de la Costa)**, die ausgehend von der Hafenstadt Antofagasta in nördlicher Richtung stets an Höhe verliert, um dann mit dem Felsblock (Morro) von Arica ihren Abschluss zu finden.

Östlich dieser Bergkette liegt die **Zentralebene (Llano central)**, auf einer Höhe von 1.000 bis 1.200 m über dem Meeresspiegel: die klassische Pampa. Hiervon gibt es eine ganze Reihe: die Pampa von Camarones, die von Chiza, die von Suca, die von Tana und die größte und berühmteste ist die von Tamarugal.

Östlich der Hafenstadt Antofagasta liegen die großen Salzwüsten (Salares), von denen die größte und bekannteste die von Atacama ist. Diese entstanden durch die Verdunstung von unterirdischen Gewässern, die ihren Salzgehalt auf der Oberfläche deponierten.

Östlich der Zentralebene beginnt das **Vorgebirge (la Sierra)**, der westliche Berghang der Anden, durchfurcht von zahlreichen und tiefen Schluchten. Ihm folgt die **Hochebene (Altiplano)** der Anden, eine enorme Pampa, aus der da und dort einzelne Vulkankegel herausragen.

In diesem Riesenareal zwischen der Küstenkordillere und der Hochebene gibt es natürlich große Klimaunterschiede.

An der Küste regnet es nie. Die Durchschnittstemperatur des Jahres erreicht 18° C und während 70% des Jahres ist der Himmel wolkenfrei.

In der Pampa, auf einer Höhe zwischen 1.000 und 1.200 m über dem Meeresspiegel, gibt es zwischen Tag und Nacht große Temperaturunterschiede (30° C am Tag und 0° C nachts), sie ist eine der trockensten Wüsten der Welt.

Das Vorgebirge hat bereits, im Vergleich mit der Wüste, moderatere Übergangstemperaturen mit 20° C Durchschnittstemperatur im Sommer und 9° C im Winter.

Die Hochebene (zwischen 3.500 und 4.500 m über dem Meeresspiegel) ist eine Steppe mit Regengüssen im Sommer und Durchschnittstemperaturen zwischen +10° C und -5° C.

Laut einer Klimatabelle aus dem Jahre 1918 (!) hat Arica eine mittlere Jahrestemperatur von 19,7° C, der wärmste Monat hat 22° C und der kälteste Monat 17,3° C, Niederschlag: Null.

Die südlicher liegende Stadt Iquique weist folgende Daten auf: mittlere Jahrestemperatur von 18,3° C, der wärmste Monat kommt auf 21° C und der kälteste auf 15,9° C, Niederschlag: 0,5 mm.

Das Land des unterbrochenen Pfades

Auch diese Zone ist groß: in etwa 100.000 km² zwischen den Breitengraden 27 und 33 Süd gelegen. Sie umfasst den südlichen Teil der Region III. (Atacama), also den, der südlich des Flusses Copiapó liegt, hinzu kommt noch die Region IV. (Coquimbo) und der nördliche Teil der Region V. (Valparaíso).

Die Wortwahl von Subercaseaux entspricht den geographischen Gegebenheiten dieser Zone.

Die Andenkordillere beginnt sich hier durch eine **Reihe von Sperrketten**, die vom Osten her in Richtung Küstenkordillere laufen, in die Zentralebene einzuschieben. Die von Osten her eingreifenden Gebirgsformationen, die anfangs noch parallel mit den Küsten- und Andenkordilleren verliefen, drehen sich um, als ob die Hochkordillere ihre Arme zum Meer ausstrecken würde. Zwischen diesen einzelnen Armen bilden sich dann Quertäler, wodurch dann das vom Norden her nach Süden laufende Zentraltal und somit die Straßen von Norden nach Süden unterbrochen werden. Daher auch die Wortfindung des Schriftstellers.

Die genannten **Quertäler** sind mithilfe von Flüssen entstanden, von denen die Flüsse Elqui, Limarí, Choapa und La Ligua genannt werden sollten. Um von einem Tal in das benachbarte zu gelangen, müssen Höhenunterschiede bewältigt werden oder man benützt den Umweg über die Küstenstraßen. Hier an der Küste gibt es einige sehr breite Buchten und gute Häfen, z. B. Coquimbo, Tongoy, Los Vilos und Pichidangui.

Die klimatischen Bedingungen dieser Zone ergeben sich aus ihrer Mittelposition zwischen der Wüste im Norden und der Zentralzone im Süden. Die Durchschnitts-Temperatur der Küstenregion erreicht 14,4° C. Frostfrei mit häufigem Frühnebel und mit einem Feuchtigkeitsgehalt der Luft um die 80% ist es ein mildes Klima, windstill und sehr beständig. Näher zum Binnenland steigt die Durchschnittstemperatur bis 16,5° C, die Luft ist dort extrem trocken und transparent.

Die in dieser Zone liegenden Städte weisen laut Statistik von 1918 folgende Daten auf:

Caldera	16,4° C	*mittlere Jahrestemperatur*
	20,0° C	*im wärmsten Monat*
	12,6° C	*im kältesten Monat,*
		Niederschlag 8 mm.
Copiapó	6,4° C	*mittlere Jahrestemperatur*
	21,0° C	*im wärmsten Monat*
	11,8° C	*im kältesten Monat,*
		Niederschlag 9 mm
La Serena	5,1° C	*mittlere Jahrestemperatur*
	18,4° C	*im wärmsten Monat*
	11,7° C	*im kältesten Monat,*
		Niederschlag 135 m

Diese Zone liegt unmittelbar südlich der Sperrkette („Cordón“) von Chacabuco und erstreckt sich bis zum Fluss Maule, also zwischen den Breitengraden 33 bis 35.5, schließt allerdings - entsprechend den geographischen Vorgaben - nicht die Hafenstadt Valparaíso mit Umgebung ein. Nach überwiegender Ansicht der Geographen gehört Valparaíso nämlich zum Tal des Aconcagua-Flusses, obwohl die Hafenstadt nicht im Mündungsbereich des Aconcagua-Flusses liegt, sondern viel weiter im Süden.

Subercaseaux meint dagegen, dass vor allem psychologische Gründe dafür sprächen, dass Valparaíso derselben Zone zugerechnet werden müsste, der Santiago mit allen Nachbarstädten wie San Antonio, Rancagua, San Fernando etc. angehören, also einem Gebiet von etwa 48.000 km², das die Provinzen Santiago, O´Higgins, Colchagua und Talca einschließt.

Nach der Gebietsreform der Militärregierung geht es also um eine Zone, die den südlichen Teil der Region V. (Valparaíso), die Region XIII. (Metropolitana), die Region VI. (O´Higgins) und die Region VII. (Maule) umfasst.

Gut ein Drittel dieses Gebietes wird vom Hochgebirge der Anden eingenommen und ist praktisch menschenleer. Ein weiterer Teil, nämlich das Küstengebiet, besteht aus trockenen Tälern und niedrigen Bergen, mit einer Bevölkerungsdichte von 10 Personen pro Quadratkilometer.

Bei Santiago beginnt das **Zentraltal**: Dieses hat eine in der Welt einmalige Länge, erstreckt sich nämlich über sieben Breitengrade!

Dieses sehr fruchtbare Tal, das sich von Norden nach Süden dahinschlängelt, endet schließlich bei Puerto Montt am Meer. In Urzeiten ist dieses Zentraltal sicherlich noch weiter nach Süden verlaufen und ist dann - irgendwann - aufgrund von furchtbaren Naturkatastrophen im Meer versunken.

Die Bergkette der Anden, die dieses Tal im Osten begleitet, ist hoch und massiv: Deshalb taufte Subercaseaux diese Zone als das „Land der verschneiten Wand".

Der Vulkan Tupungato vor den Toren von Santiago ist mit seinen 6.550 Metern der letzte Gigant der Hochkordillere. Von da an verlieren die Anden an Höhe und erreichen gegenüber von Talca „nur noch" 4.000 Meter.

Es ist interessant zu beobachten, wie sich das Zentraltal allmählich nach Westen wendet, als ob es vor der hohen Andenkette Angst hätte.

Diese Furcht scheinen auch die Städte und Siedlungen zu haben, allein Santiago wagt sich ganz in die Nähe der Riesen und erträgt sogar den Vorboten des Gebirges, nämlich den Cerro San Cristóbal. Man empfindet ihn nicht als einen Dolchstoß in den Körper der Stadt und als eine Mahnung der Berge: „Bis dahin und nicht weiter!" - er dient ja zur Touristenattraktion mit seiner Zahnradbahn, dem Panoramablick und - als Krönung - die riesige Statue der Jungfrau Maria (die Spötter sagen, es wäre die einzige Jungfrau der Stadt...).

Ganz in der Nähe von Santiago - wo heute an die 6 Millionen Menschen leben - und dementsprechend die Sicherheit dieser Menschen als die allerhöchste Priorität gelten müsste - gibt es eine ganze Reihe von Vulkanen, die jederzeit ausbrechen könnten und wie ein Damoklesschwert über der Hauptstadt hängen:

Wir nennen hier vor allem die Vulkankegel Tinguiririca (4280 m), Descabezado grande (3953 m), San José (5880 m), Maipo (5290 m) und Quizapu (3250 m) als die gefährlichsten.

Aber nein: Die Menschen provozieren die Vulkane. Trotz der historischen Tatsache, dass Santiago seit dem 16. Jahrhundert des Öfteren zum Opfer von sehr starken Erdbeben wurde, wird lustig in die Höhe gebaut.

Es mag schon sein, dass die chilenischen Bauingenieure erstrangige Spezialisten bezüglich der Konstruktion von Hochhäusern in von Erdbeben gefährdeten Zonen sind, doch sollte man diesen unsinnigen Wettlauf - wer baut das höchste Gebäude? - in Santiago aufgeben und sich besinnen.

Die City von Großsantiago ist schon heute ein Sammelsurium von Wolkenkratzern: z. B. Hotel Marriott 145 m, Gebäude der Telefónica 132 m, Entel-Turm 127 m - jetzt baut man noch höhere Giganten dazu. Das „Titanium La Portada"-Gebäude soll mit 52 Etagen 192 m hoch werden, das „Costanera Center"- Gebäude mit 60 Etagen sogar 300 m!

Diese neuen Wolkenkratzer sollen Erdbeben bis zu einem Grad von 8,5 der Richterskala widerstehen und die Sachverständigen behaupten, dass beide Hochhäuser schon 20 Minuten nach einem Erdbeben wieder „operationsfähig" sein würden.

(siehe Artikel im „El Mercurio" vom 24. August 2008).

Und dies im vollen Bewusstsein der Tatsache, dass die Erdbeben der genannten Stärke durchschnittlich alle 80 Jahre vorkommen.

Über die Flüsse dieser Zone schreibt Subercaseaux folgendes:

„Auch die Flüsse verhalten sich merkwürdig. Trübe und trächtig wegen des mitgeschwemmten Materials wird dieses im Flussbett oder an den Ufern deponiert, und zwar dergestalt, dass durch das Ablagern während der Jahrhunderte die Flüsse gezwungen wurden, höher zu fließen als ihre Täler. Und es ist kurios zu beobachten, dass die Nebenflüsse 200 m unter der Höhe der Hauptflüsse dahinplätschern... Diese kleineren Flüsse haben nicht die Kraft, um solche Mengen von Sedimenten abzulagern wie die Hauptflüsse. Sie bleiben demzufolge tiefer und es dauert eine ganze Weile, bis sie dann in der Lage sind, sich mit dem Hauptfluss zu vereinen."

Die Flüsse dieser Region haben einen wolkenbruchartigen Charakter: Sie werden durch die Regengüsse zu hoch (im Winter) oder sie führen unbedeutende Wassermengen im Sommer mit sich. Wie es auch sei, sie verursachen dadurch große

Schäden, sei es durch die Überschwemmungen oder durch die Trockenheit.

Was **die Brücken** betrifft, so ergeben sich große Probleme, vergleichbar mit den wankelmütigen Menschen, die ihre Meinung ständig wechseln. Auch die chilenischen Brücken wissen nicht, was sie eigentlich wollen: Sie werden plötzlich zu lang oder dann plötzlich zu kurz.

Die chilenischen Flüsse legen die Brücken trocken, wenn sie die mitgeführten Wassermengen verkleinern oder ihr Flussbett einfach wechseln (dies ist wieder eine ihrer Launen oder komischen Einfälle), andererseits greifen sie im Winter, wenn sie enorme Wassermengen mit sich führen, die Dämme (Aufschüttungen) an. Es gibt Fälle wie der des Maipo-Flusses, wo eine enorme Brücke, viel länger als die Flussbreite, darauf wartet, dass der launische Fluss durch die Zufuhr von zusätzlichen Wassermengen wieder eine Breite erreicht, die sie (die Brücke) noch umfassen kann...

Wäre es nicht so, müsste man jedes Jahr eine neue Brücke konstruieren, zumal das Flussbett ständig wechselt.

Was nun die Niederschlagsmengen dieser Zone betrifft, sind diese von der Jahreszeit abhängig, wobei man in all den vergangenen Jahrzehnten davon ausgehen durfte, dass vier Monate des Jahres (Mai bis August) häufige Regenfälle aufwiesen, 2 weitere Monate (April und September) gelegentliche und dass die restlichen 6 Monate (Oktober bis März) niederschlagsfrei waren.

Diese schöne Regelmäßigkeit existiert nicht mehr: Der Klimawandel hat auch Chile erreicht.

Das Klima von Santiago und Umgebung ist ein mediterranes Höhenklima, das sich durch seine Mäßigkeit charakterisiert, mit regulären Temperaturschwankungen zwischen Sommer und Winter. Die Niederschläge - verteilt zwischen den Monaten im Herbst und Winter - erreichen einen Durchschnitt von 384 mm pro Jahr (die Statistik von 1918 spricht von 356 mm für Santiago und 514 mm für Valparaíso, also fast dasselbe).

Der Sommer (Dezember bis März) ist trocken, mit Temperaturen, die dann und wann über 30° C klettern. Der jährliche Temperaturdurchschnitt liegt bei 14° C, wobei der Durchschnitt im Winter 9° C erreicht und der im Sommer 22,7° C.

Die Hauptstadt weist einige klimatische Unregelmäßigkeiten auf: Die Winterstürme sind kurz, aber intensiv und danach scheint die Sonne, wobei dann die Kordillere majestätisch und schneeweiß zum Vorschein kommt, in ihrer Gänze vom Schnee bedeckt, der manchmal auch die höher gelegenen Stadtteile erreicht. Im Sommer ist es tagsüber trocken und warm, um dann in den Abendstunden frisch zu werden: ideal, um dann im Freien etwas zu unternehmen.

Ich erinnere mich an den ersten Sommer in Santiago (Januar - März 1948): Ging ich z. B. spätnachmittags ins Kino, fröstelte ich beim Verlassen der Vorstellung wegen der Kälte, die sich inzwischen festgesetzt hatte. Man hat mir damals gesagt, im Sommer gilt die Regel, sich beim Hinlegen anzuziehen (statt auszuziehen), da die Nächte sehr frisch sein können.

Im Herbst und im Frühling gibt es praktisch keine Winde und da sich die Luftmassen kaum bewegen, ergibt sich eine Schichtung (Stratifikation) der angehäuften Gase, wodurch sich dann der gefürchtete Smog über der Stadt ausbreitet.

Das Land des unruhigen Bodens

Diese Zone zwischen den Breitengraden 35,5 und 38 Süd umfasst ein großes Gebiet zwischen dem Fluss Maule und den Ortschaften Los Sauces/Collipulli, die am Breitengrad 38 Süd liegen.

Die größeren Städte dieses Gebietes sind Linares, Cauquenes, Chillán, Concepción, Los Angeles, Lebu und Angol. Dieses Gebiet umfasst in etwa die heutige Region VIII. (Biobío).

Dass hier die Erde von Subercaseaux als „unruhig" bezeichnet wird, bedeutet nicht etwa, dass diese Zone die Exklusivität hätte, sich mit Erdbeben oder Vulkanausbrüchen rühmen zu können.

Denn: Ganz Chile ist ein Erdbebengebiet, ganz Chile hat überall - von Arica bis Magallanes - „schlafende" Vulkane en masse, die jeden Moment ausbrechen könnten.

Subercaseaux spricht von 140 Vulkanen zwischen dem nördlichsten (Guallatiri) bis zum Vulkan Burney in der Australzone.

Die großen Beben (terremotos) sind ein ungewöhnliches Erlebnis für jeden, der sie vorher nicht kannte. Sie sind eine unerwartete Katastrophe par excellence, der nächtliche Dieb, von dem das Evangelium spricht. Sehr oft geschieht es ohne jegliches Vorzeichen, ohne dass man sie voraussehen könnte.

Nun, was die geographische Seite dieser Zone betrifft, so fällt es vor allem auf, dass sich die Hochkordillere mit ihren Vulkanen (die kaum mehr 4.000 m Höhe erreichen) nach Westen verschiebt und sich somit von der argentinischen Grenze (Wasserscheide) entfernt.

Aber auch die Küstenkordillere ändert sich und erreicht nördlich des Biobío-Flusses höchstens 500 m Höhe, es sind wellenförmige Hügel oder ebene Flächen, sehr günstig für die Land- und Viehwirtschaft.

Das Klima wird hier durch das Wegbleiben von sehr hohen Gebirgsketten beeinflusst, die - wie nördlich hiervon - die Regenwolken aufhielten. Hier regnet es häufig und ausgiebig, ein Segen für die Landwirtschaft. Es gibt hier ausgedehnte Flächen mit Klee, ein exzellentes Viehfutter. Die Bohnen, Erbsen und vor allem die Linsen sind hier zu Hause, aber auch Weizen und Hafer wird kultiviert.

Die Zentralzone ist hier breit und majestätisch, ohne Sperrketten jeglicher Art und erreicht eine Breite von bis zu 80 km.

Was nun die Hydrographie betrifft, so findet man hier Flüsse, die von Westen nach Osten fließen, eine absolute

Ausnahme in Chile, wo logischerweise alle Flüsse von Osten (Anden) nach Westen (Ozean) fließen. Der Grund hierfür ist die bis zu 1.500 m steigende Küstenkordillere, die ein Fließen nach Westen blockiert.

Dieses „Land des unruhigen Bodens" hat drei große Flüsse: der Maule (mit seinen Nebenflüssen Melado und Claro), dann der Itata mit seinem mächtigen Nebenfluss Ñuble und schließlich der imposante Biobío, der seine Wassermengen bei Concepción dem Ozean übergibt.

Was nun seine Länge betrifft, wird der Biobío lediglich von drei Flüssen im äußersten Süden übertroffen (es sind die Flüsse Aysén, Baker und Pascua).

Diese Region mit ihrem unruhigen Boden beherbergt eine große Anzahl von Thermalquellen (Panimávida, Chillán) mit ihrem salzigen, heißen, radioaktiven Wasser, wo viele Kranke Heilung finden.

„Es ist der Vulkan, diese Gottheit, der diese Wunder zustande bringt und der, früher oder später, das Leben dieser Leute beendet, die er vorher geheilt hat, um sie dann um so besser umbringen zu können", sagt Subercaseaux, wobei er das fürchterliche Erdbeben von 1939 in Chillán erwähnt.

Das Land der blauen Spiegel

Der Breitengrad 38 Süd trennt das Land des unruhigen Bodens vom Land der blauen Spiegel, ein Territorium, das in der Vorstellung von Subercaseaux bis Puerto Montt (41° 28´), also bis zur Bucht von Reloncaví reicht. Dieses Gebiet umfasst also die heutigen Regionen IX. (Araucania), XIV. (De los Ríos) und den nördlichen Teil der Region X. (De los Lagos).

Subercaseaux spricht vom Land der blauen Spiegel, obwohl - wie er selbst sagt - eher die grauen und nebligen Farbtöne zur Beschreibung passen würden.

Es stört ihn dabei, dass manche von „der chilenischen Schweiz“ oder vom „südlichen Norwegen“ sprechen, obwohl der Vergleich „chilenisches Japan“ eher passen würde.

Diese Zone beherbergt sechs hydrografische Systeme, die der Flüsse Imperial (auch Cautín genannt), Toltén, Valdivia, Bueno, Maullín und Petrohué. All die genannten Flüsse (mit der einzigen Ausnahme des Río Imperial) dienen als Abzugskanal für eine Reihe von Seen der Kordillere. Der Toltén entwässert den Villarrica-See, der Valdivia (Calle-Calle) gleich 7 Seen (Pellaifa, Calafquén, Neltume, Panguipulli, Pirihueco und - schon in Argentinien - Lacar), der Río Bueno entspringt vom Ranco-See, der Maullín entwässert den Llanquihue-See und schließlich der Petrohué entspringt dem Lago Todos los Santos (auch Lago Esmeralda genannt, wegen seines grünlich schimmernden Wassers).

Das ganze Land der blauen Spiegel ist klimatisch als frisch und regenreich zu bezeichnen. Besonders im Winter regnet es hier fast ununterbrochen und die Wassermengen sind beträchtlich (Valdivia z. B. über 2.700 mm pro Jahr, Osorno 2.000 mm, Puerto Montt auch nahe von 2.500 mm).

Die Tagestemperaturen halten sich im Winter zwischen 0° und 10° C, im Sommer zwischen 20° und - ausnahmsweise - bis oder über 30° C. Der Klimawandel lässt sich auch hier spüren, 2008 war z. B. sehr trocken und die Landwirtschaft litt sehr wegen des Mangels an den sonst üblichen Regengüssen.

Laut Statistik von 1918 hatte Valdivia 160 Regentage pro Jahr, Puerto Montt dagegen 207.

Es ist eine äußerst malerische Zone, die von einer Reihe von imposanten Vulkanen begleitet wird. Zu erwähnen wären der Lonquimay (2865 m), der Llaima (3125 m), der Lanin (3807 m) an der Grenze zu Argentinien, der Villarrica (2840 m), der Choshuenco (2430 m), der Osorno (2652 m) und der Calbuco (2015 m).

Vom Osorno sagen die rund um den Llanquihue-See wohnenden deutschstämmigen Landwirte:

„Hat er einen Hut, wird das Wetter gut,
hat er eine Mütze, gibt es eine Pfütze...“

Das Land der dämmerigen Nacht

Hier geht es um den „Rest“ Chiles, allerdings um einen enorm großen Rest, der (in etwa) zwischen den Breitengraden 42 Süd und 56 Süd liegt: vielleicht der malerischste und stürmischste Teil des Landes.

Dazu gehört nach Osten der schmale Festlandstreifen mit den Ortschaften Hornopirén, Chaitén (2008 vom Vulkanausbruch bzw. von der darauf folgenden Überschwemmung zerstört), Puerto Cisnes, Coyhaique, Cochrane, Villa O´Higgins, die durch die Carretera Austral (Ruta 7) verbunden sind: Es ist eine Schotterstrasse, die noch unter Pinochet gebaut wurde.

Bei Villa O´Higgins ist die Welt zu Ende; der Festlandstreifen wird durch den sogenannten Campo de Hielo Patagónico (= eine enorme Eisfläche, worunter eine Erdschicht oder das Meerwasser liegen), um dann erst im tiefen Süden bei der Estancia la Chilenita wieder auf trockenem Boden zu beginnen: Dort gibt es eine weitere Verbindungsstraße, die über Cerro Castillo, Pto. Natales und Villa Tehuelches nach Punta Arenas führt (Ruta 9).

Zur grossen Eisfläche noch folgendes: Es könnte ja sein, dass durch den Klimawandel (Erderwärmung) diese Eisflächen schneller als erwartet schmelzen und der große Zweifel (Wasser oder Erde) geklärt wird. Die Chilenen hoffen ja, dass unter der Eisfläche fester Boden ist, die Argentinier hoffen dagegen, dass Wasser darunter läge, denn dann hätten sie dadurch Zugang zum Stillen Ozean.

Parallel (westlich) zu diesem schmalen Festlandstreifen liegen Hunderte von Inseln, angefangen mit der großen Insel Chiloé.

Ursprünglich war der Kanal von Chacao, der heute Chiloé vom Kontinent trennt, der Abflusskanal eines großen Sees (heute die Bucht von Reloncaví, südlich von Puerto Montt gelegen). Als sich dann die ganze Region gesenkt hat, wurde Chiloé zur Insel. Mit ihrer Gesamtfläche von 8.394 km^2 könnte sie dreimal das Großherzogtum Luxemburg unterbringen, um dem Leser die Größenverhältnisse anschaulicher zu machen.

Die Bevölkerung - die „Chilotes" - ist eine Rasse für sich: Es sind zwar Indianer, doch weisen sie polynesische Merkmale auf. Sie sind von niedriger Statur, aktiv, freundlich, gute Seeleute und Freunde des Friedens. Subercaseaux kommentiert hierzu:

„Was für ein angenehmes Land wäre Zentralchile, wenn es nur von Chilotes bevölkert wäre!"

Südlich von Chiloé liegt die Inselgruppe Guaitecas, dann der Archipel Chonos und noch weiter Hunderte von Inseln, ein richtiges Gebrösel des westlichen Kontinentalrandes, als ob der Kontinent angefressen worden sei.

Letztendlich kommen wir zum Feuerland mit seinen unzähligen Fjorden, Inseln, Lagunen und Kanälen, um dann bei der Insel Kap Hoorn den Abschluss zu erreichen.

Es ist eine raue, stürmische und finstere Region, die trotz allem auch positive, vor allem malerische Seiten aufweist. Die Urbevölkerung ist ausgerottet, der Seefahrer sieht keine Feuerstellen mehr am Ufer der Kanäle und die dort heute ansässige, angesiedelte weiße Bevölkerung hat auch keine großen Füße (patas grandes) als die namensgebende Urbevölkerung des heutigen Patagoniens (beiderseits der Staatsgrenzen).

Diese enorme Zone gehört heute zu den Regionen X. (der südliche Teil), XI. und XII.

Während Ancud (Chiloé) noch 178 Regentage und eine Niederschlagsmenge von jährlich 2360 mm ausweist, hat Punta Arenas, die Hauptstadt des Feuerlandes, nur noch 119 Regentage mit jährlich 450 mm Regen. Dafür ist aber Punta Arenas auch finsterer (morgens um 9 im Winter ist es noch stockfinster) und kälter, auch windiger.

Im letzten Kapitel seines Buches über die verrückte Geographie Chiles, das er „Finis terrae“ betitelt, erwähnt Subercaseaux zwei Persönlichkeiten, die der Erforschung des Feuerlandes und des südlichen Patagoniens einen enormen Schub gegeben haben: Alberto M. De Agostini und Gunther Plüschow.

De Agostini, der am Anfang meines Buches als erster (Wahl-) Chilene erscheint und jetzt wieder, diesmal sehr ausführlich, hat sich damals, in den Jahren 1913 und 1914, einen Kutter (einmastiges Segelfahrzeug) gemietet und konnte somit auch die kleinsten und engsten Fjorde ausforschen.

Sein Traum war, den Monte Sarmiento als Erster zu besteigen, aber das anhaltende schlechte Wetter machte seine Träume zunichte. Da aber De Agostini zäh war und sein Vorhaben ihn wie eine fixe Idee während seines ganzen Lebens begleitete, gelang es ihm noch in letzter Stunde - er war damals schon 73 Jahre alt! -, seinen Traumberg zu besiegen. Dies geschah während der Expedition von 1956 bis 57 in Begleitung von Clemente Maffei und Carlo Maun.

Dann spricht Subercaseaux vom zweiten großen Forscher, dem wagemutigen deutschen Marineflieger und Seemann Gunther Plüschow, der mit seinem Sportflugzeug die ganze Gegend überflog, vor allem die Kordillere von Darwin, bis dahin weitgehend unerforscht, und lieferte dabei wertvolle Daten und Einzelheiten über diese mysteriöse Region.

Es ist schon auffallend, wie Subercaseaux diesen deutschen Forscher und seine Pionierarbeit lobend kommentiert, wobei er für die Deutschen nicht viel übrig hatte: Kein Wunder in der damaligen Zeit, während des Zweiten Weltkrieges, als die Hitler-Propaganda auch die in Chile lebenden deutschstämmigen Bürger überrollte und viele von ihnen verunsicherte.

Über De Agostini und Plüschow werde ich nachfolgend noch einiges berichten: Sie verdienen es als die großen Forscher und Entdecker des damals noch weitgehend unbekannten Riesenareals von Südpatagonien und des Feuerlandes, die auf den damaligen Landkarten als „weiße Flecken" erschienen...

Alberto Maria De Agostini
(* 2. Nov. 1883 in Pollone † 25. Dez. 1960 in Turin)

Dieser Priester des Salesianerordens war ein Phänomen.

In der kleinen Ortschaft Pollone, in der Nähe von Biella geboren, hatte er als wahrer Piemontese (Piemonte = Fuß des Berges) das Bergsteigen schon im Blute.

Sein älterer Bruder war der Gründer des Geographischen Instituts De Agostini in Novara.

Gleich nachdem er 1909 in die Ordensgemeinschaft der Salesianer Don Boscos eingetreten und zum Priester geweiht wurde, schickte man ihn ins Feuerland, wo die Salesianer schon seit geraumer Zeit tätig waren.

Dort - von Punta Arenas ausgehend - beschäftigte er sich vor allem mit der Missionierung und Rettung der noch übriggebliebenen Indianer (vor allem der Onas) und seine Freizeit widmete er der Forschung und dem Bergsteigen, dies alles verbunden mit den einschlägigen Wissenschaften: So war er als Anthropologe, als Ethnologe und als Geologe tätig, wobei er sich auch als Fotograf und Filmdokumentator einen Namen machte, der unvergessen blieb.

Monsignore Gandini, der Pfarrer von Seregno, beschreibt De Agostini als „unruhig": seine Augen waren ständig in Bewegung, als ob er stets die Weite suchen würde, die Unendlichkeit der Natur. Die Natur, die grandiosen Landschaftsbilder des extremen Südens Südamerikas, faszinierte ihn und ließ ihn nie mehr los.

Vielleicht waren es auch die Träume und Visionen des Ordensgründers Don Bosco, die ihn inspirierten: Möglicherweise war eines seiner Lebensziele, den Beweis zu erbringen, dass diese Träume der (damals noch unerforschten) Realität entspracen.

Der Monte Sarmiento (2404 m), der ihn besonders beeindruckte, ist die westlichste Erhöhung von Bedeutung der Darwin-Gebirgskette, wenn sie auch von dieser durch die Konteradmiral-Martínez-Bucht getrennt ist.

Die erste Expedition, deren Hauptziel die Bezwingung des Riesen Sarmiento war, wurde von vier Leuten durchgeführt: De Agostini, dann der Naturwissenschaftler G.B. De Gasperi und die italienischen Bergführer Abele und Agostino Pession.

Sie mieteten den Kutter „Jupiter", einen kleinen Schnellsegler von 20 BRT mit eingebautem Motor. Der Vorteil dieses kleinen Kutters bestand darin, dass er sich auch in die engsten Fjorde hineinzwängen konnte.

Diese Expedition, die vom 20. Dezember 1912 bis zum 5. Februar 1913 dauerte, war leider - wegen des sehr schlechten, regnerischen und stürmischen Wetters - erfolglos. Zwar kamen sie in die Nähe des Berges, doch sehen konnten sie ihn nur ein- bis zweimal und auch dann nur während weniger Minuten. Immerhin war die Expedition insofern von Bedeutung, weil sie die Bedingungen und Möglichkeiten aufhellte, die für einen zweiten Versuch von Bedeutung waren.

Den ersten Sichtkontakt mit dem Berg, in den Abendstunden des 23. Januar 1913, beschrieb De Agostini wie folgt (s. S. 70 seines Buches „Zehn Jahre im Feuerland"):

„An Bord angelangt, hatten wir schon alle Hoffnung aufgegeben, den Berg an diesem Tage noch zu Gesicht zu bekommen. Da schienen sich, bei untergehender Sonne, die Wolken zu heben, die den Berg verhüllten. Sie wurden dünner und durchsichtiger, bis sich plötzlich in der Höhe hinter dem Dunstschleier ein gewaltiger, kugelförmiger, schneeweißer Turm abhob, den wir im ersten Augenblick für den Gipfel hielten. Während unsere Blicke unverwandt daran hingen, erscheint noch weiter oben, unverhofft wie eine Traumregion, ein spitzer

Kamm und darüber, über steil abstürzenden und trotzdem von Schneewächten überragten Wänden, ein ungeheurer, überhängender Eispanzer.

Das unerwartete Erscheinen des Berges erfüllte uns mit Staunen und Genugtuung. Besonders die Führer waren außer sich vor Begeisterung; nie hätten sie vermutet, dass die bescheidene feuerländische Gebirgskette solche Riesen besäße.

Mit wachsendem Interesse verfolgen wir die Enthüllung des geheimnisvollen Berges; es ist wie das Hochziehen des Vorhanges von einer wunderherrlichen, magischen Szene. Einen Augenblick scheint es, als könnten wir in ätherische Regionen hineinsehen, als blicke der schwindelnd hohe schneeige Gipfel von seinem erhabenen Throne zu uns herab und betrachte neugierig die Ankömmlinge. Aber es war nur ein kurzes Aufleuchten, und die Erscheinung ist verschwunden, bevor wir das Ungewöhnliche, Einzigartige recht in uns aufnehmen können."

Hierüber schrieb De Agostini viele Jahre später noch Folgendes:

„Es ist etwas, was man nie vergessen kann. Als ich, etliche Jahre nach meinen damaligen Reisen, die Möglichkeit bekam, aus der Nähe den 7000 m hohen Berg Aconcagua zu sehen, hat mir dieser Anblick nicht einmal ein blasses Spiegelbild jener starken Ergriffenheit - ein Gemisch von Bewunderung und Erschrecken - hinterlassen, das ich damals angesichts der imposanten Pyramide des Sarmiento fühlte."

Da De Agostini ein Mann war, in dessen Vokabular das Wort „Aufgeben" fehlte, organisierte er schon für den kommenden feuerländischen Sommer (Dezember 1913 bis Februar 1914) eine zweite Expedition, deren Ziel ebenfalls die Bezwingung des Monte Sarmiento war.

Zu diesem Zwecke ließ er die italienischen Bergführer Guglielmo Guglielminetti und Eugenia Piana (aus dem Sesia-

Tal stammend) kommen und heuerte auch die Dienste eines jungen Chilenen an, der für sie kochen sollte.

Diesmal mietete er nicht den „Jupiter" an, sondern nahm das Angebot von Konteradmiral Arturo Cuevas an, der ihm für die Überfahrt bis zum Sarmiento das chilenische Rekognoszierungsschiff *„Porvenir"* zur Verfügung stellte.

Die Expedition mit dem „Porvenir" startete am 15. Dezember 1913 ab Punta Arenas und sie kamen bereits am selben Abend am Fuße des Bergmassivs an.

Nachdem die Ausrüstung in kurzer Zeit von den Seeleuten des „Porvenir" an Land geschafft wurde, fuhr das Schiff wieder ab. Der Kapitän Oscar Ferrari versprach in etwa einer Woche zurückzukehren, um sich nach dem Wohlbefinden der Expeditionsteilnehmer zu erkundigen.

Am 17. Dezember ging es dann los und sie verfolgten zunächst den Verlauf eines ehemaligen Gletscherbaches, dann die Stirnmoränen und endlich kam dann ein imposanter Gletscher in Sicht, den sie zur Erinnerung an den berühmten Astronomen „Giovanni-Schiaparelli-Glescher" tauften. Im Nordwesten überragte den Gletscher ein isoliert stehender, schwarzer Bergkegel, den die Bergführer Corno Nero (Schwarzhorn) tauften. Seinen Namen - auf Spanisch Cuerno Negro - behielt er bis heute. Als sich De Agostini und Co. dort aufhielten, erschien plötzlich durch die zerrissenen Wolken der Sarmiento erschreckend bleich und grauenvoll.

Am 19. Dezember frühmorgens erlaubten die Witterungsverhältnisse einen neuen Versuch, um dem Berg näher zu kommen. Zunächst verfolgten sie denselben Weg, den sie vor zwei Tagen entdeckten, und kamen schließlich bis zum felsigen Kamm, der oberhalb allmählich schmaler wurde und die Form einer gewaltigen Mauer annahm, die zu beiden Seiten von tiefen Felsenschluchten eingefasst war. Danach wurde der Gletscher sichtbar und der Kamm endete in einer scharfen

Spitze, hinter der der majestätische Gipfel des Sarmiento völlig frei hervortrat.

Als aber die Dreiergruppe den Scheitelpunkt des Kammes erreichte und sich an dem grandiosen Panorama ergötzen konnte, mussten sie die schmerzliche Entdeckung machen, dass der Kamm, auf dem sie heraufstiegen, nicht zum Gipfel des Sarmiento führte, sondern über 200 Meter tief senkrecht auf ein schneebedecktes Tal abstürzte.

Diesen Weg hatte seinerzeit zweifelsfrei auch Conway verfolgt, als er mit dem Bergführer Maquignaz seinen Besteigungsversuch des Sarmiento unternahm; De Agostini und seine Leute belegten daher Kamm und Berg mit dem Namen des ersten Eroberers.

Sie konnten hierbei feststellen, dass die Gesamtheit der Kämme und Gipfel einen vom Sarmiento völlig isolierten Berg darstellen, wenn er auch aus der gleichen zyklopischen Grundfläche herauswächst.

Nach dem 20. Dezember 1913 bis zum 11. Januar 1914 gab es durchgehend Regen und Gewitter, so dass die Expeditionsteilnehmer fast ohne Unterbrechung an ihre Zelte gebunden waren. Erst am 12. Januar konnten sie dann einen kurzen Streifzug zum Schiaparelli-Gletscher durchführen. Darauffolgend (13. bis 16. Januar) regnete es dann wieder fast ununterbrochen.

Am 17. Januar 1914 verließen sie bereits um 2:00 Uhr morgens das Lager, um eine Gipfelbesteigung des Sarmiento zu versuchen. Unter extremen Bedingungen gelang es ihnen, um 7:00 Uhr morgens die Spitze des Schwarzhorns zu erreichen. Unverhofft bot sich ihren Augen ein stolzes Panorama: Im östlichen Hintergrund thronte, teilweise von Dunstmassen verhüllt, der Monte Sarmiento; seine gewaltigen Flanken, die Eiskämme und die strahlenden schneeigen Gipfel lagen wie ausgeschnitten frei.

Sie verweilten dort noch zwei Stunden, peilten die umliegenden Gipfel an und fotografierten den Gletscher. Dann begannen sie mit dem Rückweg, zumal das eigentliche Ziel auch diesmal nicht erreichbar war.

Als sie schon beinahe am Strand waren, hörten sie einen langen Pfiff: Das chilenische Rekognoszierungsschiff „Yelcho“ brachte ihnen Lebensmittel und Nachrichten aus Punta Arenas. Sie hätten sich auch gleich eingeschifft, aber die Hoffnung, den Sarmiento zu besteigen, hatten sie noch immer nicht aufgegeben. Sie warteten also, weil sie die Hoffnung auf besseres Wetter noch immer nicht aufgaben, um dann vom Kutter „Jupiter“ abgeholt zu werden.

Während einer Zeitperiode von 35 Tagen registrierten sie im Lager 218 mm Regen, der oben als Schnee niederging. Weitere Versuche, dem Gipfel des Sarmiento näher zu kommen, missglückten.

Am Morgen des 30. Januar 1914 traf dann der Kutter ein, um die Teilnehmer der zweiten Expedition in das Innere des Admiralityfjords zu bringen.

De Agostini organisierte in diesen Jahren auch noch weitere Expeditionen, um die ganze bislang unbekannte Welt des Feuerlandes zu erforschen.

Bereits nach der Aufgabe der ersten missglückten Sarmiento-Expedition, also am 6. Februar 1913, nahmen sie Kurs auf den Keatssund. Sie wollten von dort aus die Bergkette erforschen, die sich vom Sarmiento in östlicher Richtung hinzieht und mehrere Gipfel von bedeutender Höhe - darunter den Monte Buckland mit angeblich 1220m - aufweist.

Als sie nach einer einstündigen Fahrt sich am Ende des Sunds vermuteten, entdeckten sie mit dem Fernglas das Auftauchen einer neuen Meeresstraße, die sich als zweiteilig erwies und zwei tiefe Einschnitte bildete. Der eine Arm verlief nach Süden und der andere, etwas länger und breiter, nach Ostsüdosten.

Es war die Stunde der Entdeckung zweier wunderschöner Fjorde, die nachträglich die Namen **Konteradmiral Martinez-Fjord** (der südliche) bzw. **De Agostini-Fjord** (der südöstliche) erhielten.

Zu Ehren des Italieners, der Magallanes auf seiner Entdeckungsreise begleitete, gab man zunächst dem Letztgenannten den Namen Pigafetta-Fjord, fünf Monate später erhielt er jedoch von den Offizieren des chilenischen Rekognoszierungsschiffes „Porvenir" den Namen De Agostini-Fjord und dabei blieb es dann auch, und mit Recht.

Der De Agostini-Fjord ist am Anfang 5 km breit. Am südlichen Ufer gibt es zahlreiche Gletscher, von denen viele bis ins Meer stürzen.

Die Beschreibung von De Agostini soll hier wortgetreu folgen:

„In diesem abgelegenen Erdenwinkel herrscht ewiges Schweigen. Nur hin und wieder dringt ein langgezogenes dumpfes Getöse an unser Ohr, wenn Eislawinen über Schluchten abstürzen. Dann hallt es wie Kanonendonner weithin in den Tälern wider... Nach neun Kilometern öffnet sich zu unserer Linken... ein weites, grandioses Panorama. Der Fjord erweitert sich und bildet an der Nordküste eine tiefe, halbkreisförmige Bucht, über der im Hintergrund steile, nackte Türme und Pyramiden aufsteigen, die amphitheatralisch ein malerisches Tal umschließen... die Bucht hat eine Länge von vier Kilometern... Entzückt betrachten wir die herrliche Szenerie ringsum, die mit den schönsten Gegenden Europas wetteifern kann; wir nennen die Bucht ‚Zauberhafen' (Puerto Encanto)."

Ein idealer Platz zum Ankern, der auch zum Bergsteigen einlädt. Bei einer Höhe von 800 Metern öffnet sich ringsum ein weiter Panoramablick über eine große Bergkette im Norden und Nordwesten: Es erscheinen drei stolze, massige Bergpyramiden, die in drei gewaltigen Stufen aneinandergelagert sind. Unweit davon steigt wie ein riesenhafter Obelisk ein einzelnstehender, gewaltiger Gipfel auf mit einer geschätzten Höhe von 1800m: Es ist der Monte Buckland.

Und weiter erzählt De Agostini (S. 110):

„Dreißig Kilometer von der Mündung entfernt teilt sich der Fjord in zwei weitere, kleine Arme. Der breitere hält die östliche Richtung bei, der andere verläuft anfangs südlich und biegt dann nach Osten um.

Wir fahren in den südlichen Arm ein, wo ein gewaltiger Gletscher durch eine breite Schlucht der schneeigen Südkette zu Tale kommt. Vom Gletscherende abstürzende Eismassen erfüllen den Kanal so dicht mit Eisblöcken, dass wir gezwungen sind, unsere Fahrt zeitweilig zu verlangsamen ... Nach fünf Kilometern öffnet sich an der Südküste ein höchst malerisches, von steilen Bergwänden eingefasstes Tal, dessen Sohle von einem bunten Blumenteppich bedeckt und mit grünem Gebüsch durchsetzt ist. Alles ist so künstlerisch verteilt, als wenn es eine Meisterhand geordnet hätte. Wir nennen das Tal, Feental´ (Valle delle Fate).“

Ein wahres Paradies bei gutem Wetter, was leider nur selten vorkommt und für den Forscher ein großes Glück bedeutet.

Jetzt noch ein letztes Zitat aus dem Buch „Zehn Jahre im Feuerland“, S. 111:

„Zwölf Gletscher zählten wir auf unserer Fahrt in diesem Fjord, von denen mehrere bis zum Meeresspiegel hinabreichen.

Gegen Abend langen wir wieder in der Encantobucht an und genießen einen herrlichen Sonnenuntergang. In funkelnden und zarten Farben aller Abstufungen umschmeicheln die goldenen Strahlen die rauhen Kämme und Gletscher.

Nirgends habe ich in den Kanälen des Feuerlandes so viele Wunder der Schönheit, so viel Würde und mannigfaltige Pracht, so viel schäumendes Leben und strotzende Kraft auf so kleinem Raume vereint gefunden wie in diesem breiten Fjord, der mit dem viel gerühmten Beaglekanal wetteifern kann, mit dem Punkte am Monte Darwin, wo die acht großen Gletscher prunken.

In seiner vollen Schönheit und Großartigkeit zeigt sich der Fjord erst an ganz klaren Tagen, wenn die Bergriesen des Sarmiento, des Buckland, des Sella, des Giordano und vieler anderer noch unerforschter Gipfel wie die Türme und Giebel eines gewaltigen Festungsbaus über den nahen Ketten thronen. Himmelan stürmen dann die spitzen, blendend weiße Schnee- und Eisgipfel und heben sich strahlend vom kobaltblauen Hintergrund ab.

Für kurze Zeit erwacht dann die ganze Natur aus ihrem todesähnlichen Schlaf, den sie den größten Teil des Jahres über träumt. Sie streift die dichten, dunklen Wolkenschleier vorübergehend ab, um ihr Antlitz endlich einmal dem Lächeln, der Freude zuzuwenden. Der üppige Wald frohlockt in Licht und Glanz und die weite Eisdecke funkelt in einem Meer von Saphir und Smaragd."

Diese und ähnliche Naturbeschreibungen von De Agostini meint Gunther Plüschow, wenn er schreibt:

„Oh, Monsignore de Agostini, der du so viel für die Kenntnis des Feuerlandes tatest, jetzt verstehe ich, was du empfandest, als du diesen Fjord entdecktest, der mit Recht deinen Namen trägt. Niemand hat so herrliche Worte für das Feuerland gefunden, so mit ganzem Herzen, ganzer Seele dieses alles hier empfunden wie du, im Geiste reiche ich dir dankbar die Hand." (Silberkondor über Feuerland, Ullstein 1937, S. 180)

In den folgenden Jahren widmete De Agostini seine Forschungsarbeit der Darwin-Kordillere, deren zentrale, interieure Teile noch nicht entdeckt waren.

In dieser Zeit bestieg er den Monte Olivia (nördlich von Ushuaia) und in der Darwin-Kette bezwang er den Monte Belvedere und den Monte Corbajal.

Damals, in den Zeiten, als man Flugzeuge zu Forschungszwecken noch nicht einsetzen konnte, war die einzige Möglichkeit, sich eine Übersicht aus der Höhe zu verschaffen, die des Bergsteigens.

Am 26. Dezember 1914 fuhr De Agostini mit zwei Begleitern von Punta Arenas nach Ushuaia. Der kleine Dampfer, der sie hinbringen sollte, hieß „Armando" und gehörte der Firma Braun & Blanchard; er verkehrte alle vierzehn Tage zwischen den beiden Städten und konnte dann De Agostini und Co. auch auf der Rückreise wieder mitnehmen.

Die Fahrt von Punta Arenas nach Ushuaia, eine Strecke von rund 600 km, vollzieht sich ausschließlich längs der Kanäle: von der Magallanes-Straße geht es südlich weiter über den Magdalena-Kanal, von dort über den Cockburn-Kanal, wobei die Brecknock-Halbinsel umrundet wird, und dann geht es weiter über den Brecknock-Kanal zur Bahía Desolada und von dort weiter, in östlicher Richtung, über den Ballenero-Kanal und den Pomar-Kanal (beide gehören bereits zur großen Wasserstraße) direkt in den Beagle-Kanal, der sich bis zum Kap San Pio erstreckt.

Ziel dieser kleinen Expedition war, die Umgebung der großen Gletscher Roncagli, Romanche und vor allem Italia auszukundschaften. Vier ganze Wochen verbrachten sie in der Gegend, ohne ihre großen Ziele - die Besteigung des Monte Italia und des Monte Francés - verwirklicht zu haben, und wurden dann vom Dampfer abgeholt.

Zu erwähnen wäre noch die Seereise, die De Agostini bereits im Februar 1912 zum Kap Hoorn unternommen hatte: Ein kleiner Schnellsegler, der Kutter „Garibaldi" hatte ihn dorthin gebracht. Dieser stand unter dem Kommando eines erfahrenen alten Seebären namens Fortunato Beban, von Geburt Dalmatiner, der sich bereits 1893 in Punta Arenas niedergelassen hatte. Damals verbreiteten sich Gerüchte, auf den südlichen Inseln des Feuerlandes befänden sich riesige Goldlager. Deshalb unternahm Beban damals noch allmonatlich Fahrten nach Ushuaia und zu den Inseln Lennox und Nueva.

Zwischen 1916 und 1917 verlagerte De Agostini seine Forschungsarbeit nach Südpatagonien, in die Gegend des Cerro Balmaceda (2035 m), des Fjords Última Esperanza und schließlich in das Umfeld des großen Paine-Massivs.

Hierüber noch später.

Zunächst möchten wir uns mit dem zweiten großen Liebhaber des Feuerlandes und von Südpatagonien beschäftigen: Er war - wie De Agostini - ein fanatischer Forscher, der alle mit seiner Arbeit verbundenen Gefahren in Kauf nahm und schließlich dann auch sein Leben hierfür opferte:

Gunther Plüschow, * 8. Februar 1886 in München † 28. Januar 1931 am Rico- Arm des Lago Argentino, in der Nähe des Gletschers Perito Moreno (Argentinien).

Plüschow verbrachte eine fröhliche Zeit als Kind in Rom, wurde dann 1896 in die Kadettenanstalt zu Plön aufgenommen.

Über seine Liebe zum Feuerland schrieb er selbst in seinem Buch „Silberkondor über Feuerland", Ullstein-Verlag, 1937, S. 122 - 123 folgendes:

„... mich hat dies Feuerland eigenartig gepackt, angezogen, mich geheimnisvoll gerufen, seit frühester Kindheit.

Als ich nämlich vor über dreißig Jahren ins Kadettenkorps gesteckt und damit meiner köstlichen Freiheit beraubt wurde, fiel mir eines Tages, als ich mich besonders stark aus den Mauern und Gittern dieses Gefängnisses heraussehnte - denn ich hatte bis dahin, in Rom aufgewachsen, eine Jugend voll wunderbarster Schönheit und Freiheit genossen -, ein eigenartiges Bild in die Hand.

Auf diesem Bild war ein deutscher Kreuzer abgebildet, der vor einem waldumrauschten Gletscher verankert lag, im Feuerland!

Sofort war meine Kinderfantasie mächtig ergriffen, ich war ja zu Hause in lauter Schönheit aufgewachsen, wie musste daher dieses Bild auf meine empfängliche Kinderseele wirken!

Natürlich hatte ich damals als kleiner Sextaner keine Ahnung, was das Feuerland war und wo es lag, obgleich ich schon viel von der schönen Welt gesehen hatte.

Aber dies Bild packte mich so, wühlte mich innerlich derart auf, dass ich es andächtig aufhob, mir an meine kleine Spindtür heftete, wo es sieben Jahre lang blieb, ein kleiner Tempel, zu dem ich Zuflucht nahm, wenn ich verzweifelt war und, nach Freiheit lechzend, voller Sehnsucht an die weite Welt außerhalb unserer Mauern und Gitter dachte.

Sicher unbewusst für mich, vielleicht Schicksalsfügung, vielleicht logische Folgerung in meiner ganzen Entwicklung, wurde dies Bild bestimmend für mein ganzes Leben, denn ganz zwingend, ganz plötzlich, aber klar bewusst stand in meinem Geiste von diesem Augenblick an: Du gehst später zur See, Du wirst alles daransetzen, eines Tages dieses Feuerland selbst aufzusuchen. Das war um so merkwürdiger, als ich eigentlich bis dahin keinerlei Beziehung zur See gehabt hatte. Und wirklich gelang es mir, mit meiner ganzen Energie, alle Widerstände und Hindernisse zu überwinden. Als sich nach sieben Jahren endlich die roten Mauern für mich öffneten und die Freiheit winkte, konnte ich meinen kleinen Schatz, das nunmehr vergilbte, oft gestreichelte Bild, von meiner Spindtür abnehmen. Der erste Schritt zu meinem Feuerland war getan, als stolzer Seekadett zog ich zur kaiserlichen Marine."

So war dann Plüschow 1906 bereits als Leutnant auf S.M.S. Fürst Bismarck und 1914, kurz vor dem Kriegsausbruch, bekam er seine Flugzeugführerausbildung bei den Rumpler-Werken in Berlin-Johannisthal.

Dann folgte eine wahre Odyssee im fernen Osten, Flugzeugabsturz, Flucht, Gefangenschaft und Rückkehr nach Deutschland, weiterer Dienst und schließlich dann - nach dem Zusammenbruch - schied Plüschow als Korvettenkapitän a.D. aus dem Dienst und versuchte, sich in das zivile Leben zu integrieren.

(Sollte sich der Leser über den soeben beschriebenen Lebensabschnitt dieses außergewöhnlichen Mannes interessieren, findet er alles Weitere in Plüschows Buch „Die Abenteuer des Fliegers von Tsingtau“, Neuauflage 2008, Wunderkammer Verlag, 63263 Neu-Isenburg.)

Nach dem Krieg versuchte Plüschow sich in ein Dutzend von Berufen einzuarbeiten, bis er schließlich Journalist und Reiseschriftsteller wurde. Bereits durch sein erstes Buch über die Abenteuer von Tsingtau hatte er Beziehungen zum Ullstein-Verlag geknüpft und dies war dann für seine weitere Laufbahn von Bedeutung.

Am 15. September 1925 war es dann so weit: Mit dem Viermaster „Parma“ der Reederei F. Laeisz-Hamburg verließ er Deutschland in Richtung Südamerika.

Sein Reiseziel war Chile.

Er selbst beschrieb seine „Ämter“ auf dem Segelschiff als „Photograph, Kinooperateur, Leiter einer aus ihm allein bestehenden Expedition zur Erforschung von ‚ungekurbelten‘ Gegenden Südamerikas, Tippmamsell und Verwalter“ - also: „Mädchen für alles“. Nie scheute er sich vor irgendwelchen „niedrigeren Tätigkeiten“, wenn sie zum Ziele führten.

Ausgerüstet mit den notwendigen Utensilien (Remington-Schreibmaschine, eine Görz-Kamera, dann der „große Kurbelkasten“, also ein Filmapparat, und ein Zeiss-Doppelglas) war sein Ziel, einen umfassenden und dokumentierten Reisebericht zu verfassen und diesen dann veröffentlichen zu lassen.

Die Seereise dauerte an die 100 Tage und er umrundete den südamerikanischen Subkontinent von Süden her, also über Kap Hoorn.

Am 75. Tag der Fahrt, als sie den Falklandinseln am nähesten lagen, blieben sie stehen und veranstalteten eine Ehrung zum Gedenken an das deutsche Kreuzergeschwader: Dort unten, irgendwo, ist das kalte, nasse Grab des Grafen Spee, seiner beiden Söhne und der vielen Seeleute, die gegen die englische Übermacht kämpften und untergingen.

Und an diesem Sonntag erblickten sie auch die wilde, zerklüftete Küste des Feuerlandes!

Dann wurde es ernst: Die gefährliche Route über die Meeresenge Le Maire (zwischen Kap San Diego und den Staateninseln) stand bevor.

Hierüber schreibt Plüschow in seinem Buch „Segelfahrt ins Wunderland", S. 28, Folgendes:

„Als die schützende Landzunge des Kap San Diego eben freikommt, bricht etwas Urgewaltiges über dem Schiff zusammen. Orkanartige Fallwinde fegen plötzlich und ganz unvermutet von Feuerland ab, treffen das Schiff mit unwiderstehlicher Gewalt, werfen es an die Seite, noch tiefer, als es schon ohnehin durch den Nordweststurm liegt. Um das Schiff herum kocht, brodelt, brüllt plötzlich mit ungeheuren grünen Wasserbergen die See, die weißen Schaumköpfe stehen hoch über dem Deck wie aufgesperrte Riesenrachen, wandern auf das Schiff zu, richten sich steil und drohend auf, stürzen plötzlich mit furchtbarem Gebrüll über dem Schiff zusammen."

Die brave „Parma" hat diesen Sturm, den man als „Vorhölle" bezeichnen kann, gut überstanden und die berüchtigte Le-Maire-Straße hinter sich gelassen.

Aber es drohte dann eine neue Phase des Unwetters. Die darauffolgende Szenerie beschreibt Plüschow wie folgt (S. 30):

„Plötzlich, und gerade das ist typisch für dieses Gewässer, springt das Wetter völlig um: nun schneit, hagelt, nebelt, sprüht es um uns herum, der Wind heult urplötzlich durch die

Takelage, nun bricht die Sonne für Sekunden wieder durch, der Wind springt hin und her, mit großer Stärke, gänzlich unbeständig, unzuverlässig, eben segeln wir noch mit Nordwestwind mit fast zehn Meilen durchs Wasser, da heult es in der Takelage, schlagen ganz plötzlich die Segel back, klatschen an die Masten, das Schiff bekommt heftige Böen fast von Lee querein!!

Das ist Kap- Hoorn-Wetter, echtes Hoorn-Wetter, welches diese ‚Gegend' so gefährlich und berüchtigt macht!!

Als sich der Hagel- und Schneeschleier verzogen hat, es ganz plötzlich durchsichtig klar wird, sehen wir - ein Wunder! In nicht zu weiter Ferne an unserer Backbordseite sehen wir ein mächtiges Segelschiff vor dem Winde dahinfegen, mit der groben See kämpfen, hin und her rollen, dass einem angst und bange werden könnte."

Es war ein großer Fünfmaster der Reederei Vinnen, die „Susanne Vinnen".

Wirklich seltsam und eigenartig: Hier, am Ende der Welt, am Kap Hoorn, treffen sich zwei deutsche Segelschiffe ... Grüsse herüber und hinüber. Die „Susanne" teilt mit, dass im Westen ein Sturmgebiet mit orkanartigen Winden läge, aus dem sie noch mit heiler Haut herausgekommen seien. Eine wertvolle Warnung für die „Parma" und... schon erscheint der erste Eisberg in Sicht...

Und es begann ein zäher Kampf um das Kap, Tage und Nächte in Sturm und See, gegen widrigen Wind, gegen Hagel, Schnee, Nebel, bei Sonne und Regen. Die „Parma" schaffte es in etwa zwei Wochen, wogegen andere Schiffe bis zu achtzig Tage und länger kämpfen mussten, um dann aus diesem Hexenkessel herauszukommen.

Vorbei an den dicht bewaldeten Felsenufern fuhr die „Parma" immer gegen Norden, dann, zwei Tage vor Weihnachten 1925 konnte sie endlich in Corral (Hafen von Valdivia) die Anker fallenlassen.

Der erste Besuch kommt an Bord, bringt Blumen, duftende Erdbeeren und die Post.

Die Empfehlung eines alten Marine- und Tsingtauer-Kriegskameraden führt Plüschow in das gastfreundliche Haus von Otto Werkmeister.

Der kontaktfreudige Plüschow hatte bald eine Reihe von Beziehungen, die ihm dann ermöglichten, das Umland näher kennenzulernen.

So besuchte er u.a. auch den Fundo (Hacienda) des Carl Haverbeck in Allipén (nicht weit von Freire) und lernte die prächtigen Ländereien, die angrenzenden Urwälder kennen.

Als Nächstes nahm er sich vor, wenigstens einen Teil des „tiefen Südens“ - also Südpatagonien - kennen zulernen und bestieg in Puerto Montt den Küstendampfer „Apollo“, der ihn über den Smith-Kanal und die Meeresenge „Kirke-Narrow“ nach Puerto Natales, am Eingang des Fjords Última Esperanza brachte.

40 Jahre vorher (also 1886) war der deutsche Kapitän Eberhardt als Erster hiergewesen und hatte die bislang unbekannte Gegend entdeckt, einen wunderbaren Wasserweg zum Festland und ein großes, für die Schafzucht geeignetes Gebiet, wo „jetzt“ (1926) Millionen von Schafen weideten.

Schon wollte Plüschow wegen des schlechten, regnerischen Wetters mit dem „Apollo“ die Rückreise nach Puerto Montt antreten, da lernte er einen deutschen Landsmann aus Hamburg kennen und dieser Richard Lauezzari - der ein Freund fürs Leben wurde - lud Plüschow zu sich ein und überzeugte ihn, in der Gegend zu bleiben.

Lauezzari leitete dort die Schaffarm Cerro Guido, eine der elf riesigen Schaffarmen, die der „Sociedad Explotadora de Tierra del Fuego“ gehörten. Hierüber schrieb Plüschow (S. 84):

„Der Reichtum der Gesellschaft steckt außer im Werte der mehr als zwei Millionen Schafe... im Grund und Boden ihrer elf riesigen Schaffarmen, auf denen diese Schafe leben, und, ganz abgesehen von allem lebenden und toten Inventar, das ein so ungeheurer Betrieb fordert, in den übrigen mannigfaltigen Besitztümern und in den großen Gefrieranstalten, in denen das Fleisch zur Ausfuhr nach Europa verarbeitet wird."

Und weiter:

„Die meisten der elf Farmen liegen auf der Insel Feuerland... drei bis vier in Patagonien, deren unbestritten schönste die Farm Cerro Guido ist... Cerro Guido, die seinen Namen nach dem hinter ihm liegenden Berge hat... liegt ungefähr an der Grenze zwischen Chile und Argentinien, im chilenischen Teil Patagoniens, rund 250 km von Punta Arenas und an die 100 km von der Mündung der Última Esperanza ab."

Die „Explotadora" war eine englische Gesellschaft, alle leitenden Angestellten waren Engländer und die einzige Ausnahme war eben Lauezzari als deutscher Farmleiter.

In diesem von Naturschönheiten geprägten Gebiet wechselten die herrlichsten Bilder in Plüschows Augen, die er natürlich auch mit seiner Kamera, mit Foto- und Filmapparat festhielt.

Ob es nun zwischen den Schafen seelenruhig weidende wilde Strauße waren oder ganze Herden von wilden Guanakos oder auch die großartige, wilde Natur:

Plüschow konnte sich nicht sattsehen.

Aber lassen wir Plüschow selbst seine Eindrücke schildern (S. 93):

„Viele Tage ist´s mir vergönnt, hier in diesem an Wundern unerschöpflichen Bergland zu leben. Welche Überraschung,

wenn von der Höhe eines der Berge der Blick in die Runde schweift. Soweit das Auge reicht, See an See, eine einzige, unendliche Kette kostbaren Geschmeides. Und jeder See hat eine andere Farbe.

Da ist ein See dunkelblau, klar wie der Himmel über mir, schäumend ergießt sich sein Wasser in ungeheuren Fällen in seinen Nachbarsee, der grün wie ein Saphir glitzert, daneben hat ein See dunkelbraune Fluten, ein anderer hat die Farbe weißen Kalkstaubes. Und jeder See hat ein anderes Niveau! Ja, selbst hier, in fast zweitausend Meter Höhe, schimmert noch See an See, in die sich die Gletscher ergießen, und diese Seen sind nicht zugefroren!

*Da ist der mächtige **Lago Sarmiento**, an der anderen Seite der **Lago Toro**, der ihm nichts an Größe und Schönheit nachgibt, im Hintergrund der **Lago Nordenskjöld**, der seine Wasser in zwei mächtigen Wasserfällen nach dem Lago Toro sendet, von wo sie im **Río Serrano** zur **Última Esperanza** und damit zum fernen Meere gelangen.*

*Aber das Wunderbarste ist das gewaltige Gebirge, das sich nun greifbar nahe vor uns auftürmt, das sich die Phantasie ausmalen kann. Von allen Seiten rinnen silbern gewaltige Gletscher herab, ergießen sich, spiegeln sich in den klaren, blauen Seen, riesige Eisbrocken schwimmen, ab und zu von der Masse losgerissen, darin herum. Und an den **Cerro Paine** schließt sich wie eine Kette die übrige Kordillere, da sind erst die ‚Ventisqueros' (Gletscher) de los **Cerros Diablos**, dann kommt **der Cerro Donoso**, der ungeheure **Balmaceda** und, die Kette im Halbkreis nach links schließend, die **Sierra Prat**.*

Ungeheuer sind die Flächen ewigen Eises und Schnees, die bedecken ganze Landteile, die schimmern zu mir herüber, dass mich die Augen schmerzen und ich meine grüne Schutzbrille aufsetzen muss, um schauen zu können.

Noch nie hat eines Menschen Fuß diese Gegend betreten, niemand weiß, was hinter den Eis- und Schneefeldern, hinter den Gebirgen kommt, die nach Westen wieder abfallen müssen, das ist noch alles unbekanntes, unentdecktes Land!

Wann werden diese Rätsel gelöst werden, wer wird der Entdecker sein??!!"

Bevor Plüschow diese wunderbare Gegend verließ, machte man ihm noch ein spezielles Geschenk: eine nächtliche Fahrt durch die Última Esperanza.

Von Puerto Bories, wo die Schlacht- und Gefrierhäuser der „Explotadora" standen, ging die Fahrt in dem offenen Motorboot des Leiters der Anstalt, Mr. Dick, durch das Gewirr der Meeresarme ins Innere.

Nach fünf Stunden Fahrt - das Ende des Armes war noch längst nicht erreicht - stand vor ihnen plötzlich „ein unbeschreibliches, riesiges Etwas", der ungeheure **Cerro Balmaceda** (2035m).

Ein gewaltiges Gebirge ragte aus dem Wasser, von allen Seiten stürzten wie silberne Bäche die riesenhaften Gletscher ins Meer herab; in der sternklaren, windstillen Nacht flimmerte und glänzte das Eis blau und grün aus dem Dunkel der grünen Urwälder, die es umrahmten.

Ein einmaliges Erlebnis, dank der beiden Männer Mr. Dick und Lauezzari, die es ermöglichten. Auf dem Rückweg, bevor sie wieder in Puerto Bories eintrafen, machten sie noch einen kleinen Umweg bis nach Puerto Consuelo, wo der Sohn des legendären Kapitäns Eberhardt samt Familie wohnte. Aufs liebenswürdigste wurden sie dort begrüßt. Nach dem Mittagessen wurden Haus, Garten und Umgebung besichtigt: Das Haus, der ganze Besitz liegt völlig auf einer Insel, gänzlich abgeschlossen von aller Welt, eine Einsiedelei inmitten einer Wüste...

Die schönen Wochen waren vorbei, nun ging es von Puerto Natales nach Punta Arenas und von dort mit dem Dampfer nach Norden.

Nach tagelanger Seereise kam Plüschow dann wieder in Corral (Valdivia) an, wo er wieder einmal die Gastfreundschaft des Hauses Otto und Lucha Werkmeister genießen durfte.

Die nächste „Erkundungsfahrt“ führte ihn - in Begleitung der Eigentümer Eduardo und Ricardo Kunstmann - zum Fundo Copihuelpe, am Fuße des Vulkans Villarrica (2840 m) gelegen. Das ganze große Areal wurde dem Gast aus Deutschland vorgeführt, die riesigen Urwälder, der wunderschöne Calafquén-See, dann ritten sie über Coñaripe zum weiteren Fundo Culan, unweit vom Lago Pellaifa.

Ziel war der sagenhafte Araukarie-Wald in der Hochkordillere, also das Areal zwischen dem erloschenen **Vulkan Quetrupillan** (2009m) und dem (damals) rauchenden riesigen **Vulkan Lanin** (3747m), an der Grenze zwischen Chile und Argentinien gelegen.

Nach einem kurzen Aufenthalt in Valdivia fuhr dann Plüschow mit dem Zug nach Concepción und von dort dann wieder mit der Bahn nach Valparaíso, in dessen Hafen in jenen Tagen der Frachtdampfer „Planet“ der Reederei F. Laeisz, Hamburg lag. Es ist „sein“ Dampfer, der ihn nach Hause, in seinen Heimathafen Hamburg, zurückbringen sollte.

Der „Planet“ hatte dann Zwischenaufenthalt im Hafen von Taltal, einem der wichtigsten Salpeterhäfen. Da dort Plüschow einen ehemaligen Marine- und Tsingtauer Kriegskameraden traf, der das Erbe seines Vaters, des Mitbegründers der „Compañía Salitrera de Taltal“ antrat, und dieser ihn einlud, die Gegend und überhaupt die Salpeterwirtschaft kennenzulernen, beschloss er dort zu bleiben, in der Hoffnung, den „Planet“ später irgendwo noch erreichen zu können.

So kam es dann, dass Plüschow auch diesen Landesteil Chiles besichtigte, zunächst auf einer Kleinbahn fahrend, dann mit ihm zur Verfügung gestellten Begleitern und Pferden immer höher in die Hochkordillere eindrang, die dortigen „Salpeterpampas“ kennenlernte, anschließend mit einem Ford-Lastwagen bis 3.000m Höhe gelangte und auch die dortigen

Bergwerke in Cachinal (Silber) und Guanaco (Kupfer) besuchte.

Weiter oben - ca 4.000m - in der Cordillera Domeyko kam er zu den sogenannten „Aguadas“ (Wassersammelbecken), von denen das Wasser in langen Röhren durch die ganze Wüste zu den Salpeterwerken geleitet wurde.

Weiter oben, in einer Höhe von etwa 5.000m, genoss Plüschow einen unglaublichen Panoramablick, Vulkan an Vulkan, eine ganze Kette von Kegeln, darunter der **Llullaillaco** (6739m) und der damals qualmende **Lastarria** (auch Vulcán Azufre genannt, 5697m), beide bereits an der Grenze zu Argentinien.

In der **Cordillera de Domeyko** ritt Plüschow mit Begleitung und den hochbepackten Maultieren stundenlang zwischen Schluchten und Bodensenkungen, als sie plötzlich ein breites, flaches, vollständig grünes Tal vor sich hatten, und darin floss ein winziges Flüsschen. Es war der Río Frío, der ungenutzt seine Wasser bergab führte. Hier wurde Rast gemacht, Teewasser gekocht und die Maultiere konnten auch begierig zulangen, Gras wie hier hatten sie nur selten in ihrem kümmerlichen Leben!

Als dann die „Expeditionäre“ weiterritten, hörte das Wasser ganz plötzlich und unerwartet auf, war vor den Blicken wie durch Zauberei verschwunden! Nichts deutete auf dieses Verschwinden vorher hin, keine sumpfige Stelle etwa, kein langsames Versanden oder Versiegen ... eines der vielen Wunder dieser rätselhaften Natur (S. 181 - 182).

Nun ging die Reise langsam doch zu Ende. Am Westhang der Cordillera Domeyko kamen sie zu einer neuen Wassersammelstelle, die Aguada del Profeta, mit einigen Blechhütten, sogar ein Weidenbaum stand davor und die Tiere konnten in einem runden Brunnenloch lechzend trinken und dann mussten sie sich draußen an den paar vertrockneten Disteln satt fressen.

Das Ziel war erreicht! Von hier aus ging es weiter bis zur Bahnstrecke, die sich unweit vom Guanako-Berg (Mina El Guanaco) dahinschlängelte - in Richtung Antofagasta. Dort könnte/sollte der „Planet“ auf seinen verschollenen Passagier warten...

Bei der Estación Catalina gab es eine ziemliche Warterei, der „Longitudinal“ (eigentlich ein kleinbahnartiges Vehikel) sollte vorbeikommen, dann hieß es „mañana“ und dann wiederum kam der Zug doch noch und Plüschow konnte mit all seinen Klamotten einsteigen. Der Zug sollte ihn bis Baquedano mitnehmen, dort musste er nämlich auf einen aus Bolivien kommenden Zug umsteigen, damit er dann, bis Antofagasta durchfahren konnte.

Dieser Verbindungszug kam aber nicht, dafür trudelte ein Güterzug ein, der mit Salpetersäcken hochbeladen weiterfahren sollte. Plüschow nahm die Gelegenheit wahr und bestieg mit all seinen Kisten und Paketen diesen Güterzug, dessen Zugführer ihn freundlichst aufnahm, und der müde Reisegast konnte sich zum Schlafen hinlegen.

Es war schon heller Tag, als der Zugführer ihn weckte und auf seine Frage hin, wo sie eigentlich wären, antwortete: In Mejillones!

Plüschow, der eigentlich nach Antofagasta wollte, weil er dort den „Planet“ vermutete, war natürlich erschüttert, und musste schließlich samt Gepäck aussteigen.

Aber welch Wunder! Als er dort saß, umringt von seinen Sachen, wie ein Häuflein Unglück, sah er im dortigen Hafen seinen „Planet“, der dort friedlich vor Anker lag. Eine halbe Stunde später lief dann der „Planet“ aus dem Hafen von Mejillones in Richtung Arica, also bis zum letzten Hafen Chiles im Norden.

Plüschow, der eigentlich ein organisierter Mensch war, hatte doch einen Zug von Unbekümmertheit und vor allem Glück.

In Arica durfte Plüschow aussteigen, da er sich mit einem besonderen Erlaubnisschein versah, und verbrachte den Tag in der damals noch kleinen Stadt. Die Stimmung war gerade in jenen Tagen sehr angespannt: Es war die Zeit der Volksabstimmung wegen der Zugehörigkeit von Tacna und Arica. Das Ergebnis kennen wir heute: Chile musste Tacna an Peru abtreten, behielt dafür Arica, und Bolivien ging leer aus.

Als der „Planet“ dann Arica verließ, verabschiedete sich Plüschow in Gedanken von Chile, von all den vielen lieben Menschen, die er dort kennengelernt hatte, und als sich die Dämmerung langsam über die kahle, braungraue Küste senkte, rief er zur Küste noch ein letztes Lebewohl: Chile, ich komme wieder!

Die inzwischen durchgeführten Erkundungen von De Agostini (1916 - 1929)

Während sich Plüschow noch im Kriegsdienst befand und später, nach dem Kriegsende, den Weg in das zivile Leben suchte, hatte sich De Agostini ein neues Forschungsgebiet ausgesucht: Diesmal ging er nach Südpatagonien, wo er - im chilenischen Teilgebiet, nordwestlich von Puerto Natales - das damals noch weitgehend unerforschte Areal näher untersuchen wollte.

Vor allem wollte er die Umgebung des imposanten Berges **Balmaceda** (2035m), die angrenzende Bucht **Última Esperanza** und das beeindruckende Massiv **Torres del Paine** unter die Lupe nehmen.

Anhand der uns vorliegenden damaligen Beschreibungen von De Agostini ist gut verständlich, dass die letztgenannte Gebirgskette den Salesianer Missionar stark beeindruckte, sowohl wegen der Herrlichkeit der Berggipfel als auch wegen der überwältigenden Naturschönheit des ganzen Ambientes. Die Region der Bucht von Última Esperanza stufte De Agostini als einen Winkel des irdischen Paradieses ein, der während langer Zeit den menschlichen Augen verschlossen war.

De Agostini hat dorthin verschiedene Reisen unternommen und in seinen Büchern hinterließ er uns wunderbare Beschreibungen, begleitet von prächtigen Aufnahmen.

Bezüglich des Paine-Massivs hat er folgende treffende Formulierung gebraucht:

„Diese Gegend ist eine der wildesten und großartigsten. Urwälder, Seen, Flüsse, Kaskaden bilden den Sockel dieses fantastischen vieltürmigen Kastells, mit gigantischen Stützmauern und gepanzerten Eismassen versehen, gekrönt von Bergspitzen schauerlichen Anblicks, die so viele Verlockungen für verwegene Bergsteiger bieten."

(Aus TECPETROL, Cuadernos Patagónicos –
el Padre De Agostini y la Patagonia - 8. Juni 2009).

1929 betrieb De Agostini die Erforschung des äußersten, noch nicht bekannten Teilstücks der Paine-Bergkette, welches schon wegen seiner perfekt runden Form von Moyano - der dies aus der Ferne betrachtete - mit dem Krater eines erloschenen Vulkans verwechselt wurde.

Im selben Jahr überquerte De Agostini die Sierra de los Baguales, eine massive Bergkette, die das Paine-Territorium vom Lago Argentino trennt. Diese gebirgige, abgesonderte und wilde Gegend eröffnete dem Forscher neue und ungewöhnliche Bilder, der diese schwierige Strecke in nur sieben Stunden schaffte, indem er von der Viehgroßfarm „Los Leones" (auf der chilenischen Seite) bis zur Großfarm „Anita" (am Ufer des Lago Argentino liegend) ritt.

Von einer unglaublich schönen Landschaft in eine andere noch unerforschte, zauberhaft ansprechende Gegend getrieben, erweiterte sich langsam der Horizont der Wünsche und Interessen des Salesianers, so dass er sich im Zeitraum zwischen Dezember 1930 und Januar 1932 immer mehr zum Lago Argentino orientierte und zu den Gletschern, die, sich im Innersten der Kordillere ernährend, ihre Eismassen in den Lago Argentino ablieferten.

Und dies ist der Zeitpunkt, zu dem Plüschow auch in derselben Gegend war und wo er zusammen mit seinem Flugbegleiter und treuen Freund Ernst Dreblow bei einem Flugzeugabsturz den Tod fand.

Die Expedition von Plüschow nach Feuerland und Südpatagonien
(1927 - 1929)

Jetzt kommen wir zu der sehr gut durchdachten und noch besser organisierten Expedition Plüschows, die er ab 1. Januar 1927 vorbereitete, indem er begann, betuchte Sympathisanten für seine Idee zu gewinnen - heute würde man sagen, um Sponsoren zu bekommen. Briefe über Briefe flatterten ins Land, Gesuche, Bitten, Pläne; er lief von Zeitung zu Zeitung, von Filmgesellschaft zu Filmgesellschaft und als der Frühling ins Land kam, trudelten auch langsam die Antworten ein: Eines war besonders positiv, das Antwortschreiben des Ullstein-Verlags.

Durch Ullsteins Zusage und durch eine Sammlung und Spenden konnte dann Plüschow einen 16 Meter langen Segelkutter, ausgestattet mit einem 50-PS-Deutz-Diesel-Motor, in einer Büsumer Werft in Auftrag geben, der dann auch fristgerecht fertig gebaut werden konnte. Der Kutter erhielt natürlich den Namen „Feuerland"...

Simultan zu diesem ersten Teilstück seines Expeditionsplans gewann er auch die Unterstützung seiner Freunde für ein Wasserflugzeug Heinkel HD-24 (5m breit, Doppeldecker) mit BMW-4-Motor, das er „Tsingtau" taufte und das dann in Teilstücken eingepackt und behütet von seinem Freund und Flugzeugmechaniker Ernst Dreblow (den ihm die Firma

Askania ausgeliehen hatte) mit dem Dampfer „Planet“ nach Punta Arenas geschickt werden sollte, was dann auch plangerecht vonstatten ging.

Plüschows Frau Isot war natürlich geschockt, als sie erfuhr, dass ihr Mann auch noch mit einem Flugzeug in der Feuerlandregion herumfliegen wollte.

„Fliegen, ausgerechnet Fliegen, und dazu noch im Feuerland, denkst du denn gar nicht an uns, hast du noch nicht genug, dass du vor und im Kriege fünf Jahre lang geflogen bist, willst du denn durchaus ins Unglück rennen?!“

(Wie recht sie hatte, die arme Frau Isot! Der tödliche Flugzeugabsturz 1931 war natürlich ein schreckliches Unglück für die Witwe und den kleinen Sohn, für die Forschung und Wissenschaft bedeuteten jedoch die Aufklärungsflüge des wackeren Fliegers einen großen Schritt nach vorne, auch wenn der Einzug Plüschows in die Liste der großen Forscher des Feuerlandes und Südpatagoniens für die Hinterbliebenen nur als schwacher Trost galt.)

Dann war es soweit: Am 27. November 1927 begann die Seereise mit dem Expeditionskutter „Feuerland“ von Büsum nach Punta Arenas im südlichen Chile.

Als Steuermann fungierte der erprobte Seemann Paul Christiansen (ein „Büsumer Kind“, von Beruf Hochseefischer); auch Seppl Schmitt, ein alter Kap-Hoorn-Fahrer, war dabei, auch er stand abwechselnd am Ruder, dann gehörte noch zur Mannschaft Kurt Neubert (als Kinooperateur), den man wegen seines roten Hemdes „Garibaldi“ taufte, und schließlich noch Harry Stoll, der Schiffsjunge. Es war eine eingetrimmte Mannschaft, jeder half in der Not jedem aus, jeder sprang für den anderen ein.

In der ersten Etappe der Reise war auch noch Isot Plüschow dabei, wie gerne hätte sie ihren Mann nach Chile begleitet, nur gab es dann diese grässlichen Nordsee- und Atlantikstürme, die ihr dermaßen zusetzten, dass sie letzten Endes in Lissabon ausstieg und mit der Cap Arcona nach Hamburg zurückfuhr.

An einem Sonntag, den 21. Oktober 1928 erreichte die kleine „Feuerland" Kap Vírgenes, kurz vor dem Eintritt in die Magallanes-Straße. Magallanes selbst taufte den Eingang der Seestraße so: Als er dort vorbeifuhr, war es ein Sonntag und im Kirchenkalender der Feiertag der heiligen Ursula und ihrer elftausend jungfräulichen Gefährtinnen. Daher dann der verkürzte Name „Vírgenes" = Jungfrauen.

Beim Einbiegen in die Seestraße hatte Magallanes möglicherweise schon den Instinkt, den Durchgang zum Stillen Ozean gefunden zu haben.

Und so stand auch Plüschow an diesem Oktobertag 1928 (auch ein Sonntag!) vor dem Tore seines Sehnsuchtstraumes. Für einige kurze Augenblicke, als die Wolken sich verzogen, sahen sie plötzlich das Feuerland, keine Fata Morgana, sondern etwas wie eine ungeheure Gralsburg mit Zinnen und Zacken, weiß leuchtenden Domen und Türmen und glitzernd wie reines, flüssiges Eis. Dann lag glühend die Abendsonne darauf, die Farben wurden allmählich blasser und die Wolken zogen sich schließlich zusammen.

Der in den Kisten verpackte Heinkel-Doppeldecker vom Typ HD 24 wurde von Plüschow und Dreblow bis Dezember 1928 zusammengebaut und war somit einsatzbereit.

Zusammen mit dem Segelkutter „Feuerland" verfügte nunmehr Plüschow über zwei Fahrzeuge, die er für seine Erkundungen allein oder kombiniert einsetzen konnte. Ein großer Vorteil, wenn man an De Agostini denkt, der für seine See-reisen irgendwelche Kutter anmieten oder als Reisender irgendeinen Dampfer benützen musste. Und vom Flugzeug war damals noch keine Rede. Seine Stärke war: sein ungebrochener Wille, seine Ausdauer und seine große Erfahrung im Alpinismus (hier: Andinismus).

Was nun das Fliegen über das Feuerland oder Südpatagonien betrifft, so war dies ein Kunststück, das vom Piloten viel Geschick, Erfahrung und vor allem auch Glück einforderte.

De Agostini, der erst 1937 - das erste und letzte Mal - die Region des Berges Balmaceda und die Paine-Kette überflogen hatte, kommentierte das Fliegen über diese Gebiete wie folgt:

„Die Luftfahrt über diesen südlichsten Sektor der Anden ist eine der schwierigsten in dieser Welt... die Windböen... sind fürchterlich kraftvoll und schwindelerregend und verursachen während ihrer Entfaltung Luftlöcher und kräftige Wirbel, die imstande sind, das Flugzeug Hunderte von Metern nach unten zu drücken."

Plüschow beschrieb in seinem Buch „Silberkondor über Feuerland" die enormen Schwierigkeiten, die so einen Flug über Südpatagonien kennzeichnen, wie folgt:

„Böen, Winde, Stürme und dicke, rasende, tief hängende Wolken. Gebirge, die eben noch sichtbar waren und von mir angeflogen wurden, sind plötzlich verschwunden. Stattdessen Regen, Schnee, Wolken um das Flugzeug herum. Ich muss abdrehen zur sonnenbeschienenen Pampa, mühselig gegen den Gegenwind ankämpfen, eineinhalb Stunden lang mit dem Wasserflugzeug, irgendwo dort zwischen Skyring, Otway, Laguna Blanca, Kordillere, Pampa umherkreuzen. Eben über Bergkuppen hinweggefetzt, getorkelt, herabgeworfen, wieder von unsichtbarer Gewalt zur Höhe emporgezogen, dachte ich in meinem Innern: Herrgott, wie hält das Flugzeug das bloß aus, es müsste ja in der Luft eigentlich auseinandergerissen, zertrümmert werden!" (S. 202)

Trotz all dieser Schwierigkeiten begann es mit der Fliegerei über Feuerland und Südpatagonien relativ früh: Am 23. August 1914 drehte der Franzose Omar Page als Erster überhaupt einige Ehrenrunden über Punta Arenas, um dann, einige Tage später, sogar Kap Hoorn zu überfliegen.

1916 folgten ihm die Chilenen Fuentes und Castro, die mit ihrem Bleriot von 80 HP die Magellanstraße überquerten: Ganze 23 Minuten dauerte der Überflug.

Nach dem Ersten Weltkrieg entstand der Aero Club von Punta Arenas, dessen Flugzeug - ein SVA von 220 PS - am 21. Mai 1921 die erste Flugpostbeförderung in der südlichsten Region Südamerikas ausführte: Der Pilot M. Pozzatti brachte einen Postsack von Pta. Arenas nach Río Gallegos, Argentinien.

Die zweite Postbeförderung im Feuerland - im November 1928 - wurde von den unzertrennlichen Plüschow und Dreblow ausgeführt, sie schafften die Strecke Punta Arenas - Ushuaia (280 km) in knapp 1 Stunde 45 Minuten.

Beim Rückflug hatten sie weniger Glück: Sie gerieten in eine Sturmzone und mussten stundenlang gegen die Widrigkeiten kämpfen, bis ihnen schließlich das Benzin ausging und sie an der Nordspitze der Dawson-Insel notlanden mussten.

Es war schon abenteuerlich: Plüschow musste gute 30 Kilometer zu Fuß und dann reitend von Puerto Valentin bis Puerto Harris zurücklegen, die Küste entlang oder teilweise durch den Urwald, bis er am Ziel war: Dort traf er nämlich den Chef der großen Schaffarm der Insel Dawson, Mr. Morrison, einen Engländer - wie die meisten seiner Kollegen der „Explotadora“ -, der ihn aus der Notsituation befreite: „Naphtha“ hieß das Zauberwort, sprich: Benzin.

In der Tat, aus den Restbeständen eines inzwischen geschlossenen Sägewerkes, das auch über ein Motorboot verfügte, fand Mr. Morrison noch zwei Kisten, das sind vier Dosen, also etwas über 70 Liter Benzin. Diese Menge reichte dann exakt für die restliche Flugroute bis Punta Arenas – ca. eine Stunde Flug.

Wieder einmal hat Plüschow Glück gehabt!

Für die Feuerlandflüge diente Plüschow „der Hafen der Träume“ als Basis. Dies war die am 6. Februar 1913 von De Agostini entdeckte Bucht gleich am Eingang zum De Agostini-Fjord, die er „Puerto Encanto“ taufte - „Zauberhafen“.

Dort, wo sich der Fjord erweitert und an der Nordküste eine tiefe, halbkreisförmige Bucht bildet, befindet sich eine vorspringende felsige Landzunge, die eine zweite, kreisförmige Bucht einschließt. Eine ideale, geschützte Bucht mit einer Länge von vier Kilometern.

In diesem Zauberhafen konnte sich dann Plüschow einrichten: Er diente als Basis für weitere Unternehmungen und als Stützpunkt für den Segelkutter „Feuerland“ (als Mutterschiff) und den Doppeldecker.

Weihnachten 1928 verbrachten Plüschow, Dreblow und seine Seekameraden auf der „Holzpantine“, ein Kosename für den Segelkutter „Feuerland“.

Die Witterungsverhältnisse hatten sich in der Zwischenzeit gebessert, so dass sowohl das Segelschiff als auch das Flugzeug ihre Arbeit wiederaufnehmen konnten.

Am 31. Dezember 1928 flogen dann Plüschow und Dreblow los, gefolgt von dem Segelschiff „Feuerland“ unter dem Kommando des Steuermanns Paul Christiansen. In nur 15 Minuten erreichten sie bereits Puerto Harris auf der Insel Dawson und warteten dort auf das Eintreffen ihres Mutterschiffes, das noch in der Silvesternacht ebenfalls eintraf.

Mr. Morrison und seine Leute luden sie alle zu einem grandiosen „Asado“ (Lammspießbraten) ein, wobei auch reichlich „vino tinto“ herumgereicht wurde.

Aber die günstige Wetterlage ließ Plüschow nicht in Ruhe: Schon am Neujahrstag 1929 flog er mit Dreblow weiter, gewappnet natürlich mit ihren kostbaren Geräten, zu denen vor allem ein Bell & Howell-Filmapparat und eine Zeiss-Luftkamera gehörten.

Viele Wochen mussten sie auf diese Möglichkeit warten: Bei strahlendem Sonnenschein begrüßte sie der Gipfel des Sarmiento-Berges, De Agostinis Traumberg, der sich normalerweise hinter dicken Wolken verbirgt.

Nach getaner Arbeit flogen sie dann weiter, in ihre Traumbucht (Puerto Encanto), wo sie verschiedene Tage wegen des Regenwetters ausharren mussten. Dann traf auch das Flugzeugmutterschiff „Feuerland" ein.

In jenen Tagen erlebten sie ein weiteres Wunder: Auch der Buckland kam aus den Wolken zum Vorschein.

Plüschow war begeistert:

„... statt des Gewölks steht plötzlich mitten im leuchtendblauen Himmel, umstrahlt von der Sonne, ein ungeheurer Klotz, aus leuchtendem, schimmerndem Eis. Wie ein Himmelskeil kommt er aus der blauen Flut herauf, es ist der Hauptgipfel des Monte Buckland, der sehr selten von Punta Arenas aus als eine feine, spitze, schimmernde Nadel zu sehen ist. In Wirklichkeit ist er aber ein mächtiger, aus einem einzigen Stück viel gefällteten Eises bestehender Keil.

Wie lange sind wir schon hier? Noch nie haben wir bisher diese vierte Spitze, den Kern des Monte Buckland gesehen, für mich ist dieser Himmelskeil unzählige Male schöner und großartiger als der König der Berge, der Monte Sarmiento, obgleich er ‚nur' 1800 Meter hoch ist, aber als einziger freier Keil senkrecht aus dem Meer steigt. Er ist wie eine stolze Königin, die nicht zu ihrem Gemahl, gleich gegenüber, auf der anderen Seite des Kanals, gelangen kann, aus Trauer darüber sind beide wohl immer verhüllt, schauen sich nur manchmal an, wenn die Sehnsucht sie überwältigt!"

Nicht nur als Offizier der kaiserlichen Marine und als Militärflieger machte er sich einen Namen: Als er 1919 den Militärdienst als hochdekorierter Korvettenkapitän quittierte, entpuppte er sich als Schriftsteller, Forscher und Entdecker; ein unruhiger Geist, der die Natur liebte und immer mehr von dieser schönen Welt sehen, miterleben wollte.

Er war aber auch - man lese nur das obige kurze Zitat - ein wahrer Poet, er konnte wunderbar formulieren, mit seinem reichhaltigen Wortschatz jonglieren.

Bevor seine Mission in Feuerland zu Ende ging, leistete er noch Unglaubliches.

Februar 1929 kam es zum **großen Feuerlandsflug**: Eigentlich war es eine kombinierte Operation, bei der auch der Segelkutter „Feuerland" seinen wertvollen Anteil hatte.

Eine günstige Wetterlage ausnutzend überflog er den grössten Teil des Feuerlandes, vom Sarmiento im Westen über das Buckland-Massiv die ganze Darwinkordillere - das eigentliche Rückgrat des Feuerlandes - und weiter nach Osten bis Ushuaia und südlich davon die Insel Navarino und die Insel Hoste, an deren Südspitze sich das falsche Kap Hoorn befindet. Und natürlich überflogen sie auch das „richtige" Kap Hoorn.

Als sie das falsche Kap Hoorn überflogen, sahen sie dort plötzlich einen einsamen Menschen stehen und winken: Es war „Garibaldi", der Kameramann, den die „Feuerland" hier zu Filmaufnahmen ausgesetzt hatte...

Inzwischen sammelten sich wieder düstere Wolken am Firmament, dann jagten aber die Wolken wieder weg und plötzlich lag das Kap Hoorn da. Wir zitieren:

„Schäumende Brandung umtobt das Kap, es fällt steil ins Meer wie ein hohes Vorgebirge, nur wenige Meter über der Kaphöhe brausen wir dahin. Als ich nach unten sehe, stehen dort wieder Menschen, sie pflücken Blumen, winken lachend zu uns herauf. Es sind meine Fahrtgenossen der ‚Feuerland', hinter der Insel, in einer geschützten Bucht, liegt auch die Holzpantine.

Die Holzpantine und der Silberkondor am Kap Hoorn!"

Eine wahre Krönung der Operation *„Transfeuerlandflug"!*

Der Rückflug bzw. die Rückreise der „Feuerland" nach Punta Arenas verlief problemlos. Als ob das Feuerland den Expeditionsteilnehmern den Abschied besonders schwer machen wollte. Ein weiteres Zitat:

„... da schaut auch wahrhaftig das königliche Paar hüllenlos grüßend zu uns hinüber, der König Sarmiento und die Eiskönigin Buckland, wir grüßen stumm hinüber, nun beziehen sie sich wieder mit ihren dichten Schleiern..." (S. 197)

Es hilft aber nichts: Telegramme vom Ullsteinhaus riefen Plüschow nach Hause zurück. Soll die Arbeit seiner langen Reise überhaupt noch einen Wert und Erfolg haben, muss er heim. So musste er seine persönlichen Wünsche zurückstellen und auf die so sehr ersehnte Rückreise mit der „Feuerland" verzichten. Die Entscheidung, seine brave, alte Holzpantine zu verkaufen und sich von seinen wackeren Fahrtgenossen zu trennen, fiel ihm unsagbar schwer.

Da sich zufällig ein Kaufinteressent präsentierte, schlug Plüschow zu und verkaufte schweren Herzens sein Schiff.

Die „Feuerland" sollte von nun an für die Falklandinseln eingesetzt werden.

Christiansen avancierte zum Schiffskapitän, Seppl Schmitt wurde Steuermann, Harry Stoll - der Schiffsjunge - kehrte nach Deutschland zurück. Und Willy, der im Feuerland angeheuert wurde, blieb einfach dort.

So behielt Plüschow für seine bevorstehende Tätigkeit in Südpatagonien seinen treuen Flugbegleiter Dreblow und Kurt Neubert („Garibaldi") als Kinooperateur.

Inzwischen war es schon Mitte März 1929 und Plüschow befand sich wieder als Gast im Hause seines Freundes Lauezzari, der die Schaffarm Cerro Guido leitete.

Sein Flugzeug befand sich in einer kleinen, geschützten Sandbucht des Lago Sarmiento, in der „Tsingtau-Bucht“. Dort hinzugelangen war unheimlich schwierig, es war „eine der allerschwersten Flugstrecken“ seines Lebens.

Letztendlich lief alles bestens und es wurde in der Nähe der Bucht mithilfe von Lauezzari und seinen Leuten ein Lager („Campamento“) eingerichtet, also Zelte aufgeschlagen und alles, was zum täglichen Leben gehört, herbeigeschafft. Sogar ein Sohn der Pampa, der Jüngling Narciso Álvarez, wurde ihnen zur Verfügung gestellt, der für das leibliche Wohl der Flieger sorgte und dabei auch als „Mädchen für alles“ sämtliche notwendigen Arbeiten erledigte.

So wurden Plüschow, Dreblow und „Garibaldi“ mit Hammelfleisch versorgt, es gab zum Frühstück, zum Mittagessen und zum Abendbrot immer wieder den so köstlich schmeckenden „Asado“ (Hammel am Spieß).

Hier, in diesem „Campamento“ musste man ausharren, auf besseres Wetter hoffen, um den großen Abenteuerflug ausführen zu können: **die Bezwingung des Paine-Massivs**.

Zweimal versuchte inzwischen Plüschow sein Glück, zweimal flog er los, um den Cerro Paine zu erobern. Nach Stunden, fast erfroren, musste er immer wieder umkehren. Entweder waren die Fallböen zu schwer und er konnte das Flugzeug nicht mehr bei der Kälte halten oder der Berg bezog sich im letzten Augenblick oder der Wassersammler leckte mal wieder und sie mussten abbrechen.

Endlich kam der Tag, das Barometer stieg senkrecht nach oben und der Himmel war klar. Seit Wochen endlich zum ersten Male wieder ...

Zitat: *„Ein riesiger japanischer Lampion erscheint über der Kimm - der feuerrote Sonnenball. Ich starte direkt in die Sonne hinein, wir sind rot übergossen von diesem Licht, die Silberschwingen leuchten blutrot auf, im Augenblick, wo sich der Unterrand der Sonnenscheibe von der Pampa löst, heben wir uns mit den Schwimmern vom Wasser ab, nun steigen wir beide - Sonne und Flugzeug - in den blauen Äther."*

Und weiter:

„Ich bin jetzt schon dreitausendfünfhundert Meter hoch, was soll mir da noch groß passieren!... Und plötzlich sind wir mittendrin in der Hölle. Die unsichtbare Geisterhand packt das Flugzeug, zerrt und rüttelt, stößt und schiebt. Gut, dass wir so sicher auf unseren Sitzen festgeschnallt sind.

Mit aller Kraft muss ich arbeiten, damit das Flugzeug nicht im Kreise gedreht wird.

Ich schaue ab und zu auf die Füße, ob sie auch noch das Seitensteuer bedienen, trotzdem sie längst Eisblöcke sind.

Nun werden wir mit plötzlicher Gewalt auf unsere Sitze gepresst, ich fühle direkt, wie das Flugzeug gehoben, emporgerissen wird, was uns jetzt gefasst hat, sind keine Böen mehr, das sind saugende, nach oben gerichtete Luftstrudel. Mahlströme der Luft, die sich wie unsichtbare Windhosen, wohl als Luftdruckausgleich zwischen diesen Gebirgen und der Pampa bilden... Wie lange dieser Zustand gedauert hat, kann ich nicht sagen. Ich habe ja mit meiner Maschine genug zu tun, um sie in der Luft zu halten, vielleicht waren es nur Sekunden, aber in solchen Lagen merkt man erst, wie lang eigentlich eine Sekunde ist.

Plötzlich ist der Zug nach oben vorüber, das Flugzeug liegt wunderbar ruhig in der Luft, das Geistergebiet ist hinter uns, der Höhenmesser zeigt über viertausend Meter!

Da werfe ich mein Flugzeug rum, ich weiß, der Cerro Paine hat sich ergeben!

Wir sind nun direkt über dem Paine selbst!

Fantastisch ragen seine Felszacken in den Himmel, Hunderte von Metern streben sie wie Orgelpfeifen in die Luft, Eis, Schnee, rötlicher, kahler, senkrechter Fels, Gletscher, furchtbare Schluchten und Täler und tief, tief unten, wo die Füße des Riesen in Dutzende von verschiedenfarbigen Seen tauchen, leuchten herbstlich gefärbte Urwälder. Nach Norden zu aber, hinter einem breiten, eiserfüllten Tal, beginnt die Eiszeit selbst.

Nach allen Richtungen umkreise ich den ganzen Paine-Gebirgsstock, bis fast zum Balmaceda geht´s südwärts, dann über den Lago Gray mit seinen schwimmenden Eisblöcken, über riesenhafte Gletscher hinweg, östlich bis fast zum großen Lago Argentino... Ich winke Dreblow zu, sich mit den Aufnahmen zu beeilen, das Benzin geht zur Neige, mir wird eigenartig müde im Schädel, die Kälte frisst mir fast die Beine auf. Da ist Dreblow fertig... Nun stelle ich langsam den Motor ab, über dem Paine zieht sich bereits ein neues Unwetter zusammen. Vielleicht ist er ärgerlich, dass er heute, nachdem er Jahrmillionen so trotzig dagestanden hat, von winzigen Menschen auf gebrechlicher Libelle... bezwungen wurde.“

Inzwischen war es schon Ende April 1929, also befand sich die Dreiergruppe - Plüschow, Dreblow und Kurt Neubert - bereits seit sechs Wochen in Südpatagonien.

Nach der Bezwingung des Paine-Massivs kam bei Plüschow erst recht der Appetit: Er wollte noch in das Hinterland schauen, also ins Gebiet, das auf den heutigen Landkarten als **Campo del Hielo Sur** (Südliches Patagonisches Inlandeisfeld) bezeichnet wird.

Und er hatte Glück: Wieder einmal kam in dieser Zeit, eigentlich schon inmitten des Spätherbstes - ein strahlender Tag. Da gab es kein Zögern und der Silberkondor stieg in die Höhe.

Zitat:

„Viertausenddreihundert Meter zeigt mein Höhenmesser. Ich werfe das Flugzeug rum, Kurs Nordwest. Zwischen Lago Argentino und dem Cerro Paine will ich heute durchbrechen und über das unerforschte Land gelangen.

Wie ein ungeheurer schimmernder Spiegel liegt rechts... der Lago Argentino... etwas weiter rechts davon der nächstmächtige See, der Lago Viedma...

Und in diese Seen, in die meerweite Pampa, die sie umgibt, fällt fast senkrecht, mit unerhörtem Steilsturz die Hochkordillere. Wie eine einzige weiß schimmernde Mauer aus glitzernden Zuckerwürfeln liegt sie in ihrem Winterkleide jetzt unter uns. Langsam schiebe ich mich auf diese Mauer zu, wir sind ja an die tausend Meter höher. Ihre Mauern, Zinnen und Wachtürme kommen näher... fast wellenförmig steigt die Kordillere von Osten aus zu ihrer höchsten Höhe empor. Und alles ist schimmerndes Eis!

Nun befinde ich mich mit meinem Flugzeug mitten über dem Gebiete zwischen dem Lago Argentino und der Wolkenbank im Westen, die sich ungefähr über den Kanälen ballt und langsam auf uns zurollt.

Wie in einem Traum sitze ich in meinem Flugzeug.

Was wir hier sehen dürfen, ist von unbeschreiblicher Größe und Schönheit und Erhabenheit. Wie trunken starre ich um mich, schaue nach unten, nach allen Seiten, zu den Zinnen und Türmen, zu den unendlichen Gletschern, zu den in der Ferne schimmernden blauen Seen, schaue Eis, Eis, Eis, das ist die Eiszeit selbst.

Nichts als eine Einzige, zusammenhängende, alles ausfüllende, alles bedeckende, schimmernde und leuchtende Eisschicht, auch nicht ein einziger Stein, nicht ein einziger Fels, kein offener See schaut aus diesem Eis heraus." (S. 227 - 228)

Und Plüschow jubelt:

„Aber schön, wunderschön ist es doch, als erster Mensch ein Land zu erschauen, zu erforschen, das seit Urbeginn des Weltalls unberührt, unentweiht, von keinem Blick geschaut, unter der Sonne liegt. Vielleicht sind die wirklichen Kondore die einzigen, die hiergewesen sind, bis unser Silberkondor es mit seinem Orgelgebraus ihnen gleichtat." (S. 228)

Die Mission war erfüllt: Plüschow war der Erste, der das Feuerland, dieses unglaubliche Wirrwarr von Bergen, Schluchten, Fjorden, Kanälen und Seen, mit all seinen Einzelheiten aufnahm, in seinem Kopf registrierte und erlebte.

Jetzt war es an der Zeit, heimzukehren und die Arbeit von fast zwei Jahren auszuwerten: An die fünfundzwanzigtausend Meter Film und ein neues Buch sollten dem interessierten Leser bzw. Zuschauer eine neue Welt zeigen, die bislang den Augen der Menschheit versperrt war.

Der Moment des Abschieds war gekommen, aber es sollte ein „Auf Wiedersehen!" werden und Plüschow dankte den guten Freunden Lauezzari und Mr. Dick für die wertvolle Hilfe, ohne die ein Erfolg in dieser Größenordnung nie möglich gewesen wäre.

Schon auf dem Weg in die Heimat, den er über Puerto Montt antritt, besuchte Plüschow auch seine Freunde in Valdivia und war auch in Osorno, wo er sich in das Gästebuch der dortigen Deutschen Schule eintrug:

„Der deutschen Schule in Osorno weiteres ‚Glück ab!' (Fliegergruß). Den 9. Mai 1929. Gunther Plüschow."

Dreblow blieb noch in Patagonien, um den Silberkondor zu zerlegen und einzupacken; auch „Garibaldi", um letzte Aufnahmen von den Straußvögeln und Guanacos zu machen, danach kehrten auch sie zurück nach Deutschland.

Zuletzt noch eine Information, die wir aus Wikipedia entnehmen:

„Im Jahr 2006 wurde Plüschows Expeditionsschiff Feuerland, das viele Jahre auf den Falkland-Inseln (Islas Malvinas) beheimatet war, von seinem neuen Besitzer wieder nach Deutschland zurückgeführt. Der Förderkreis Kulturdenkmal Expeditionsschiff Feuerland hat sich zur Aufgabe gemacht, den Forschungskutter Feuerland als Expeditionsschiff von herausragendem zeitgeschichtlichem Wert sowie als technisches Kulturdenkmal einer bestimmten Bauweise zu renovieren, weitmöglich historisch korrekt zu restaurieren und zu seiner Erhaltung beizutragen."

Eine schönere Nachricht kann man, wenn man die Forschungsarbeit Plüschows richtig einschätzt, gar nicht vorstellen.

(Nähere Informationen über die sonderbare Geschichte des Segelkutters „Feuerland", der vom neuen Besitzer den Namen „Penelope" erhielt, findet der Leser in der Neuauflage des Buches „Silberkondor über Feuerland", aktualisiert und fortgeschrieben von Hans Georg Prager - Verlag E. S. Mittler & Sohn GmbH, Hamburg, 2007, S. 206 f).

Die zweite Expedition Plüschows nach Patagonien (1930 - 1931)

Endlich konnte Plüschow im Juli 1929 seine Frau Isot und den damals elfjährigen Sohn Guntolf in die Arme schließen. Er gönnte sich nur eine kurze Ruhepause, da er ja das im Feuerland und in Südpatagonien gesammelte riesige Material filmlichen und bildlichen Inhalts aufarbeiten musste. So hatte er in relativ kurzer Zeit sein neues Buch „Silberkondor über Feuerland" fertiggestellt und gleichzeitig auch seinen abendfüllenden Dokumentarfilm (Kultur-Stummfilm) vorbereitet.

Der Erfolg sowohl des neuen Buches als auch des Dokumentarfilmes war überwältigend. Er wurde wie ein Star herumgereicht und auch vom Reichspräsidenten v. Hindenburg empfangen.

Die Erfolge des Buches und des Filmes brachten Plüschow in die finanzielle Lage, seine weiteren Pläne voranzutreiben.

Im Juli 1930 ging er mit Dreblow auf dem Dampfer „Baden" in See. Er nahm seinen Film und 2.000 Exemplare der spanischen Ausgabe seines Buches mit.

Sein Film wurde auch in Buenos Aires aufgeführt.

In Chile wurde Plüschow begeistert empfangen. Nach der dortigen Filmaufführung wurde er dem Staatspräsidenten Carlos Ibáñez del Campo vorgestellt.

Zur damaligen Zeit war er wohl der populärste Deutsche in Chile.

Am 16. Oktober 1930 traf Plüschow auf dem Seewege in Puerto Natales ein, wo ihn Dreblow mit der Hiobsbotschaft empfing, dass dem Flugzeug die letzten achtzehn Monate bedeutende Schäden „bescherten": Vor allem war die linke untere Tragflächenhälfte durch Korrosionsschäden und Rattenfraß schwer in Mitleidenschaft gezogen worden. Was tun?

Zunächst telegrafierte Plüschow an das Flugzeugwerk in Warnemünde und bat um die rasche Zusendung einer neuen Tragflächenhälfte, dann stoppte er die Bestellung, zumal allein der Dampfer mit den Ersatzflügeln 40 Tage unterwegs sein würde, und dies wäre ein nicht zu gewinnender, unsinniger Wettlauf mit der Zeit!

Schließlich gelang es Dreblows Fingerfertigkeit, die Beschädigungen der beschädigten Tragdeckhälfte wenigstens provisorisch zu beheben.

Am 13. November 1930 war dann der „Silberkondor" wieder flugklar.

Plüschow flog zunächst allein zum Sarmiento-See, zum alten Ankerplatz und wartete dann auf Dreblow, der dort das alte „Campamento" aufbauen sollte.

Als Weihnachten heranrückte, zwangen lange anhaltende Stürme die Männer an der „Tsingtau-Bucht", im Zelt zu verbleiben. Erst danach konnte die Wasserlandung auf dem argentinischen See Viedma durchgeführt und dort das Fluglager II. angelegt werden.

Nach dem Ende der Schlechtwetterphase konnte Plüschow erstmals den Berggipfel des 3.444 m hohen Fitz Roy überfliegen und sich ans Nordufer des Lago Argentino heranpirschen. Dort, in einer für seine Zwecke geradezu idealen Bucht, richtete er ein weiteres Brennstoffrelais als Zwischenlager II.a ein, um eine weitere Notlandemöglichkeit zu schaffen.

Noch vor Jahresende gelang Plüschow und Dreblow der ganz große Flug: Der gesamte südliche Teil des sogenannten Südlichen Patagonischen Inlandeisfeldes (mehr als die Hälfte der gesamten unbekannten Kordillerenwelt) konnte erschlossen werden. Trotz widrigster Witterung - Schnee, Hagel, heftige Fallböen usw. - wobei Plüschow streckenweise auch Blindflüge riskieren musste, konnten sie landen. Die Ausbeute war: 80 Luftfotos, 200 m Film und rund 250 km² unerforschtes Gebiet aufgedeckt!

Über die weiteren Ereignisse in diesem neuen Schicksalsjahr 1931 gibt es in Plüschows Logbuch weitere Eintragungen, die schon Schlimmes vorahnen lassen.

Reparatur an einer Kühlerpanne, dramatischer „Luftkampf" mit angreifenden Kondoren. Tage später erreichten sie wieder ihr Notlager, wo sie um Mitternacht des 20. Januar von einem fürchterlichen Sturm durcheinandergewirbelt wurden. Er entwurzelte ringsum das Strauchwerk und warf das Flugzeug kopfüber auf den Strand.

Einer weiteren Eintragung vom 22. Januar entsprechend wurde das Flugzeug wieder flottgemacht. Dann ging aber ihr Zelt einfach unter und sie mussten sich förmlich eingraben, als Dach verwendeten sie die Motorhaube, die Propellerhüllen und ein Stück Segeltuch. Schlussbemerkung hierzu:

„Es scheint, als ob wir langsam auseinanderbröckeln, aber das Wichtigste: Betriebsstoff, unsere Apparate und Lebensmittel sind intakt und... wir sind gesund!“

Trotz dieser erbärmlichen Situation war der Wille beider Flieger auch weiterhin ungebrochen. Am 24. Januar heißt es im Logbuch:

„Auf dieser Patagonien-Flugexpedition 1930/31 bin ich eben wieder vier Stunden unterwegs gewesen. Eisbarren, Kanäle, Seen, Landteile, immer wieder Neues, Unbekanntes, Niegeschautes, Unerforschtes glitt unter uns dahin und nur aus den dunklen Kammern unserer Kino- und Fotoapparate werden einst die Bilder auferstehen, die wir als erste Menschen hier sahen.“

Unter dem Datum 25. Januar hieß es, sie hätten alles zusammengepackt, es sollte ihr letzter Flug werden.

„Wer weiß, ob Wetter und Wind weitere Aufstiege gestatten. All unnötiger Ballast bleibt zurück... nur einige Lebensmittel und viel, viel Reserve-Benzin nehmen wir mit. Wir wollen einen langen Flug antreten.“

Am 26. Januar schrieb dann Plüschow:

„Knapp zweieinhalb Stunden sind wir gestern geflogen. Über diesem Höllenkessel, in dem wir jetzt sitzen, packt ein unheimlicher, nie erlebter Luftstrudel die TSINGTAU und schmeißt sie... mit aufklatschenden Schwimmern auf diesen kleinen Bergsee. Es war fast ein Absturz. Der linke Schwimmer hat ein kopfgroßes Loch unter der Wasserlinie. Ein spitzer Klippenfelsen hat ihn aufgerissen. Der Tümpel hier ist knapp dreihundert Meter breit. Rundum fast achthundert Meter aufragende

Steilfelsen, ein Loch, ein tiefer Spalt - kaum ein Kilometer lang. Wir sitzen in der Mausefalle."

Findig, wie eben Dreblow schon immer war, rettete er den Silberkondor vor dem Absaufen. Sechs Stunden schufteten die beiden, halbnackt, um wenigstens einen Teil ihrer Kleider trocken zu haben - in dem eiskalten Gletscherwasser!

Am 27. Januar 1931, fünf Uhr morgens, immer noch im Felskrater:

„Meine Hände sind frostgestarrt, können kaum den Bleistift halten. Aber ich muss alles aufschreiben - für später. Oder - vielleicht gar - für die Nachwelt? Dreblow meinte gestern abend halb im Scherz, halb im Ernst: ‚Na, unsere Lieben daheim werden sich wohl bald die Versicherungssumme ausbezahlen lassen können.' Ich habe ihn nur sehr ernst und abweisend angeblickt. Solche Redensarten liebe ich nicht - sie machen nur den Willen und das Herz weich - Kopf hoch! ist meine Parole. Dabei bleibt es."

Nachmittags um 17:00 Uhr konnte Plüschow dann endlich seinen Silberkondor zum Wassern bringen, der Motor sprang an. Er rollte dann mit dem Flugzeug vorsichtig bis zum See-Ende, um einen möglichst langen Anlauf zu haben, aber im selben Moment sprang der Wind um und er musste die ganze Länge zurück. Es heißt dann im Logbuch:

„Langer Anlauf, bis die Schwimmer sich vom Wasser lösen - dicht vor der gegenüberliegenden Felswand reiße ich sie hoch und herum - fast wie ein Looping presche ich zurück. Erreiche langsam zweihundert, dreihundert bis vierhundert Meter, zehn Minuten dauert das - aber dann fliege ich wie ein gefangener Vogel in seinem Käfig immer in derselben Höhe hin und her - gewinne keinen Meter mehr - von oben drücken Winde

uns mit eiserner Faust nieder. Wirbel, die sich von den Bergkämmen herab nach unten über uns stürzen."

In der darauffolgenden Nacht haben beide Flieger abwechselnd Nachtwache gehalten.

Noch um 10:00 Uhr morgens, am 28. Januar 1931, saßen die beiden gefangen im namenlosen Felskrater. Eine letzte Eintragung im Logbuch:

„Wir müssen jetzt starten! Ich nehme direkten Kurs Süd-Süd-Ost! Über die beiden großen Querriegel, das Gletscherplateau. Will direkt durchfliegen bis Lager II.a am Argentino See. Vor elf müssen wir hier aus dem Loch heraus sein! Schätze, dass wir dann spätestens zwei Uhr alles überstanden haben. Ich will hier heraus! Ich will und werde!! Ist der Fliegertod unser Fliegerlos, dann nicht hier!"

Unsere Kenntnisse über die zweite Expedition entnahmen wir aus der überarbeiteten Neuauflage des Buches „Silberkondor über Feuerland", aktualisiert und fortgeschrieben von Hans Georg Prager (2007), der die Geschehnisse dieser Expedition akribisch und sehr detailliert zusammengefasst hat.

Im Kapitel „Das bittere Ende" lesen wir Folgendes:

„Es war den Fliegern tatsächlich gelungen, aus der Falle herauszukommen und den Argentino-See zum Zwischentanken aus Kanistern wieder zu erreichen. Dann setzte man den Flug fort. Offensichtlich befand sich das Schwimmerflugzeug D-313 TSINGTAU bereits beim Landeanflug auf die Wasserfläche des südwestlichen Argentino-Nebenarmes Brazo Rico, als sich das Schicksal der beiden Feuerland-Flieger erfüllte. Die ‚kranke', nur behelfsmäßig reparierte linke Untertragsfläche gab den Belastungen nach, die Maschine ‚montierte ab', wie man in der Fliegerei zu sagen pflegt.

Hirten auf der nahe gelegenen Farm beobachteten, wie das Flugzeug in 600 m Höhe plötzlich erzitterte, über den linken Flügel (!) abrutschte und, sich dauernd überschlagend, in den See stürzte. Aus dem trudelnden Flugzeug sprang eine Person ab, die sich mit den Händen an dem sich öffnenden Fallschirm festhielt, jedoch losließ, wohl infolge Versagens der Kräfte. Sie wurde später als Ernst Dreblow identifiziert.

Wenige Sekunden später löste sich ein zweiter Körper vom Flugzeugrumpf, an dessen Schwanz-Leitwerken sich die Fallschirmleinen verhedderten. So zog die abstürzende TSINGTAU Gunther Plüschow in die Tiefe."

Eine weitere Version beschreibt den Unfall wie folgt:

„Die genaue Unfallstelle befand sich am äußeren Südende des Lago Rico. Sie flogen in Richtung nach María Antonia am Lago Argentino, als das Höhensteuer brach. Beim Absprung blieb Plüschows Fallschirm hängen, der von Dreblows öffnete sich zu spät." (www.Flieger-Album.de, 2003 - 2009)

Sicherlich ist es „des Schweißes der Edlen wert", nach dem Verbleib des Filmmaterials von 1930/31 zu forschen, dessen belichtete Filmrollen (mit Ausnahme der letzten unmittelbar vor dem Absturz abgedrehten) von Lauezzari zum Weiterversand zum deutschen Konsulat nach Punta Arenas gebracht wurden. Mit hoher Wahrscheinlichkeit haben sie Deutschland erreicht, aber noch fehlt jede Spur von ihrem Verbleib (entnommen der oben angegebenen überarbeiteten Neuauflage des Buches „Silberkondor ...").

Die weiteren Forschungsarbeiten von De Agostini (1930 - 1960)

Ob sich De Agostini und Plüschow irgendwann und irgendwo trafen und einen persönlichen Kontakt anknüpften, ist hier nicht bekannt.

Auffallend sind aber die Interessen, die beide offenbarten und die völlig identisch waren. Desgleichen gibt es im Leben beider Forscher eine Menge von Parallelitäten, die nicht einfach dem Zufall zuzuschreiben sind.

Beide liebten leidenschaftlich die Natur und vor allem das Feuerland und Patagonien. Beide begnügten sich nicht mit dem schon Erreichten und wollten immer mehr. Mehr sehen, mehr ergründen, mehr forschen. Nicht nur bis zur Ecke gelangen, sondern auch um die Ecke schauen.

De Agostini und Plüschow hätten auch Brüder sein können, sie waren beinahe gleichaltrig, der Salesianer ist am 2. November 1883 geboren und der Marine-Pilot am 8. Februar 1886: Ein Altersunterschied von etwas über zwei Jahren.

Und sie hätten sich auch verständigen können: Italienisch war De Agostinis Muttersprache und Plüschow hatte seine Kinderjahre in Rom verbracht.

Beide hatten eine innere Unruhe, die sie charakterisierte und immer weitertrieb. Sie begnügten sich nie mit dem schon Erreichten, so grandios dies auch war.

Interessant ist auch zu beobachten, wie sich die Interessen beider Forscher immer mehr gegen Norden richteten: Nachdem das Feuerland „abgehakt" war, wollten sie das Gebiet um die Torres del Paine und danach die beiderseits der Anden liegenden unerforschten Landteile Chiles und Argentiniens unter die Lupe nehmen, also das Südliche Inlandeisfeld und die argentinischen Seen, angefangen mit dem Lago Argentino, dem Lago Viedma, dem Lago San Martin/Lago O´Higgins nebst Gebirgsketten der beiden Länder.

Ein Husarenstück lieferte De Agostini, als er in Begleitung von Dr. Egidio Feruglio und den Bergführern Croux und Bron am 14. Januar 1931 (also exakt 2 Wochen vor dem Absturz von Plüschow) den Monte Mayo (2430 m) bezwang, von wo er sich ein herrliches Bild der ganzen Umgebung verschaffen konnte. Hierüber schrieb er:

„Ein großartiges Panorama, unbeschreiblich wegen der tiefen Ausdehnung des Horizonts und wegen der erhabenen Großartigkeit von Hunderten von Berggipfeln ... es sind die ersten Blicke eines Menschen, die diese eisigen Einöden betrachten, einerseits fröhlich verzückt und anderseits verblüfft und andächtig ergriffen ...Gierig richten sich die Blicke über jene unermessliche Ausdehnung von Schnee- und Eismassen und Berggipfel, die durch die kristallene Transparenz der Atmosphäre und das glänzende Sonnenlicht noch klarer erscheinen, wobei ich versuche, deren Geheimnisse zu erforschen."

Anschließend, zwischen dem 24. Januar und dem 13. Februar 1931, fand auch **die erste Überquerung des südlichen Inlandeisfeldes** statt, und zwar durch dieselbe Vierergruppe. Sie schafften es, vor allem die Eisfelder des enorm großen Gletschers Upsala zu bezwingen. Im weiteren Verlauf dieser Überquerung entdeckten sie einen weiteren Gletscher, den sie „Bertacchi" tauften, und anschließend die immense Hochebene, der sie den Namen „Meseta Italia" gaben. Als Krönung dieser Expedition bezwangen sie auch noch den bislang uneroberten Monte Torino, der ihnen den Blick bis zum Fjord Falcón und zu den Küsten des Stillen Ozeans gewährte.

(Erst viel später, in den Jahren 1955 - 56, fand dann eine weitere Überquerung des Inlandeisfeldes statt, als nämlich eine Gruppe der Royal Geographic Society mit H.W. Tilman und dem Chilenen Jorge Quinteros die Route zwischen dem Fjord Calvo bis zum Lago Argentino absolvierte.)

Bereits 1931 konnte De Agostini die elegante Pyramide des **Monte Fitz Roy** aus der Nähe betrachten. Damals notierte er:

„Aber die eindrucksvollste Anziehungskraft kann der Monte Fitz Roy beanspruchen ... Er ist der Herr dieser ganzen weiten Bergregion, wie der Cervino, etwas bescheidener, was seine Höhe betrifft, doch kein bisschen furchterregender wegen der steil senkrechten Form seiner Wände und der Erhabenheit seines Gipfels. Der Fitz Roy ist zweifelsohne einer der schönsten und eindrucksvollsten Berge der patagonischen Kordillere ...“

Aber diese ganze grandiose Gegend ließ De Agostini immer wieder zurückkehren, es war nicht nur die Anziehungskraft des Monte Fitz Roy (3375 m), sondern auch der benachbarte Cerro Torre (3102m).

Sicherlich ausgehend von dem Städtchen El Chaltén suchte De Agostini die Nähe beider Berge. Einer seiner Wanderwege führte entlang des Flusses Fitz Roy und endete an der Laguna Torre, wo er sein Basislager einrichtete. Dieses sogenannte „Agostini Camp“ (früher Bridwell genannt) ist bei den heutigen Trekkingtouren sehr beliebt: Hier einen Sonnenaufgang zu erleben gehört zum Schönsten, was Patagonien zu bieten hat.

Eine weitere Expedition führte der Salesianer zusammen mit dem Bergführer Carrel (der in Aosta beheimatet war) durch und diesmal folgten sie dem Verlauf des Río Eléctrico, wo sie in der Nähe eines gigantischen Felsbrockens auch ein Basislager einrichteten. Dieser Fels heißt bis heute „Piedra del Fraile“ (Stein des Mönchs) und wird von den Trekkern ebenfalls gerne besucht.

Das nächste Ziel des Forschers war die Region des Lago San Martín, dessen Fortsetzung auf der chilenischen Seite Lago O´Higgins heißt.

Als Ausgangspunkt für seine Streifzüge benutzte er hier die Viehgroßfarmen „La Ramona“ und „Los Ventisqueros“: Verschiedene Monate des Jahres 1937 verbrachte er hier.

1937 war aber auch das Jahr, in dem De Agostini das erste (und letzte) Mal für seine Forschungsarbeit ein Flugzeug benutzen konnte. Sein Flug über den Monte Balmaceda und über das Paine-Gebiet erlaubte ihm, eine enorme fotographische Dokumentation zusammenzutragen, die viele Jahre lang für die Erforschung dieser Gebiete von außerordentlicher Wichtigkeit war.

Sein Pilot bei diesem historischen Flug war Franco Bianco, einer der Förderer des Aero Club von Punta Arenas, Sohn italienischer Einwanderer, die auch aus Piemonte stammten.

Am 13. April 1937 war es dann so weit. Das Wetter war günstig und sie flogen aus Puerto Natales ab. Der leichte Eindecker der Marke „Saturno" erreichte schnell eine Höhe von 2000 m und schon waren sie im Tal zwischen dem Balmaceda und dem Cerro Prat.

„Plötzlich spüre ich, dass der Apparat nach unten sackt und senkrecht in ein Vakuum stürzt, als ob er seine Flügel verloren hätte, fünfzig, hundert Meter tiefer? Franco hat mir danach bestätigt, dass es etwa zweihundert Meter waren.

Kaum habe ich mich aus dem Schock wegen dieses akrobatischen Saltos erholt, als uns eine unsichtbare Kraft rasend schnell nach oben drückt in Form eines fürchterlichen Aufstiegs. Der Saturno zittert und schwankt, stürzt ab und erhebt sich wieder, als ob er einem gigantischen Seegang ausgeliefert wäre...

Franco beherrscht meisterhaft und sicher sein Flugzeug und beantwortet meine ängstlichen Fragen, wobei er mir versichert, dass wir - nachdem wir diesen Engpass passiert haben - in eine ruhigere Zone gelangen."

Und schon sind sie **über dem Paine-Massiv**.

„Er (der Paine) fesselt unseren Blick durch die Schönheit und Erhabenheit seiner zahlreichen Pyramiden, Türme und Helme, die ihn als eine gigantische gotische Kathedrale erscheinen lassen... Franco holt alles aus seinem Motor heraus und schon erreichen wir die Höhe von 3200 Metern...

Überall sieht man nur Eis und ewigen Schnee, ganze Bergketten erscheinen, die auf keiner Landkarte zu finden sind und wo man nur die Bemerkung lesen kann: ‚unerforscht'... Jetzt werden unsere Augen unwiderstehlich durch einen riesigen Eisstrom abgelenkt, der von der Kordillere, in schrecklichem Durcheinander, wieder ausgewürgt wird."

Der Flug setzte sich fort, schon sah man den Lago Argentino, den Monte Mayo und dann drehte das Flugzeug nach Norden, um über das kontinentale Eisfeld zu gelangen.

„Noch nördlicher verbreitet sich der enorme Eisstrom des Gletschers Upsala, umringt beiderseits von Bergen, die schneebedeckt sind und von welchen sich der beeindruckende Turm des Fitz Roy, hochragend und dominierend, besonders hervortut.

Wir traten in das mysteriöse Königreich der weißen Einöden ein, wo der Wind und die Stürme herrschen, aber heute ist alles Licht und tiefe Stille, die lediglich durch das Motorgeräusch gestört wird.

Ich verbleibe versunken vor diesem bezaubernden Spektakel und genieße schon jetzt die Freude, die letzten Geheimnisse dieser ewigen Eisfelder aufdecken zu können."

Der Flug dauerte vier Stunden, der „Saturno" erreichte seine Basis und De Agostini war sich dessen bewusst, dass er nunmehr den letzten Pinselstrich auf seinem jetzt komplett bemalten Forschungsgemälde vollzogen hatte.

Aber dies war dann doch nicht alles.

Im Frühjahr des Jahres 1943 - in Europa tobte noch der Krieg - machte sich De Agostini, um einen seiner Träume - die Bezwingung des **Monte San Lorenzo** (3706m, an der Grenze Argentiniens mit Chile, wo er „Cochrane" heißt) - zu erreichen. Da es unmöglich war, aus Europa Bergführer zu engagieren, trat er mit dem Club Andino de Bariloche in Verbindung und siehe da, der Schweizer Alexander Hemmi und Heriberto Schmoll waren bereit, ihn zu begleiten.

Der Cerro San Lorenzo ist der zweithöchste Berg Patagoniens und eines der großartigsten Bergmassive, die die Länder Chile und Argentinien zu bieten haben. Wie eine gigantische Trutzburg ragt die weit nach Osten vorgeschobene kastenförmige Gestalt des Berges über die argentinische Pampa auf.

Dank der inzwischen gebauten Zufahrtstraßen auf der argentinischen Seite kam die Dreiergruppe schnell in das Zielgebiet, nur musste noch das Eintreffen des für das Unternehmen erforderlichen Materials (immerhin 500 kg) abgewartet werden.

Dann richteten sie ihr Basislager neben dem Bach (arroyo) San Lorenzo ein und - das unglaublich schöne Wetter ausnutzend - ein weiteres Vorhutlager auf der Höhe von 2320 m. Am 3. Dezember 1943 fand dann der erste Versuch statt, sie erreichten die Höhe von 2925 m, mussten dann aber wegen des plötzlich auftretenden Schlechtwetters zum Basislager zurückkehren.

Ab dem 14. Dezember gab es wieder gutes Wetter, sodass die Gruppe losging und wieder nur bis zum Vorhutlager gelangte. Dort harrten sie bis zum 17. Dezember aus und setzten den Aufstieg bei gutem Wetter fort.

Diese letzte Aufstiegsphase war keineswegs einfach: technische Schwierigkeiten, Schnee und Eis und immer wieder der Gedanke eines möglichen Wetterumschwungs begleiteten sie.

„Unsere Blicke richten sich besorgt gegen die Bergketten, die sich am Horizont erheben, um uns zu vergewissern, dass sich die Anzeichen des guten Wetters festigen."

Während der letzten Phase des Aufstiegs wurden sie durch dicken Nebel verhüllt, der die Bergsteiger in konstanter abwartender Anspannung festhielt, die erst oben, beim Erreichen des Zieles, nachließ.

„Drei Stunden sind bereits vergangen, seitdem wir diesen Aufstieg an der vereisten Wand (nordwestlicher Abhang) begonnen haben und Hemmi, der sehr vorsichtig voranschreitet, mich immer wieder fragt: Auf welchem Punkt befinden wir uns jetzt?“

Als sie dann in der Nähe des Gipfels waren, verflüchtigte sich der Nebel für kurze Zeit, so dass sie den Hauptgipfel erkennen konnten.

„Es erscheint vor uns in südlicher Richtung, in ihrer ganzen Würde und Erhabenheit, die großartige Spitze des San Lorenzo. Unser Innerstes wird durch einen freudigen Schauder ergriffen, während wir wie im Chor ausrufen: der Gipfel, der Gipfel!“

16:30 Uhr:

„Hemmi zwängt sich in eine Eisvertiefung ein. Wir schreiten mit großer Vorsicht weiter, fest angeseilt auf diesem unsicheren Teilstück, da ein Absturz einen senkrechten Fall von 2400 m bedeuten würde. In wenigen Minuten erreichen wir den unbefleckten Gipfel. Es sind jetzt 17:30 Uhr ... Ich entnehme aus meinem Rucksack die kleine Statue der ‚Jungfrau Maria die Hilfreiche‘ sie wird von diesem vorherrschenden Gipfel aus, der die Grenze zwischen Argentinien und Chile markiert, für den Frieden zwischen den beiden Brüdervölkern und den Triumph der Salesianer Mission in Patagonien Sorge tragen.

Schmoll hat inzwischen eine argentinische Fahne gehisst und auch einen Wimpel des Club Andino de Bariloche ... Zudem noch eine kleine italienische Fahne ... beide Fahnen flattern stolz über dem edlen Gipfel ... die noble argentinische Flagge scheint ihre weißen und blauen Farben in bewundernswerter Harmonie mit dem leuchtenden Schnee und dem Himmelsblau zu verschmelzen. Wir feiern unseren Sieg mit einem Stamperl Cognac ..."

Es war eine andinistische Leistung vom Feinsten. Und man sollte bedenken:

De Agostini war damals bereits 60 Jahre alt!

Trotz seines fortgeschrittenen Alters hat der Pater nie aufgehört, aktiv weiterzuarbeiten. Er ordnete seine vielen Papiere, die er in all den Jahren gesammelt hat, schrieb weitere Bücher („Ande Patagoniche" 1949, „Trenta anni nella Terra del Fuoco" 1955), dann folgten Bilderbücher mit fantastischen Aufnahmen und verschiedene Dokumentarfilme.

Immerhin störte ihn auch weiterhin die Tatsache, dass er seinerzeit den Sarmiento nicht bezwingen konnte. Aber auch dies ist ihm schließlich gelungen, als er bereits 74 Jahre alt war (!): In den Jahren 1956 - 57 leitete er höchstpersönlich die Expedition und es gelang ihm letztendlich - zusammen mit Clemente Maffei und Carlo Maun - den **Monte Sarmiento** zu bezwingen.

Danach, sozusagen als „Draufgabe", bezwangen die drei Expeditionäre auch noch den Monte Italia (2350 m), der auch zur Darwin-Kordillere gehört.

Er war später noch wiederholt in Patagonien, verstarb dann aber am 25. Dezember 1960 im Stammhaus der Salesianer in Turin.

Kapitel VIII

Staatsform und Gebietsverwaltung

Chile ist eine präsidiale Republik, ähnlich wie z. B. Frankreich. Ein zentralistischer Staat und keine Bundesrepublik.

Die Staatsgeschäfte werden von Santiago aus gelenkt; dort befinden sich sowohl das Präsidentenpalais (La Moneda) als auch sämtliche Ministerien.

Ebenso sind auch die obersten Gerichte (Corte Suprema, Tribunal Constitucional etc.) in der Hauptstadt. In früheren Jahren befand sich in Santiago auch das Parlament (die Legislative), doch wurde dieses während der Regierung Pinochet nach Valparaíso verlegt, wo man hierfür ein gewaltiges modernes Gebäude schuf. Pinochets Idee war dabei, die Hauptstadt - diesen riesigen Wasserkopf, wo beinahe die Hälfte der Bevölkerung lebt - zu entlasten.

Die Vollmachten des Präsidenten der Republik sind groß: Er ist nicht nur der Staatschef, sondern auch der Regierungschef.

Der Präsident leitet die Sitzungen des Kabinetts, einen „Ministerpräsidenten" oder „Premierminister" gibt es nicht.

Der ranghöchste Minister ist der Innenminister, der in Abwesenheit des Präsidenten die Geschäfte leitet.

Obwohl Chile eine zentralistische Staatsform hat, bedeutet dies nicht, dass alles in Santiago entschieden wird; dies wäre schon wegen der geographischen Lage des Landes („lang und schmal") ein Nonsens, ja eine Unmöglichkeit.

Unterteilt wurde Chile schon bald nach der Unabhängigkeit in Provinzen, die von einem „Intendente" gelenkt wurden; die Provinz wiederum war in sog. „Departamentos" unterteilt, die von einem „Gobernador" geführt wurden.

Um diese klassische Unterteilung des Staatsgebietes begreiflich zu machen, nehmen wir das Beispiel des Jahres 1918.

Damals gab es insgesamt 23 Provinzen und dazu noch das Territorium Feuerland (Magallanes) wie folgt:

	km^2	mit Einwohnern
Tacna	23.306	35.357
Tarapacá	43.220	134.935
Antofagasta	120.183	220.049
Atacama	79.531	63.950
Coquimbo	36.509	191.117
Aconcagua	14.000	131.750
Valparaíso	4.598	347.757
Santiago	15.260	627.491
O´Higgins	5.617	125.847
Colchagua	9.973	163.407
Curicó	7.885	115.563
Talca	10.000	131.071
Maule	38.128	7.281
Linares	10.279	120.881
Ñuble	9.059	198.908
Concepción	8.579	271.497
Arauco	5.668	79.974
Bio-Bio	13.863	106.510
Malleco	8.555	136.153
Cautín	16.524	164.463
Valdivia	23.285	187.202
Llanquihue	90.066	150.621
Chiloé	18.074	99.044
Magallanes	169.251	32.623
Insgesamt	750.572	3.944.035

Die zwischen Peru und Chile seit dem Pazifikkrieg - auch Salpeterkrieg genannt - (14. Februar 1879 bis 10. Juli 1883) strittige Provinz Tacna, die laut Friedensvertrag nur eine Besetzung von zehn Jahren vorsah, wurde nach langem Hin und Her erst 1929 an Perú zurückgegeben.

Des Weiteren hat sich das obige Bild insofern verändert, dass durch das Gesetz Nr. 6.505 vom 19. Januar 1940 eine neue Provinz - nämlich die von Osorno - gebildet wurde, indem man das entsprechende Gebiet der Provinz Llanquihue entnommen hat.

Wiederum hatte also Chile insgesamt 23 Provinzen (Tacna an Peru und Osorno dafür neu).

Dieser eigentlich sehr stabile Zustand wurde dann durch die Militärregierung Pinochets insofern abgeändert, dass man das Land in Regionen eingeteilt hatte und diese wiederum in Provinzen, wobei die ehemaligen Unterteilungen (Departamentos) wegfielen. Dieses neue System haben dann die darauffolgenden demokratischen Regierungen übernommen.

In ihrem interessanten Buch „Mein erfundenes Land" („Mi país inventado") äußerte sich hierzu Isabel Allende, allerdings nicht den Tatsachen entsprechend:

„Das Land gliedert sich in Provinzen mit wohlklingenden Namen, die sich das Militär vielleicht nur schwer merken konnte, jedenfalls hat es sie mit einer Nummer versehen. Ich weigere mich, diese zu benutzen, denn es kann doch nicht sein, dass sich ein Land der Dichter wie im Zahlenzwang die Landkarte mit Ziffern bekleckst." (S. 15)

Dies ist insofern falsch, dass nämlich nicht die Provinzen mit Zahlen versehen worden sind, sondern man schuf größere Unterteilungen, die sog. „Regionen", innerhalb derer die verschiedenen Provinzen - die ihren Namen natürlich beibehalten haben - untergebracht worden sind. Die Zahlen sind lediglich für die Regionen bestimmt worden.

Die Pinochet-Regierung schuf insgesamt 13 Regionen. Dazu kamen dann zwei neue Regionen, die Nr. 14 und 15, die man im Jahre 2007 aus den Regionen Nr. 10 bzw. Nr.1 „herausgeschnitten" hat.

Die Situation (Stand: 1. Januar 2010) ist also folgende:

- Erste Region (Tarapacá)
Gesamtfläche 42.272,8 km²
Provinz Tamarugal
Hauptstadt: Iquique

- Zweite Region (Antofagasta)
Gesamtfläche 126.049,1 km²
3 Provinzen: Tocopilla, El Loa und Antofagasta
Hauptstadt: Antofagasta

- Dritte Region (Atacama)
Gesamtfläche 75.176,2 km²
3 Provinzen: Chañaral, Copiapó und Huasco
Hauptstadt: Copiapó

- Vierte Region (Coquimbo)
Gesamtfläche 40.579,9 km²
3 Provinzen: Elqui, Limari und Choapa
Hauptstadt: La Serena

- Fünfte Region (Valparaíso)
Gesamtfläche 16.396,1km²
7 Provinzen: Valparaíso, Petorca, Los Andes, San Felipe de Aconcagua, Quillota, San Antonio und Isla de Pascua
Hauptstadt: Valparaíso

- Sechste Region (O´Higgins)
Gesamtfläche 16.387,0 km
3 Provinzen: Cachapoal, Colchagua und Cardenal Caro
Hauptstadt: Rancagua

- Siebente Region (Maule)

Gesamtfläche 30.296,1 km²
4 Provinzen: Curicó, Talca, Linares und Cauquenes
Hauptstadt: Talca

- Achte Region (Bio-Bío)

Gesamtfläche 37.062,6 km²
4 Provinzen: Ñuble, Bio-Bio, Concepción und Arauco
Hauptstadt: Concepción

- Neunte Region (Araucanía)

Gesamtfläche 31.842,3 km²
2 Provinzen: Malleco u. Cautín
Hauptstadt: Temuco

- Zehnte Region (de los Lagos = Seeregion),

Gesamtfläche 48.584,5 km²
4 Provinzen: Osorno, Llanquihue, Chiloé und Palena,
Hauptstadt: Puerto Montt

- Elfte Region (Aysén)

Gesamtfläche 109.648,1 km²
4 Provinzen: Capitán Prat, Aysén,
Coihaique u. General Carrera
Hauptstadt: Coihaique

- Zwölfte Region (Magallanes u. Antárt. Chilena)

Gesamtfläche (ohne Polaranteil) 132.297,2 km²
4 Provinzen: Última Esperanza, Magallanes,
Tierra del Fuego und Antártica Chilena
Hauptstadt: Punta Arenas

- Dreizehnte Region (Metropolitana),
Gesamtfläche 15.103,2 km²
6 Provinzen: Santiago, Cordillera, Melipilla, Talagante, Maipo u. Chacabuco
Hauptstadt: Santiago

- Vierzehnte Region (de los Ríos = der Flüsse)
Gesamtfläche 18.429,5 km²
2 Provinzen: Valdivia und Ranco
Hauptstadt: Valdivia

- Fünfzehnte Region (Arica und Parinacota)
Gesamtfläche 16.873,3 km²
2 Provinzen: Arica und Parinacota

Insgesamt also 756.997,9km²
(Gesamtfläche Chiles ohne die chilenische Antarktis)

(Laut Atlas der Welt von Bertelsmann, FALK-Verlag AG, 1998, hat Chile eine Gesamtfläche von 756.945 km² mit einer Einwohnerzahl von 14,4 Mio.)

Was nun die Antarktis (Südpolargebiet) betrifft, so ist das von Chile reklamierte, jedoch international nicht anerkannte Segment offiziell ein Teil der zwölften Region.

Die Reklamation Chiles stützt sich auf Argumente historischen Charakters, z. B. auf den Pakt von Tordesillas (1494) zwischen Spanien und Portugal, auf den päpstlichen Erlass (Bulle) von Alexander des Weiteren VI. aus dem Jahre 1494.

Diesen ersten Dokumenten folgten die Konzessionen, die Kaiser Karl V. (in seiner Eigenschaft als König von Spanien) an Pedro Sancho de la Hoz (1539 und 1544) und an Jerónimo de Alderete (1556) verlieh und die sich auf alle Territorien südlich der Meeresenge von Magallanes bezogen.

Als dann 1555 Jerónimo de Alderete zum Gouverneur von Chile ernannt wurde, bekam er auch den Auftrag, alle Gebiete südlich der Meeresenge (von Magallanes), die der Krone von Kastilien gehörten, in Besitz zu nehmen. Somit wurden all diese Gebiete der Generalhauptmannsstelle Chile (Capitanía General de Chile) zugeschrieben.

Chile handelte also in vollem Bewusstsein der alten Rechte, als das Territorium von Magallanes 1843 effektiv in Besitz genommen wurde und auch jedes Mal, als Chile irgendwelche Konzessionen verlieh, die den chilenischen Anteil an der Antarktis betrafen.

In diesem Sinne wurde die allererste Fischfangkonzession für die antarktischen Gewässer am 31. Dezember 1902 an Pedro Pablo Benavides verliehen, dies verbunden mit der Verpachtung der Insel Diego Ramírez und San Ildefonso.

1906 folgte dann die Verpachtung für Fischfang und Inbesitznahme der Insel Diego Ramírez, Südshetland-Inseln und die südlich hiervon liegenden Gebiete an Fabry Toro Herrera.

1907 erhielt die Walfischfang-Gesellschaft von Magallanes mit Sitz in Punta Arenas die Ermächtigung seitens der chilenischen Regierung, um sich auf der Insel Decepción niederzulassen, um dort eine Walfischfangstation und ein Kohlelager zu errichten.

Beinahe gleichzeitig erhielt die norwegische Bugge Hektor Whaling Co. eine Konzession ähnlichen Inhalts, allerdings nicht von Chile, sondern vom Gouverneur der Falkland-Inseln, die der britischen Krone gehörten.

1917 entstanden dann Spannungen zwischen Chile und Großbritannien, als nämlich der letztgenannte Staat über den Weg der Herausgabe von sog. „Patentbriefen“ internationale Gebietsansprüche in der Antarktis reklamierte, und zwar für das Gebiet der Längenkreise zwischen 20 Grad West und 80 Grad West; dieses Segment wurde von England als „Dependencies of the Falkland Islands“ beschrieben.

Die Antwort Chiles folgte 22 Jahre später, als nämlich der Präsident Pedro Aguirre Cerda den Spezialisten im internationalen Völkerrecht, Julio Escudero Guzmán, beauftragte, die chilenischen Gebietsansprüche und die hierauf fußenden Titel zu überprüfen.

Aufgrund dieser wissenschaftlichen Überprüfung erließ dann der Präsident am 6. November 1940 das entsprechende oberste Dekret, in dem dann die chilenischen Gebietsansprüche auf das Segment zwischen den Längenkreisen (Meridianen) 53 W und 90 W fixiert wurden. Hierbei wurden neben den historischen und juristischen Argumenten auch die wissenschaftlichen angeführt, nämlich die Kontinuität und das Aneinandergrenzen von geographischen Merkmalen sowie die geophysische und glaziologische Ähnlichkeit zwischen den Erdmassen des magellanschen Territoriums und der Antarktis.

1942 folgte dann Argentinien dem chilenischen Beispiel, wobei sich die entsprechenden Reklamationen auf das Segment zwischen den Meridianen 25 W und 74 W bezogen.

Fazit: Teile der chilenischen Gebietsansprüche wurden sowohl von den Reklamationen von Großbritannien als auch von denen von Argentinien überschnitten.

Abgesehen hiervon haben weitere vier Staaten Gebietsreklamationen bezüglich anderer antarktischer Gebietssegmente angemeldet. Andererseits haben die USA und Russland, die dort aktive Forschungsarbeiten ausführen, keinerlei Ansprüche formuliert, aber auch keine Ansprüche Dritter anerkannt.

Wegen der schwierigen internationalen Lage, die durch die erwähnten Reklamationen entstanden sind, suchte man einen Ausweg und so kam es zum sogenannten „Antarktischen Vertrag" vom 1. Dezember 1959, der von den 12 interessierten Staaten - Chile, Argentinien, Australien, Belgien, USA, Frankreich, Großbritannien, Japan, Norwegen, Neuseeland, Südafrika und Russland - unterschrieben wurde.

Dieser Vertrag schreibt vor, dass die Nutzung der antarktischen Territorien und Meere, südlich des Breitengrades 60 Süd gelegen, ausschließlich friedlichen Zwecken erfolgen kann, wobei jede Art von Experimenten mit nuklearen oder konventionellen Waffen ausgeschlossen sei, und dasselbe gilt auch für das Deponieren von radioaktiven Abfällen.

Bezüglich der territorialen Ansprüche einiger Länder werden diese „auf Eis gelegt“ und der mit der Unterzeichnung eingetretene „Status quo“ wird auf unbestimmte Zeit festgeschrieben.

Zurzeit sieht es so aus, dass verschiedene Länder in der Antarktis „Basen“ (Stützpunkte) eingerichtet haben und von denen aus wissenschaftliche Arbeiten durchführen. Es gibt drei chilenische Basen. Die erste, die den Namen „Capitán Arturo Prat“ trägt, wurde bereits 1947 gegründet und befindet sich auf der Insel Greenwich. 1948 wurde die zweite Basis in Anwesenheit von Präsident Gabriel González Videla eingerichtet und trägt den Namen des Staatsgründers Bernardo O´Higgins; diese wurde auf der antarktischen Halbinsel (in Chile „Land von O´Higgins“ genannt) eingerichtet. Schließlich befindet sich die dritte chilenische Basis auf der Insel König Georg, die zur Südshetland-Inselgruppe gehört und „Presidente Frei“ heißt.

Auf dem von Chile reklamierten Segment befinden sich Basen und Schutzhütten von insgesamt neun Nationen.

Die Basen (Stützpunkte) sind permanent besetzt, die Schutzhütten (refugios) nur während der Sommersaison.

Chile hat (Stand 1996) insgesamt drei ständige Basen, eine meteorologische Beobachtungsstation und eine Siedlung mit ziviler Bevölkerung. Hierzu kommen die nur während des Sommer operierenden 4 Schutzhütten.

(Die entsprechenden Daten wurden dem Turistel Reiseführer, Jahrgang 1996 und dem Reiseführer „Argentina. Guía Turística“ des argentinischen Automobilclubs, Jahrgang 1964, entnommen.)

Eine rätselhafte Zukunft, die keiner kennt

Natürlich kann man nicht in die Zukunft blicken und über das weitere Schicksal eines Landes - wie hier über Chile - irgendwelche Prophezeiungen abgeben.

Aber man soll einem Land, das so oft durch die Naturgewalten drangsaliert wurde und das vor der Bewältigung so mancher Probleme sozialer Art steht, alles Gute und ihren Staatsmännern eine glückliche Hand bei der Lösung der ihnen zugetragenen Aufgaben wünschen.

Da Chile durch die unglückliche geographische Lage am Rande des Stillen Ozeans und im Rücken der unzähligen Vulkane auch in der Zukunft nicht verschont bleiben kann, wird das Land auch weiterhin mit gewaltigen Erschütterungen zu rechnen haben und dagegen kann man sich nur durch adäquate vorbeugende und abwehrende Maßnahmen schützen.

Hierzu benötigt man das Wissen und die Erfahrung der Architekten und Bauingenieure, die für eine das ganze Land betreffende antiseismische Bauweise sorgen müssen, natürlich unterstützt durch die entsprechenden Instanzen der Legislatur und der Verwaltung, wobei man z. B. untersagen sollte, Wohnhäuser (auch Ferienhäuser) dicht am Meeresufer zu bauen, die dann bei dem nächsten Tsunami einfach weggeschwemmt werden.

An anderer Stelle wurde bereits die Errichtung von „Wolkenkratzern" in Santiago angeprangert. Man sollte mit diesem Unsinn in der Hauptstadt, aber auch anderswo im Lande aufhören und den lieben Gott nicht weiter provozieren. Kein Architekt, kein Bauingenieur und keine Baufirma wird dem Bauherrn garantieren können, dass die entsprechenden Hochhäuser die starken Beben (8 und mehr auf der Richterskala) aushalten würden.

Und dass es in diesem Jahrhundert noch zu großen Erschütterungen kommen wird, überall entlang des pazifischen Feuerhufeisens, sei es in Japan, Kalifornien oder eben auch in Chile, ist nicht nur wahrscheinlich, sondern beinahe sicher, da alle bitteren Erfahrungen vergangener Jahrhunderte in diese Richtung deuten.

Außenpolitisch dürfte Chile mit seinen Nachbarn keine größeren Komplikationen zu erwarten haben. Die leidigen, viele Jahrzehnte andauernden Auseinandersetzungen wegen des Grenzverlaufs mit Argentinien sind als erledigt zu betrachten, da diese - abgesehen von dem Abschnitt zwischen dem Berggipfel Fitz-Roy und dem Berg Daudet - als abgeschlossen und definitiv geregelt gelten. Aber auch der letztgenannte Sektor dürfte aufgrund des Abkommens vom 16. Dezember 1998 in naher Zukunft geklärt werden.

Mit Peru sind die ehemaligen Grenzstreitigkeiten seit dem Abkommen von 1929 als definitiv erledigt zu betrachten. Tacna gehört zu Peru und Arica zu Chile und daran wird niemand etwas ändern wollen oder können.

Natürlich sind die Differenzen zwischen Chile und Bolivien zwar „auf der Oberfläche" nicht vernehmbar, doch es brodelt unterschwellig immer wieder, zumal die Bolivianer auch weiterhin nicht hinnehmen können, dass man ihnen den Zugang zum Meer versperrt. Trotzdem ist nicht damit zu rechnen, dass es hier zu kriegerischen Auseinandersetzungen kommen könnte, einfach schon wegen der militärischen Überlegenheit Chiles.

Große Aufgaben haben allerdings Chiles jetzige und zukünftige Staatsmänner in Bezug auf die Konsolidierung des Landes, indem man als eminente Ziele die Ausrottung der Armut und dadurch die Stärkung des sozialen Gleichgewichts vor Augen haben sollte. Hierfür müssten alle Parteien, ob links oder rechts, einheitlich auftreten und ihre anderweitigen Interessen zurückstellen.

Die Eliminierung des Elends und der systematische Ausbau einer starken Mittelschicht müssten in den diversen Parteiprogrammen als vorrangige Ziele angestrebt werden.

Ich habe bei der Durchsicht der chilenischen Verfassung - Constitución Política de la República de Chile - aus dem Jahre 1980, unter Berücksichtigung der Verfassungsänderungen, die durch den Volksentscheid vom 30. Juli 1989 genehmigt wurden, feststellen müssen, dass die ursprünglich für acht Jahre festgelegte Amtsperiode des Präsidenten der Republik im Nachhinein erheblich reduziert wurde.

So konnten die Präsidenten, die nach dem Abtritt Pinochets die Wiedereinführung der Demokratie vorangetrieben haben, erheblich kürzere Amtsperioden verbuchen:

Aylwin lediglich vier Jahre, Frei Ruiz Tagle und Lagos jeweils sechs und Frau Bachelet wieder nur vier Jahre, viel zu kurze Perioden, die dem Amtsträger die Verwirklichung der von ihm (ihr) vorgesehenen Projekte unmöglich machten. Dasselbe gilt für den neu gewählten Präsidenten Piñera, der auch nur vier Jahre regieren soll.

Dies ist schon deswegen unsinnig und gravierend, weil Chiles Präsident keine repräsentative Figur, sondern ein mit erstaunlich vielen Vollmachten ausgestatteter Staatsmann ist, der die Regierung und die Staatsverwaltung anführt.

Zu seinen Aufgaben gehört u.a. lt. Art. 32 Nr. 9 die Ernennung und Entlassung der Staatsminister (18 bis 22), der Staatssekretäre (26), der 15 Intendanten der Regionen, der 52 Gouverneure der Provinzen und der 200 Seremis, die die einzelnen Amtsressorts in den Regionen verwalten sollen.

Lt. Art. 32 Nr. 10 ernennt der neue Präsident auch die Vertreter Chiles im Ausland, insgesamt 104 Botschafter.

All diese Funktionäre, die die vorherigen ablösen, müssen „das uneingeschränkte Vetrauen" (la confianza exclusiva) des

Präsidenten genießen und verbleiben meist während der gesamten Amtszeit des Staatschefs in ihrem Amt.

Jedes Mal, wenn das Ruder der Staatslenkung von einem neuen Präsidenten übernommen wird, vollzieht sich auch eine radikale Veränderung in den Reihen der Führungsgremien, wobei man beachten müsste, dass je kürzer die Amtszeit des Präsidenten und seiner Vertrauensleute ist, desto schwieriger gestalten sich die Möglichkeiten, die ihnen gestellten Aufgaben zu lösen.

Die jetzt geltende vierjährige Amtszeit ist viel zu kurz, um die angestrebten Reformen zu Ende zu bringen, und dies erst recht, wenn man betrachtet, dass das vierte Jahr mit den Vorbereitungen der nächsten Wahl vertan wird.

Außerordentlich wichtig ist auch die gute Zusammenarbeit zwischen dem Präsidenten und dem Parlament. Meistens ist es leider so, dass der Präsident in beiden Häusern des Kongresses nicht über die notwendigen Mehrheiten verfügt und dadurch gezwungen wird, Verhandlungen mit den oppositionellen Parteien zu führen, um letztlich Kompromisse schließen zu müssen. In einer solchen Situation ist das Verhandlungsgeschick des Staatsoberhauptes gefragt.

Es gilt als eine Ausnahme und grenzt an ein Wunder, dass es dem Mitte-Links-Bündnis (Christdemokraten und Sozialdemokraten) gelungen ist, das Land 20 Jahre lang zu regieren. Meistens ist es nämlich so, dass die Leute mit den Ergebnissen einer Regierung unzufrieden sind und nach Ablauf der Amtszeit des Präsidenten einen Wechsel wünschen. Dies gilt überall, wo das demokratisch-parlamentarische System gehandhabt wird, nicht nur in Chile.

Zusammengefasst: Wenn die Amtszeit zu kurz ist, können die angestrebten Erneuerungen nicht durchgesetzt werden, das Volk wird ungeduldig und die Regierungsanhänger verlieren die nächste Wahl. Es ist ein Teufelskreis, der nur durch die Verlängerung der Amtszeit (mindestens sechs Jahre) durchbrochen werden kann. Dies sollten Chiles Staatsmänner als vorrangiges Vorhaben beherzigen. Dabei geht es nicht um irgendwelche Parteiinteressen, sondern um das Gesamtwohl Chiles.

Noch eine letzte Bemerkung, die die Auslandsvertreter Chiles betrifft. Diese sollten zwar gemäß Verfassung das uneingeschränkte Vertrauen des Staatsoberhauptes genießen, doch sollte dies nicht als die einzige Voraussetzung für ihre Ernennung gelten. Denn in der Realität sieht es so aus, dass der neue Präsident hierfür führende und sicherlich auch fähige Persönlichkeiten der ihm nahe stehenden Parteien ernennt, doch diesen fehlen möglicherweise die für Diplomaten zwingend notwendige Schulung und auch die entsprechenden Sprachkenntnisse.

Für die Besetzung solcher wichtigen Auslandsposten sollte nur ein Fachmann in Frage kommen, der die Diplomatenschule absolvierte, über hinreichende Auslandserfahrungen verfügt und entsprechende Sprachkenntnisse hat.

Die Fachausbildung und nicht das Parteibuch sollte auch für diese Besetzungen ausschlaggebend sein.

Mit diesen Gedanken schließe ich mein Buch und hoffe, dass meine wohlgemeinten Überlegungen zum Wohle Chiles irgendwann in Betracht gezogen werden.

Viva Chile, congratulaciones!

- Allende, Isabel
„Inés meines Herzens“ (Inés del alma mía)
Suhrkamp Verlag, 2007

- Allende, Isabel
„Mein erfundenes Land“ (Mi país inventado)
Suhrkamp Verlag, 2006

- Ampuero, Roberto
„Nuestros años verde olivo“
Planeta, 3. Auflage, Juli 2000

- Appl, Karl F.
„Die Geschichte der ev. Kirchen in Chile“
Erlanger Verlag für Mission und Ökumene, Neuendettalesau, 2006

- Automovil Club Argentino
„Guia turística de la Argentina“
Buenos Aires, 1964

- Balke, Fred u.a. Herausgeber
„Mit dem Kopf hier - mit dem Herzen in Chile“
Rowohlt Taschenbuch Verlag GmbH, Reinbek, September 1983

- Blanco, Guillermo und Renzo, Pecchenino
„Contando a Chile“
Verlag Andrés Bello, Santiago, 1993

- Blancpain, Jean-Pierre
„Los Alemanes en Chile (1816-1945)“
Colección Histo-Hachette, Santiago, 1985

- Boizard, Ricardo
„El último día de Allende"
Editorial „El Pacífico", 1973

- Bossle, Lothar u. a.
„Chile: Camino a la Democracia"
Instituto de Ciencia Política Universidad de Chile, Edición Especial, 1988

- Bossle, Lothar
„Allende und der europäische Sozialismus"
Verlag Naumann, Würzburg, 2. Auflage 1981

- Bravo Lira, Bernardino
„El Presidente en la Historia de Chile"
Editorial Universitaria, Santiago, 1986

- Bürger, Prof. Dr. Otto
„Chile als Land der Verheissung und Erfüllung für deutsche Einwanderer"
Dieterich'sche Verlagsbuchhandlung, Leipzig, 1920

- Calvo, Mayo
„Secretos y tradiciones mapuches"
Editores Impresos Offset Ltda, Santiago, 1980

- Davis, Nathaniel
„Los dos últimos años de Salvador Allende"
Plaza & Janes Editores S. A., Barcelona, 1986

- De Agostini, Alberto
„Zehn Jahre im Feuerland"
VEB F. A. Brockhaus Verlag, Leipzig, 1953

- Esser, Klaus
„Durch freie Wahlen zum Sozialismus
oder Chiles Weg aus der Armut“
Rowohlt Taschenbuch Verlag GmbH, 1972

- Festschrift (diverse Autoren)
„Deutsche Schule Karl Anwandter,
Valdivia 1858 - 1958“
Imprenta Borneck Soc. Ltda., Valdivia, 1958

- Festschrift (diverse Autoren)
„100 Jahre deutsche Siedlung in der Provinz Llanquihue“
herausgegeben von Emil Held, Helmut Schuenemann und Claus von Plate Verlag „Condor“, Santiago 1952

- Festschrift (diverse Autoren)
„150 Jahre Dt. Schule Osorno 1854 – 2004“
Imprenta Publigraff, 2004

- Festschrift (diverse Autoren)
„100 Jahre Dt. Ev. Kirchengemeinde Osorno“
Talleres Gráficos Claus von Plate, Santiago, 1963

- Festschrift (diverse Autoren)
„Colegio Alemán – Deutsche Schule
R. A. Philippi 1860 - 1995“, La Unión, 1995

- Filippi, Emilio und Millas, Hernán
„Anatomía de un fracaso“
La experiencia socialista chilena
Empresa Editora Zig-Zag, S. A., Stgo., November 1973

- Fontante Aldunate, Arturo
„Los Economistas y el Presidente Pinochet“
Empresa Editora Zig-Zag S. A., Santiago, 1988

- Held, Emilio
Documentos sobre la Colonización del Sur de Chile –
Bosquejo histórico –
Nómina de barcos y personas que llegaron entre los años
1840 – 1875
Talleres gráficos Claus von Plate, Santiago
(ohne Zeitangabe)

- Huneeus, Pablo
„Perro con corbata, nadie lo mata",
Dichos de campo
Editora Nueva Generación, Santiago, 1999

- Gantzhorn, Ralf
„Patagonien" - Trekking Guide
Bruckmann Verlag, München, 2007

- Grass, Jacobo
„Diccionario de Chilenismos"
Santiago, nach 1992

- Kalfon, Pierre
„Argentine"
Hachette, Buenos Aires, 1971

- Körner, Ruth
„Chile nach 10 Jahren Pinochet"
Fischer Taschenbuch, 1983

- Lavín, Joaquín
„Chile: Revolución silenciosa"
Zig-Zag Verlag, 1987

- Márai, Sándor
„Land, Land" – Erinnerungen
Piper Verlag GmbH, München, August 2001

- May, Petra und Reinhard, Wolfgang
„Die alltägliche Conquista"
Zwölf Briefe des Pedro de Valdivia von
der Eroberung Chiles 545 – 1552
Vervuert Verlag, Frankfurt am Main, 1995

- Meyer Rusca, Walterio
„Diccionario geográfico - etimológico indígena
de las Provincias Valdivia, Osorno y Llanquihue"
Imprenta „San Franciso", Padre de las Casas, 1955

- Meyer Rusca, Walterio
„Voces indígenas del lenguaje popular sureño –
550 chilenismos"
Imprenta „San Francisco", Padre Las Casas, 1952

- Meyer Rusca,
Walterio und Wilhelm de Moesbach, Ernesto
„Los Huilliches a traves de sus apellidos"
Imprenta „San Francisco", Padre Las Casas, 1953

- Meyer Rusca, Walterio
„Die chileinsche Schweiz"
Verlag der Zeitschrift „Condor", Santiago, 1950

- Meyer Rusca, Walterio
„Con ojos abiertos sobre las tres Américas"
Imprenta „San Francisco", Padre de las Casas, 1946

- Navarro, Dióscoro
„Breve Diccionario Español - Mapuche"
Editorial Fértil Provincia, Santiago

- Ostermai, Günter
„Bilanz der Tat" - 100 Jahre Deutsche Schule
„Rudolf Amandus Philippi" in La Unión,
La Unión, 1960

- Pérez de Arce, Hermógenes
„Europa vs. Pinochet - Indebido proceso"
Editorial El Roble Ltda., 2. edición, 1998

- Pérez Rosales, Vicente
„Recuerdos del pasado"
*Empresa Editora Zig-Zag, S. A.,
Santiago, 1943 (4. edición)*

- Philippi, R. A.
„Elementos de Botánica"
Imprenta Nacional, Santigo, 1869

- Pinochet Ugarte, Augusto
„El día decisivo 11 de Septiembre de 1973"
Editorial Andrés Bello, 1980

- Plüschow, Gunther
„Segelfahrt ins Wunderland"
Ullstein Verlag, Berlin, 1926

- Plüschow, Gunther
„Silberkondor über Feuerland"
Ullstein Verlag, Berlin, 1937

- Plüschow, Gunther
„Silberkondor über Feuerland“
aktualisiert und fortgeschrieben von H. G. Prager, Verlag E. S. Mittler & Sohn GmbH, 2007

- Preisler Junginger, Ricardo
„La Unión dede 1792 hasta el 2007“
Impresur Publicidad & Ediciones, Osorno, 2008

- Puelma, Mario
„Chile 1970 - 1973“
Die Zerschlagung einer Demokratie
Verlag SOI, Bern, 1974

- Revista „Qué pasa“ - Anuario especial.
Las mejores entrevistas de los últimos 25 años.
Santiago, 1996

- Sánchez Aguilera, Victor
„El pasado de Osorno - la gran ciudad del porvenir“ -
Osorno, 1948

- Stuparich, Sergio
„Wer uns nicht kennt, kennt Chile nicht“
Rotbuch Verlag, Berlin, 1976

- Subercaseaux, Benjamín
„Chile o una loca geografía“
Ediciones Ercilla, Novena Edición, Santiago 1949

- Thomsen Binder, Rosmarie
„Imágenes de una Historia de Encuentros“
El Instituto Alemán y la ciudad de Osorno
Imprenta América, Osorno 2009

- „Turistel“ 93
„Guía turística Norte de Chile“, Santiago 1993

- „Turistel“ 98
„Guía turística Centro de Chile“, Santiago 1998

- „Turistel“ 96
„Guía turística Sur de Chile“, Santiago 1996

- „Turistel“ 2008
„Guía turística Sur de Chile“, Santiago 2008

- Urban, Otto
„Gedenkschrift zur 75. Jahrfeier der
Dt. Schule in Osorno 1854 - 1929“
Talleres Gráficos der Dt. Zeitung, Santiago

- Weiner, Jonathan
„Planet Erde. Schicksal und Zukunft der Erde“
Verlag Droemer Knaur, München, 1987

- Zajadacz, Dr. Friedrich
„100 Jahre Dt. Schule Osorno 1854 - 1954“
Imprenta Victoria, Valparaíso 1954

Alejandro Lajtonyi-Gruber
(* 1921 † 2014)

war gebürtiger Ungar; er selbst bezeichnete sich als „Nachzügler der Doppelmonarchie“. Seine deutschsprachigen Vorfahren waren Banater Schwaben, Burgenländer und Vorarlberger. Der Banater Schriftsteller Franz-Xaver Kappus war ein Cousin seiner Mutter.

Es gelang ihm, sein bei Kriegsausbruch begonnenes Studium an der Petrus-Pázmány-Universität zu Budapest rechtzeitig abzuschließen; er promovierte bereits 1943 (Dr. rer. pol.) und 1944 (Dr. juris).

Kurz vor Weihnachten 1944 verließ er zusammen mit seinen Eltern die „Festung Budapest“, bevor es den Russen gelang, die Einkreisung der Stadt zu vollenden. Der große Flüchtlingsstrom nach Westen riss auch ihn mit - bis nach Vorarlberg, wo er die Befreiung Österreichs durch die französischen Truppen miterlebte.

Von 1945 bis 1947 blieb er in Südwürttemberg, studierte in Tübingen Theologie und arbeitete nebenbei für die UNRRA. Diese Tochter der UN hatte als primäre Aufgabe, den in Deutschland befindlichen Flüchtlingen bei der Heimkehr oder Auswanderung behilflich zu sein. Ende 1947 wanderte er nach Chile aus, wo er später auch heiratete und eine Familie gründete. In der dortigen Mühlenindustrie verbrachte er viele Jahre in leitender Position.

1972 kehrte er dann samt Familie nach Deutschland zurück und arbeitete noch weitere fünfzehn Jahre als juristischer Mitarbeiter zweier Rechtsschutz-Versicherungsgesellschaften.

Erst im Ruhestand hatte er Gelegenheit, sich seinem Hobby, der Geschichte, zu widmen.

Sein erstes Buch (2009) beschäftigt sich mit dem ersten ungarischen Königshaus, den „Árpáden“. Dann folgte eine Untersuchung der Inzuchtproblematik der europäischen Königshäuser, die gleichzeitig mit seinem ersten Buch unter dem Titel „Europas Pharaonen“ erschien.

Zum Anlass der zweihundertjährigen Feier der Unabhängigkeit seines Adoptiv-Vaterlandes Chile veröffentlichte der Autor seine Gedanken und Erinnerungen, die er während 25 Jahren seines Aufenthaltes im Lande sammelte, verbunden mit einer Reihe von Themen, die Chile charakterisieren.

Die 1. Auflage vom 30. Mai 2011 wurde unter dem Titel:
„Zum zweihundertsten Geburtstag: Danke, Chile!“
veröffentlicht.

ISBN 9798523813290

Weitere Bücher des Autors:

Leise rieselt das Árpádenblut
Das genealogische Nachleben einer europäischen Dynastie
von Dr. Alejandro Lajtonyi-Gruber
Neue Auflage: ISBN 979-8795348124 | 01.01.2022

Europas Pharaonen
Inzucht und Inzest in den europäischen Herrscherfamilien
von Dr. Alejandro Lajtonyi-Gruber
Neue Auflage: ISBN 979-8795364872 | 01.01.2022

www.ingramcontent.com/pod-product-compliance
Lightning Source LLC
LaVergne TN
LVHW021939220826
846092LV00010B/1172

9798523813290